山东师范大学中国语言文学山东省一流学科
资助出版

王化学 著

王化学文论自选集

中华书局

图书在版编目（CIP）数据

王化学文论自选集/王化学著. —北京：中华书局，2021.2
ISBN 978-7-101-14594-6

Ⅰ.王…　Ⅱ.王…　Ⅲ.①世界文学–文学研究–文集②造型艺术–文集　Ⅳ.①I106-53②J06-53

中国版本图书馆 CIP 数据核字（2020）第 099089 号

书　　名	王化学文论自选集
著　　者	王化学
责任编辑	罗华彤　白爱虎
出版发行	中华书局
	（北京市丰台区太平桥西里 38 号　100073）
	http://www.zhbc.com.cn
	E-mail：zhbc@zhbc.com.cn
印　　刷	北京市白帆印务有限公司
版　　次	2021 年 2 月北京第 1 版
	2021 年 2 月北京第 1 次印刷
规　　格	开本/920×1250 毫米　1/32
	印张 20　插页 2　字数 465 千字
国际书号	ISBN 978-7-101-14594-6
定　　价	128.00 元

目　录

诗笔凸显的罗马精神

——论《裘力斯·凯撒》的主要人物形象

一

　　最伟大的天才诗人之一拜伦勋爵在其诗作中曾引朝圣者以罗马大圆形竞技场作为帝国的象征比喻之言叹喟古今荣辱之变："只要科洛西姆还矗立着,罗马就岿然不动;如果它坍倒,罗马就崩溃了;一旦罗马崩溃,那么世界也便趴下了!"①罗马,永恒之城,古代世界的奇迹,它丰厚的历史内容和精神内涵当然不仅仅是竞技场、万神殿、凯旋门、纪功柱等所能代表的。罗马之所以成为罗马,关键还是罗马人——从公民、战士、学者,到思想家、政治家乃至元首帝皇,是他们,创造了罗马的辉煌;是他们,树立起崇高甚至傲岸的罗马形象,即使已湮没在历史的尘埃之中!

　　罗马人是优秀的,这个脚踏实地的民族在早期的人类文明史

---

① 这是拜伦在《恰尔德·哈洛尔德游记》第4章第145节引中世纪撒克逊人赴罗马朝圣者说过的话,原文为"While stands the Coliseum, Rome shall stand; When falls the Coliseum, Rome shall fall; And when Rome falls-the World"。引文为笔者所译。

上是独一无二的。他们勇敢尚武，是善征服的出色的战士；他们爱国尽职，是奉公守信的杰出典范；他们治国有道，深谙法度体制真蕴，是精明的行政管理专家；他们热衷政治和公众事务，是积极参与的聪明的政客……培养以服从、纪律、忠诚、献身、义务、责任感等内容的伦理学规范，倡导坚毅、忍耐、吃苦、进取精神，成为这个文明的显著特色。罗马人，在意识到自己精神、品格、智力各方面的卓越上，或许超过了任何一个种族。于是，"罗马的光荣"被定义为该文明之特征，虽然帝国早已不复存在，这个耀眼的符号却难以磨灭……

　　莎士比亚①的罗马题材悲剧《裘力斯·凯撒》（*Julius Caesar*，1599）以无比完美的戏剧形式，通过对主要人物的生动刻画，表现了他对罗马精神深彻的理解。至少从书本上，我们见证了多少历史——伟大的抑或渺小的，崇高的或者卑微的——但当读起这部戏剧，所有其他的东西就显得微不足道了，那种毋庸置疑的力量如此真切，难以抗拒！神奇的莎士比亚，复活了或许已理想化的罗马、罗马人和罗马精神。

　　即使说《裘力斯·凯撒》的政治主题是第一位的也绝没有流入媚俗的境地，因为它的确表现了非常深刻而且极其复杂的政治纠葛。主要矛盾乃是围绕集权与民主以及群众情绪之间的错综关系而铺展；在这儿，每个登场人物的作为无不以政治原则为依据，无不意识到他们行动的历史意义。当他们行事时，剧作家又以对不同人物的透彻理解将其个人品质与其政治动机结合起来。在这出戏剧里，所有人物似乎都在证明亚里士多德那个著名的人

---

① 威廉·莎士比亚（William Shakespeare，1564—1616），文艺复兴时期英国伟大诗人、戏剧家。

是政治的动物的定义,至少从表面上看,无论属于哪一阵营,似乎都是信念的化身,而置私念于不顾。这就是罗马人,在政治体制、国家观念、律法系统诸方面创造出卓越范例的罗马人;而当他们用这些精明的发明管理着国家、家庭和个人时,大部分的西方世界还处在蒙昧之中。这隐蔽的也是统摄的政治意识是本剧的无形主人公,难道不也是一种独特而有力的精神的体现?

但是那伟大的罗马精神,当然更集中地表现在凯撒、勃鲁托斯、安东尼这几个最主要人物形象的身上。

二

对这三个人物的刻画,凯撒着墨最少,然而他的伟人气质——带着独裁者的傲岸和胜利者的自信——却统贯全剧。凯撒以其盖世功勋赢得了霸主的地位,他使罗马强盛,成倍地扩大了罗马的疆域,所以成了独裁者;把他和罗马的关系倒转过来,让罗马替他服务。虽然他的体质是虚弱的,癫痫、耳背,但他的精神强而有力。看他讲话的语气,走路的步态和待人的姿势,一派君临天下的帝王之风!他具有过人的智慧尤其是知人之明,一针见血地向安东尼指出凯歇斯与前者的根本不同,指出其心机及其危险之处。可是这并不意味着他害怕什么,"并不是说我惧怕他们,因为我永远是凯撒"①。这种目空一切、绝对自信的口气,在一般人说来是狂妄,在一个征服者说来则具十足的英雄气概。难怪勃

---

① [英]莎士比亚:《裘力斯·凯撒》,朱生豪译,见《莎士比亚全集》八,人民文学出版社1978年4月版,第220页。本文所引此剧文句,均从该译本,为简洁计,以下不再加注。

鲁托斯说:"啊! 要是我们能够直接战胜凯撒的精神,我们就可以不必戕害他的身体。"当种种异兆预示其厄运将临,夫人力阻他不要去神殿而待在家里时,作为一个忠于职责和信念的罗马人,一个已经被命运和野心推上独裁者境地的将军和政治家,首先考虑的却不是个人的安危,而是他的荣誉。"神明显示这样的奇迹,是要叫懦怯的人知道惭愧;凯撒要是今天为了恐惧而躲在家里,他就是一头没有心的牲畜。"甚至他对夫人的安慰也表现出非凡的英雄气质:"天意注定的事,难道是人力所能逃避的吗?"当夫人跪求而实在不好拂逆之而不得不表示留在家中时,则坚决拒绝以身体不适作为向元老们解释的理由:"不是不能来,更不是不敢来,只是不高兴来……"是的,凯撒就是凯撒,罗马精神通过英雄坚定勇敢的本色显现出来:"懦夫在未死以前,就已经死过好多次;勇士一生只死一次。"好一个凯撒! 令我们想起他挥师渡过卢比孔河时说过的话"骰子掷下了";想起向元老院做战争报告时他用的那三个传诵千古的简短有力的双声叠韵词"我来了,我见了,我胜了"(veni,vidi,vici;据说无论哪种语言都无法译出其神气,于是各国文献就只好照引拉丁原文),难怪崇拜与追随者要把王冠戴到他头上。在他,至少有一点是可以肯定的,那就是成为独裁者的动机,绝非低等的荣华富贵,而是个人价值的最高形式——权力与荣誉——之实现。这是大人物的命运,凡夫俗子望尘莫及。

崇尚崇高乃是罗马精神文化的基本特征之一,凯撒的英名像亚历山大一样在西方活了两千多年,因为他淋漓尽致地体现了罗马的精神价值观。莎士比亚似乎对凯撒背弃民主而走向独裁并不赞同,但无疑也欣赏他的精神,让其如此尊严地死去,连勃鲁托斯都说:"倘不是为了正义,哪一个恶人可以加害他的身体。"剧中凯撒的精神仿佛无处不在,既鞭策着他的追随者,也影响着敌视他的叛乱者,甚至直到最后,勃鲁托斯都没能摆脱凯撒的阴影,他和他的共和派同志尽管刺杀了独裁者,但糟糕的是似乎并没有真正地杀死他(他的力量和他所代表的罗马历史走向),死了的凯撒比活着的勃鲁托斯更有力量。这是凯撒的敌手所始料不及的。

凯撒和勃鲁托斯的时代正值罗马共和国的末期。罗马的共和制不能和现代的共和制同日而语,它实际是一种贵族专政形式,决策国是的元老们基本由贵族代表组成。平民反对贵族,也偶尔取得某种程度的胜利,但无法改变贵族的统治局面;而奴隶更被压在底层。凯撒专政利用了平民的支持,他从政治、经济、法律,直到宗教、道德、教育,无不实行全面改革,从根本上动摇了共和制度,所以引起共和派的恐慌。大权在握的政客转首背弃了平民,但是凯撒的独裁主义却似乎在民意的土壤里扎下了根。人民也许过于天真,尚不能认识独裁的实质只能与大众的利益越来越远。不过对当时而言,除了凯撒的个人魅力(功勋、品格、权威等),或许他的方针至少暂时符合国家与民众的利益。这就好比把皇冠戴在头上的拿破仑,他是断送了年轻的法兰西共和国,但对波旁王朝为代表的欧洲封建残余势力来说却是灭顶的灾星。何况,帝国的气势即使作为一种象征,对法兰西和她的人民也不啻是足以激起自豪感的振奋的力量。正如德国史学大师蒙森在其《罗马史》结末所说,五百年的罗马共和国的崩溃不是由于外力而是因为内衰;凯撒处于共和国的黄昏,即使他也难以使之返老还童;必须经过新的白昼,他播下的种子才会发出芽来。

可见,凯撒的悲剧亦属必然,尽管他于共和国的式微时期代表了未来。但凯撒虽死,他称帝的精神仍存,所以若干年后,奥克泰维斯继承了他的事业,共和国的历史终结了。就此而言,为共和理想而殊死一战的勃鲁托斯及其同道,则在更典型的意义上罹逢悲剧的命运了。

三

是的，如果说这是一部悲剧，如果说理想和正义的破灭与失败是悲剧的一个永恒主题、一个最基本特征，那么《裘力斯·凯撒》更是勃鲁托斯的悲剧。莎士比亚显然给予这个人物以极大的尊重和同情，把他塑造成最完美意义上的高贵的罗马人。他具有极高的品质，清心寡欲，是个坚忍的斯多葛主义者。作为罗马的首席执政官，尤重荣誉和责任感，视罗马的共和传统如生命，恪守正义之原则。勃鲁托斯不但与凯撒阵营怀揣勃勃野心的政治家们迥然不同，就是和同样不无个人打算的战友凯歇斯也形成鲜明对照。这是一位真正无私的正人君子，他说："假如要我为了自己而担惊受怕，那么我还是不要活着的好。"胸襟坦荡、表里如一、光明磊落极相类哈姆莱特：灵魂中毫无卑下的存身之地，思想里容不得半点道德污秽。他反对起事者宣誓结盟的提议，认为那非仁人志士之所为，"无异污蔑了我们堂堂正正的义举和我们不可压抑的精神。作为一个罗马人，要是对于他已出口的诺言略微有一点违背之处，那么他身上光荣载着的每一滴血，就都要蒙上数重的耻辱"。勃鲁托斯出言行事均基于高尚的动机，之所以与凯歇斯一道参与诛杀朋友的谋叛且担任了叛党领袖，纯粹出于保卫共和与自由的理想——他认定独裁政治必然祸国殃民，更违背心中的正义原则。他一再说："我自己对他并没有私怨，只是为了大众的利益"；"为了罗马的好处，我杀死了我的最好的朋友"；关于此，他对民众的演说表达得再真实和生动不过了——

……并不是我不爱凯撒，可是我更爱罗马。你们宁愿让

凯撒活在世上,大家作奴隶而死呢,还是让凯撒死去,大家作
自由人而生……

甚至对手安东尼也不得不称其为:"一个最高贵的罗马
人……只有他才是激于正义的思想,为了大众的利益,而去参加
他们的阵线……交织在他身上的各种美德,可以使造物肃然起
立,向全世界宣告,'这是一个汉子!'"现实生活中,过于理想化的
人往往碰壁,现实是冰冷的东西,其原则是实用主义的。像勃鲁
托斯、哈姆莱特这样心地纯净、正大光明,追求动机、手段、结果完
全一致的人极易成为冷酷的现实原则的牺牲品。因此理想永远
只能是理想,它无法成为现实,或者至少无法立刻成为现实;理想
一旦现实化后,那么也就不能算是理想了。勃鲁托斯作为共和派
的灵魂,代表了共和主义完美的原则,而他本人的品行修养,无形
中增加了共和主义的魅力,因此作为一面旗帜,他是再合适不过
了,因为在他,形式和内容是一回事。但是,如果让他作为领袖去
实现共和主义的理想却未必合适,因为他还缺乏政治家在目的和
手段之间如何平衡的灵活性,那是一种非常现实化的东西,但却
是政治家所不可缺少的素质。在这方面,他非但不是凯撒的对
手,甚至也不是安东尼的对手;而与凯歇斯比起来,同样大为逊
色。在整个谋杀过程中,这个集团的成员,除表现了动人的忠诚、
友谊和献身精神,大概只有凯歇斯显示出具有成熟的政治家的头
脑或者说现实性。他主张除掉安东尼,被勃鲁托斯拒绝了,因为
那是不义之举;他反对让安东尼发表追悼凯撒的演说,又被勃鲁
托斯拒绝了,因为君子做事坦荡荡,没理由剥夺人家的发言权。
就这样,这场精心策划的壮举,在如此书呆子式的堪称高尚的运
作方式中为失败埋下了伏笔。这伙理想主义者是可敬的,但更是
可悲的。而凯歇斯为了友谊和尊重即所谓的"仁义"而终于不能

坚持正确的意见,就此而言,他与勃鲁托斯一样,又何尝不是可悲的呢!

　　然而人们也许更崇敬哈姆莱特或者勃鲁托斯,虽然他们在现实中失败了,但却代表了人性中最美好、最高贵、最具尊严的那些方面。正是在这个意义上,拜伦勋爵高声讴赞:"布鲁图赢得了荣誉和名声,他的匕首战胜了征服者的宝剑!"①的确,如果伟大的罗马精神仅仅只是精明的权术、辉煌的成功、无往不胜的征服,而缺失正义、崇高、责任、情感、规范、秩序和原则性,那么无论它多么具有实用价值或可资借鉴,都无疑是令人失望的"文明的垃圾"。

　　造成以勃鲁托斯为代表的共和分子们的悲剧,当然还有其他一些深层次的原因。其中不可忽视的一点,是压根儿就不了解人民的意愿,尽管他们以保护大众的利益自许并且事实上也真诚地相信自己是在为民众谋利益。从本质上讲,罗马的共和体制绝不同于雅典的民主政治,它是贵族的专政,其民主并非面向平民。勃鲁托斯的共和集团从根本上代表着传统的或者说旧的贵族利益,不管他们的个人品质多么高尚,他们之于人民的关系,实际仍然是统治和被统治的关系;他们对人民的态度,几乎是本能的居高临下。在这点上,无论凯撒派还是勃鲁托斯派,其实并无二致。不言而喻,如果他们并没有真正代表人民的利益,那么如何指望会得到罗马人的支持呢? 而少了人民的支持,历史证明,要取得或巩固政治上的成功几乎没有什么可能性。此外,由于勃鲁托斯的贵族共和派代表的是保守的政治力量,这妨碍了他们正确地估

① [英]拜伦:《恰尔德·哈洛尔德游记》,杨熙龄译,人民文学出版社 1956 年 7 月版,第 217 页。

计形势,使之没能清醒地认识到旧体制趋于瓦解的时刻悄然来临,而适逢独裁统治的必然性已露端倪;贵族的美德成了明日黄花,而期望通过强大有力的个人专政解决日益深重的社会矛盾和危机反倒似众望所归。作为本剧高潮的第三幕第二场勃鲁托斯向公民的演讲及对话,极富戏剧性地表现了这种巨大的反差:民众听了勃鲁托斯的演说后得出结论,凯撒由于野心而不如勃鲁托斯高尚,于是有人高呼,让勃鲁托斯做凯撒;另有人响应,让凯撒的一切光荣归于勃鲁托斯。归根结底还是凯撒,凯撒成了一个代表正确、有力和价值的符号;不管凯撒其人倒下与否,反正这个名号是不可动摇的!凯撒主义或者强力意志已扎根于民意的土壤。既然如此,贵族共和叛党之被人民抛弃,是再自然不过的事情了。勃鲁托斯上演的其实只是企图拖住历史巨轮而不能的悲剧。

四

　　至于马克·安东尼,也许是本剧塑造得最为成功的艺术形象。他并非如一般的历史印象那样不过一介武夫,或者如他后来与勾魂的"尼罗河巫女"沉溺私情不能自拔而贻误大业的浑汉。在这儿,他是屈伸有度的雄辩家,老谋深算的政治家和指挥若定的军事统帅;他的谋略、勇气、果敢、忠诚友谊……差不多构成一个非凡英雄的素质都有了。当凯撒倒下去的非常时刻,作为死者最亲密的朋友,他毫不惮惧生命危险而前往与弑杀者当面"交涉"。看着浑身伤口血污的尸体,那发自肺腑——或者至少让人感觉是发自肺腑——的悲悼之词难道不怕触怒凯撒的也是他的敌手吗?"啊,伟大的凯撒!你就这样倒下了吗……"他转向谋叛者,口气悲伤而豪迈:"要是你们对我怀着敌视,趁现在血染的手还发出热气,赶快执行你们的意旨吧……即使我活到一千岁,也找不到像今天这样好的一个死的机会;让我躺在凯撒的旁边,还有比这更好的死处吗?"安东尼这十足正人君子的风度实际保证了他的安全,因为他深知他所面对的敌手是罗马人,是恪守正义原则的罗马贵族精英,他们不会因为他看见挚友的死而怨斥谋杀者也将他处死。所以接下来在握过勃鲁托斯等人的手之后对着死者动情地说:"看见你的安东尼当着你的尸骸之前觍颜事仇,握着你的敌人的血手,那不是要使你觉得比死还难过吗……"这样说的确可以不致使敌手把他视为懦夫或者阿谀之徒,尽管有触怒他们的危险。从这曲意周旋中不难见出安东尼的聪明、耐性和谨慎,处乱不惊,于细微之处把握住对手心理。

在公众讲坛哀悼凯撒的演说才是表现安东尼过人的雄辩才能和机变权术的最精彩之笔。尽管以个体而言,他瞧不起人民,这是为某种与生俱来的贵族对民众的优越感所决定的;然而作为凯撒的亲信和副手,长期的军事与政治磨炼使之经验丰富,加上那务实的罗马人的性格特点,安东尼却十分懂得群体的力量,没有民意,光杆司令顶什么用!因此这演说与其是对死者的盖棺悼词,不如说是挑起民众实施自己诛灭叛党的煽惑动员。安东尼是个野心勃勃的人,之所以支持凯撒称帝(戏开场时的公民集会上他曾三次将王冠献给凯撒)自然有其小算盘:真到那一天他极可能就是罗马的二皇帝。眼下凯撒倒地了,他则成了继承其事业的主要人选,如果处理得当,把握好火候,勇敢出击,那么就可能一跃而为未来帝国的头号人物。这念头肯定刺激并鼓舞他,因之无论出于为凯撒复仇的感情,还是从自己的政治前途打算,他要掀起一场暴动而剿灭贵族共和力量的决心是坚定不移的,他急需做的不过是如何掌握并随意驱使那能成就一切也能毁坏一切的民意而已。恰恰在这儿,安东尼表现了足够的智慧、毅力与果敢。首先,他必须试探罗马公民对共和党人诛杀凯撒的态度,因为总揽大权的独裁统治依常理论毕竟是违背民意的。"我是来埋葬凯撒,不是来赞美他。"——这是巧妙的开场,接下来:人若做了坏事,死后必遭唾骂,而其善事也就随之入土了。尊贵的勃鲁托斯已经对你们说凯撒有野心,而勃和他的同志们都是正人君子;可是,凯撒曾带回多少俘虏,他们的赎金充实了罗马的财库;你们大伙都曾看见,在欢庆节日的那天我三次献给他王冠被他三次拒绝了;可勃鲁托斯说他有野心,而勃等的确是正人君子;我并非推翻他的话,只是讲出所了解的事实。"你们过去都曾爱过他,那并不是没有理由的;那么什么理由阻止你们现在哀悼他呢?唉,理性啊!你已经遁入了野兽的心中,人们已经失去辨别是非的能力了……"他就这样巧妙地改变着人民对凯撒及其被害这件事的看法,使大众觉得凯撒死得冤枉,而勃等人犯了不赦之罪;他由此不仅摸清了公众的意愿,而且进一步推波助澜引导其向有利于自己的方向发展:"就在昨天,凯撒的一句话可以抵御整个的世界;现在他躺在那儿,没有一个卑贱的人向他致敬……"这让听众们在心理上产生类如小人负义的自疚之感,所以差不多有些按捺不住了。安东尼趁热打铁,一步从讲坛上跨下,抚着凯撒尸体的累累刀口,以激起人们的怜悯:"看看亲爱的凯撒的伤口,可怜的、可怜的无言之口,让它们代替我说话。"当然言词也变成了控诉:这是凯歇斯刺的,这是凯斯卡刺的,而这致命的一刀是他深爱的勃鲁托斯刺的,"这是最无情的一击,因为当尊贵的凯撒看见他行刺的时候,负心,这一柄比叛徒的武器更锋锐的利剑,就一直刺进了他的心脏,那时候他的伟大的心就碎裂了……"当此,群众已是怒不可遏,呼声响成一片:"复仇!——动手!——捉住他们!——

烧！放火！——杀！——杀！不要让一个叛徒活命。"最后，安东尼又把凯撒的遗嘱当众宣读：赠给每一个罗马市民相等数目的一大笔钱，同时将花园、亭榭以及大片的私人步道出让为公共财产，供罗马人世代散步休憩之用。群众沸腾了，终于被煽起为暴动的熊熊烈火，又一轮角逐权力的内战之序幕拉开了……

不能不说安东尼把演说雄辩之术发挥到了出神入化的地步，他是那种真正的演说家，这种演说家追求的不是自我陶醉，而是于听者内心掀起波澜。须知演说也是罗马文明的要素之一，乃罗马精神的重要载体或表现方式；罗马人几乎是天生的政治家，雄辩则是政治舞台上最基本的技巧，秀才口藏百万兵，只不过在罗马，秀才也往往是将军，凯撒是，安东尼也是。深刻理解历史哲学的莎士比亚让这位非凡的罗马大将带上了更多马基雅维利特点，与勃鲁托斯那种多少有几分天真的政治理想主义绝然不同，安东尼尤具罗马人务实的性格，前者昭示给民众的是自由这抽象的理想，而后者的王牌则是凯撒遗嘱上许诺的"七十五个德拉克玛"。有了这个坚实的现实基础，才动用情感逻辑打动人，而非像勃那样始终用理性逻辑说服人。以体贴人民的直接利益为指归，最终达到了自己的政治目的，的确显示了安东尼不独是位巧妙的演说家，更是一个清醒的政治家，而且是那一类精于权术的政治家。他把人民作为手段，作为实现个人野心的棍子，所关心的却绝不是人民的或者罗马的利益，民众在思想不成熟的时候，往往只是一种盲目的力量。例如在本剧中，市民们到底没有明白，凯撒党尽管公开以人民的意旨行事，其实却从根本上违背人民的利益，他们要建立的独裁制，等于褫夺公民的意志；人民错把敌人当成了朋友。历史上许多正义事业却难得成功的悲剧，其原因经常出在这里。

　　莎士比亚是敏锐的艺术家,但也是卓越的政治家或者政治观察家。政治与人性一样,其是非曲直乃扯不清理还乱的迷幻魔术,深谙政治艺术奥秘的大师借古喻今,但传达的智慧真理却超越时空。

　　　　(本文成稿于 2002 年 5 月,以之参加当年 6 月在西子湖畔举办的"中国(杭州)莎士比亚论坛"并作发言;刊发于《山东师范大学学报》2002 年第 5 期)

论莎士比亚传奇剧的道德理想主义

罗马修辞学家朗吉弩斯谈及荷马史诗时曾就两部巨著进行比较,以为《奥德赛》不像《伊利亚特》充满戏剧性动作和冲突,"好比落日,虽然还是一样伟大,而强烈的光辉却已不存在了"①,并由此断定它为诗人晚年之作。一般来说,文学艺术家的激情和创造力随着年岁的增长而趋于平缓,好似奔腾咆哮的江河一旦入海就抹去了"棱角"一样;不过另一方面,它也开始领略海的辽阔与深不可测。就像佳酿越陈越醇,岁月和经验的洗礼同样会使包括思想、情感和智慧在内的人的精神境界升华结晶,放射出特有的光彩。

这与莎士比亚的创作情况也极相契合。众所周知,莎翁的晚期剧作,除历史剧《亨利八世》属于一个例外,其他几部在戏剧体裁上均较难界定。莎学学者很早就注意到了它们所具有的某种崭新特色,但直到 19 世纪初,浪漫派莎评家才找到一个大致能准确概括其特征的名称:"传奇剧"(出自科勒律治)。这些剧本——它们包括《泰尔亲王佩里克利斯》(*Pericles*,1608)、《辛白林》(*Cymbeline*,1609)、《冬天的故事》(*The Winter's Tale*,1610)、

---

① 转引自朱光潜《西方美学史》上卷,人民文学出版社 1979 年 6 月版,第 112—113 页。

《暴风雨》(*The Tempest*,1611)——无不写得凄冷悱恻而又喜情盎然,同时,正如该名称所标示的,戏里太多传奇式的悲欢离合,甚至童话般的象征比喻。它们是诗意的、抒情的、规诫的和哲理的。的确,较之作家前期尤其中期的创作,已经不那么具有像《李尔王》的疾雷闪电一般狂烈的力度、速度和气氛,也不再像《哈姆莱特》那样任激情荡驰浩宇、叱咤风云了。这些剧本展现的是另一种精神格调,如迟暮前的夕照,为寂寥、淡远甚至神秘的氛围所笼罩。于是人们相信,莎翁失去了战斗力,对人间丑恶已无可奈何;伟人疲倦了,只好聊为抒发一下理想,然后向艺术告别……

　　如果完全否认晚期莎剧对现实关系方面的妥协倾向与思想强度方面的弱化倾向那也未免太感情用事。大悲剧时期强烈的社会批判精神,那种撕破凶残的人生本相的无畏勇气,那种对卑劣和非正义怒不可遏的情感意向,那种几乎要挖尽邪恶根本而欲求源的哲学执拗,在这里已退居其次。他好像对左右着凡尘世界的过于盲目和严酷的必然性不那么愤愤不平了;为什么人会有痛苦,人又是怎样痛苦的? 人是宇宙的精华,然何以撒旦会进入人心里? 这类问题似乎也已无关紧要,重要的是人应该过一种道德的生活,同时也不能牢牢羁留在悲凉的人生感受里;死盯着险象丛生、苛峻无情的人生真面并非有益;说到底,那古老的观念,那不无幻想成分的关于生活现象因果关系的观念在理性的认识中理应成为真实的。

　　或许可以这样说,基于对人和生活的无限热爱而坚信其永恒美好性的道德判断构成了晚期莎剧的一个主导性特征。从这里我们看到了戏剧家坚守终生的人文主义理想。对莎士比亚而言,道德价值是绝对的,生活必须要有尺度。无论由于什么原因而人性变得如何邪恶,那终归不能代表人类的本质。像文艺复兴的大多数思想家肯定人性本善一样，莎翁也对此信之不渝，尽管到他生活的时代，性善说已或多或少受到挑战。在大师笔下，邪恶虽不一定是偶然因素，但至少不是决定因素；刚好相反，善才具有绝对意义，在其面前，罪恶显得无能为力，尽管它可以逞一时凶狂。《辛白林》中的阿埃基摩在玉洁冰清的贞操面前碰了一鼻子灰，只好以梁上君子的手段得以搞到进行诬蔑的口实，然而被他搅浑的水是会澄清的，只是迟早而已；倒是他自己的内心从此变得不那么安宁了。《暴风雨》中的那个篡窃者安东尼奥及其同盟阿隆佐的境况也好不到哪里，他们在要为自己的罪行付出代价时深刻感受到了不义之举必然导致的祸患。一件罪行之后，它的后果往往是当事者犯罪时所始料不及的。莎翁晚期剧作表明，人类本性自身是符合道德的，换句话说，善的种子就深埋在人心的土壤里。在同样情况下，心灵纯洁行为端正的人会更多幸福，反之，品行不端者却永远无法领略美好德性所带给人的愉快。正因为如此，阿埃基摩、安东尼奥之流才难以逃避悔恨、自谴的苦恼——他们必须接受良知的道德审判。

作为伟大的人道主义者，莎翁的迷人之处在于他始终坚守人文主义的基本信念，尽管经过悲剧时期的痛苦探索后已清醒地认识到，人文主义理想的实现绝不是一蹴而就的。他从未怀疑人性的善良因素，虽然这在悲剧中一度动摇过。以《暴风雨》为代表的传奇剧用舞台艺术形式昭示出，人文主义理想的实现，归根结底要靠解放人性中潜在的善良的道德基础，也就是唤醒良知。普洛斯彼罗进行的正是这样一种伟大的事业，他摆脱了自身的情欲，又抑制了别人的恶念。在暴风雨过后的那个神话般的仙岛上，公正得以恢复，被篡夺权位的公爵收回了他的公国，而窃国者及其同伙由于良知被唤醒则幡然改悔，"在每个人迷失了本性的时候，重新找着了个人自己"①。在这里，普洛斯彼罗用济世救人的方式排除了施暴力于不义、行惩罚于过失的以眼还眼原则，而代之以仁慈、宽恕与谅解。由是之故，诸如安东尼奥、阿埃基摩这样的奸佞小人才最终得到改过自新的机会。很显然，这种解决问题的方式与其说是给不公道的社会指明一条改革的途径，倒不如说更是标榜一种道德理想主义，其意义并不在于实行，而在于将高贵的人类准则作为价值尺度悬为规范、引为目标。莎士比亚明白，尽管现存的生活制度不符合人性原则，但是在当时条件下要从根本上加以改变又是不可能的。在好几部传奇剧中，大师何以干脆撇开于现实的社会或国家范围内寻求生活矛盾的解决途径而倾注于伦理哲学上的乌托邦式解决办法是不难理解的。因为，思想进入高度成熟而艺术炉火纯青的戏剧家深知，根除社会罪恶之现实的解决途径不可能找到，而哈姆莱特式忧国忧民且英明公正的理想君主也不可能出现。但是艺术家的确深信人性内的善良因素既存在于像伊摩琴、玛丽娜、米兰达、宝丽娜、潘狄塔、佩里克利斯、普洛斯彼罗这些仁爱化身者的心里，也存在于像里昂提斯、阿隆佐之类暴君或多行不义者的心里。难以磨灭、无处不在的善爱精神就是创造更富理性和人道生活的基础，只要人性无泯，美的善的圆满的世界就会被创造出来，不管这世界将有多么遥远。此正是莎翁传奇剧激发人的善念，并诲之以尊重人性、珍惜生活、相信未来的道德力量所在。

晚期传奇剧也像早期中期的喜剧与悲剧，其中塑造了一些真

①［英］莎士比亚:《暴风雨》，朱生豪译，见《莎士比亚全集》一，人民文学出版社 1978 年 4 月版，第 80 页。本文所引该剧文句，均从此译本，为简洁计，以下不再加注。

正称得上坚贞而不屈不挠的艺术形象。与以往喜剧里的主人公不同的是,他们似乎遭遇到更多的磨难,而与以往悲剧里的主人公不同的是,他们对不公正命运的认识似乎更倾向顺其自然。一种斯多噶式的坚忍主义成为这些戏剧人物的精神特色,深厚、博大、宽容,处逆境而泰然,受宠辱而不惊,如此哲人式的性格意识赋予了这些作品某种平和但又深沉的力量。"默默忍受命运的毒箭",这对哈姆莱特,或者奥瑟罗、凯撒、安东尼奥,甚至李尔、泰门这样的人来说简直是不可思议的。那位高贵的丹麦王子最为苦恼的问题不是"生存还是毁灭"吗? 那么,如何对待不公正的命运,忍气吞声逆来顺受还是挺身而出奋力反击? 他不是也一度思量再三"究竟哪一种更高贵"吗? 但是对命运多舛的泰尔亲王,失去家国的米兰大公,以及被屈枉的伊摩琴公主和遭冤狱的赫米温妮王后这些人来说,反抗或者报复是次要的,与其说愤然于自己的命运,不如说更遗憾于人性的败坏。乖蹇的遭遇并没有使他们变得残酷无情,而邪恶也不曾影响了他们的精神状态。

在《泰尔亲王佩里克利斯》中,一连串的灾难和厄运纷然袭到主人公头上,然而他善良仁爱的天性始终如一、丝毫未变。也许为了突出其高贵,施之以对主人公犯下滔天不义之罪的塔萨斯总督夫妇的惩罚,大师的处理甚至也不是假亲王之手而是借了众怒之力。在《暴风雨》中,权杖被篡夺而自身遭放逐的米兰大公,面对仇人及其同道纷纷落入自己的手掌,他首当其冲干的事不是报复(压根未曾想)而是粉碎那班心术不正之人的阴谋,防止坏行为发生,并进而使他们弃恶从善。普洛斯彼罗全面体现了人文主义者寄予理想人物的希望,本来,像许多巨人式的思想家一样,公爵惯于陶醉在精神兴趣的天地里,把书斋视之为"广大的公国","在幽居生活中修养我的德性";但意外变故使其明白,比这更需要的也许是让愿望变为现实的能量。关于这点,戏剧家的处理乃是通过魔法——那是知识的象征——驱使一个无所不能的精灵爱丽儿帮助实现的。再说《辛白林》中的伊摩琴公主,当其爱人因中小人奸计而欲将之作为淫娃杀害时,她所痛惜的并非自己青春的生命,而是那可怕的指控居然来自最亲爱的人。这太让她寒心!"啊,男人的盟誓是妇女的陷阱!"①她不再在乎生命,因此也就不惧怕死亡,坦坦荡荡,请求把剑刺进心房,那里"除了悲哀,什么也没有的"——甚至没有恨,没有悔,没有埋怨……而《冬天的故事》中的赫米温妮王后,遭丈夫荒唐的怀疑并且粗暴的审判,她有口莫辩,给"异想天开的噩梦充当牺牲"②,只是赖于宫廷女官宝丽娜之助才得以秘密地活下来。她以圣徒般的坚忍隐居着,尽管对她来说"生命并不是什么可宝贵的东西",直到丈夫在追悔中熬过十六个春秋。这样行动的意义在于向国王表明,暴君必须为自己的暴虐负责,谁播下错误的种子谁就得收获苦果。

　　一般来说,晚期传奇剧中的人物特别是主人公的命运都不是一帆风顺的,相反却充满着苦难、挫折与不幸,不过总的趋向是由困厄而向光明,所要体现的题旨仍然是善对恶的斗争及其胜利。在这里,善恶的内涵当然主要还是抽象意义上的。很多情况下,恶可能逞凶一时,但绝不能称霸一世。如上所言,在莎士比亚看来,善是宇宙法则的必然指归,而恶则可能只是偶然;人类天性中

---

① [英]莎士比亚:《辛白林》,朱生豪译,见《莎士比亚全集》十,人民文学出版社1978年4月版,第193页。本文所引该剧文句,均从此译本,为简洁计,以下不再加注。

② [英]莎士比亚:《冬天的故事》,朱生豪译,见《莎士比亚全集》四,人民文学出版社1978年4月版,第140页。本文所引该剧文句,均从此译本,为简洁计,以下不再加注。

美好的东西集中表现为善，它以巨大的力量遏制恶，说到底，善对恶的胜利，其实就是美好人性的胜利。这里似乎重复了早期喜剧的主题，不过事实上两者却很有区别，在传奇剧里，理想化的成分不仅更为浓厚，而且更为自觉。佩里克利斯的遭遇可谓乖蹇，天涯流徙，丧妻失女；然而他有一颗高贵的心，这颗心对正义充满热忱，对生灵充满爱悯，因此命运酬谢了他，使其亲人失而复得。而《冬天的故事》也表明，只有善才能带来幸福，里昂提斯放纵自己滥施君王淫威，结果就有了十六年以心灵之痛补偿过失的苦恼岁月。在传奇剧里，善恶问题最终演化为一个基本主题即惩恶扬善。这个主题在《辛白林》里尤其得到尽善尽美的表现。它写了许多不义，从阿埃基摩的造谣生事到王后及其儿子的窃国计划，尽管如此，善与公正却取得了圆满胜利，恶人或遭灭顶报应，或悔悟而得宽恕。至于说《暴风雨》中，包括卡列班在内的恶势力并不单薄的话，那么起决定作用的力量仍非邪恶而是善念。从莎剧之绝大部分写正面力量与邪恶势力的冲突看来，《暴风雨》实属例外，它是一曲善的赞歌，从爱丽儿到米兰达到普洛斯彼罗，这部被称之为大师"诗的遗嘱"的杰作，不折不扣是一曲优美的人性善的赞歌，一曲最富象征意义的人道主义的赞歌。它用诗意的场面、人物和事件揭示出，以忠诚、正义、纯洁、无私为基础的道德原来比谋叛、自私及邪恶更有力量。

很显然，这类善的或者爱的宗教多半是种理想，是种至少在当时阶段尚无法实现的美妙的"乌托邦"，对之戏剧家具有明确的自觉意识当是毫无疑问的。唯其如此，他才采取了最适合表现这种理想观念的传奇形式。传奇剧一个显著的特征是，充斥着巧合与奇遇的故事距离现实生活特别是莎翁时代的英国生活越来越远，虽然此前的剧本也曾频繁出现过时空古远的情境创造，然而以之为背景演示的剧情,却如恩格斯所言"只有发生在英国的天空下"。但是后期莎剧却并非如此,那种把远古氛围和异域情调与身边现实切近的典型化手段处理却转到了相反的方向,大师好像有意加强艺术情景和实际生活的对照,特地提醒人们不要把现在和未来混为一谈。在这里,戏剧人物所活动的世界,似乎摆脱了必然性的制约,而非同寻常的偶然因素则比比皆是。始料不及的祸患和出人意料的幸运倾注到主人公头上,一会儿身处绝境、走投无路,一会儿却迷津顿开、柳暗花明。与悲剧主人公相反,传奇剧的主角们较少极端复杂的内部激情与冲突,尽管其命运于奇谲和乖张的程度上绝不在悲剧之下;而造成紧张情绪的戏剧因素也主要是外在环境而非内心感受。戏剧效果取决于情势的突然变化:由昌达而羁逆或者由羁逆而昌达。一般来说,剧作家像木偶的牵线人一样引导主人公历尽人世沧桑然后到达幸福,于是乎所有矛盾均得以妥善解决,就如童话中的王子或公主通常所面临的结局一样。

的确,晚期莎剧是童话式的或曰寓言式的。如果说莎士比亚的大悲剧几乎没有明白提出正面的道德理想或者包含确定的训诫性结论的话,那么传奇剧在这方面则刚好相反,即亦如童话或寓言那样了然揭示出某种道德教训。因了浪漫传奇性,用童话或寓言或传说描述这些剧的情节特征差不多是顺理成章的。比方说,《泰尔亲王佩里克利斯》那简直海阔天空的故事就十分地童话化:亲王落水得救得与公主结为伉俪,然后是暴风雨的海上,产下女婴的王后不幸去世,但尸体漂上岸后又"死"而复生;孩子不得已寄养于曾受过亲王大恩的人家里,成年后却居然被卖为奴;经过多少辛酸,夫、妻、女终于团聚。再如《辛白林》中,王上册封一位新后,她阴险狠毒,费尽心机使公主失去父爱——狠心的后娘,

不幸的弱女,正是童话里的常见人物;其他再如王子被偷、公主落
难女扮男装等,也是典型的童话情节。诸如此类,在《冬天的故
事》里也不少见:国王无端生出妒意,王后顿遭无妄之灾;新生儿
作为野种被弃之荒郊,王家丽质落难成了牧羊村姑;接着是王子
与"牧女"相恋,山重水复,终成眷属。而至于《暴风雨》,则整个就
是一则寓言、一个象征,公正善良的主人公凭借魔法力量和精灵
帮助进行了一场改造世界尤其是改变人心的工程,戏剧以童话的
神奇与诗般的优美宣告了崇高理想的胜利。

　　颇值得思考的问题是,在经过了灿烂的悲剧创作之后,莎士
比亚何以把精神灌注于如此童话式的浪漫传奇剧的境界之中?
而这些带有寓言性和象征性的剧本除了证实大师坚执于善必胜
恶的道德信念外,是否仍像此前那些包含巨大社会哲学意义的作
品一样不朽?

　　毋庸置疑,莎士比亚不光是伟大的观察家,而尤其是深刻的
思想家,举凡其一系列杰作,无不显示出对于现实关系的卓越理
解,别林斯基说他"领略了地狱、人间和天堂……同样地考察善与
恶,在富有灵感的逼视中诊断宇宙脉搏的跳跃!"①作为一代大
师,经历过历史风云的严峻考验,仍固守崇高与理想的时代意向。
但也许因为过于成熟,在大自然生生不息的永恒运转中,太懂得
无情的必然性是不可抗拒的,同时了悟善虽为人性之本质,邪恶
却也根植在人身上;不过人生虽短暂却有意义,生活并不因为灾
厄、痛苦、忧患失去其价值;人处事行事应该而且必须遵循本性中
的善良意向,这才更合于自然与理性。或许,这些就是莎翁晚年

―――――――――――――

① [俄]别林斯基:《文学的幻想》,《别林斯基选集》卷一,满涛译,上海译文出
　版社 1979 年 5 月版。

思想的主导方面，也是晚年创作的基本动机。

就揭示人事变幻的哲学命意而言，晚期传奇剧也许具有更为深厚之处，成败祸福、悲欢聚散、机缘巧合，无不变幻莫测，于是莎剧提供了深刻的道德启示与价值判断。诚然，剧中一厢情愿的幻想成分甚至是过于随意的，然而对于充满苦难记忆的人类而言，特别对于已经历和悟彻到人生悲凉之绝对性的艺术家而言，幻想是必要的甚或是必需的。就某种意义上说，失去了幻想，也就等于失去了未来，那么剩下的就只有束手待毙了。这就是人们——从古人到今人——热爱一切神话、童话或象征、梦幻性作品的缘故吧，因为从中可以看到希望、增强信心、提高生活的勇气。不妨说，莎翁传奇剧所以具有简直难以抗拒的艺术魅力，恐怕原因也在于此。不言而喻，它们同大悲剧一样是不朽的，任何时候，其强大的道德力量和艺术力量也会扣动人的心弦，并使之发出沉重的回响。因为说到底，它们展示的是更其高远的精神境界，更为成熟的智慧和更加宽宏的内心。

而这些也足以说明，莎士比亚不只是现实的诗人，还更是理想的诗人。

的确，充满理想和幻想是晚期莎剧的特色，它会给人一种类乎老成的金秋般的温馨感觉，因为其中洋溢着的，是像落日的那种辉煌。

（本文成稿于 1993 年 3 月，初名《落日的辉煌——略谈莎士比亚晚期传奇剧》，以之参加在武汉大学举办的"武汉国际莎学研讨会"并作发言；文稿编入论文集《莎士比亚新论》，武汉大学出版社 1994 年 4 月出版；英文摘要收入美国《莎士比亚季刊》（*Shakespeare Quar-*

terly）。后以《论莎士比亚传奇剧的道德理想主义》为题刊发于《齐鲁艺苑》1993 年第 2 期，人大复印资料《外国文学研究》卷 1993 年第 11 期转载）

华兹华斯三首乡情诗译评

作为英国浪漫主义伟大诗人、所谓"湖畔派"的主要代表,华兹华斯①之于文学史别具开拓或示范性意义。他是律师之子,但少时成为孤儿,由舅父照管,仍然受到很好的教育。他在剑桥大学圣约翰学院读书,颇受启蒙主义和感伤主义影响,向往唯情论,醉心返回自然说,主张在平静中回溯等。1790 年剑桥毕业后去法兰西、意大利以及阿尔卑斯山等地作徒步旅行,深受大自然感应而终生与乡村结缘;19 世纪之初,同气质颇为相近的诗人柯勒律治(S. T. Coleridge)、骚塞(R. Southey)隐居英格兰西北山地湖区,物质生活极为简朴而思想精神十分活跃。他们迷恋湖光山色、哦吟田园幻想,正所谓"远远离开忙碌的世界,描写大自然的理想"②,故被称为"湖畔派"。由于诗人思想一度趋于保守,政治上从对法兰西大革命的同情、支持到反对、毁谤;创作上从歌颂乡村风物到美化宗法制与小生产的旧日生活,曾一度被视为消极浪漫主义者。当然这并不等于说,其创作平庸、凡俗几无可取;恰恰

---

① 威廉·华兹华斯(William Wordsworth,1770—1850),19 世纪前期英国第一代浪漫派作家,晚年被宫廷擢选为桂冠诗人。

② 语出普希金《十四行诗》;转引自阿尼克斯特《英国文学史纲》,戴镏龄等译,人民文学出版社 1959 年 10 月版,第 288 页。

相反,华兹华斯属于英语诗人中最伟大者之一。其创作与理论对英诗的改革和发展产生过巨大影响;在英伦,甚至被认为是继莎士比亚和密尔顿之后最伟大的诗人。

华兹华斯的诗创作,思想深邃、感情真挚,题材丰富、体裁多样,极富有独创性。许多作品涉及人生哲理,也不乏探索心灵历程的鸿篇巨制,但流传最广、影响最大者当应首推青年时代描写乡村田园亦即大自然的诗歌。他是位自觉的大自然歌手,从朴野的乡村景物汲取灵感,以内心的真诚、用人民的语言,去创造诗篇。其诸多篇目,歌颂优雅恬静的自然景象,描摹活动其中的生灵及人群,意境清新幽远、形象生动亲切。一篇篇抒情小诗恰似一件件玲珑剔透的象牙雕刻,精妙凝练、意趣盎然,含蓄蕴藉、美不胜收。兹试选尤具代表性的三首诗《致布谷》、《我像浮云孤独漫游》、《孤独的刈禾女郎》(原诗附篇末)移译评析,借之体察诗人的气质、捕捉诗作的风采。

致布谷

快乐的春之使者哟! 我听到
　　听到了你的歌唱,充满欢欣。
哦,布谷! 唤你作"鸟"
　　或者只是飘忽的声音?

我躺卧绿草毯
　　听你迭声的啁啾;
仿佛从这山飘向那巅
　　于远方消融、近处喋咻。

虽说喃喃絮语只对幽谷，
　　那里阳光灿烂野花遍地，
你却也唤起了我对往故
　　对充满幻想时代的追忆。

欢迎又欢迎，阳春的爱宠！
　　对于我，你甚而并非是
报春鸟，而是梦影瞳瞳，
　　一串鸣音，一团缥缈神秘；

这与我在学童的日子
　　所听过的不差分毫；那鸣叫
曾使我寻觅过千百处次
　　在灌木丛、大树杪、空阔云霄。

我常常漫游追寻你
　　穿越丛林、草地数度；
你一直是种冀望，一种爱意；
　　引人向往，然未得一睹。

依然听得到你的呼吸；
　　四周是坦荡的绿茵草芳
我谛听着，直到再次勾起
　　黄金般的童年时光。

噢，幸运鸟！这闲步之野；

　　　　似乎又一次出现了
　　一个虚幻的仙界；
　　　　那里适合作你的窝巢！

　　此诗写于 1802 年 3 月一个温煦的早晨。诗人在樱桃园仰卧
芳草，迩思遐忆，或许追溯到顽皮的童年：布谷抑扬柔美的啼叫使
小儿四处追寻。按，布谷在我国还有"杜鹃"、"杜宇"、"杜衡"、"子
规"等名称，为诗人的爱物；候鸟类，苏东坡有"杜宇一声春晓"①
之句，说明它在春季里出现。需要指出的是，此诗的产生，并非真
的因了鸟鸣引发灵感，因为在作者隐居的湖区，要听到嬉春的杜
鹃声声，至少得在 4 月底，正所谓"杜鹃暮春至"②。显而易见，诗
句的流溢完全靠了以往的印象和当时的想象，而这也很符合作者
作诗的习惯。华兹华斯认为：诗"起源于在平静中回忆起来的情
感"③，而且差不多都"深思了很久"。即是说，它大抵是熟虑的结
果，单凭触景生情而发者则属例外。因为"诗人没有外界直接的
刺激也能比别人更敏捷地思考和感受，并且又比别人更有能力把
他内心中产生的思想和情感表现出来"。《致布谷》正是这样一个
例证。
　　还是进入诗里去吧……展现在读者眼前的，是个梦幻般的美
丽诗境，短短的八节诗，就勾画了几种截然不同但又相互联系的

①苏轼词《西江月·顷在黄州》，其中有"解鞍欹枕绿杨桥，杜宇一声春
　晓"句。
②杜甫诗《杜鹃》，其中有"杜鹃暮春至，哀哀叫其间"句。
③引自华兹华斯《抒情歌谣集》1800 年版序言。本文凡援引该文献者，均从
　《抒情歌谣集》1800 年版序言或 1815 年版序言，曹葆华译，见《古典文艺理
　论译丛》第一册(1961 年)；为简洁计，以下不再加注。

境界:眼前的,以往的,现实的,虚幻的。它们被某种飘忽的精神贯穿着,不绝如缕,似断犹连。开首两节,既描摹了布谷鸟那独特的声音,又写出了这声音带给诗人的喜悦。接下来的两节,与其说写布谷之声唤起了作者遐思,毋宁说描述鸟语给予诗人的特殊感受。在这里,作者似乎因了心灵的纯净和天性的敏感,竟然将有形之物隐去,而化为无形之声。第五、六节才纯乎是黄金时代童稚情景的自然显现:原来诗人对这"春之使者"一往情深,曾寻觅它至"千百处次",但诗人并不以对它抱有如此弥笃之爱为满足,而是更进一步,把那已经是无形了的鸟儿再度抽象,使其成为某种更为纯粹的圣灵和感情的象征("一种希冀,一种爱意")。最末两节,从幻想的天地拉回到了现实的世界,但这返回并不彻底,诗人尚不时在超越时空的虚与实之间流连忘返,甚至透露出踏入更高的幻想境界的征兆。

如此似真如幻的意境是非常美妙的。在华兹华斯那里,自然的造物似乎表现出一种超越世俗的力量,至少也是超越现实的象征。而这种无形的力量或者说象征,类乎神启,唤醒心灵,让人呃到了某个超感觉的世界、某种美好和永恒的事物,从而激励人们向着无止境的广漠的宇宙去追求、去探索。

可以说,《致布谷》的中心是描摹一种声音,读者可通过声音感知鸟的形象和诗人的心神。但这摹写不是通常的状物铺陈。诗人并未将布谷比喻为自然界的任何东西,而是把它抽象为某种概念,使其神圣化了。其实,与其说是在描写实质的鸟叫,倒不如说是在描写观念的意识。然而,作为被描摹对象的声体,即那神秘的"咕咕"或者说那几乎是超凡入圣的鸟语,它所固有的特征和风采(诗中几乎没有直接的形容、比喻或渲染),却仍然十分含蓄和准确地从诗行中流露出来——

　　哦,布谷! 唤你作"鸟"

　　或者只是飘忽的声音?

　　确实,只有布谷鸟的"咕咕"才如此飘忽,"于远方消融、近处喋咻"。此可谓布谷之声的独特之处,我国古代有"万壑树参天,千山响杜鹃"①的诗句,正是抓住了此种鸟语的特征。可以说,这是对所状之物没做任何描写的描写,它要比直接的比喻、形容或者渲染微妙得多。对此,诗人曾分析说:"这个简单扼要的问话描绘出布谷鸟的啼声好像是无处不在,并且使这种鸟儿几乎不再是一个肉体的存在。"或许正是因为如此,后面才有了这样的诗句:

　　对于我,你甚而并非是

　　报春鸟,却只是梦影瞳瞳,

　　一串鸣音,一团缥缈神秘;

这里尽管将鸟形隐去,而使鸟声抽象化。但这种抽象是合理的、自然的,因为它使人意识到"整个春天里布谷鸟不断地啼叫,但它很少为人看到"。事实上,这里借助了想象的力量。而想象,在华氏的诗论中占有特殊地位,它"意味着心灵在那些外在事物上的活动"。确乎如此,此方面《致布谷》又是一个例证,我们正是从对于布谷之声的描绘中发现了诗人心灵活动的蛛丝马迹。如此描写确实使诗的形象更加含蓄、优美。它产生了某种梦幻似的东西,我们说,梦幻也是一种美,而且是比较精致和高雅的美。诚然,"在想象的神秘土壤里,播种声音和景物的意象"难免于诗多携朦胧色彩,不过同时也带来另一后果,即让读者更多和更真切地感受诗人思想与感情的脉搏。这对于准确地捕捉诗人及其作品的气质与风采,恐怕亦不无佳妙吧。在此,笔者所以不惜笔墨,

---

① 王维诗《送梓州李使君》中句。

将此诗所用的、被作者称为"想象"的艺术表现手法强化指出，乃是因为它在诗人的创作中是典型的，不咂透其奥妙，就不能很好地领略其诗的神韵。

我像浮云孤独漫游

我孤独地浪游
像浮沉丘壑间的云，
倏然望见满沟，
一片喇叭水仙如金，
在湖畔、在树荫，
笑迎轻风舞动缤纷。

宛若银汉星辰
它们无尽地铺开，
熠耀闪烁绵延连亘
沿着凹湾的岸苔：
一瞥间万千花繁
搔首弄姿飞入眼帘。

清流在其旁边弄舞，
花却远胜波光泠滢：——
欣喜盛况赏玩处
诗人如何不忘情！
我凝视、凝视着——不及思索
花儿带给我富饶多多：

> 常常，当我躺于榻卧
>
> 心旌虚空或是冥思入邃，
>
> 它们使灵魂之眸闪烁
>
> 此乃隐居的至境陶醉；
>
> 那时愉悦塞满心窝
>
> 伴随喇叭水仙舞动摇曳。

　　这首诗写于 1804 年，那时诗人正隐居格拉斯米尔（Grasmere）湖区。同《致布谷》一样，其形成也因了对往事的追忆。诗中所描写的又长又宽的一大片水仙花，是诗人两年前同胞妹多萝西（Dorothy）在乌尔华特（Ullwater）湖边散步时目睹的。那美妙的情景嵌进了作者的记忆，它躁动、澎湃，终于使其诉诸纸笔。

　　首两节，诗人活画出漫游途中的惊喜发现——大片水仙花于微风中的摇曳形态。寥寥数笔，便展现了一个花的世界："如金"，点出亮度和色彩；"一片"、"铺开"、"沿着凹湾"等语加上一个美妙的譬喻（"宛若银汉星辰"），则写出了花之繁、之茂，境之深、之远。诗人准确地捕捉了大片花丛在穿入眼帘的一瞬间所呈现的姿态，或者毋宁说，那给予诗人的最初印象："舞动戏狎"、"搔首弄姿"。可谓形神兼备，把满地盛开的野花于轻风吹拂下的状貌一下便捉尽写绝了。这描写不能不使读者联想到：面对此情此景，诗人心里一定充满了惊愕与狂喜。从此简约、准确、独创性的摹画，可见作者对自然界的一草一木观察是多么细微。的确，华兹华斯，他用对恋人般的痴情，以神圣的心灵触觉迷恋自然、感受自然、叹吟自然，正如他自己所说，"我时常都是全神贯注地考察我的题材"。

　　第三节，诗人进一步把自然物拟人化、视觉化（清流弄舞、波光泠滢），同时笔锋转向自己。他把所看到的美景比作一笔财富，对诗人而言,没有比自然之娇媚更为有价值的馈赠了。其内心同广大的自然完全融和,打成一片,正如其诗论所言:"人与自然根本互相适应,人的心灵能映照出自然界中最美最有趣味的东西。"诗人这句话,在最末一节似乎得到了印证:他远离尘嚣,躲进大自然的怀抱,那花儿不仅成了精神的安慰,填补了虚空的内心,而且简直成为生命之源。不妨说,喇叭水仙,在诗里就是大自然的同义语(至少也是它的标志),它赋予诗人以灵感、生命的快乐和精神的永恒与无限。

这首诗,精神上与《致布谷》完全相通,真实的和虚幻的形象融成一片,在读者心中引起美感。风格也颇一致,典型的华兹华斯式,简洁、含蓄、凝练,稍带神秘色彩,在欢乐的主旋律里似有一痕忧郁流贯。不过二者也各有独特之处:如果说前一首更具有象征意味,那么后一首则更多写实特点;如果说布谷鸟的絮语被高度概括为某种哲学的抽象,那么金色的水仙花则被描写成了美好生活的代表。它们好像是某种理想事物的神形两方面,不约而同地揭示了诗人心灵的世界。

应当指出,即使在诗人这最好的作品中,逃避现实的思想倾向已有所流露。布谷鸟的神秘色彩不无主观唯心性质,而水仙花的迷人背后,显示的是作家醉心退隐遁世的情怀。诗人后期的创作愈来愈陷入情感的私人化,艺术上也多了些晦涩沉闷。唯其如此,他之受到拜伦、雪莱等人的尖锐批评,就绝不是偶然的。

孤独的刈禾女郎

看她,田亩里形单影只,
那孤独的高地女在劳作!

自个边刈边歌；收住脚
莫惊动，要么轻轻走过！①
哼着忧郁的小调乡音
独将熟禾放倒打捆；
噢听！幽邃的空谷
少艾歌声荡漾飘忽。

即使在阿拉伯沙漠
绿荫下惯常为旅客把脚歇
那些疲乏的商队哟，
亦从未聆夜莺这般唱过迎客歌：
如此叩击心弦的声音听之绝无
即使春日里那飞掠啼啭的布谷
尽管在遥远的赫伯瑞底斯②
其鸣叫打破那海洋的静谧。

没有谁告诉我她唱的曲意？——
或许那飘荡的哀怨之歌
叙说古老、不幸、遥远的陈迹，
和很久以前的戎马箭戈：
或者更为质朴的叙事篇节，
人们今天熟稔的酸涩？

————————

① 这行诗有二种理解，一认为诗人自指，二认为指收庄稼的女郎。若按后一种理解，可译为："或停，或移步轻趋。"
② Hebrides（赫伯瑞底斯），苏格兰西海岸的一群岛屿，此借喻其遥远、沉寂。

如许自然的伤心、丧失或痛苦，
不是都曾发生，而且可能重述？

无论是何主题，少女唱着
仿佛那歌无尽无歇；
我看见她唱着劳作，
手握镰刀躬刈熟禾；——
我听着，屏息静默，
当我爬上那座山坡，
歌声还在心头萦绕，
它不消失，良久未消。

　　此诗写于 1805 年，有注家指出，其产生可能是受威尔金森
(T. Wilkison)《高原游》(*Tour in the Highlands*)的启示。从此
诗可见，华兹华斯从写自然的物到写自然的人，笔触依然那么轻
柔、细腻、含蓄；形象依然那么恬美、古朴、超脱。首节写刈禾女郎
劳作的情景，但注意力显然不在劳作，而在收割少女的歌声。声
音传出很远，回荡于幽谷，可见唱得多么尽情。诗人无疑是被歌
声（或许还有少女的情影）迷住了：“莫惊动。”他担心会有什么外
来之物将歌唱打断，因而告诫自己“收住脚”。次节用两个比喻，
专写歌声之亮、之美。用以作比的喻体都是自然界的歌手——善
鸣叫的鸟。夜莺之声一向被认为最优美动听，何况诗人又将其放
在茫茫沙漠中的一隅绿洲里呢！在彼几乎与世隔绝的地方，它之
于焦头烂额的旅队，意味着何等的欢乐、何等的安慰呀！至于布
谷之声，则更婉恻动人。在我国，这种善叫的鸟相传为古代蜀王
望帝魂魄所化，因而鸣声格外哀怨（其哀怨正衬托少女的忧郁乡

调）。诗人将这声音放在遥远、岑寂的海岛上，同沙漠里的夜莺啼叫一样显得不同凡响。然而，连这罕见的鸟鸣也不能拟比苏格兰高地女郎的歌声，足见后者是何等地动人心魄和出神入化了——这种比兴的手法实在格外有力。接下来，诗人就农家女所唱歌的内容作了一番揣测：它抑或在叙述古代英雄豪杰的彪炳功业，抑或在描写民间生活的悲欢离合。诗人非但展示了他的怀古之情，且又表现出对现实中人们命运的关切。而"壮烈的古代"和"卑微的民间"，无论于内涵还是于格调，均恰好形成鲜明对照。末节的重心在最后两行，写歌声萦回心际，良久不逝。这不仅在诗人是如此，而且在读者，也似乎造成余音袅袅的感觉，从而使这首以写乡歌为主体的诗浑然一体。

　　华兹华斯认为，自然有种神秘力量，可对人起到深刻的教育作用："自然的珍宝你探不到底，它既可怡情，又能益智。"①所以，爱自然导向爱人类。不了解诗人对自然的那种执着和痴情，也就难以透彻理解华诗的精神。在诗人那里，自然和人是血肉相连的有机体，他曾说，在田园生活里："人们的热情是与自然之美而永久的形式合而为一的。"读者很难分得出，自然的景色和自然的生灵，哪一方诗人看得更重。他的爱，仿佛全都一般深沉、真挚、热烈。华兹华斯，他以神圣的心灵感触咏叹自然，也咏叹自然的人。然而，必须指出，诗人笔下的人，却是过于超脱现实，没有被恶浊的社会毒化的"原始人"。他说："去观察天真坦率、生活平凡、永

---

① ［英］华兹华斯：《规劝和回答》，见 W. Wordsworth：Poems，牛津标准作家丛书版。

远不懂虚伪造作的人们。"①就说这位平凡的刘禾女郎吧，尽管她并无多少惊人之处，但却那么洋溢着绝无仅有的纯洁与诗意。之所以如此，也许正在于诗人赋予了她完全的自然纯朴。其实，如此世外桃源，仅仅不过是种美好的理想寄托而已，显而易见，华兹华斯在歌颂自然的同时，却掉进了一种幻想，就是自然的"神秘力量"即使不能使人返真还璞，至少使人性保持住天然品质；因而便自觉不自觉地美化宗法式的社会，力图使人返回到那种所谓"自然"的状态。这种要将历史拉向后转的企图的产生，与当时恶性膨胀，给人类和环境带来无数灾难的工业文明令其不胜厌恶有直接关系。他没有看出历史发展的必然趋势，更没有看出文化的潮流亦将伴随历史的变迁而改变方向。这使他不能够站在时代的前列，像拜伦、雪莱那样写出充满战斗激情，表现时代精神的壮丽诗篇。恰好相反，一味寻求大自然的荫庇，缩进自己狭小的主观世界，较少宏大叙事题材与格局，成为华氏创作的一个显著特征。

不过，诗人如此重视、追求心灵上的纯洁和道德上的完善，这是同他对普通人的热爱和同情连接在一起的。按照华兹华斯的意见，诗应该而且必须"像人的心灵一样不朽"。或许，他一生都在为这个目标而努力。当漫长的岁月过去，今天，读起华诗（尤其他早期的诗），依然能够真切感到青春的活力和纯洁的妩媚时，不是更应该充分认识其诗歌遗产蕴含的许多永恒的审美价值吗？

---

① 华兹华斯致约翰·威尔逊函中语，转引自《西方文论选》下卷"华兹华斯"单元前编者按语，伍蠡甫主编，上海译文出版社 1979 年 11 月版，第 3 页。

【原诗】

TO THE CUCKOO

O blithe New-comer! I have heard,
　　I hear thee and rejoice.
O Cuckoo! shall I call thee Bird,
　　Or but a wandering Voice?

While I am lying on the grass
　　Thy twofold shout I hear;
From hill to hill it seems to pass
　　At once far off, and near.

Though babbling only to the Vale
　　Of sunshine and of flowers,
Thou bringest unto me a tale
　　Of visionary hours,

Thrice welcome, darling of the Spring!
　　Even yet thou art to me
No bird, but an invisible thing,
　　A voice, a mystery;

The same whom in my schoolboy days
　　I listened to; that Cry

Which made me look a thousand ways
In bush, and tree, and sky.

To seek thee did I often rove
Through woods and on the green;
And thou wert still a hope, a love;
Still longed for, never seen.

And I can listen to thee yet;
Can lie upon the plain
And listen, till I do beget
That golden time again.

O blessed Bird! the earth we pace;
Again appears to be
An unsubstantial, faery place;
That is fit home for Thee!

I WANDERED LONELY AS A CLOUD

I wandered lonely as a cloud
That floats on high o'er vales and hills,
When all at once I saw a crowd,
A host, of golden daffodils,
Beside the lake, beneath the trees,

Fluttering and dancing in the breeze.

Continuous as the stars that shine
And twinkle on the milky way,
They stretch'd in never-ending line
Along the margin of a bay:
Ten thousand saw I at a glance
Tossing their heads in sprightly dance.

The waves beside them danced, but they
Out-did the sparkling waves in glee: —
A Poet could not but be gay
In such a jocund company!
I gazed—and gazed—but little thought
What wealth the show to me had brought:

For oft, when on my couch I lie
In vacant or in pensive mood,
They flash upon that inward eye
Which is the bliss of solitude;
And then my heart with pleasure fills
And dances with the daffodils.

THE SOLITARY REAPER

Behold her, single in the field,

Yon solitary Highland Lass!
Reaping and singing by herself;
Stop here, or gently pass!
Alone she cuts and binds the grain
And sings a melancholy strain;
Oh listen! for the vale profound
Is overflowing with the sound.

No nightingale did ever chaunt
More welcome notes to weary bands
Of travellers in some shady haunt,
Among Arabian sands:
A voice so thrilling ne'er was heard
In Spring-time from the Cuckoo-bird
Breaking the silence of the seas
Among the farthest Hebrides.

Will no one tell me what she sings? —
Perhaps the plaintive numbers flow
For old, unhappy, far-off things,
And battles long ago:
Or is it some more humble lay,
Familiar matter of to-day?
Some natural sorrow, loss, or pain,
That has been, and may be again?

Whate'er the theme, the maiden sang
As if her song could have no ending;
I saw her singing at her work,
And o'er the sickle bending;—
I listened, motionless and still,
And, as I mounted up the hill,
The music in my heart I bore,
Long after it was heard no more.

（本文成稿于 1982 年 12 月，刊发于《山东外语教学》1983 年第 1 期；编入本文集，文字有改动）

时代的强音

——拜伦之《恰尔德·哈洛尔德游记》①

从影响的广、深、久来说,英国大诗人拜伦②,在浪漫派文学中无人能与之比肩,他的创作,以铿锵之音表现历史与现实的重大问题,乃社会之最进步的呼声;其洒脱从容的卓越诗艺,犹猫玩鼠于股爪,随心所欲到出神入化,更难寻颉颃者③,例如长诗《恰尔德·哈洛尔德游记》(*Childe Harold's Pilgrimage*, 1812、1817),高度完美,难以逾越。

《游记》一半为诗人早期之作。1809 年拜伦剑桥毕业后,像个真正的探险家和朝圣者去往地中海的南欧及小亚细亚包括葡萄牙、西班牙、马耳他、阿尔巴尼亚、希腊、土耳其等国,周游两年。此非同寻常的经历使视野、见解、思想、情感大开大升,途中写了一批记抒见闻与感想的诗,回国为朋友传看,饱受赞扬。于是略作修整补充,分作两章,以《恰尔德·哈洛尔德游记》之名于 1812

---

①谨以此文纪念拜伦勋爵诞生 220 周年(成稿于 2008 年 10 月 8 日)。

②乔治·戈登·拜伦(George Gordon Byron,1788—1824),英国浪漫主义伟大诗人,活跃于 19 世纪初期欧洲文坛之最著名和最有影响的作家。

③如普希金可谓拜伦最天才的追随者,其《叶甫盖尼·奥涅金》尽管作者否认但显然是模仿《唐璜》而作或至少有明显的模仿痕迹;两相比较,这位俄国大诗人就多少显得有些力不从心甚至捉襟见肘。

年3月出版。岂料立刻轰动英伦,一时洛阳纸贵,4周之内行销7版,并旋即风靡欧陆,以至拜伦不无得意地记道:一觉醒来,发现自己成了大名。数年后诗人因婚变而遭国人诽谤,致其永远离开祖国,1816年4月登程,由比利时而法兰西而瑞士而意大利,又将一路感怀诉诸笔端,增为《游记》3、4章,分别于1817、1818年刊行。其中除少许插歌外,整部作品用据说英格律诗中最难掌握的"斯本塞诗节"写成,凡4656行。

长诗之获得巨大成功绝非偶然,即使经过近200年的岁月沧桑,今天读起来仍然被它的博大精深、激情洋溢和忧惋韵致所震撼。

一

《游记》以一个厌腻于花红酒绿无所事事生活的英伦世家公子恰尔德·哈洛尔德去国远游为线索,表现了极其丰富的社会历史内容和深幽复杂的情感:除抒写异域绮丽的自然风光、叙述各地风土人情、追缅古代英灵雄迹,反映希腊等地中海国家被奴役民族渴求自由解放的愿望尤为主音。

作为启蒙思想、法国大革命精神的追随者,诗人鲜明的政治倾向赋予这部诗以厚重的现实力量。该诗产生的背景正是欧洲包括英国一个政治色彩弥漫的特别时期,拿破仑帝国军事行动的复杂效应给予西方政治格局以空前的多样性,封建统治势力或被踏于地或苟延残喘或伺机反扑,为其所激发的民族独立运动与反拿氏侵略的武装抵抗同样剧烈,大陆与英伦的阻断和对抗则为时局的逆转埋下伏笔;而后两章的写作恰逢革命处于低潮,帝国倾覆与"神圣同盟"建立将欧洲拉回到复辟的阴影之中,黑云压顶、万马齐喑,自由、民主与进步遭遇灭顶之灾。正是在这样的阴霾中,响起了拜伦批判暴政、鼓吹抗争的激越诗章,何等的胆量、何等的英雄气概!

它充沛的思想内容首先表现在对英国,对以"神圣"之名结盟的欧洲反动势力,及其形形色色的不义、掠夺和侵略进行无情揭露、愤怒谴责和辛辣讽刺。诗人评说那造成破坏的战争,无论往古还是当下,被"称孤道寡的蟊贼"所发动均"害人不浅"!"上帝呵! 你的地球难道必须做他们赌博的本钱?"①怒斥那毁灭文物的劫掠,"以禽兽的行为残酷地拆下古代的遗迹","硬把不甘心的神明搬送到北国!"《游记》的前两章,将英人在欧洲的所作所为大白于天下:以救世主姿态出现,实际干着趁火打劫勾当,"自由的不列颠"成了"抢劫一个多难的国家的最后一批盗党";责骂窃取希腊圣迹的苏格兰人艾尔金勋爵,"血液和他家乡海边的岩石一般冰冷,心灵跟岩石一样麻木、僵硬";为有这样的同胞而痛心,叹息"爱自由的人民不应伤害曾经自由的东西"。在第3章里,诗人借滑铁卢战场抒怀之便,谴责欧洲一切形式的专制,尖锐指出,在"神圣同盟"卵翼下复活起来的欧洲封建势力的猖獗,标志着"向豺狼顶礼"重新开始。打败拿破仑,世界是前进了还是后退了? 拜伦的深刻之处在于,他启示读者质疑:英国人的胜利,意义在哪?"高卢也许就此变一匹马,受缰绳的束缚;但世界能更自由了吗?"因此,对待"法兰西的坟墓,要命的滑铁卢"要具体分析,"应先把效果估计,再来颂扬这种胜利!"且由是而对一向钦佩的波拿巴给出比较客观公正的评价(第3章36—45节);这"世界的征服

———————

① [英]拜伦《恰尔德·哈洛尔德游记》,杨熙龄译,新文艺出版社1956年版,第78页。本文所引《游记》诗句均出自该译本,为简洁计,以下不再加注。

者与俘虏"最终"成了荣誉的牺牲品",是的,也许因为太过虚荣,虚荣使之刚愎傲慢,这在大人物身上有时就成了致命的缺陷,所以,"你能倾覆、统治和重建一个帝国,却管不住自己最起码的感情……无自知之明……不知盈虚的道理,人有旦夕的祸福"。诗人的观察不独停留于国际政治、军事、外交层面,还触及个性深处和宇宙规律的奥秘。

其次,对各国人民争取自由、独立和解放的斗争热烈赞扬,并寄予同情和声援;讴歌西班牙、希腊、意大利等国"壮烈的古代",以激发这里的人为自由而战,成为长诗最激动人心的主旋律。无论盛誉西班牙争取民族独立的历史传统,歌颂她的儿女反侵略的英雄业绩;还是痛悼希腊被土耳其奴役的现实,凭吊古战场追念故国之伟大;或者缅怀古罗马的无上光荣——那"曾是国民皆国君之国","征服陆地和海洋"——表示自由终将会取得胜利;无非都是一个意思,便是放弃幻想,靠自己的力量获得解放。

值得注意的是,拜伦在被欺凌的国家维护或争取主权与自由的问题上,表现了极可贵的民主立场和深邃的洞察力。例如第1章,游人在比利牛斯半岛游历,那儿西班牙和葡萄牙正在"盟友"英国人的颐指气使下进行反拿破仑侵略的战争,关于它的描写可见诗人不但对战争,而且对统治者与人民的爱憎截然分明,且以透入骨髓的政治家目光揭示内中蕴藏的复杂性质及关系。在一般意义上,拜伦憎恶"为了独夫的威风,千百人送死"的战争,第38—53节的讽刺堪为绝妙好辞!卷进死亡的三方——英国参与西班牙反对法国——其实均无正义可言(第一帝国的扩张固然可恶,但威灵吞将军武力"挽救"斐迪南七世封建王朝实质却是为了半岛的英国利益),最惨的是那些厮杀的军人,"用生命作赌注,头颅换名气",还不是做了"暴君的工具",为他们铺平"通向一场春梦"的道路？拜伦对受拿破仑威胁而祈求英政府援助的葡萄牙也不无蔑视,因为此举无异引狼入室,让"一千艘威武的军舰"来横行:"这个国家被愚昧和骄傲弄昏了头,舔着、同时又憎恶那握着剑的手"……然而真正的爱国主义诗人是十分推崇的,只不过那与统治者无关,是普通民众的事,"这里除了贵族,人人都称得上高贵,只有堕落的贵胄甘心做敌人的奴才!"——无论最后沦陷的加的斯勇敢的市民,还是民间游击队的英雄壮士,那才是"可爱的西班牙!风流的胜地!"值得骄傲的力量,获得"萨拉哥撒女郎"称号的抵抗组织女战士形象何等动人!拜伦的敬佩溢于言表;"从未获得自由的人为着自由斗争……抵抗到底,即使不幸失败了,作战,作战,'哪怕肉搏,用刺刀!'"问题在于为君主的国家而战能换得自由吗?诗人向志士们深表崇敬的同时也掺杂着对其前途的忧虑。

再如第 2 章,游人足踏希腊国土,吟出了最凄婉激越的歌——

　　　　美的希腊!光荣的残迹,使人心伤!

　　　　失去了,但是不朽;伟大,虽已消亡!……

此衰败的哲学、艺术、荣誉和英雄之地,"山河依旧;逝去的是光荣的日子,而不是耻辱的年头"。拜伦对在土耳其奴役下的希腊心情极为复杂,这欧洲人精神的故乡现如今却"一盘散沙",哀痛、惋惜、斥责、激励,他无法容忍他们心甘情愿做奴隶而任人宰割!难道是所有弱小民族的通病吗?有着辉煌历史的希腊居然也"巴望外国的救助和军火,却不敢独自去反抗异族的欺凌"。诗人以卓越的洞察力告诫之,任何外国力量都指望不得:"高卢人或莫斯科人岂会对你们公正?"包括经常以自由保护者自居的"海上女皇的儿郎"不列颠,除了劫掠宝物中饱私囊,余下的难道不是也只有一张伪善的面孔？所以必须让迷梦中的人惊醒："世世代代做奴隶的人们！你们知否？谁要获得解放，就必须自己动手，必须举起自己的右手，才能战胜！"否则，即使奴役者被推翻，也不过一个主子换了另个主子而已，因为自由是列强的专利，他们不会赐予或施舍那应该得到自由的人民。热爱希腊的拜伦真可谓苦心用尽，劝说、教导、鞭策，以历史之璀璨、现实之悲惨，激发爱国热情，"恢复你失去的光彩，战胜时间和命运，把往昔的荣誉召回"。第2章开首的十数节与后面73—93节相呼应而集中抒写希腊主题的诗篇时而低回时而高亢，令人太息、心动，预示了十几年后《唐璜》中关于希腊的绝妙诗章和诗人最终为希腊民族解放与独立献身的英雄壮举。

　　作为正统贵族的拜伦勋爵天生禀赋政治家素质，因此他首先是一位政治诗人，其创作包括《游记》也首先是政治的，且对此十分明确也非常坚定。而启蒙及革命时代民主正义思想的影响和豪侠的骑士血统使之又能跳出阶级与民族局限站到被欺压的一方成为他们的代言人。他以特有的宏大气魄和高瞻远瞩评点时事，《游记》以及后来的《青铜世纪》尤其《唐璜》等大作，均以整个西方的历史现实作背景，这种驾驭时空的能力不是轻易可以获得的，拜伦的魅力与不可模仿正在于此。他是世界主义者而不是国家主义者，其提坦式的巨人性，凡夫俗子根本望尘莫及！关于《游记》，头等重要的是要关注其政治思想内容，遗憾的是，一些诗评家恰恰在此犯糊涂，有意回避或者冲淡之，仿佛唯此才可保护诗人的诗名，大错特错耳！志在崇山峻岭者必然蔑视鞍马平川，小情小调与大气磅礴格格不入，这部十足男子气概的杰作鸣奏的是反侵略、除暴政、求自由的时代最强音，直到以歌颂大海结束，象征不可征服的自由正义汹涌澎湃、无尽无息，使整部诗贯穿昂扬的格调和乐观精神。

二

《游记》的非同凡响不仅在于政治高度还在其哲理广度,在于包罗万象的人生体验与感悟。莫洛亚写道:"没有任何人比这位极富热情的人更善于不带幻觉或感情用事地洞察现实了。"①拜伦是位融通力极强同时知识阅历宏富的天才,这给他的作品以罕见的容量。拿《游记》来讲,自始至终交织着深邃的思考,关于历史、社会、人生、人性、物质、精神、宗教、迷信、爱情、友谊、成败、名誉等的哲学沉思,妙在其言说充满沧桑之感,真理的确凿性伴以睿智和尖锐,会让人觉得这二十来岁写出的东西仿佛出自五十来岁老到的手笔。

感叹世事流变、兴衰轮回的无奈之音可谓长诗不绝如缕的主题之一,"兴亡盛衰,无非是旧事的轮回和循环:先是自由,接着是光荣,光荣消灭,就出现财富、邪恶、腐败,终于野蛮……"对此,"人类呵!你像钟摆,在哭笑之间摇来晃去!"可是毕竟,古代帝王之业,今朝为人所欺,难以容忍又必得容忍!之于希腊罗马这欧洲文明的源头尤其如此——此折射出诗人复杂的矛盾心态。叹"英雄的宝剑、哲人的长袍","豪杰和圣贤"成遥远之回声,"博得一时惊奇,像小学生听的故事!"由是诗家吟出史家之论:"建设一个国家的时间需要有千年,但要毁灭它,却只消一个钟点。"令人痛心然而又毋庸置疑!可是古人的业绩仍是后人的财富,"时光

---

① [法]安德烈·莫洛亚《拜伦书信选·绪言》,王昕若译,百花文艺出版社1992年版,第3页。

推倒了雅典娜的殿,却留下了阴湿的马拉松"——唯英雄精神垂馨千古! 所以时光才是"真的哲人",客观、公正、毫厘不爽,"真理和爱情的试金石……虽有延宕而从不遗忘";"在流光催促下,民族、语言和世界都会消逝!"行者呀,"旅途多么劳顿,前面的路程数不尽"。

矛盾性是拜伦思想性格的显著特点,这也表现于对人及事的认识和态度。就外在印象而言,他是愤世嫉俗的,比方,他视世界"是盗贼(随你怎么说)的大巢穴,丝毫未改";视"爱情、名誉、野心、贪欲——都是同样的,无不虚妄和邪恶……";视人为"腐败的东西",慨"世态炎凉,有几个人的良心经得起考验",告诫"趋炎附势的小人不可共患难",因而发出"我没有爱过这人世,人世也不爱我"的感言。应该说,针砭不留情面且入木三分! 然而却并不等于他对同类失望到极点,诗人从阿尔巴尼亚的山民身上发现了质朴美好的品质,他们"是凶猛的,却不缺乏各种道德,也许比一般更加崇高"。拜伦以其比照所谓的"文明人",否定后者的残酷、自私和虚伪,这是身为贵族老爷的诗人之最高贵处! 他卓越的洞察力还表现在对宗教及其迷信的剖析上:

　　可恶的迷信呵! 随你披上什么外衣,

　　新月、十字架、偶像、圣徒、圣母、先知,

　　随你挂出什么样的招牌、标记,

　　无非是让僧侣走运,大众受到损失!

　　谁能分清可贵的信仰和迷信的渣滓?

各种矛盾的教义层出不穷,这从逻辑上摧毁了所有宗教的合理性,智慧的诗人揭示愚昧乃其基础,明确指出:"除非人们理解到烧香和献祭全是徒劳",否则宗教仍将绵延不绝;由是发出嘲笑:"疑虑和畏死的人呀,你们的希望尽属缥缈。"难以武断他是如雪莱一样的无神论者，但视宗教为虚妄至少是可以相信的；大致说来，拜伦对各类神学采取一种近似唯物的实用主义立场，因此说"宣扬冥府之说者减轻了我们今世的苦辛"。

对于爱情的理解同样见出诗人的矛盾。自然，一次次爱的历险与丰富体验使之谈论这个话题必触动心弦，虽然他并未让其占有长诗太多的篇幅。说这位情场猎手、潇洒之王最懂得爱的甘苦并不过分，但如果肯定他属于那种唐璜式的登徒子却是绝对错误，在拜伦，甚至有意夸大的玩世不恭与其心灵中之于真爱的崇拜与渴求可作等量观。看他叹息"逝去的韶光"何等柔情，因为那里有"少年的爱"，"那爱情虽已消亡"。美丽的日内瓦湖畔，卢梭写作《新爱洛伊丝》的小村庄，诗人谓之爱神的栖所：这是"痴情的诞生地"，无比圣洁，连空气都是青春爱的气息；"没有爱过的人，在此能得到爱的学问，使他自己有崇高的灵魂"。还有第4章115—125节也是关于爱的或爱的哲理的颂歌，"爱情呵！你本非地上的居民……心创造了你，就像它设想天上住着神明"；然后为这美好的创造物而得病，"谁爱，谁就发狂——少年的痴狂；但痊愈后更痛苦……"他把爱的魔术描绘得委实淋漓尽致了！不过爱情又确实连系着人性的另一面，功利的、虚伪的、兽性的，不一而足，这就牵惹出诗人仿佛是堕落天使的那张游戏的面孔。"姑娘们，像飞蛾，只爱辉煌的灯火"，口气颇为不屑，然而能否认这轻蔑目光的可靠性吗？既然如此，也就有了逢场作戏，并"深通蛊惑女性的手腕"，那诀窍便是："你要有忽冷忽热的工夫，她就对你倾心。"把爱情上升为技巧，风月场驰骋沉浮数度，是无奈还是苍凉？唯勋爵爷自己清楚了。

这位最具扎实的常识、最关注社会人生、天赋以最大热情入世的诗人，却常常讴颂神圣的孤独、追寻甚于隐士茅屋的寂寞。

这至少是表面上的矛盾性亦为拜伦的特色,显示了他精神或性格中深幽的哲士的一面。瑞士勒芒湖畔由山水而怀古的诗篇美轮美奂,包含这儿谓之"矛盾"的若干细微的情感层次。"让我们离弃红尘,保持孤独"——诗人吟道,"和身外的大自然连在一起";作为"沙漠似的人群的过来人"太熟悉那厢的污浊了!他叹问:"山水和苍穹是否属于我和我的灵魂,正如我也是它们的一部分?"面对"天地寂然,从高远的星空灿烂,到平静的湖水和怀抱的群山",悟万物各为存在构成整体,"于是深深激起宇宙无穷的感触,尤其在孤寂中——其实最不孤独"。无疑地,纵情山水归根究底起源于对碌碌俗尘及其俗人的厌恶,他爱同类,但鄙视人性的弱点,"庸人的思想黯淡无光,眼睛只注视泥坑";羞与之为伍便成逻辑结论,相比,"孤独里没有阿谀者;虚荣心无隙可乘"。由于骨子里爱世界与世人,所以他说"远避人类不一定就是憎恨人类"。实在是不得已而为之,洁身自好耳,因为出于污泥难得不染!爱之深而痛之切,此乃导致其愤世嫉俗的重要因素。他的心灵是宽大的,正如他的为人是慷慨的;如果透过那些将其描绘为撒旦的阴郁面影看到其天性实际如婴儿的一般柔和,也许可以说读懂了或至少是接近了伟大的拜伦。

三

长诗一个重大的成就,是塑造了极富独创性的艺术形象,尽管作者主观上并无意于此。从"游记"的角度说,人物主体当然是哈洛尔德;但从"记游"的角度说,那么主体便成了以第一人称出现的"我"即叙述者。哈洛尔德和"我"是呈现在读者面前的两个绝妙的人物,同为不朽的艺术典型,因此还不能把他们与诗人等量齐观。不过,尽管二者性格迥异,却都具有太多的拜伦特点,很大程度上乃其外化。

《游记》中的哈洛尔德是个孤独的漂泊者,年纪轻轻就厌倦了纸醉金迷的贵族生活,因而漂洋过海以排遣愁闷。其性格特征是落寞、抑郁、厌世。他孤高自赏,鄙视溜须拍马,恼透了上流社会,不愿与丑恶为伍,所以几乎是逃跑一般远走他乡,足见这是顶层阶级的一员逆子。他冀图从较少受文明腐透气侵蚀的民族寻求纯真的情感,岂料事与愿违,随着游迹渐宽,对欧洲现实的认识日益深刻,痛感世态炎凉,人心不古,知音难觅;虽足踏南欧,饱览异域风光古迹,目击一些国家轰轰隆隆的民族解放战争,却依然故我,无动于衷,再大的事件也难以荡起他的激情!“一正视现实,他酸痛的眼睛也就失神。”又足见其不过只是个超然物外的旁观者。一般认为,这一形象的意义在于,概括了当时即拿破仑战争时期及“神圣同盟”初期欧洲许多知识分子的精神状态,他们不满现实但找不到出路,不愿与上流社会同流合污却也不能和民主力量一起斗争,由是陷入悲观绝望境地。

关于这个形象,拜伦在1812年初版序言里讲到是为了让作品多少有些连贯性,人物描写并不求其完整;次年“序言的补充”则透露:“也许在诗篇结束前会把这个性格刻画得更深刻些。”①不过落实到最后一章,“关于那旅人,说得比以前任何一章都少”,甚至“索性不去管它了”②。那么该形象仅仅只起连缀各部分的作用吗? 否。因为实际上他已经具有了鲜明的性格,而且是全新

---

① [英]拜伦《恰尔德·哈洛尔德游记》,杨熙龄译,新文艺出版社1956年版,第Ⅴ页。
② 同上书,第169页。

的,虽然着墨不多。哈洛尔德的冷漠别赋某种动人的性质,或许由于其惊人的自我、勇敢、随和、坦率而郁闷;"宁可遭些灾祸,但求变换情调"——谁不喜欢如此一个被惯坏了的孩子呢? 至于那无数次爱的经历及其后果,浪漫掺着酸楚,游戏伴随忧伤,"畸零人怎么能露得出笑容?"使人理解的同时还有点儿羡慕。在第 3 章,"孤独而且骄傲"的他已不似前那样多愁善感了;及末章,"已化为乌有……他的背影渐渐沉入……"无论作为使这诗篇延续的人还是给读者留下美好印象的人,他都出色地完成了使命。

　　然而更为主要的,还是该形象身上鲜明的拜伦特点。普希金说拜伦只创造了一种性格那就是自己的性格,信矣! 所谓"拜伦式英雄"乃对其笔下几乎所有艺术形象的指称,因为他们无不深深打上诗人的烙印,哈洛尔德就是排在首位的一个。除了一些外部信息如出身、教养、爱好、交友,甚至连养的狗、出航时带的仆从等与作者毫无二致,更主要的相似还在于个性气质和思想情感,孤独、忧郁、悲观,"旅人的心是冰冷的……旅人的眼是漠然的",爱世人却又鄙视这世界,时常为不可调和的内心冲突所困扰——这些也都是拜伦的特点,其巨人性格是矛盾的,他是无畏的自由的斗士,但偶尔也百无聊赖。

　　如果说哈洛尔德体现了诗人作为公子哥的放逸自流,那么充当记叙旅行的"我"——通常称之"抒情主人公"——则刚好代表了诗人作为革命家的壮怀激烈。这是一个奋发入世、热情洋溢的批评家;一个洞悉世情、目光犀利的观察家;一个热爱生活、追求自由、敢于揭露、冷嘲热讽又善于斗争的民主战士。对旅途上的所见所闻、对国际的重大政治事件,臧否指点、高谈阔论,判断准确、独具只眼……他是反专制暴政的坚强战士和进步思想的代表,展示出一个卓越人物的多个方面。

　　也许他那思想家的风采最有感染力,人类靠思想才能进步,砸碎枷锁、获得解放! 在卢梭、伏尔泰、吉本的瑞士故居地,朝觐伟大的智慧巨人,高声哦吟:"要在大胆的怀疑之上,堆放思想的高山,思想不怕雷电……"从光荣而艰难的旅行,诗人"发现思想的痕迹,还有干了的泪";他告诫:"如果放弃思维的权利就是可耻地抛掉理智。"为抒情主人公所带领,巡行一处处圣迹,那些古代的帝国、英雄文明之源,其以热情洋溢、激昂慷慨,洗涤我们的灵魂,提升我们的精神,使与之同感动、共激愤,此为诗人抑或该形象之最不可抗拒处。按 pilgrimage 这个词的原义是"朝圣"、"巡礼"①,所以长诗的重心在于沧桑古代,哈洛尔德所到之处几乎清一色的英灵圣迹,这与一般意义上的游山玩水绝难同日而语;而于此抒情主人公恰好获得施展才情、激情、智慧、洞察力之用场。以第 4 章意大利之旅为例,确凿将这一切发挥到淋漓尽致了! 在此,落落寡合的巡行者干脆为"我"所取代,那一直试图保持的二者的区别便弃之不顾了。从强大的帝国到被宰割的阿平宁,于时空的苍茫中任由驰骋:威尼斯、斐拉拉、佛罗伦萨、罗马……无数的古迹、秘闻和掌故;凯撒、西塞罗、维吉尔、但丁、彼得拉克、马基雅维利、米开朗基罗、伽利略……成打的伟人、前贤与明哲! 由是激发的缅怀、评点、感叹妙语连珠、妙不可言! 罗马,"你是艺术之母,也曾是军事之母";塔索,"晚近诗坛上的泰斗";阿里奥斯托,"吟唱爱情、战争、罗曼斯和侠义的歌";至于破碎的意大利,"你的党派纷争,祸害甚于内乱",真个是一语中的、一针见血! 朝圣者不独要虔诚,还得有激情,除了真知,更需灼见,他之魅力四射,奥

————————————

①*Childe Harold's Pilgrimage* 如果译成"恰尔德·哈洛尔德瞻礼记"可能更准确虽然没有现译更通俗。

秘在兹耳！

作为抒情主人公，"我"显然与作者本人更接近——若视为一体也无妨。因为拜伦经常地现身说法直抒胸臆或直谓读者，如颂扬女性的优美、回忆初恋的失意、追怀友人的早殇、叮诉对女儿的眷念……强烈地透示出内心世界的复杂与美丽。总之，那虚拟的巡游者和这瞻礼的报告人均打着明显的自传烙印，共同勾画出一个完整可爱的诗人形象。

四

《游记》艺术上的一些突出优点有效地提升了它的品质，如大量穿插第一人称的叙事结构、评论与抒情的糅合，以及忧郁的韵致、美不胜收的风物描写和巧妙的讽刺等。

长诗最具创新处可能表现在叙事结构上。它既不是通常的第三人称，也不是纯粹的第一人称，而是被赋予如此一种形式，即在基本的第三人称叙述体系中，自如地插入第一人称的抒情或评点。该结构方式的最大特点在于给了诗人比较充分的自由，他可以不太顾忌约束发挥其绝对的主体性，因此便能够天上地下、打破时空序列，任由思想的翅膀驰骋翱翔。当然，保持叙述事件必要的连贯与进展也是一个挑战，虚构的哈洛尔德于是派上了用场，他被叙述者推着行进在大致规定的路线上，从而保持了长诗的统一性。此结构与其说适应记录巡游事件的需要，不如说便于主观抒情的方便，最契合浪漫主义的天马行空。何以诗人经常借题发挥，洋洋洒洒、滔滔不绝，使表现的天地无限广阔，原因在兹。这颇合拜伦个性的结构方式屡见于其后来的创作，及《唐璜》臻于从心所欲的至高境界。

　　这一结构必然带来长诗的另一显著特点，即抒情与评论占绝对优势，以至几乎改变了文体的性质，使叙事的成为抒情的。整部作品气贯长虹的抒情气势如浊浪排空，震撼人心。诗人的情感极其丰富，从儿女情长到人文关怀，从自然社会到历史现实，但占主导地位的还是宇宙情怀，世界的沧桑迭替、人世的兴衰沉落乃咏叹的第一主题。在这儿，诗人那兼具政治家的敏锐、哲学家的深刻和历史家的准确的精彩评论与之完美地结合起来，厚重的思想和细腻的感触回环交错，其效果恰如他的一句诗"波涛里有音乐"。关于滑铁卢，关于许多杰出历史人物，关于比利牛斯半岛之肮脏民风，甚至关于血腥的西班牙斗牛、古罗马竞技场的角斗，作者信笔拈来，是非论断唏嘘感言，精妙绝伦举重若轻！歌德谓拿破仑摆布世界像弹钢琴，而拜伦洞察事物和作出反应，若能类比也毫不逊色。

　　妙在这抒情与评论的糅合差不多都呈现忧惋的韵致，使该诗的格调带有类似挽歌的质性，所谓"拜伦式的淡淡的哀愁"若从接受的角度说乃是一种绝佳的心理感受，将审美理想落脚于无害的悲情土壤，用以满足对痛苦的隐秘的渴望，或可说是精神现象学的一个很有意思的课题。诗人用"诗的泪"去哀哭逝去的文治武功、泱泱帝国，"你的残迹是光荣，你的废墟披着一层纯洁的妩媚，永远不能擦去"。惹人叹岁月之残酷、发思古之幽情。哀歌体或哀歌调是《游记》的一个十分引人注目的特性，这和青年诗人忧郁的天性不无关系，同时也与长诗之巡行朝觐题材相得益彰，它增强了作品的感情力度和诗蕴的凄美。

　　作为对破坏了自然和谐的工业文明的反抗，浪漫派诗歌的大自然崇拜倾向鲜明，这在拜伦体现得尤甚。他对它充满敬畏之情："慈母般的大自然啊！""我好像已经忘掉了自己……灵魂却能飞翔，自由地与天地、山海和星辰相混合。"多少名句脱口而出，"静悄悄的夕暮。你的边缘和群山间的一切显得朦胧而柔软"；描写勒芒湖水，"你温柔的耳语像是姊姊慈爱的声音在责怪我"；月亮升起，"流水般的光向着海波倾泻"；"繁星呀！你们是天空的诗篇！"……诗人于此显示了灿烂的才华！大段大段的景物描写无疑属于长诗最迷人之处。值得注意的是，其笔下的自然鲜有牧歌田园，大多为奔腾的海洋、翻滚的巨浪、巍峨的群山、喧嚣的瀑布，以及霹雷交加、暴雨怒吼……其粗犷的力量与不羁的狂放是诗人巨人性格、自由情怀的绝妙写照！如篇末歌咏大海的数节，可谓千古绝唱！

　　总体上看，拜伦是个讽刺诗人，英语也是种长于讽刺的语言，而英国文学又具有伟大的讽刺传统，他乃该传统最出色的传承者和发展者——尽管此时还刚拉开帷幕，及至《唐璜》，就成名副其实的讽刺之王了——一般来说，其讽刺无处不在，尤其那些议论性的诗行，只是不着痕迹而已，当然也更耐人寻味。举一例：(讥嘲为暴君丢了命的炮灰们)他们的名字，用作短命的诗歌题材或许会保存在歪诗里；再一例：(讥嘲堕落的民风)"爱情和祈祷不分，或者祈祷完了就去谈情"；又一例：(讥嘲水性杨花)"她是否像有些女人，爱自己的丈夫；或者爱别人的丈夫呢？……"微妙的讽刺潜隐在诗句的脊髓里。

五

　　不容忽视的是，长诗的一半即前二章是青年拜伦的早期作品，此前，除了其处女诗集《懒散的时刻》，他发表的大型诗作仅有一部，这就是《英国诗人和苏格兰评论家》(1809)——《游记》之前后相隔五六年的两个部分非但具有很好的连贯性或统一性，而且整部诗表现出的诗艺的完美特别思想的成熟程度更令人惊奇。决不可忽视长诗反映的诗人一以贯之的政治立场和美学观，仅就后者而言，诗（文学）对生活进行干预，或者艺术之社会使命的理念在《游记》里既鲜明又突出。实际上，《英国诗人和苏格兰评论家》中那欲横扫国内文坛一派朽腐气的战斗音响已是先声，该开文学批评之风的诗作的出版一直被视为英国文学思想史上的重大事件。于此，拜伦一针见血地讽刺了包括"湖畔诗人"在内的当时不列颠所有那些盛名卓著的文人们，将其沉湎虚幻、背弃现实的宗教神秘主义与极端个人主义一一剖析，定性为完全无益于良好风俗的"最坏的诗"；与之相反，他则自称学会了严肃地把真理说出来……而这些，颇为充分地显示出遵循真实、接近生活，以理性和人道主义反映人生的美学观，之于浪漫主义时代何等地难能可贵！显而易见，诗人从少年时起即以批判的眼光审视现存的一切，包括政治经济制度和全部的上层建筑，而且居然做得到洞穿表里！《游记》的重要性在于，诗人日后包括他最成熟的意大利时期的创作，其一切要素，思想的、主题的、风格的……无不在此得以奠基或者展现，一句话，凡是属于拜伦的东西全都具备了。

这无非是要说明，拜伦是个早熟的天才，其创作似乎未有经过一个肤浅或者幼稚的阶段而一下子趋于成熟。即使遭《爱丁堡评论》恶评，那本不少内容尚属青春萌动而不乏模仿痕迹的《懒散的时刻》，也频频绽放出许多非凡绚丽的花朵，例如鄙视上流社会、幻想荣誉和豪迈，等等，因为那里洋溢的是一个还是学生的青年诗人鲜明的民主意识！像所有那些刚刚届达甚至尚未届达盛年的天才人物一样，拜伦在36岁为希腊的民族独立事业献出了充满闪电的一生，巨大的尘世使命和创造天才将其本就无比丰富的生命压缩了；或许命数等不及一个按部就班的发展程序，由是便将某些常规环节予以省略。这是一颗倏忽闪过暗夜的彗星，以耀眼的光芒照亮宇宙，留给人繁花陨落的震撼……

　　　　（本文成稿于 2008 年 10 月，翌年 11 月经少许补充
　　并定稿；刊发于《山东师范大学学报》2009 年第 6 期）

拜伦的拿破仑组诗

一

被鲁迅称为浪漫派"宗主"的英国大诗人拜伦一生写下了包括抒情诗、驳论诗、讽刺诗、故事诗、诗剧、长篇叙事诗等在内的大量作品。它们虽然宗旨不同,体裁各别,风格多样,但无不饱含才情与机敏,显示出强有力的个性和潇洒独立的风采。

拜伦的抒情诗中有一组以法国皇帝拿破仑·波拿巴为题材的作品,大致写于皇帝失势后的 1814 年,特别是 1815 年或 1816 年,包括《拿破仑颂》、《拿破仑逃出埃尔巴岛有感》、《拿破仑的告别(译自法文)》、《译自法文的颂诗》、《"荣誉军团"星章(译自法文)》、《译自法文》。

这些诗大都假托为法文诗的翻译,其实都是拜伦的手笔。之所以如此,当与其时的英法关系或国际政治背景有关,因为自法国大革命伊始直到第一帝国时期,英法处于对立状态二十几年。其间欧洲封建反动势力先后组织过七次反法联盟,试图保护或扶持波旁王朝而欲剿灭法国革命力量,作为大陆对岸的英吉利强国,不仅站在各封建王党一方,而且经常是联盟的推动者、组织者、中坚与灵魂,可以左右联盟的名副其实的主要力量或欧陆封建王国的安全保护后盾。七次反法联盟唯有首次与拿破仑扯不上直接关系（但其中关键的土伦战役却由他指挥拿下），而其他六次他则几乎都是反联盟的决定人物，成为俄、奥、普等大陆封建君主国家切齿痛恨并恐惧的头号敌人。至于英国，或许欲乘法国内部动乱的危急关头打劫其海外殖民地，同时虑及一衣带水的邻邦激烈、彻底的革命没准会成国人榜样诱发反当局行动（不可忘记英国还有爱尔兰问题），反正其反法立场是一贯的和坚定的；而当粉碎第四次反法联盟拿破仑实施大陆封锁政策，则无疑更激恼了英国，必置之死地而后快的决心对"荟萃内阁"①及之后的政府首脑来说更是非常自然的了。两国长期处于戒备或战争状态，双方国民于意识形态上自然也相互敌视。然而，深受启蒙学派思想影响和法国大革命民主精神鼓舞的拜伦并不看好英国自私、反动的贵族资产阶级政府及其对法政策，他对法国人民推翻旧制度的革命充满同情，尤其是，对皇帝的英雄气质与政治胆略深为景仰。不难想见，第六、七次反法联盟的胜利导致拿破仑的逊位及放逐，拜伦并不像一般民众那样狂热地陶醉之；相反，引起他内心的情感是非常复杂的；而即时写下的几首诗所蕴含的价值判断是否稳健？具真名发表当引起舆论怎样的反应？出版者会不会感觉为难？当局又将如何态度？所有这些，或许可以解释诗人如此隐实名而为之之考量，无论是否经意。

　　此所谓"组诗"者，是就诗的主题及其所引动创作之本事皆为拿破仑与帝国倾覆而自然构成者，非诗人明确拟定专题就如"希伯来歌曲"那样，尽管内容、情感、写作时间相对一致。就此而言，

---

① 1806 年 1 月英国首相小威廉·皮特去世后的格伦维尔内阁，又称格伦维尔—福克斯联合内阁，存在约 1 年零 2 个月。

除了上列单独成篇的几首外,还包括《恰尔德·哈洛尔德游记》第三章借滑铁卢抒怀之便表达的对拿破仑失败的叹息及其评价;如果更广义地讲,甚至可以把1823年写就的政治讽刺诗《青铜世纪》第3—5节专论拿破仑的部分也算在内。

拿破仑组诗乃名副其实的政治抒情诗,包含深刻的政治见解,对当时法国乃至欧洲政治风云的卓越洞察,对皇帝事业与性格的精辟分析以及对其败绩的惋惜与无奈;既反映了诗人之于拿破仑又惜又恨的复杂矛盾心态,也透视出对未来欧洲政治格局急剧逆转的强烈愤怒,夹杂着失落与沮丧。在法国大革命中脱颖而出的军事政治精英拿破仑,可谓千年不遇的历史怪杰,深为拜伦所敬佩,故他本人被誉之"诗国里的拿破仑"也免不了沾沾自喜;偏偏拜伦又是一个目光敏锐、毫不妥协的政治诗人,拿破仑致力的事业很大程度上暗合诗人的民主自由理想,然而无厌的贪欲使其膨胀为民族霸权主义,这是与拜伦的世界主义格格不入的;还有一方面,即为拜伦所厌恶的英国当局作为粉碎"百日帝国"的主要力量尤其让他受不了。不难理解,何以皇帝的失败成了一个挥之不去的阴影,一个斩不断的心理情结,而屡屡提笔写下他的万千感慨。

二

组诗的核心内容或表达的主要信息,是对拿破仑失败这一改变欧洲政治走向之重大事件的评论以及根源的揭示,包括它的后果等。诗人一针见血点明导致该历史逆转的根本原因是皇帝的野心,以及将法兰西国家和人民当成实现个人野心的工具;野心使其盲目、自大,进而丧失判断力。

《拿破仑颂》(*Ode to Napoleon Bonaparte*)，乃是组诗中最早写下的篇章，1814年4月8—10日的拜伦日记表明，此诗表达的思想与情感已有雏形，大概当4月13日皇帝宣布逊位的消息发布或其后不久即动笔而成。这篇诗与后来创作的几首尤其是1823年《青铜世纪》里的相关章节有所不同，似乎是于一种猝然的冲动下一气呵成，感情抑或忿激色彩较浓，大有不吐不快的意味。唯其如此，感觉一些判断仿佛尚未经过深思熟虑，故与后来所写略显差异。此诗分19节，每节9行，凡171行。

诗篇从首节起即定下了嘲讽与谴责的基调，巨人般的皇帝一败涂地，曾经那么强大，弄世界于股掌，号令各国君王如驱仆从，多少次致敌"尸横遍野"，但"如今靠侥幸苟延残存"。这在诗人看来是极大的耻辱！因为反差悬殊，苟活对人杰而言的确"不值一提"。在第5节，再次鄙视不能"死为人君"的懦夫求生行为，"一向是人们命运的主宰/却为了自己的生死而哀恳！"①而于第16节，则以忍受天庭酷刑而无惧折磨的窃火神普罗米修斯之傲然气概，以此对皇帝英雄色彩尽失的庸俗行为，流露失望之情。

谴责一针见血，直指拿破仑野心膨胀，欲壑难填以至成为狂人。从保卫、领受法国大革命的民主成果到蹂躏之：因为威武有力而人民崇奉，那是一度所向披靡的奥秘所在，唯凭如此故能达至事业巅峰。然非但不珍惜，反而镇压于内、侵略于外，"蹂躏同类"、滥施淫威，"被对权力的嗜好所羁拘"，结果成为"所有罪孽的凶煞神"，"罪恶的勋业乃以血写成"。言外之意，这就完全背离了天道与人道，因此必然，"——从不情愿的手里/强有力的霹雳正被摄取——"所以也就，"尚未见一人、一魔遭此灭顶"。野心的必

①本文所引该诗诗句，均由笔者从原文译出，以下不再加注。

然下场，或者皇帝失败的原因同时揭示了。

野心与虚荣是孪生兄弟，其要害在于无视客观事实而放大主观想象，以虚假置换真实，将主体拖入谬误从而造成悲剧。如果发生在一般人身上那也没有什么，但如果情况恰好相反，比如说像拿破仑这样某种程度上可以影响历史进程者也成为野心和虚荣的奴隶就要另当别论了。因为，一旦独断专行便极有可能闭目塞听，须知人性畏惧权威，所以阿谀奉承势必取代苦口良言；习惯了说一不二，独裁者渐渐把自己当成神，此时离谬误或许仅只一步之遥了。皇帝的十年辉煌将其送上神坛，终于必须在呼颂中才能够平静地呼吸……诗人写道：

> 这凯旋以及这虚诞，
>> 还有这对逐鹿的迷狂——
> 胜利欢呼动地惊天，
>> 成为你生命的依傍；
> 这刀剑这王笏和这统治
>> 这看来令人服从的玩艺，
> 不过用以赢得时髦的名望——
>> ············

不错，拿破仑是伟大的，但伟大和渺小并非相隔千里，其倾覆不独让人看透了"那些靠武力统治建立的宝塔，其外表是黄铜，脚基是泥沙"；更重要的还显示了人的复杂性，原来拿破仑也有卑下和软弱的一面！拜伦的剖析不能不说是尖刻的，他列举包括神话英雄和历史巨子在内的"大人物"，从古希腊力士米罗、叙拉古王代奥尼沙、古罗马执政苏拉，到西班牙王查理五世、奥斯曼帝国抑或巴比伦的战败者，甚至巨人神普罗米修斯——或为暴君或为强者，或为落败的骁勇或为放弃权力的政客，他们都曾荣耀一时，可难以辉煌一世,当然至少不乏个别"识时务"者该放手时能够放下;殊可惊者,是皇帝却竟然根本做不到适时收手,他太爱那些打上帝国戳记的"玩具"! 孰料到头来倾囊尽失,剩下的只有羞辱,连全身隐退的机会也化为乌有。诗人叹言:"放在天平上称量,英雄的尸骨/原来与凡胎草芥一样卑微。"大人物又如何? 一旦败北,荣光不再,一如那些历史的怪杰与罪人,拿破仑也不过如此!

　　平心而论,虽然有些恨铁不成钢的意味,拜伦对拿破仑的指责还是未免苛刻,在极尽讽刺、嘲笑、奚落、鞭笞其虚荣、野心、狂妄、卑怯的基调中,似乎不经意间塑造了一个滑稽小丑的角色;使人感觉皇帝成功和失败的原因,也仿佛仅仅在于个人无餍之权力欲的满足或征服与嗜杀的冲动。而关于拿破仑战争的复杂性包括它的正义成分,尤其是,在粉碎多次反法联盟中皇帝的历史功绩,其于维护与发展法兰西革命成果上的贡献等只字未提。这种忽略的原因或许是,皇帝的失败逊位于情感上让诗人大失所望,一度理想化的英雄形象瞬间坍塌引起鄙视,而无暇作出更全面客观的评价。不过诗中也提到,拿破仑血写的勋业并非徒劳,在失势的暴君队伍里唯其英豪,如此的征服者事实上无法轻蔑嘲笑。

　　但无论如何,《拿破仑颂》关于皇帝败北沦亡的原因分析的确句句中的,而且触及性格缺陷,特别迷恋权力、自私虚荣,甚至不无懦怯成分的指斥,实在切中要害;至于卑贱地沦为俘囚的最后逊位更极不体面,使之作为伟人形象大打折扣! 拜伦的讽刺性评价难能可贵,因为这表明他坚定地站在公义正义一边,为对卓越人物的论定树立了榜样。尤难能可贵者,是愤激并未使之采取历史虚无主义立场,在拿破仑与不同时代之巨人作对比以昭显各自特征的同时,褒奖真正出色的伟大人格,例如称美国开国元勋华盛顿乃所有历史伟人中最高尚者,举世无双、完美无缺,"一空

前—绝后—最好—"(-the first-the last-the best-),该至评所包含
的政治眼光超越时空,独显诗人哲学—政治家风采。

三

　　组诗的其他几首写于滑铁卢战役完败、"百日皇朝"崩溃、拿
破仑二次流放或之后的 1815 年和 1816 年。这些诗的基调甚至
主题已发生很大变化,如果说《拿破仑颂》的主调是讽刺甚或谴
责,那么现在则变为感慨、反思乃至激扬;情绪也变得较为平和,
愤激之语不再针对皇帝,而指向不可测度的命运或者法兰西的敌
人;积蓄力量、振作精神、重新奋起的召唤旋律似也于暗中涌动。
　　这几首诗,最早写出的是《拿破仑逃离厄尔巴岛有感》(On
Napoleon's Escape from Elba),写在皇帝到达巴黎后一周左右
(1815.3.27),乃仅有 4 行的即兴之作。以一种轻松的笔调感叹
霸业旁落而成阶下囚的拿破仑顺利逃脱,"从厄尔巴岛向里昂和
巴黎进击",这就意味着他可能卷土重来,再创帝国的辉煌,那时
他的敌人又会向其屈膝。
　　《拿破仑的告别(译自法文)》(Napoleon's Farewell, From
the French),大概写于 1815 年 7 月 25 日,几天后即 7 月 30 日匿
名发表于《观察者》报,后收入 1816 年出版之《诗集》。以皇帝的
口气写他在必将踏上被流放的漫程时,对祖国依依不舍的凄然情
怀。这首分为 3 节共 24 行的诗,苍凉的语调里隐不住英雄气,一
声"别了,这片土地"包含着多少复杂沉痛的感情! 在这儿,他的
荣誉升起并以其名笼罩世界,然而她遗弃了她的英杰,尽管无论
光辉还是耻辱再也不能与其分割。皇帝承认失败乃由"太迢遥的

胜利的流星引诱"①；但更清楚，作为反法联盟的最后一个俘虏，自己虽孤独却仍被畏惧，因为他"曾经和一个世界征战"，"曾经力敌万邦"。告别法兰西是何等不舍，拿破仑喟叹，他一度使她"成为世界的明珠和奇迹"，但羸疾最终使其失败罢手，泱泱大国一落千丈了；想想无数战场的搏击何等英豪，高卢兀鹰一无所见，只知向着胜利翱翔！壮言背后是滴血的痛苦，巨人倒下惊天动地！"别了，法兰西！"这最后的道别令人心碎，但皇帝毕竟人杰，虽一败涂地而仍存再起之自信，"如果自由再次跃升，在你的土地上重整旗鼓，那时记着我"。他断言祖国之泪必会使她干枯的紫罗兰绽放，他除了能挫败百万大军，还可唤起败颓的大地。

　　通篇悲壮之音，恢宏之概，气壮山河！即使读者熟悉的拜伦诗那特有的淡淡哀愁，在这儿也似乎陡增壮烈气质。与其说追悔过失毋宁是倾吐块垒，甚至也不怨天尤人。的确，读不出抱怨，也无歇斯底里感觉。因为那不是斗士风格更非伟人质性，诗的题旨无非揭示一个霸气的失败者之不甘，和对其赖以成为霸主的祖国的无限恋眷，因为再不能领导她争锋而缱绻。

　　《译自法文的颂诗》(*Ode*, *From the French*) 写作的确切时间不详，匿名发表于 1816 年 3 月 15 日的《纪事晨报》，后收入 1816 年出版之《诗集》。该诗分 5 节凡 104 行，主体写滑铁卢战役，或者更准确地说写这场大战的结果给予诗人的震撼或情感波澜，故有的选本题名为《滑铁卢颂》。

———————————

① 查良铮译《拜伦诗选》，上海译文出版社 1982 年 2 月版，第 71 页；本文所引该诗诗句皆从此译，以下不再加注。

　　"我们并不诅咒你，滑铁卢！"①起首第 1 节，以先声夺人之势声言：滑铁卢被自由的鲜血洒遍，然而并非白流，而是"从每个充血的躯干升起"，汇聚成波涛般的汹涌散入空气，与牺牲的英雄之血交融；浓密到一定程度就会爆裂，那将是从未有过的霹雷电闪，一如《启示录》预言末日审判时刻到来一般。仿佛在诗人看来，屈自由而取胜者必将付出沉重的代价，此乃一条铁律。第 2 节笔锋一转，给那些取胜的将军们泼一瓢冷水，揭破法军败绩在于内因，即皇帝的野心及其专制；如果情况相反，他们怎能是拿破仑的对手？这里回到了两年前《拿破仑颂》的立场，诗人对帝国倾覆根本原因的看法并未改变。第 3 节可谓缪拉颂歌，拜伦在此插入多少有些费解，因为这个曾是皇帝最亲近最得力的元帅（封那不勒斯王并把最小的皇妹嫁与之）在其失势时有过背叛行为，故拿破仑未再起用之。或许，诗人的赞美完全为了其戎马一生和那过人的勇武——他的骑兵可谓百战百胜，"……当你跨着战马/从行列冲出，勇往直前，/像一条河流泛出了河岸……"而滑铁卢战场缺的就是这样的骑兵将领——奈依元帅虽然英勇无比，可惜其勇猛与鲁莽无别只能断送军队；也或许，为了其悲惨的命运：这样的英雄同样逃不过复辟王朝的毒手。第 4 节是对真正自由之法兰西的期待。无论帝国的还是联盟的，所谓"胜利"都意味着侵略与破坏，法兰西有着争取自由的传统，但剑必须掌握在人民手里。诗人叹息，已两次付出沉重代价，想必已彻悟：卡佩（波旁焉能例外）或拿破仑，哪一个专制制度都靠不住，自由"需要平等的权利和法律，/心和手结合在伟大的事业里"。这是最真诚最明智的昭告，

----

① 查良铮译《拜伦诗选》，上海译文出版社 1982 年 2 月版，第 73 页；本文所引
　该诗诗句皆从此译，以下不再加注。

无疑也最具拜伦的思想特征。第 5 节以坚定的信念预言自由后继有待必欲莅临,"宝剑已不能再制服人",暴政时代将成过往,这是历史之必然! 就此于昂扬的格调中收束诗篇。

此诗的可贵之处,在于滑铁卢失败而拿破仑流放遥远的圣赫拉纳岛,欧洲封建复辟势力甚嚣尘上、民族自由倍受打击之情势下,诗人仍唱出民主自由的最强音;并且,他反对的是一切暴政,包括复辟的封建暴政和资产阶级性质的帝国暴政,还有英国不遗余力行大陆宪兵之司的贵族资产阶级暴政。

《"荣誉军团"星章(译自法文)》(*On the Star of the "Legion of Honour", From the French*),首次匿名发表于 1816 年 4 月 7 日的《观察者》报,后收入 1816 年出版之《诗集》。该诗分 7 节凡 42 行,它以"荣誉军团"①星章为颂体,述赞以皇帝为首的法兰西军人在粉碎历次反法联盟或拿破仑战争中气壮山河、流血牺牲的英雄业绩,一派悲壮格调。但诗是以哀怨的调子起首的:"勇敢的星章! ——光辉洒落/如此荣耀终结了生者与死者——"②十几年战火纷飞的岁月,成千上万的法兰西优秀儿女喋血战场,却随着滑铁卢一役的惨败而前功尽弃。这就是此诗的写作动机:为英

---

① 大革命执政府时期为取代旧王朝的封爵制度,由拿破仑亲手创建的国家最高功勋组织,1802 年 5 月 19 日设立,从古罗马步兵团编制。两年后即 1804 年拿破仑称帝,正式颁发勋章,当年就有 7000 多人获此殊荣。它乃光荣和名誉的标志,专授予军团团员,即忠诚自由平等信条、为国家做出卓越贡献的军人(也包括少数平民)。勋章为星形设计,分 5 个等级图案自各有不同。这一制度并未因帝国崩溃而终止,相反一直延续至今,当然勋章样式随不同时期的政治内涵发生若干变化,不过作为国家最高荣誉的基本性质一以贯之。
② 本文所引该诗诗句,均由笔者从原文译出,以下不再加注。

雄惋惜、为死者哀叹、为败皇伤怀、为杀戮反思，如此等等，复杂情结，纷然囊于诗作，造成其多元指向与矛盾存在；然而更重要的，还是军团星章唤起的爱国力量，摧枯拉朽、前仆后继，那在三色旗鼓舞下为自由平等而战的精神、为理想奋不顾身的气概！

何以"百万人手持武器来追随"？是否星章被人为赋予的至高无上光荣意义而引万众崇拜掺入了非诚实成分？换言之，其中有无借神圣之名而行私欲之实的性质？何以第 3 行言其"让欺骗生辉"？或许，拜伦讴赞法国人在可歌可泣的拿破仑战争中英勇牺牲的壮烈时，并不忘挑明皇帝所应当负的历史责任，他所发动的战争愈来愈具侵略性，不可逆转地把祖国和同胞推向灾难的深渊，却皆以"荣誉"而美其名。星章辉煌，代价高昂，"殒命英雄之灵铸成你的光"，赞美隐含沉痛！不过它所释放的强大力量乃人间奇迹，诗人如何不惊佩——

> 如岩浆翻滚你血流成河，
> 那洪流荡涤了多少帝国；
> 你的威力可使地动山摇，
> 正如你的光辉点亮周遭；
> 暗淡的大气层喷薄日出，
> 在你所及之时所到之处。

这是对拿破仑及其军队的真实写照，其咄咄逼人的英雄主义精神令人折服！

在拜伦看来，荣誉军团所向披靡，是因为法国大革命播下的自由平等博爱种子深入人心，人们为保卫她不惜殒身——那才是最根本的原因。他深情地赞美诞生于革命中的红蓝白旗帜："明亮的三色，均极神圣"，"自由之手已将其浑然配合，/一如不朽的宝石幻放色泽"。永远不变的情怀是对自由的执着，那构成拜伦的身份认证；提及自由，禁不住热泪盈眶、豪放满怀，此为理解诗人包括本诗的锁钥。由于失败，勇敢的星章暗淡了，黑暗必将复来，"哦，你自由的彩虹！/我们的泪水和鲜血为你流涌"。但是，"自由能踩出她神圣的足迹"，追循英烈们的脚步而去又有什么！这首诗写得铿锵有力，一气呵成而浑然一体，其感情与思想蕴含丰富复杂、深刻且充满张力。它与另一首《译自法文》形成呼应，皆写拿破仑，却采取了不同角度。

　　《译自法文》(*From the French*)的写作时间不详，当与《星章》同时或相隔不远；其发表也不是像前几首先见诸报端再收入集子，初面世于1816年出版之《诗集》。该诗分5节凡40行，构思十分巧妙，写一位追随拿破仑多年的御林军官在皇帝失败而将被流放之际，向胜方的押送将军哀恳让他作为"俘虏"的仆人随行，自然他不会被允准；离别之际，一腔肺腑之言倾泻而出，那是千百万老兵对皇帝的心声——

　　　　你必须走吗，我荣耀的官长，
　　　　要弃你少有的追随者而去吗？
　　　　谁能讲述骑勇的悲伤，
　　　　那长久的告别让人发狂？
　　　　女人的爱和友谊的热情，
　　　　对于我都如此亲切——
　　　　可凭着一个战士对你的忠诚，
　　　　所有那些又算得了什么？①

　　在这位追随者眼里，皇帝是其兵勇灵魂的偶像和神明，巨人之力不独在战场，做了阶下囚反而更强，世界没有什么可以使其

――――――――――
①本文所引该诗诗句，均由笔者从原文译出，以下不再加注。

低下高贵的头！跟从之征战多年死亡已毫不惮惧，甚至妒忌为皇上捐躯的同伴，何以自己未能在沙场流尽鲜血……这是怎样的忠诚？诗节间诗人插了一句话："在滑铁卢战场，有人看见一个士兵的左臂被加农炮炸碎，他用另一只手把残肢拧下来扔向天空，并对同伴呼喊'万岁，陛下……'"作为麾下而言，拿破仑虽败犹荣，而他的胜利者反显得黯然失色，他们根本无法与之相提并论，既不能获取民心，精神上也难以占上风，甚至取胜的荣誉也是僭越的。唯其如此，他们心存疑虑，害怕皇帝身边的人会帮其逃跑——他不是已经成功地逃脱过一次吗！大概这位部下心里明白，即使抱着胜利者的腿苦苦哀求仍无济于事，所以只有无奈地喊出断肠之语："再见了，我的首领，国王，朋友！"通过这一段段独白，拜伦把拿破仑与其军士的生死联系，作为统帅在他们心中的崇高地位淋漓尽致地表现出来；同时，也把他本人对该叱咤风云的历史豪杰由衷的赞佩，不失风度地表现出来。不难发现，这儿的五首诗，其思想感情大抵是一致的，即对失败英雄的讴颂是为主音，此与一二年前《拿破仑颂》的大不同是明显的也是值得玩味的。

四

与上述组诗的写作属于同一时段的，还有《恰尔德·哈洛尔德游记》第三章有关滑铁卢战役述怀的篇节即第17—45节（其中与拿破仑直接相关者是17—20节、36—42节；体式为"斯宾塞诗节"，每节9行），大致写于1816年4月25日第二次也是最后一次去国之后，经由比利时凭吊滑铁卢而到达瑞士日内瓦的一个月内。滑铁卢大战过去还不足一年，踏在这块使一个帝国沦亡的土地上,诗人肯定浮想联翩,如何不记下他的感慨?

"停下吧,你已踏在一个帝国的坟墓上!"①诗人和他笔下的朝圣者俱怀十分复杂的心情开始了凭吊败绩巨人的瞻礼②。这白骨堆积之处,"在血雨的灌溉下,长了什么庄稼!"法兰西不可一世的苍鹰被同盟国箭矢射穿胸膛,"赫赫威名变成烟云般缥缈虚无!"这就是征服世界"雄图"的报偿,因为"命运之神索回了礼物"。但感叹野心落空的同时,诗人依然吝于给胜利者些许的肯定或赞美,相反尖锐地指出战役结局的后果——

> 天网恢恢! 高卢也许就此变一匹马,
> 受缰绳的束缚;但世界能更自由了吗?
> 究竟是各国联合讨伐那一个人,
> 还是合力教训所有帝王好好地施政?
> 啊,难道那复活起来的奴隶制度,
> 又将成为开明时代的偶像,那丑陋的怪物?
> 难道我们,打倒了狮子又向豺狼顶礼?
> 奴才相地朝皇座屈膝,低声下气?
> 不,应先把效果估计,再来颂赞这种胜利!

作为自由的信徒、反封建的斗士、超越国家民族主义的思想精英,拜伦的深刻、明锐、勇敢表现得无以复加了! 所有形式的专制均在谴责之列,滑铁卢大战后的欧洲政治格局大变,在"神圣同盟"

---

① [英]拜伦:《恰尔德·哈洛尔德游记》,杨熙龄译,新文艺出版社 1956 年版,第 115 页。本文所引该作诗句,均从此译本,以下不再加注。
② 朝圣者指哈罗尔德;按《游记》英文名称 *Childe Harold's Pilgrimage*,如果译成"恰尔德·哈洛尔德瞻礼记"可能更准确,因为 Pilgrimage 的本意是"朝觐"。

卵翼下复活起来的封建势力猖獗，他怎么可能投其花环？这是对国际政治的卓越洞察！诗人的深刻之处在于，他启示读者质疑，英国人的胜利，意义在哪？打败拿破仑，世界是前进了还是后退了？所以要"把效果估计"。按后来还在《唐璜》中讽刺战役的决胜者惠灵吞公爵为"无赖吞"、"第一流的刽子手"；说他之打败拿破仑，不过是"修理好了'正统'的拐杖，/一根不像从前那样十分稳固的柱子"①，至评也！可以看出，正是由于对滑铁卢之战后果的准确评估，也导致诗人对一向钦佩的拿破仑给出比较客观公正的评价。称他是"一个最伟大而不是最坏的人"，分析其矛盾的个性，"有时超人，有时很愚蠢"；过分自信、孤注一掷，甚而迷失自知之明而成致命性格缺陷；剑走偏锋、爱趋极端，因是这"世界的征服者与俘虏"最终"成了荣誉的牺牲品"。确实，太过虚荣，虚荣使之刚愎傲慢，这在大人物身上有时就铸成大错，所以，"你能倾覆、统治和重建一个帝国，/却管不住自己最起码的感情……填不满好战的欲壑，/你不知盈虚的道理，人有旦夕的祸福"。拜伦的评说无疑包含遗憾之情，可以相信，其内心不希望皇帝失败。唯如此，才给予沦为俘虏的拿破仑以失利英雄之赞美，"坦然迎受逆境"，"勇气并不稍衰"，"在困境中比得意时聪明"，云云。

　　这与两年前就皇帝逊位而作《拿破仑颂》的那种苛评有很多不同甚至判然分明。当然总体看来，与前者的分析仍是一脉相承，基本观点没有大变，不过在态度上同情占了上风。拜伦反复强调，拿破仑完蛋说到底还是暴君性格所使然，这和常人的不同在于太过活跃的内心根本无法安闲，永不倦怠、爱做非分之想、嗜

---

① 参见拜伦：《唐璜》第九歌 1—10 节，朱维基译，上海译文出版社 1978 年 6 月版，第 609—614 页。

好冒险,这样的偏激使之难以折中。诗人就此对极端人性做了一番精彩的剖析,说该狂热像病菌传染生出许多疯子狂汉,包括"征服者和皇帝、著书立说之人,/外加诡辩家、诗人、政客等等/不安分守己者……","他们有狂飙似的呼吸,风暴似的生命;/他们驾驭着风暴,终于被风暴所淹没……",对各类的欺世盗名加以尖锐嘲讽,同时触及人性深处和宇宙规律的奥秘。由此还可注意到,即使在称许败皇保持高傲的自尊时,诗人那支爱讽刺的笔锋芒依旧,说他"不应该像冷酷的戴奥几尼似的嘲笑"。按此处用了一个著名典故:亚历山大大帝拜访住在破缸里的犬儒派大哲戴奥几尼,问其需要什么帮助,回答是"需要你别挡着我的阳光"。大帝旋即明白了犬儒哲学的要义正在于鄙薄物欲。拜伦的意思也许是:落马的帝王已失去傲岸的资本了,即使犬儒式的不在乎也没有意义,因此,"持皇笏的犬儒用不着偌大世界作他的巢"。

五

发表于 1823 年 4 月的《青铜世纪》(*The Age of Bronze*)是拜伦一篇著名讽刺诗,背景为:拿破仑帝国覆灭后欧洲封建复辟势力以俄、奥、普为首缔结"神圣同盟",在英国支持下充当镇压各国人民的国际宪兵,欧陆民权民主备受摧残,社会空前黑暗。然而人民革命与民族解放潮流却若扑不灭的火种悄然漫延,1820—1821 年首先从西班牙爆发民众起义,致其反动政权岌岌可危,而且引发葡萄牙、意大利民主革命及希腊独立运动风起云涌。为维护封建秩序神圣同盟急于扑灭之,便于 1822 年 10 月召开维罗纳会议,商讨派兵镇压西班牙革命继而对葡、意等进行武装干涉。该诗于 1822 年 12 月动笔,历时一月左右;它直指会议的头面人物沙皇亚历山大一世、法王路易十八即同盟的核心，还有该傀儡的幕后牵线人英国当局，揭露其残酷镇压主权国家人民起而反抗的罪恶行径，讽刺他们为获更多利益吵吵闹闹、讨价还价的群丑嘴脸，全诗嬉笑怒骂皆成文章。

　　该诗18节凡778行，其中第3至第5节长达217行是写拿破仑的，这位被囚的败皇已逝世周年半余(1821.5.5)，或有盖棺论定之意，但更重要的动机也许是将其比照那帮国际政治扒手实际上根本上不了台面。盖世英豪，一抔黄土，诗人以他惯好慨叹的人生无常入题，"以王国博胜负；以皇位作赌注；/以地球当赌桌；以万民的白骨当骰子"之鹰隼，"这个叫全世界失眠的人"而今安在？像之前创作的拿破仑诗一样，拜伦除了视其为暴君，尤对他失败后的"英雄气短"甚表不屑，笑这被囚时的逊帝因餐食而怨艾，"减少了菜肴，节省了酒食，/又为了无聊事引起无聊的争论"①。甘受屈辱而苟活，"难道这就是鞭笞或宴请君王们的那位伟人？"然而嘲讽与轻蔑的同时更是讴歌与赞美，现在他死了，那放逐于此的海岛，"将会像英雄的铜像般在大西洋中炫耀"，"水手们都爬上桅杆高呼他的姓名"。诗篇第5节，流水般的诗句挥洒开来，历数皇帝一生的战绩与蹉跌，这个威震四方的星宿，从地中海的科西嘉岛初出茅庐到跨越阿尔卑斯天堑直取米兰，从远征埃及到横扫欧陆：尼罗河岸金字塔里40个世纪的幽灵如巨人被惊起目瞪口呆；马德里飘扬着拿军的战旗，"熙德"后裔们竟也忘了勇敢乃其本分；奥京维也纳，二度被征服又二度被赦免；普鲁士枉为腓特烈大帝之后代，"他们在耶拿被击溃，在柏林屈膝下跪"；三

---

①邵洵美译《青铜时代》，见《拜伦政治讽刺诗选》，上海译文出版社1981年2月版，第94页；本文所引该诗诗句皆从此译本，以下不再加注。

次遭瓜分的波兰爱国者血流成河,切盼皇帝斩断沙俄血污之手助其复国,岂料"波兰呀!复仇天使打他们头上飞过,/可是来时节满目萧条,去时节一片荒芜",莫斯科成了"他南征北战的终点";然而战神之心尚未破碎,还要"重吹起'罗兰的号角',沙场上再见高低"。于是便有了卢森、德累斯顿的连续大捷,断首折翼拖拉俄普联军反法战车之鹰鹫;只可惜辉煌不再,莱比锡一役,撒克逊军团中途倒戈,法师一败涂地,拿氏好运就此远遁;反法同盟逼近巴黎,皇帝之兄缴械投降,战败者被押往名曰"厄尔巴"的地中海小岛……但"冒险"天性何曾消停,一咬牙便卷土重来,"战无不克,长驱直入";可叹英雄末路,虽败犹荣,比京近郊的覆灭充满悖谬色彩①,千古遗恨滑铁卢!"无非证明了傻瓜们也会交上好运,/这胜仗,一半靠糊涂,一半靠奸细。"千年一帝的伟业终结了,大地、空气、海洋,"明白他过去和现在的光荣与力量,/他们将听到他的英名年久月长"。拿破仑之名作为法国民族精神的象征永垂不朽!

　　然而,这位"祖国的暴君、全欧的名将",毕竟只落得郁死荒岛,冷冷清清收了场。诗人不由如此慨叹:

>　…………
>
>　追求名誉自有一条康庄大道;
>　翻遍整整一大部劳民伤财的历史,
>　一万个征服者也抵不上一位先知。
>
>　…………

----

① 关于滑铁卢战役,历史家、文学家乃至旅行家写下的探讨文字无以计数,以笔者所见,最有趣的要数法国作家雨果在《悲惨世界》中的描写和奥地利作家茨威格的专题书写。

同时列举富兰克林、华盛顿、玻利瓦尔领导故国人民进行民族独立以求自由解放的另一类英杰，表彰他们的丰功伟绩，乃完全不同拿破仑"打破旧镣铐的手却去制造新镣铐，/捣碎了欧洲的秩序和他自己的权利"——惋叹以枯骨堆起个人名望怎抵造福人类而万古流芳！

六

纵观拜伦的拿破仑组诗，其所流露的对皇帝的矛盾态度是显而易见的，诗人思想中根深蒂固的英雄观念与拿氏气质存在一拍即合的灵犀通感，当后者无视人类的权利而走向强权与独裁道路，拜伦的失望是沉重的：这个当代的凯撒，越过了人权的卢比康河（《青铜时代》第5节）！拿破仑的雄才大略未能贯彻到底，以至与自由、民主、博爱的启蒙理想及法国大革命精神琴瑟相和，达到完美的开明政治境界，这是最令其痛心和遗憾的。或许拜伦曾经设想，如果波拿巴主义剔除了毫无节制的集权专政和武功崇拜成分，如果他的征服明确是荡涤旧欧洲陈腐失道的封建制度及其意识形态而不是或至少不仅仅是追求一个世界霸主的地位与身份，那么欧洲甚至更大范围内有可能出现一个基于各民族自治、各阶层自由的政治共同体或联合体；而这一种国际政治蓝图唯有拿破仑的气魄和才干具有促之实现的可能性。岂料连如此伟大不让普罗米修斯的巨人也难免俗，在爱好权力这点上，与一般政客并无二致。组诗多处提及拿氏热衷皇袍、绶带、王笏乃至吃喝之类，对此虚荣不屑一顾且讽刺毫不留情，因为是类低级趣味与理想人格差之千里；唯其如此，拜伦格外推崇华盛顿、富兰克林，除了其政治品质优异，恐怕也包括道德操守高尚。假如对一个叱咤风云的优秀人物充满期待,而终于该"偶像"表现出乎逆料,那造成的心理落差绝非微不足道,也许这可以作为说明诗人何以对皇帝既爱且恨之矛盾心态的部分根由。

显而易见,尽管拿破仑在组诗中屡被斥为凶煞神、嗜杀狂,陷万千同胞于坟墓的失败者,但诗人却绝不因为这暴君大业的终结而高兴,因为其后果同样是灾难性的,即前述"打倒了狮子又向豺狼顶礼"。他看得清楚,拿破仑的失败意味着全欧的封建复辟势力卷土重来,那"复活起来的奴隶制度"必张牙舞爪、祸乱时代!因此与其说是在屡屡揭露一个堕落的个人野心家的倒台,从而总结经验教训,毋宁说更在告诫警惕那惯于开历史倒车的反民主阵线包括支持"神圣同盟"的英国统治集团扼杀备受摧残的自由民主潮流之倒行逆施。《拿破仑的告别》等诗中何以仍澎湃着那种不甘倒下的豪迈,那种重整旗鼓的冲动,说到底与作者憎恶一切形式的无道或不义——无论强制的封建复辟特权还是虚伪的资产阶级法权,执着追求民主自由思想的价值观血肉相连,乃当时最先进的政治理念之无意识表现。总之,启蒙主义的世界观、法国大革命播下的自由种子、为争取民主那永不消歇的斗争精神,构成了这些诗潜在的动机和巨大的能量。

无可否认,拜伦关于拿破仑的组诗,可以明显地感到对这位盖世英雄的尊崇和褒扬是主要的,乃主音也是强音。当然最根本的原因——有必要再次强调——仍然还是诗人的英雄崇拜情结所使然。应该认识到,其实这与当时进步的社会舆论并行不悖,因为复辟倒退的黑暗现实令人们又不由不怀念帝国时代,毕竟人权、民主改革是社会前进的主旋律,《民法典》确立了人民的法律地位也就是人的本位。一个有意思的现象是,无论在法兰西还是整个的欧罗巴,曾经像驾驭烈马一样役使本国及其附庸国的皇帝没后的声誉越来越高,他和他缔造的帝国成为国家强盛的象征,其意义一直延续下来;拿破仑的灵柩最终于 1840 年 12 月 15 日迁回巴黎,安葬塞纳河畔最美丽的建筑物荣军院正面的圣路易大教堂,供人们世代瞻仰。这与拜伦对他的态度是一致的。①

　　　　(本文成稿于 2015 年 5 月,是年暑假以之参加在东北师范大学举行的"中国高等教育学会外国文学专业委员会成立 30 周年纪念大会暨'30 年来中国外国文学教学与研究新发展'全国学术研讨会"并作大会发言;后编入论文集《向着崇高的灵的境界飞升》,东北师范大学出版社 2016 年 7 月版;2016 年春对论文作了较大修改和补充,刊发于《山东师范大学学报》2016 年第 4 期)

---

① 关于拿破仑的评价,法国历史家米涅一段话甚为中肯:"拿破仑通过他的体系的悲惨结局,给了欧洲大陆一个很大的推动,他的军队把法国的风尚、思想和较先进的文明带到欧洲各地。欧洲社会的陈旧的基础被彻底动摇。由于来往频繁,各国民族混杂起来;边界的河流上建起了桥梁,在阿尔卑斯、亚平宁、比利牛斯三大山区开辟了公路,使各个地域日趋接近。拿破仑使各个国家在物质方面发生了变化,就像法国革命使人们在精神方面起了变化一样。封锁政策补充了军事征服的推动力,由于封锁,大陆上的工业得到改进,从而取代了英国的工业;制造业生产代替了殖民地贸易。拿破仑就这样在扰乱各国人民的同时,促进了他们的文明。他对本国的专制统治使他成为反革命者;而他的征服欧洲的思想却使他成为欧洲的革新者。好几个欧洲国家在他到达以前毫无生气,在他到达以后却是生机勃勃。"见米涅《法国革命史》(1824),北京编译社译,商务印书馆 1977 年 11 月(2013 年 1 月重印)版,第 379 页。

《曼弗雷德》与"世界悲哀"

一

对于好穷世界与人生之玄奥而进行形而上学思索的心灵而言，最有魅力的哲学往往是悲观主义的哲学。因为，生命有数，认识——由于生命中断也就只能成为——有限；而人则禀赋追求无限与永恒的伟大天性，可惜无往不处于限制和过程之中。何况，人还面临着这样一个"二律背反"：他似乎永远向往美好和崇高，但又难免屈服于丑陋或卑贱的诱骗。因之，错误甚至犯罪以及相伴而生的过失感或罪恶感就总是追踪着人的脚步，使其焦虑、疑惧、苦恼、悔恨，即使最坚强的意志也免不了失望或忏悔的意识。这就是人类在劫难逃的"尴尬"命运，悲观主义哲学的根源见此。

拜伦的诗剧《曼弗雷德》(*Manfred*, 1817)就是对人类所面临的这种悲剧式劫难的深刻展示。对它沉厚的诗意，或可说那拜伦式的忧郁、痛苦与绝望，人们找到了一个很形象的词来标志，这就是所谓"世界悲哀"。作为该剧诗主题之点示，这个词是再准确不过了。

《曼弗雷德》以三幕诗剧的形式写成，这是诗人初次尝试采用戏剧体裁。其实，与其把它看作一个剧本毋宁看作一部长诗，因为它很少动作,更谈不上"戏剧性",差不多只是一系列诗意浓郁的对话和感情炽烈的抒情独白而已。

　　当然还是能够梳理出诗剧的情节:它于中世纪哥特式的背景下展开,主人公曼弗雷德伯爵是阿尔卑斯山中一座中古堡砦的领主,富有、博学、精于魔术,能够召唤并支配天地间的许多精灵。但他离群索居、与世隔绝,躁怒郁闷、痛苦不堪,为何? 因为年轻时犯下的一桩大罪无时不在啮噬其灵魂。他几乎已完全绝望,将地、海、气、夜、山、风等大自然中的七位精灵一一召来,它们恭候伯爵这非凡的泥尘之子的吩咐;原来他要精灵们帮助自己"忘却"——忘掉"心里的一切"①。然而它们却对此无能为力,尽管可以给他王国、百姓、权力、长寿甚至管理宇宙秩序的符箓。于是他追求死,打算从悬崖峭壁一头栽进永恒的苍茫。一位偶然经过的老猎户拉住了他——伯爵得救了,可是精神磨难远没有解决。他又求助阿尔卑斯山美丽的魔女,向其诉陈悲苦。但他既不能服从魔女的意志,魔女也无力解除他的苦难。曼弗雷德的痛苦在于他曾爱过而现已亡故了的神秘女郎爱丝塔蒂。他以交织着忏悔与罪恶感的强烈渴望追寻那逝去的幻影,终于凭借超自然的符咒或者说魔法的力量,造访了魔灵之国。那里,黑暗之神阿里曼魔王正与众命运与复仇女神暨冥界恶灵们欢度节日。伯爵的意志与力量甚至使冥国的君臣也不得不满足其要求,即从坟墓唤起爱丝塔蒂的灵魂以回答访者的问题。爱丝塔蒂的幽魂出现了,曼弗雷德激动万分,然而幽灵除了宣告他即将来临的末日,一言不发。诗剧主人公回到自己的堡砦,笼罩于死亡的阴影里。虔诚而德昭

①[英]拜伦:《曼弗雷德》,刘让言译,上海新文艺出版社1957年6月版,第14页;本文所引剧诗文句,均从该译本,为简洁计,以下不再加注。

望众的莫里斯修道院院长试图以宗教精神挽救这位濒死者的灵魂,但遭拒绝。伯爵如英雄般平静地死去……

诗剧不能不说是沉重的,它的气氛太过压抑了。主人公对世界和人生灰心丧气,终于感到包括知识在内的一切追求都毫无意义,因此追求遗忘。这是怎样的痛苦啊!然而更可悲的,是这点愿望也无法实现,那么这潜在的意义便是——求生不成,欲死不能!正是在如此的基点上,拜伦展开了其诗作立意的哲学概括。

必须看到,曼弗雷德的痛苦是心灵的痛苦、精神的痛苦,或者说,一种自我折磨。因为,除了灵魂的安宁("你的精神永不会睡眠……")而外,他几乎拥有一切:首先,未及中年,不可能被疾患所扰;其次,身为领主,不乏足够任其支配的财富和权力……然而他却——

困守在失望里——而且活着——永远地活着!

活着本身便是痛苦;就是说,不想活,又不得不活。死是不可知的,死乃一团神秘,因而还不能断然去死。他所面临的是一个悲惨的矛盾!这是一度困扰过哈姆莱特甚或所有思想家的老问题。在忧郁的丹麦王子那里,焦点似乎还只是"时代脱榫"而已;但是对于曼弗雷德伯爵而言,意义却要深刻得多,因为并没有克劳狄斯之类的小丑企图谋取他的生命或者篡窃他的权位。恰好相反,折磨他的仅仅是心灵这座地狱——"强迫你自己成为自己的地狱"。这是人性之罪与罚的无穷矛盾与神秘,它无疑是关乎宇宙间之自然法则的。宗教、伦理、道德等等难道不可以说正是起源于对那隐于冥冥中之神秘力量或者超然存在的畏怯吗?从伟大与不朽去追求永恒,多少人坚持不懈地努力于此,可是在自然的或者人性的王国里,丑恶、死亡(虽然宗教家宣扬灵魂不灭)似乎是不可避免的。唯有从这儿,才找得到痛苦之源。人有趋向无限完美之可能,换言之,人是卓越的,他甚至禀赋某种神性,"心智、精神,普罗米修斯的火花与光辉"。然而很不幸,却往往被栽入陷阱之中,好像宇宙空间专为撒旦辟了一块耀武扬威的场所。曼弗雷德的遭遇不正是如此?本来他可以成为杰出人物:他善良,"能够体贴别人的痛苦";他坚强,"能够忍受——无论多么不幸";他有力,"拥有巨大的力量";他高傲,不屑与俗人为伍;他智慧,连精灵也为之折服……的确,凭着这一切,他一定可以成为俊杰。然而事实上却已经完全不可能。无怪拜伦将哈姆莱特的一句名言作为本诗剧的题献放在卷首:"天地间有许多事情,赫莱休,是你的哲学所没有梦想到的。"

显而易见,曼弗雷德所苦恼的,或者说《曼弗雷德》所思考的,是关于自然、人性之根本问题。主人公的痛苦是深刻的,但更是普遍的、广泛的,这痛苦代表了一种宇宙原则,即所谓"世界悲哀"——它具有本体论的性质,或者说,宇宙的性质。

二

曼弗雷德痛苦或绝望的玄奥在哪里?亦即导致这痛苦的缘由是什么?简单地说,是犯罪。那么他到底犯了什么罪?换言之,那打乱他心理平衡的,究竟是桩怎样的罪行呢?诗人含糊其词并未明确指出。"我的额上已刻满了皱纹,那是在瞬息……"显而易见,它发生在猝然之间;但实际却绵延以至无穷,"从那一切不堪回首的时候起……"曼弗雷德沉痛地反省。可见罪的性质是严重的,那是一种违反自然或宇宙法则、为天地神人所不容的丑恶行为。诗人一方面闪闪烁烁,一方面则巧妙地暗示:这罪行关乎爱情,与那已经成了主人公所谓"我的罪恶的一个受害者"的爱丝塔蒂的爱情。那么爱丝塔蒂何许人也？为什么同其相爱就是犯罪？"我们不该那样爱着而却彼此相爱着"——问题清楚了，这是一桩乱伦的罪，爱丝塔蒂是他的姊妹，或者更糟：姑姑、姨姨、侄女或女儿……

这桩罪行，无论直接或间接的后果都是可怕的。就前者言，它造成了爱丝塔蒂的死亡，使被爱的人成了这爱——乱伦之爱——的牺牲品；就后者言，它给活着的人留下千古遗恨，这遗恨就像甩不掉的影子永远追逐着负罪者。于是导致他对整个人生意义或者生存价值的怀疑与动摇。他的理想、憧憬、探索并进而改造或支配宇宙的愿望……在一刹那间统统崩溃了，只剩下心灵的矛盾、羞耻、追悔，还有不甘心。问题在于曼弗雷德并非醉生梦死或行尸走肉者流，他拥有理解宇宙的智力、伟大的抱负和成为"一个高尚的人"的全部素质。他曾一度探索"人世间的一切智慧"，以"成为人类的启蒙者"，甚至"潜心于'死'的奥秘，从它的结果，去追求它的原因"。可现在他把学问看成无用的了：哲学是诳人的空话，科学是愚昧的交换。因为人困厄于罪恶里却对之无可奈何，甚至连过失感也摆脱不了……

曼弗雷德的悲剧似乎不仅仅在于被"乱伦"的意识所压迫。换言之，他的痛苦与其说因为犯罪，不如说由于犯罪的结果——因其爱而毁了或者毋宁说失掉了所爱者。爱丝塔蒂死了，本来就郁郁寡欢的主人公更掉入了苦海。他唯一的愿望是能够再见到她，听见她的声音，为此甚至追寻到魔灵之国。第二幕第四场曼弗雷德与爱丝塔蒂幽魂的会面是理解这一点的关键。他一再追问："你说，我们会不会再见面？""请你说，你是爱我的。"……他不顾一切寻求的仍然是爱而不是别的（比如"忏悔"、"宽恕"、"得救"之类）！他与她的关系，甚至很难界定为罪，因为当事者爱得如此刻骨铭心。然而从伦理的角度看又是确确实实的罪。也许曼弗雷德绝望的秘密就在这里：一方面，他对这"罪"有着明确的自觉意识，另一方面又渴望着她。明知是罪，却偏趋向于罪。唯其如此，曼弗雷德的罪恶感才愈加沉重。

　　如此看来，自然法则是不公道甚或是残酷无情的了，它要用标志着"罪"的钢刀劈开两颗紧紧拥抱着的灵魂，至少是摧毁可能由此而导致的情欲。这实际上牵涉到人类自踏入文明世界的门槛以来便不时被困扰着的一个古老问题，即两性关系上爱欲与道德的冲突。众所周知，野蛮时代的人类是"乱伦"的，因为尚未产生文明人的伦常观念。但是随着社会意识的生长与进化，原本的天经地义就成为丑恶无比的了。人们从动物的行动中发现了自己原始的兽性。而人与动物的根本区别，就在于前者会反思自身之行为，反思的结果导致价值判断与价值选择。这类意识活动的最初成就就是文明的胚胎。对原始性而言，人类愈是走向文明，就愈是否定着自己（那些本我的性能）。每前进一步，必伴随着痛苦。著名的希腊悲剧《俄狄浦斯王》如果不是作为一种象征，一种已跨入文明行列的人对从中脱胎而出的远古野蛮性之批判回忆的象征，就无从理解悲剧英雄刺瞎双眼权当不复再见"龌龊"的那份灵魂的绞痛。人是趋向善的，人的本质在于不断追求完美。然而有善就必有恶，有美亦必有丑，人类何尝弃绝过丑恶？憧憬神圣却总是根除不了兽性，安能不为此而困恼？第二幕第四场诗人借第一命运女神之口宣布说：

　　　　——那情欲，天地的

　　本性，那从爬虫以上任何威权者，

　　人类和生灵都不能避免的情欲，

　　已经刺伤了他的心……

由是观之,情欲非但是天地万物的主宰,亦为世间一切恼恨之本,或之因。情欲以本能为动力,正如文明以理性为基础。情欲满足肉体的需要,理性则是智慧的先导。作为标志人类进化的"文明",必就此而舍彼,或张此而抑彼。不过情欲既然为"本性",则一定是顽固的,那么它与理性的冲突也势必成为绝对的了。假设情欲战胜了理性,其结果对文明来说便是罪恶,例如乱伦。此观念只存在于文明世界,原始社会无也。但不期然而然的是,人类历史进化的必然性却也伴随着愤怒、不耐与反抗。西方文化史上的浪漫主义时代,一般社会观念崇拜一切奔放不羁的情感,以至神往原始的朴野,渴望返回所谓"自然状态"。但这种"返真还朴"的精神骚动仍然伴随着绞痛,因为人们斩不断连接着文明观念的千丝万缕。什么都得付出代价,而突破文明底线的代价更高。曼弗雷德在犯罪意识的重压下熬煎,却渴望着重温那犯罪的快意,不能不说是浪漫主义时代离经叛道精神的一种矛盾性反映。禁令不能违背,可禁果又实在甜蜜;如果说违禁失去了伊甸,可毕竟品尝了美味。循规蹈矩是安全的,犯罪可怕却伴随销魂。如果说犯罪导致剥夺生活权利,那么循规蹈矩则丧失了生命的激情和人生的魅力。二者究竟孰优孰劣、孰重孰轻,正是"背反"之处也是"困扰"之点。

其实,即使历史上那些进化得相当充分的社会,也几乎无一例外地保留甚或发展着某种对于原始性的爱慕,人们总是渴望比道德规范认可的方式更为本能和热烈的生活。所谓文明,说穿了还不是通过道德、习惯、法律、宗教等理性产品来抑制冲动、克服情欲?某些行为被看作是罪孽,要受到惩处;某些念头被视之邪恶,要受到谴责。所有这些社会意识积淀而为人的是非与道德观念,制约、规范着人依之行之,从而构成文明的运行机制。在这个框架中，一切个体都必须沿着自己的轨道行驶，哪怕越雷池一步，都有罹"灭顶"之虞。

唯其如此，曼弗雷德才在犯罪意识的苦海里载沉载浮。剧中一命运女神称他受的磨难"已经具有不朽的性质"，说明这痛苦带有哲学的普遍性。文明世界的人或多或少都要面临类似曼弗雷德所遇到的问题，尽管问题不一定非表现为乱伦不可。理想遭遇挫折，活动受到限制，渴求终于破产，还有迷津、陷阱……由此可见，"世界悲哀"的确是在劫难逃的自然法则，一种无往不有的必然性。只要人的欲望与排斥欲望的理性观念存在，"世界悲哀"的感觉也就不可能消失。

三

然而如果抛开作品的哲学意蕴不谈，那么应该强调指出的是，诗剧主人公的痛苦也便是诗人的痛苦，而曼弗雷德的困恼也就是拜伦的困恼。为了说明这一点，就不能不涉及该哲理剧诗产生的心理之类背景。

《曼弗雷德》是 1816 年秋在瑞士动笔，次年初于意大利完成的。众所周知，拜伦 1816 年春离开祖国，实为不得已而为之。直接原因乃拜伦夫人安娜贝拉公开提出与丈夫分居引起舆论大哗。人们纷纷传说，导致该家庭悲剧的是诗人与其同父异母的姊姊奥古斯塔的乱伦关系。交际界津津乐道而人所共知的关于诗人之种种风流韵事，以及他那逐渐被传颂为狂妄与邪恶人物的名声，几乎立刻使公众深信不疑。其实更深刻的原因，是作为一个孤傲不羁的自由信使、坚定的民主战士、启蒙学派及法国大革命的精神苗裔，拜伦的政治态度及叛逆言论早就惹恼了贵族的英国。于是这个忧郁的唐璜、上流社会的明星、时髦女子心目中十全十美的英雄,成为众矢之的,被不久前把他捧上交际界王座的那些虚伪而残忍的手又无情地扯了下来。拜伦便是在这样的情势下离开故土的——一个"请求风把他带到任何地方去,只要不是英国"的自愿的流亡者,其心绪的糟糕程度,想必是不难揣度的。

那么诗人真的与其姊姊存在某种有悖人伦的关系吗?这是将及两个世纪以来一直困扰着拜伦研究者的问题,因为无论是与否,它总是令人难堪的。拜伦的朋友们断然否认,一些权威批评家如勃兰兑斯也拒绝相信;至于苏联学者以及曾一度受之影响的我国学术界则发展了一种固执的差不多属于定论的观点,即认为那不过反动派出自对诗人的政治反感而蓄意制造的谣言而已,故一旦涉及总不免愤慨一番或干脆回而避之。遗憾的是,它似乎的确是个事实,为西方学者的研究所证实。看来,宁可满足于相信"此乃无中生有"或者自欺欺人地加以遮掩鲜有道理,尽管"为贤者讳"是条古训,不过总不如揭示秘密、探讨个中原委,以观照其折射的复杂信息更有意义。这无损于诗人的伟大,因为决定其巨人风貌的,乃其自由的思想、灿烂的诗才、无与伦比的创造力,以及革命家的胆略或毫不妥协的斗争精神,而非作为贵族爵爷或者花花公子的凡俗人格。显而易见,即使拜伦没有与奥古斯塔非同寻常的爱情冒险,他也远不是一个道德的榜样。

要解释何以诗人与其姊姊产生该不幸关系是非常困难的。颇多血性、敏感、内心骚动不已的气质,童年时代的畸形生活,甚至暴烈的诺曼武人血统以及孤独、阴郁、傲岸的性格和虚荣、放浪、玩世不恭的作风等都不啻是重要因素。但最根本的,恐怕还是那种蔑视权威、反叛习俗、无视后果、热烈到近乎专横的唯我主义情感方式。而这,正是19世纪初欧洲浪漫主义运动的典型产物。

　　正如司汤达所说,那时代所追求的事物,其基本特点就是渴望强烈的感情。质言之,浪漫主义是个叛逆女神,它不要任何抑制而只求尽情抒泄,其核心是对一般公认的伦理与审美标准进行反抗。17世纪以来,理性独尊、逻辑至上,关于社会结构的观念就像牛顿的宇宙体系论井然有序,个体完全消融到整体之中。这种邦葛罗斯式的先天和谐,终于使人们由厌倦而至于不耐烦;必须找回失去了的自我!激动、放纵、刺激都是好的,哪怕犯罪,只要销魂就行!社会行为上的谨慎约束从未像现在这样显得可厌。于是在浪漫主义那里,哲学成了一种纯粹的唯我论,自我主义前无古人地被奉为伦理学上的根本原则。浪漫主义激励起一个放纵不法的自我,要把人格从社会习俗与行为规范的捆绑中搭救出来。于是我们看到,它把反叛的号角吹进了道德领域。①

　　拜伦的行为也可以从此得到解释。孤独本能与自我倾向构成对社会束缚的激烈冲突,在他比在任何其他浪漫主义者那里表现得更为突出。一个可憎的时代,周围的一切均与之格格不入,由厌烦而感到绝望,于是也就有绝望的反抗。为了发泄,不惜公然蔑视礼法。他被女人追逐,也追逐女人。但他绝非那种卿卿我我的恋人,与其说恋爱,不如说愤世嫉俗的冒险——给他一向憎恶的所谓道德世界的报复。他体验到了某种绝望反抗的快乐,甚至对罪恶感也生出病态的向往。因为那些所谓“平庸的爱情”非但不能令其满足,倒十足使之鄙视。于是便渴望“危险的激情”,一旦“乱伦”这个念头闪过脑际,就固执地不肯放过了。神话中的兄妹媾合,就像宙斯与赫拉的姻缘;传说里的父女共枕,就像旧约

---

①参看罗素《西方哲学史》下卷,马元德译,商务印书馆1988年6月版,第224页。

记载的摩亚人和亚扪人的起源;历史上的族内通婚,比如埃及托勒密二世娶了他的亲姊;古代希腊的爱恋婚俗,比如亚西比德和朋友共享与他们的相好所生的女儿;或者异域蛮族的近亲繁殖,比如高棉王族的内部联姻……这无疑刺激了诗人的幻想——甚至无须作为假说,因为拜伦熟谙神话、传说、历史以及许多半开化种族的习俗,对那些带有原始野蛮性的信息,知道得非常多。不少研究者相信其崇拜原始罪恶,诸如此类,与其意识深处桀骜不驯的反叛因子结合,结果便在奥古斯塔身上发现了奇妙的、绝无仅有的魅力。这个女人是他的姊姊,至少有一半像他自己,对于自我主义的诗人而言,爱情,还有其他所有的亲密关系,也许唯有在其仿佛是"我"之客观化的情况下才复存在。成为梦寐以求的女人的,似乎本应该属于自己的血统。莫洛亚指出:"在他对她的欲望中,潜伏着一种奇特的自恋主义。"①可见这场冒险里,诗人所寻找的依然只是自我——浪漫主义者那种唯我独尊、根深蒂固的自我。

但是把爱情转化为情欲,把观念变成罪行,非得有不顾一切的勇气不可。柏拉图式的情爱方式似乎根本不符合拜伦的气质。这位"自以为是一个倍受压迫的、被排挤的、当代的该隐"②,相信自己由于血统中的遗传祸害,命定会犯可怕的罪过。那么好吧,"既然他必须出色,他会成为一个出色的罪人,敢于做超过那些他

①[法]莫洛亚:《拜伦传》,裘小龙、王人力译,浙江文艺出版社1985年1月版,第155页。
②[法]德拉克罗瓦:《德拉克罗瓦论美术和美术家》,平野译,辽宁美术出版社1981年11月版,第318页。

想轻视的时髦登徒子们的勇气以外的越轨的事"①。他终于品尝了任何平淡无奇的爱情冒险都无法与之比拟的激情的苦酒,从最亲近的人身上,得到了"孤芳自赏的悔恨的手段"②。

埃文斯认为:诗人与姊姊的关系,"可以部分地解释为对某种未认知的情欲领域的一种试探"③。当然这并不排除它在本质上仍然是对处于那个伪君子社会里致命的孤独感所做的下意识的反抗——撒旦式的绝望反抗,其中包含着冲破道德牢笼,故意向社会挑战的意义。

然而不幸得很,这种掺和着犯罪快感的疯狂的爱情毕竟不能给人彻底的欢乐,它从酝酿伊始就罩上了可怖的阴影。当事者几乎立刻感到它致命的结果:心灵的自我惩罚。关键在于,浪漫主义骄子们尽管崇拜原始罪恶,可究竟不是野蛮人,就如谁也做不到返老还童,时间如覆水亦无法收回。一旦狂想付诸实施,浪漫主义的价值标准——唯我独尊的炽烈激情——就仿佛陷入四面楚歌:痴情大抵是破坏性的,它烧毁了理智的栅栏,结果使自己赤身露体,毫无遮掩。就胆大妄为的反叛天使拜伦而言,与实际行动相反,他意识深处也还有着顽强固守传统伦理观念的地盘(这是文明打上的永久戳记),尤其以严酷著称的加尔文派教义潜移默化,左右着他的道德判断。他据此裁定他的生活是邪恶的,灵魂是堕落的。因此也就无可避免地跌入曼弗雷德式的痛苦深渊之中。

①[英]罗素:《西方哲学史》,下卷,马元德译,商务印书馆1988年6月版,第298页。

②同上书,第298页。

③[英]艾弗·埃文斯:《英国文学简史》,蔡文显译,人民文学出版社1984年1月版,第87页。

　　这就是激情至上、唯我独尊者的悲剧,或者也可以说,浪漫主义挑战者的悲剧。作为反叛窒息人性的黑暗社会及其意识形态的一把利剑,浪漫主义精神不只是强有力的,而且是不朽的。但是,作为价值尺度,如果任凭自我激情泛滥放任,那么社会危机也定将不可避免。归根结底,"人不是孤独不群的动物,只要社会生活一天还存在,自我实现就不能算伦理的最高原则"①。

　　当然,拜伦的确真挚地爱着奥古斯塔,而且始终如此。要知道这是唯一使他感到同他心灵相通的女人,他曾写道:"我的灵魂所描画的爱情从来难觅——只除了在你的心窝。"②他不可能割断对她的爱情,正如曼弗雷德之于爱丝塔蒂。瑞士期间,拜伦给姊姊写了几首情切动人的诗③以及一封封剖露心迹的信,但是他收到的答复仿佛出自混乱的头脑,而且终于沉默。爱丝塔蒂对追寻她到幽冥之国的曼弗雷德缄口不答,是后者痛苦的最深刻根源,这与拜伦的情形极相仿佛。他哪里知道,奥古斯塔的心已被其弟妇巧妙地绑上了耻辱柱,正在气息奄奄地忏悔呢(可参看莫洛亚《拜伦传》)!

　　《曼弗雷德》就是在这样的情形下溜出了诗人的笔端。

　　　　我有她的缺点——没有她的美德——
　　　　我爱过她,而且把她毁灭了!

---

①〔英〕罗素:《西方哲学史》,下卷,马元德译,商务印书馆1988年6月版,第235页。

②〔英〕拜伦:《献给奥古斯塔的诗章》第1节末两行,为笔者自译。

③拜伦写给奥古斯塔的抒情诗共3首,即《书致奥古斯塔》(*Epistle to Augusta*),凡16节128行;另二首均题为《献给奥古斯塔的诗章》(*Stanzas to Augusta*),一首11节44行,一首6节48行。

千真万确,"通过曼弗雷德之口,拜伦呐喊出自己的痛苦。"①

四

　　但是曼弗雷德不仅代表了拜伦的痛苦,而且代表了他的巨人性格,就如其创造者,诗剧主人公是抑郁的,更是雄伟的。

　　在哲学的方位上,如果说痛苦是绝对的,那么如何处之,则正是对人生最好的考验。有的人被苦恼压倒,像蛆虫一般苟活着;有的人与命运抗争,像普罗米修斯那样在磨难中显出伟大品格。痛苦醇化精神、激炼意志,没有痛苦,所谓幸福就算不了什么。倘或生命力取决于对苦难的承当,那么其意义便要看是否活得昂扬或有气魄,而不在如何长久。就此而言,曼弗雷德不失为真正的人,他的坚强而毫不妥协的个性,是该诗剧旨趣的重要方面,也是拜伦大部分诗歌立意哲学概括的一个鲜明的象征。

　　是的,曼弗雷德强而有力的意志和精神才是诗剧的灵魂,至少从积极的方面说是如此。尽管由于罪恶感,他受着可怕的折磨,沮丧、绝望,对一切失去信心,甚至为此挑惹死神、祈求疯狂。然而他始终傲然独立,而不是低首下心;即使要退出生活,却决不向生活妥协。他"使他的痛苦去受他的意志的支配"。

　　像一系列拜伦式英雄一样,孤傲仍然是曼弗雷德最重要的特征,同时,他又完全是自我的——那种同样拜伦式的贵族叛逆者的"自我"。"如果我遇见了人们——我憎恨做他们中间的一个——我就感到自己卑微得跟他们一样,又变成泥土了。"这样感

---

① [法]莫洛亚:《拜伦传》,裴小龙、王人力译,浙江文艺出版社 1985 年 1 月版,第 250 页。

觉的前提是绝对的自我至上,但不乏合理的成分,因为在他看来,支配人的人,必定要为人服务;猎取权力的人,必定去谄媚人、乞求人。这当然与高尚的品格水火不容,他强调说:"狮子总是孤独的,我就是这样。"

很难设想,这般高傲的灵魂会屈服于什么,他的哲学是弥尔顿的撒旦叱咤风云般反抗的哲学。当曼弗雷德听到阿尔卑斯山民、纯朴的羚羊猎者关于"忍耐"的劝导时,他叫起来:

忍耐!忍耐!去吧!——这些字是为那些

负重的畜生,而不是为掠食的猛禽创造的……

当幽冥之国的鬼怪们逼他向魔王阿里曼下跪时,他断然拒绝并反唇相讥:

(造物者)创造他并不是为了给人崇拜……

他绝不放弃尊严,就像不放弃思想、自由和独立意志!

诚然,曼弗雷德是不幸的,但这不幸被强烈的个性冲淡了,在他身上,的确燃烧着"普罗米修斯的火花与光辉"。罪过是我的,悔恨是我的,悲哀是我的,而最后必须去履行的死也是我的!只有我是我自己的蒙骗者和毁灭者,也只有我是我自己的起诉者与仲裁者!尤其在主人公临终一场,诗人以铿锵的诗行显示了性格的力量:死即将到来,但修道院长甚至不能借此使这"迷途的人"接受通过忏悔以便进入天国的说教;至于乘机而来企图攫取死者灵魂的凶神恶煞们则更无法支配他。曼弗雷德不承认自己为超自然的力量所征服——如果存在征服的话,那么也只能是他将它们征服。

我信赖我自己的力量——我要反抗你们——

否认你们——踢开你们,侮辱你们——

这就是曼弗雷德——当他"还有凡人的呼吸去污蔑",当他"还有凡人的力量去搏斗!"——它就依然是自己的!

我愿像我活着的那样死去——独自地死。

于是就这样死去了：不肯借神力到天国去，也不肯随魔鬼到地狱去。

反叛着宇宙间任何东西的"自我"——执拗的意志力量，是这个性格的魅力所在。

难怪批评家认为，尽管《曼弗雷德》的创作受了《浮士德》的启发①，但二者的主人公在本质上却毫无共同之处。那种把自己出卖给魔鬼并在神面前下跪的行动，对于直到死还是特立独行的气质来说是不可思议的。"比起那位德国诗人来，这位英国诗人的心目中有着一种独立的男子汉气概的更加崇高的理想；拜伦笔下的主人公是一个典型的男子汉，歌德笔下的主人公则只是一个典型的普通人。"②

显而易见，《曼弗雷德》浓郁诗意的崇高部分正表现在这儿。诚然，命途是多舛的，或者，世界是悲哀的，但是这并不等于说，人生就没有意义，世界就面临末日。人毕竟不同于玩偶，也不是赌盘上的骰子，他有灵性、智慧、意志和毅力，应该而且能够进行自我选择。即使生命是短暂的，生活是凄惨的，但人完全可以在有限的生涯里显示更充沛的生命力，甚至还能超越有限，获得永恒价值。因此，所谓"世界悲哀"，除了说明自然法则的严峻、冷酷之外，其实并不具有多少致命的意义；所谓悲观主义哲学，除了迫使

---

① 1816 年 8 月在瑞士，英国作家马修·路易斯(1775—1818)拜访拜伦，并为之节译歌德的《浮士德》。诗人为其主题所打动，于是动手写《曼弗雷德》，并在 12 天中完成了一二两幕。

② [丹]勃兰兑斯：《十九世纪文学主流》第四分册，徐式谷等译，人民文学出版社 1984 年 7 月版，第 382 页。

主体正视宇宙的必然、人的苦难及心灵的弱点，也并不见得就是颓废、消沉之类的渊源。正如古希腊悲剧，之所以不屑于表现一般平凡的个人或浅薄的欢乐，而热衷于倾诉神的故事和英雄的坎坷，或许正是基于对世界的悲剧性认识。悲剧里见伟岸，悲剧英雄，作为某种道德意志的代表，其不断地跌蹉与奋起，惊心动魄，正给人以启示和力量。曼弗雷德，在很大的程度上，也可以说是充满矛盾与舛误、为必然所限制及愚弄，然而仍顽强地向自由理性跋涉着的人类的象征，他是罪人，可维持了人的尊严……

当然，《曼弗雷德》是阴沉的，这是它总的基调。在这里，悲观与反叛意识发展为彻底的怀疑与否定，好像除了孤傲的意志，一切都虚浮荒诞。唯其如此，它才往往被视之为诗人精神危机的表现；而"世界悲哀"的主题，也常被解释成暗淡的时代氛围之反映。这些无疑是正确的，因为就当时的历史情境而言，"神圣同盟"治下的欧洲社会的确是相当黑暗的，而拜伦也正经受着严峻的精神考验。然而，诗人独立不羁的意志使他不可能轻易就被压垮，而其之于激情的感受，却不断深化他对世界作形而上学的思索。显而易见，将《曼弗雷德》单纯看作历史气氛的一个结果必将大大削弱它深邃的诗意，尤其哲学高度上的诗意。那么，所谓"世界悲哀"，其内涵似乎也就更具某种宇宙本体上的意义了——这正是本文所要强调的。

（本文成稿于 1989 年 1 月，刊发于《外国文学评论》1989 年第 3 期，初刊有删节；人大复印资料《外国文学研究》卷 1989 年第 10 期转载。曾获山东省高等学校优秀科研成果三等奖。编入本选集，将初刊时删节部分恢复，按原始稿录入）

一部波澜壮阔的讽刺史诗

——论拜伦的《唐璜》

欧洲浪漫主义文学运动中,大概没有第二个人产生过像拜伦那样深远的影响。这位"诗国中的拿破仑",把法国革命燃起的烈焰携往思想和艺术领域,像暴风般轰响在 19 世纪初叶的西方诗坛,成为时代精神上的"王者"。在浪漫主义诗人的创作中,或许没有第二部作品像拜伦的《唐璜》(*Don Juan*,1818—1823)那样博大精深、包罗万象。这部天才成熟时期的代表作,以其无比的丰富、力量和美丽,吸引着大批学人潜心研读。实在,它饱经沧桑而风韵犹存,充满真情而激动人心。

一

《唐璜》是一部长篇叙事诗,有人称为诗体小说。它是拜伦最后的巨著,也是其辉煌诗才的登峰造极之作。1818 年至 1823 年间在意大利写成。全诗凡 16000 余行。诗人预计写 24 歌,因赴希腊而辍,故仅得 16 歌及 17 歌的开头的十数节。尽管如此,它仍不失为一部完整的作品。

长诗叙述一个充满传奇色彩和浪漫际遇的十分引人入胜的故事。主人公唐璜是个漂亮的西班牙贵公子,"身材高,俊俏,细长,可是结实"①,虽然假道学的母亲对其煞费苦心,严加管束,但16岁情窦初开时,即同邻居朱丽亚——长他7岁的贵妇——结了私情。有天夜里,一对情人正蜜意缱绻、难解难分,不期那丈夫带了打手闯来捉奸。少年人虽得逃脱,然已无法继续留在家乡,不得不出海远行。唐璜的初游并不顺利,船遇暴风罹祸,水尽粮绝,两百多人葬身鱼腹,唯他一人历尽苦难,漂到一个孤岛,为霸居此地的希腊海盗兰勃洛的女儿海甸所救。两人一见钟情,私订终身。兰勃洛出海未归,音讯杳然,后有传说他已死在海上。谁知,当海甸与唐璜正举行婚礼之际,他却突然归来,并强行将二人拆开。海甸矢志不移,哀伤逾恒,香消玉殒;唐璜则被弄到土耳其奴隶市场出卖。苏丹王妃古尔佩霞兹欲将其作自己的面首而把他买进了后宫。他在串演了一幕风流闹剧之后逃出宫墙,适逢俄国军队围攻土耳其伊斯迈尔城,便盲目参加俄军投入战斗。因骁勇立功,被派往彼得堡向女皇卡萨琳报捷,备受女皇青睐,遂成其头等嬖宠。后来,他身患疾病,出于怜悯,女皇才在他愈后委以特使出使英国,于是又踏入伦敦上流社会。正当唐璜在一个贵族的哥特式乡间堡寨又面临"哥特"式冒险之际,长诗中断。据拜伦的书信透露,主人公还要"遍游欧洲,其中要适当地穿插进围攻、战斗、冒险等经历"②;最后参加法国大革命而献身。不难想见,法国大革命应是长诗的高潮。

　　唐璜本是西班牙传奇人物,为一个荒淫无耻的贵族,恶贯满

---

①[英]拜伦:《唐璜》,朱维基译,上海译文出版社1978年6月版,第31页。本文所引《唐璜》诗句均从该译本,为简洁计,以下不再加注。
②[英]拜伦:《致约翰·墨里》,见《拜伦书信选》,王昕若译,百花文艺出版社1992年4月版,第245页。

盈的登徒子,屡见于西方文学。早在拜伦之前,忒立兹①首次以他作题材写了剧本,题名《塞维尔的浪子》;后来,莫里哀又写成喜剧,莫扎特②谱成歌剧(达·蓬塔撰脚本),霍夫曼③写成小说;拜伦之后,又有莱瑙④写成诗剧(理查·施特劳斯据此谱成交响诗)、普希金写成诗剧(后由达尔戈梅斯基谱为歌剧),甚至现代作家萧伯纳也将其化入剧本《人与超人》之中。凡此种种,数以百计。所有这些作家的描写都与传说相差无几,唯拜伦的处理与之大相径庭。他不仅将故事发生的时间往后拖了大约 400 年,把 14 世纪的老传说放在 18 世纪末叶;而且,在诗人笔下,唐璜不再是个被鞭挞的反面角色,而是个受褒扬的正面人物,被称为"我们的小朋友"。

　　首先,这个"瑰丽的诗谜中的主人公"是个心地善良的热血青年,不独风姿翩然,而尤其热情澎湃甚至勇敢尚侠。他顺从自然的本性,不受或者根本不顾世俗道德、传统观念等清规戒律的束缚,更无矫揉造作、虚伪狡诈。他对恋人总是倾心相与,并不朝三暮四、始乱终弃,倒常常是被迫分离、依依难舍。他不怯懦,关键时刻,往往表现出英雄气概。当海上遇险,饥饿使人生吃同类的时候,他宁死不干这种野蛮行为;面对杀气腾腾的兰勃洛的枪口,他毫不退缩;在古尔佩霞兹向其求欢的咄咄进逼下,他凛然作答:"关在笼里的雄鹰不愿配对,我也不愿侍候一个苏丹女王的淫念。"战场上,别人退却,他则前进;不仅从哥萨克的刀下救出一个

①忒立兹,16 世纪西班牙天主教僧侣。
②莫扎特,18 世纪奥地利古典派作曲家。
③霍夫曼,19 世纪德国浪漫派小说家。
④莱瑙,19 世纪匈牙利诗人。

孤女,而且面对"声名和情感,骄傲和怜悯"的抉择,救弱之心仍"不可动摇";在英吉利的荒道上,他还只身把强人打翻……这一切,与传说中的唐璜都极少共同之处。其次,他虽敏感多愁、天真纯朴,但缺乏坚定信念,又意志薄弱,经不住诱惑,经常受机变的捉弄、环境的支配,容易作感情的俘虏、泪水的奴隶,故往往随波逐流、随遇而安,无法掌握自己的命运。在男女关系方面,他始终是被动的,即不是勾引者,反而是被勾引、被玩弄的。其性格随着情势的发展而发展,随着机遇的变化而变化。例如他虽不屈服于苏丹王妃的淫威,但在其滔滔的热泪面前,丈夫气却被摧毁,"美德也退潮了"。并且他的思想感情也与之相应地潜移默化着,如果说在对待朱丽亚、海甸的爱情上是真挚的和深沉的,那么随着艳遇逐次增多,这种本来是美好的感情在他身上就变得越来越庸俗,及至成了女皇的宠臣,便索性甘心"应接不暇地在骄奢淫靡的五光十色之中生活"了。显然,他有着许多弱点,干出过一些越轨行为和愚蠢事情。顺便提一句,他与传说中的唐璜亦并非完全绝缘,例如喜好女色、玩世不恭等,还能见出其原始性格的痕迹。然而作者认为,主人公的荒唐,不过是"人类本性"的自然流露;而其越轨,则是因了社会邪恶的诱惑、强暴势力的胁迫。

可见,拜伦笔下的唐璜应该是个新的典型,一个芸芸众生式的既不能说好,又无法说坏,既叫人生气,又令人怜惜的"小鬼",充其量也不过行为糟糕罢了。批评家早就指出,这个几乎每次都能从尴尬的艳遇中体面地退出的尴尬人儿,与菲尔丁的汤姆·琼斯大有相昆仲之势。从客观上看,如此典型为诗人对人性的理性分析提供了一个生动的标本,因为其性格中的二重性再好不过地体现了现实世界里生活的多样性和道德的复杂性。总之,在拜伦的作品中,唐璜不但有别于几百年老传说里的那个恶魔般的人物,而且迥异于诗人所曾经塑造的一系列典型,是个全新的形象、全新的性格。他不像悲观厌世的"拜伦式英雄":绝少哈洛尔德的忧郁孤独,更无曼弗雷德的愤世嫉俗,也见不出该隐那种叱咤风云的叛逆反抗,多的则是达观乐天。他甚至也不是过于罗曼蒂克式的主人公,实在,除了多少是个命运的宠儿,其精神与性格都不过为普通人而已。至于他一身兼有的积极或消极因素,亦非脱离当时社会而存在的独立物,恰恰相反,它们是时代的产物。而其种种爱情冒险,则是作者针对社会的虚伪道德而精心设计的挑战性讽刺。

　　除唐璜外,长诗还刻画了一系列人物:贵族、贵妇、水手、女郎、海盗、强人、苏丹、女王、阉臣、奴隶、宠妃、嫔娥、将军、战士、议员、政客、外交家、作家、哲学家……他们或为历史的过客,或为当代的名流;有的属艺术虚构,有的则实有其人,形形色色,杂然并现。其中尤以妇女形象最为突出:伊内兹的装模作样,朱丽亚的热烈温柔,古尔佩霞兹的蛾眉任性,卡萨林的骄奢淫逸,以及阿得玲那伶人般的做作,奥罗拉修女般的神秘,甚至宫娥罗拉的冶艳,嘉丁加的娇弱,杜杜的柔媚,都写得特色各具、神采飞扬。然而最令人难忘的,则是天真纯朴的希腊少女海甸,她,"洋溢着绝无仅有的纯洁与诗意"[1],那么笃情,又那么单纯。一个天真无邪的孩子,一个只撒播爱的天使!她与唐璜牧歌式的相恋,纯乎是未受污浊的社会熏染的自然儿女之爱,美丽"犹如一对活的男女恋

---

[1]［苏联］阿尼克斯特:《英国文学史纲》,戴镏龄等译,人民文学出版社1980年5月版,第319页。

神"①。这是种寄托着美好理想的诗意的爱,但又绝不是哲理化
了的抽象而神秘的爱。给人的是美感,清新之感! 诗人用光洁的
笔调歌颂她的纯真,哀叹她的夭亡;对"使她纯洁的心儿的最纯洁
的血变成了眼泪"的美好爱情的诘问包含了诗人对造成青年人爱
情悲剧的社会愤怒的谴责:

爱情啊! 在我们这世界里是什么

竟使相爱变成为祸患? 唉,为什么

你竟用丝柏的树枝编织了你的园亭,

并使一声叹息成为你最好的解释者?

显然,这里有饱受爱情和婚姻之窘迫的拜伦的无限感喟,它逼取
人的泪水,拨动人的心弦,启发人的深思……

二

可以说,《唐璜》是部人世海洋的百科全书,伴随主人公的冒
险足迹,长诗展开了对广阔的社会生活的描绘。唯其如此,不少
中外论者认为唐璜不过是个幌子,充其量起连缀贯穿作用。然
而,一个具有鲜明性格和丰富经历的主人公之于作品,居然仅仅
是为纽带,实在是难以想象的。无疑,如此看待这一人物将大大
削弱艺术形象本身的性格内涵和美学意义。不过,这也确实说
明,《唐璜》绝不只是描写唐璜,而更在于广阔而深刻的社会内容。

拜伦把《唐璜》称为讽刺史诗。的确,杰作中最有力的因素,
就是辛辣的社会讽刺,以及与之紧密相连的揭露、谴责和批判。

①[丹]勃兰兑斯:《十九世纪文学主流》第四分册,徐式谷等译,人民文学出
版社1984年7月版,第425页。

　　诗人继承 18 世纪英国文学特别蒲伯和斯威夫特的讽刺传统,把这种峭厉的战斗风格推向了前所未有的广度和深度。可以说,《唐璜》的整个构思和基本情节就是服从于这个总体精神的,拜伦说得很明白,"它的意图在于——讽刺现代社会中的种种弊病,而不是颂扬恶习"①。之所以安排主人公种种冒险,无非是"以便揭示出那些国家社会中的各种荒唐的事情"②。

　　基于此,展现在长诗中的讽刺与批判才是异常广泛的——"一幅那旷野似的'社会'的鸟瞰图":从小小的家庭到庞然大物的专制政体,从强盗、兵痞到大臣、国王,诗人笔锋所到之处,只要存在丑恶和荒谬,必致以痛快淋漓的讥嘲、挞击、鞭笞。当然,锋芒所向主要是诗人所处的黑暗时代、欧洲的反动势力及其头面人物。他揭露出那个"杀人和卖淫被认为伟大的时代"之特征就是封建专制的暴虐和社会道德的虚伪。东方式独裁的土耳其也好,农奴制的俄罗斯也好,"文明"议会制的英格兰也好,甚至海盗称霸的希腊孤岛也好,都是公开的或者隐蔽的暴君统治。一个彻头彻尾的"万恶时代",找不到一寸幸福的土地。他称到处侵略兼并、专事扼杀自由的"神圣同盟"是"以'神圣'的名字侮辱世界的万恶的同盟";责骂法、俄、奥、普、英召开的旨在干涉西班牙民主运动的"维罗那会议"是"干一切卑鄙事的'会议'"。把英国反动政客卡斯尔累谥为"恶棍";称那个侥幸打败拿破仑的大将惠灵吞为"无赖吞"、"第一流的刽子手",其"功绩"不过是"修理好了'正统'的拐杖,一根不像从前那样十分稳固的柱子",毫不客气地扯

————————
①〔英〕拜伦:《致约翰·墨里》,见《拜伦书信选》,王昕若译,百花文艺出版社 1992 年 4 月版,第 295 页。
②同上书,第 245 页。

下了他那所谓"各民族救星"、"欧洲解放者"的漂亮桂冠。诗人极端痛恨不义的战争,他谴责给人民带来深重灾难、造成"一片屠杀的血海"的伊斯迈尔之役的制造者俄皇是"穷兵黩武的女人"、"近代的安马孙人和荡妇";而"可以叹为观止"的俄军司令苏沃洛夫,则是"战争的爱好者"、"英雄,丑角,一半是恶魔,一半是脏东西",与入侵的哥萨克相比,"熊是开化的,狼是和善的";他的讽刺甚至也不放过那些盲目为沙皇卖命的外籍兵痞,他们也许会"永垂不朽",不过仅仅是在阵亡公报上;等等。

长诗的最后六歌是关于英国社会的,它是诗人最熟悉因而也是讽刺最有力的。随着主人公的双脚踏上岛国,绝妙的嘲讽便展开了:他正自惊赞在这"'自由'的最好地土"上"没有人给旅行者设下陷阱;每条公路是清爽的"时,冷不防——

　　　一把刀子打断了他的击节叹赏,

　　又听喝道——"瞎了你的眼! 不拿钱来就要你的命!"

这就是英国的自由世界,光天化日之下盗贼出没。

于是乎,作者的笔像风卷残云,从马路、酒肆直刺到国会、贵族官邸,无情地几乎是残酷地撕破了这个"文明社会"的面纱。他痛斥英帝国"不是一个有道德的民族",它劫掠世界,"屠杀了一半的地球,又把另一半加以恫吓"。在这里,政治家"靠撒谎过日子","众议院转变为一个捐税的陷阱",上议院干尽卑鄙勾当。而在"讲究面子"的伦敦城里,权贵高视阔步,神女风尘飘荡,真是富人的天堂,穷人的地狱——"天天酿造着各式各样的祸害"……一接触社会的丑恶,诗人就压不住他的愤慨:

　　　我看到过乡下缙绅变成告密者——

　　我看到过人民像尘土一般

　　　为骑马的奴隶们所践踏——……

字里行间跳动着诗人的气愤！他就是这样疾恶如仇,而且不吐不快！难怪雪莱叹道:"你何以克制不了自己神圣的忿怒?"①

然而拜伦的讽刺揭露绝不仅止于此,他嘲弄贝克莱"没有物质"的唯心哲学,挪揄马尔萨斯的政治经济学说;同时触及英国文学界的情况:痛斥以恶评"斩杀"了年轻诗人济慈的无行批评家,詈骂变节文人骚塞、华兹华斯等湖畔诗派,甚至连伦敦泛滥成灾的"女才子",即那些所谓"蓝袜子太太"们也不放过。

对于日益没落的贵族阶级,诗人更是大加答挞。通过对参与国家机密,精通宫廷艺术的国会议员亨利爵士和夫人以及簇拥在他们周围的一群贵族男女日常生活的刻画,揭露了这些社会蠹虫的腐朽、奢侈和寄生;对亨利夫妇笼络选民的场面更进行了漫画式的、冷嘲热讽的描写:为骗取选票,便如"耗子和兔子一样向城里打洞",而在自己的郡里,则——

对有些人

赏赐礼节,对又有些人赏赐恩惠,

对一切人则赏赐诺言……

亨利爵士如此,其他议员们又何尝不是这样呢!

在精神方面,这些政客大都头脑空虚、奇蠢无比,但一个个却自命不凡、骄矜固执,附庸风雅、醉心卖弄,无聊至极,就沉溺声色犬马。至于那些把青春早已"挪用"了的年轻贵族们,则是"喝酒、赌钱、嫖妓","漂亮可是消衰,富有却没有一文钱,他们的精力在一千个怀抱中用尽了……"而淑女们,或则品论流行的时尚,或则同男子彬彬有礼地调情,"把十二张信笺塞进一只小信封……"诗

① [英]雪莱:《致拜伦》,见《雪莱抒情诗选》,杨熙龄译,上海译文出版社1981年8月版,第69页。

人就是这般无情地把剑一样锋利的笔刺向那个貌似体面的上流社会。

　　拜伦谙熟上流社会生活的一切奥秘，最清楚不过地认识到"虚伪"是维持它正常运转的"原动力"，亦即罪恶之源。对之，他深恶痛绝。正因为如此，这方面的讽刺才来得痛快淋漓，尤其对虚伪道德的谴责，更可谓入木三分——这从闺秀们的领袖阿得玲的心理和行动可略察一斑（拜伦的讽刺才能在此得到了卓越的表现）；这位"贞洁的月亮女神"堪称完美，"最大的缺点就是留下很少缺点给人找到"。她自以为玉洁冰清，是道德的化身、妇女的榜样、妻子的表率，其实骨子里杨花水性。所以一旦发现娇媚的弗芝和唐璜眉目递情，便不由得芳心自乱，于是以极大的热忱，制止这"可悲的错误"。说穿了，她的行动与其出于高贵的动机，毋宁说由于妒忌这卑下的感情。也许因此，她同唐璜的会面，才总是"把一些酸味混在甜味里面"……事实上，这种把自己热恋的欲火压在虚伪道德的坚冰之下的伎俩，骗别人，也骗自己。诗人以他特有的幽默、刻薄，明褒暗贬，欲擒故纵，用几乎是淡然冷漠的口气，故意闪烁其词，使贵妇人的十足虚伪相毕现出来。

　　长诗还斥责了资产阶级的拜金主义。指出金钱是统治那个社会，"掌握世界平衡"的无冕之王，财富"是一张到处通行的护照"，而银行家，"才是欧洲真正的主人"。拜金道德毒化了社会，也腐蚀了人，以致几乎无人不把钱看得高于一切："拿走性命，拿走老婆，但绝不要拿走人的钱袋……"诗人还以鄙夷的口吻揭露出社会的普遍堕落，"结婚了，离婚了，又结婚了"，"有的女继承人咬上了骗子的钩子；有的少女做了妻子，有的只做了母亲……"这似乎是可笑的，然而你又笑不出来。啊，唯其如此，我们才仿佛体会到诗人那颗酸楚的心："假使我对人间的事物好笑，这是为了我可以不哭……"

拜伦的讽刺还有一个极重要的方面,是对着不合理的婚姻以及与之相联系的上流社会夫妇之间互相欺骗的现象的,由此,深刻地揭示了建筑在封建的或是资产阶级的经济和伦理基础上的婚姻之普遍的不幸。23岁的少妇朱丽亚背着50岁的荒唐丈夫勾引一个16岁的孩子,本身便是对其婚姻的绝妙讽刺。拜伦还以讥诮谑弄的笔调写到唐璜父母的不和,写到苏丹王卧榻上的同床异梦,写到亨利爵士"明媒正娶,可是冰冷"的模式化家庭以及某公爵夫妇的"神圣"关系:

> 他们的结合是最好的结合,不用疑惑,
>
> 他们从不合在一起,因此就无从反目。

由此可见,上流社会的夫妻关系有时仅仅是个摆设;不过通常,却是男女间的相互欺骗:

> 她们说谎,我们说谎,大家说谎,但依然热爱……

他戳穿了遮羞的面纱,一切都成为赤裸裸的!

诗人极端厌恶没有爱情的结合和虚伪的家庭。他自己就曾亲历过切肤之痛,所以对如此畸形的婚姻表示极度蔑视和鄙夷。他也极端憎恨人类丧失感情的自由,所以在《唐璜》中,也就有了对"是一种罪孽"的亚细亚式的一夫多妻制以及土耳其苏丹违背自然的后宫生活的极尽嘲弄与诅咒。他的愤慨是一个捍卫人类尊严的自由战士的愤慨。

无疑,所有这些大胆的揭露、讽刺和抨击,在当时那个虽然反动势力猖獗、然而抗暴运动方兴未艾的时代情势下,符合各国革命斗争的需要,有助于欧洲人民的民主运动和民族解放斗争。

三

《唐璜》里绝不仅是愤怒和讽刺，也还有深沉的爱、同情与怜悯、战斗的号召及哲学的沉思、人生的经验等等。拜伦曾说他有种恒常不变的感情，就是对自由的热爱。爱自由，一向是诗人作品的主调，当然长诗绝不例外，它无处不跳荡着这位自由的信使不驯的思想："我可以独自兀立人间，但绝不肯把我自由的思想换取一座王位。"拜伦的同情和怜悯正是从人是否保持了自由这一点出发的，基于此他才对被关押在像"修道院那样冰冷"的后宫里的嫔娥们哀哀长叹，"那里一千个胸膛为爱情而跳动，像笼中的鸟儿渴望着天空"，"那里一切的热情只有一种宣泄"即拜神……字字句句灌注着对失去自由的姑娘不幸命运的深切同情。也正是为了自由，他坚决主张革命"如果可能，我要教会顽石，起来反抗人世的暴君"，并且随时准备去当战士，不仅靠文字，也靠行动……这豪迈的诗句，包含着火一般的激情，表现出何等可贵的革命思想和叛逆精神呀！它让人感到诗人心潮的起伏激荡。众所周知，拜伦绝非只是说说写写而已，除了以如此激动人心的壮丽诗篇讴歌自由、抨击暴政，还亲自以剑、以炮、以献身精神参加被压迫民族争取解放的战斗，以致终于为希腊的独立而捐躯，使其名副其实地成为一面飘扬的旗帜、一首战斗的歌曲。正因为此，爱好民主自由的人们才一直是把他作为诗人—战士而倍加崇仰的。

拜伦同时代及后代的有识之士谈到他，多谓之具有极强的沉思倾向。这也许揭示了其诗作何以一向富有哲理的缘故，当然《唐璜》中亦不乏哲学的思索："沉思人世的变化无常。"推究"生与死"、"生命"的奥秘。但面对"永恒的岁月之流滚滚而去",却不免陷入迷惘,产生对生的怀疑、对死的幻魅,而堕入不可知论。"我怀疑是否怀疑本身也是怀疑",这就往往导致虚无主义、忧郁或者失望的情绪滋长。在《唐璜》里,诗人还不时把人生的体验,诸如爱情的苦恼、家庭的悲剧、恋爱的格言、内心的回旋等娓娓倾吐,那么随便,却那么深刻,揭示出人类生活中各样奇异的矛盾变化——尤其心理的或精神的——微妙但是向着极端地发展;让人感到他确实洞察了心灵或意识的幽微,更窥到了人生之海的纵深处。类如这样的杰作,才不折不扣算得上拥抱全部人类生活。

的确,《唐璜》是部真正包含着整个人生海洋的作品,不唯如此,还与它所产生的时代息息相通。诚然,作者把故事发生的时间放在 18 世纪末叶,但诗中的议论却几乎触及当时英国与欧陆所有重大的政治事件,这就把历史和当代的社会现实奇妙地交织成为一个有机的统一体,从而形成它鲜明而强烈的时代气氛,引起人们对当前的切身感受。拜伦是时代的歌者,《唐璜》则是时代精神的结晶;它——如诗人所说——"正像《伊利亚特》之体现了荷马时代的精神一样体现了当代精神。"①

拜伦跟雪莱不同,他不是一个纯然从主观、从内心体验汲取灵感的诗人,而更多地从社会生活寻求源泉、获得启示。他始终盯着人和人类社会,不是从抽象的定义,而是从生活的实际出发来看待人和人生,加之他敏感,且独具只眼,又富理想,所以能准确地捕捉生活,提炼表现本质的细节,刻画出真实的社会图景。《唐璜》就更多地采取了现实主义的创作方法,或者说,现实主义

---

① 转引自勃兰兑斯:《十九世纪文学主流》第四分册,徐式谷等译,人民文学出版社 1984 年 7 月版,第 424 页。

的讽刺描绘和浪漫主义的抒情鼓动糅在了一起。无论西班牙的贵族家庭，还是土耳其、俄罗斯的宫廷，也无论伊斯迈尔之役，还是英国的上流社会，均能见出细致具体而淋漓酣畅的真切描写。作品现实主义的艺术成就，表现了作为浪漫主义诗人的拜伦多方面的气质、多方面的才能。

《唐璜》的内容那么丰富，加之背景极其广阔，场面极尽变化，故事曲折离奇，人物多种多样，蔚为大观便自然形成：规模恢宏、诗思澎湃，跌宕起伏、气壮山河。一部波澜壮阔的讽刺史诗，一曲千古绝唱！它是拜伦的骄傲！

然而长诗也存在某些局限，反映出诗人思想的矛盾和贵族资产阶级世界观。例如在猛烈攻击现社会悖理暴虐时，却始终不能提出积极而明确的纲领，无政府主义、不可知论、认为"人生是场游戏"的虚无思想及忧郁哀愁的观点和情绪时有流露；对"人之本性"的见解也往往走向极端，仿佛觉得，人身上一切美好东西都剥落殆尽，由是偶尔致向对人的蔑视："狗，或是人呀！因为把你们说作狗还是抬举你们呢……"——当然，这是出于拜伦的愤激，绝不能因此就像某些批评家那样得出诗人憎恨人类的结论；另外，在叹喟人生无常之际，惯好表现出伊壁鸠鲁式的享乐哲学，唱着"'生命'的妙处也只能是陶醉"的颓废调子耽于醇酒妇人——该享乐主义在拜伦的其他重要作品如《哈洛尔德游记》和"东方叙事诗"里还是少见的，那之中，生活的快乐往往为主人公所轻视；及故事诗《别波》(1818)和诗剧《沙达那帕拉斯》(1821)则始露其端倪，而《唐璜》，显然包含了它的明确与发展——如是消极的东西出现在拜伦爵士的作品中是不足奇怪的，他没有办法摆脱时代、出身、教养等所遗与他的"馈赠"。

四

在艺术上,《唐璜》取得了惊人的成就。首先是它浓郁的浪漫主义色彩——尽管作品中现实主义的描绘比比皆是,但将其作为整体,尤其是有情节故事的整体,这一点仍是十分突出的——那些传奇的人物、异域的情调、层出不穷的戏剧性场面,诸如人吃人的惨剧、宫闱之内的风波等的描写刻画,可谓典型的罗曼蒂克;尤其希腊孤岛上的那段却尘绝俗、俨然半人半神的恋爱,更把读者带进了弥漫着浪漫诗情的世界。这一切经过诗人匠心渲染,形成了巨大的摄人心魄的艺术力量,造成强烈的令人难以忘怀的戏剧式效果——处理这样的场面、追求这样的效果,唯有用浪漫主义方法才可能如鱼得水,倘若一味比较冷静客观地写实,恐怕就要略逊一筹。因为不同的内容和情致需要不同的表现原则和方式,而在大手笔那里,往往神奇地使之各得其所。

其次,就像它的内容博泛宏富,《唐璜》的表述手法亦是多种多样,最主要者是夹叙夹议,即在第三人称的叙事中插入第一人称的谈话。是类谈话非常之多,几乎占全文一半。用这闲谈,诗人或评点国事,或臧否人物,或追思遐忆,“我就这样漫谈下去,有时叙述一下,有时沉思一会儿”。此为广泛地讥嘲社会开辟了开阔的天地,使作者可以任意往来驰骋。于是,历史、政治、哲学、宗教、伦理、经济、科学、文学、爱情、战争、旅行、人物、风习、笑话、掌故、传说等便都纷然云集于诗人的笔下,听其调遣,任其安排,形成司各特所惊赞的莎士比亚的多样性,雪莱所叹赏的力量、美和机智。

诗人这种海阔天空的插笔大致说来有两种,一是讽刺性的,二是抒情性的。前者多涉及时事,正是它使这部浪漫主义的叙事长诗具有了现实主义成分。不过尽管如此,诗人的那种大胆、那种洋洋洒洒、甚至那种"随心所欲",与整部诗作气贯长虹的浪漫主义气质应当说还是一致的。后者则多直抒胸臆,比如或回忆儿时的故乡,或倾吐去国的哀思,或哦吟大自然的神奇,或高歌往古的雄迹,更多属于浪漫主义的感慨或鼓动。这类插笔不唯美妙,而尤其感人。如:

> 我坟头的青草将悠久地
> 　对夜风叹息,而我的歌早已沉寂……

　　再如诗中那经久传颂不已的"哀希腊"歌则更典型:对被外强奴役的巴尔干诸族,诗人"哀其不幸,怒其不争",历数它昔日的光荣,痛斥它今日的软弱,用恳切的语言、火样的诗句反复吟唱,企图唤醒沉睡的希腊奋起挣脱羁身的锁链。一个半世纪以来,它不知震撼了多少爱国志士的心灵,鼓舞了多少革命者的斗志。

　　长诗的格律是意大利滑稽史诗所用的"八行三韵体",即每行五音步,前六行隔行互韵,末后两行变韵对押。拜伦驾驭这种诗体到了得心应手的境界:在其笔下,嬉笑怒骂,皆成诗章,而且常常警句迭出、妙语连珠。为了加强讽刺效果,或忽庄忽谐,或欲擒故纵,一切都像成竹在胸,挥洒自如:挖苦、奚落、反话、调侃等俯拾即是,不绝犹信口开河;而机智、幽默、诙谐也仿佛信手拈来,无穷无尽。全诗 16000 余行,似乎随处都能感到诗人从容不迫的风度。他确乎不愧为"潇洒风格的大师"①。

　　但诗人的笔调又绝不单纯是揶揄滑稽。根据不同内容需要,

---

① [爱]奥顿:《致拜伦勋爵书》,见王佐良《英国浪漫主义诗歌史》,人民文学出版社 1991 年 8 月版,第 106 页页下注②。

它时而缠绵如切切琴诉,时而雄辩如江水滔滔,时而激昂如惊涛拍岸,时而凌厉如峭风肆虐。写海甸,是那样的温雅可爱,"像一只小鸟般飞向她年轻的配偶";写卡萨琳,又是那样轻浮佻挞,"她的停经期像少女时代一样逗恼她";写土耳其王宫或希腊风的华筵,便极尽铺陈,呈现旖旎风光,一派东方式的绚丽;写海上罹难或战场上的格杀,则充满神情动作,惊心动魄,满是血的殷红。等等,不一而足。总之,整部长诗,既高亢激越,又哀怨深沉,扣人心弦,犹如交响乐音。难怪普希金叹为"奇迹"、歌德称为"绝顶天才之作"①。

　　拜伦的诗歌语言是平易而晓畅的,在《唐璜》里,更是力避晦词偏字、硬语拗调。一般来说,无论比喻、铺陈、夸张,从来不追奇求怪,而是化繁缛为简约,变抽象为具体,使朦胧缥缈一扫而空呈现开阔明朗。尽管亦有很权威的批评家例如 T. S. 艾略特学究式地认为"拜伦对于英语用词不能细致入微",但却也不得不承认"各种因素加在一起使得《唐璜》成为拜伦的最伟大的诗篇"②。由于八行三韵体适应口语风格,诗人更是把不同生活领域的词汇掺和使用,从而大大增强了表现力。可以说,在西欧的古典诗歌中,很难找到比拜伦的《别波》、《唐璜》那样将口语的亲切、活泼、变化等特点发挥得更淋漓尽致的诗作。但这并不等于说,拜伦诗的语言粗俚者多,雅驯者少,恰恰相反,它们与所谓"街巷者言"毫无共同之处。这是因为形成诗人语言的基础,是上流社会交际场

①转引自阿尼克斯特:《英国文学史纲》,戴镏龄等译,人民文学出版社 1980 年 5 月版,第 317 页。

②[英]T. S. 艾略特:《拜伦》,汪培基译,见《英国作家论文学》,汪培基等译,生活·读书·新知三联书店 1985 年 10 月版,第 487、489 页。

上使用的口语词汇,而在该场所混迹的人又都是受过良好教育的绅士淑女,所以它白而不俗,谑而不陋。所以读拜伦的诗,才不仅由于铿锵有力而震撼胸臆,更因隽永精巧而沁人心脾。

不过,至少部分地由于以口语入诗,《唐璜》形成了特有的语言风格——散文的风格。当然,诗绝非散文,它应当而且必须更凝练、更精粹,但把诗建筑在优美的散文基础上,则无疑有其妙处。例如《唐璜》,它的自由奔放,它的汪洋豪纵,它的磅礴俊挺,很大程度上得力于采用散文的笔势和笔调,其雄辩和论争力量,即使最上乘的散文所能达到的也不过如是而已。该散文的风格从作品诵读中很容易体会到:某种从容闲暇、一气贯通而无斧凿之痕的文气水到渠成,你甚至忘记是在读诗——这是诗艺术高度成熟、出神入化的标志。

然而《唐璜》又有其严格的韵律、缓急有致的节奏和整齐匀称的外形,就是说,它们既非散文,又非诗化的散文,归根结底还是诗。在形式与技巧上,拜伦是古典主义的继承者,他师法前人,某些方面甚至规行矩步。尽管他反复表示"有时帝王们也没有像韵脚那样地把人逼死","……文法……我在愤激的时候从不去想它",但事实是,他却没有像华兹华斯那样力图冲破古典主义清规戒律的束缚。当然,规则不但没有把他逼死,反而使之于其中获得了自由。贯穿《唐璜》始终的八行三韵体,充分表明诗人运用谨严诗律的才能和对格律的苛求。唯其严格,他的作品才那么朗朗上口——声声悦耳,字字铿锵。从此亦可想见,虽然拜伦写诗像女人生孩子般容易①,但并不意味着创作上马虎从事。一些拜伦专家在校勘《唐璜》集注版时,通过比较诗人的大量手稿、亲笔抄

————————

① 参见《歌德谈话录》,朱光潜译,人民文学出版社 1978 年 9 月版,第 64 页。

稿及自校稿证明,与一般认为拜伦一挥而就、作诗粗率的印象相反,原来是苦心经营、刻意求工的。

日月嬗递,从《唐璜》问世,160 年过去了。这期间世界发生了多么深刻的变化呀!但拜伦和他的《唐璜》却战胜了严峻的时间的挑战,傲然地闪烁着纯金的光彩。我们惊人地发现,拜伦,其人,其诗,魅力是如此的无穷!读其洋溢着民主理想和民族解放斗争精神的诗篇,被那真切磅礴的热情、独立不羁的风采激动着,怎么能不由衷地赞赏其作为政治家和思想家的博大精深,作为诗人和文学家的才华横溢呢?啊,拜伦,伟大的诗魂;啊,《唐璜》,不朽的奇迹——人类和人类智慧的骄傲,万古流芳,垂馨千祀!

（本文成稿于 1982 年 12 月,改定于 1984 年 6 月,刊发于《聊城师范学院学报》1984 年第 3 期;人大复印资料《外国文学研究》卷 1984 年第 12 期转载）

天鹅之歌，悲乎壮哉

—— 拜伦绝笔诗译析

> 垂死的天鹅呵，请娓娓地唱，唱你的故事，你悦人的悲伤。
>
> —— 济慈《致拜伦》

欧人传说，天鹅终前必悲声连连——它叫得那么凄切哀婉，以致人们相信是其最好、最动听的声音；于是"天鹅之歌"在西方语汇中就成了"绝命的"当然也是"至精的"譬喻，尤指言论、诗文之类。

就此而言，拜伦抒情诗《这一天我度过三十六年》可算得上不折不扣的"天鹅之歌"，兹移译于下（原诗附篇末）：

这一天我度过三十六年
米索龙吉　1824. 1. 22

> 是时候了，这颗心当该归于安宁，
> 　　既然它停止了促人鼓舞；
> 还有，尽管我不能再被恋敬，
> 　　　　但让我仍爱人如故！

我的日月是在黄叶里飘浮；
　　爱情的花和果业已完结；
这瘟热，这凄怆，和这病苦
　　　　独独留给了我！

在我的胸中积淤的烈火
　　　有如火山岛一般孤寂；
没有火种将它点着——
　　　　　来一个火的葬礼。

希冀、疑惧、妒忌的牵肠，
　　　以及爱情的力量和痛楚
那崇高的部分，我都不曾分享，
　　　　只套上过它们的桎梏。

然而不必这样——也不必于此处——
　　　让这般思绪顿挫意志，
那里光荣正打扮英雄的棺木，
　　　　　或者装饰着他的面颐。

这刀剑，这旗帜，和这疆场，
　　　荣誉与希腊把我围在中央！
那用盾牌抬回的斯巴达儿郎，
不曾有过这种奔放。

醒来吧！（不是希腊——她已经醒了！）

醒来吧，我的灵魂！当思量
你热血所来自的祖先的湖泊，
　　　　那么战斗是为家乡！

请踏灭那复生的欲念，
　　　这不配男儿气质！对于你
美人的颦蹙和笑颜
　　　　当予以漠然置之。

倘或你抱悔青春，何以还要苟活？
　　　为荣誉而捐躯的大地
是这里——在此片战斗的田野，
　　　　请献出你的呼吸！

寻觅——通常寻觅少于发现——
　　　一个战士的坟茔，这对你最好；
那么环顾四周，选择你的地盘，
　　　　再去那里睡觉。

　　该诗 1824 年 1 月 22 日写于希腊的米索龙吉，乃诗人为纪念自己 36 周岁生日而作。作为希腊民族革命武装的指挥官，这位"自由的朋友"当时正为希腊的独立而浴血奋战，再过 3 个月，他就被疾患所袭，呜呼殒逝了，因此该诗就成了诗人遗嘱式的笔墨。

　　全诗凡 10 节 40 行，抒怀言志，简捷了当。仿佛诗人于神秘之中预感到自己的命运，已经做好了告别尘世的准备，因而以哀郁铺下诗的基调。但拜伦毕竟是拜伦，他的英雄气质与愁惨颓唐是格格不入的，所以诗在悲怨之中，更见壮烈与俊挺。

首节首句，"是时候了……"即若一声断喝，一下子便攫住了读者的心。这里的心情是沉重的，似有壮志未酬的弦外之音。熟悉拜伦生平、思想和创作的人不难理解，这句诗包含着多么深刻的痛苦！拜伦，这生而为自由的诗人，这贵族政治的逆臣贰子，在当时黑暗的时代，把民主与正义的观念携往思想和行动的领域，点燃自由之火，因此得罪了旧世界，于是攻击、迫害随之而来，以致使其失去祖国。命途多舛、饱经忧患，然而他比任何人都更具有一颗泛爱之心。不过，为人类的美好理想而鼓吹，所得回报却是无动于衷，还有什么比被误解更痛苦的呢？但即使如此，诗人却仍"爱人如故"……这就是拜伦，一个为了正义事业而献身着的伟大战士！还有那宽广的胸怀与情怀。

承此意蕴，次节对诗人的生涯作了一句总括，但这结论是酸楚的，好像那只是一场梦——尽管事实上并非如此。要知道，在西方精神世界最滞闷的时期，拜伦是唤起和振奋迷惘的欧洲的政治家诗人，其功业彪炳千古 ——他痛感人生虚幻，觉得一切都毫无意义，所有均已消失，只除了"瘟热、凄怆和病苦"。其实诗人如此叹喟再自然不过了，众所周知，拜伦的流亡生涯既光辉又伤痛，在意大利，他成为烧炭党最密切的朋友，但不幸该党起义失败，一心要为这个多难国家解除异族统治的愿望和计划毁于一旦。正是在这种情势下，他才又奔赴希腊，以助其摆脱土耳其人的奴役。为此，他甚至卖掉产业，花掉积蓄，而建立起一支军队。在希腊，恶劣的沼瘴气候，艰苦的军旅生活，复杂的军事、政治及外交事务等等，都使担任义军要职的诗人心力交瘁，体力难支。唯联想到如许情景，才能弄懂诗人当时的心境，也才能谈得上理解这节诗那苦涩的意义。

接下来用一个比喻,形容自己炽热而孤寂的内心,从中似乎可以感到诗人要与旧世界同归于尽的决心、气概甚至是希冀。这里潜藏着愤怒、伤感乃至绝望,然而占主导的还是对于战斗乃至献身的期待。而在第4节里,诗人又回到了自己坎坷的经历,再次总结所走过的路。这节诗是沉痛的,而且恰如其分地概括了在他生命的路途上饮下的一杯杯苦酒。包括爱情与希望在内的人性的各个方面,应该是美好而迷人的,可是对于诗人,它们所馈赠的却仅仅是其最坏的部分,"只套上过它们的桎梏"。这自然使人想到拜伦那五光十色的爱情历险、不幸的婚变及其严重后果之类。人们往往津津乐道于诗人层出不穷的风流韵事,却不大注意这实际上对于他是灾难性的一面。拜伦没有从人类的虚荣心出发,陶醉于风月场上的赫赫"战绩",却着眼于其沉痛教训,倒是颇耐人寻味的。不经过生活的残酷就不足以语人生,这里沉甸甸的诗句表现了诗人对包括自己的失误在内的生活现实深刻的认识、体验和评判。虽不见血泪,却是用浸透着血泪的语言写成的。

至此,诗情怨艾、哀郁,格调颇为悲凉,若照此发展,整首诗定然会写得伤心惨目,但这却不是一个自由战士需要的调子,所以笔锋陡然一转,诗行变得高亢激越起来。以下各节,诗人激励自己的意志,多角度地抒发了愿以身殉、甘作自由祭坛之牺牲的英雄气概。充当转折的是第5节,连词"然而"引起的诗句完成了这个过渡:在诗人沉湎伤者往矣的叹息时,猛然想起为之奋斗的事业,那与"光荣"连在一起的事业;决不可以瞻前顾后、患得患失!于是从"小世界"跳回到"大世界"——转得巧妙自然、上下分明而天衣无缝。

第6节,诗人以豪迈的心情想到他所献身的希腊解放事业的正义性质。刀剑、旗帜、疆场,这一切都与希腊或者他自己的命运休戚与共！希腊需要他，荣誉等待他，为正义而战，崇高、壮美、义不容辞，这是比斯巴达男儿的英勇更其壮烈的行动。众所周知，斯巴达是希腊古代世界英雄精神的典范或象征，斯巴达男儿出征，母亲交给他盾牌道："带回这个盾，不然就躺在它上面归来！"就是说，要么凯旋，要么效死疆场。诗人以此比拟，不仅贴切自然，而且雄壮有力，这构成拜伦主义的最动人之处——英雄性，它闪现出逼人的光彩。

第7节，诗人呼唤自己的灵魂，并且把希腊与家乡等同起来，以激发斗志。这里，拜伦的世界主义思想有着鲜明的表现，在他看来，正义事业应由全人类共同负担，真理是没有国界的。东方读者往往不大容易理解这种舍家国而就他人的奉献行为，其实大而言之，它是西方精神文化的一部分。作为一个忠于思想的骑士，献身理想有着独特的魅力，白求恩不远万里把热血洒在中华大地，也可以说正是这种文化传统的一个结果。还有所谓"祖先的湖泊"之类亦值得注意。希腊作为西方文明的摇篮，欧人均为其精神苗裔，将之作为心灵的故乡，对他们来说是相当自然的；而拜伦，尤其是古希腊的热烈崇拜者，它的文治武功、艺术科学，令诗人神往、太息，其血管里流淌的是希腊精神的血液。由是观之，拜伦为希腊而战，其实还包含维护悠久而光辉的西方文化传统这层意义。

以刀剑争自由，必面对死亡的考验。古人言：死生亦大矣！生与死，只给人一次，谁不吝惜生命？谁不留恋尘世？所以对待生死的态度，向来是检验英雄抑或俗夫的绝对尺度。而诗人，不是比任何人都更能洞察、理解、热爱生活吗？第8节诗便集中表现了这一点。看来诗人已抱定了必死的决心，所以才坚决"踏灭那复生的欲念"，斩断种种感情的羁绊，做一个真正的男子汉而效死疆场。拜伦是多情的，却绝非丈夫气短、儿女情长之辈。为信念死，死得其所、死得安然。勃兰兑斯说拜伦诗作最具男子气是不错的，因为它们的作者不仅是卓越的诗人，更是伟大的战士。这节诗与第5节相互呼应，把英雄的壮烈表现得感人至深。但既然明知会殒身死去，而且是在青壮时死去，那么总是不无遗憾的罢？于是第9节对生死的意义作了回答。诗人的意思是，与其活着碌碌无为枉自嗟呀，倒不如光荣死去留名青史，那么好，献身的机会就在眼下，希腊的解放事业正需要千万壮士的热血抛洒——多么豪壮的气质，又是多么可哀的悲歌！把鲜血洒在异国的土地，因为本土无"用武之地"。这使人想起拜伦的另一首诗《本国既没有自由可争取……》，诗言道："本国既没有自由可争取，那就为邻国的自由战斗！…… 为自由而战，在哪儿都一样！饮弹，绞死，或受封！"这诗里提出的原则，正代表了拜伦一生活动的指导思想和行为准则。对自由的热忱使他跳出了狭隘的爱国主义和民族主义圈子，成了所有被奴役者的盟友。

最末一节，诗人以寻找最后之归宿——长眠之地——收束全诗，给人以无限悲凉且又豪壮之感。"一个战士的坟茔，对你是最好"实在催人泪下！或许，回顾一生，英貌、才华、理想、奋斗、劳绩、舛误、成败、荣辱……比起争取希腊解放的伟大使命来都显得微不足道。死，假如是猝然来临，也许还算不了什么，但倘若对之有着明确的自觉意识，或者本可以避免却要主动地趋就它则就不那么简单了。正是在后一种意义上，拜伦表明了他捐躯希腊的愿望。他被朋友霍布豪斯叹为"一位勇敢的人，一位和蔼的人！"①

---

① 转引自莫洛亚《拜伦传》，裘小龙、王人力译，浙江文艺出版社1985年1月版，第231页。

的确,只有真正了解拜伦其人的人,才有可能充分估价他那伟大的心灵和巨人般的性格,然而可惜的是,近二百年来,几乎所有对拜伦生平及其诗作有所接触者,都或多或少地误解了这颗不朽的灵魂。

假如想到不久之后拜伦的死,与诗中屡屡谈到的死恰恰构成奇妙的巧合,假如再想到这首总括了整个生涯、纪念生日的诗又恰恰成了诗人的绝笔,就几乎不能不叹息再三;仿佛是冥冥中的命运成全了他的愿望,就在诗人选择的那片光荣的土地上,拜伦以其死谱写了他生命中最光辉的篇章;甚至在缠绵床榻的弥留之际,还念念不忘希腊的解放事业,他喃喃着:"我必定死,我感到了。我不为生命的丧失而悲伤。正是为了结束我厌倦的存在,才来到希腊。我的财产,我的能力,我都献给了她的事业,哦,还有我的生命……"他继续呼喊着:"向前! 鼓起勇气! 学我的榜样,别怕!"①便平步进入了永恒。拜伦,不愧是古希腊精神的子孙,他勇敢、豪侠,热爱正义与自由,他是一面飘扬的旗帜,一首战斗的歌曲;他那彻底的民主和民族解放斗争的思想唤起了希腊,唤起了欧洲;拜伦主义千古……

悲耶矣,壮耶矣!《这一天我度过三十六年》真乃不朽之作,它通篇情真意切,苍凉雄迈。前四节与后六节,一悲一壮,互为衬托,各有侧重,形成对照,既抒发了英雄气概,又道吐了心灵痛苦。拜伦是伟大的民主战士,自由的信使,在 19 世纪初"神圣同盟"甚嚣尘上、欧洲革命暂处低潮的历史时期,他站在时代前列,毫不妥协地反对任何形式的暴政,支持一切被压迫者的反抗斗争。屡遭

---

① 转引自莫洛亚《拜伦传》,裘小龙、王人力译,浙江文艺出版社 1985 年 1 月版,第 356 页。

磨难，坎坷一生，他的心是痛苦的；再加之孤傲的自我主义和英雄主义，就使他的竖琴时常弹奏出忧郁悲观的调子。本诗亦不例外，它自始至终仿佛潜隐着某种孤寂的哀愁成分，某种无可奈何的悲感气息，不过这也正是它的牵动人心之处。

　　理解拜伦的诗，应该多多注意于它们所披露的诗人的心迹，这就需要时刻想到他的性格、气质、思想和经历。拜伦是充满矛盾的，不试图感受他的痛苦就无以理解他的作品，因为其中的英雄气质正是在巨大的痛苦中得以表现的。所谓"拜伦式的淡淡的哀愁"，恰恰构成其诗作的独特优美之处，因为能让人感觉出诗人心弦的细微搏动。哀怨中见壮美，是为拜伦诗的特色。在这首诗中，明明感到诗人的心情是沉重的，痛苦遗憾之情不绝如缕，然而却又无时无刻不被那种自我牺牲精神所激动，觉得悲惨，但更感到壮烈；为诗人惋惜，同时又为他骄傲。鸟之将死，其鸣也哀；人之将死，其言也善。诗人愈是激励自己，读者就愈是感到他心灵的崇高。他实在是唱出了一支最美的歌——天鹅之歌。

【原诗】

ON THIS DAY I COMPLETE MY THIRTY — SIXTH YEAR
Missolonghi，Jan. 22，1824.

'Tis time this heart should be unmoved，
　　　Since others it hath ceased to move：
Yet，though I cannot be beloved，
　　　Still let me love！

My days are in the yellow leaf;
　　The flowers and fruits of love are gone;
The worm, the canker, and the grief
　　Are mine alone!

The fire that on my bosom prays
　　Is lone as some volcanic isle;
No torch is kindled at its blaze —
　　A funeral pile.

The hope, the fear, the jealous care,
　　The exalted portion of the pain
And power of love, I cannot share,
　　But wear the chain.

But 'tis not thus — and 'tis not here —
　　Such thoughts should shake my soul, nor now,
Where glory decks the hero's bier,
　　Or blinds his brow.

The sword, the banner, and the field,
　　Glory and Greece, around me see!
The Spartan, borne upon his shield,
　　was not more free.

Awake! (not Greece — She is awake!)

Awake，my spirit！Think through whom
Thy life—blood tracks its parent lake，
And them strike home！

Tread those reviving passions down，
Unworthy manhood！— unto thee
Indifferent should the smile or frown
Of beauty be.

If thou regrett's thy youth，why live？
The land of honourable death
Is here：— up to the field，and give
Away thy breath！

Seek out — less often sought than found —
A soldier's grave，for thee the best；
Then look around，and choose thy ground，
And take thy rest.

（本文成稿于 1995 年 5 月，刊发于《山东外语教学》
1995 年第 4 期）

其人虽已殁　千载有余情

——纪念拜伦诞辰 200 周年

今年 1 月 22 日,英国大诗人拜伦诞辰 200 周年。

人和历史的命运有时显得很奇怪,因为两者往往同时被洞察又同时被误解。尽管在我们看来,拜伦的岛国同胞把他视为"强大的天才"[1]是非常自然的,而其异域崇拜者称之"我们思想的另一位主宰"[2]也绝非过甚其辞。但理应为他感到骄傲的英国贵族,即诗人所属的上层社会却对之难以容忍。无论生前还是死后,他始终未能摆脱掉"恶魔"之称,从某种意义上说,二百年来,拜伦这个伟大的名字一直在受难。这说明了一个简单的事实,拜伦是他那个阶级的叛逆者,所以人家根本不打算原谅他。好在人类文明的编年史并非仅仅是以老爷们的意识为尺度。拜伦总算幸运,尽管命途多舛,他毕竟生时震动了欧洲,殁后赢得持久的荣誉,伴随"岁月之流滚滚而去",人们对他的尊敬甚至与日俱增。

理由很简单,拜伦体现了 19 世纪那个不朽时代的激情,代表

---

①〔英〕司各特:《拜伦勋爵之死》,刘保端译,见《英国作家论文学》,生活·读书·新知三联书店 1985 年 10 月版,第 142 页。

②〔俄〕普希金:《致大海》,杜承南译,见卢永编选《普希金诗选》,人民文学出版社 1996 年 11 月版,第 238 页。

了它的才智、深思、狂暴和力量。人类永远忘不了那段不可磨灭的历史,当然更忘不了其伟大精神的歌者……

因此,纪念拜伦,纪念这位自由的信使、民主与民族革命斗争的先驱和战士,是顺理成章的。而最好的纪念,也许莫过于给予被纪念者的一生一个大致是准确的认识——至少对笔者来说应该是准确的。

拜伦其人

既然作家本身无往不在其创作之中,那么对拜伦的为人似也不能回避。但这首先遇到的困难就是,各种各样的成见已经在诗人的肖像上蒙了层层足以导致真容歪曲的灰尘。拜伦被他的敌人直接宣布为魔鬼,而伪君子把他说成不可救药的狂人,道德家红着脸称之堕落天使,实用主义者又几乎将其形容为劳工大众的救星;至于英国社会中那些所谓有教养的绅士们,则极力抹杀或故意冲淡诗人同贵族传统的冲突,以其怪僻或忧郁作为决定他思想及创作的根本原因……都为我们作出正确的判断设置了障碍。何况,还有拜伦自身的复杂性,他往往有意或无意夸大自己“罪恶”的企图,更难于使人弄清其庐山真面。然而,拜伦是个自我意识极强的诗人,正如普希金所言,他只创造了一种性格即他自己的性格。这就意味着,人们最终还是能够认识拜伦,即使仅仅通过他的作品。

那么从诗人的创作会对他产生怎样的印象呢?首先,这是个独立不羁的天才、目光犀利的观察者、热情洋溢的批评家和为自由理想而叱咤风云的斗士。他有着如海洋般博大的政治家胸襟,和如长空般高远的哲士的才智,他的气质敏感而暴烈、感情深沉而细腻。其次,他还是个虚荣放浪的公子、阴沉傲岸的爵爷、近乎玩世不恭的伊壁鸠鲁派和孤独抑郁的自我主义者;他崇尚伟大的精神,向往壮丽的事业,却无往不被黑暗的时代和荒谬的社会所窒息,他的心是伤感的,他的叹息充斥了整个的生涯⋯⋯所有这些,都把他造成了一个——反叛者。

确实,拜伦是不折不扣的反叛者,是对千百年所形成的西方贵族政治及其观念模式的反叛者。其行动与创作表明,他向所有那些属于"神圣"的东西——制度、宗教、道德——挑战,鞭笞其罪孽,戳穿其虚伪,嘲笑其荒唐。而且,他是强而有力的,如同希腊神话中的提坦,使整个贵族世界的"天廷"为之颤抖! 他的勇气是无止境的,当他写作《恰尔德·哈洛尔德游记》3—4 章、《该隐》、《审判的幻景》、《青铜世纪》、《唐璜》等作品时,面对的是整个伪善而残忍的伦敦上流社会甚至全欧洲的反动势力,只有他敢于直面乔治王朝的暴虐和神圣同盟的淫威⋯⋯

不言而喻,拜伦的反抗具有巨大的社会进步性,可以说代表了备受阻遏的历史潮流的激进。众所周知,诗人活动的年代,欧洲精神生活的背景是相当黑暗的,拿破仑帝国的倾覆标志着革命低潮的到来,由启蒙学派宣扬的政治理想由于法国大革命的失败而负上了沉重的十字架。正是在这样的关头,诗人接过民主革命的大旗,把斗争的精神传播开来,因为他坚信"自由啊,你的旗帜虽破而仍飘扬⋯⋯"①

这样的背景对于产生叛逆的诗人提供了绝妙的条件,从某种意义上说,拜伦只能是 19 世纪的产物。罗素在讲到拜伦时写道:

----

① [英]拜伦:《恰尔德·哈洛尔德游记》第四章,杨熙龄译,新文艺出版社 1956 年 7 月版,第 226 页。

"一个贵族如果他的气质和环境不有点什么特别,便不会成为叛逆者。"①引导人们从主客观两方面寻找原因。对拜伦而言,此二者都是颇为奇特的。他那暴烈的诺曼武人的血统和卓异的天赋使之生就了不耐各种约束而蔑视一切权威,其个性丝毫没有屈服和卑贱的成分;加上热爱思想和内心骚动不已的诗人气质,就足以使他胆敢向社会宣战。至于说到拜伦的童年生活,如果不是畸形,那也算不上正常,还在咿呀学语时,他与母亲同时被他放荡的父亲抛弃,以后就处在可怜的但是乖张的妈妈以及粗鄙的女仆绝非良好的管教下。"他生来傲慢任性。"②可以说,从摇篮的时候起,流淌在这位小爵爷血管里的热血,就已经不断被刺激得暴涨起来。

在拜伦,对于贵族政治的反抗是同鼓吹自由、民主、平等与民族解放亦即启蒙理想和法国大革命的精神分不开的,这是革命家拜伦的伟大之处。为此,他不仅以笔,而且以剑、以炮、以献身精神投入被压迫人民争取解放的斗争。他是诗人,也是战士,是歌手,也是实干家。应该指出,像一般西方文明孕育的产儿一样,拜伦生而具有英雄崇拜的倾向,还在孩提时代,倍感兴趣的就是壮烈的古代和勇敢的先辈,而"最早的梦想是军事上的辉煌战绩"③。他所以那么爱好希腊的古迹并终于为希腊献身,至少部分的原因是这可以唤起对英雄或英雄时代的回忆。他本质上是

---

① [英]罗素:《西方哲学史》下卷,马元德译,商务印书馆 1976 年 6 月版,第296 页。
② [丹]勃兰兑斯:《十九世纪文学主流》第四分册,徐式谷等译,人民文学出版社 1984 年 7 月版,第 316 页。
③ [法]莫洛亚:《拜伦传》,裴小龙、王人力译,浙江文艺出版社 1985 年 1 月版,第 16 页。

个爱好并善于行动的人,在希腊的戎马冒险,表明他过人的胆量和军事才干,而其捐躯,更为他的生涯谱写了最壮丽的一章,所以雨果感叹:"死得这样高尚! 陨落得这样美好!"

毫不妥协的反叛终于使他失去了祖国,这实在是必然的,因为,"拜伦站得太高了;他太伟大了"①,他把那个虚伪透顶和残酷无情的贵族的英国现实洞穿了,为之脸红、难过、愤慨、痛苦;他揭露之,责斥之,嘲弄之,抨击之,但无济于事;他感到绝望,于是也就有绝望的反抗! 为了发泄,不惜公然蔑视礼法。他被女人追逐,也追逐女人,但拜伦绝非那种卿卿我我的恋人,与其说恋爱,不如说愤世嫉俗的冒险——给他一向憎恶的所谓道德世界的报复。他体验到了某种绝望反抗的快意,甚至对罪恶感也生出病态的向往,终于导致与同父异母的姊姊奥古斯塔的关系。埃文斯认为这"可以部分地解释为对某种未认知的情欲领域的一种试探"②。

拜伦有时是故意甚而是夸大的放荡不羁和玩世不恭给人提供了攻击他的口实。他充分领略了上流社会的反复无常,人们忽然板起道学面孔,像避瘟疫似的躲开这个一点也不比他们更邪恶的忧郁的唐璜,对他的迫害与此前的崇拜同样狂热。其实,正如司汤达所说,这不过是"政治性的仇恨",他们不能容忍诗人把体面的英吉利政治作为"矢的"射得千疮百孔。谁不知道,上流社会普遍的秽乱是公开的秘密,只是彼此心照不宣保持一种默契。拜

---

①[丹]勃兰兑斯:《十九世纪文学主流》第四分册,徐式谷等译,人民文学出版社 1984 年 7 月版,第 353 页。

②[英]艾弗·埃文斯:《英国文学简史》,蔡文显译,人民文学出版社 1984 年 1 月版,第 87 页。

伦的罪过不过胆敢戳破这块遮羞的面纱而已。

　　打击使他变成了一位更勇猛的战斗的骑士,这个被伪君子视为"憎恨人类"的漂泊者把反叛的热情从思想和诗的领域带向行动的天地,在意大利他成为烧炭党的一员,在希腊则成为革命军的司令官。他慷慨地播下的自由的种子,他那普罗米修斯式的孤独的反抗意志,在 19 世纪欧洲人的精神生活中非同凡响,以致哲学家们也将其当作"一种力量,当作社会结构、价值判断或理智见解的变化原因来考察"①。

　　但拜伦是痛苦的,他的内心时常在流血。这除了时代的原因,还由于他自己的出身、贵族意识、情感方式、错误与矛盾等等。我们无意把诗人理想化,也不想粉饰他生活中的愚蠢,至于他巨人般的性格再无须多说,那是难以磨灭的,时间已经作出了公正的判断。

他的思想

　　拜伦的叛逆性格决定了他在思想上是现存制度的反对者,这使他成为启蒙理想和法国革命民主传统精神上的后裔。像一般英国贵族,对政治特具浓厚的兴趣和敏锐的理解,亦像一般饱学之士,对哲学有着本能的偏好和深刻的思索。这些都决定了他的意识尖锐、浩瀚且幽邃。

　　拜伦政治思想的核心是自由与正义,这是他裁判现实世界的基本尺度。以此为标准,否定英国以及欧洲一切旧制度,因为它

---

①〔英〕罗素:《西方哲学史》下卷,马元德译,商务印书馆 1976 年 6 月版,第294 页。

们以压迫与奴役作宗旨;鼓吹民主与平等,因为唯此才符合自然的法则。在拜伦,自由是正义的灵魂,首先必须是自由,然后才谈得上正义。自由若浮雕般,是活在诗人及其诗中的光耀女神,清晰、有力而娇美,她唯一独尊,令其欣喜若狂,鼓舞他向社会挑战……

毋庸讳言,自由这个字眼的含义在拜伦那里还未免过于宽泛和抽象,它与任何形式的束缚势不两立,同欧洲历史文化中那类海盗式的孤独反抗不无精神上的联系。这是享有诸多特权的贵族所要求的那种自由,它唯我、绝对,为之斗争,甚至执拗到放弃对社会的责任。按照罗素的解释,它应该属于一种更高的自由,与饥饿的劳动者憧憬的平等是两码事。在这里,自我主义有无限制的发展,"自由"具有更多个体和精神的因素。他骄傲地宣称:"我可以独自兀立人间,但决不肯把我自由的思想换取一座王位。"①在他看来,为自由而献身无比美好,"自由呵! 你在地牢里才最灿烂!"②而自由之神将使他站在这样的位置,即永远属于反对派,假如暴君垮了台,那么他的同情没准也会在可怜虫方面。既然如此,拜伦(在《唐璜》中)写出这样的诗句也就不足奇怪了:

　　我对一切暴政不共戴天,

　　即使是民主人士上了台!

拜伦毕竟是西方文明的产儿,与西方精神文化中特有的个性价值与自我崇拜,以及超乎急功近利的人道主义一脉相承,这就势必掺杂个人主义和无政府主义成分,而且脱不了忧郁与孤傲倾

---

①[英]拜伦:《唐璜》下,朱维基译,上海译文出版社1978年6月版,第744页。
②[英]拜伦:《锡雍的囚徒》,查良铮译,见《拜伦诗选》,上海译文出版社1982年2月版,第280页。

向。显而易见,以此为基础的政治概念,绝不可能是普天下劳苦大众所向往的平等形式。在拜伦的心目中,民主政治的最好范例存在于过去的伟大历史之中,这就是理想化了的古希腊罗马共和国。而法国革命的实践或美国政体的创新正是古代精神的最好体现,不但高于任何专制政体,而且超越英国的代议制。归根结底,他的观念是从启蒙学派创立的资产阶级民主自由原则出发的。

但是毫无疑问,拜伦的思想代表了历史前进的脚步,规定了他浪漫主义反叛的社会哲学之前提,在 19 世纪欧洲最黑暗的时期,成了为人类进步理想而斗争的旗帜或象征。对自由的热忱,使他跳出了狭隘的爱国主义或民族主义圈子,成了所有被奴役者的盟友。他支持爱尔兰的独立运动,支持意大利、希腊等呻吟在异族铁蹄下的人民的斗争,而当举国沉醉于滑铁卢胜利的狂热中时,拜伦的同情却在祖国的敌人一边。因为,波拿巴毕竟是让旧欧洲发抖的怪杰,对历史而言,他的失败绝非幸事:"难道我们,打倒了狮子又向豺狼朝礼?"① 诗人很明白,"神圣同盟"的暴政比起拿破仑的专制更加有害。拜伦诗作中"世界悲哀"的主题,正是法兰西第一帝国倾覆后欧洲暗淡的政治氛围的必然反映,而那些宇宙动荡和灾难的奇幻景象(《梦》、《黑暗》、《天与地》等),则象征了正义在同邪恶搏斗时的艰难与凄惶。

同时,矢忠自由的原则还使拜伦超越了贵族意识和阶级偏见,成了被压迫阶级的辩护者和代言人。他在国会就"惩治破坏机器者法案"辩论发表的著名演说,以及该法案的通过使其愤怒

---

① [英]拜伦:《恰尔德·哈洛尔德游记》第三章,杨熙龄译,新文艺出版社 1956 年 7 月版,第 117 页。

写下的讽刺诗《法案制订者颂》和后来的《勒德分子之歌》等,表明
诗人的自由思想有了更加明确和丰富的内容,即愈益显示出无产
者的意识和人道主义的激情。尤其那雄辩、犀利和一针见血的演
说,表明诗人无论与君主专制还是资本主义专制都是同样的格格
不入,而"具有一种更为深远的思绪"。以至后人断言:"要是他朝
那篇演讲的方向发展,在那个英国迫切需要领导的时代,他可能
已成为一位伟大的民族领袖。"①

当然,拜伦的思想存在深刻的矛盾。一方面,这位民主战士,
"自由的朋友"对旧世界挥动利剑毫不含糊,"他常使人想起一匹
向刺穿他胸膛的钢刀丛中猛冲的战马"②。可另一方面,他也时
常耽于梦幻、虚无,于麻醉中沉沦,于痛苦中徜徉;他是愤世嫉俗
的,但偶尔也百无聊赖,甚至,"在宣称人世间万事皆空时,怀有一
种忧郁的快意"③。不过就总体而言,诗人的思想则始终与民主
革命和民族解放运动连在一起,其浪漫如烈火的情感方式和为自
由不惜殒身的人生观激动了整个 19 世纪,并且"如此深远地影响
了哲学思潮的气质"④。

拜伦代表着时代潮流的进步思想也贯穿于他的文艺或美学
观点之中。

---

①[英]艾弗·埃文斯:《英国文学简史》,蔡文显译,人民文学出版社 1984 年
1 月版,第 82 页。

②[英]司各特:《拜伦勋爵之死》,刘保端译,见王春元、钱中文主编《英国作
家论文学》,生活·读书·新知三联书店 1985 年 10 月版,第 143 页。

③[法]莫洛亚:《拜伦传》,裘小龙、王人力译,浙江文艺出版社 1985 年 1 月
版,第 109 页。

④[英]罗素:《西方哲学史》上卷,何兆武、李约瑟译,商务印书馆 1963 年 9 月
版,第 5 页。

拜伦的时代,正所谓意识形态世界的浪漫世纪。质言之,浪漫主义是个叛逆的缪斯,她蔑视规范而渴望放纵,嘲笑权威而追求发展,不耐理性抑制而要情感抒泄,她把个性自由抬到首位,体现了历史的激动和愤怒。然而亦如万事万物,构成浪漫主义运动的要素是复杂而且多元的。仅以倾向而论,有的顺应时代,有的则逆潮流而动;有的讴歌光明未来,有的却招魂于中世纪幽灵;有的成了民主战士,有的反堕落为暴政的帮凶。作为时代精神的象征,拜伦是激进派的代表,他不啻是浪漫主义的雄狮,其反叛的热情和对自由的呼唤,典型地显示了不羁的豪迈和猛烈的力量,而这正是浪漫主义的雄伟之处。对拜伦而言,无论政治、文学还是行动,应该是为争取自由的豪情所激发,那么,"诗的本身即是热情"(拜伦《书信与日记》)这句话就显得格外重要了。此可谓拜伦美学体系的核心,因为它不仅确切地表述了浪漫主义的性质,而且暗示出其艺术旨趣的革命倾向。所谓"诗的热情",是政治的或社会的激情、公民的责任感或斗士的力量凝结,其巨人气质为他的艺术思想定下了战斗的基调。拜伦特别强调诗的教育意义或影响社会的力量,认为"伦理诗"是最高的诗,因为唯其最具改造人并进而改造社会的功能。文学必须接近生活,诗人要"学会思考和严肃地把真理说出来"(拜伦诗《英国诗人和苏格兰评论家》中句)。在拜伦,人或社会才是第一位的,他不像湖畔诗人,把自然和人对立起来,或是将人消融在自然里。恰好相反,在他看来,只是由于显示了人与之搏斗的力量,自然才有了诗意,而诗也获得了价值。

这反映了视人为艺术的主体而创作不过是将性格、意志、力量概括升华的观点,他以雕刻为例阐述艺术的鹄的:"雕刻家的伟大力量在于把自然提高为英雄的美,用普通英文来说,就是要超过原来的模型。"①创造英雄美——这是艺术对于生活的提炼——可谓区别于一切病弱或脂粉气美学的重要特征,也是拜伦浪漫主义的标志。几乎贯穿诗人创作全过程的所谓"拜伦式英雄"即是这种美的体现,他们揭示痛苦的真理,为理想献身义无反顾。在其笔下,高山或是大海,雄奇、豪壮、粗犷,是自由的象征、力与美的凝聚——一句话,无不体现英雄性格。所谓"才气大,力气大,口气大",毕竟为凡夫俗子的浅唱低吟所望尘莫及。

　　拜伦热衷政治、关注现实、审度人生,又使其男子气十足的美学超越浪漫主义而接近现实主义,他创作中特有的纯朴性和明朗性便是这一倾向的基础。事实上,只有在强烈的抒情、对个性的呼吁和叛逆的呐喊等方面,拜伦才是道地的浪漫派领袖,而在冷嘲热讽评点时政方面,已非浪漫主义所属,但这又恰恰是拜伦创作的重要特征。随着对社会的洞察日益深刻,其艺术中的现实主义成分则愈加明朗、确切和有力,及《唐璜》便臻于顶点。与此相关,拜伦对18世纪诗歌传统颇为尊重,尤其于形式方面。他非常注意"清晰的条理和引人入胜的风趣"(拜伦诗《贺拉斯的启示》中句),说:"我永远不会是我们先辈的古典神殿的忌妒的毁坏者中的一个。"②可见所摒弃的只是古典派墨守成规、停滞僵死的思想方法。因此,他维护蒲伯的传统,继承启蒙主义哲理和训导的作风,创立了充满激情和思想深度的战斗的诗风。有人说"拜伦是浪漫诗人当中最古典的",倒是一语中的。

----

①［英］拜伦:《给约翰·墨里的公开信》,郑敏、刘若端译,见王春元、钱中文主编《英国作家论文学》,生活·读书·新知三联书店1985年10月版,第75页。
②同上书,第83页。

他的创作

拜伦的创作鲜明地体现了他强有力的个性、思想和美学主张。

作为浪漫主义一代宗师,他写了包括抒情诗、驳论诗、讽刺诗、故事诗、剧诗、长篇叙事诗等在内的大量作品,它们虽然宗旨不同,体裁各别,风格多样,但无不充满睿智与机敏,洋溢着民主理想和民族解放斗争精神,显出真切磅礴的豪情和潇洒独立的风采。

在拜伦的创作中,总有一个叛逆者的形象贯穿始终,尽管可能时而是忧郁孤独的哈洛尔德或者绝望厌世的曼弗雷德,时而是桀骜不驯的该隐或者随遇而安的唐璜……这些形象与贵族资产阶级文明格格不入,虽孤傲痛苦,却无不具有拜伦的特点,博大精深、热烈奔放、辛辣尖刻。从某种意义上讲,这正是诗人自己的形象——他对之加以诗化,也报以批判和怀疑;其性格的各个方面,既表现出世界观的矛盾,又体现了思想感情的整体。

同时,拜伦的创作还始终贯穿着一个主题这就是自由的主题。在诗人笔下,它有时以大自然的形式出现——高山、大海、旷野,其不可遏抑的力总是为自由的化身;有时以精神不屈的人格出现,如锡隆古堡的囚徒、被放逐的诗人但丁,对他们自由的意志,狱吏和暴政也无可奈何;有时以直接的反叛形式出现,如海盗的袭击、卢息弗的"煽动"之类,实质上却是自由战士的凛然正义,等等。这自由的主题无处不在,而且总是演化为对制度与社会的否定及挑战,具有鲜明的拜伦气质,因此也不妨看作诗人对自己的思想、理想或倾向的概括与典型。

　　此外，所谓"拜伦式英雄"，应该说是拜伦创作现象的一个极好概括，因为它同时体现了诗人巨人般的性格及其弱点，其中的矛盾性反映着暗淡的时代与诗人理想的冲突。最具"拜伦式英雄"特点的"东方故事诗"是孤独反抗的史诗，它们的主人公豪迈、狂怒，然而迷惘、绝望，既没有过去，也没有未来，只一味与现实为敌。其高尚的公民热忱与无政府主义情绪，对黑暗势力的仇视与对历史进步可能性及人类生存意义的失望交织在一起。这种矛盾的存在，也可以说是诗人精神危机的表现，其原因非常深刻，有被价值观范畴的个人英雄主义左右之因素，也有属于历史的时代黑暗影响的缘故。及哲理诗剧《曼弗雷德》，悲观与反叛意识的表现发展到了顶点，主人公对世界和人生灰心丧气，终于感到包括知识在内的一切追求都毫无意义，因此只求遗忘。在很大的程度上，《曼弗雷德》是拜伦主义及其诗歌立意哲学概括的一个方面，对现实的强烈不满使他采取绝望的手段：彻底地怀疑与否定！他说，"狮子总是孤独的"，好像除了孤傲的意志，一切都虚浮荒诞。但该剧不啻是道分水岭，假如把诗人的创作分为前后两个阶段的话。此之后，由于这位漂泊的阿波罗同意大利革命运动的联系，他的竖琴便弹出了与《曼》剧的"世界悲哀"完全不同的调子。意大利时期的一系列优美创作，表明诗人逐渐摆脱沉重的悲哀与忧郁，更加焕发出公民和战士的风采。在这儿，社会反叛似乎有了更明确的形式，对自由的呼唤也增加了开朗的气息。拜伦的创作就像一面镜子，反映着时代的激动和历史的走向，以及民主力量在挫折中的沮丧苦恼、抑或茫然失落情状。

　　如果说自由乃拜伦创作的主题，打上自我烙印的叛逆性格是其形象系列的典型，那么还可以补充说，这二者又是与高昂的政治热情和尖锐的社会讽刺密不可分的。

　　就性质言,这位被同胞称为"不列颠诗歌的太阳"(司格特语)的大诗人,主要是位政治诗人。关心国内外一切重大问题,并随时加以表现和评论,即使写历史或者写自然,也常以推动迫切的社会现实斗争为目的。把诗与政治扯在一起或许有人大摇其头,以为庸俗之至。其实,最好的诗是满蕴政治内容的作品,许多不朽与上乘之作,都包含充沛的政治激情,《伊尼特》、《神曲》、《失乐园》、《浮士德》即是明证,而拜伦的杰作,无论《哈洛尔德》还是《唐璜》更是如此! 从根本上说,这是由人的政治属性决定的,在文学里如同在生活中一样。其实,所谓政治并不就是口号,而是对历史现实重大问题深入的洞察和卓越的概括。在拜伦,政治性的观察和思考是与火热的内心和炽烈的性格融为一体的,或者说,很大程度上是通过主观抒情表现的,这就使他的诗无处不跳荡着澎湃的激情,充满感召力量。

　　就风格言,拜伦主要是位讽刺诗人。恩格斯指出其诗歌遗产中最有力的因素是辛辣的社会讽刺。确实,拜伦的讽刺才能和讽刺力量是无与伦比的,他发展了英国文学独特的讽刺传统并将之推向前所未有的广度和深度。其讽刺机智微妙,变化万千,耐人寻味,往往陡增作品的颠覆性或摧毁力。拜伦并非纯然从主观、从内心体验汲取灵感,而是紧紧盯着人和人类社会,这又使他的讽刺往往一针见血,入木三分,极大地加强了作品的现实感和生命力。在诗人手里,讽刺是一把利剑,令被击者闻风丧胆。《英格兰诗人和苏格兰评论家》对保守的不列颠文坛给予沉重的一击,振聋发聩;《审判的幻景》漫画暴君及其谄媚者的嘴脸,令人解颐;《青铜世纪》让"神圣同盟"不可一世的头面人物丑态毕露,淋漓尽致;尤其《唐璜》,以整个社会作背景,刺暴刺虐、涤陋笑丑,如狂涛厉风,势如破竹……

　　据司汤达回忆:"谈起文学来,拜伦恰好与学院式的学究相反,总是意深言简。"一如其谈吐,拜伦诗的风格简朴、有力、隽永、诙谐,别有一种洒脱从容的气概。他的语言明白晓畅,词句如泉水涌出,洋洋洒洒,既非装腔作势,亦不故弄玄虚,但幽默、婉曲、感伤、愤激、讥嘲等却尽在其中,仿佛信笔写来,无意为之,在滔滔不绝里,显出奔放、俊挺与雄辩……驳论诗、剧诗如此,长诗、叙事诗亦然。司各特说:"没有任何一个人能在独创性方面接近拜伦。"①这自然是指诗人巨大的天才,包括其诗作的内容题旨、诗艺的形式技巧等。

　　(本文成稿于 1988 年 1 月,刊发于《山东师范大学学报》1988 年第 3 期;曾获山东省社会科学优秀成果三等奖)

① [英]司各特:《拜伦勋爵之死》,刘保端译,见王春元、钱中文主编《英国作家论文学》,生活·读书·新知三联书店 1985 年 10 月版,第 142 页。

我读《麦布女王》

一

　　雪莱①是迷人的,至少从两方面说如此,一是其人品,再是其作品。就前者言,尽管较少具备拜伦那种撒旦式的魔力,然而其执着、纯粹,甚至不谙世故近乎幼稚的耿介拔俗,足让人敬仰不已;就后者言,尽管也不似拜伦那样广博,充满机智、俏皮话和滔滔不绝的人生常识之类,然而其诡异、玄思,尤其表现为爱和恨的不可遏制的热情,也令人手不释卷。

　　其实在最好的意义上,一个作家的人格与创作应该高度统一。就此而言,雪莱可谓典范。古往今来,的确不少舞文弄墨者对自己写的东西并不怎么当真,我姑妄言之,你姑且听之而已!但雪莱却不,他视诗人为"法律的制定者"②,相信其言行是可以

---

① 珀西・比西・雪莱(Percy Bysshe Shelley,1792—1822),英国浪漫主义伟大诗人。

② 参见雪莱著名诗论《诗之辩护》,言:"诗人们,抑即想象并表现这万劫不毁的规则的人们,不仅创造了语言、音乐、舞蹈、建筑、雕塑和绘画;他们也是法律的制定者,文明社会的创立者,人生百艺的发明者,他们更是导师,使得所谓宗教,这种对灵界神物只有一知半解的东西,多少接近于美与真。"见《缪灵珠美学译文集》,中国人民大学出版社1990年6月版,第142页。

规范社会道德与政治风气的,所以其创作无不成为真诚心灵的认真表露。这就给了我们一个机会,通过其诗可以比较准确地了解其人,特别在思想与主张这些方面。

后人把雪莱称为革命家,因为他对旧世界的一切——政治、法律、道德、宗教等——做了一番彻底摧毁的工作,如此这般,都贯穿在他的诗作里。令人惊讶的是,他 18 岁时写的《麦布女王》(*Queen Mab*,1810)①就几乎已包含了其宇宙观的主要之点,无论新颖的洞见卓识,还是荒谬的偏执谬误。毫无疑问,《麦布女王》在构成雪莱主义的发展上,不失为第一块里程碑。

这篇富有浓郁浪漫主义色彩的长诗采取中古式的梦幻手法,主在表现对人类之社会演变和精神发展的不满及对理想未来的憧憬,因此情节极为简单:象征希望的收生婆麦布女王以仙法将少女艾安蒂的灵魂摄入云霄,把人类社会的过去、现在和将来一一展现,于是这蒙恩的精灵目睹了暴政的统治、教会的淫威、商业资本带来的灾难,总之人世间的种种堕落、不义、痛苦与不幸;然而光明的未来却如诗如画,处处洋溢着"爱情、自由、健康"②……

雪莱将此长诗称为"哲理诗",确凿,在其简单的结构里,包孕丰富的思想。

对整个社会发展史的全盘否定和强烈谴责是这部诗最引人注目之处。在诗人看来,历史就是一连串数不尽的痛苦,标志即奴役或曰暴政。由于被称作"君王"的傻瓜"是最卑鄙的欲望的奴

---

①雪莱自谓 18 岁作此诗,当是他进入牛津读书的 1810 年;但后人的研究认为其写作年代可能略晚,至少最后定稿迟至 1813 年,是年夏诗人自费印行。

②[英]雪莱:《麦布女王》,邵洵美译,上海译文出版社 1983 年 8 月版,第 91 页。本文所引此长诗诗句皆从该译本,为简洁计,以下不再加注。

隶",还有各式各样的寄生虫——"社会的雄蜂"——组成暴政的基础,那么作为前者之满足、后者之存生的代价,就必然是芸芸众生们的鲜血、汗水和眼泪,于是战争、掠夺、压迫绵延不绝,成为历史进程的主旋律,导致人间世界"遍地呻吟"。

暴政的恶果还不仅只在于它直接造成的灾难,从更深刻的意义上,尤其在其扼杀天真、毒化意识。强权的利爪与宗教的虚伪携手,使生命的蓓蕾在萌芽期就遭摧残!

> 他还没有落地便被人捆绑,
>
> 所有的锁链都在他诞生前铸造;

以至幼小的乳儿还说不清"妈妈"这个字眼,便"挥舞他玩具的刀剑",把那小胳膊作了棍鞭,俨然扮演一个"英雄";而童稚所学的巧语,到了成年就用作诡辩,"杀害了无辜的同胞居然还理直气壮"。另一方面,人们世代做奴隶,却很少伸出手,把暴君的御座推翻。"万恶的权势封闭了真理的嘴巴!""服从,灭绝了天才、道德、自由……"

专制制度得以世代维系的奥秘之一原来如此!这倒不失为一种新颖的灼见,即使从逻辑上也讲得通,人类之丧失自由,难道与人类自身的弱点——虚荣、自负、苟安、奴性这类东西无关?

然而人类的不幸究竟是怎么开始的?它之最初的"因"在哪儿?这个为历来哲学家所关注的问题,雪莱又是如何看待呢?诗人认为,万恶皆生于自私,它,"厚脸皮,硬心肠,又淫秽,又凶恶";为掩遮其嘴脸,就借来"公理"和"正义"的面纱,玩一些愚弄的勾当,其他它"即是暴政的前因,又是它的后果"。浪漫主义时代谴责自私,视之为恶的根源,由此向往初民状态,哪怕原始的野蛮性也比私有制文明来得美妙。这种价值观念起源于卢梭,他曾说,第一个圈出土地并宣布属于自己,且发现人们居然相信其鬼话的那个人,就是造成不平等的私有制文明的发明者。①　显而易见,雪莱所表述的观点,与那位被称为"浪漫主义之父"的伟大人物有着深刻的精神上的联系。当然,自私是私有制的心理基础,该是明白无误的;而在雪莱看来,更可恶可耻的私有观念导致私有制所带来的最坏后果乃商业的产生。商业把一切简单化,诸如财产、才能、良心、荣誉、爱情、健康,人伦关系、交往之道,甚至"上天的光明",总之,不管物质的还是精神的,统统转换成所谓"价值",再用一种叫作"黄金"的镌刻着自私纹章的光耀矿石作标识,以之为媒介交换或买卖。这矿石便被授予了"奴役一切的权柄",连是非也用它来衡量。于是从农夫到国王,人们趋之若鹜,拜倒在这尊睥睨一切的"活佛"脚下……

　　诗人对已经整个儿控制了社会物质与精神生活的西方商业文明,亦即资本主义这头怪物进行了激烈的批判,所达到的深度,可以从若干年后问世的《资本论》对资本的剖析之印证中得以体会。然而雪莱的观点远不是辩证的。一般来说,由于重热情,轻算计,浸淫于物欲主义的近代工商金融业是卢梭之后的浪漫主义者所万分鄙视的。宁可要简朴的牧歌式生活,因为它符合"自然",怡情益智;而不要繁荣的商贾经济,因为它悖逆"天理",腐蚀心灵。在对资本主义痛加针砭时,雪莱看到的似乎只是财富的负面属性,所谓"人类的孽障"之罪愆:它刺激起自私自利,夺去"道德与智慧,真理与自由",使往昔之和平正义一去不返(他相信有过这么一个时期);而其反面"贫穷",又逼迫人们低首下心向它屈

----

① 卢梭关于人类不平等的原因及结果均归咎于私有制,其雄辩论证见名著《论人类不平等的起源和基础》;这里所引大意,可参见该书中译本(李常山译,商务印书馆 1962 年 12 月版)第 111 页。

膝。但无论如何,财富毕竟还是操控在人的手里,如果仅仅将之视为受人支配的东西,那么财富或者黄金本身并无过错,错的是人们不能正确地占有和使用它们。那么世间之有不义,便不单因为不劳而获者攫取了财富,将之变成权力的一种形式!人们不能在真空里生活,因此不但要创造财富而且也必须要拥有财富,否则就只有靠喝西北风了!另外,当然人类也难以永远停留于原始状态,尽管在浪漫主义者看来那是个诗意的自由之邦。诚然商业文明的毛孔里的确滴着血和肮脏的东西,但在全部社会发展史的长链上它却是极其重要的一环。雪莱那过于诗化的头脑似乎不愿考虑,任何进程都伴随有阵痛,即使新生儿的诞生,也少不了母亲流血的代价。所以如此,除了表明诗人对当时不公平非正义的社会现实的极端憎恶之外,恐怕还潜蕴着更具实质性的动机,那就是在对事物进行判断时,优先将审美的标准替换了功利的标准,这反映出浪漫主义者在创作之心理意识方面的一个显著特征。

二

对"暴政"的批判必然涉及对宗教的批判,因为二者如孪生兄弟最易结成同盟,沆瀣一气狼狈为奸;至于基督教,众所周知,其与西方社会史的关系难解难分,既然如此,在对政治的黑暗痛斥过后,若不戳穿天主的荒诞反倒奇怪了。因此,掊击宗教就成了《麦布女王》的主旨之一。在这点上,一种不共戴天的仇视情绪简直让诗人难以平静,他称宗教是"罪大恶极的魔鬼","竟使杀人、越货、行凶、犯罪,这些伤天害理的行为获得了借口"。宗教是以超验的彼岸世界之神秘性作为前提的,动摇宗教必先否定上帝,

这是显然的。诗人从逻辑上证明其虚假:

> 他的名称、品行、情操,随时改变——
>
> 湿婆,如来,佛,耶和华,上帝或天主⋯⋯

如果是个真实的存在,就不会有这么多名堂! 既然它们的意义各各不同,那么也就意味着没有一个靠得住。

可见,所谓上帝,不过是"崇拜者"所创造,或者毋宁说"人类大错所铸成的"①;人们把宇宙万象的团团神秘"集成一个抽象",这就是上帝,"一位自满、万能、仁慈、报复的上帝!"它,"以神圣的外衣袒护一切的罪行",成了无穷的祸殃、无尽的苦难之丛生的渊薮:

> 它们都产生于对上帝的信仰
>
> ⋯⋯⋯⋯⋯⋯

与绝大多数浪漫主义者之笃信宗教不同,雪莱和正统信仰水火不容。历史上,基督教尤其旧时天主教充当封建统治之精神支柱,以上帝的名义做买卖、排异己、行杀戮,欺诈世界、麻痹人心,不光彩行为罄竹难书! 诗人那疾恶如仇的凛凛正气咄咄逼人,其鞭挞可谓痛快淋漓,表现出一位革命家的气魄与胆略。不过雪莱的批判多少有点感情用事,虽然激烈却也不能指望从根本上解决什么。这无疑由于涉及信仰之于人生的关系这个复杂问题,远不是单凭一腔愤怒就可一了百了的事。诚然,宗教与科学背道而驰,就如信仰和理性很难拧成一股绳,事实上宗教并不由于科学

---

① 参见雪莱《麦布女王》附于诗后的第 13 条注释,作者用逻辑推论的方式证明上帝不过是根据假定而杜撰的一个名称。邵洵美译《麦布女王》,上海译文出版社 1983 年 8 月版,第 133—147 页。1811 年诗人以"论无神论的必然性"为题将其无神论思想整理发表,结果遭牛津大学当局开除学籍。

进步就销声匿迹,信仰也非因了理性发扬而退避三舍。或许,信仰有着异常顽固的心理基础,存在于人性的极深处:渴念永恒的意向,敬畏神秘的情绪,是非与善恶的感觉之类。从不朽去追求永恒,从精神体验去稳定情绪,从抽象原则去分别善恶,等等,必然衍生出"神"一类的观念——妙在它压根不想以理性的判断为根据。卢梭就断言先于理性的良知向他启示了神的存在,由是而肯定了信仰主义。文艺复兴特别启蒙运动以来,不少思想家无情抨击教会但并不否定宗教的合理性,有的如马基雅维利,甚至主张它在国家生活中应占显要地位;连伏尔泰都声称,即使没有上帝也要造一个出来。我并不以为这是可以指责的,因为显然,此乃把宗教看作社会联结的纽带,而非以其真实性为根据。虽说真实与有用是两码事,然而扎根于心灵深处的东西是不能漠然置之的。雪莱基于对宗教虚伪性的憎恶而对其所作的批判是可贵的,不足之处在于历数宗教过错的同时也一并否定了人类本性中一些属于热情或激情之类精神现象的地位或价值。就纯粹哲学的或者形而上学的意义而言,这未免是对精神生活中一些更深沉的因素例如宗教之寄托情感、净化心灵类功能太过轻视,换言之,等于把人类经验里涉及信仰的那些方面一笔勾销了。

其实雪莱亦并非彻底的无神论者,他相信物皆有灵,这个"灵"蕴含于物之本身。在他的哲学系统里,大如山岳巨石,小如颗谷微粒,也不管有机体还是无机物,统统都是"有活力、有生命的精灵",哪怕最渺小的原子,也有它"说不尽的爱与恨","灵魂是宇宙一切事物共有的因素"。这里,灵不同于宗教神学所谓的始因,即超乎宇宙之外,不受时间限制的"因",而是融化于自然中的"自然精神",这样就否认了超自然的本源,例如基督教的上帝。此乃典型的泛神论观点,也是雪莱宇宙观的根本。泛神论认为神与自然是不能区分的,宇宙间的一切都是神的一部分,世界就是受神,毋宁说自然规律支配的。在《麦布女王》中,诗人把这个支配者称为"必然性";而必然性,即不知"终点、休止、腐朽"为何物的大自然精灵,乃"绵延无尽的万物的生命"。这就是说,大自然作为实体是永恒的,它自有其规律,并不以外力的影响而生、而灭、而转移,相反它的权威却制约着所有的物质或精神运动;在必然性这个实体之外,任何东西都不独立存在,而只能按着各自的归宿之道而运行:

　　　　没有一粒原子的骚动

　　　不是去完成一项切实和必要的任务;

　　　它们只因为必须如此行动,

　　　非如此行动不可,才如此行动。

　　我们的周围混杂着必然与目的,这是差不多在哲学的滥觞期,荷马时代希腊人的观念里就有了的。看来,世界上绝没有无缘无故的东西。这使我想起罗素对斯宾诺莎哲学的一句概括:"一切事物都受着一种绝对的逻辑必然性支配。在精神领域中既没有所谓自由意志,在物质界也没有什么偶然。"[①]显而易见,这与雪莱的诗所表达的意思不谋而合。事实上,雪莱受斯宾诺莎的影响很深,他的诗歌中之随处可见的"精灵"、"美的精灵"、"大自然的精灵"一类泛神论概念,就与斯氏哲学不无关系。同斯宾诺莎一样,诗人完全否认了"所谓自由意志",他在为本诗所作的注释中指出:"自由"之用于精神,类似"偶然"之用于物质,都是从对

[①]〔英〕罗素:《西方哲学史》下卷,马元德译,商务印书馆1976年6月版,第
　95页。

因与果之当然关系的无知中产生的。① 这样看来,那么要发生的就总要发生,一定的未来之到来之如一定的过去之过去一样存在于历史的必然里,并不以人的意志为转移。

这也许会使视人为万物尺度的哲学感到愤慨,因为人仿佛成了一粒无足轻重的原子,命中注定毫无作为。其实,雪莱并没有藐视人类的意思,只不过试图摆脱人本论的狭隘圈子而努力于从形而上学的高度审视世界罢了。事实上,正如某些现代哲学观念所正确认识到的,自打哥白尼之后,尽管人类大大拓展了宇宙视野,但已经没有足够的底气坚信自古希腊时就自许的那种宇宙中心地位了。人类的能力并不是无限的,其活动甚至其认识不可能超出自然规律的范围。这种"必然性"理论,其意义就在于承认自然规律之客观性与规定性;就本诗自身之内在关系而言,则承前述对基督教之关于上帝神话的批判,完成了摧毁神学目的论的工程,另外也为下面所构想的美好乌托邦寻找一个逻辑必然性的支撑点。

三

寻求人类的幸福是雪莱毕生的目标,从此出发,才对黑暗的历史、残酷的现状忍无可忍。但他不是那种狄欧根尼式的犬儒主义思想家,在洞穿世界的荒谬之后一笑置之,超然物外。相反,他的学说不独在破坏,更在建立,批判是与憧憬联系着的。《麦布女王》以极抒情优美的笔调描绘出一个光辉的未来——它便隐藏在

① 参见雪莱《麦布女王》附于诗后的第 12 条注释。邵洵美译《麦布女王》,上海译文出版社 1983 年 8 月版,第 133 页。

那必然的历史进程中。

这是一个比圣经中的伊甸园更富诗情的乌托邦。其中，"融洽的情爱鼓舞着一切生命；大地丰腴的胸脯喂哺万物"；地球上充满福祉，连千万载冰封雪盖的南北极、黄沙无垠的茫茫大荒也出现盎然生机；就是烟波浩渺的沧海汪洋，似乎也一扫万古凄清，溢满轻灵的云朵、欢乐的声音。那个灾难、混乱的世界一去不返，代之以安宁与秩序；物从其类，友好相处：狮子"不再渴求鲜血"，它蹲在太阳底下和温顺的小羚羊戏耍……而作为万物的灵长，人类的变化也许更大，他将永远结束那"一生是一场痛苦郁结的噩梦"之命运，不再被当成货物买卖、当成牛马役使，或者任意遭屠杀；他将解除肉体与精神上的镣铐，甚至不再受欲望、疾病的折磨。"大家平等相见，同仁互惠"。总之，烦恼、悲伤、愚昧、罪恶等侵蚀人的祸患远遁：

　　啊，快乐的地球，真正的天堂！

或许由于这个乌托邦构想过于美好，不免让人觉着好笑。的确，自柏拉图以来最迷人同时最虚幻的空想也莫过于此了。但是如果仅仅把它看作某种诗学上的需要或可说太不了解雪莱，诗人的气质里有种动人的纯洁性与崇高性，他是彻底真诚的。除了艺术的因素外，本诗的预言并非儿戏，至少作为热烈的向往是认真对待的。自然，当作社会前景的蓝图来看它有严重的缺陷，但却是一个不成熟少年人企求不可能事物所致的那种可爱的缺陷，用不着太过纠缠。其实撇开这些不谈，诗人的理想世界也正是其宇宙观念合乎逻辑的发展。泛神论者相信自然的意志趋向于善，而最高的善乃所谓天人合一；人类"因破坏了大自然的规律"而受到惩罚,所以必须与其取得一致方能获得幸福①;随着道德心日益升华完美,这一天终究会要到来。宇宙精神之万古不易的法则在此,由是之故,美好未来恰恰是必然性之逻辑发展的结果。

因此正如前述,雪莱的必然性观念并非意在贬低人类,就像斯宾诺莎的哲学体系也不在否定人的价值一样。实质上,考究人与自然的关系,乃二者所共同体现的精神。斯氏从最高范畴"神"或"自然"这个实体一直推演到人的自由幸福,使本体论落脚于伦理学。在他看来,人之达到幸福,得以自由,必须认识自然,获得与其一致的知识,用知识制服炽情。有几分自决,便有几分自由,因此所谓自由,实际上就是对于必然性的认识。了解这些,对认识雪莱是很重要的,因为这里埋藏着他思想的渊源。诗人相信,到达幸福境界的最大秘密,就在于以"取用不尽的知识学问,启发道德的心灵"。看来幸福并不是一蹴而就的,即使在这样如朝暾之嫣红般的理想王国里;但也并不是可望不可即的,即使在如此黑暗和愚昧的现实中。幸福意味着心灵的圆满,自由乃是理性的充分实现。一旦人臻于此种境界,他就再也没有痛苦,甚至死,也不那么可憎了:

> 必然的死亡轻轻地、缓缓地来到:
> 平静的生命便在它的手触下,
> 一些不呻吟,几乎一些不害怕……

---

① 雪莱在此非常有趣地把人之祸患归结为"违背自然"的食肉习惯,因而主张戒荤而素食,为此写了一篇洋洋洒洒的专论,作为第17条注释附于诗后。见邵洵美译《麦布女王》,上海译文出版社1983年8月版,第160—174页。这套天真得可爱的素食论倒不乏拥护者,萧伯纳就是一例,他认为素食论合于医理,故身体力行,半生不荤。

　　这又与斯宾诺莎"自由的人绝少想到死"①的箴言一脉相通。既然死属于万古不变的必然性,那又何必让它搅扰得心绪不宁呢?让死的恐惧或哀痛缠住心是一种奴役,而对必然性的把握不就是要解除这类奴役?卢梭说:"人是生而自由的,却无往不在枷锁之中。自以为是其他一切的主人的人,反而比其他一切更是奴隶。"②《麦布女王》就意味深长地写到暴君的困恼:身卧龙床却难得有个安稳觉,"睡眠里没有一忽没有梦"。事情就是这样,剥夺了别人的自由并不等于自己获得了自由,人类的不幸从根本上说就因为悖逆了自然。只要人一天认识不到这一点,他就一天不能真正解除精神的锁链。

　　归根结底,理想国的实现也就是天人合一的最高境界的实现。同斯宾诺莎,甚或同卢梭一样,雪莱的哲学无非努力于让全人类接近这种完满;而若达此目的,则就需要"男人与女人,满怀着爱和信心",平等而纯洁地,"登上道德的高峰"。埃文斯认为雪莱最重要的作品《解放了的普罗米修斯》表现的是"道德拯救人类的伟大主题"③,其实《麦布女王》又何尝不如此?道德是这位爱人甚于爱己的年轻诗人改造世界的法宝,他天真地相信它的无穷力量,尽管这个字眼的含义在他那里还过于抽象。无论如何,相信缥缈的世界并非不真实的,必然是一颗绝对真诚的心灵——

　　　　　　勇敢地前进吧,
　　让道德来指点你再接再厉地去寻找

---

① [荷]斯宾诺莎:《伦理学》,贺麟译,商务印书馆1983年3月版,第222页。
② [法]卢梭:《社会契约论》,何兆武译,商务印书馆1980年2月版,第8页。
③ [英]艾弗·埃文斯:《英国文学简史》,蔡文显译,人民文学出版社1984年
　1月版,第89页。

那条条到达这个伟大变化的必经之路……

不妨重复强调,雪莱的魅力恰恰在于那么一种近乎天真的热情,就像《旧约》中的先知一样。

(本文成稿于 1990 年 2 月,刊发于《读书》1990 年第 10 期,初刊有删节;编入本文集,将初刊时删节部分恢复,按原始稿录入)

雪莱《智力美颂》译析

在英国诗史上,18 世纪末叶与 19 世纪前期是个令人惊叹的时代,浪漫主义运动催生、激励一批名垂千古的诗人,如雨后春笋般,于各自范围内开一代清新诗风。在抒情诗领域,雪莱的创作字字珠玑,如其为人纯洁、晶莹、拔俗、飘逸。岁月悠悠,多少远年陈迹湮没不彰,他智慧的产儿却越来越显出灿烂光辉,启迪人的心灵、洞照人的思想、激扬人的斗志。在诸多诗篇中,《智力美颂》乃其代表作之一,堪为英语诗的翘楚。从此诗体察大师的思想、气质与风采,或可曲径通幽、事半功倍。兹作译析(原诗附篇末),以为品鉴。

智力美颂

一

一种不着形迹的力的威严倩影
　　虽不可见,然确乎游荡于我们之间
　　拍着轻飘的翼造访幻化莫测的世面
犹然夏季的风在花丛卉圃之罅穿行,
　　犹然月的光在咻响的山林后面兜容,
　　它以闪烁不定的瞥视环顾

每一个世人的心灵和面目；
宛若迟暮的交响乐和夕照的彩色斑斓，
　　宛若云朵悬于星光四射的天际，
　　宛若乐音散去而仍留给记忆，
　　宛若事物因了美好而可亲，
更由于神秘缥缈而愈加显得爱近。

二

美的精灵呵，以你的全部彩色照亮
　　人类的形体或思想，使其庄严神圣
　　然而你呀——却不知向何方潜行？
为什么你匆匆经过便离开了我们的国邦，
留下这旷茫的泪之谷，如此虚空和荒凉？
　　试问为什么阳光不长久
　　将霓虹披挂于河流山丘？
为什么事物终将要显示出衰颓与凋零？
　　为什么恐惧、梦幻，以及生与死
　　给这白昼的大地光明投下蔽日之
　　阴影——为什么人类如此"谨矜"：
为这么多的爱情与仇恨、沮丧和希望操心？

三

从没有一些来自崇高的世界的声音
　　就此给诗人和贤哲以答复——
　　因而梦魇、鬼影、天堂这类名目，
就成了他们进行徒劳探索的记录本，

脆弱的符咒,其魔力不能够使之离分,
　　那为我们耳闻目睹的一切,
　　疑虑、命数和无常感觉。
只有你的光,宛然飘行于峦峰上的雾,
　　抑或被夜风吹送的美响——
　　通过乐器的琴弦不断流淌,
　　抑或月光洒遍黉夜的溪水,
对人生摇荡的梦境,你赋予真谛与陶醉。

四

爱情、希望和自尊,似来去匆忽的流云,
　　在所租借的瞬间里飘忽逡巡。
　　人,不朽与全能应该绝伦,
只要你,纵使你神秘而庄威,
和你光荣的随员定居在他的心。
　　你是同感和共感的信使,
　　它们在情人眼里亏盈有时——
你——对人类的思想不啻是滋补品,
　　像黑暗之于将熄的火堆!
　　不要离去,一如你宾至如归,
　　不要离去——免得坟墓相类
生活与恐惧,那才是真正的漆黑。

五

当我还是个顽童,就为了寻找幽灵
　　惊警地穿过许多谧室、废墟、洞窟,

和星夜的树丛，缩拢着畏怯的脚步
怀着与离世的死魂高谈阔论的侥幸。
呼唤着在儿时领教过的有毒的名称；
　　但无人听我——我也看不见什么
　　当深深冥想着人生的问题多多，
在这甜蜜的时间风儿吹着婚爱的乐曲。
　　它们带来鸟鸣花开的讯息丰富——
　　突然，你的身影脱落在我面前；
销魂中我失据地尖声欢呼、紧握双拳！

六

我起誓要将全力奉献给你和你的随从——
　　难道我没有恪遵我神圣的誓约？
　　甚至现在心还大跳，泪水潸然滚落
我呼唤着千年的魂灵，从无声的坟茔
一个个鱼贯步出：在那幻觉的园亭
　　有我苦读的热忱或爱的欢愉
　　看着我进出"嫌嫉的"夜幕——
他们晓得从没有欢乐照亮我的前额：
　　倘使未能连系起将把这个世界
　　从黑暗的奴役中解放出来的希望。
　　那么你——噢，可敬畏的神奇，
就快赐予无论什么文字亦无法表达的东西。

七

当正午过去，白昼就变得更为肃静

和沉寂——有种和谐的乐声蕴藏

秋季,也有种光泽闪烁在穹苍,

这是为整个夏季无法听到或看到的奇景,

仿佛它不可能产生,实在它也没有产生!

故让你的力,宛若自然的真谛

从年轻时代它就赐我以启示

降下来吧,给我那未来的生活灌装

它的安谧——既然对你如此崇拜,

以及所有包含着你的每一形态。

啊,美的精灵,你之魅力

使我疑惧自己,而虔诚地爱着人类全体。

　　一般地说,古今中外,几乎没有一个大诗人不是推崇美、热爱美的;然而,像雪莱那样始终不渝,而且近乎痴情地对美膜拜顶礼的,似乎并不多见。诗人的全部诗作尤其抒情诗作差不多都包含之于美的崇拜,不妨说,颂美,是贯穿雪莱创作的一条红线,《智力美颂》即为例证。

　　此诗大约于1816年夏季在瑞士写成,翌年1月19日,同《罗萨琳德与海伦》一起刊于利·亨特主办的《考察者》。它是那么集中地表达了诗人对智力之美的态度:赞叹、景仰和向往。

　　全诗7节。第1节,描述智力影子(理智的拟人化与形象化),即所谓“力的威严倩影”之存在。诗人不暇呼吸,一连串地用七个不同凡响的比喻,赋予那“不露行迹”的智力之影以独有的形象感,这“形象”的特点是似真如幻、缥缥缈缈,仿佛就在面前,又仿佛压根没有这回事:与其说用眼睛看见了它,毋宁说用感觉捕捉了它。因为事实是,这描写的东西究竟不过是种看不见摸不着的抽象之物,然而,它又确乎存在于人群之中——有生灵亦即有智力。不要忽略了那接二连三的排比,用以作比的物——穿行于花丛间的风、隐现于山林间的月光、朦胧的夕照和易逝的音乐等等——均属缥缈难测之列。但不得不承认,此类物象比喻智力之影,则再逼肖不过了。妙在它们无不具不可思议之美,尽管大都无形或至少没有定形;除了云朵、夕照与月光,还是看不见的。这类物象的美应主要诉诸意识,主观性强,因此就能较妥帖地衬托出诗要歌颂的东西即"智力美"的美。此节颇轻巧地进入主题,也为本诗的虚幻、朦胧、神秘铺下了基调。

次节,劈头使用一个跨行的问句向智力——美的精灵——发出一个无可奈何的诘问,或者不如说,一声喟然长叹,从而犹春汛迸发,滔滔如注引出一串疑问。首先应该特别注意,诗人赋予智力以无比崇高的地位:人之所以为人,他能够摆脱愚昧迷信,他能够在万灵之中有幸成为最值得惊叹的生物,并非如宗教所诩扬的是什么上帝的杰作、神意的恩赐,而完全仰仗人类自身高度发展的智力。这就有力地抨击了宗教邪说,粉碎了愚顽迷信。如果宇宙间真有什么上帝,那么这个上帝不是别人,正是智慧发展趋于完美的人——全能而且不朽。其次还要留意"精灵"(spirit)一词。在雪莱的诗中,也许这是个惯常碰到的词汇之一,的确,诗人屡屡爱用而且用得很宽泛。有时它指精神,有时则指各种事物的"灵魂",有时又专指幽灵、鬼怪、神灵抑或妖精等等。在这里,显然为某一抽象概念的拟人,它反映了作者的泛神论观点,当然主要的,还是修辞的需要。

接下来的一连串疑问,应是第一问句(即智力美"不知向何方潜行?")所导致的必然结果。我们发现,该串层层递进的问题所展示的情形,都是与美或者说美的事物、美的理想截然相反的现象,即便不能称之为丑,至少是无法令人心旷神怡者。它们代表人世中的无常,生活里的低贱、卑微和自私,一句话,与"美"是格格不入、冰炭不容的。可是,既然人具备着"智力美"这神圣的尤物,何以不能杜绝此类现象呢? 换言之,那"美的精灵"为何不可以长驻呢? 这正是使诗人困扰、迷惑,也是让其惋惜、慨叹之所在。不错,世间存在着邪恶、压迫、欺骗、自私、懈怠,自然界的无常也不时使人惴惴不安并在其心中投下阴影,所以,我们居住的这个美丽的世界,在西人观念里,是常被称为"泪之谷"(vale of tears)的。雪莱是个心灵纯洁的诗人,他爱人类,愿望世界及人与人之间呈现永久的和谐。正因为如此,如许世界的荒谬才引起他的思虑和不安。这一迭连声的疑问,反映了诗人对自然规律、人类命运的探索与关注,反映了他求真的精神。诚然,因为他并没有掌握解开历史发展、社会矛盾规律奥妙的钥匙,所以便无法也不可能找到正确的解释。在诗人看来,由于人们的无知、迷信,不能使智力之美永驻,才最终导致一团乱糟糟的世界。这当然是唯心主义的圆解,并没有抓住事物的真正要害。

仔细吟诵,不难体会,在这节诗的内在脉息里,似乎有一种无名的忧郁和怅惘流贯。雪莱大部分的抒情诗,往往都多少带点类似伤感的情调,关于其产生的原因及性质,兹不必也不能作细致深入的探讨。但可以肯定,这种悒郁的气氛丝毫无法减损雪莱诗作的价值,倒是相反,常常增加它的美丽。或许,此正应了诗人说过的一句话:"最美妙的曲调总不免带有一些忧郁……悲愁中的快感比快乐中的快感更甜蜜些。"①

---

① [英]雪莱:《诗之辩护》,缪灵珠译,见《缪灵珠美学译文集》,中国人民大学出版社 1990 年 6 月版,第 168 页。

　　第 3 节承上,就所提出的一系列问题断言,世界上并不存在什么神灵的启示,即使对于诗人和贤哲,同样如此。读此不禁想到,宗教中人往往捏造诸如"先知""圣灵"一类的神话,甚至自称为上帝在尘世的代表,可谓完全的愚弄说辞。雪莱对宗教的荒谬和欺骗历来深恶痛绝,正是这个"不信神"的"疯子",又一次用他深邃的思想戳穿了这类虚假的"神圣的谎"。人类基于无知和迷信,常常进行徒劳无功的探索,然而能解决什么问题呢? 除了臆测和杜撰出"梦魇、鬼影、天堂"一类荒唐的名目,对于正确地理解世界、解释人生,难道有丝毫神益吗? 即使历来的那所谓贤哲,同样摆脱不了迷信的遮目云障,不乏尚未研究便套上宗教之索而陷入谬误的泥坑者,那么这样的研究也就只能是在迷宫中的胡乱摸索。由此我们似乎感到,诗人对几千年来人类试图解开世界与人生奥秘的全部努力似乎并不满意,对前人所遗赠的知识亦存在怀疑。雪莱并非一个不可知论者(虽然他很受神秘主义的影响),亦并非对人类的文明与进步全盘否定。恰好相反,他无比渴望了解世界,不过在上下求索的漫漫长途上感到困扰甚至迷惘罢了。因此,他的怀疑一点也不奇怪。的确,像雪莱这样始终不渝地追求真理的诗人,怎么能不对自然与社会的种种现象以及前人做过的诸种努力来上一番自己的究索与审察呢? 那么,诗人又怎样看待宇宙之万象呢? 显然,在他,唯有智力之美是真实的、永恒的和神圣的:

　　　　只有你的光……

　　　　　　对人生摇荡的梦境,你赋予真谛与陶醉。

　　如果人必须要有宗教,如果人必须要有上帝,那么对诗人而言,美,就是他的宗教、他的上帝。诚然,雪莱关于美的理想是极其抽象的,但是他能够把这理想与自己相信历史是不断进步的社会观点联系起来。这似乎表示出：现实虽然充斥着丑恶，可美却时常光顾、永远存在，正所谓"无知和谬误的短暂，天才和美德的永恒"①。正因为如此，人生（尽管时常伴着梦魇）才从来不是绝望的；人生里有真，亦有美。借此，人可以不断提高和改善自己，人的智慧最终能和宇宙的意志和谐一致。雪莱的伟大在于，他能够以诗人的慧眼发现并挖掘出自然的、宇宙的而尤其人类自身智慧的——美。诗人说过："做一位诗人，就是领会世间的真与美。"②他做到了这一点。

在第 4 节，诗人进一步颂扬智力美之于人类的特殊重要意义。照他看来，人，是应该不朽并且全能的，而要实现这一愿望，则必须依靠智力美及其属性（随员）久驻于人的心中。看来，智力美无异于人的灵动之魂：人因灵魂而活着，灵魂则靠智力而完善。因此诗人断言，它是人类思想之"滋补品"，二者的依赖关系就像"黑暗之于将熄的火堆"。既然智力之美对于人类是那么的重要，所以后两行便出现了深切的恳求：

　　　不要离去——免得坟墓相类

　　　　生活与恐惧，那才是真正的漆黑。

这里须得注意，雪莱认为，人死后灵魂犹存，尚有精神的世界在；并因痛恨他所处的社会，便认定生活是黑暗，是摇荡的梦魇，而坟墓则埋葬它们，故是对于黑暗的否定。两相比较，倒是"坟墓"不是完全的漆黑。然而，如果没有理性，没有高度发展的

①〔英〕雪莱：《〈伊斯兰的起义〉序言》，王科一译，上海文艺出版社 1962 年版，第 2 页。

②〔英〕雪莱：《诗之辩护》，缪灵珠译，见《缪灵珠美学译文集》，中国人民大学出版社 1990 年 6 月版，第 141 页。

智力驱散昏暗，即使"坟墓"埋葬了一切，也还不过是以黑暗代替黑暗。归根结底，人类想要彻底解放自己，非有高度发展的智力不可。

　　第5节，诗人追溯自己的童年。那时，还不谙世事的雪莱，就已经对这个神秘的世界充满了破解的渴望、探索的勇气。他不满足于传说或书本灌输的有关鬼怪的意识，而要亲自寻找它们。应该清楚，雪莱是个好对任何事物（尤其虚幻和神秘的事物）寻根究底的人，并且"乐于使日常宁静的事物充满神秘色彩"①；"那些巫婆和鬼怪之类的故事，曾在雪莱神经过敏的孩提时期把他吓得惶惶不安。但他越是害怕鬼怪出现，就越是硬要自己蔑视他们。"②——雪莱的传记作者写道。诗人自己也曾说过："我从童年时起就熟悉山岭、湖泊、海洋和寂静的森林。我与'危险'结成游伴，看它在悬崖峭壁的边缘上嬉戏。"③此亦即鲁迅先生所谓的"方在稚齿，已盘桓于密林幽谷之中，晨瞻晓日，夕观繁星……"④的根据。由此便不难理解他何以期望同死魂"高谈阔论"，又何以敢于呼唤"在儿时领教过的有毒的名称"（这"有毒的名称"指的就是妖魔鬼怪等毒害正常智力的概念）。尽管他一无所获（也只有如此）："但无人听我——我也看不见什么——"然而却并不能中止爱作哲学冥想的诗人对于世界和人生的思索。于是接着写道，

①［法］莫洛亚：《雪莱传》，谭立德、郑其行译，上海文艺出版社1981年12月版，第10页。

②同上书，第11页。

③［英］雪莱：《〈伊斯兰的起义〉序言》，王科一译，上海文艺出版社1962年版，第5页。

④鲁迅：《坟·摩罗诗力说》，《鲁迅全集》第一卷，人民文学出版社1981年版，第86页。

在一个万物骚动、花开鸟鸣的初春时节,他正在推究生命之奥秘,突然感到一种精神的高度融和,便在销魂中情不自禁地握起双手欢呼起来——智力美的精灵降临面前。

　　在第6节,诗人又进一步集中地表述了他对于智力之美的无比崇敬和无限忠诚,把自己无条件地交给智力美,自视为"神圣的誓约"。多少个漫漫长夜,为了追求、寻觅"美的精灵",沉醉学海,彻夜不倦地钻研典籍,以致他的书斋变成了彻头彻尾的爱情和课读的"园亭"。所以如此,是因为他对人类充满着深沉的关爱,"他对他同类的怜悯,激起他更大的热忱。这世界充满着苦难,引起了他的同情,他亲眼看到穷人的痛苦,认识到无知的坏处"①。他渴望着、梦想着这样一天,世界的黄金时代终于到来,人类永远解除了"黑暗的奴役"。一想到这样的情景,就激动得心跳以致落泪。从此真挚炽烈的诗句中,我们似乎窥到雪莱那颗泛爱人类的大心,感到他渴望美好未来的热情的澎湃。诗人对世界、对人生爱得剧、爱得切,假如不能够有效地连接起把这个世界"从黑暗的奴役中解放出来的希望",那么就难得高兴,当然欢乐也上不了其颜面。可见,他的悲泣、愁烦,还有他的欢愉,无一不同世界的命运、人类的前途捆在一起。正是基于如此感情,这节诗的尾处,才又一次向智力美发出乞求:

可敬畏的神奇,

　快赐予无论什么文字亦无法表达的东西。

　　末节,诗人以优美的笔触描绘出一幅肃穆而和谐的良辰美景

①〔英〕玛丽·雪莱:《〈麦布女王〉的注解》,《雪莱诗集》,牛津大学版。何如译,见《外国文学教学参考资料》第三册,福建人民出版社1980年10月版,第189页。

（安恬的秋日的下午）。凭借这美好的时刻，诗人又一次也是最后一次向他所颂赞的"美的精灵"恳请："降下来吧……"为了未来！在雪莱看来，只要智力的美长驻人间，就会永远结束人类以往的那些令人惶惶不安的日子而得到安静与和谐。最后两行是值得注意的：正是这所谓"智力美"，净化了诗人的思想，使其能够从疑惧自己到自我克制，使心智日臻完善，以致坚贞执着地热爱全人类。"美的精灵"之力被升华到一个新高度，即净化心灵、明辨美丑，从而收束全诗。

　　吟诵整篇，必会深刻感到，这是一首何等热情勃然的颂歌啊！在诗人笔下，似乎有一个超凡入圣的世界，而这世界的主宰者，不是面孔威严的"上帝"，而是团空幻的灵气。虽不具形体，却使你隐约觉得像童贞一般圣洁，像少女一般美丽，像春天一般朝气蓬勃。它赋予生命以意义，赋予心灵以智慧；大地没有它就默然黝黯，心智失去它即浊而昏昧。这实在是个至高的境界，超脱于世俗而单凭精神遨游的境界。诚如鲁迅先生所说：雪莱，"趁其神思而奔神思之乡；此其为乡，则爰有美之本体"①。这"神思之乡"，难道不正是雪莱膜拜的智力美所驰骋的境界吗？而"美之本体"，不是也正包含着此诗所颂赞的"智力美"吗？

　　这似乎有点失之玄奥。事实上，雪莱的许多诗，不少是带有浓重神秘色彩的，本诗即为一个典例。它"奇异地构制在形而上学哲学的基础上"②，按照一种玄妙的推理塑造和歌颂一种玄妙

①鲁迅：《坟·摩罗诗力说》，《鲁迅全集》第一卷，人民文学出版社 1981 年版，第 85 页。

②查良铮：《〈雪莱抒情诗选〉译者序》，人民文学出版社 1958 年 10 月版，第 3 页。

的形象——智力美。何以至此？需要从诗人崇奉的柏拉图唯心主义哲学探究。

从哲学观考察，雪莱倾向唯物主义，或可说此为他一生乐观主义的基础。然而，唯心主义理念也时常纠缠他那本来即属哲学家头脑的思维，其辩证思想一直受着某些形而上学概念的束缚或影响。命运的乖蹇、生活的酸涩，使他那颗敏感的心备受折磨。在如此情况下，他找到了柏拉图哲学（柏氏哲学不啻是个遁世的避难所）。雪莱是非常推崇这位古希腊伟大哲人的，何况柏氏哲学很投合他不为同代人所理解而造成的悒郁心情。众所周知，柏氏哲学认为：人所接触的客观世界的一切仅仅是种假象，是理念或精神的投影；真正永恒、实在、完美的是"理念"或"精神"的世界，唯其才绝对真实与可靠。这往往导致人把心思倾注于理想或想象，换句话说，将眼睛盯着未来而忽视现实。雪莱夫人说得好："雪莱很像柏拉图，两人都从抽象与理想中比从特殊与具体中得到更大的愉快。"①很明显，《智力美颂》吟叹的便是柏氏哲学的神秘体验，一种唯心主义的精神美。诗中所谓的"美的精灵"、"庄严的美"实则为一样东西，就是作者感到的宇宙精神，即柏拉图式的"理念"或"精神"世界。无疑，在诗人看来，这种宇宙精神是改造世界的法宝，那不完善的、灰冷的人世只有凭借它的光才会趋于合理与和谐。因为，宇宙就是"美"，周天循运，美存在于伟大的周而复始；以美和心灵中的"善"抗拒物质奴役及社会邪恶，才是人生之真谛。不妨说，《智力美颂》是作者推究宇宙秘密、寻求自然

---

① [英]玛丽·雪莱：《一八三九年第一版诗集序言》，《雪莱诗集》，牛津大学版。何如译，见《外国文学教学参考资料》第三册，福建人民出版社 1980 年 10 月版，第 183 页。

规律从而进行改造世界的工作之认真探索的形象体验,只不过这个探索是通过唯心哲学的形而上学途径进行的罢了。

本诗艺术上的最显著特点是丰富奇伟的想象、瑰丽而带有哲理意味的语言,这当然也是雪莱大部分诗作的共同特点。受华兹华斯、柯勒律治影响,他特别推重想象,认为"一般说来,诗可以解作'想象的表现'"①。驰骋于诗中的想象几乎随处可见,不妨说,作为一个整体,它便是想象的产物。诗中许多不同凡响的比喻,足资证明诗人想象的才气何等辉煌。雪莱夫人也说:"在他的诗歌中常常可以看到——奢侈地运用想象力。"②至于谈到瑰奇而哲理化的语言,也是显而易见的,第2、3、4、7诸节尤为明显。所以如此,是因为诗人同时是位喜欢冥想的哲人。不过,哲理笔调,往往造成其一部分诗作过于晦涩难解,某种程度上减弱了诗的明朗,本诗似乎亦有此种迹象。

在形式上,此诗也同雪莱多数抒情诗一样,是极为完美而严整的。全诗7段,每段都以相同的行式、格律甚至韵脚来排列。单是外形,就给人以均衡、匀称之美感,仿佛矗立的7座大厦。这种结构严谨的"建筑美"不仅是直观的,而且也自有其缜密的内在规律。于音韵、节奏方面,既舒缓平展,又抑扬有致:时而流畅如潺潺溪水,时而沉郁似切切琴诉,时而委婉犹峰回路转,时而平静像月洒大地。如第1节连续的比喻宛细流慵淌,有缠绵不绝之

---

① [英]雪莱:《诗之辩护》,缪灵珠译,见《缪灵珠美学译文集》,中国人民大学出版社1990年6月版,第139页。

② [英]玛丽·雪莱:《一八三九年第一版诗集序言》,《雪莱诗集》,牛津大学版。何如译,见《外国文学教学参考资料》第三册,福建人民出版社1980年10月版,第183页。

感;第 2 节并排的问句则如旋律的展张,有一气呵成之妙;第 5 节的追述因拉开了时间和空间,读来别开生面;末节的描绘则温雅妩媚,恬淡中有热烈,吟罢似还余音回旋。总之,原诗和谐悦耳、朗朗上口,既有音乐性,又富装饰美,一切都那么恰到好处,简直是阕用音节而非音符谱成的奏鸣曲。

《智力美颂》作为人类精神的赞歌,以它色彩浓烈的外表、真情洋溢的内蕴、空灵高扬的诗意,使其在长逝的时流中,似烛照夜空的长庚,熠熠闪烁,伴随雪莱的名字永垂不朽。

【原诗】

HYMN TO INTELLECURE BEAUTY

I

The awful shadow of some unseen Power

　　Floats though unseen among us,—visiting

　　This various world with as inconstant wing

As summer winds that creep from flower to flower,

Like moonbeams that behind some ping mountain shower,

　　It visits with inconstant glance

　　Each human heart and countenance;

Like hues and harmonies of evening,

　　Like clouds in starlight widely spread,

　　Like memory of music fled,

　　Like aught that for its grace may be

Dear, and yet dearer for its mystery.

II

Spirit of Beauty, that dost consecrate
　　With thine own hues all thou dost shine upon
　　Of human thought or form, — where art thou gone?
Why dost thou pass away and leave our state,
This dim vast vale of tears, vacant and desolate?
　　Ask why the sunlight not for ever
　　Weaves rainbows o'er yon mountain — river,
Why aught should fail and fade that once is shown,
　　Why fear and dream and death and birth
　　Cast on the delight of this earth
　　Such gloom, — why man has such a scope
For love and hate, despondency and hope?

III

No voice from some sublimer world hath ever
　　To sage or poet there responses given —
　　Therefore the names of Dream, Ghost, and Heaven,
Remain the records of their vain endeavour,
Frail spells - whose uttered charm might not avail to sever,
　　From all we hear and all we see,
　　Doubt, chance, and mutability.
Thy light alone - like mist o'er mountains driven,
　　Or music by the night - wind sent
　　Though strings of some still instrument,
　　Or moonlight on a midnight stream,

Gives grace and truth to life's unquiet dream.

IV

Love，Hope，and Self—esteem，like clouds depart
　　And come，for some uncertain moments lent.
　　Man were immortal，and omnipotent，
Didst thou，unknown and awful as thou art，
Keep with thy glorious train firm state within his heart.
　　Thou messenger of sympathies，
　　That wax and wane in lover's eyes —
Thou - that to human thought art nourishment，
　　Like darkness to a dying flame！
　　Depart not as thy shadow came，
　　Depart not - lest the grave should be
Like life and fear，a dark reality.

V

While yet a boy I sought for ghosts，and sped
　　Through many a listening chamber，cave and ruin，
　　And starlight wood，with fearful steps pursuing
Hopes of high talk with the departed dead.
I called on poisonous names with which our youth is fed；
　　I was not heard - I saw them not —
　　When musing deeply on the lot
Of life，at that sweet time when winds are wooing.
　　News of birds and blossoming，—

Sudden, thy shadow fell on me;
I shrieked, and clasped my hands in ecstasy!

VI

I vowed that I would dedicate my powers
　　To thee and thine - have I not kept the vow?
　　With beating heart and streaming eyes, even now
I call the phantoms of a thousand hours
Each from his voiceless grave: they have in visioned bowers
　　Of studious zeal or love's delight
　　Out watched with me the envious night -
They know that never joy illumed my brow
　　Unlinked with hope that thou wouldst free
　　This world from its dark slaving.
　　That thou - O awful Loveliness,
Wouldst give whate'er these words cannot express.

VII

The dry becomes more solemn and serene
　　When noon is past - there is a harmony
　　In autumn, and a luster in its sky,
Which through the summer is not heard or seen,
As if it could not be, as if it had not been!
　　Thus let thy power, which like the truth
　　Of nature on my passive youth
Descended, to my onward life supply

Its calm － to one who worships thee,

And every from containing thee,

Whom, Spirit fair, thy spells did hind

To fear himself, and love all human kind.

（本文成稿于 1982 年 10 月,刊发于《聊城师范学院学报》1982 年第 4 期;编入本文集,文字有改动）

超凡·俊逸·空灵

——《致云雀》译析

　　英国抒情诗中的绝响、雪莱的神来之作《致云雀》一向为诗家、诗评家所称道,它委婉地表达了诗人的抱负、情怀、理想、追求、哲学或美学的观点,作为一件完整的艺术品,达到了美善相谐水乳交融的程度。吟诵之,它有种沁人心脾的清新之美;回味之,则有种启人向上的益智之妙。以下译析此诗(原诗附篇末),作为赏鉴。

致云雀

快乐的精灵,向你欢呼!
你从来就非凡俗的禽族,
从天国,或天国近处,
倾泻你胸臆满腹
如许丰富的心曲,不假思索,即兴吟吐。

高,再高! 若火云一团
你凌空扶摇直上
从大地直插九霄云端;

在那碧蓝的穹苍，
你一径高唱着奋矗，奋矗着高唱。

渐次沉落的太阳，
道道金光倏闪，
天幕流霞灿烂辉煌，
沐浴其中穿行盘旋；
仿佛欢乐无形，开始你途程邈漫。

熹微淡淡紫霭错萦
伴你翻飞渐次融消；
如长空的一颗星辰，
缀于黎明迢递缥缈
不见尔容，却能听见尖脆的欢叫；

声音锐利类乎利箭
那太白星的银色"飞矢"，
晨星流光孤寥浅淡
在曙色开朗破晓时
直到几乎难于寻觅——理智却仍感知依稀。

无论大地还是大气
响彻你的声音高亢，
佛仿虚空的暮晚夕，
从一片寂寥的云障
月洒银辉似阵雨，昊宇顿然漾满蟾光。

我们不晓得你是什么；
　　还有类乎你的是何神圣？
　我即使从虹云有霓彩飘落
　　也比不上你的啼鸣
那悦耳的"声雨"一般明洁晶莹。

　有如一位诗人
　　深居于思想的光辉，
　甘心作诵诗情诗魂，
　　直到引起普世感喟
关于往昔那毫不为人理会的希望和惧馁；

　俨若名门千金
　　藏娇在闺楼深宅，
　春思愫窦撩拨芳心
　　难以为情聊无赖
让甜蜜如爱情的音乐溢漾闺台；

　宛若金色的流萤
　　出没于露浓小谷，
　散射微光明灭轻盈
　　它那缈幻的色素
在野花绿草丛中,欲藏还露！

　似一朵玫瑰弄影花墙
　　摇曳于枝繁叶翠，

热风裹挟它的芬芳，
　　岂料释放的花菲
以太浓的馥郁把那"窃香者"熏醉；

　　无论春霏的淅沥
　　　沐洒水光闪烁的草地，
　　还是落雨聒醒花之梦呓，
　　　所有那称得是
愉快清澈鲜明的声音，都无法与你相比；

　　告诉我们，精灵或是禽鸟，
　　　何为你甜蜜的思索：
　　我从来没有听到
　　　爱情抑或醇酒的赞歌
有你倾吐的狂欢的乐涛这等神绝。

　　纵使婚礼的合唱，
　　　或者凯旋的乐潮，
　　全不过空洞的夸张
　　　一旦与你的声音比较，
我们感到那里总有着某种潜在的粗糙。

　　到底是何尤物
　　　作你欢乐曲调的泉源？
　　什么长空或旷野之形素？
　　　什么大地、波涛、山巅？

什么是你独具的爱情？什么是你疏远的伤感？

禀赋纯净强烈的欢情
　　哪会有倦怠留歇：
烦郁的阴影永远不能
　　靠近于你的身侧：
你爱——但从来不懂爱太过度亦生悲切。

无论醒寤还是酣眠，
　　对于死亡你定会认为
它比人类的梦幻
　　更为真实而深邃，
若不，你的歌如何流泻如明澈溪水？

我们瞻前又顾后，
　　为子虚乌有所困苦：
即令最诚恳的笑逗
　　亦掺和些痛楚；
最甜蜜的歌是道吐了心愁的曲目。

纵使我们能够嘲讽
　　仇恨、傲慢与怯懦；
纵使我们生来未曾
　　抛珠滚玉泪洒过，
然而依然不知如何理解你的欢乐。

比所有那些愉快的

　声音曲调都好，

比从书中所能找到的

　箴言警句还好，

之对诗人，你尘世的讥嘲者哟，技艺何等神妙！

授予我吧，哪怕半些欢腾

　你灵智所精通的技巧，

如此狂烈的和声

　从我唇间流泻滔滔

那时寰球都将听到——诚如即刻我正自领教。

　　本诗作于 1820 年，凡 21 节 105 行。以描摹、叹赏云雀甜脆美丽的歌声为主体，表达诗人向往纯粹境界、追求光明未来的志趣。其意境之超凡、形象之俊逸、诗思之空灵，可谓登峰造极。

　　开首一节，诗人便放抒情怀，向那"快乐的精灵"——云雀——致以欢呼。云雀是种善高飞、长啼鸣的鸟，往往从极高的空中传下清脆的唧啾。诗人准确地抓住这小巧生灵的两个主要特征并加以诗化："从天国，或天国近处……"极言飞得高，声音就像来自空蒙，由是突出了云雀的不同凡响；而说它不假思索地即兴倾吐"丰富的心曲"，则不独说明此鸟喜叫，更在强调它无忧无虑的性情。禀此二者，故其被称为非人间之物，即从来不是普通的鸟。美声来自天国，发声体天性使然，两点都很关键，雪莱所要表达的中心意思大致如此。这相当委婉、非常巧妙地为全诗铺下总的基调，暗示出基本思想。

　　次节点睛描写云雀高飞之状貌。"高，再高——"、"从大地直

插九霄云乡"，正是该小鸟翱翔长空的最准确写照。诗人强调它
工于高翔，更突出其边飞边唱——

> 你一径高唱着奋翥，奋翥着高唱。

这是云雀的形象，是弃绝了人世悲凉的无忧者的形象，是永
远鸣叫着、奋飞着的精灵形象，或者，它干脆就是雪莱的形象——
准确地说，乃为他向往的形象！的确，有谁否认这恰巧是诗人的
形象？雪莱，惯于游离于现实之外的一个理想存在，他素常从纯
真和美的观点去看世界，就此而言，还有什么比云雀更仿佛雪莱
的呢？并且，这位永远属于未来、属于欢乐的行吟者，他不是也如
云雀那样总是不停地歌唱吗？

接下来的两节，描写沐浴在夕照的斑斓中正飞腾着的云雀。
呈现在读者眼前的，是一幅妙不可言的图画：紫霭淡淡，暝色稀
薄。然而它的美并不仅止于此，犹如布谷的啼鸣给春之旋律增加
亮感，云雀的歌声则赋予恬静柔和的薄暮以活跃的气氛，使本来
静的变成了动的，无声的变成了有声的。诗人把歌唱的云雀视为
"欢乐无形"，暗示出它愉快的性格，并让人联想到如此空灵的声
音只存在天堂而难留驻人间。或许正由于如此性格，才使惯于眷
恋长空、鄙却凡尘的鸟儿如拂晓的星星，稀寥而难寻，故诗人写
道，只能听见它（尖脆的欢叫），而不能看见它。

该节写到云雀的脆鸣，承此，第5节专用一个比喻（若金星之
光）拟状鸟语的尖脆特征。本小节相当精妙，妙就妙在造成一种
意境：鸟去远了，鸟语亦消失了，然而它却如"曙色开朗"时的星光
留给人以视觉印象，尽管隐而难觅，却依然不绝于耳，因为它存在
意识之中，"理智却仍感知依稀"——这里有个问题，即理智所感
知的（原文中 it 指代）究竟为何物，是强烈的"晨星流光"（intense
lamp），还是上文"尖脆的欢叫"（the shrill delight）呢？有人以为

指前者,有人以为指后者。可见两种理解都讲得通。其实把二者调和起来也未尝不可,因为在雪莱的意念中,它们所代表的无疑属于同一类空灵的东西——我们仿佛觉得诗人在屏息凝神,用思想,不,用心灵,用蕴藏在精神世界里的爱,用净化了的感情——来谛听、寻觅,所以简直——"此时无声胜有声"了……雪莱是个重视心灵纯洁和内部回溯的人,其作品无处不留下心神活动的痕迹,要感受它、理解它,当应该甚至必须像他那样用一颗纯粹之心。

云雀的歌声随其升腾远去而渐消隐是暂时的,它肯定还要返回。果然,在 6、7 两小节,鸣啼又回荡了,而且是喷涌倾泻而至。雪莱是个善用比喻的高手,已屡屡见于上文造成美妙意象的譬喻复在此出现(下文还将连连涌现):用透穿乌云像落雨一般骤然洒下的月光比喻云雀之声的急促节奏,使人联想到休止音符之后乐队的突然轰鸣,它造成特别强烈的音响效果,不能不使人产生身临其境之感;而要突出云雀音色的晶莹明亮,则把它与虹雨相比。这一切不外为了凸现云雀曲的神妙和脱俗,从而引征诗人的疑问:

我们不晓得你是什么;

还有类乎你的是何神圣?

此乃对于主题的深化:云雀,无异于神灵之物,与尘寰是根本绝缘的。

接下来的五节(8—12),列举数种事物或形象并将它们分别与云雀及其歌声相比拟、相对照,以揭示该非凡的鸟和鸟语的某些特殊性质,从而表达作者个人的思想与情怀。首先与诗人——那在自己的思想指导下甘心为人类引吭高唱的歌者——相比:他任劳任怨,要用思想的甘露教化、滋润人心,唤醒沉睡的感情,激起普遍的共鸣。诗人,作为生活的导师,他的职责理应如此。这里出现了雪莱一向持有的观点。其实,他就是这样一位诗人,为文既不图利也不求名,写诗并加以发表,手段而已,他称:"目的则在于传达我和他人之间的同情;而这种同情正是我对于同类的强烈无边的爱激励我去争取的一种感情。"①而这种同情正是诗人受对于同类的强烈无边之爱激励而去争取的一种感情。雪莱的诗作之所以至今能够拨动人们的心弦,也许奥妙就在于此,他抒发的是全人类的感情,包括往往为人所忽视的"希望和惧馁",而歌颂的则是永为世人所珍爱的真、善、美! ——这个比喻突出了云雀大公无私、只知道为世界带来快乐的一面。其次与深闺中的青春女郎相比,那女郎正于夜阑的寂静里唱着思春的小曲。本诗虽然写的是闺愁中的少女,其实也是诗人的自况。雪莱,一辈子崇拜真善美,一辈子竭尽全力,"用他的同情与爱来使悲惨的人生欢乐"②,然而,在坎坷的命途上执着地跋涉着的他,甚至不能够被当代人所理解。时常为寂寞和这"爱"所苦,"思绪和感觉的重担使他感到沉重"③。诗,那苦吟之诗,不正是诗人无边的爱无法自已的流露吗? 不难体会,这里与其说写出了云雀之歌亦有缠绵悱恻的一面,倒不如说暗示了这小鸟时为世人分忧的情怀。再次与出没在野花绿草丛中的萤火虫相比。这节诗写得很巧,不仅把萤火小虫在花草中跳跃闪烁的状貌勾画得活灵活现,而且在读者

①雪莱《〈阿多尼〉前言》被删段落,参见江枫译《雪莱诗选》,湖南人民出版社1980年10月版,第278页。

②[英]玛丽·雪莱:《1839年第一版诗集序言》,牛津版《雪莱选集》,何如译。见《外国文学教学参考资料》第三册,福建人民出版社1980年10月版,第184页。

③同上书,第184页。

心里唤起一种美感,这美感,通过萤火虫的媒介传达到出没蓝天的云雀身上,从而使它轻灵的闪窜、时隐时现的啼唤多少带有一种梦幻似的性质,造成某种艺术上的延伸,一种只可意会不可言传的美妙。似乎,它愈是在视觉上扑朔迷离,就愈是在感觉上恰到好处。下一节与玫瑰相比的诗亦可作如是观:也许,表面看来,云雀与玫瑰很少甚至绝无共同之处,然而这比喻却的确增加了云雀之歌迷人的色彩,其原因就是它能引起联想、唤起美感。显然,此两小节不在于暗示而在于描绘,以状云雀出没云间、时断时续的唧啾之独特和优美。在第 12 小节里,诗人又以细雨沐洒草地及花蕊比喻云雀嗓音的明澈,同样收到强烈的艺术效果。此节诗应算作一个小结,它结束了以上从不同角度之于云雀及其歌声的描绘,为下文将对云雀赞美的升华奠下了基础。

　　下面的三节,诗人把一般被认为人间欢乐之最的乐曲直接同云雀的歌唱相比较,并向云雀提出一系列问题,企图寻求它的歌何以那么神妙的原因,从而使得本诗所咏形象的非人间性质升华到一个更高的境界。他首先要求云雀——这"精灵或是禽鸟"——指教的,是它"甜蜜的思索"究竟是什么? 因为它的声音实在太美,尤其——太纯粹了! 接着,又举出数种堪称狂欢曲的人间音乐——爱情或醇酒的礼赞、婚礼的合唱、凯旋的乐潮——这些音乐,诚然是很美妙、很快乐、很动人的,然而,一旦将之同云雀曲相提并论,就不免黯然失色了:"全不过空洞的夸张","那里总有着某种潜在的粗糙"。原因何在? 我们说,在诗人看来(他于本诗强调的),二者的不能同日而语,在于本质的大相径庭,即一种是天上的,一种是地下的;一种是空灵的,一种是世俗的;这不免令我们想起唐人的名句:"此曲只应天上有,人间能得几回闻?"

　　通过上述的比较、鉴别,很自然地诗人提出了下面的问题:

　　　　到底是何尤物

　　　作你欢乐曲调的泉源？……

　　这实际上提出了云雀——诗人——歌唱亦即进行艺术创造的灵感来源问题。在此，诗人没有作出正面回答，但我们却不难体会，雪莱的意思好像是，好的、有益的、完美的诗歌必然依赖美好的心灵，依赖对于纯粹的精神美的崇拜，依赖高尚的感情，依赖对于理想的品质及脱离了低级趣味的道德情操的追求。因为诗，作为"人生的光明"应该永远是美和纯洁的同义语。大自然之宏观众物，亿万斯年的历史长河，只有通过美好心灵的感受才有可能化而为不朽的诗，换句话说，没有高尚的情操和纯真的思想，就不可能创造出美的艺术。因而婚赞的合乐、凯旋的欢歌之类，所以总潜在某种粗糙，原因在于其非为纯真心灵活动的结晶。雪莱所欣赏的无疑是处高级境界的艺术（云雀曲便是其象征），他甚至说："诗之感人，是神奇的、不可捉摸的、越出意识之外、超于意识之上。"①雪莱受柏拉图哲学影响，神秘主义倾向反映在其艺术见解、美学思想中，使他的诗作往往腾向梦幻缥缈，造成偏于空灵、太多奇幻的一面，由本诗的情致亦略窥一斑。值得注意的是，诗人之疑问特别强调云雀擅爱绝愁的性格："什么是你独具的爱情？什么是你疏远的伤感？"言外之意似乎是，云雀不像人类那样总是为悲愁所缠绕，它只懂得爱，只知道快乐。从而引兴下几节诗，即把该从不言愁的精灵和从未割断愁缘的人类两种截然相反的性格加以对照，进一步揭示云雀的超凡和人类的平庸。

　　随之而来的四节（16—19）便是这种对照。

———————————

① ［英］雪莱：《诗之辩护》，缪灵珠译，见《缪灵珠美学译文集》，中国人民大学
　　出版社 1990 年 6 月版，第 146 页。

　　在第 16 节,诗人写道,像云雀这样天禀快乐的生灵是不可能倦怠的,至于忧郁、烦恼、愁苦之类更与之根本绝缘;由于它只知道爱,以致不懂"爱太过度亦生悲切"。后一点值得重视:一方面,从诗意本身的逻辑发展来看,可谓借此揭示云雀不同于凡俗的一个精微的例证,因为这恰恰是人类不能做到的。相反,由爱——尤其过度的爱——而导致苦恼乃至剧痛,从来就是人类无法摆脱的悲剧之一,人们永远做不到除却烦郁,因而也就永远不能像云雀那样始终保持着纯粹的欢乐。另一方面,从诗的意蕴来看,它真切地表达了诗人对苦恼的人生的痛苦体验。我们知道,雪莱——从本质上说,诚然他是像云雀一样乐观的——便时常陷入苦痛的折磨,而其悲哀往往是他对同类、对他所确认的真理爱得太专、太切、太深而又不为世俗理解所致。面对尘世的庸俗,听着云雀的歌声,谁又不渴望长空呢? 可以体会,这里的诗意是浓郁的,诗人倾慕的云雀,是与宇宙之和谐高度统一的象征,所以也便成了诗人最高追求的象征。

　　第 17 节,以对死亡的理解为中心,赞扬云雀是真正超然于痛苦之外的歌者。对它而言(或者对诗人来说),死亡不过是永恒的自然法则之一,并不足惧,甚至根本不屑一顾,所以它的歌从来不掺杂些许哀忧的音符。可见云雀真正参透了生死真谛,比凡人更了解其奥秘——自然,这里丝毫没有及时行乐、玩世不恭的成分。但人类却不然,死亡,像阴森的鬼影磨折着累代人的神经,多少人企图揭开它的神秘,多少人设想着它的面容:或说死犹长眠不醒,或说死乃从梦归真……古往今来,对其解释知多少? 然而鲜见哪怕稍微能帮助人摆脱庸俗的忧虑的学说。正如诗人指出的:"如果以为语言能深入到我们的生存之秘密,那是多么自负的想法呵! 语言如果使用得恰当,也许能使我们了然自己的无知,这就差不多了。我们为何而生？我们自何处来？我们往何处去？诞生是我们生存的开始吗？死亡是生存的终结吗？生与死到底是什么？"①雪莱有感于现实社会的丑恶和个人命途的坎坷,此为其哲学沉思的一个焦点,写过不少"咏死"一类的诗篇,死亡(Death)这个词经常见于其作品,他甚至不止一次动过去体验死之味道的念头②。但雪莱绝不是消极地醉生梦死,相反,这倒在一定程度上反映了他追求美好未来和勇于献身的精神。这关于死亡的讨论,并未给诗的明朗带来昏暗色彩,它与贯穿本诗始终的乐观主义格调是一致的,因为,通过云雀的鄙视死亡暗示出:如果人只就肉体的命运着想,则势必导致绝望,只有像云雀那样悟到生死真谛,才可能旷达,才可能幸福。

　　第18、19两节,重在写人类的多愁善感,以反衬上两节所写云雀的无忧无虑。看来,人们与痛苦是结了不解之缘的:无端的顾虑中有苦恼,诚恳的欢笑里有苦恼,甚至最甜蜜的歌里也有苦恼……为苦恼所困扰,正是人类的性格特征之一,也是与云雀这不谙此道的小鸟的根本不同之处,它在平凡与非凡之间划了一道明确的界线。也许因为此,或者说正因为此,人类永远不可能知道怎样去理解云雀的欢乐。这里无疑把艺术形象加倍神圣化,使其变成纯粹"神灵"的象征——艺术与宇宙精神的合一或者永恒的意志和永恒的欢乐的合一,总之,一种与尘世之惶恐不安的对立物。

---

① [英]雪莱:《论人生》,缪灵珠译,见《缪灵珠美学译文集》,中国人民大学出版社1990年6月版,第104页。

② 雪莱有多次"轻生"行动,据其传记,如一次泛舟落水,他交抱双臂从容下沉,毫不挣扎,幸被朋友紧急救起;他说要领略一下"死"是何味道。

　　第 20 节，特别强调云雀歌唱的技巧无可比拟，即使竭尽世间的乐曲，即使竭尽书中的珍宝。所以如此，原因就在于云雀自由逍遥，藐视凡尘的一切。这是寓意所在，把握全诗精蕴有赖于此：美妙动人的歌来自磊落光明、愉悦真诚的心灵，只有一无所欲、物我两忘者方能为之。所以，假如人类根除了劣性——"仇恨、傲慢与怯懦"——或可能够产生堪与云雀曲比美的诗歌。不幸世人多卑琐和庸碌、俗厌和丑恶，即拜伦所谓"自私而且多疑"。故云雀的歌便有可能永远成为无与伦比的作品，而这小小的鸟儿也就有可能永远充当"尘世的讥嘲者"——凡夫俗子屡屡以为自扰的，便成为它所嘲笑的。

　　最后一节，诗人恳请云雀授予他歌唱的技艺，他期望通过自己的转述，全世界都能听到这神妙的歌唱：

　　　　　如此狂烈的和声
　　　　　从我唇间流泻滔滔
　　　　那时寰球都将听到——诚如即刻我正自领教。

全诗的精气神落在这最终的惊人一笔！希望自己像云雀那样歌唱，给世界带来光明、欢乐、福音——这就是雪莱！是的，他即是云雀，为理想、憧憬、未来，藐视着凡俗的一切，倾其一生都在不停地飞翔、高歌，吐诉正义与爱、艺术与美……

　　吟罢全诗，我们不难体会，这是一首充满欢乐而绝少忧郁的诗篇，自始至终响彻着云雀自由自在、清脆嘹亮的歌声，披露出诗人开朗而奔放的情怀。诗歌给予小小的云雀以极高的赞美，让其代表超乎世界之上、存于宇宙之间的某种最清高、最俊逸的存在；以它的超凡入圣，对照尘世的鄙俗可厌，从而表达了诗人向往未来、追求光明、执着理想的求上精神。

　　咏云雀的英国诗，较早见于莎士比亚的短歌，不过仅仅一两

行而已。及 19 世纪,不少诗人屡爱以云雀作题材,雪莱之前,华
兹华斯就于 1805 年作过一首;十数年后,雪莱这篇煊赫的诗作问
世,两相比较,他窘恧于自己的那篇苍白无力,便又作了一首
(1825)。虽然也十分完整美丽,而且不乏警句,如"太空的巡吟诗
人,苍昊的逡游者哟! 你可是蔑视这遍布烦郁的大地?"等,但终
无法与雪莱的媲美;不过后起的诗人梅瑞狄斯的一篇关于云雀的
长诗《高飞的云雀》(1883),倒是颇负盛名。总之,虽然雪莱不是
第一个也不是最后一个咏云雀的诗人,但他的《致云雀》毋庸置疑
地属于同一类诗的佼佼者。

关于云雀的英国诗歌,多半不是哲学的即是象征的,前者如
梅氏之《高飞的云雀》,后者如此正分析的雪莱的杰作。的确,这
首《致云雀》最主要的特征就在于它的象征性。云雀之歌,快活而
滔滔不绝,象征天地间的欢乐,永不枯竭的宇宙创造精神;而小小
的云雀,无忧无虑、奋飞不止,则象征着欢乐的创造者及传播者,
或可说,象征着与宇宙的创造力合一的诗人。因此,领会该诗,应
多多留意诗人从云雀歌唱之喜悦中获得的各种感觉或者情绪。
显而易见,象征的形象几乎纯然是美好理想的寄托,所以才不遗
余力,将其神圣又神圣,并一而再、再而三地借尘世的凡俗、卑琐
进行对照和映衬,以加强它美好与令人神往的程度。毋庸讳言,
诗人在歌颂云雀的同时,对人世以及世人表示了某种程度的蔑
视,仿佛世界是个纷乱而令人惴惴的场所,而世人全不过芸芸众
生而已。当然,我们绝不以为此乃诗人对于现实世界所采取的绝
望的虚无主义,更不会看作是对于人类的敌视或仇恨。恰恰相
反,雪莱正是出于挚爱人类的强烈激情而深恶痛绝于同类的弱
点,才将其置于某一纯洁象征的光芒中,从而显示其卑微和低下,
目的不过欲祛除之。在雪莱,"荡涤生活中的苦难和邪恶,是他心

灵深处主宰的激情;他把他头脑的每一分力量,心脏的每一次跳动,都献给这一激情"①。可见,他所鄙视的,是人类的弱点,绝不是人类自身。事实上,这不仅反映了诗人对于人世的批判态度,更表现出他改造世界和人类心灵的满腔热忱。雪莱,像华兹华斯,深信宇宙万物之于人的神秘力量,并认为改造社会必须首先改造人心。他所以在诗里渴望自己获得哪怕一半云雀歌唱的技艺,正是希望能如云雀那样用富有感召力地歌唱宣扬革命思想,获得世人倾听,进而唤醒心灵,并使之臻于完善,从而自然地舍弃、清除一切心灵的或是社会的污泥浊水。这就是我们读此篇诗只感到欢乐而并不掺杂忧郁乃至感伤的奥秘所在。然而,同样毋庸讳言,雪莱差不多任凭主观想象,把理想过于寄托给总不免有些空泛的所谓纯美的事物,"凝视朦胧的未来"。遗憾的是,这未来诚然美好,但终究不过"乌托邦"而已。所以在雪莱,理想与现实是个难以统一的矛盾,这矛盾反映在诗艺上,有时便不可避免地导致流露些许失望或者无可奈何的情绪,如果仔细体会,《致云雀》也多少蕴含此类情绪。

　　该诗艺术表现上的显著特点是抒情和咏物高度统一。通篇以诗人向云雀直陈胸臆的形式铺开,伴随艺术形象的各种特性之逐渐显现,诗人的心迹亦不断扩大、延伸,除了让人明了地感知云雀的状貌和性格,还能真切地觉察作者的抱负与情怀。二者相伴相生,仿佛同枝连理,结成一气氤氲。不妨说,这是首咏物诗,也是篇感怀诗。其次,大量的比喻,潜在的象征,交错着明晰的对照

---

① [英]玛丽·雪莱:《1839 年第一版诗集序言》,牛津版《雪莱选集》。何如译,见《外国文学教学参考资料》第三册,福建人民出版社 1980 年 10 月版,第 181 页。

与衬托,把形象和寓意罗织于极富音乐旋律的优美情致和高远飘逸的境界里,既给人鲜明突出的印象,又不无飘飘欲仙的感觉。再者,它的格调是独特的唯美——超凡、俊逸、空灵,既不同于《智力美颂》的象意奇谲、神秘缥缈,又迥异于《西风颂》的雷霆万钧、大气磅礴,也有别于《云》的色彩缤纷、变幻莫测。它是轻灵的,却不乏沉郁之美;它是明快的,同时有婉转之妙;它是飘逸的,然而具凝练之功。自然流畅、清隽雅秀、绘声绘影、晶莹剔透。《致云雀》当得起巧夺天工、精妙绝伦的上乘佳品。

原诗乃五行体,前四行为三音步,第五行则六音步,脚韵安排是 A B A B B,相当匀称,且21节极少例外。该格律规整而有变化,淋漓尽致地发挥了节奏的抑扬顿挫,所以读之非常优美和谐。从婉转变化注入丰富情感,造成奇异的艺术效果:高歌朗诵,顿感声情并茂、扣人心弦;连续低吟,更觉激荡回环,足以娱人耳目——欣赏如此杰作,不由不为作者浑圆的诗才而惊叹!

【原诗】

TO A SKYLARK

Hail to thee, blithe Spirit!
　　Bird thou never wert,
That from Heaven, or near it,
　　Pourest thy full heart
In profuse strains of unpremeditated art.

　　Higher still and higher

From the earth thou springest
　　Like a cloud of fire;
　　The blue deep thou wingest,
And singing still dost soar, and soaring ever singest.

　　In the golden lightning
　　　　Of the sunken sun,
　　O'er which clouds are brightening,
　　　　Thou dost float and run;
Like an unbodied joy whose race is just begun.

　　The pale purple even
　　　　Melts around thy flight;
　　Like a star of Heaven,
　　　　In the broad daylight
Thou art unseen, but yet I hear thy shrill delight;

　　Keen as are the arrows
　　　　Of that silver sphere,
　　Whose intense lamp narrows
　　　　In the white dawn clear
Until we hardy see - we feel that it is there.

　　All the earth and air
　　　　With thy voice is loud,
　　As, when night is bare,

From one lonely cloud
The moon rains out her beams, and Heaven is overflowed.

What thou art we know not;
　　What is most like thee?
From rainbow clouds there flow not
　　Drops so bright to see
As from thy presence showers a rain of melody.

Like a Poet hidden
　　In the light of thought,
Singing hymns unbidden,
　　Till the world is wrought
To sympathy with hopes and fears it heeded not;

Like a high-born maiden
　　In a palace—tower
Soothing her love—laden
　　Soul in secret hour
With Music sweet as love, which overflows her bower;

Like a glow-worm golden
　　In a dell of dew,
Scattering unbeholden
　　Its aereal hue
Among the flowers and grass, which screen it from the view!

Like a rose embowered
　　In its own green leaves,
By warm winds deflowered,
　　Till the scent it gives
Makes faint with too much sweet those heavy-wingèd thieves;

Sound of vernal showers
　　On the twinkling grass,
Rain-awakened flowers,
　　All that ever was
Joyous, and clear, and fresh, thy music doth surpass;

Teach us, Spirit or Bird,
　　What sweet thoughts are thine:
I have never heard
　　Praise of love or wine
That panted forth a flood of rapture so divine.

Chorus Hymeneal,
　　Or triumphal chant,
Matched with thine would be all
　　But an empty vaunt,
A thing wherein we feel there is some hidden want.

What objects are the fountains
　　Of thy happy strain?

What fields, or waves, or mountains?
　　What shapes of sky or plain?
What love of thine own kind? what ignorance of pain?

　With thy clear keen joyance
　　Languor cannot be:
　Shadow of annoyance
　　Never came near thee:
Thou lovest; but ne'er knew love's sad satiety.

　Waking or asleep,
　　Thou of death must deem
　Things more true and deep
　　Than we mortals dream,
Or how could thy notes flow in such a crystal stream?

　We look before and after,
　　And pine for what is not:
　Our sincerest laughter
　　With some pain is fraught;
Our sweetest songs are those that tell of saddest thought.

　Yet if we could scorn
　　Hate, and pride, and fear;
　If we were things born
　　Not to shed a tear,

I know not how thy joy we ever should come near.

Better than all measures
Of delightful sound,
Better than all treasures
That in books are found,
Thy skill to poet were, thou scorner of the ground!

Teach me half the gladness
That thy brain must know,
Such harmonious madness
From my lips would flow
The world should listen then, as I am listening now.

（本文撰写于 1983 年 3 月,刊发于《聊城师范学院学报》1986 年第 2 期;人大复印资料《外国文学研究》卷 1986 年第 12 期转载）

《简·爱》二题

简·爱形象略论

英国作家夏洛蒂·勃朗特①的著名长篇小说《简·爱》(*Jane Eyre*,1847),以简朴细腻的文笔娓娓叙述一个显然可以信赖的女孩子的故事,如管中窥豹,使读者约略感到压抑、悖谬的维多利亚时期贵族—资产阶级社会之世情,同时一种强大的与人为善的道德力量频频涌出,终于无法让人安之若素。作为一份优秀的文学遗产,它是如何触着了艺术的真谛、又具哪些真正属于自己的独创性与生命力呢?

从书名看,这是一部个人传记式的作品。不妨说,对人物的精细刻画,至少是它在艺术上所着意追求的一个目标。

在一向被贵族、资产阶级妇女占据着主流文学之女性席位的小说创作中,简·爱无疑属于一类新的艺术典型。她不是弱不禁风的名媛淑女或仪态万方的大家闺秀,也非几乎没有任何保障的劳动家庭里衣不蔽体的苦人儿,其身份有些特殊,乃是寄养在属

---

① 夏洛蒂·勃朗特(Charlotte Bronte,1816—1855),19世纪中期英国著名女小说家。

于绅士阶层的有产者亲戚家而不被待见的孤独女孩,或许,大体类如平民阶层里那靠个人奋斗谋取生存的小人物吧。的确,从经历、思想及情感方式看来,可归之于小资产阶级知识分子,然而她又绝非平庸之辈,一如大多数小资产阶级知识分子那样。当然,简·爱并没有也不可能像英雄般创造感天泣地的伟业,其魅力在于身处逆境不甘沉沦、奋力抗争和顽强追求,外柔内刚的坚韧个性使之与苟闲偷安、得过且过者流适成对照。这样的个性,作为文学形象就不同凡响了——她使小说的思想内涵丰富起来。

　　小说之始末构成简·爱性格发展的历史。作家首先描写造成其坚韧个性的原因之一——赖以生存的奇特环境:襁褓中死了父母,被作为县吏的舅父收养,不幸这保护人也早死,牙牙学语的简·爱落入舅母的掌握之中。寄人篱下使这个幼孤受尽虐待,偏狭残酷的舅母之外,表兄姊也看不起她,讥之为"靠别人养活的人"[①],甚至还受到个别女仆为虎作伥的欺侮。赤子之心横遭伤害,无依无靠使她变得尽量躲避人们,在惴惴不安中打发日子。显然,简·爱生活于其中的那个阴郁和闭塞的环境,是全然不合乎理性的。经历了凄风苦雨、在岩罅中艰难生长的小树,虽不如挺拔于阳光沃土的同类那般讨人喜爱,却也从峭壁的酷境汲取生命滋养,活出生机盎然的精彩。这就是简·爱形象给人的特有美感。恐惧和忍耐都有极限,她终于不再忍耐,十岁那年,小女孩火山勃发,她反抗了。那是向着小暴君似的表兄约翰,更是向着心非善良的舅母里德太太:"你这男孩真是又恶毒又残酷!""我这一辈子永远不再叫你舅妈……一想起你就恶心,你对我残酷到了可

---

①［英］夏洛蒂·勃朗特:《简·爱》,祝庆英译,上海译文出版社 1980 年 7 月版,第 6 页。本文所引小说文句,均从此译本,为简洁计,以下不再加注。

耻的地步。"坚强反抗的种子萌芽,定会撑破压抑箍紧她的岩石!

　　反抗的结果使她被送进一所宗教慈善机构——劳渥德公益学校。在此,简·爱倔强的性格有了进一步的发展。这种发展并非用简单平庸的手法写出,即是说,作家避开描写简·爱与环境直接冲突的场面(平庸的作家或浅薄的批评家会觉得类乎唇枪舌剑的战斗场面最适合表现人物的反抗),而着意刻画了学校里另一个受损害的女孩形象——海伦·彭斯。使之与简·爱形成两种不同性格的鲜明对照,从衬托中突出主人公的倔强和疾恶如仇。这种巧妙的处理收到了异乎寻常的艺术效果:通过忍辱的彭斯之受害的惨影投在简·爱心灵上产生的震动,读者更加认识了女主人公。目睹同病相怜的女友被摧残,她愤怒到极点。这里,与其说写简·爱性格反抗的一面,不如说是写她敏感与自尊的一面。使人感到,这小女孩不独倔强,而且感情细腻、真挚而炽烈,尤其自尊心强。受冤屈后她对特来安慰她的同伴彭斯说:"我知道我该看重自己;可是这还不够,要是别人不爱我,那我宁可死掉……为了博得……任何一个我真正爱的人的真正的爱,我会心甘情愿地让我的胳膊被折断……"无疑地,像简·爱这种气质的人,社会对于她的不公平比别人更加难以忍受。因此,无论舅母的虐待还是学监的侮辱,都使其心灵受到严重挫伤,她对于社会和命运的敌意也就更加强烈——从这些地方,我们看到小说家生动地描写了简·爱对于日常生活中那些欺压人的坏蛋的满腔仇恨。显而易见,其中凝聚了作者自己所经历的生活辛酸,以严正的道义尺度,指控以宗教面目行资产阶级冷酷之实的伪君子。毋庸置疑,这是本书最精彩的篇页之一。

　　如果说童年的简·爱在冰冷的社会环境里由于孤独、得不到怜悯而逐渐形成敢于反抗的性格的话,那么,成年以后,这种性格又发展成为一种更加神圣的"自我"了。确乎如此。一个只身闯进社会,四处碰撞谋生的弱小姑娘,出身凄凉、举目无亲、分文不名,是很容易低声下气、乞求怜悯的。但简·爱却不,她把自己看得很重很重,像保护生命一样保护自己的人格,谁冒犯了它,她就向谁报复。为此,她敢于藐视那些所谓有钱、有教养的太太小姐等贵妇。在桑菲尔德,她给豪门当家庭教师,这差事是低贱的(与仆人相类),然而简·爱却是从容自若地出现于罗切斯特府上。她落落大方、不亢不卑,包括与府邸主人谈话,从表情、言语、行动、心理,发现不了一点媚骨、阿谀和屈从。她非常自重,不妨说,"自我"便是成年简·爱性格中的本质特点。小说的主体部分,即女主人公于桑菲尔德做家庭教师,可谓其成长过程中的一个新阶段。正由于她的自爱,正由于她坚韧不拔的精神和对于世事明达的见识,才使得主人罗切斯特相见不久即与她产生思想共鸣,并赢得他强有力的爱。像不可战胜的魔力一般吸引罗切斯特的,正是简·爱独有的精神力量,因为她并不美,不用说,更缺乏统治着贵族、资产阶级婚姻世界的无冠之王——金钱和门第。

诚然,简·爱也深深地爱上了主人。她敢于爱,因为她觉得人在精神上都是平等的,他们二者所不同的仅仅是他为有钱的"主人",而她则是不幸被社会偏见驱赶到"仆从"地位的自食其力者。穷教师斗胆爱一位有身份的财主,在等级森严的贵族资产阶级社会观念里,无异于乞丐奢望国王,真个是大胆挑战的行为!唯其如此,也就必然意味着遭受嘲笑或羞辱。很显然,只有简·爱这样并不把权贵放在心上的人才能去坦坦荡荡地爱,或许在其意识深处,压根就没有将他看得比自己高多少。她不仅敢于爱,而且绝不摇尾乞怜地爱,因此她表达爱情的方式不是甜腻的赞美、温存的絮语,更不是祈求、诱惑或者勾引,而是将自己放在与心上人同等地位上的宣述——"你以为,因为我穷、微贱、不美、矮小,我就没有灵魂没有心吗?你想错了!——我的灵魂跟你的一样,我的心也跟你的完全一样!……是我的精神在同你的精神说话;就像两个都经过了坟墓,我们站在上帝脚跟前,是平等的——因为我们是平等的!"

她一再表示"是个有独立意志的自由人",这种可贵的精神力量的确是头脑空虚,为财产而疯狂追求罗切斯特的英格拉姆小姐之流贵族妇女所不具备的。毫无疑问,如此性格力量在正直人身上必能够产生作用,它终于使得那个看上去愤世嫉俗的主人打破门第观念面向其求婚——我们说,这是简·爱的胜利,是她在精神上对于英格拉姆等贵族小姐的胜利;或者说,是对于轻视她、歧视她的那整个贵族资产阶级社会的胜利;还可以说,是她的品质和性格的胜利。

正如我们看到的,主"仆"要结婚了,也正如我们看到的,事情发生不测,一场好梦倾成空。在此变故下,尽管他那样疯狂地、热烈地爱她(她亦如此爱他),并且向她描绘了一幅美妙的可以同她到法国过一种舒适快乐生活的前景。然而,她是这样想的——"我关心我自己。越孤独,越没有朋友,越没有人帮助,我越要自重……"

偏向厄运挑战,宁为玉碎,不求瓦全——她不做他的情妇——拒绝了他,逃离了。尽管一路上"起劲地哭着,像一个发疯的人";而且,对于此,对于这带给她的灾难和苦痛,绝不后悔;甚至每分钟都噬咬着她的相思的绞痛也不能改变她。

到此,简·爱的反抗性格得以最充分的表现。向谁反抗?向命运,或者说规定了她命运的社会;如何反抗?死不向命运逼她就范的屈辱地位——做人情妇——委身;如此反抗的后果?流离失所和遭遇更深重的苦难。

　　简·爱就是如此地重视自我,她说:"我是自己的主人"——这就是简·爱,这就是她的性格。此形象特殊的、了不起的地方就在于此:她竭力寻找一条能够在社会中不受歧视的、与人平等地行进的道路,为了它,不贪图眼前的或者永远的快乐和浮华的生活;为了它,不在乎吃苦与流浪,甚至是牺牲、死亡。

　　不可忽视的是,简·爱性格中还有着另外的令人着迷的东西,便是炽烈的真诚感情。这突出表现在她对于罗切斯特执着而强烈的爱情上。由于不可克服的绞杀两人结合的法律障碍,她离开了他,但是并没有抛弃他(在感情上),甚至,她的爱情像殉道一般,专一到打算为他作永久的牺牲,即使后来成为一笔遗产的继承人而富有了,依然如此。当圣约翰·里弗斯牧师向其求婚时,她并未拜俯于表兄那伟大而崇高的献身于事业精神的感化上,更未屈从他健壮、漂亮之形体的诱惑上。顺便提一句,里弗斯虽然是个严谨的学者,性格坚毅而顽强,但其对宗教的观念却异常偏执。他自以为是在忠实地传播上帝的福音,其实是不自觉地做了宗教信条的牺牲品,而且对教理钻研愈多,他的偏见也就愈深,牺牲也就愈惨重。他所固执的宗教观点,甚至连他的妹妹们也不敢苟同。对于这样一位表哥,简·爱看到了他的克己、仁爱之高尚,同时也认为,"在追求他的伟大目的时,无情地忘记了小人物的感情和要求"。她分析了表哥的性格,洞察他向她求婚,与其说出于爱情,毋宁是出于责任,仅仅"是要得到一个适当的共同工作的人,到印度去工作",因此不可能带给她"一颗丈夫的心"。如果嫁了他,那么也只是一种献身,一种对于事业而且并非自己热衷的事业的献身。但简·爱之追求平等、自由的思想其实也表现在她的爱情、婚姻观念上,认为,非两颗心的结合,显然算不上爱情。

她要的又只是爱情和基于爱情的婚姻而不是其他，因此，她拒绝了他，尽管对于表哥"虽然没有爱，却很有友谊"。毋庸置疑，这也是本书最精彩的篇页之一。

当然更为本质的，是她的心早就给了罗切斯特，且爱的深度臻至不可动摇的地步，再没有可以改变她的爱之力了。她终于在桑菲尔德遭遇疯女人的焚毁后又找到了他。但不幸他瞎了、残了；不过结婚的屏障已不复存在。简·爱并不在乎这些，命运给她以平等的身份嫁给所爱的人。她获得了幸福，因为她苦苦追求的，是平等的两颗心的结合，身体健康与否根本不是必要条件。

关于简·爱这个形象，夏洛蒂·勃朗特倾注了自己深厚的感情，无疑她是写实的，但又是理想化的。作家试图多方面揭示女主人公崇高的精神境界和内心世界的美。如果没有疏忽的话，还应提到她被赋予善良、仁慈、俭朴、宽恕等多方面的美好品质：例如舅母之死的情节，表现简·爱的明达事理和宽恕谅解气度；对于意外所得叔父遗赠财产的分配，则揭示她不慕金钱、平等友爱的贤懿之德。为将其塑造得完美，更完美些，甚至不惜使用有碍作品真实性的构思，然而，也正是这些地方，女作家满怀激情地吐诉自己对生活、对人类、对世间一切崇高的思想和品德所怀的无限深情与美好理想，使读者不知不觉中受到教育与熏染。

这就是简·爱，在残酷的社会环境里，在可怕的傲慢与偏见中，她反抗、斗争，为尊严、生存、社会地位而斗争；她饱受苦难，但顽强不屈；她善良、同情同时坚韧、孤傲；她感情奔放，酷爱平等、自由，也热烈信仰上帝、甚至还很迷信；她敏感、锐利，又富有理智，懂得平衡肉体与灵魂、个人与社会的矛盾冲突，而显出克制和成熟；她性格发展的每一阶段都伴随着成长的逻辑必然性。总之，这是一个活生生的，在19世纪前期女性意识尚未觉醒的时代背景下,勇敢地反抗逆境,追求真理的新型的小资产阶级知识分子形象。

海伦·彭斯形象略论

海伦·彭斯是《简·爱》中所占篇幅不大,却塑造得感人至深的艺术形象。她是劳渥德公益学校简·爱的学友,一个受尽凌辱与苦难、精神世界却无比丰富的女孩子。

在洋洋38章43万余言(中译本)的小说里,涉及彭斯的只有短短5章,但或许是最动人的几章。之所以谈她,不独因为其悲剧淋漓尽致地揭发了当时宗教机构披着慈善外衣堂而皇之地行盘剥、摧残、毒化弱质之实——那几近于犯罪的社会病瘤机制显示出富人政治的真面,大英帝国的耻辱! 如果与狄更斯的名著《奥利沃·特维斯特》所描写的针对更底层人的济贫院之黑暗恐怖相比照,残忍外更见其虚伪。此外,还在于彭斯个性的别种内涵:谦卑忍让既是纯真宽厚天性的必然归向,也是宗教说辞潜在恫慑影响的可能结果;而无条件地顺从或许为孩童怯懦心理状态的另一种表现形式,对天国情景的期望何尝不是欲摆脱极限承受的无奈念想?

海伦·彭斯与简·爱是完全不同的两种性格,如果说10岁的小简·爱是一株岩罅缝里偏长的小树,那么彭斯倒仿佛一只失了群的柔弱的羔羊,尽管还比前者年长4岁。对命运的不公正安排——她的生母死了,其父又娶了新人,于是被抛到这个孤苦的地方——逆来顺受,欠缺简·爱那种有怨必诉、有恨必记、有仇必报的心理趋向,即使不能付诸行动。她容忍,完全容忍! 作家有意刻画如此性格,以与主人公形成对比,而一刚一柔的两个苦孩儿又惺惺相惜、心心相印,便造成强大的艺术张力,使对恶邪之丑的控诉与人性之美的讴赞相得益彰,取得极佳效果。

彭斯先简·爱两年进入劳渥德,幼小的心灵却饱经忧患,童稚的天真、儿时的幻想已被稳健的世态炎凉所粉碎!还在懵懂中便过早被动地看清甚至接受冰冷的人生经验,目力所及,弱肉强食与专横跋扈统治一切。一个孤苦无告的女孩子踏进世界即为势利所吞没,在遍布荆棘的羊肠小道蹒跚学步,没有保护人,鲜见指导者,她能够怎样、将会怎样呢?一只孱弱的、可怜的羔羊!但缺失理性的现实并不因为弱小而放过她,海伦·彭斯备受折磨,在标榜成"义塾"的劳渥德,几乎每天都无缘无故地遭遇责罚与羞辱。那个变态的教师史凯契尔德小姐——为这所谓慈善机构豢养的鹰犬,像暴君那样凶狠,她虐待彭斯,即使并没有做错什么;这怪癖的女人毫无道理地厌恶海伦,一看见她,就恶意地挑剔——

"彭斯,你站没站相,把鞋带都踩在地上了,快把脚趾伸直。""彭斯,你伸着下巴,讨嫌死了,快缩回去。""彭斯,我一定要你把头挺直,我不许你这样站在我面前。"等等,等等。[①]

其实,彭斯不单朴实,还极其聪明。她喜欢看书,功课超好,小小年纪通晓英格兰历史,了解许多法国名人和他们的著作,还会拉丁文,并能讲析维吉尔。无奈史凯契尔德欲加之罪何患无辞,当海伦出色地回答了提问,当该受到称赞的时候,得到的却是这样的"褒奖":"你这个肮脏讨厌的姑娘!你今天早上就没有把

[①]小说第八章写道,史凯契尔德小姐将一张写着"邋遢"字样的纸板,罚彭斯从早到晚如戴辟邪符般地绑扎在额头上。

你的指甲洗干净!"不错,没有洗手,因为那天寒冷把水给冻结了,大概所有的姑娘都未能够盥洗。然而她并不解释。

接下来,她遵照命令,即刻离开班级去往藏书室,半分钟回来,手拿一束捆着的树枝,伴随屈膝礼动作,把这"刑具"交给老师,一边解开围裙,让那枝条噼啪抽在脖颈上。众目睽睽下她没掉下一滴泪(但把树枝送回藏书室的当儿,她显然哭了,因为细心的简·爱发现用手帕擦过后瘦削的脸上残留的泪痕)。

这时的简·爱,"不由得升起一股徒劳无益的怒火,连手都发抖了"。彭斯的平静也让史凯契尔德歇斯底里;然而这女孩惊人的坚韧与平静,难道不是一种反抗的形式? 在她那个年纪,也许适应就是反抗! 那个危机四伏的环境,得不到任何人的保护,她必得学会照顾自己,尽量不招惹更大的麻烦——只是这种生存智慧发生在一个本该无忧无虑的学童身上,无论如何教人觉得心酸。

通常受罚后的彭斯,独个儿躲进一个有壁炉的角落,"凑着余火的微弱光辉看书,全神贯注,默不作声,看得出了神,忘掉了周围的一切"。当简·爱问及是否愿意离开时,回答为"不"! 是呀,世界之大,却没有她的存身之处,她能到何处去?

"可是那个教师,史凯契尔德小姐,对你那么凶啊?"

"凶? 一点也不凶! 她严厉,她讨厌我的缺点。"

"我要是换了你,我就讨厌她;我就向她反抗;她要是用那个教鞭打我,我就把它从她手里夺过来,当着她的面把它折断。"

海伦的回答是,假如那样做了,准会被开除:"与其冒冒失失采取一个行动,让不良后果影响所有和你有关的人,那还不如按捺住性子,忍受一个除你而外没有别人感到的痛苦来得好;再说,

《圣经》上也叫我们以德报怨。"

　　一切得以合理解释,彭斯的隐忍性格便这样形成。社会的力量太强大,个人不过像一棵小草、一株浮萍;况且,社会之于微末的小人物的控制是双重的,除了肉体,还有精神——借助宗教使人安分守己的信条。

　　彭斯是善于思考的,包括对信仰问题,但那思考基于现实显示给她的经验。圣经的教训她坚守不移,根本在于磐石般的信仰,因为这信仰可以成为而且非常适合做避难所。她已经极其虔诚了,虔诚到近乎痴迷。她说忍受是义务:"遇到命运注定要你忍受的事,你光说受不了,是软弱和愚蠢的。"小说第六章她劝解简·爱应体谅、宽恕的一段话称得上一篇美好的灵魂赞美歌!从海伦身上,可以真切地感受宗教之于幼童心灵的塑造何等触目惊心,只要环境或背景相宜,它甚至可以极其有效地把天真的懵懂凿化成"天使"般的心智! 在苦恼人的世界上,"孤女院"的孩子们吃不好、睡不安,责罚和羞辱成家常便饭;那是最需要亲人爱的年龄,却被弃置于陌生人中,巨细无遗的卫生打理、繁复琐细的针黹女红、没完没了的演算背诵、枯燥冗长的教理问答,还有饥饿和疾病,等等,取代了母亲怀里的娇报、置换了稚皮玩伴的"疯癫"……那披着"义塾"教育彩衣的宗教教化,不唯扼杀天真,更在扭曲心扉!

　　对"义塾"的孩子们而言,最难克服的或许是孤独,尤其无妄之灾"惩罚肉体以拯救灵魂"的体罚过后,因为还多了一层自尊心备受打击的缘故。共同的不幸遭遇,使海伦对其同类产生最纤细的情感和最细致的关切,她是何等的体贴呀! 纵使很少得到别人的爱,却定要尽力地爱别人。当简·爱被凶残伪善的牧师布洛克尔赫斯特用恶毒的语言、阴狠的手段污蔑、惩处后,是彭斯来安慰她,不仅带着食物,更以类如基督的情怀给予信任和鼓励,那布道般的关于上帝无处不在的一番话温暖了受害者的心,也显示了她坚信善、坚信公正裁判的热情。小海伦渴求真理、思索善恶美丑,在她可谓每时每刻异常自觉——何以如此早熟?这早熟甚至令我们多少感到有悖常情,不乏违反自然成长规律的畸形因素,除了境遇使然,仍然不可能有别的解释。

正由于倾心上帝、坚信最高正义,便愈发现(不如说幻想)上帝的善,也愈能洞察现实中的恶;心灵靠近天国越近,眼睛看到周围的龌龊越显,虽然并不似简·爱那样指责乃至反抗。彭斯相信基督,但并不看好以上帝使者名义自居的伪君子,对劳渥德义塾行使主权的布洛克尔赫斯特即如此,认定他"不是上帝","甚至不是一个受人尊敬的大人物";那个盛气凌人者的自命不凡在小姑娘眼里还很可能是可笑的,这或许就是良知的胜利!唯其如此,彭斯绝不相信此人加于简·爱的诬词,也才敢于冒着危险来安慰"不许人和她说话"的受委屈的伙伴。我们不禁设想,严酷的现实其实也教会了孩子们怎样凭本能和良知去分辨善恶、判别美丑;尽管是一群任人宰割的羔羊,但也至少懂得谁为噬杀她们的豺狼。

彭斯之死是最惊心动魄的一节。艰苦的生活折磨,使她过早地染上重疾,她清楚自己沉疴缠身就要死了,但见不出有一些儿悲伤,更没有恐怖,而是那样平静、那样安详,甚至是快乐的,一心一意将灵魂托付给天国之父(在她眼里十分的慈祥而真切!):

　　　　上帝是我的父亲,是我的朋友;我爱他;我相信他也爱我。

她短暂的一生中大概根本未得到过应该如山的父爱,故于最后时刻不忘呼唤这种爱;我们多么希望,那在天的"父"是真实的,唯有是真实的,天地间曾经存在过和永将不断存在的过早夭折的"孤儿们"才能够得到真的希望和安慰……

为什么不留恋生命?难道厌倦了尘世的烦恼而急于去寻找天父?或许是吧;这个十三四岁的女孩,在远离家乡,没有任何亲人陪伴的劳渥德,拥着女友同样瘦小的身体,双双入睡,但她再也没有醒来。

何等扣人心弦的描写,如此逼取人们的泪水!也许,因为一个弱小的生命、一只温和的羔羊,被疾病灭杀!不,被黑暗的时代和残酷的现实灭杀!而这个生命是多么天赋卓绝:聪慧、慈悯、宽厚、体谅、克己、虔诚……甚至不及绽露即遭夭折,如此悲哀又光洁的篇页怎能不牵动读者的神经?女作家是怀着何等深厚的感情写出这些卓越的章节呀!夏洛蒂·勃朗特幼时曾与姐姐玛利亚、伊丽莎白和妹妹艾米莉被送到哈沃斯附近柯文桥一家慈善学校读书,因生活条件恶劣,斑疹伤寒流行,两个姐姐接踵染病夭亡。人说在海伦·彭斯形象的塑造上看得见她们清晰的身影,想必是完全可信的。

（本文成稿于 1979 年 11 月,前半部分以"谈简·爱"为题刊发于《外国文学研究》1980 年第 2 期,人大复印资料《外国文学研究》卷 1980 年第 16 期转载;兹以原始完整稿编入本文集,文字有改动）

唯美主义：世纪末的快乐与痛苦

——兼论王尔德《道连·葛雷的画像》及《莎乐美》

一

19世纪是个富有才情的伟大时代，然而也是个令人心碎的时代。资本主义工业文明的恶性膨胀令整个西方世界的价值观念蒙上了一层物欲主义的阴霾气氛，伴随剧烈的动荡和流血建立起来的新秩序至少在艺术家眼里毫无诗意，理想至上者很快发现他们原本生活在一个理想匮乏的天地间。于是，作为对它的反叛与抗议，自浪漫主义肇始，跳过现实主义和自然主义，到象征主义再到唯美主义，在欧洲文艺界终于形成了所谓"世纪末"的颓废运动①。

这场运动中实绩与影响较大的有英国的唯美派。唯美主义的思想渊源可以追溯到很远。例如康德"无目的之合目的性"的

---

① 一般来说，"颓废"这个词包含两方面互有联系的意义，一是指某种不健康的人生态度；二是指文艺上的某种风格。在后一种意义上，尤指19世纪后期欧美的象征主义和唯美主义，但笔者主张没必要刻意为之敷上特别的贬义色彩。

美感学说以及席勒"美的显现"的艺术观念,都是把美作为一个自足的独立物;浪漫主义时代,济慈、柯勒律治、卡莱尔等人都不同程度地对其作了发挥,而法国哲学家库辛 1818 年首创"为艺术而艺术"这一惊人之语,激发了诸如戈蒂耶、波德莱尔之类艺术家的热情和灵感,他们最终确定了唯美主义超功利的内涵并以卓有建树的创作实践使之名声远播。不过尽管如此,英国唯美运动的根源,恐怕归根结底还在于工业社会的市侩风气和奉物质为万能的势利哲学这个可以称为文化的基础。至于维多利亚时代的虚伪道德,那些开口闭口责任义务、衣冠楚楚的正人君子们讨厌的表里不一,也是促成作为某种反抗形式的唯美运动最直接的社会心理原因之一。

在不列颠,世纪中叶的"拉斐尔前派"艺术活动及其鼓吹者罗斯金的理论最先有意识地把唯美思想传播开来,尔后经过斯温伯恩、西蒙兹等人,尤其佩特和王尔德①,及 90 年代,岛国的唯美主义运动达到鼎盛。

王尔德,集唯美主义思想之大成,不折不扣的唯美派砥柱人物。深厚的学术根底、敏感的艺术家气质和精湛的理论修养使他有可能建立新颖而独特的认识论和美学体系。其理论核心在于,首先,所谓美或艺术,根本就与社会人生毫不相干,它的发展非但不依赖生活,相反,倒是生活追随艺术。在王尔德眼里,艺术是生活反映的唯物论美学,不仅庸俗也不真实,因为美是空灵的东西,其目的在它自身;而"现实主义的生活总是在损害艺术的主题。

---

① 奥斯卡·王尔德(Oscar Wilde,1854—1900),英国著名诗人、剧作家和小说家,19 世纪末叶唯美主义代表作家。

文学中最高的乐趣在于认识不存在物"①。其次,唯美主义或者
"为艺术而艺术"的要义更在于超越道德:艺术绝非教化的手段,
美与伦理观念格格不入,人们从事艺术,不过为了培养美感、寻求
享受。"艺术领域和道德伦理领域是绝对不同和相隔离的"②;
"一位艺术家对道德伦理根本不表支持。在他那里美德和邪恶只
是画家画板上的种种色彩。它们既非更多,也非更少。……伊阿
古在道德上可能很可怕,伊摩琴则纯洁无瑕。如济慈所说,莎士
比亚在创造伊阿古时像创造伊摩琴一样获得同等的乐感"③。可
见唯美主义又同愉悦身心的感觉主义和快乐哲学密切相关,唯其
如此,才得以酿出艺术至上主义。总之,在王尔德看来,艺术或者
美是神圣的,这个世界上唯有它最真实,政治、法律、国民教育、甚
或世道人心之类,粗鄙、丑陋、俗不可耐,是与其根本抵触的;它应
该永远不受约束,更不带任何功利目的……如许本末倒置、极端
唯心主义的论点,在王氏之《英国的文艺复兴》、《撒谎的衰落》、
《作为艺术家的批评家》等文论中,有着透彻而明晰的表述,虽说
惊世骇俗、耸人听闻,却讲得娓娓动听、头头是道——诡辩而潇
洒,堪为奇文。

　　显而易见,根据这种观点,所谓艺术家,那甚至被看作灵魂工
程师的人,就可以堂而皇之地超然物外,轻易地摆脱掉对社会的
义务和责任了。不必说在我们这个一向视"文以载道"、"学以致

①[英]王尔德:致《圣詹姆斯公报》主编书,苏福忠、高兴等译,见《王尔德全
　集》5,中国文学出版社 2000 年 9 月版,第 443 页。
②同上书,第 440 页。
③[英]王尔德:致《苏格兰观察家报》主编书,苏福忠、高兴等译,见《王尔德
　全集》5,中国文学出版社 2000 年 9 月版,第 453 页。

用"为天经地义的国度显得荒谬绝伦,就是在西方也难说不是离经叛道。当然不能忘记,唯美主义的前提是对艺术商品化社会的矫枉性反动,主观上在于捍卫艺术的独立和纯洁而拒斥堕落。只是很不幸,由于过分强调超道德,结果蹈入感性崇拜,反倒使美庸俗化。另外,它还不可避免地陷入某种矛盾,即为了维护艺术的绝对独立却不得不牺牲题材选择的自由,以及为了追求非功利倾向而导致矫揉造作的故弄姿态。其实,在实践方面,唯美主义主张往往只是种假象,因为绝对超脱的艺术追求是永远也难以做到的。不言而喻,只要包括法的、政治的、伦理的、宗教的等各种观点在内的社会意识形态一天不从人类生活中分离出来,那么任何鼓吹所谓"纯艺术"的理论都不能算是美学上的科学原则。恰好相反,真正美的文艺产品通常是不与思想绝缘的,包括王尔德的作品也不例外。

　　作为理论家,同时作为创作者,王尔德的文学活动不光淋漓尽致地表达了唯美主义原则,而且也耐人寻味地暴露出其理论本身的矛盾或者局限。这在他被公认为唯美主义代表作的小说《道连·葛雷的画像》和戏剧《莎乐美》中显示得最充分不过了。

二

　　《道连·葛雷的画像》(1890)是王尔德唯一的长篇小说,描写一个象征性的故略带几分荒诞的故事。美少年葛雷有两个性格志趣截然不同的朋友,以追求美作为最高艺术目标的天才画家贝泽尔·霍尔渥德和渎世不恭以玩乐作为处世归宿的亨利·沃登勋爵。画家为葛雷作了一幅妙不可言的画像,不由使之慨然感叹:可惜岁月的痕迹要留在身上,若是能与画像易位该有多好,那样就可以永葆青春了。葛雷受了亨利的快乐主义哲学引诱，毫不忌惮道德约束，为所欲为，甚至犯罪。当看到坏行为并未在其外貌上留下什么，更沉湎于斯，越发堕落。可是那画像却发生着奇异变化，留下他一切不道德生活后果的印记，一天天衰老、丑陋起来。一句话，感叹竟成谶语。当贝泽尔发现这一秘密时，葛雷残酷地杀死了他，画像的双手上就立刻淋漓起鲜血。葛雷夜不能寐，唯恐有人从画像而识其真面，便决心毁掉这可怕的证物，终于暴怒地向它刺了一刀。岂料应声倒地的却是他自己，而且一派枯槁可憎的形容，那幅肖像倒完好地挂在墙上，灿烂漂亮，活脱刚刚画完的一样。

小说的首要题旨，显然在于探讨艺术和伦理及生活的关系，故全部情节人物，都按着美与道德的冲突这条线展开。毋宁说，以感觉为基础、以快乐为指归的唯美情趣作为精神本体贯注于作品始终。这种精神的主要体现者亨利认为对美的欣赏就是无穷尽的感官享受。既然如此，那么之于感觉论者，"世界的真正奥秘是有形的"①，唯庸人才不依据花色判断植物的价值。可见其目标在乎体验本身，而不在乎它的结果。亨利大言不惭声称可以再造生活的这所谓"新享乐主义"，其使命乃"教人们把精力集中于生活的若干片刻"。这种非理性的论调带有一种典型的世纪末色彩，归根结底是对"不合时宜的清教主义"亦即维多利亚时代之动辄一本正经的嘲弄式反抗。然而要命的是，终止于体验或感觉的"审美的"哲学，其中包含了某种自甘堕落的病态成分，似乎暗示

---

①［英］王尔德：《道连·葛雷的画像》，荣如德译，见《王尔德全集》1，中国文学出版社 2000 年 9 月版，第 26 页；本文所引小说文句均从该译本，为简洁计，以下不再加注。

着,美的本体里必有带罪恶意味的东西,作为"审美的人",非但不应回避它,反倒要领略它、发挥它和享受它。因为,探索罪恶不也应具圣徒般的勇气?就如向美德挑战,不也非得有超人的胆量——哪怕是撒旦的胆量——才成吗?这种快乐主义哲学尽管也能使人获得对生活的新理解,一种从艺术角度取得的纯粹审美的创造性观念,可不用说是危险的。它征服了道连,彻底改造了他的灵魂,使这可怜的青年去追求尝试过一种所谓"美"的其实是堕落的生活⋯⋯

　　但是小说是矛盾的。一方面,它淋漓尽致地——尤其通过沃登勋爵之口——发挥蔑视道德的唯美主义观点,另一方面,葛雷的命运又恰好推翻了以享乐和玩弄生活为目标的人生哲学而有力地证明,破坏自然道德规则一定会受到自然的惩罚,放弃操守就等于滑向毁灭的万丈深渊。不妨认为,画像标志着良知,葛雷要杀死良知,反而杀了自己。主人公的结局难道不是对放纵不法之处世态度的响亮耳光吗?当年,在使王尔德名声扫地的一场讼案中,人们利用该书对他肆意进行道德攻击,其实小说并没有多少可以使道德家脸红的地方。葛雷的罪恶是纯粹抽象意义上的,正如冈特所说:"《道连·葛雷的画像》不仅文体绚丽华美,还是一部最富于道德教益的作品——如果愿意,这本书可以解释为一部警世之作。"①作者本人指出,只有伪君子才会对作品极其明白的寓意熟视无睹,心灵健康的人是能够发现它所包含的道德寓意的。

　　尽管如此,不过就作家的唯美主义美学观点而言,对小说含义的理解似乎更要侧重如下之点:既然葛雷的罪行不见于他的本

---

① [英]威廉·冈特:《美的历险》,肖聿、凌君译,中国文联出版公司1987年7月版,第225页。

体而现于他的画像,那么艺术就比现实本身更能忠实地表达一切现象的精神或本质;或者反过来说,所谓生活恰恰是断送艺术的土壤,粗鄙的现实与精细的美之间横亘着一条鸿沟。小说中关于女伶西碧儿遭葛雷遗弃而走上绝路的描写,可谓对此唯美主义理论的生动解释:在西碧儿还完全不懂爱情时,她扮演莎剧女主角令人叫绝,而当爱上葛雷后,由于一心一意想着爱情、想着恋人,所以她的天才不见了,其舞台演出只不过成了以冷漠的心境表达过火的感情而已。葛雷随即厌恶了她,可见他爱的更是她塑造的美丽形象而非她本人。在得悉少女自杀的消息时他叹道,如果从某本书中读到她的死,那他一定会号啕大哭的。这里,除了表明葛雷的堕落已濒于毫无心肝的程度外,艺术绝对高于生活的思想,不也概括得一清二楚吗?

毋庸置疑,小说设计的三个性格尤其思想观念均大相径庭的人物各具不同的象征意义。霍尔渥德是献身于美同时也追求着善的艺术家,在他那里,美与善、形式和内容,既有对立的一面,更有统一的可能。他的弱点在于战胜不了美的诱惑,尽管发现现实生活里美的形象往往和丑的行为糅作一体。他痛心地看着葛雷的堕落却毫无办法,又做不到跟这个漂亮的坏蛋分道扬镳;明知其恶行累累,却仍然为了他的美而如痴如醉地崇拜之,终于做了自己的画作和自己所爱的人的牺牲品。贝泽尔的柔弱品格、善良心地和对于美的那份痴迷更给他的命运烘托以伤心惨目的色彩;不过其悲剧也似乎——至少从客观上——暗示出,远离生活而一味陶醉所谓美的创造最终将会导致一个艺术家的毁灭。当然就此而言,又不啻是对作家唯美主义理论的绝妙讽刺。

作为某种坏的生活原则的猎获物,为"抓住瞬间的青春"而走向邪恶的主人公形象就更耐人寻味了。我们注意到,一旦葛雷放弃操守,旋即体验到某种罪恶刺激的美味,可见人有趋向堕落的可能性。道连的经历,最直接地反映着美与道德的矛盾或斗争。二者仿佛是势不两立的,故为了前者而出卖后者。他那永不褪色的青春美丽是以牺牲道德为代价的,可见在本质上依附着恶。然而恶与道德真的水火不容吗?那么画像的丑陋为什么偏偏又与失去道德联系起来呢?原来艺术的美毕竟还是喜欢与道德的美为伍的。亘古以来,人们就把美与善视为一体,唯美主义偏偏将二者对立起来,就难免陷入某种悖论、某种尴尬。葛雷终于无法逃脱良心抑或说自然法则的惩罚,他罪有应得的下场表明,事实上任何人都不能也无法超越道德,只要他还是社会的一员。

　　然而就深刻性而言,毕竟应首推沃登勋爵,尽管批评家们一般倾向将其视为危险的尼采式败德者,但他的确是个令人难以忘怀的形象。亨利是这样的人,即使凌迟剥皮的行为在他看来也不过仅具观赏价值而已。在得知西碧儿的死讯时他是这样安慰朋友的:"一个姑娘为了爱你而自杀了。我真希望自己曾有这样的经历。它可以使我从此一辈子爱上爱情。"他嘲弄生活,说,除了美,世上没有一样东西是神圣的;并声称,罪恶是现代生活中所仅存的唯一美的成分;罪恶从来不是庸俗的,可庸俗却永远是罪恶的。他就是这样令人咋舌地喷吐着"唯美"箴言,充当飞短流长、闲情逸致上流沙龙生活圈子的潇洒过客。当然,亨利实际上远比一个简单的坏蛋来得复杂和有意义。他像《浮士德》中的靡非斯特,既是诱人堕落的魔鬼,又是对人生真相、社会病症洞穿幽微的观察者,冷嘲热讽的批评家。他以玩赏者的姿态撕去遮羞的面纱,使人性的阴暗面曝于光天化日。其妙语连珠的谈话尽管有一种伏脱冷式的残忍幽默感,但不妨认为也包含了某些"真理",只不过这类东西令一般正人君子发窘而羞于出口罢了。

可是毕竟,以感觉为本的快乐原则绝不可能成为生活的价值尺度,社会道德无论多么陈腐和不合理,总有文明精神积淀于内,何况事实上,一定社会阶段的道德观念都是与其社会发展基本同步或大体相应的。不可忘记,亨利的唯美理论是种精神贵族式的闲暇哲学,它除了对粗俗的拜物文化以并非致命的刺痛之外,并无意于分担世界的不幸与屈辱。这种世纪末的耽溺主义一旦在快乐中找不到沉醉,就要转而向痛楚寻求刺激了,一如《莎乐美》所显示的。

三

《莎乐美》(1893)是部用法文写成的独幕悲剧,它借用圣经典故,不过作了随心所欲的处理。在犹太王国的宴会上,公主莎乐美不堪其继父希律王淫荡的目光,中途退席,得见被幽囚于枯井内的先知乔卡南(即施洗者约翰),爱之,遭拒绝与诅咒。色迷心窍的希律要莎乐美为其跳舞助兴,并起誓愿满足她的任何要求,假如她听命的话。莎乐美从之,便要乔卡南的一颗人头,国王骇然,但不得不履行诺言。公主得到了她所爱的人的头颅,一边频频吻他血淋淋的嘴唇,一边热烈地说:"啊!我吻到你的嘴唇了,乔卡南。我吻到你的嘴唇了。你的嘴唇有点苦味。这是血的味道吗?……不过这也许是爱情的味道吧……人们说爱情有一种苦味……不过那又怎么样?那又怎么样呢?我吻到你的嘴唇了,乔卡南。"①

---

① [英]王尔德:《莎乐美》,韩石译,见《王尔德全集》2,中国文学出版社 2000 年 9 月版,第 376 页;本文所引该剧文句均从兹译本,为简洁计,以下不再加注。

　　在这部充满激情的诗剧里，王尔德用艺术的魔杖，把爱情点化为一种病态，一种乖戾但是卓绝的感情。莎乐美对许多男子的倾慕置之不理，唯独爱那张她为之害怕的，不断对她的家族发出诅咒的憔悴面容，因为它在她眼里是美的，美得不可抗拒："我本是一个公主，你却敢责骂我。我是一个处女，你却把我的贞洁剥夺了。我静若处子，你却往我的血管里填满了火焰……"她的爱情同恐惧、憎恨交织一起，可又爱得那么专横、那么执着、那么热狂。仅仅为了占有那禁果般诱人的嘴唇，那无与伦比的爱情的美妙一瞬而不惜杀死爱人，而杀死爱人又意味着杀死自己。显而易见，在犹太公主坚执于追求美与爱而拥抱死亡的沉溺中，包藏一种唯美主义哲学，正与沃登勋爵要把生命力灌注于某顷刻的所谓"新享乐主义"一脉相通。但同样显而易见，与《道连·葛雷的画像》里那种逍遥自在、一任快乐的悠然格调不同，《莎乐美》却始终拖着沉重的悲哀。如果说前者主要在于品尝"美"的果实的甘芳，那么后者则更在于咂摸它的涩苦；或者，前者突出的是牺牲道德而换来肉体的片刻欢乐，后者强调的是追求"美"而导致精神的永恒绝望。它客观上揭示出，唯美式的爱情是沉醉，但更是痛楚与毁灭。

　　是的，也许"美的毁灭"才是这部悲剧的主题。按说，莎乐美是美的，她所追求的爱情也是美的，甚至在爱的热烈上那种不达目的绝不罢休的极端方式也不能不说是美的（兹仅就抽象意义而言）。但是，就如真理和谬误有时仅仅分毫之差，唯我主义的专横爱情却把她一变而为欲望的奴隶和占有狂，可爱的公主刹那之间化作血腥女巫，那种爱的崇高、美的崇高一剑之下命归黄泉，一出美的毁灭的悲剧收场了。

　　自然，从某种意义上看，美的毁灭也就是爱的毁灭。就此而论，事实上悲剧写了一连串的毁灭：莎乐美对乔卡南的痴情，首先使得对她同样痴情的宫廷侍卫长绝望自杀；而国王的淫荡尽管可使其答应公主包括索取先知脑袋在内的任何要求，然而由于潜意识中的妒忌（亦为乱伦欲望的表现形式），他却不能容忍她那狂热的亲吻，即使吻的是颗死人头，这导致公主的毁灭即被处死；至于不为强暴所屈，不为美色所诱的乔卡南的牺牲，难道就不是爱的毁灭？他对上帝的爱不是亦如莎乐美对他的或者侍卫长对公主的爱一样热狂吗？有人责难王尔德只会表现疯狂不真实的爱之罗曼蒂克，而忘记了唯美主义的美学所鄙视的正是以模仿为特征的写实主义。王尔德像他的法国前辈波德莱尔，侧重的是艺术的象征，那能够引起心灵震颤，辐射出特殊意义的悲剧意味。在《莎乐美》里，亦如在《恶之花》里一样，通贯着对残忍及无可奈何的感伤。莎乐美为了致命的一吻而弃王国荣华如敝屣，这之中既包含了罪恶的成分，但又不乏宗教般的圣洁。作家就是以这样震撼人心的艺术手腕让人品味"爱之神秘远比死之神秘更神秘"的颓废旨意——他的心好像受了创伤，而且伤得很重。

这的确耐人寻味。无视责任、义务和道德的美之历险企图给感觉迟钝的世纪末生活以某种鲜明的色彩，岂料，就像王尔德自己说的，快乐更带有悲剧性；以局外人的超然高雅旁观生活者，到头来却发现比局内人更需要倾吐世俗的悲哀，因为生活的严酷性并不打算放过任何人。

（本文成稿于 1992 年 4 月。刊发于《山东师范大学学报》1992 年第 3 期；人大复印资料《外国文学研究》卷 1992 年第 8 期转载，《高等学校文科学报文摘》1992 年第 9 卷第 5 期摘要，《中国语言文学资料信息》1992 年第 4 期摘要）

后期象征主义诗歌与艾略特

一

西方诗歌从 19 世纪后半叶法国象征派始，其有悖于传统的所谓"现代性"特征在超越浪漫派的基础上愈来愈鲜明和突出，主要表现于，抛弃对世界的理性认识和对现实生活的如实描写，一味遁于恍惚主观的个人内心世界，表现若隐若现、扑朔迷离的神秘感受。其先驱人物是波德莱尔，他在 19 世纪的西方诗坛，从引起诗学观念深刻变化的浪漫主义肇始而经巴拿斯派、象征主义、唯美主义、印象主义、新浪漫主义等新诗潮之转变中，是个关键人物。波德莱尔主张艺术必须脱离自然，诗要以想象抒发个性，特别要表现忧郁与悔恨的心情，从而进入"美"的境界，即更高的、飘忽不定的意识世界；他关于世界是座象征的森林、人及万物彼此感应的"通感"论成为象征主义的理论根据——当然从哲学背景上讲，还有更深层次的叔本华的唯意志与柏格森的唯直觉等非理性学说。象征诗派的代表诗人是活跃在 19 世纪末的马拉美、魏尔伦和韩波，他们发展了波氏之神秘主义和悲观主义，追求朦胧性和音乐感，于是一种全新的诗学观伴随创作建立起来，不仅超越了浪漫主义还超越了波德莱尔，把诗引入于更高的主观层次；

而且影响波及欧美。

可以肯定的是,象征主义旨在自觉地摆脱如实记录表层现象的写实主义或自然主义,深入心灵以窥探"最高真实"。为此赋予抽象观念以具体可感的象征形式,故注重语词的暗示功能也就是言外之意;换言之,用比拟或暗示激起想象与联想,以实现主客观物我沟通神交的美妙感受。其包孕的独特韵味正迎合了所谓"世纪末"多少带点忧郁甚至颓废情调的时代氛围,的确显示出非凡的魅力,印证了表现内心体验的巨大本领,给予一度疲弱的诗坛注射了一剂兴奋药,形成浪漫派之后一个诗歌中兴的小小高潮。

然而新世纪来临时,象征主义诗潮却似乎暂时地落入低谷,不过并未消失,或许还可以说,它正以另外的形式积聚再度复兴的力量呢!这另一种形式指的是"意象派诗歌"。1909年,英国诗人休姆和弗林特在伦敦组织文社,1910、1911年,美国诗人庞德和自称 H. D. 的女诗人杜丽托尔也先后来此加盟,于是形成被后人称为"意象主义团体"的意象派。这帮敏感气质的青年出诗集、办刊物,吸引了众多诗人。作为一个文学团体其活动结束于1917年,但诗人们的创作并无休止,实际上汇入一个尽管不是有组织但却更广大的新诗运动或者潮流之中了,即一般笼统称之的"后期象征主义"之国际性诗潮,于20世纪20—40年代盛极一时①。通常的文学史描述,就是把意象派看作后期象征主义的,虽然明

----

①成就卓著的象征主义诗人数量众多,例如爱尔兰人叶芝,1923年荣获诺贝尔文学奖;法兰西人瓦莱里,有"20世纪法国最伟大的诗人"之誉;奥地利人里尔克,一位杰出的诗歌圣手。此外,意大利的"隐逸诗派"也属于后期象征主义范畴,代表作家是翁加雷蒂、蒙塔莱和夸西莫多,前者与后者均获得过诺贝尔文学奖。

确反对将二者混为一谈的也不乏其人。这不无道理，因为意象派与象征主义毕竟存在某些本质的区别，主要体现于，前者是靠非理性的直觉与创造性在刹那间表现一个理智和情感的复合体即"意象"，它直接、具体，无须描述，只有呈现；后者则离不开事物之间的对应关系，或者说主客观互动，因此就有一个理性背景的问题。此外还应指出，后期象征主义和上个世纪末叶的象征主义同样不能等量齐观，即非是重复而在发展。的确，后期象征主义更具现代性，内涵更深广，形式更完美。作家有意识地跳出个人情感的狭窄范围，力图表现社会与时代的总精神，在努力写出一战造成文明破坏和心灵创伤时，未曾放弃追寻那些尚带形而上价值的东西，或者换句话说，既正视现代"荒原"的悲愁情景，又深思和关注何以如此与还能否疗救的问题。再者，从范围性质上看，象征视野似乎更加开阔，例如个别象征往往为普遍象征所取代，简单象征发展为意象象征，甚至从纯粹情感的象征到情与理并举，从而提升了思辨性和哲理性。还有，艺术手法方面好像更自觉或更刻意，不仅在语言的层面，在声音、节奏、词句共鸣的层面，而且在结构深处、意象来源、诗意弥散的程度或可能性等多个层面，均可见良苦用心；作家不惜绞尽脑汁，或使用拼贴、剪接、神话原型组合，或通过博引、旁证、梦境怪诞暗示……总之，精巧安排，完成一个个象征表达的艺术目标。所有这一些，都在 T. S. 艾略特①的诗歌中得以淋漓尽致的表现，其长诗《荒原》自然也就成了现代诗歌的里程碑。

_____

①托马斯·斯特恩斯·艾略特（Thomas Stearns Eliot，1885—1965），美裔英国诗人、剧作家、文评家，后期象征主义最重要的代表。

二

　　作为 20 世纪西方现代派文学大师,艾略特在诗歌创作和诗学理论两方面均有建树,可谓 20 世纪西方诗歌研究绕不开的人物。他 1885 年诞生于美国密苏里州圣路易斯一个砖瓦巨商家庭,曾祖是英国萨默塞特郡的一个普通鞋匠,17 世纪 70 年代移居波士顿;毕业哈佛神学院的祖父开始发迹,创办华盛顿大学,任校长;父亲是成功的商人,母亲名门出身,广有才学;这个家庭的特点是深厚的文化底蕴和纯正的新英格兰清教信仰。艾略特 18 岁入哈佛攻读哲学与文学,兼习法、德、拉丁、希腊诸语,广涉艺术、历史、宗教等多种人文学科,并迷恋同时尝试创作象征主义诗歌。1910 年又去巴黎大学修习一年,聆听过柏格森的讲座;1914 年再赴欧洲,从德国,然后到英国,在牛津做博士论文,但因一战爆发等原因,一直未能回哈佛答辩。1915 年他与神经质的英国姑娘维芬·海渥特结合,便于伦敦定居,终在 1927 年加入英国籍,并改宗英国国教。早些时候他曾在伦敦一家银行供职,20 年代后期成名了便专事文学事业,担任多家期刊编辑和出版商;1932 年他与得了疯症的妻子分居;1948 年获诺贝尔文学奖,1952 年就任伦敦图书馆馆长;1957 年与秘书法莱丽女士结婚,终于找到了梦寐以求的幸福;1965 年初逝世,被安葬在威斯敏思特教堂的"诗人角"。

　　1909 年艾略特开始发表诗歌,一生虽有几部诗集问世,但数量并不大。因受法国象征主义诗派的影响,特别是 1914 年在伦敦结识以庞德为代表的意象派诗人并追随之,所以形成"意象"与"象征"色彩浓郁的诗风,再加上对 17 世纪英国玄学派诗歌情有独钟,便又平添了隐晦曲折的显著特色。从思想内容方面看,艾略特的诗作大多表现世界大战给人类尤其人类文明或精神造成的灾难性后果,慨叹、嘲讽、鄙夷淹没于欲望之海中的现代人行尸走肉般的存在价值观与行为方式。这从前期阶段的创作就已相当充分地显示出来了,如《普鲁弗洛克的情歌》(1917)、《诗集》(1919)等。前者乃诗人最早引起关注、产生影响的作品,表现走在与情人约会路上的中年男子混乱的心理活动,他胆小、卑琐、疑虑重重,又充满了欲望,甚至拿不准自己究竟有没有勇气去表白,因为他被诸如头发"愈来愈稀薄"、"胳膊腿真的瘦了"一类念头搅扰着。这个心神不定、患得患失、庸俗甚至无聊的家伙,正是情感枯竭、精神萎靡的现代人的绝好写照。后者是艾略特的第二个诗歌集,其中多数诗继续深化了对西方现代社会之卑鄙、堕落不胜厌恶的主题。如《小老头》写某个老人试图从一生经验中寻求值得信赖的东西而不得,说明他就如他所生活在其中的那个世界一样丧失了真和爱;《笔直的斯威尼》与《夜莺声中的斯威尼》既对堕落的现代人进行无情的讽刺,又暗示了放荡的现代人醉生梦死的淫乱生活。

　　1922 年发表的《荒原》是确立艾略特在西方现代诗坛上不可撼动地位的代表作,当然也是诗人思想成熟的产物。这个时期的重要作品还有《空心人》(1925),是描写精神空虚的现代人的代表作,用死亡国度里的"空心人"、"稻草人"比喻这个时代的芸芸众生,其象征意象比较明了,而且相当形象——

　　　　我们是空心人

　　　　我们是填塞起来的人

　　　　彼此倚靠着

　　　　头颅塞满了稻草。可叹啊!

　　　　…………

有态而无形，有影而无色，

麻木了的力度，没有动作的手势；①

　　如果把艾略特的创作分作前后两个时期，那么从1930年发表《灰星期三节》起，就进入后一个阶段了。这时期诗人的思想一般来说趋于稳健和保守，正如他在1928年所声称的：政治上是保皇党，宗教上是国教徒，文学上是古典主义者。他的诗作开始具有浓厚的神学色彩，追求上帝的真理，倡扬隐忍、谦卑。《灰星期三节》这首诗就表现了对现实失望后冀图借宗教信仰摆脱精神困境的愿望："祈求上帝给我们仁慈吧……为我们罪人祈祷吧！在此刻和死时为我们祈祷吧，在此刻和死时。"②长篇组诗《四首四重奏》(1935—1942)是该后期阶段最重要的诗作，按音乐的曲式结构将组诗分为4部分就像是一部大套曲的4个乐章，每个乐章又以回旋重奏的形式再分为大致相等的5个小乐章；每个大乐章也就是每首四重奏分别以一处地点为题，而整部诗则由"时间"这个主题导入："现在的时间与过去的时间两者也许存在于未来之中，而未来的时间却包含在过去里。"③不难理解探讨的是永恒问题，从性质上说是一篇宗教哲理诗。诗人认为历史由时间形成，时间由意义形成，所以历史感也即对于时间意义的认识，而认识时间意义则必须通过特定的地点。本诗选择的4个地点是：一、诺顿，这是英国一座贵族庄园的遗址，毁于其绝望主人的自焚，诗

①艾略特：《空心人》，赵萝蕤译，见《世界诗苑英华·艾略特卷》，山东大学出版社1997年4月版，第122页。

②艾略特：《灰星期三节》，查良铮译，见《世界诗苑英华·艾略特卷》，山东大学出版社1997年4月版，第129—130页。

③艾略特：《四首四重奏》，张子清译，见《世界诗苑英华·艾略特卷》，山东大学出版社1997年4月版，第136页。

人曾来此游览;二、东科克尔,艾略特先祖的居地,1937年8月他专程凭吊过;三、塞尔维吉斯,美国大西洋沿岸的一个小岛;四、小吉丁,17世纪英国革命前一个信奉英国国教的村社,王党失势后被国会军铲平,诗人也曾造访过这个遗址。在该旁征博引不让《荒原》,以辩才取胜的诗篇中,通过个人经历、历史事迹、人类命运的描述、追踪及沉思,着重于探索有限和无限、短暂与永远的关系,印证了诗人在皈依英国国教后追寻永恒真理的精神历程及其宗教历史观。

30年代以后,艾略特的创作以诗剧为主,有几部非常重要的作品,主要是《大教堂凶杀案》(1935)、《合家团圆》(1939)、《鸡尾酒会》(1950)、《机要秘书》(1953)、《政界元老》(1958)等。就如他的诗歌,这些剧作同样表现人的信仰或者救赎方面的问题。一般认为前者代表其戏剧创作的最高成就,该剧描写1170年坎特伯雷大主教托马斯·贝克特为英王亨利二世所暗杀的历史事件,不仅歌颂了主教以身殉教,为世人赎罪的献身精神,而且通过分析暗杀背后复杂的政治因素,深刻地表现了宗教与社会权力之间的激烈冲突;结构上遵循三一律,并巧妙地运用古希腊悲剧中的合唱形式,取得了非常好的艺术效果。

三

作为文评家,艾略特的影响并不在其诗歌之下,作为诗人,轰响文坛之前即颇有名声,这无疑增加了其后的文论家分量。当然,也有学者倾向于认为他实际上并没有形成系统化的思想体系,只是对许多艺术问题进行了深刻的独立思考而已①。重要论著有《传统与个人才能》(1917)、《玄学派诗人》(1921)、《批评的功能》(1923)、《诗歌的用途与批评的用途》(1933)、《古代与现代文集》(1938)等。

　　首先值得注意的是艾略特对传统的论述。他认定传统含有历史的意识,这种意识对一个走向成熟的诗人是不可或缺的;该意识"又含有一种颖悟,不但要理解过去的过去性,而且还要理解过去的现存性"②。通常的见解是传统会抑制独创性个人才能的发挥,但艾略特则视之为偏见;因此断言传统对作家是必不可少的,任何创作都不可能独立于传统之外,唯自觉地认识和依靠传统才可能有所突破或创新。在他看来,一个既是历史的也是美学的原理为,判断某个艺术家的重要性就是考察他同以往艺术家的关系,不能孤立地而应放在与前人的比较对照之间进行评价,没有单独地具有完全意义的诗人或艺术家。新与旧是互动而非静止关系,如果说现存艺术经典构成一个理想秩序,那么一件新艺术品的产生就意味着现成秩序遭逢一个新事件,秩序便相应得以调整,或曰"过去因现在而改变正如现在为过去所指引"。这是否是指传统与创新应当相适应或者必须适应呢? 也许罢。不管怎样,艾略特相信作家也能像催化剂似的使传统发生变化——因为

---

①现代西方文论史上,肇始于20世纪20年代的欧美"新批评"实际上发端于艾略特,或者说他提供了丰厚的思想土壤及主要的文学观。1917年艾略特的第一本文论集《圣林》问世,其中若干篇特别是《传统与个人才能》成为"新批评"许多重要观念的滥觞。

②艾略特:《传统与个人才能》,卞之琳译,见赵毅衡编选《"新批评"文集》,中国社会科学出版社1988年4月版,第26页。本节其他引文除标出者外,均同此。

传统是处于动态中的不断丰富与发展的东西——这取决于个人才能或正是个人才能之所在。

其次提出了富有独创的诗学见解"非个人化"问题。是指诗人在创作中要避免将诗意和感情打成一片,即反对主观自我表现。或许这是受了法国象征派诗人"客观诗"观的启发,在艾略特看来,生活与艺术、诗人与诗完全是不同的两码事,"诗不是放纵情感,而是逃避情感,不是表现个性,而是逃避个性",主张"一个艺术家的前进是不断地牺牲自己,不断地消灭自己的个性"。这似乎有些费解,因为,诗言志、言理,当然也言情,而且在我们习以为常的诗学观念里,言情是首要的。该观念的基本素性难以颠覆,但艾略特明确反对言情,当如何理解?他的观点或许是针对浪漫主义诗学而发。作为一条超越将抒情尤其抒自我之情发挥至巅极的浪漫诗之路乃先由 19 世纪的象征派开辟,艾略特与之密切联系的事实由是可见一斑。他认为,感受的诗人和创造的诗人分离得越彻底,心灵消化、点化充其材料的激情就越完善。他一再强调"艺术的感情是非个人的",而且断言只有无条件地献身于诗才可达到"非个人的地步";换句话说,"非个人化"是高境界,接近它绝非易事。笔者很难苟同此说,尽管它的理论独创价值毋庸置疑;或许,只有当窥测到深含其内,对滥施个性崇拜的自由主义哲学批判的思想火花时才感觉出它的重要性。可以想见,各种社会弊端的根源之一即随心所欲的自由生活观,个人情感的健康与否牵惹社会规范,仅仅囿于诗人情感的小天地难免局限性,是故必须摆脱而求超越。跳出小世界融入大世界,这种浮士德式的人生缩影,印照着西方人的价值理念。依此而言,诗人的确应善于把个体的情绪体验转变为宇宙性、艺术性的东西,因此要不断地放弃自己,以换取更有价值的追求。

那么就此说来,升华为宇宙精神的"情"当然应该藐视坊间市井那些庸俗的蝇营狗苟、鸡零狗碎了,"情"是要有高下、优劣之分的。仔细想一下不无道理,如我们耳熟能详的诗句"曾经沧海难为水,除却巫山不是云",很可能乃元稹兴叹自我经历发而为诗,但由于诗人点铁成金的为诗功夫,轻而易举地就升华为极具普遍性的哲理了。再如"抽刀断水水更流,借酒浇愁愁更愁"亦可作如是观,酷嗜颠沛浪游的诗仙李白虽阅尽人间春色,但也会经历或见证无数悲欢离合,几杯酒下肚,感喟不请自来,掷笔写下如此千古佳句绝不可能与情绪无关,然而他能够超脱于外,把兴感化而为宇宙精神而与日月同辉。套用艾略特的说法,元李使文学的"现成秩序遭逢一个新事件",他们与他们的神来之作也就转化为传统的一部分。文学史上类似的名句屡见不鲜,像"春蚕到死丝方尽,蜡炬成灰泪始干"、"无边落木萧萧下,不尽长江滚滚来"、"庄生晓梦迷蝴蝶,望帝春心托杜鹃"皆具同质。说到底,文学是典型化的东西,跳不出局限的小圈子便难得登高望远。如果由此出发去理解艾略特的"非个人化"理论,也许不无积极意义。

不过总还是免不了疑惑,因为直抒胸臆乃至毫无雕琢地把感受说出来似乎也是文学创作的某种常态。黛玉的《葬花词》是篇很唯美的东西,但那绝对是该性情极其敏感的少女触景伤情的结果,真难以界定"侬今葬花人笑痴,他年葬侬知是谁?"的幽怨感怀之诗学性质,只是有一点可以确定,即此惋恻之音绝非粗陋庸俗的等下情感,但也似乎并不属于高大上的宇宙情怀。可见,浪漫主义式的直抒胸臆乃至夸饰表达自有其存在的理由;诗学内涵当是无限丰富的,不同主张之间即使水火不容,彼此特有的生存根据却不能否认。因之,艾略特的"非个人化"诗论,也只是像浪漫诗学一样丰富了传统的内涵,却不能取代它。

　　此外，艾略特还提出了一个"客观对应物"概念，指人的感性经历可以在特定的情景、事件也即客体中表现，并由此传达给读者。诗人于《哈姆莱特》一文中是如此表述的："用艺术形式来表达情感的唯一方法是寻找一个'客观对应物'，换句话说，寻找一系列客体，一个情景，一连串事件，这些会成为那种特定情感的表示式。这样，那些一定会在感觉经验中终止的外部事实一经给出，就会立即引起情感。"①他曾经形象地比喻说，诗应像玻璃窗，透过它可以看到外面的景象。或许可以这样解说：诗人表现情感不是直接的，而是煞费苦心地制作"象征"因而也就成了间接过程，即把各种事件情景进行有组织的搭配，从而将复杂的意思暗示出来，种种起暗示作用的物象意象包括原型、典故之类便是所谓的"客观对应物"。这一理论似乎同样存在某种缺陷，因为与客观物象所对应的情感内容能否像作者所期望的那样立刻引起读者的相应情感恐怕没有太大的把握，如果真的是诗人的一厢情愿呢？要知道那所谓的"客观对应物"多半来自作诗过程的刻意为之。应该看到的是，该诗论与"非个人化"的内在联系，说到底艾略特更关注客体，谨防客体为个性所遮蔽几乎发展成一种激情，这倒符合"象征"的特点，思想或情感的表达总得需要一个载体呀！

　　艾略特的见解新鲜者不少，他取双重标准评价文学，一部作品是否具有诗意取决于艺术标准，而是否伟大则取决于宗教或哲学标准。其早期批评"文学本体论"色彩较显，换言之乃更倾向于按其诗论处理文学，即较为严格地看待、评价、实践上述准则。包

---

① ［英］艾略特：《哈姆莱特》，孙建庆译，见黄晋凯、张秉真、杨恒达主编《象征主义·意象派》，中国人民大学出版社 1998 年 8 月版，第 124 页。

括《荒原》在内的较早时代的诗,似乎很注意隐藏自己,常见的手法是频繁改头换面例如运笔语气多样化,叙述者类如戏剧人物,总之留心不让人感觉出是作者在直抒胸臆。约从 30 年代始,则愈来愈转向基于正统宗教的"道德本体论"了,一改"戴着面具"说话的表达方式,减少变幻不定的视角及语气转换频率,《灰星期三节》可为标志。就"艺术本体论"而言,艾氏文论特征是关注作品本身,关注它自足的独立性,反对把作家和作品混为一谈。之所以说他对重视形式分析的英美"新批评"派影响巨大,实际上成为其奠基者或先驱者,原因隐见于此。

平心而论,诗学大师艾略特似乎并非白璧无瑕,其诗过分刻意,似有矫饰弄玄之嫌。诗论也一样,不必说"非个人化"主张,无情地斩断了创造主体和创造物之间的血肉联系,而"客观对应物"概念,除了有些语焉不详,最大的问题是难以操作。可以想象,照此办理,诗创作必然会成为一种煞费苦心与矫揉造作的玩意儿,而读诗也必将要绞尽脑汁类于做学问,结果变快感为熬煎。毋庸讳言,他的掉书袋、别出心裁与刻意求工,还有故意为之的笨拙句法及半藏半露的话语表述,给诗歌写作带来的并非全是好影响。

四

就实践诗人的诗学理论或者体现象征诗的特色而言,《荒原》达到登峰造极的程度。

作为一篇宏大而又纷乱的象征主义诗作,《荒原》已成为公认的现代派诗歌经典,像但丁的《神曲》一样具有划时代意义,因为它的确在很大程度上改变了现代诗歌发展方向。

《荒原》原稿800余行,经庞德大刀阔斧删改后,在艾略特本人主编的《准则》杂志发表时为434行。诗题的明白确切与诗本身的晦涩难懂恰成鲜明对照,据说出现于本诗中有7种语言文字,涉及35个古今作家的56部作品,且用典突兀,造成意象纷繁。

说它的诗题明白确切,是因为"荒原"者,无论作为一种景象还是一个意象,一望而知代表着一战之后被摧毁或者受到重创的西方社会之物质与精神文明的实况,一幅伤心惨目的无序、肮脏、贫瘠而混乱的图画,成了一时找不到出路、精神极度虚脱的"文明真空"的代称。说它的内容晦涩难懂,是因为诗人完全打破了作诗的常规,采用非逻辑甚至非理性的表达方式,把主题或诗意包藏进无穷隐喻的密林之中,这密林又像是处在原始状态,各类各种植物错杂纷纭搅缠一团,真个是剪不断、理还乱。

艾略特崇拜但丁,也力图像但丁那样把自己的诗写成禀赋史诗风度与神秘宗教气质,甚至或许还企望如《神曲》一般真切地描绘出当时当地的图景并给人指出一条拯救之路。从大量使用神话、典故、秘闻、传说之类可以明确感到这部20世纪现代诗章与那部中世纪史诗之间有诸多内在与外在联系;此外,世纪初期日渐发达起来的文学人类学与原型批评文化心理学成果也给予诗人以不少创造性灵感,这突出表现在诗的总体结构上。从诗人所加的注释可知,两部人类学著作即弗雷泽的《金枝》和魏斯顿女士的《从祭仪到传奇》所提供的人类蒙昧时期丰富的原始神话及中世纪有关骑士寻找圣杯的传说构成了该诗总体的象征结构和神话框架。而所涉及的这些神话或传说均与生殖崇拜(表现为死而

复生)相关①,这样,死亡与再生还有与之相关的水与火原型就同
"荒原"的意象联系起来了,因为荒原与寸草不生、赤地千里进而
与心灵苦旱、丧失信仰、精神沉沦相联系;那么,如何使荒原长出
庄稼、也就是怎样让灵魂复苏便逻辑地提到了作者与读者的面

---

①《荒原》中利用的原始神话,主要是《金枝》第 4 部中从近东、埃及和希腊神
话中归纳出来的与植物生长和四季更替有关者。弗雷泽和魏斯顿女士均
属于神话学研究中的"仪式派",即认为仪式先于神话,后者源自前者;而
"从祭仪到传奇"这个书名便是一个很好的说明。弗氏指出:人格化繁殖
神大抵产生于原始初民的祈丰仪式;他们相信,植物荣枯乃至季节更替盖
与繁殖神的经历特别是他的性活跃能力息息相关,他强健时万物繁荣,而
受伤或性功能遭破坏甚或死亡时,大地就荒芜,河流就干涸,及复活时万
物再萌发勃勃生机;一些祈丰仪式也因此而创造出来,一般是象征性地杀
死并埋葬繁殖神,继而欢呼其再生,相信这样就可以保证农耕丰收、种族
繁衍。弗雷泽详述了巴比伦、叙利亚、埃及、塞浦路斯、希腊等地有关阿替
斯、阿多尼斯、奥西利斯、狄奥尼索斯等这些人格化的繁殖神的产生及演
变。至于魏斯顿女士的著作,则主要研究中世纪骑士文学所热衷的圣杯
传奇题材与古代宗教仪式的渊源关系。书中称,繁殖神崇拜由近东传入
整个地中海世界,并于基督教传播的早期两者并行存在且互为影响,及中
世纪,宗教文化一统天下繁殖神崇拜当然就无立足之地了,但骑士传奇中
的圣杯题材和"渔王"的故事带有明显的繁殖神崇拜痕迹,显然是这一古
老的文化现象于教会势力压制下曲折地反映到文学中的形式之一。所谓
"圣杯"乃与耶稣有关的一件圣物,因其不知去向,故寻找之成为骑士们的
一项圣业,由此演化出许多传奇故事。最接近古代祈丰仪式的圣杯传奇
大致可归结为:长途跋涉的寻杯骑士于一个夜晚来到一条河边,遇一垂钓
之人,他指示骑士去附近的一个城堡;及到城堡,则发现垂钓者正是城堡
主人,故称其"渔王";不过渔王负了伤,是故领地荒芜;他于河边垂钓正是
要等待骑士前来搭救;翌日,渔王已经不见,城堡也杳无踪影,但荒芜的土
地却得到灌溉而欣欣向荣起来。可见这故事的中心非在寻找圣杯而在救
治渔王,渔王正是古代繁殖神的变体。

前,就此说它表现困顿死亡和寻求拯救的主题显然是不无道理的。这样,诗中大量的看起来并无多少关联的戏剧性场面或小插曲便被整合进统一的生命整体之中了。

如果说长诗的主旨是描写现代荒原渴求生命、繁殖或繁荣,亦即渴求精神食粮以便疗救失去了爱情和信仰的人类,正如它的神话学象征框架所预示的一样,那么从效果推断也仍然是非常勉强的。因为诗人展示的这个荒芜的世界实在令人失望,长诗所突出的一个典型特征,即混乱龌龊的两性关系,现代人有欲无情,非正常的、欺骗的、兽性的苟合充斥了这个时代,使人觉得拯救它几乎没有可能。正是在这样一种基调上,展开了对于"荒原"——20世纪初期西方社会的描写。

全诗凡5章。第一章"死者葬仪",76行,通篇充斥着死亡主题:从玛丽破灭的浪漫史的回忆,到瓦格纳歌剧的爱情小调以及所引出的风信子女郎的怅惘,到利用纸牌算命的女相士梭斯脱里斯夫人的困惑——因为她为人占卜的结果是死亡,再到伦敦——荒原之城——凄凉的街景——

> 缥缈的城,
> 在冬天早晨的棕色雾下
> 一群人流过伦敦桥,这么多人,
> 我没想到死亡毁了这么多人。
> …………①

一步步加强着死亡意象。在本章里,关于寻找圣杯、渔王、太洛纸牌、淹死的腓尼基水手、独眼的士麦那商人、"被绞死的神"即耶稣

①艾略特:《荒原》,裘小龙译,载《外国诗》1,外国文学出版社1983年9月版,第85页;本节所引《荒原》诗句,均从该译本,以下不再加注。

等引出了许多形象,但由于现代荒原人丧失信仰,为情欲和利禄所乱,以致"枯树不会给你遮荫,蟋蟀之声毫无安慰,干石没有流水的声音",灾难降临人间! 所展现的荒原人生活真的无异于出殡,而葬仪的意义则在于使死者的灵魂安息、得救,但荒原人能指望实现吗?

第二章"弈棋",96 行。以偷情和堕落为主题,揭示不可救药的现代人百无聊赖的麻醉生活。标题借用一部同名英国剧作,内容却指另一个剧本《女人提防女人》:公爵爱上某少妇,请人设计与其幽会;邻人便把少妇的婆婆叫来下棋,趁此公爵的欲望满足了。这一章虽然征引了许多作家作品,但描写较为具体写实:首先以莎剧《安东尼与克莉奥佩特拉》入题,从空虚的贵夫人到酒吧里的下等女人,描写赤裸裸不正当的两性关系,中间穿插的关于夜莺的典故,更明确了荒原人的滥淫性质。尤其那个叫莉儿的妇人同女伴毕儿的谈话,商量怎样打胎和怎样瞒哄即将退伍归来的丈夫,伴随酒吧打烊的催促声,起到了非凡的艺术效果。

第三章"火的布道",139 行。继续上一章的主题,通过两性人铁瑞西斯,这无所不见、阅尽人间淫烂的旁观者视角,从泰晤士河之今昔,到包括同性恋者在内的各色人等猥琐无聊的行为方式,直到打字员与公司小职员的禽兽交配,把由情欲之火造成的"人肉发动机"肮脏不堪入目的各种生存丑态尽收眼底……或许现代式的性关系其堕落程度已使西方的道德利剑无能为力,所以最后请出了东方圣者佛陀的火诫词,规劝人们节制情欲,斩除孽根、回头是岸——

　　　燃烧,燃烧,燃烧,燃烧

　　　啊,主,你拔出我来

　　　啊,主,你拔

燃烧。

　　第四章"水里的死亡",10行。重复死亡主题,暗示死亡不可避免,然而使人致死的是欲望之海,就如昔日那漂亮的腓尼基水手,由于纵欲而葬身大海。水既是涤罪物质的符号,又是吞噬生命欲壑的象征……

　　第五章"雷霆所说的",113行。再次回到荒原主题,龟裂的大地岩石嶙峋,没有水,没有滋润生命的水。这里出现了耶稣的形象,并暗示他于客西马尼园中被捉、遭囚并于十字架上殒命,"他曾是活的现在已死";他死后荒原倍加凄凉,因为人们失去了信仰;耶稣死而复活,于人群中行走,却没有人能认出他,看来现代人得救无望,因此,"我们曾是活的现在正死"……最后一节里又出现了渔王,他是基督的化身,然而他似乎并没有信心,"我是否至少将我的田地收拾好?"无奈中代表上帝的雷霆说了话:舍予、同情、克制!这来自印度大神的三条训示或许是拯救荒原的根本之法。可是雷声过后,荒原似乎依然如故……

　　《荒原》可谓一部表现第一次世界大战后现代西方人精神死亡的史诗,具有高度的概括性,弥漫着无边的悲观主义与绝望情绪。它准确地写出了战后一代人放弃信仰、醉生梦死、行尸走肉般的生存状态,以致"荒原"一词一度成了现代欧洲精神没落的象征。它那一连串触目惊心的意象,提供给我们一个印象强烈的信息,那就是在丧失了正确价值判断的社会里,人生意义必然成为问题,而何去何从,往往也是盲人瞎马。

　　作为影响深远的典型的现代象征主义诗作,《荒原》在艺术表现上的确独树一帜。首先,其最突出的特点便是复杂难解的象征,这些象征来自经典的多,取自现实的少。诗人用大量人类学、神话学、巫术学、历史、传说、哲学、文学之类的丰富资源,从整体到局部,展开或隐晦或明朗的象征。诗人那么喜欢掉书袋,广征博搜,好像不是在作诗,而是在索引。这源于他的一种见解:由于现代文化包罗万象,诗人非变得越来越广博不可。唯其如此,本诗也许成了迄今为止最难解的作品,一部不折不扣的"奥义书"。其次,运用类如电影"蒙太奇"的拼接手法乃是另一个鲜明特征。为了表达主题的需要,诗人把各种性质的意象段片组合起来,真实的、虚幻的,历史的、现实的,神话的、自然的,政治的、宗教的⋯⋯大量看似无关的场面进行着巧妙连缀,同时发挥各自的作用。艾略特可谓集字、集句的大师,该手法虽古已有之,而且为先锋派的音乐家、画家所喜爱,但唯有他应用到登峰造极。再次,打破时空界限,各种因素混杂,各类人物出没,自由、随意,尽管显得突兀,似乎找不着坐标,但由于依从"心理时间"理论,因此并不感到违反逻辑。

　　其实《荒原》并非一部讨人喜欢的作品,由于过度的标新立异使阅读的流畅感觉大打折扣。诗人在书房里拼接、杂凑,苦心孤诣地炮制匪夷所思的象征意象,岂不知害苦了读诗人。就笔者的拙见以为,研究它是有意思的,仅仅那些旁征博引就足可激起"循之究之"之兴致;但它的确又是一首阳春白雪的诗,不太适合大众阅读,加之艾略特后来添加了许多注释,某种程度上把诗行淹没于文献汪洋,更令非专业人士望而生畏,结果只好敬而远之。

　　　　(本文成稿于 2006 年 9 月,刊发于《东岳论丛》2007 年第 1 期,初刊有删节;编入本文集,将初刊时删节部分恢复,按原始稿录入)

两大师笔下的滑铁卢之役

一

在世界近代史上,使得像霹雳般震惊寰宇的怪杰拿破仑跃上舞台的,是法兰西大革命;而使这叱咤风云的雄鹰一落千丈的,是滑铁卢之役。滑铁卢,这场几乎改变了 19 世纪欧洲面貌的铁血鏖战,负荷骄傲与耻辱,也承载盛誉和诟诼早已经载入了史册:多少支杰出的史笔叙述它、探讨它呀!然而真正使其名垂千古的,与其说为史家的凿论,倒不如说是文学家的描写。不是吗?尽管它早已成为远年陈迹,但透过纸页,我们似乎真切地听见了战场的炮声和号角,一睹了两军的阵容与肉搏……而这,不是更应该归功于两位卓越的文学巨匠——司汤达①和雨果②——所执如椽巨笔那惊人的神力吗!

要描绘滑铁卢这样霹雳对飓风的壮阔战争,不具备非凡的才

---

① 司汤达(Stendhal,1784—1842)原名亨利·贝尔(Henri Beyle),法国著名小说家,19 世纪欧洲批判现实主义文学的奠基者和代表作家之一。

② 维克多·玛利·雨果(Victor Marie Hugo,1803—1885),法国著名诗人、剧作家、小说家,法国浪漫派的领袖和代表作家。

能、渊博的学识和昂奋的豪情几乎是不可能的。它既要准确和精
细，又离不开夸张和渲染；不可能没有评说与褒贬，但却须中肯与
公正；要状出全貌，还不得摒弃枝节；要写壮烈的格斗，还要写披
靡的溃败……一阕战争交响乐，一幅色彩斑驳的大油画，表现它，
确乎需要神笔妙手。多亏两大师，把诸种要素包罗无遗，并且写
得生龙活虎，更妙在彼此照应，相映成趣。

　　有趣的是，对滑铁卢大战的精彩描写，于两大师的著作里，都
是作为插曲同时又是情节根脉出现在与作品内容似乎并非十分
紧密的鸿篇巨制里的（司汤达的滑铁卢见于长篇小说《巴马修道
院》第二章至第五章；雨果的滑铁卢见于长篇小说《悲惨世界》第
二部第一卷）。让我们对照这于文学史上久享盛誉的篇章，借以
探讨两大师彼此迥异的精神气质和风格特色吧。

二

　　当然两大师洞观战场的角度不同，笔下所绘神态也就迥异。
在司汤达笔下，他的主人公是战役的参加者，其往来驰骋的足迹
便成了作家描写大战的线索，这就决定了司氏的滑铁卢不是整体
而是局部，是大战的细胞，是瀚海的水波。不言而喻，细胞连系着
生命，滴水亦可映出太空，司汤达正是让读者通过脉搏的弹跳，来
感受整个大战肌体的运动。

　　看吧，司氏的滑铁卢随着主人公法布利斯的活动展开了。这
是个颇多血性、热情洋溢又单纯幼稚的意大利贵族公子，凭了狂
热，他从米兰来到巴黎，又径往比利时奔赴战斗。应当说，以如此
一位"英雄"来写大战，本身具有相当的戏剧性，不过就此也便形
成了独有的特色。为了使法布利斯的冒险曲折离奇，也为了衬托

他的性格不屈不挠,为信仰矢志不移,作者先安排他被当成间谍关进监狱33天;而侥幸脱却囹圄之时,不早不晚恰是1815年6月17日——滑铁卢大战的前夕。他迫不及待,翌日拂晓,便匆匆赶往战场。匹马单枪盲目疾走,或者不如说,像只没头的苍蝇到处乱撞。幸亏中途遇上一位好心的法国随军女商贩,她指点他、照顾他,并帮助他换上一匹好马。因了偶然机会,法布利斯参加了奈伊大元帅的骠骑兵卫队,往来驰骋疆场,护送着元帅调动大军指挥战斗。可惜不久因战失散,改随另一位将军,又不料一颗炮弹炸死了将军坐骑,为了救他,卫兵们便抢了法布利斯的马,舍他而去。此时,战役已分出胜负,"士兵们混乱地东奔西跑",而且"神色很慌张"①——法军败北了。退却途中,法布利斯在一勇毅的伍长指挥下,参加了阻击敌人的战斗,并且杀死了一名敌兵。次日,6月19日,孑身孤影的法布利斯来到白马客店、圣女桥头,为执行一个老团长的命令,果敢地站在桥上拦截逃兵而英勇负伤。最后,流落到一个乡村店家,在善心主人的照料下,养愈伤口,返回意大利——滑铁卢战场的真切描写随之结束。

也许人们会说,那么有名的一场恶战,如此写来未免平淡无奇,不足以反映大战的壮阔,也不足以显示英雄本色。如果把战场之壮阔和英雄之本色作为艺术上所追求的唯一目标,这样说当然不无道理,但是作家自有他的打算。在司汤达,他不仅要写战争,而且要写战士,写他的主人公尤其主人公的性格。为此他只好也只能这样写。其实,壮阔的场面和骁勇的气概,大师已在简洁的笔调里表现得淋漓尽致了。比如,他要再现炮战,仅仅借主

①[法]司汤达:《巴马修道院》,郝运译,上海译文出版社1979年7月版,第69页;本文所引小说文句,均从该译本,为简洁计,以下不再加注。

人公之口来了一句赞叹"就像一串念珠似的"——多么传神,你完全可以想见炮战的壮丽! 同样,写战场上将军、元帅甚至皇帝往来驰奔,既使人联想到场面之大,又仿佛教你感到将帅身先士卒的猛烈。写战场之惨,不仅仅"横着许多死尸"或者"周围尽是尸体和伤兵",而且"这些不幸的人里面有不少还活着,他们呼唤着……"何等凄惨的景象,那种"骨暴沙砾"、"枕骸遍野"的情景不是宛然如在眼目吗? 至于说到壮士的尊严,请看这一段:

> "简直像一群逃命的绵羊。"法布利斯天真地对伍长说。
>
> "闭上你的嘴,毛孩子!"伍长气愤地说,他这支队伍里的另外三个兵也怒气冲冲地望着法布利斯,就好像他说了什么亵渎神明的话似的。他侮辱了这个民族。

滴水可示太阳,法军的精神气质,他们的民族意识、对国家的责任感和作为军人的神圣自尊,似乎就此充分显示出来而且光彩照人。不错,是支败兵,可是谁又能说他们不是民族的精英,忠于祖国的勇武战士呢? 十足英雄气概,气贯长虹、感人心肺……

等等,等等,不一而足。

也许,司汤达笔下的滑铁卢之最大特色是写了人,或者说,写了校尉与士卒,甚至平民百姓——随军女商贩。从这些普通人身上,我们看到了法国人民高度的爱国热忱,对皇上的忠诚,对波旁王室和联盟军的愤恨以及他们的疾恶如仇、机智勇敢、豪爽直率和淳朴善良。大概读者不会忘记那个能干的法国妇女、商贩玛尔高吧,她多么善良,纯乎相类慈爱的母亲;多么聪明,其见识甚至抵得上一位将军。战火纷飞中,她不顾个人安危,却为初出茅庐又不谙世事的小伙子担忧。我们几乎可以说,假如法布利斯不是幸运地碰上她,也许早被打死了。还有沉勇的奥布利伍长,尽管脾气有些暴躁,可的确是条好汉,即使在纷乱的溃退中,仍然恪遵军人职责,沉着地指挥小队各自为战、从容退却。但当某个负伤的将军无理地命令战士们保护自己逃命时,他愤怒了,"去你妈的……你们今天全都出卖了皇上"。表现出正直的士兵对那些指挥不利的将军的气恨。至于那位身负重伤,还在拦截逃兵的巴隆上校,则更是令人肃然起敬。在老团长看来,作为军人,逃跑,无异奇耻大辱。他那一副凛然正气实在感人至深;团长形象悲壮、雄伟,乃勇敢甚至高傲的法兰西精神的立体化。所有这些,司汤达只不过寥寥数笔便勾勒而出,更妙在准确鲜明、历历在目。如此简洁的笔法委实高明,难怪连福楼拜这样的文体家也惊叹"绝无仅有"呢。

当然,说到写人,最生动的还要算是主人公法布利斯,可以说,作家倾注了最大的热情,把他琢磨得异常美丽、丰满。他的可爱之处在于,虽年幼、稚气、虚荣、荒唐,但绝不怯懦、贪生、自私、卑劣。他执着于信念,热爱法兰西,崇拜皇帝,把参战视为"保卫祖国"。他的行动除了具有追求英雄气概和多少带点猎奇味道之外,没有半点私心。也许因为此,或者说正因为此,他才能够临危不惧、乐于冒险,也才能够于大军溃败、各自逃命的情况下,勇敢地执行老团长的命令,匹马单枪、坚守圣女桥,以致光荣负伤。如果说这一形象闪烁着某种迷人的美,那么这种美就是他天性的纯洁和勇敢。对此,作家刻画得相当细致入微且又真实可信。这里,似乎应该补充一句:法布利斯这个志愿兵形象,在当时的法兰西帝国,显然具有一定的典型性。我们知道,法兰西经过第一共和到第一帝国,大革命的精神在全欧深入人心;从某种意义上讲,拿破仑是革命的继承者。在反法联盟咄咄进逼的刀剑下,人们对封建复辟王朝的痛恨,促成了对波拿巴的崇拜,拿破仑正是利用了这种机运,成功发动"百日政变"。可以想象,当日的法兰西把这位从厄尔巴岛潜逃而归的皇帝看成了一面自由的旗帜,在这面旗帜指引下,人们敢于从容赴死。不难理解,在短短一两个月内,何以拿破仑就调动起了几十万大军。像法布利斯这样的甘心为他而战、并且战则顽强骁勇者,恐怕不乏其人,甚至——或许并非贸然估计——是个较为普遍和自然的现象。

　　司汤达写滑铁卢之役,是站在他祖国这一方的,对于他的著作,滑铁卢不应该是历史,而只是一场战斗。他不需要评点它、诅咒它或者赞美它,而只需要点出大战脉搏的跳动,大战中人们的情绪以及大战的结果就可以了,而这一些都描绘得十分出色。关于大战的性质,作家并未特别探讨和专笔点出,但那洋溢于书中的同仇敌忾、斗志冲天和悲壮激昂的情绪,却明白显示出军民是在为保卫祖国、为民族尊严而战。至于战役的惨败,作家丝毫没有回避,相反,则不假粉饰,写得公正而客观。对此,既没有叹息,也没有惋惜,不过,字里行间,却仿佛透着某种无可奈何的悲凉。也许,作家有意将对壮士的惋慨藏而不露,让其萌动于读者的联想也未可知。

　　其实,对于滑铁卢——说得更恰当些,对于拿破仑——的命运或者归宿,司汤达自有着清楚的认识。在法布利斯投军之前,他就借吉娜之口预言:拿破仑"是不可能成功的,那些老爷们一定有办法消灭他……法国自从他离开以后,已经毫无力量可言了"。司汤达在其学术著作中也曾经写道:拿破仑"欺骗了民族,终于一蹶不起,垮台了……民族犯了错误;伟大人物也有自己的错误"[1]。尽管如此,或者说正因为如此,他还是满腔热忱地也许是

----

[1]［法］司汤达:《拉辛和莎士比亚》,王道乾译,上海译文出版社 1979 年 5 月版,第 109 页。

满怀感慨地描绘了"伟人"最后的壮举（即使结果是个惨局）——滑铁卢之役。在其笔下，法军虽然惨败，但并不失英雄本色。至于拿破仑，书中虽然没有对于他的直接描写，可从整个气氛中，则让人感到他似乎无处不在，仿佛他的意志、他的精神统治着战场的每个角落，震动着冲杀的每颗灵魂。诚然，滑铁卢，它对波拿巴、对法兰西、对司汤达，是耻辱、是痛苦、是噩梦般的回忆，然而伟大的艺术家并不因此而惮惧一碰这块伤疤。仅此一点，就足可以启发我们去体会、咂摸大师的风度了。

三

与司汤达相反，雨果诉诸读者的，是滑铁卢大战的轮廓、整体或者说全貌。无疑他是居高临下、俯瞰四野的。他的笔调多的是史家的特点，修史的诸种要素，譬如追根溯源、寻来龙而觅去脉、就功罪而予评说等等，在他那里差不多全都具备。雨果与一般历史家不同的仅仅是，历史到了他手里，不是干瘪的、僵死的，而是运动的、鲜跳的。就是说，雨果用文学家的语言而且是浪漫主义文学家的语言描绘了滑铁卢，他给冷静的历史插上了翅膀，灌注了热情，他的描写是历史家的严肃和文学家的想象之天衣无缝的完美结合的光辉范例。

诚然，作家要"撰写"一段历史，但他并未像拘谨的文章家通常所做的那样，依照时间顺序，或者事件起因，或者时代背景缓步落笔，而是别出心裁、独辟蹊径，从"原野中的一个过客"浪迹滑铁卢入手。他凭吊古战场，不禁浮想联翩："伏尸喋血……有如昨日；墙垣呻吟，砖石纷飞，裂口呼叫，弹孔沥血……"

妙哉，一下子便把人拉入了战场，并且快刀斩乱麻，避开许多繁头缛绪,又一个箭步跳到"一八一五年六月十八日"①,那个大战的日子。更具匠心的是,在这节文字里,作家并未触及厮杀,却在究索波拿巴何以败北的原因:在雨果看来,拿破仑"中流失事",是命运的拨弄;作为舵手,他不应该负什么责任。开首的 3 节文字,为展开对大战全貌的描写做了准备。从第四节"A"——勾画战场形势图——开始,便巧妙地过渡到对于大战的具体描写上去了。

雨果是位艺术上天马行空、独往独来的文体家,运笔纵横跌宕、布局变化多端是他的一大特色。他笔下的滑铁卢,其结构的擘画便体现了此种风采,对雨氏艺术的全部奥妙,从此也可略窥一斑。自第五节"战争的玄妙"到第十五节"康白鸾"是关于大战描写的主体。在此两万余字的大段文章里,云谲波诡、涛澜起伏,人影撺动、万马奔腾,铁火搏击、刀光剑影,形势峻急、万端变幻,血淋淋惊心动魄、光闪闪目不暇接,真把那战争的玄妙与无常,命运的不测和乖张捉尽写绝! 一幅幅绝妙的战争图画接踵卷过,教人不得不叹为观止——充分展示战场的紧张风貌,同时表现了大师惊人的才华。

他叙述了战役的全过程,双方各拥几十万大军的会战,纵横几十里的广阔场面,在大师笔下,被安排得井然有致:从开战初时彼此共同的"紧张、混乱、棘手、危急",到战局渐次分明;从英军力不能支、拿破仑胸有成竹到局势陡生不测、法军屡遭挫折;从波拿

①〔法〕雨果:《悲惨世界》第二部,李丹译,人民文学出版社 1959 年 6 月版。"一八一五年六月十八日"为第二部第一卷第三节标题;后文中的"A"、"战争的玄妙"、"羽林军"等同为节标题。本文所引小说文句,均从此译本,为简洁计,以下不再加注。

巴败成定局到拿军分崩离析、仓皇溃逃……一幕幕战场风云,种种数不胜数的运动动作,虽变幻匆忽、互有交错,但轮廓确切、脉络清晰。气势磅礴,有如山崩雷迅;氛围紧张,恰似弦满弓张;法军的强攻、英军的顽抗;为将的威勇沉着,校卒的舍生奋厉;固若金汤的方阵,猛似旋风的铁甲骑兵;惨不忍睹的深坑之祸,圣约翰山高地的厮杀;羽林军的壮烈,战败兵溃的浊流……所有这一切,只不过发生在十几个钟头之内,真可谓风云变幻、战事莫测;而囊括于洋洋洒洒两万余言之间,又可算得上滔滔如注、一泻千里。

　　既然雨果是站在高处俯视战役,那么他就应该顾及作战的双方,对战争作出评价。事实上,他的确那样做了。作为一个法国人,作家以无比崇敬的心情,热烈讴歌他祖国将士的忠勇和法军阵容的雄武,同时也以痛惜的口气叙述了法军的落荒败逃;作为历史的评判者,他以充满钦佩的笔调盛赞英军的顽强,当然也以极大的义愤谴责在获胜追击时奥军屠戮战败者的暴行,等等。作家尤其对战场上的英雄气概进行了高度评价:长歌一马当先、战酣了的奈伊元帅,礼赞坚持到底、从容殉国的羽林军将军康白鸾;至于千军万马的肉搏情景,双方英勇赴死的奇观,真个描绘得可歌可泣。“圣约翰山高地”、“羽林军”、“最后一个方阵”、“康白鸾”诸节堪为战场描写的力作,或不妨说,是滑铁卢大战的最强音。“腹朝黄土,放开缰绳,牙咬着刀,手捏着枪”,便是高地上的拼杀情景;而那些法国羽林军,则只有前进,没有后退,“愈走愈近危险,愈走愈近死亡。绝没有一个人迟疑,绝没有一个人胆怯”;羽林军方阵,虽然越缩越小,但却“有如水中的岩石,屹立在溃军的乱流中”,“从容就死,各自负责”;即使战胜者,“面对那些坚贞卓绝、毅然就死的人们,也不免如见神明,骇然起敬”……的确,这种威武不屈的殉国精神,这种凌贯长虹的浩然正气,是值得大书特书的，难怪大师以无比悲怆的笔调赞悼他们的壮举，称他们"才真是风流人物"、"滑铁卢战争的胜利者"！

对法英两军的最高统帅——拿破仑和威灵吞，雨果也给予了恰到好处的描写。尤其是拿破仑，作家试图揭示这"霹雳般的暴客"之性格，说得更恰当一些，是他作为军事家的风度。在雨果笔下，波拿巴颇有点超人的味道，甚至被赋予某种传奇色彩："皇上说话的时候，雷声也大作。"这"巨人"对胜利充满了信心，实在有点过于自信，从容镇定，仿佛世界完全在自己的掌握之中："种种迅雷风烈般的意外，有如阵阵战云，在拿破仑的眼前掠过，几乎不曾扰乱他的视线。"好一个人间怪杰，当得起"最后一个凯撒"！——在青年雨果诗中一度是个篡窃者、野蛮炮兵的波拿巴皇帝，现在竟是如此一派英雄气概，倒是颇耐人寻味的。在此，雨果对这历史的大人物作出了全新的评价，态度基本上是公正的；他钦佩他的天才，笔调里流露出对他的惋惜。这反映了作家痛苦而曲折的思想变化历程，从此也可看出大师敢于批判自己年轻时代错误的勇气。对威灵吞虽着墨不多，但也刻画得异常传神，这"老枭"不失为刚毅的化身，绝不辱没"铁公爵"的称号。"下午四点"一节之尾，对其描写可谓形神兼备：面对险局，他屹立战场，"心旌摇摇，而神色自若"。一个沉着勇毅的老统帅的形象栩栩如生，我们禁不住拍案叫绝：好汉威灵吞，波拿巴算是棋逢对手啦！

老雨果化了不太少的笔墨，探讨了拿破仑大败滑铁卢的原因。他认为，拿破仑这位"受祜于天的异人"，在此次战争中却是"受到了一连串偶然事故的支配"："夜雨、乌戈蒙的墙、窝安的凹路"、格路喜部迟迟不到以及向导"欺心卖主"，等等，这一切葬送了皇帝。但归根结底，是他"恼了上帝"，因而失败为"天意使然"。应当说，雨果的意见不无道理，那也是大部分历史学家们的看法。

然而，他把胜败的决定权最终无条件地交给上帝，就未免荒谬了。这一点，也是我们绝不敢苟同的。基于此或者说囿于此，雨果就格外强调甚至夸大那对于拿破仑为极其不利的偶然因素的反作用，无可奈何地惋叹"渺茫的机缘不是人力所能测度的"；他甚至把法军崩溃的责任完全转嫁在那个带路的农民头上，却把皇帝解脱得干干净净。然而，我们知道，法兰西第一帝国经过连年战争，国库空虚、兵力匮乏，她要对付沆瀣一气，一定要把她置于死地的欧洲，那几乎是难以想象的。正如司汤达一语中的：波拿巴是不可能成功的，因为法国已毫无力量可言了。退一步说，即使滑铁卢一战获胜：拿破仑能否粉碎第七次反法联盟的重重包围，也很成问题。因此，我们并不否认百日王朝面临灭顶似乎为必然的命运，但这与所谓"上帝"又有什么关系呢？至于滑铁卢一役，除了客观的因素（即那些所谓"偶然事故"），也还有主观的原因。对这一点，其实雨果先生也精辟地指出过，在"将军的比重"一节里，他把拿破仑和威灵吞作了对照，感叹"天才（指拿破仑——引者）被老谋深算（指威灵吞——引者）击溃了"。这就明白点出了拿破仑指挥上的漏洞，如此看来，无可辩驳，中流覆舟，舵手总是要负责任的。

在雨果的滑铁卢之末，还有挥挥洒洒几大节文字，那是作家对滑铁卢所发的感慨、所作的评价。雨果是从一个进步的资产阶级思想家的立场来看待这场战争的，他指出战争的性质，是反革命的王朝联盟对爆发了革命26年的强大的法兰西民族的颠覆；滑铁卢的胜利是反革命的胜利；他诅咒滑铁卢是"神权的伥鬼"；拿破仑的统治告终，"欧洲一整套系统"全垮了，在欧洲大地，黑暗复现。显然，作家把波旁王朝的复辟，看得比拿氏独裁更坏，两相比较，倒是帝国多些自由和光明。同时，大师的慧眼看到：时代前进了，"自由"已经是历史的潮流；王政复辟，仅仅不过是垂死的封建制度的回光返照，它不可能改变历史发展的趋势，"滑铁卢想阻挡时代前进，时代却从它头上跨过去，继续它的路程"；暂时的昏天黑地，使人们反而追缅爱恋帝国，而拿破仑，"他的阴灵震撼着旧世界"……

　　我们得承认，雨果的见地高出于他同时代的一般历史家之上，评价还算中肯。这也许因为，当时的雨果已经是个坚定的共和主义者，为第二帝国所不容，亡命他邦。漂泊者的生涯不能不使他深切体会到虐政的可怕与凶暴。不妨说，对滑铁卢的评价，渗透着作家追求光明、渴望自由的理想与愿望。

四

　　将两大师笔下的滑铁卢都读过后，似乎才真正体会出司汤达是何等简洁、遒劲、利索、稳健，而雨果又是何等丰富、壮阔、雄伟、奇谲。一个像舒卷的白云，一个似狂怒的风暴；一个是干练沉着的雕刻师，一个是易于冲动的油画家，一个喜欢琢磨肢体但并非苛求巨细无遗，一个酷爱烘托气氛同时善抓荦荦大节；一个掌握了用只言片语刻画形象可致完美无瑕的奥妙，一个攫取了描绘一瞬间动作能达千变万化的魔法。

　　不妨比照一下两大师描写法军溃退时的场面。雨果笔下的情景可谓混乱与恐怖的奇观："有如江河解冻。一切都摧折，分裂，崩决，漂荡，奔腾，倒塌，相互冲撞，相互拥挤，忙乱慌张"，"朋友也互相屠杀，夺取去路，骑兵和步兵也互相摧残，各自逃生……"他甚至用了一连串堆砌的辞藻来再现那种可怕可恨的情境，真是兵败山倒，使人意夺神骇。我们说，这实在是从总体上描绘败军的精彩之笔，由此可以体会雨果再现宏大场面的圆熟技巧，并体会浪漫主义作家那种想象丰富、动辄夸张强调的笔法。

在司汤达笔下，退败则另具特色。他没有写退却的全貌，正如没有写大战的全貌一样，而是着重于描述主人公在败退中的所见所历。如果说雨果的描写是笼统的、概括的，那么司汤达的描写则是具体的、细致的。重要的是，他还借此刻画人物，如奥布利伍长的机智沉着、巴隆上校的凛然正气、法布利斯的豪迈勇猛，正是在败退途中得以表现的。然而，败退毕竟是败退，逃命终归是逃命，我们看到，那夺路而奔的队伍简直是一片散沙。风声鹤唳、惊慌失措，一声"哥萨克"的呐喊便惊得"像跟在迎圣体的行列后面的庄稼人一样拥挤"的溃兵瞬间星散，剩下的只有"军帽、枪、马刀"，妙在却是一场虚惊，"并没有发现哥萨克的踪影"——仅仅不过百余字便把那八公山上草木皆兵的狼狈情状点化得淋漓尽致，这支笔简直有点铁成金之妙！还有败退时的趁乱打劫、违抗命令等劣行，作家都一一捕捉了典型形象，生动真实地再现出来，使雨果那概括的叙述得到活生生的印证。如此卓越的描绘，固然应归功于大师炉火纯青的艺术造诣，但与作者熟悉生活也并非没有关系。司汤达数次跟随拿破仑南征北战，当年的贝尔，就是败走莫斯科的法军一员。他深知溃军是怎样的情状，把滑铁卢的退却写得那么真切具体，想来也不足为怪。

不难发现，司汤达的文字，现实主义特色十分突出，特别在细节处理上，几乎可以说是写实的。与此相关，他的文笔也朴素、自然，尤其准确、简练。出现在他笔下的人物，都具有不同的性格特点，给人的印象很深刻，感觉也亲切。同样明显，雨果的文字，浪漫主义特色格外浓郁。与此相关，他文思奔放、辞采绚丽，善用夸张、戏剧性的构思，热情洋溢或者奇突冷峻的语言，描绘出离奇的甚至是人鬼交互的场面,造成强烈的效果,用以震撼读者的心灵。雨果的浪漫主义艺术家气质还表现在无法抑制他排山倒海般的激情,这就决定了他不可能,而且的确从来不是纯客观地描写事物,其文字几乎无处不带有鲜明的主观色彩,非但如此,还要特别强调主观感受哩! 也许因为此,或者说正因为此,夹叙夹议、抒胸臆于描写便成了其艺术的另一特色。仿佛他打乱了作文的章法,随心所欲,怎样方便就怎样落笔。事实上,雨果作品的结构是异常严谨的,自有独特的内在规律,他是个落拓不羁的文体家。

　　毋庸争议,浪漫主义的雨果虽然像个自由缪斯的宠儿,在艺术的天地间驰骋翱翔、横冲直撞;虽然他的描写有时离奇到难于令人置信的程度,然而,这并不妨碍他表现生活的真实,其浪漫主义是以反映现实作为基础的。正是他那支丰富而深刻的笔,写出了《巴黎圣母院》、《笑面人》、《悲惨世界》等一系列暴露社会真相的不朽作品。至于对滑铁卢的描写,如果从再现当时当地的具体氛围、捕捉战争的精气神采来看,则更是达到了历史的真实——这是显然的,再无须赘言。"酌奇而不失其真,玩华而不坠其实"①,将刘勰这句评述《离骚》的话转赠雨果,或许并不见得唐突吧。

<h1 style="text-align:center">五</h1>

　　两大师笔下的滑铁卢之役,可谓鬼斧神工之作,是两部以不同旋律谱写的战争交响曲,尽管风格相去甚远,但都出色地传达了大战的精神与风采。也许有人会问,到底谁写得更好? 可否分

---

① 刘勰:《文心雕龙·辨骚》。

个高下？要回答这个问题是困难的，因为二者异笔同工、相得益彰，硬分等级难免谬误，就好比一对孪生兄妹，虽然二者性别迥异，但又怎能说出，谁比谁更好些呢？

再者，滑铁卢终归是历史，而历史是客观的，总有自己的本来面目，尽管时间、偏见往往给她蒙上层层灰尘。而两大师笔下的滑铁卢，毕竟不是严格意义上的历史，它们是文学是艺术。史家叙述事情究竟怎样，而诗人则写应该怎样，可见文史在某些方面到底有着质的区别。艺术是离不开虚构的，用艺术去表现历史，虽然形象，但总不免教人疑惑。自然，我们研究两大师笔下的滑铁卢，最关注的，倒不是属于历史的东西。要是有人对滑铁卢本身更感兴趣，那就只好去请教历史了。

（本文成稿于 1983 年 6 月，刊发于《聊城师范学院学报》1983 年第 4 期，人大复印资料《外国文学研究》卷 1984 年第 3 期转载）

萨特与古希腊悲剧

英国数理哲学大师怀特海肯定地说：全部西方哲学传统的普遍特征，可以最稳妥地概括为一句话，那就是对柏拉图的一系列注脚。无本之木、无源之水是不存在的，西方思想文化的根源之一在古代的希腊，无论时间和空间发生怎样的变化，它仍然以这样那样的方式存在着，这或许是绝对的。20世纪的西方思想观念，也许表现出从未有过的背离传统的倾向，所谓"现代主义"和"后现代主义"，从叛逆到颠覆，不能不说走得越来越远，然而不管走到哪里，要割断那种不绝如缕的与传统的联系恐怕也永远是不可能的。

例如一个时期内极为流行的萨特①之存在主义哲学，就与希腊思想有着某种内在的同质性。众所周知，萨特的存在主义是一种行动哲学。它视世界为荒谬、现实是痛苦；那么在此前提下人应如何面对？于是提出"存在先于本质"，即人之所以为人的一切都不是预先规定的，而是于过程中形成的。萨特说："人是自己行动的结果，此外什么都不是。"人没有一个固定不变的本质，只能根据不断选择来给自己下定义，这就是所谓"自由选择"——通过

---

① 让-保罗·萨特（Jean-Paul Sartre，1905—1980），法国著名作家，存在主义哲学与文学大师。

行动创造自己的本质,一种富于挑战性的个人主义学说。如果说萨特的学说与希腊思想不谋而合,那是因为两者都强调个人的自由意志。希腊人是相信命运的,但他们从来不曾设想去做命运的奴隶;在残酷的命运面前昂首反抗,即使成为祭品也仍然保持了尊严。这成为希腊悲剧最基本的意蕴。何以称其"命运悲剧"?就因为命运(换个哲学术语就是必然性)非常强大,可以把人毁灭;然而主人公畏之但并不惧之,他们选择的是抗争之路,因此确定了他们作为"英雄"的本质。是故命运悲剧展示的是人意志的坚强、品性的尊贵、精神的崇高——主人公(英雄)以毁灭换得的代价。普罗米修斯、俄狄浦斯、安提戈涅……莫不如是。

　　索福克勒斯的《安提戈涅》(B.C.441)一剧是表现意志与命运不可调和而主人公终于做出自由选择以确立了自我本质的最为典型的作品,它如此清晰地预示了2500年后萨特几乎是相同的思想认识和艺术处理。这部卓越的悲剧强调了,人虽然没有选择命运的自由却有向命运挑战的自由,也就是说,人有完全独立的意志,它就掌握在自己手里。悲剧通过俄狄浦斯的女儿安提戈涅与僭主克瑞翁的冲突,表现了宗教伦理与残酷法律的矛盾,颇具惊心动魄的性质。俄狄浦斯自我流放后,他的两个儿子厄忒俄克罗斯和波吕涅刻斯为争夺王位而内讧,后者引来外国援军攻打忒拜,但二者全都战死,援军亦遭灭顶。克瑞翁认为厄忒俄克罗斯是为国捐躯,应予厚葬;而波吕涅刻斯则是叛国者,要曝尸于野。在希腊人的观念里,死后得不到埋葬,灵魂就无所归宿,故亲属负有安葬死者的神圣义务,这是古往今来的"神律",所以安提戈涅必须掩埋她的哥哥;但克瑞翁有令,胆敢埋葬叛国者的一律处斩,这是依时而定的"人律"。面对被宣布为叛逆的兄长的尸体,安提戈涅发现自己跌入了一个命运安排给她的悖论的陷阱:要么掩埋亲人,但这违反"人律",将处极刑;要么袖手旁观,但这违反"神律",非但亲人亡魂无所依凭,尤其自己要永受良心的审判。何去何从,必须抉择!安提戈涅公主是富有自由意志的坚强女性,她终于尽了手足情谊而做了自我牺牲。她的选择让人肃然起敬,而其死亡也正是她——作为崇高完美的人格——的胜利!

作为哲学家和文学家的萨特,将两者紧密联系在一起,哲学依托文学创作得以广泛传播,文学创作也凭借哲学思考得到升华,文学与哲学珠联璧合,形成其独特风格。考察萨特的创作,会发现环境描写和人物刻画两个要素各"秉承"重要使命。环境描写在于搭建"世界荒谬,现实痛苦"的人生舞台,即提供符合存在主义理念的荒诞境遇;人物刻画在于塑造"自由选择"的存在主义"英雄",即确立孤独的个体是听凭命运摆布还是奋起战斗。

最明了地揭示出萨特存在主义哲学内涵的文学创作是其称之为"境遇剧"的 11 个剧本,其中格外著名者有《禁闭》、《死无葬身之地》、《肮脏的手》、《苍蝇》等。该戏剧模式独具特色,一般给剧中人设置一个封闭式的特定环境,这个环境具有荒诞的"极限"性质,人为其限制、压迫和奴役,倍感反感与孤独。但处于如此荒诞的环境,人应该而且能够敢于直面而非逃避,承担责任,采取行动,做出选择。换言之,戏剧所要表现的便是人于困境中的行动,展现主人公进行"自由选择"的过程实际亦即确立自我本质、表现个性以及促成命运实现的过程。

比如二幕剧《死无葬身之地》(1946),所营造的"极限境遇"真是恐怖到了极点,然而正是在这样最艰难的情境即生死考验面前,主人公们"自由选择"确定了自己英雄的本质。第二次世界大战胜利前夕,5 个游击队员卡诺里斯、索尔比埃、昂利、吕丝及其弟弟弗朗索瓦,在一次指挥错误的行动中失利被捕,唯一逃脱的是吕丝的恋人、队长若望。当关押阁楼待审之时,他们还以为,反正对其他人的情况一无所知,因此不必担心严刑下会出卖同志。可正暗自庆幸时,若望被关了进来,他是偶然被巡逻队碰上逮捕的,身份并未暴露。不过问题突然复杂化了,万一有谁顶不住供出他来怎么办?保住若望,同时也就保住了抵抗组织的根本利益。为此,索尔比埃被二次用刑时感到有些招架不住,便佯装招供,骗得敌人松绑,然后趁其不备从楼上跳下自杀了;具有钢铁意志的卡诺里斯在酷刑折磨下一声未哼,昂利虽然叫喊但也坚贞不屈;而吕丝,三个禽兽的蹂躏也没能摧毁她的精神;只有 15 岁的弗朗索瓦,为巨大的恐怖攫住,口口声声说自己吃不住会招供,为防意外,在吕丝的默许下昂利把他掐死了。最后他们全都牺牲,但却保住了若望。这些抵抗战士,就这样在厄运下保持了民族的和人格的尊严,镇定地一步步走向死亡,在悲惨的境遇中实现了自己的选择并确定了自身的价值。

再如七幕剧《肮脏的手》(或译"脏手",1948),是一出颇有争议的政治悲剧。它以虚构的东欧某小国共产党内部政治斗争的尖锐性和复杂性为主题,主人公雨果是个投身革命的资产阶级家庭出身的青年知识分子,幕开启时刚从监狱释放出来,因无处可去,便投奔同志兼女友奥尔加;可是还没谈上几句话,就有两个党内人员找上了门,警觉的奥尔加将雨果藏起来;果然,来人负有特殊使命,是受党的领导人路易之命刺杀雨果的。奥尔加将之支走后,便向雨果了解一些情况,原来两年前,世界反法西斯战争节节胜利的时候,党内高层领导间发生了路线方面的严重分歧:党的书记贺德雷主张与各政治势力联合,走议会道路;而路易则坚决反对,认为是投降主义,雨果作为党的一员,和奥尔加一样站在路易的立场上;路易决定让雨果当贺的秘书,以作为内应配合实施对贺的刺杀计划,雨果要求独立完成使命,于是他和妻子杰西卡住进了贺德雷的乡间别墅。意料之外的是,在计划执行的过程中雨果被贺的坦诚、顾全大局及其人格魅力所折服,虽然对后者关于政治之目的与手段背离,及它在本质上无从远离肮脏甚至血腥的论调感到愕然和无法接受;他决定放弃显然是错误的"使命";然而偏偏在这时刻,却又意外发现妻子与贺调情而贺则欣然"来者不拒",妒怒交迫,枪声响了,"情敌"应声倒地,就这样他被判了徒刑。雨果对奥尔加说,他反复思考过开枪的动机,认定那纯粹出于机会造成的偶然,他敬重甚至爱贺德雷超过了任何人。奥尔加对这个解释非常满意,但却要他忘掉过去包括刚才讲述的一切,他对此感到困惑;奥进一步告之:后来局势的发展证明贺是正确的,党应为其恢复名誉,至于对他的刺杀行为,路易等人已在党内尽可能作了解释,即说成是纯粹的情杀以避免牵扯更多。雨果一下子看清了,贺德雷、路易和奥尔加本质上乃一路货色,即冷酷无情的征服者,只有他这个傻瓜始终抱着纯洁的理想,他不由发出一阵狂笑;路易等来杀他的人到了,奥尔加竭力挽救他,让他跳窗逃走,但他却面门而去,并愤激地踢开房门……怎样评价雨果的这个决绝和绝望的选择呢? 显然剧作家把问题引入了更复杂的纠结中,包括人性的和政治的复杂性。如果说《肮脏的手》里的选择虽然残酷但还容易些,那么这出戏里主人公的选择则更为困难,尽管他在刹那间就做出了选择。在这部也可以说非常"现实"的戏剧中,萨特把政治斗争的特性或实质作了哲理化的"升华",即从存在主义角度解释成为个人意志的冲突;此外,关于政治斗争的目的和手段的关系,剧中的共产党领导人奉行为了目的可以不计较手段的原则,所谓"肮脏的手",来自贺德雷对雨果说的一段话:"我的孩子,你多么洁身自好啊! 你是多么害怕弄脏自己的手啊！……我呢？我有一只肮脏的手，一直脏到臂肘上。我把手伸到大粪里去,血污里去。还有什么话可说呢？你以为人们可以不干坏事就掌权吗？"①如此处理引起了左翼人士的反感,有的把它看成一出反共的戏,这当然是作家所始料不及的。

　　显而易见,"境遇剧"中,境遇与一般生活情景及人际关系不同,区别是经过了作家的精心设置,服从于他哲学思想的表达,有助于实现人生在荒谬和痛苦面前的尊严感（或者相反）。萨特的存在主义是一种关于人的本体论的哲学,唯一关心的是人的世界和人这个主体,因此最强调尊严与自由:你是由自己造成的,既不必感激也不必抱怨,因为人是自由的,人就是自由！不是选择崇高就是选择卑贱,一切应由你自己承担、自己负责,人性不是借口也不应成为脱卸责任的理由。然而应该指出,尽管萨特的哲学重心在人,但境遇剧却决不是为了刻画性格,其要害在于处境而非个性。根据常识,性格剧关注性格分析或性格交锋,环境只是当作突出性格的一个因素哪怕是极重要的因素,就如莎士比亚那样。恰好相反,境遇剧更关注境遇,那是主人公从各方面所面对的客观的环境极限,要突出表现的是在其逼迫下人左右为难的选择时刻。由此可见,与之有更多相似的无疑是古希腊悲剧,对主人公构成考验的客观必然性才是首要因素;在这儿,揭示人所面临的问题远远超过了对人可能成为英雄的关切。

　　在萨特这个被奉为"后现代"思想源泉的现代人的胸中,激荡着幽远而绵长的古希腊精神的回声……

　　三幕剧《苍蝇》(1943)既是"境遇剧"的代表剧目,又是活用古

---

① ［法］萨特:《脏手》,林秀清译,见《萨特戏剧集》上,安徽文艺出版社 1998 年 4 月版,第 363 页。

希腊悲剧——无论题材精神还是结构形式——之最出色的尝试。

简言之,它取材"悲剧之父"埃斯库罗斯的三部曲《奥瑞斯特亚》第三部《复仇神》。主要戏剧动作是阿伽门农王的儿子奥瑞斯特斯为报杀父之仇而诛杀生母及其奸夫。15年前奥瑞斯特斯3岁时,王后克吕泰墨斯特拉协助情人埃癸斯托斯谋杀国王窃取王位,事发之时,臣民们听到国王的惨叫无动于衷,事后人人懊悔不已,带着负罪的重压一味祈求朱庇特神的宽恕;狡诈的朱庇特乐于利用人民的负罪恐惧心理而进行自己的神权统治,故竭力维护此种现状,还派来大批满城飞舞象征谋杀罪恶的苍蝇,以加强这种负罪心理。已长大成人且富于坚强自由意志的王子流亡归来,使朱庇特极为不安,便用尽伎俩诱逼其远离此城,免得引火烧身。但是,长期遭受屈辱、悲痛与仇恨煎熬的厄勒克特拉公主的情感精神,鞭策、激励奥瑞斯特斯毅然自由地做出选择,杀死弑君窃国罪人,使朱庇特诡计破产。为保住统治地位,朱庇特玩弄花招,企图用"换马"的方式把王子扶上王位,代替埃癸斯托斯,以使旧秩序得以苟延。奥瑞斯特斯断然拒绝,他宁可承担全部罪名和所有后果,给家乡一个无王之国,让民众真正开始自由的生活。于是他带走群蝇,也就意味着解除臣民的负罪心理,离城邦而远去。

作家把一出源自神话传说的古典命运悲剧变成了现代人本体生存的自由悲剧。奥瑞斯特斯,一个正直的青年,在哲学教师的陪同下回到诞生地阿尔戈斯寻找生命的意义,突然发现自己置身于一个畏缩、奴性的环境,从最高统治者到普通老百姓举国悔恨,其后果就是人民再也看不到自己的力量。为何神王和国王都不遗余力地维持如此现状?因为一个让他们痛苦的秘密:人是自由的;一旦自由从灵魂里迸发,天上的和地上的统治都将无能为力! 这种状况是怎样形成的? 首先,王座上的狗男女因罪行而备受精神折磨,要逃避惩罚就得臣民保持沉默;其次,臣民因当初的冷漠而套上了内疚的绳索,要寻求安慰就得在悔恨上加码;前者利用后者,结果后者丧失了作别样选择的自由,陷入于萎靡不振的精神奴役状态,一种犬儒式的生存。主人公进入这个环境也就等于置身于极限境遇,他必须进行某种选择,复仇还是退避。代表超自然力量的神阻止他进行复仇,代表人间智慧的哲学教师以明哲自保的道理力劝其放弃复仇,阻力不可谓不大。如果退避了,那他就什么也不是;但如果复仇,那又确实在冒天下之大不韪,何况复仇的对象包括他的生母。不过,当王子表示带厄勒克特拉离开此地时,公主异常愤怒,竟不认这个弟弟,她朝思暮想指望他回来恢复父王的荣誉,难道盼来的却只是个懦夫不成?他的自尊心受到刺痛,果断地选择了复仇,为了阿尔戈斯城的自由,为了于行动中获得自我本质,王子毫不含糊地把剑刺入了罪人的胸膛!他昂奋地说:"我自由了,厄瑞克特拉,自由像闪电一样在我身上溶化开来。""我尽了我的职责,这种行为是高尚的。我要像摆渡的人背着旅客过河一样,肩负着这种职责,把他带到彼岸,才算了结。然而,它越是沉重,我就越高兴,因为它就是我的自由。"①随后作为谋杀罪行象征的苍蝇铺天盖地飞临姐弟俩身上,公主不胜犯罪感的折磨,屈服了、后悔了;但王子的英雄本色咄咄显露,无论什么都无法对抗他的自由意志,即使朱庇特大神。"让土地风化吧!让岩石堵住我的去路,让植物在我路过时枯萎吧!你那整个宇宙不足以评判我的是非。你是诸神之王,朱庇特,你

---

① [法]萨特:《苍蝇》,谭立德、郑其行译,见柳鸣九编选《萨特研究》,中国社会科学出版社 1981 年 10 月版,第 232 页;本文所引该剧文句,均从此译本,为简洁计,以下不再加注。

是石头和繁星之王,是海浪之王,但你不是人类之王。"何等的英雄气概!这是一种自我牺牲的殉道精神,因为他的伸张正义,遭到天神谴责、城邦愚民唾弃,甚至翻悔了的姊姊诅咒,及代表非正义复仇观念的苍蝇追扰;但是他义无反顾,鼓动前来驱逐他的阿尔戈斯人重新认识他们的自由,并引着苍蝇离开城市,把净化的、自由的空气留下来……通过奥瑞斯特斯的自我牺牲,剧本确切地提出了自由生存的问题,肯定人本体的价值是唯一的;人之所以高贵,正在于处极限境遇或大危机中却可以发现真正的自由生存;面对痛苦并接受它,就是形而上意义的自由生存。

此剧创作于被纳粹占领、高傲自由的法兰西人不得不背上奴役枷锁的灰色年代;然而,有着古老与光荣斗争传统的高卢种族后裔并不屈服,包括作者在内的抵抗组织一刻也没有停止过反抗。不难想象,雷鸣般回响在剧场的奥瑞斯特斯那悲壮之音,对沦陷中的法国人民奋起抗击敌人的强暴,该是一种何等的激励!

我们是否获得了一种启示:人类精神文化的延续是不以人的意志为转移的,不必为传统担忧,它会永远活在种族的集体潜意识之中……

  (本文成稿于2005年9月,是年10月以之参加在广州大学召开的中国高等教育学会外国文学专业委员会年会暨学术研讨会作交流发言,会后编入论文集《对话与反思——现代化进程中的外国文学研究》,安徽文艺出版社2006年8月版)

在"狂飙突进"的起点上

——歌德与赫尔德尔

在西方文明的长链上,德意志精神是其重要的一环。自 16 世纪以来,她的宗教、哲学、文学和艺术频频吐出醉人的芬芳并结出丰硕的果实。特别 18 世纪后期的几十年内,其哲学、音乐与文学一跃而臻顶峰,以至获得"古典的"这样一个庄严而富有权威色彩的限定性美称,成为近代西方文化体系中最富活力的成分之一。

比如就文学而言,真正具德意志民族气派,开辟出一个崭新历史阶段的东西产生在 18 世纪中叶,启蒙运动文学就是其基础,高特舍特尤其莱辛的理论与实践使这个基础得以十分的稳定牢固。然而这个世纪德国文学的黄金时代还主要是 70 至 80 年代以被称为"狂飙突进"的文学革命开始的。从纵的方面说,"狂飙突进"是启蒙运动的继续和发展,而从横的方面说,它可以被视为当时政治文化处于分崩离析状态的日耳曼精神吁求统一的一种反映。总之,它把德国文学提高到前所未有的崭新阶段,并为"古典"时期的到来拉开了帷幕。

在这个席卷了整个德意志大地,激动了整整一代文人的文学狂飙中,闪现出两个年轻而伟大的巨人的身影赫尔德尔①与歌德②:如果说前者是这个运动的思想领袖,那么后者则确定无疑是它的旗手。

而连接两个卓越人物三分之一世纪之久的动人友谊在德国文学史上也不失为闪光的一章。

作为启蒙时代欧洲最伟大的人物之一,就某种意义上讲,歌德代表了德意志民族的精华,他丰富、深邃、敏感,冷静而又热烈,诙谐但是尖刻。这位"奥林波斯山上的宙斯"的非凡之处,还在于他能如大海一样容汇百川之流。他是太阳,可是并不轻视月亮;他是月亮,可是并不妒忌太阳。

至于赫尔德尔,之于18世纪极其活跃的欧洲思想界,也算得上风云人物。他是位极具个人风格的牧师和渊博的学者与杰出的作家,其著作包括文学与美学、音乐与绘画、语言与语言学、神学与哲学、历史与地理、教育学与心理学、医学与人种学、地质学与植物学。在涉及广泛的学科内,都有其独到的建树或见解。作为启蒙时代的一位大师,贯穿其活动与著述中的一条思想主线就是人本主义或民主主义;此外,赫尔德尔也是位历史主义者,认为自然界和人类社会的一切,无不是历史进化的产物。他的著作最主要者有三部:《诗歌中各族人民的声音》、《关于人类历史哲学的思想》、《关于促进人性的通信》。作为思想家,赫尔德尔尤其具时代意义,他不仅是"狂飙突进"的精神领袖,推动了浪漫运动,而且

①约翰·高特夫里特·赫尔德尔(Johann Gottfried Herder,1744—1803),启蒙时代德国作家、思想家,"狂飙突进"运动的精神领袖。
②约翰·沃尔夫冈·歌德(Johann Wolfgang Goethe,1749—1832),启蒙时代德国最伟大的作家,"狂飙突进"及"魏玛古典"文学的首席代表。

也促进了启蒙文学向“古典”文学的过渡；他承上启下，在哲学上，是从康德到黑格尔，在文学上，是从莱辛到歌德的一架桥梁。

歌德与赫尔德尔结交是在1770年。五年前即1765年，歌德入莱比锡大学修法律，三年后因病休学，迄1770年4月又入斯特拉斯堡大学继续一度中断了近两年的法学学业。当时的歌德，尽管已写出了许多华丽纤巧的洛可可风的诗歌，不过总的说来还是个默默无闻的学子。但赫尔德尔则不同，虽说只比歌德年长五岁，然而他似乎已经成名，他的《论德国现代文学片段》、《危险的森林》等早就蜚声文艺论坛，并且引来了许多的崇拜者；他甚至在26岁就当上了皇太子的师傅，况且不久前还在巴黎会见了法国百科全书派的领袖狄德罗和达朗贝；尤其重要的，是他那充满热情和革命性的文艺思想，在荡起时代的激动方面正日益发挥作用。这个思想的前提或出发点是关心、了解、尊重人和培养全面发展的人性，它非常深刻地表达了日益觉醒的德国市民阶级欲挣脱封建羁绊的要求与愿望，体现出“狂飙突进”运动的基本精神，所以特别能引起敏感的知识青年心灵的共鸣。正是在这种情况下，两个前途无量的民族精英会面了。

那是1770年9月的一天，在歌德等大学生们用餐的饭店的楼梯上，这位未来的德国文坛之王猛然撞见一个陌生的牧师，年轻、倜傥，服装奇特、举止潇洒，扑了粉的发卷盘于后脑勺上，撩起的斗篷下摆活像鼓起的风帆。也许凭了某种非凡的直觉本能，歌德立刻猜出他就是自己正崇拜着的赫尔德尔，便毫不犹豫地向他作了自我介绍，并请求允许自己前往拜访。当诗人发现他的判断并没出错，而且赫尔德尔也很有礼貌地答应了他的请求时，其激动简直是难以形容的。

原来，赫尔德尔这次来到斯特拉斯堡，并非出于文学上或神学上的使命,而只不过是找眼科大夫治疗眼疾的。歌德很快就去他的下榻处进行拜访,不期却如鱼得水,俩人居然一拍即合,一种相见恨晚的感觉是双方共同的。于是在后来的一段时间里,眼科诊所那狭小昏暗的病室里,几乎每天看到两个年轻人的身影,一个用纱布包上了一只眼睛,但另一只眼睛却炯炯有神,闪出智慧的火花,而那微微翘起的鼻子和那对一个思想家来说似乎显得太醒目的嘴巴,构成一副刚毅、敏锐同时也近乎狡黠的面孔。另一个身体不算高,却器宇轩昂,他衣着讲究,举止文雅,那双深邃的黑眼睛富有幻想,透出思想和求知的热情。这专注的目光一直打量着前者,过分的凝视显得他谦逊甚至还有点呆板。赫尔德尔天生具有演说家的气质,滔滔不绝且言辞犀利,对这位牧师而言,他的使命似乎就是来发表见解、进行说教。并且终于找到了一个听众,一个真正值得对之演讲一番的听众。他大谈特谈不同民族艺术之间的相互联系,以有力的事实和严密的逻辑证明诗歌是大自然和各民族人民禀赋的结果,同时还把话语引向诗歌的起源,他坚决相信各民族都有自己的文化宝藏,而这些宝藏又毫无例外地属于全体人类。

歌德用心地听着,像是聆听来自天堂的乐音。他感到面前的这个人知识非常渊博,在他身上似乎有一种难以抗拒的奇异非凡的吸引力,像靡非斯特那样,既令人敬畏,又让人迷恋;他唤起他的热情,激发他的天才,他在他面前好像展开了一个世界,这个世界对年轻的诗人来说既熟悉又陌生,或者毋宁说,它广袤的图景本来是不很明晰地存在于视野之内的,而现在却仿佛被人轻轻抹去一层云雾,变得确切、具体和真实了。赫尔德尔引导歌德把目光转向古代,转到欧洲诗歌灵感的伟大起源上来,那是希腊罗马的世界,以及与之密切相关的希伯来的世界。他介绍他读荷马和圣经,那些由战士、狩猎者和牧人创造的壮歌和寓言的诗篇。帮助他了解柏拉图和色诺芬;揭示这些智者的思想与风格。教导他注重民族研究,品味苏格兰的那被称为"莪相"的诗,因为那里蕴藏着真正的人性和智慧。促使他热爱莎士比亚,向他阐释莎剧的气势、力量和优美。同时也向他宣传当代的大师,特别是卢梭这样的启蒙思想家,解说其自然神论,评价其一心将社会恢复到原始的自然状态的理想。不过一般说来,赫尔德尔不喜欢现代人尤其是现代的德国作家,因此甚至设法使歌德讨厌他们,当然少数特别优秀者例如克罗卜史托克除外。

而歌德,这位善于广采博收的智慧之士,这位极具自觉意识的天才人物,在斯特拉斯堡眼科诊所的那段不太久的日子里,对这位比自己年长五岁的思想家却主要是虔诚地洗耳恭听,尽管他心里很明白,从对方那里获得的一切,与其说新鲜,不如说深彻,归根结底,这些都是他已经意识到的甚至是已经掌握了的,只不过在自己的思想库里似乎还处在自然状态,未加整理罢了。事实确乎如此,这个二十来岁的青年诗人的思想总起来看尚杂乱无章,不过在积雪的覆盖下正等待着春阳,一俟春潮滋润就破土而出。赫尔德尔的点化,也许就是催生的季风暖阳。因此不难想象,斯特拉斯堡时期赫尔德尔对歌德所产生的影响是何等巨大。他崇拜他,与其说因为他是长者不如说他是智者,他的每个字都具有力量,在青年诗人的眼里,甚至连牧师的笔迹也具有了非同寻常的"魔力",以至舍不得丢弃或撕碎留有他手迹的一片纸或一个信封。

连接两颗德意志文心的友谊就是这样产生的。

其实,无论就性格气质还是心灵意向而言,赫尔德尔和歌德都属于绝然不同的两类人。前者气性易怒,疾病更使他的神经过分敏感,这个出身于乡村教师家庭的穷孩子,对自己的要求是无止境的。他以厌世者闻名,更善于冷嘲热讽;他在 20 岁上就博学多才,具有极开阔的眼界。后者年少聪明,身心俱健,清楚自己的才气,扬扬得意,正自在逍遥。但他天性平和,热情诚挚。这个出身富裕家庭,有着良好教养的一代骄子,处在如此美好的青春时节,本来并不是时时刻刻都喜欢用功的,然而,凑巧他碰上了这个也许是最好的老师,像酵母催生出他的大才。由此可见,把他们如此亲密地连接起来的关系,与其说是朋友的,不如说是师生的——赫尔德尔为意外地碰到一个如此聪明的学生感到幸福,而歌德为能聆听这样一个卓越的先生的教诲而十分满足。

的确,赫尔德尔对歌德的影响是如此巨大,几乎整个改变了他的文化观念。他使他确信,自然而非矫揉造作的人民的语言,而不是学究气十足的僵硬的格律,才具有持久的生命力。在他们交往的头几周,前者就巩固了后者这样的信念,只有来自民间的声音,只有摆脱掉清规戒律后所获得的自由,只有包含激情的天才,才可能赋予现代文学深厚的内容和完美的形式。牧师发现歌德是个十分理想的学生,尽管他还缺少学习、斗争与磨难,他非凡的颖悟力或者融会贯通的功夫令人吃惊。于是从心底感到高兴,把自己刚刚完成的手稿也信托给他。歌德备受鼓舞,他在暗暗消化、清理、升华赫尔德尔的思想,竭力寻求诗歌文学通向自然化的道路,同时也寻求通向民族化的道路。仿佛突然发现,若干年来正是洛可可式的浮艳文风,阻碍着他通向真正艺术创作的道路,现在要毫不迟疑地踏碎它的花瓣!他如饥似渴地读荷马和莎士比亚,这完全是另一个世界,他开始觉得自己"原来是个瞎子,由于接触到神奇的人突然重见光明,第一次闯进了辽阔的旷野,第一次觉得自己有了手脚"。后来赫尔德尔也回忆道:"歌德开始阅读荷马的著作,荷马笔下的英雄立即像浪游的、自由自在的巨人一样出现在我们面前。"

歌德就像蜜蜂,善于采来百花酿成甘蜜。可以这么说,主要的不在于他接受了赫尔德尔的新美学和道德原理,而在于加工提炼了其思想,并开始把这种全新的精神观念灌注于他就要进行的文学创作。两三年后,他接连完成历史悲剧《铁手骑士葛兹·冯·伯利欣根》和信札体小说《少年维特之烦恼》。在这些作品里,歌颂天才,鼓吹美德,向往自由,崇拜自然,反对一切束缚和妨碍人全面发展的社会环境与道德观念,总之,那被称为"狂飙突进"思想的主张浸透其中。《铁手骑士葛兹·冯·伯利欣根》被看作"狂飙突进"的第一部代表作,而《少年维特之烦恼》的声誉则越出国门。现在是歌德发生影响,甚至超过了师傅。歌德的朋友杰林格、瓦格纳、伦茨等人纷纷效法,声势之大,如若洪流,一时形成所谓"歌德派"。然而这一切,究其因还在于两位天才的斯特拉斯堡会见,因此一般文学史上都将1770年9月的这次会见作为狂飙突进运动的肇始,而把赫尔德尔看成这个运动的灵魂。正是在这个意义上,歌德把赫尔德尔称为"强大的先驱者",在晚年还意味深长地说赫氏的出现与众不同,是走在时代前面的,仿佛不得不拖着时代跟他走似的……

作为狂飙突进运动的中坚,现在歌德成了青年诗人们的偶像,他们在向他表示崇敬时是从不吝惜谀辞的,但是不久他就感到,这样的赞美实在对他并无裨益,相反,假如一味陶醉于空虚的满足之中该有多么危险!于是他就尽量避开那些小团体和俱乐部,仍然像先前那样"只围着"赫尔德尔,听从他一个人的劝告,包括他的批评和嘲讽,甚至以极大的热情和劳力协助其搜集民歌。但是,人不能总是聚在一起,环境把他们分离开来,因为每个人都

有各自的生活。于是歌德不得不靠书信的帮助,作为召唤,作为联系,以期把这位并不好交的朋友有力地吸在身边:

> 赫尔德尔,赫尔德尔,请对待我一如既往吧!如果我命中注定要成为您的星辰,我会自愿而忠实地做到这一点。我将像忠实的月亮那样,围着地球转。真的,您会用您的全部身心感觉出这一点,七星之中我更愿成为那颗最后也是最小的水星,和您一道围着太阳旋转。再见了,我亲爱的人,我不留您。雅各曾经和天使战斗过。哪怕让我变成个残废也行!

当《葛兹》脱稿时,他竭力抑制住不安,首先将之寄给了赫尔德尔。他说,他把自己灵魂的最美好的力量放进这个剧本了,而只有他赫尔德尔的评价才能使其正视自己的作品。不过后者并没有把动听的赞词轻掷给他,取而代之的却是尖酸刻薄的讽刺诗。他声言不喜欢这个剧本,甚至还把作家骂了一通,说什么莎士比亚把他给毁了。但是严厉的批评家在给未婚妻卡罗丽娜的信中却是这么说的:"这个剧本有着德国式的力量,深邃和真理。"真是个大怪人,该怎么理解他呢?他不是这样向卡罗丽娜说"我像爱自己的灵魂那样爱着歌德"吗?也许,这是存在于一些即使是伟人也免不了的较为隐蔽的情感角落的事情,以给予旁观者去费心猜测的吧。

1774年,出版了《铁手骑士葛兹·冯·伯利欣根》和《少年维特之烦恼》的诗人才子已是超越国界的知名人士了,甚至连刚刚即位不久的魏玛和艾泽纳赫大公卡尔·奥古斯特也向其表示尊敬,他召见了歌德。在这位年仅18岁的君主面前,诗人以其特有的睿智和从出入上流社会得来的经验畅谈艺术、文学与国事,旋即赢得了对方的好感。这次会见以及其后的几次会见,公爵都热情邀请他去他的宫廷,使歌德终于次年10月来到魏玛,成为公爵的朋友、顾问和宠臣。不过,由一连串无尽无休的宴游、狩猎、游泳、舞会、文牍等组成的宫廷生活对一个创造性天才来说并非总是有趣,因此很快就厌倦起来,他写信给朋友说:"裹入所有宫廷和政治的活动中,几乎不能脱身了。"他渴望更加有益的生活,何况,在其心中还不时萦绕着那位师长兼老朋友。何去何从,歌德徘徊,"在我头脑里、心灵中,排遣不开的始终是这么一个可诅咒的想法:留在魏玛还是离开?"在这问题上,奥古斯特大公表现出极可贵的友谊,他想尽一切办法加以挽留,授之以枢密会议席位包括丰厚的年俸,赠之以郊外别墅,甚至为了歌德对赫尔德尔的依恋,他力排教会人士的激烈反对,邀请赫尔德尔来出任魏玛教区主教,全面负责公共教会事务及学校教育,而这位牧师的自由思想倾向是令他的同行们不安的。这样,虽然不是经常地,但至少较有机会,歌德便又可以同赫尔德尔在一起了。于是,作为宫廷大臣的歌德,也便正式开始了他为期十年的政治行政生涯。

当然赫尔德尔接受了邀请,他怎么会不接受呢?为了欢迎老友的到来,歌德亲手为这一家人准备和收拾住宅,他考虑得那么仔细,甚至连赫尔德尔新婚不久的妻子卡罗丽娜在哪间房子分娩,而保姆和孩子安置在哪一室都事先做了安排。牧师到来了,把尖酸刻薄的处事方式和民主思想也一块带到这个保守的小小公国。朋友间愉快的交往自不必说,但与以前不同的是,歌德不再是几年前那个初出茅庐的大学生,而是枢机会议成员,正日益稳健和成熟起来。创作上也正在上一个新台阶,尝试写滑稽歌剧,以及诗剧《浮士德》初稿。牧师及其年轻可爱的妻子成了忠实的听众,他给他们读自己新作中的优秀场面和章节。而赫尔德尔一下子也变得真正活跃起来,开始动笔写他的第二部主要著作。但是这位思想家并不是任何时候都讨任何人喜欢的,他的言论在这个循规蹈矩的小公国未免显得过激，没过多久，他就和宫廷甚至整个社会打得不可开交，引起普遍的憎恨，以至不得不靠其年轻的诗人朋友充当起他的"保护人"角色。而对歌德来说，捍卫朋友的利益是义不容辞的，这不独因为他们是朋友，更主要的还在于他能够理解他或者还赞同他，至少是赞同他的主张或原则。因为毕竟，这是站在"狂飙突进"运动光辉起点上的两位勇士或先行者。

可是狂飙突进的风暴毕竟已经过去，从 1775 年到 1786 年，在歌德居魏玛的第一个十年里，他也有了许多变化，这是为官的十年。由于实际的国务工作，他对自然科学特别矿物、地质、生物等学科发生兴趣，逐渐从狂飙突进时期的歌颂自然转为研究自然。虽然他的才能向着多方面发展，但文艺创作却一度削弱，思想感情也向右转。当进入生命的第四个十年时，他已完完全全变成了个贵族上流社会中人：严肃、冷静、不抱幻想。然而正如恩格斯说的，这位"有时是叛逆的、爱嘲笑的、鄙视世界的天才"对"周围环境的鄙俗气"是厌恶的，他的内心充满了矛盾和痛苦，政务活动和宫内应酬，使他疲累烦倦。青年时代浪漫火热的生活仿佛已很遥远，而那时的友人除了赫尔德尔似乎也所剩无几。为了摆脱苦闷，这位大臣居然改名易姓，弃官逃跑，避居到意大利去追寻他的理想之梦了。

近两年的意大利旅行确实使他的精神获得了新生。他研究希罗古典艺术，又逐渐形成"古典"的艺术理想，他以极大的热情作画，尤注重临摹古代雕像和建筑遗迹，还完成迥异于"狂飙突进"叛逆主题的戏剧《伊菲革涅娅》和《哀格蒙特》，并着手写作《塔索》和《浮士德》中的某些章节。地中海沿岸明媚的风光和意大利人爽朗的性格亦深深感染着他，使其振奋，这是一种从未体验过的身心充实的诗一般的生活。

一位国务活动家居然能够抛开一切俗务而于古代遗迹的废墟上流连忘返,真令人惊讶!

这位朝圣者几乎要连家乡、慈母、朋友、情人、同事也忘却了,他给他们的回信极少,且极简略,以至显得冷漠。只有致赫尔德尔包括他的孩子们的信函,才写得不厌其详:他只向老朋友一个人倾吐内心深处的感受、快乐、振奋、抑郁乃至悲伤;此外,他给老朋友的孩子们讲南方异国种种有趣的东西,什么橘树林啦,什么电鱼啦,诸如此类。他不时给孩子们寄去化装舞会用的假面具和狂欢节服装,同时向他们的父母询问究竟应该给他们捎回去些什么……他信赖这位长者,尽管他愤世嫉俗。对歌德这样一位感觉主义者,赫尔德尔所从事的那种对真理的科学性的探索或许是更有意义的,原因是需要"仲裁者"作出校正。国内对其新作有何反应?《伊菲革涅娅》、《哀格蒙特》给周围的人印象如何?而他本人又是怎么看的? 等等,经常急不可耐地向他打听,等待着他的看法。无疑地,这种信赖除了出自友谊,更主要的还在于对其判断坚定不移的信心。在意大利,赫尔德尔的每一部新著尤其是《关于人类历史哲学的思想》歌德均认真研究,他同意作者的基本论点,相信人道主义必会最终取得胜利。这正是两人"狂飙突进"思想的基点。

终止意大利之行的日子来到了,1788 年 5 月,歌德决定回国。啊,美丽的阿平宁,人杰地灵……离开罗马的时刻,诗人居然哭得像孩子似的。但是,北方的祖国有着另一种磁力,它同样不可抗拒。越过托斯卡纳,不久便来到米兰,而阿尔卑斯险峻的山路越来越近地铺展在脚前。只是在这时刻,游子倍觉归心似箭,他期待早早看到留在魏玛的一切,尤其是赫尔德尔这个并不为大多数人所喜欢的怪人。不料突然间他却获悉,比所有人都更为他所期待的老朋友差不多与其同时启程去了罗马。就这样失之交臂,他即刻给赫尔德尔写信表达遗憾也表达祝愿:

> 如果你已到达卡斯捷列冈多里福,就在那里打听一下那棵意大利松……当我渴望看见你的时候,它就挺立在我的眼前……祝你一路平安,也祝你健康,当你在我度过一生中最幸福的时光的那些地方打开我的这封信的时候。……

两位伟人的友谊一直持续到1803年12月赫尔德尔逝世。在30多年的风风雨雨中,这条友谊的纽带尽管时紧时松,但仍然显示出动人的光彩。毋庸讳言,由于思想性格的差异,他们的关系的确也有过一些疏远。一般说来,赫尔德尔那种严厉无情的批判精神并非是歌德所特别喜欢的,相反,对秩序和安宁的爱好决定了歌德的思想基调比较保守;在魏玛宫廷,身居高官的诗人结交的多是国家要员,而激进的牧师则往往遭到甚至来自朋友的冷遇。法国大革命时,赫尔德尔欢欣鼓舞,这就成了与这场革命势不两立的公爵的反对派,导致其处境异常孤立,而对此歌德不仅态度暧昧,且实际上是站在宫廷一边。但赫尔德尔强有力的个性力量又总是吸引着歌德,友谊和敌意往往把两者连接起来又分离开来。这就是他们几十年交往的基本特点。然而其友谊的意义并不在这里,而在"狂飙突进"中二者所起的历史作用,他们站在同一个起点上,配合默契地推动这场伟大的民族文化运动的发展。狂飙突进,18世纪德国最重要的事件之一,同这两个杰出人物的名字和他们之间的友谊不可分割地联系在一起。

（本文成稿于1999年3月,是年4月以之参加在中国人民大学召开的全国高校外国文学教学研究会年会暨学术研讨会作交流发言;会后编入论文集《与巨人对话——纪念歌德、巴尔扎克、普希金、海明威》,华文出版社 2000 年 1 月版)

揭示人性百面的作家皮兰德娄

一

"文明"使人给自己带上了许多张"面具",至少也得两张：私人空间的和公共空间的。不同的面孔适应不同的场合：一个和蔼恭谨的谦谦君子从办公室回到家里，没准马上变得专制和没有耐心；但如果继而赴情人的约会，则过渡至诙谐风趣或矫饰造作也不过眨眼之间……自然这只是粗线条的划分，若仔细观察研究，不难发现人何止两三张面孔，受不同时间、空间、机缘等的左右，那变化成千上万，永远也数不清！何况，即使同一副面孔，呈现到多个人的眼里也可能会彼此感觉不同；或者，即使同一双眼睛看同一副面孔，前后大异其趣的情况也时有发生。

看来每个人都拥有无数张面孔，或者毋宁说无数张"面具"，不管自我意识多强也无法保持本真，因为本真就是因时因地因事而千变万化；我们的进化程度越高，这种特性就越发淋漓尽致，而为此的获得与付出当然也是成正比率地递增着。以反映自然与社会、人生和人性为己任的文学在捕捉此一奥妙方面可谓得天独厚，文学宝库难道不是人性百面的万花筒吗？20世纪20年代的一部意大利小说《一，○和十万》就颇有见地表达了这种现象：以

"自我"而言,每个人似乎只拥有一个即他自以为是的那个,换言之好像只有一张面孔;但其实又似乎同时存在十万个,因为周围人审视的角度和方式不同,一人看见一个方面,这一个方面,在每个瞬间的运动变幻莫测,因此就有了十万个自我或者十万张面孔。可见,人之自我分裂的结果,既是"一个"又是"十万个",然而又"哪个都不是"即为"○"。这种取相对主义看待物质与精神现象的态度,闪现着辩证法的思想火花。

这部有趣的小说的作者就是 1934 年度获得诺贝尔文学奖的意大利人皮兰德娄①,他的创作以深刻地展示人格的分裂、分析复杂人性的矛盾而著称。

皮兰德娄出生于西西里岛阿格里琴托城一个资产阶级家庭,少时受到良好教育,在家乡技校毕业后,于 1885 年进巴勒莫大学后转入罗马大学,攻读语言文学;1888 年又赴德国,在波恩大学深造,1891 年 3 月获语言学博士学位。他在波恩教授意大利语一年,1893 年因健康原因返回祖国,定居罗马,结识著名文论家和作家卡普安纳,并在其引荐下进入罗马的文化社交圈子,为文学期刊撰写评论。皮兰德娄于 1894 年成家,与美丽的西西里姑娘安东尼埃塔结合,但婚后不久经济破产,夫人精神失常;不过他们的三个孩子很有出息,有两个日后分别成为作家与画家。1897 年,他开始执教于罗马高等女子师范学院,讲授文体学和意大利文学,同时进行创作,兼事新闻工作,直到 1922 年。1925 年他同几个著名演员朋友组织"罗马艺术剧团"并担纲艺术指导;1926—1934 年间,皮兰德娄带领剧团在欧美各国巡回演出,名声甚大。

①路易吉·皮兰德娄(Luiqi Pirandello,1867—1936),意大利著名作家,卓越的戏剧家与小说家。

1929 年被聘为意大利科学院院士,1934 年获得诺贝尔文学奖,1936 年底因风寒感冒引发肺炎,在罗马逝世。

皮兰德娄的文学创作生涯开始于大学时代,1889 年发表第一部诗集《欢乐的痛苦》,两年后又出版另一本诗集《杰亚的复活节》(1891)。他的第一个短篇小说集《没有爱情的爱情》于 1894 年出版,第一部长篇小说《被遗弃的女人》在 1901 年问世;20 世纪的头 10 年中,主要以小说创作居多,以小说家蜚声文坛;其第一部剧作《虎钳》发表于 1910 年,此后则以戏剧创作为主,以戏剧家闻名世界。他留下的作品十分丰富,大约有诗集 7 卷,短篇小说 300 多篇①,长篇小说 7 部,戏剧 40 多本②,还有哲学与文学论集《艺术与科学》(1908)、《幽默主义》(1908)等。

二

皮兰德娄的早期创作属于真实主义③范畴,他受好友真实主义理论家卡普安纳的影响十分深刻,最初的小说作品就是在其直

---

① 皮兰德娄先后出版过大约 5 个短篇小说集,除前面提到的第一个外,其他几个分别是《对生与死的嘲弄》(1902)、《赤裸裸的生活》(1908)、《两副假面》(1914)、《你在微笑》(1919);30 年代初,一位佛罗伦萨出版家对皮氏短篇小说加以收集,得 360 余篇,其后以《一年里的故事》为书名分 15 卷出版(1937 年出齐)。

② 皮兰德娄的全部剧作后来被结集出版,题总名为《赤裸的面具》(1958 年问世)。

③ 19 世纪后期意大利文坛上受法国自然主义影响形成的文学思潮,但创作上似乎更接近批判现实主义,强调客观地反映现实而不粉饰生活,代表人物有卡普安纳、维尔加等。

接关注下写出的。它们多以西西里为背景，作家用准确、幽默，带有自然主义的笔调，描写这个海岛的风物俗尚，反映世态人情，暴露社会黑暗，批判资产阶级腐朽生活方式，鞭挞宗教势力和旧道德观念造成的邪恶，同情下层人民的疾苦尤其是妇女的不幸，对劳动者爽朗质朴的性格充满赞美之情。如短篇小说《坛子》和《西西里柠檬》几乎成为各种小说选本所不舍的经典篇目。前者围绕修补一个断裂了的巨大坛子事件，惟妙惟肖地勾勒出一幅摇曳多姿的乡村风俗画，一群率真、憨厚、一丝不苟但也斤斤计较的意大利山民淳朴快活的天性展现无遗，生动的故事仿佛就发生在眼前，表现了极强的感染力。后者构思巧妙、布局脱俗，被公认为短篇精品：墨西拿小城一个有着天然歌喉的少女苔莱季娜极端贫困，父亲去世，更陷入绝境，幸有当地乐队的长笛手密库乔援助，母女俩才不致饿死。为她，长笛青年的全部收入都花光了，甚至不惜把教父遗赠的遗产悉数变卖，以供其去那不勒斯音乐学院深造。少女让小伙子等她成功后再结婚，但是当荣誉、财富一股脑儿涌来时，却把他扔出了遥远的记忆。密库乔大病一场后，带着一袋家乡产的鲜柠檬费尽辛苦探望未婚妻，然而他伤心地发现，五六年的光景使她全变了，那个淳朴的少女已不复存在，眼前是个虚荣的、轻佻的风骚女人。他孤单地离去了，消失于凄风苦雨的暗夜里。作家将有关这个故事的全部信息浓缩于主人公与未婚妻重逢的短暂时刻，包括内心的波澜。一种令人揪心的失望感使人哀伤，不过，与其说作者在谴责少女的薄情，不如说更在于怒斥致人堕落的上流社会的靡烂及其罪恶。

皮兰德娄的长篇小说创作成就更高，但除开最早的两部作品《被遗弃的女人》、《旋转游乐场》为比较典型的真实主义之作之外，其他各部则发生了显著的改变。最有代表性的第三部作品

《已故的帕斯卡尔》(1904)标志着逐渐脱离了以揭露社会现实黑暗为特征的真实主义的创作轨道,而改用一种超越现实的离奇手法,重点表现现代人的双重人格冲突,表现其在痛苦、抗争、失败之路上呐喊的滑稽悲剧。这种手法,虽然在叙述描写上似乎也很逼真,但与其说它反映了生活的实在,毋宁说颇经意地摧毁了实在的假象。这一改变伴随着作家世界观和艺术观的深化,他开始取相对主义的原则看事物,认为同一件东西,在不同人的眼里呈不同的面貌,在同一个人的眼里,此时与彼时的模样也大有差别;换句话说,人置身其中的客观现实并不客观,它如万花筒般地变幻不定,包括人的自我同样莫测不可把握。这种观念的形成,或许与其夫人的发疯不无关系,他深爱妻子,但处于妄想狂中的安东尼埃塔经常指责丈夫另有所欢而导致精神病发作,无论他怎样说明其怀疑纯系子虚乌有均不奏效,就这样在夫人眼里他成了背信弃义者。

《已故的帕斯卡尔》的主人公马蒂亚·帕斯卡尔是一个偏僻乡村的图书管理员,他因与妻子吵架负气出走,浪迹至蒙特卡罗,未承想在赌场大发横财,他高兴地准备返回家乡,但一则报纸新闻止了他的步,说从其家乡附近的河里发现了失踪者帕斯卡尔的尸体。既然人们认定他已经死去,那么还回去干什么?乐得个摆脱烦恼而获自由的机会,索性改名换姓,开始另一种生活,于是帕斯卡尔成了梅司,来到罗马定居,还与房东的女儿发生了恋情。可是他很快发现根本无法得到自由,因为身份模糊,身世又不敢泄露,不但无法结婚,就是遭了窃也不能报案,甚至与人决斗都找不着所需助手。尝够了为现实抛弃的难言痛楚,决定回复到原来的自己,就制造了梅司跳河自杀的假象,返回故乡,然而妻子已经改嫁,且把突然出现的前夫当成鬼魂引起一片惊慌。就这样给扔在现实之外,"永远被排除出去了,没有再回到生活之中的可能……现在我又得走了,没有目的地,没有目标,像是走向一片虚无飘缈之中"①。他痛苦地发现,对于社会和周围的人,他再也不复存在了,那么,就老老实实接受命运的安排吧,孑然一身,感慨万端,帕斯卡尔隔三岔五去他的墓前放一束鲜花……小说幽默里透着悲凉,怪诞中满蕴哲理,似乎要说明,现实扑朔迷离、莫测难定,作为个体,虽然其"自我"可以分成若干,但逃遁到"假面"中的生活并不轻松;帕斯卡尔与梅司的身份转换,既反映了充满矛盾的社会中人们的矛盾心态,又说明个体人格分裂中存在着的荒诞性,不论前者"死"而后者"生",还是后者"自杀"而前者"复活",都可以看作自我分裂,也即我与非我、己者和他者冲突的艺术表现。

皮兰德娄后来写的其他几部长篇小说是《她的丈夫》(1911)、《老人与青年》(1913)、《一个电影摄影师的日记》(1915)、《一,〇和十万》(1925),大致沿袭了《已故的帕斯卡尔》所开辟的思想与艺术路线,着力展现荒诞、不可知的外部世界和充满各式焦虑的人之内心世界以及两者的冲突,表现现代人的孤独与苦恼。在《一个电影摄影师的日记》中,他把讽刺的对象定格在既能创造出巨大的物质财富又滋生了诸多罪恶的现代大工业生产上,故事的主人公也是叙述者电影摄影师,通过自己特殊工作的感受,产生了人生不过是一种物质现象,一种复杂的机械化工业所造就的物质形象的新观念,所以在其眼中,照相机是个吞噬万物又展现万物的魔鬼,其功能乃使万物显形,而自身则仅仅为缺少灵魂的空壳;现代生活异化为机械运动,生命本身已经被抽空、被摧毁了。

----

① [意]皮兰德娄:《已故的帕斯卡尔》,刘儒庭译,见《寻找自我》,漓江出版社1989年2月版,第500页。

三

尽管皮兰德娄的小说创作相当卓越,而且他也曾以小说家自居,但如果说到最高文学成就,则还是其戏剧。他之几乎把全副精力用于戏剧创作是在一战结束之际即 50 岁左右,尽管此前已发表过多部根据小说改编的真实主义剧作。他曾说是战争使他发现了戏剧,可见此与一战经历关系密切。的确,人类史上这场空前规模的浩劫,造成混乱荒谬的景象惨不忍睹,人与人相互残杀,社会罪恶迅速滋生,价值颠倒、伦理危机,意大利几代爱国志士为之奋斗的民族复兴运动之自由、平等、博爱理想在炮火声中灰飞烟灭,人道主义与理性原则被抛至九霄云外,存在成为孤独、无助和痛苦。就作家本人来说,家庭连遭打击,长子负伤战场,又患重疾,羁押战俘营;妻子病情不断恶化,终至全疯,1919 年被送疯人院。苦难使庸者麻木,也使智者警醒,社会灾厄、时代病苦、个人不幸,促使作家重新审视思考人生,并且找到了戏剧这个他认为最通俗、最敏锐、最富有直感的艺术形式,结果一发而不可收,挥洒自如地将从苦涩中提取的社会人生哲理融进一出出格调新颖的戏剧,令整个西方剧坛为之震惊。

在皮兰德娄为数众多的剧作中,影响大、流传广的代表剧目不胜枚举,像《想一想,贾科米诺》(1916)、《诚实的快乐》(1917)、《依你之见》(1918)、《游戏规则》(1918)、《并非一件严肃的事》(1918)、《像从前却胜于从前》(1920)、《六个寻找作者的剧中人》(1921)、《亨利四世》(1922)、《给裸者穿上衣服》(1922)、《各行其是》(1924)、《我给你的生命》(1924)、《一或○》(1929)、《今晚的即兴演出》(1930)、《寻找自我》(1932)、《不知如何为好》(1935)等,主题深刻、艺术精湛,历演不衰。

　　皮氏戏剧约有 28 部改编自他的小说或小说片段,不妨看作其小说思想内容的延续,它们一般称为"怪诞剧",因为从构思、剧情到表现形式,都异乎寻常得离奇古怪。于此可见,这位不断探索的艺术大师,由真实主义而大步地跨到了其反面表现主义并且达于极端。他是个具有哲学家禀赋的戏剧家,所努力的目标在于表现某种"普遍的价值"或者某种"哲学",为此,极具创造性地打破以情感主宰全局的传统戏剧美学,以思维代替情感,用谈话深化主题,借独白剖析内心。他之所以钟爱怪诞形式,归根结底是因为看到现实中充满各种不可逆料的偶然,生活支离破碎,幻想与实在的矛盾不可调和,前者不过是自设的骗局,后者又常常表现为冷酷绝望;还有双重人格问题,一个本来的自我和一个社会塑造的自我冲突不断,其结果往往是后者压倒前者亦即被迫套上"面具",否则就不能取得平衡,诸如此类。总之,在怪诞的环境展开怪诞的情节,揭示自我与现实、自我与面具的冲突,告诉你外表背后藏着不可测的存在这个基本的哲理,便是皮氏戏剧通常的模式。如在《依你之见》里,一伙乡下人发生了矛盾,争吵中,彼此的关系乱了套;丈夫、妻子、岳母三人中,虽然丈夫和岳母还算清醒,但仍然为妻子或女儿的身份所困扰,丈夫声称妻子已死于地震,岳母却说女儿依然健在;女婿认定丈母娘失去了理智,丈母娘却一口咬定他是个疯子;末了,当那位有争议的太太蒙着面纱登台后,竟也不晓得自己何许人。家庭成员的关系尚且如此,荒诞的现实又如何去把握呢?在《我给你的生命》一剧中,失去儿子的母亲陷入绝望,然而却有一股驱逐死亡的顽强力量使她活下去,母亲意识中的整个世界成了影像,从而似乎掌握了特殊"记忆"与"梦幻"之术,使儿子永远留驻心中,而且对于她,包括儿子周围的一切无不都是活生生的——此剧用超现实的手法表现了真实的相对性。再如《寻找自我》里的剧坛明星朵娜塔关于"自我"的体验，则深刻地阐述了本质与形式的矛盾，当意识到只有扮演某个角色才发现自我的存在时她是痛苦的；一个热情的恋人闯进了生活，他们驾着轻舟扬帆出海，不料小船倾覆了，小伙子拼死相救，原指望这患难爱情能帮助她在现实中而不是舞台上认识和找回自我，岂料这却导致两人的隔膜，她只有重新回到剧场，因为唯有与"角色"融为一体才有她的自我……朵娜塔要寻求的，其实不过是精神于现实中的支撑点，意味着维护自己作为人的存在意义，然而却失败了。

被认为皮兰德娄最有代表性的剧作之一《亨利四世》同样表现自我与假面矛盾冲突的主题，此剧人物众多，关系复杂，剧情曲折，构思更加奇特。主人公"亨利四世"并非历史人物，而是意大利中部翁布利亚地区某乡间别墅的主人，20年前，在一次化装游行中他扮演中世纪德皇亨利四世，因遭情敌暗算而从马上栽下，摔昏过去，醒来后成了疯人，以亨利四世自居。亲属顺从其意，就把别墅布置为"皇宫"，几名仆人也着古装扮"侍从"照料之；12年后他恢复了理智，可心上人已为情敌所有，就不想重新回到罪恶的现实中来，便继续装疯下去。故事从过去时回到现在时，情人与情敌双双前来探望，他不由流露出真情实感，倒是医生设想的一套"浪漫"疗法却又几乎重新把他激疯。但是他决意掀掉伪装，不再屈辱地"疯"下去了，于是当着众人讲出真情，并于愤怒的复仇欲念驱动下挥剑刺死情敌；然而，为逃避由此而致的惩罚，却必须再次披上"亨利四世"的皇袍，而且永远地穿下去。这位"20世纪的哈姆莱特"乃从皮氏笔下走出的最感人的形象之一，由他的悲剧可见，所谓双重人格，也就是本真的自我与社会塑成的自我，其对立冲突乃绝对的,对主人公而言,前者只能于装疯的条件下实现,这时他可以和丹麦王子一样抨击时弊甚至进行报复;后者则要求必须把他用强大的理智囚禁起来,在假面的重压下遭受凌辱、苟延残喘。这就是两者的关系:社会塑成的自我禁锢本真的自我,使其规规矩矩、俯首帖耳;假如自由意志必须要表现或者非表现不可之时,其毁灭之日也便来临了。本剧关于双重人格的"悖论"式表现,对于认识文明或社会力量的强大,不能不说是深刻的。

四

皮兰德娄另一部更有分量的怪诞剧代表作是《六个寻找作者的剧中人》。

这个剧本分三幕,采用了非常新奇独特的"戏中套戏"之结构形式。一家剧院的舞台上导演和演员们正紧张地排练皮兰德娄的喜剧《各尽其职》,突然闯入六个面色苍白的幽灵般人物,声称为同一个作废了的剧本中的角色,因不甘被抛弃,想重新获得艺术生命,所以来找另一位剧作者把他们的戏写完。导演惊讶不已拒绝为之寻找作者,无奈他们纠缠不休,出于好奇心,导演不由得对之进行问询,他们乘机抢着讲说各自的故事。包括导演在内的演职员们不知不觉间被吸引,这样,原来的排练无法进行,被迫中断;及第一幕结束时,导演已决定要以他们的戏为排演的剧目了。从第二幕开始,导演安排六个不速之客照其指导串演这部本已被废弃了的戏,并要提词员速记下台词,希望得到一个完整的剧本,同时分派剧团的演员们扮演相应的角色。孰料他的指挥并不灵,非但"剧中人"对其要求与理解难以苟同,并且对他们的扮演者的表演也不满意。事实上这个舞台早就主次颠倒了：演职员们反沦为观众，"剧中人"倒成了真正的演员。大家吵吵嚷嚷，逻辑完全混乱，舞台的现实和剧本的现实，作为"剧中人"的演员和剧团的演职员，纠缠一起，但"剧中人"们的"剧情"却越来越成为绝对中心，即使那些开始对要他们改演"剧中人"之剧非常抵触的剧团演员也逐渐地被融化其中了。

六个"剧中人"的关系就这样在乱哄哄的追述、介绍过程中逐渐清晰起来了。原来这是个离散后又聚合起来的家庭，六个成员按作家给出的称呼分别是父亲、母亲、儿子、继女、男孩、小女孩。20年前父亲母亲这对夫妇就有了他们的儿子，但因为发生了妻子与丈夫的秘书暗恋事件，她被撵出家门，此前儿子也被送往乡下抚养。夫人被逐后与情人即秘书同居，私生三个孩子；丈夫独居久了，渐生空虚之感，遂对夫人的新生活关注起来，暗中去学校探视她的女儿；当母亲的为安全计便移居外地，这样双方断了音讯。若干年后，秘书病死，母亲由于贫困又带着孩子搬回本城。生活的艰难，使已出挑成妙龄姑娘的大女儿被诱而沦为暗娼；一天，她在妓馆接客时恰巧遇上母亲的丈夫，幸好母亲赶来，避免了乱伦的发生；他不计前嫌，将妻子及其三个私生子接回家里。本希望从此一家人共享天伦之乐，谁承想却四分五裂，很难和睦相处：儿子冷若冰霜，既不遵从长辈也不友善弟妹；继女非但轻佻任性，还冷嘲热讽、独往独来；至于两个小的，男孩惶惶不可终日，女孩则郁郁寡欢；面对如此局面，父亲一筹莫展，母亲伤心至极；一天，年仅4岁的小女孩不慎跌入花园的池塘里淹死，14岁的小男孩见状不加思索即开枪自杀，母亲凄厉地哭喊，大女儿弃家出走……

整出戏贯穿着六个剧中人的争吵和攻讦，彼此责难、揭短，就是不去体谅、理解，妻子不原谅丈夫对她的驱逐，儿子不原谅母亲弃家私奔,父亲对儿子的不近人情颇有微词,儿子却对老子未能尽到父亲的责任耿耿于怀,继女瞧不上"兄长"的冷漠傲慢,而"兄长"对三个弟妹的突然闯入也心怀憎恨,所有这一切在男孩和小女孩眼里又造成恐惧,等等。这些不协调甚至对立的状态说明了什么?其实还不是现代资本主义社会条件下人与人关系的缩影?由此可见,皮兰德娄似乎并未彻底脱离真实主义或者现实主义的轨道,尽管其作品赋予怪诞的形式,不过归根结底仍是揭露现实人生的问题,且揭示得更加深入,昭显得更触目惊心。

但是显然,作家并不满足对于现实关系的一般性模拟,从根本上说还是立足探求何以使得他们如此隔膜?为什么儿子不敢理直气壮地承认母亲?丈夫不敢正大光明地正视妻子?为什么女儿排斥弟妹?孩子误解父母?人和人之间即使亲密的人之间,也仿佛隔着一堵墙。在本剧中,作家的重心之一放在主人公们对造成自身悲剧的原因进行探讨上面,究竟什么使他们互不相容?是人的自身之存在!由于个体人的变化莫测,使人与人之间的关系显得不稳定,而人们调整关系的努力总是徒劳,于是造成相互折磨,产生无穷痛苦。所谓隔阂,乃源于人的多种面具,可以看出"剧中人"们也是在尽力试图突破相互之间的隔阂,然而当隔阂消除,却又因为发现另一张面孔而惊讶!那位父亲说:"每个人在外表上,在别人面前,总是装得一本正经的,但是在心里,他最清楚自己在想什么不可告人的事情。一个人受引诱时先是向引诱屈服,然后又立即装出道貌岸然的样子……"①人是一个太复杂的

---

① [意]皮兰德娄:《六个寻找作者的剧中人》,肖天佑译,见《寻找自我》,漓江出版社1989年2月版,第67页;本节所引此剧文句,均从该译本,为简洁计,以下不再加注。

世界,彼此之间太难沟通、理解,比如当初丈夫之撵走妻子,其动机虽然不排除厌恶的成分,但主要还是出于为对方的感情需要考虑,然而受惠者并未理解更不领情,甚至怜悯被当成残忍,难怪"剧中人"父亲感叹"要是谁能预见到好心也会办坏事,那就好了!"儿子怨恨父亲从来不关心自己,但是当初父亲决定将其送往乡下,考虑的是母亲身体孱弱而乡下更益于儿童健康成长;继女之对父亲百般嘲弄,自然因其亲眼看见了这位长者出入妓馆的劣迹,却压根儿忽略了他实质上具有的许多善良的品质。妻子、儿子、闺女的指责均源于各自的片面认识,这片面性便是造成家庭悲剧的根源,那么导致片面性的又是什么?说来说去还是"自我",是它的多面性和不可把握。正确认识一个人的自我绝非易事,因为它处于动态变化之中,人的暂时行为不足以代表其自我,"戏中戏"里每个家庭成员都以别人的某一行为代表那个人的自我,才弄成互不谅解,结果酿成悲剧。这是一种悲观主义的不可知论之淋漓尽致的艺术表现。

如果说作为"剧中人"的六个成员之恩怨纠葛是本剧所表现的基本主题,这个主题至少可以说折射了触目惊心的家庭与社会问题,其悲惨和严酷程度不比任何一部揭露时弊的现实主义作品更无法让人安之若素;那么,它独特的艺术安排本身又构成了另一个主题,这便是作家的重要戏剧美学思想即艺术上的相对论问题。作品的总体构架是正在排戏的现场插进了另一出还不成戏的戏,这样,舞台变成了原剧组的导演、演员及其他演职员与闯入的"剧中人"发生关系——包括问询、对谈、观看、评说、争论这群不速之客的"戏",或者干脆就是一幕讨论"戏"的戏。皮兰德娄通过这些讨论,以及"剧中人"由剧本脱身跳到戏台上直接与观众见面、他们的表演和演员的表演,表达了全新的戏剧观念。"剧中

人"们代表最忠实原著的表演,演员们则代表粗糙的演技,这不但
形象地对比出舞台表演艺术的危机,而且试图说明单靠表演反映
剧本的内涵无异痴人说梦;其中甚至明确反对斯坦尼斯拉夫斯基
的体验派理论,否定演员表演过程中的主观成分。这后一个主题
以清晰的逻辑表达,与前一个主题的迷乱交替穿插,造成节奏缓
急有致、余韵无穷。

这个"戏中套戏"的结构的确匠心独运,作为框架的"戏"仅仅
构成了一个背景,重点是套进来的"戏"。首先它的六个角色打断
了原戏的排练,甚至取代了原来的演员;其次它的内容完全占据
了演出空间,原戏被其挤出失去存身之地,甚至导演和演员也不
知不觉地当了俘虏被化进套戏之中。开头时,作为框架的戏尤其
那些演职人员和套戏还混杂在一起,套戏角色与导演纠缠、争论,
演员们则起哄、取闹,角色对演员不能正确理解和恰切表现他们
的处境与心情愈来愈不满,终于不由自主地取而代之,表演起各
自的经历,本来如幽灵似的角色越来越成为有血有肉的艺术形
象。直到结尾时,男孩开枪自杀,舞台上真的响起了枪声,"戏"与
"戏中戏"遂不可分割地融为一体了。诺贝尔文学奖授奖词说皮
兰德娄果敢而灵巧地复兴了戏剧与舞台艺术,概括极是;皮氏的
确开始了一个新的剧场时代,乃后来盛行欧美的荒诞派戏剧的先
行者,名副其实为尤奈斯库、贝克特、品特等剧人的艺术先辈。

（本文成稿于 2006 年 8 月,刊发于《山东文学》2006
年第 11 期）

新大陆精神与开创者之歌

——惠特曼《草叶集》印象

文艺复兴时期的"巨人"哥伦布在遥远的大西洋彼岸发现了一片蛮荒大陆，随后他的欧洲白人同胞便陆续涌入了这块广袤的充满希望和艰险的神奇之地。仅仅用了两三个世纪，在北美沿大西洋海岸的地方就拓展出了个逐渐强大的国家——美国。这个年轻国家的一切都焕发着生机，形成一种朝气蓬勃的"新大陆精神"；而惠特曼①，则是把如此精神最淋漓尽致地抒发出来的最伟大的美国诗人。

众所周知，惠特曼的诗作大都收在他唯一的诗集《草叶集》（*Leaves of Grass*）里，这部1855年7月初版的集子问世时仅仅收诗12首；以后重版不断补充，及1892年诗人临终前出第9版也是最后一版时，已是近400首的厚厚一大本了。

诗集以"草叶"名之，算得上天才的灵感之一，还有比这更普通平凡、默默无声、任人践踏而无处不有，风雨抽打而宁折不断的坚强存在吗？它是耐苦的人民的象征，是生命力顽强，到处可以繁衍的民主精神的象征；或许，惠特曼是受了林肯总统一句话的

---

① 瓦尔特·惠特曼（Walt Whitman，1819—1892），美国著名诗人，北美民族与民族精神的伟大歌手。

启发：上帝一定很爱草叶和普通民众，否则就不会使其为数众多。

　　这本初版 94 页的小册子虽未立刻引起太大震动，然而却未逃过独具慧眼的文坛耆宿爱默生那双明目，他立刻意识到新大陆"已经诞生了一个伟人"，这本小小的诗集是"美国献给世界的最不同凡响的聪明和才智的结晶"，具有"不可比拟的思想和无与伦比的表达方式"①。那么《草叶集》之令人激动不已的魅力究竟何在？

　　或许首先在于它描画了一个新世界的轮廓，一个正处于成长中的年轻国家的鲜明形象。它广大、辽阔、雄奇、美丽：巍峨的高山、无际的海洋、伟壮的峡谷，河流纵横、阡陌交错，还有森林、原野、湖泊……这就是诗人的祖国，蒸蒸日上、生机勃勃；在那里生活的人民，朴拙、健壮、勇敢、勤劳，他们流血流汗、开拓世界，从他们手里，一座座城市拔地而起，一桩桩奇迹创造出来……这就是诗人的同胞，不安平庸、一味进取。一幅神话般的图景，就如《创世纪》里的伊甸园，它的主人便是亚当。惠特曼以饱满的热情和富于浪漫气息的诗笔，刻画出这新的天地和新的居民的面貌，美洲大陆的一草一木都在此"乐园"显出生命，美国人的一言一行都如亚当般率真有力。从某种意义上说，《草叶集》就是一篇"亚当之歌"或"开创者之歌"，而诗集中还真有一章包括 16 首诗的《亚当的子孙》（1855—1865）。虽然各首之间并无结构上的必然联系，亦不是全有出典，而只在第一、第八和末一首利用了圣经故事，但这就使整章诗有了一个统贯的灵魂。第一首即以亚当的身份发言，他并未对堕落有何懊悔，却只眷恋着眼前的一切；他与夏娃这一对人类始祖，执着于生活和爱情。诗人在此用伊甸园的故

①［美］亨利·托马斯、黛娜·莉·托马斯：《英美著名诗人传》，朱炯强、徐人望译，光明日报出版社 1987 年 5 月版，第 265 页。

事为媒介,表达了对成长中的祖国和人民由衷的自豪和赞美。第八首中,诗人和亚当似乎已融为一体,暗示人类原始的纯真状态永存;而美国人开垦原始荒野,实际是在重建伊甸。在第十六首,好像诗人已变成了亚当,一夜醒来,但见晨曦清露,精神纯净振奋犹如再生。这种面对新世界而满腔热忱的乐观情绪,正是 19 世纪乐天的美国人的写照。由此可见,这是叙述新伊甸的"创世纪",那造物者就是亚当的子孙——成千上万开辟新大陆的美国人。

的确,惠特曼以他独到的感触和特有的方式歌颂美国、美国人和美国生活。《我听见美洲在歌唱》(1860),活画出一个健美、自豪、欢快的美国人在新世界开创新生活的动人景象;《我歌唱带电的肉体》(1855)讴歌那最值得赞美的普通劳动者,不仅在精神上,而且在肉体上,"强壮、沉静、漂亮";《自己之歌》(1855)通过歌颂自我实际上揭示了美国的成长;《一个孩子出发了》(1855)写的是生根、发芽、成长的新国家的象征;而《开拓者啊,开拓者》(1863)则可谓向这一个国家致以敬札。其他诸如《大路之歌》(1856)、《欢乐之歌》(1860)、《斧头之歌》(1856)、《各行各业之歌》(1855)、《横过布鲁克林渡口》(1856)等名篇,都是对劳动和劳动人民、美国和美国风光的放声高歌;而诗人笔下的美国人是白人、黑人、印第安人,他们又主要是工人、农民、木匠、车夫、船家、水手、鞋匠、伐木者、机械师等等,因为那时的美国还基本是平民的国家,惠特曼则是平民的诗人。

值得提起的是,这位自称"永远是生命的抚爱者"的诗人更是生命与生命承载体的赞美者,他最为惊叹和自豪的就是上帝所创造的人类自身。《草叶集》中随处可见用火辣辣不无刺激性的语言抒写人体之美——无论男人还是女人,以及称颂两性之爱。描写身体各部分,用的是神圣和美的目光,虽然热烈但是纯洁,因为他旨在赞美生命,包括它的各个方面。不过,此于当时却遭人鄙夷,被讥为"愚蠢的污秽物";甚至连爱默生也受不了,这位新英格兰人的修养太高,过于优雅了,他建议诗人删除"不必要的性描写成分";但作者认为如同身体上的每个器官都不是多余的,他的诗集也没有任何不必要的成分。

如果说一个蓬勃向上的新国家的形象和她的勤劳质朴的国民的进取风格是《草叶集》给读者首要的鲜明印象,那么透过这个印象,一种潜在的同样是明晰的精神则更强烈地激动人心,这就是民主的思想与理想。此乃贯穿诗集的一条红线,是其自由的旋律之最强音。惠特曼,这位来自人民的诗人,这位生活在西方资产阶级为争取民主权利而前仆后继浴血奋战的时代,其祖国的政治体制又正处上升发展而民主环境相对较好阶段的平民歌手,真诚地相信这片希望的大陆上一定可以实现民主与自由,相信随着科学的发展,通过人民的创造性劳动,会出现人人相爱的美好社会。在他的憧憬中,理想的社会应该是:

那里除了普通的言行并没有为英雄而建立的纪念碑,

那里有勤俭,那里有谨慎……

那里公民总是头脑和理想,总统、市长、州长只是有报酬的雇佣人,

那里孩子们被教育着自己管理自己,

那里事件总是平静地解决,

那里对心灵的探索受到鼓励……①

①[美]惠特曼:《斧头之歌》,见《草叶集》上册,楚图南、李野光译,人民文学出版社1987年2月版,第346页;本文所引该诗集文句,均从此译本,为简洁计,以下不再加注。

对诗人来说,民主不但是政治的和社会的原则,而且是一种虔诚的信仰,一种至高无上的目标,是人类终将达到的极致。他在《为你,啊,民主啊!》(1860)中写道:"为你,啊,民主啊,我以这些为你服务,啊,女人啊,为你,为你,我颤声唱着这些诗歌……"

惠特曼的民主思想是基于人的平等、尊严和博爱关系的。他崇仰"神圣的普通";事物都是上帝之相互关联的一部分,那常绿的生命之树上的一片绿叶;人人都是大地的儿女,大地之母并不特别偏爱任何人;在茫茫的生命之海里,无论谁都同样是不容忽视的浪花。唯其如此,大家才应该相亲相爱,并且要推及其余:爱地球、爱太阳、爱一切生物;因为唯有爱,才是宇宙的最根本准则。如此给人甚至万物以尊严的观念在《草叶集》中几乎随处可见,这使它成了在美洲大陆乃至全世界传播民主主义的一本福音书。

正因为诗人对平等与尊严的无比尊重,他才丝毫不能够容忍压迫或奴役。因之,批判蓄奴制,揭露这种制度下奴隶主和种植园主对待黑人的凶恶与残酷,以及对挣扎于白人殖民者民族灭绝政策下印第安土著人的灾难与屈辱的深厚同情,就成了《草叶集》中一个不时回响的主题。早在南北战争之前的 50 年代中期,惠特曼就写出了不少既充满人道主义思想又包含愤怒揭露情绪的有力之作,如《面团人之歌》、《在朋友家里受了伤》、《波士顿谣曲》、《蓝色的安大略湖畔》等。在《自己之歌》里,诗人叙述他收留并款待一个逃亡黑奴:"他和我住了一星期,在他复元,和到北方去以前。"为了随时准备对付可能到来的追捕者,他还在墙角放了一杆枪……

从自由民主的理想出发,惠特曼十分关心欧洲大陆的革命斗争,密切注意那里的事态发展。当 1848—1849 年的风潮在一些国家受挫后,他奋笔疾书,创作了一篇鼓舞欧洲人民斗志的著名

诗篇《欧罗巴》(1850),诗中写道:

　　　没有一个为自由而被谋害的人的坟墓不会滋生出自由
的种子,而且永远不断又将有新的种子从这里产生,

　　　这些种子会被风吹到远方去,重新播种,雨露风雪自会
给它们滋养……

他像拜伦一样坚信:"自由啊,让别的人对你失望吧——我决不对你失望。"后来写的《法兰西》(1860)一诗,号召必须用革命手段争取自由;而当1871年巴黎公社的社员们浴血奋战时,他立刻发表了《啊,法兰西的星》(1871),向大洋对岸的勇士们表示敬意;诗人还在1873年的西班牙革命失败后,用《西班牙1873—1874》(1873)一诗预言她的正义事业最终将获得成功;此外,《神秘的号手》(1872)描绘了一个民主的未来世界,人们彻底根除了压迫、痛苦和战争。

南北战争时期,诗人的创作主要是号召人民起来,奔赴废除农奴制的正义的战场,和歌颂战士的英勇行为。他本人认为内战时期的作品是其诗歌中最重要的一部分,分别编成组诗《桴鼓集》(1861—1872)和《林肯总统纪念集》(1865—1871)。其中经常被传颂的如《敲呀,敲呀,鼓啊!》(1861)、《黎明的旗帜之歌》(1862)、《从田野里回来,父亲!》(1865)、《二勇士葬歌》(1866)等。内战刚一告终,林肯总统即为反动派所暗杀,诗人怀着无比悲愤的心情立刻写下了著名的《啊,船长!我的船长啊!》(1865)、《当紫丁香最近在庭院中开放的时候》(1865—1866)等诗篇,深切哀悼这位共和国的卓越领导人,把他视为民主的代表和反蓄奴制的战士;总统虽殁,其精神却像年年开放的紫丁香,永垂不朽。

内战之后,随着工业的高速发展,一系列人间奇迹被创造出来,诗人写了《展览会之歌》(1871)等作品,讴歌工业的进步。然

而,垄断资本的形成,社会矛盾的加剧,美国式民主的虚伪性也日益显露。理想与现实的矛盾使惠特曼产生幻灭感,其创作发生了一些变化,他开始揭露资产阶级价值体系的狭隘性和虚假性,批判政府腐化、社会丑恶与道德堕落,如《泪滴》(1867)、《不,今天别向我提那重大的耻辱》(1873)、《城市殡仪馆》(1867),以及政论《民主的远景》等。

惠特曼是北美大陆的伟大歌手,他的不朽诗作,率直地表达了对于自然之力、人体之美及两性之爱的热情赞颂,对于新兴城市、科学成就与劳动创造的由衷喜爱,以及对于和平、自由、平等之民主前景的呼唤憧憬,渗透了时代感、战斗性和乐观精神;他是美国的,但他的理想与原则也是世界的。

作为一位伟大的民族诗人,惠特曼形成了很有个性特色的诗学观,他十分明确并且强调写诗的目的乃是表达时代精神,推动国家民族的进步,因而诗必充溢着丰沛的政治与社会内容。那么如何体现呢? 当然离不开无数的个体,也就是必须通过包括自己在内的每一个社会成员的思想、精神和行动。从《草叶集》中不难发现"我"这个形象几乎无处不在,他既是诗人自身,同时也是体现着美国精神的一个普遍的个体,因而才与当时社会现实中的重大问题密切相关,换句话说,"我"折射出了开拓的、民主的、生气勃勃的新大陆气息。除此之外,各色人等——普通的、平凡的、男的、女的、劳心者、劳力者……无不是诗人歌咏的中心,因为他们是国家的主体,是创造前进的实施者和推动者。在惠特曼的作品中,找不到帝王将相,也没有神话和罗曼司,却有科学、民主、进步、自由,因为靠它们才能开辟新时代、创造新生活;诗这门具有强烈感染力和启发性的艺术用以歌之颂之,天经地义也!

惠特曼打破了传统诗歌的格律形式,创造了富有内在节奏的自由体式。该体式以短句而非音步为基础,诗行长短不齐;它大量采用叠句、排句、平行句或对偶句,而以长句占主导地位;即使不押韵,那么也必具有鲜明的节奏感和抑扬的音律美;此外还刻意营构雄辩的演说气派,亦不拒绝民间歌谣的表现手法;在语言上,广泛使用口语、民间俗语及外来语,活泼鲜明、丰富形象;所有这些加上夸张和无拘束的表达风格,就使它获得了气势磅礴、洋洋洒洒的卓越表现力。这种自由体式是对于诗歌艺术划时代的革新,为英美诗坛乃至世界诗坛开辟了一条崭新的道路,包括中国在内的现代自由体诗,大都从《草叶集》里受到过启发。

　　　　（本文成稿于 1996 年 3 月,刊发于《山东外语教学》
　　　　1996 年第 3 期）

正典不拒绝民谣与摇滚

——从鲍勃·迪伦获诺奖说起

2016年度的诺贝尔文学奖授予美国摇滚歌手和民谣诗人鲍勃·迪伦①,令人倍感惊讶,尽管获奖者曾屡被推荐与提名。惊讶的潜在原因主要是迪伦的流行艺术家身份,这与长期以来人们把诺奖与所谓主流严肃文学等同的意识密切相关。其实,以鲍勃·迪伦对当代文化的贡献、高度的成就和影响力而言,他获奖其实并非悖于常规。兹就该现象,从诗歌起源及原初特征、文学观念之历史变迁、文学与艺术的密切关系、大众文化的生命力等因素,说明迪伦获奖的积极意义,包括引发理论界关于文学或文学属性、功能及传播方式的思考。

按其传记作者的说法,鲍勃·迪伦是"将诗化歌词引入流行音乐"②的天才诗人歌手。就此而论,尽管诺贝尔文学奖把桂冠戴到他的头上让几乎所有文学家、文学评论家和文学爱好者大感意外,但细忖也在情理之中,因为除去作为充满独创与活力的舞

---

① 鲍勃·迪伦(Bob Dylan,1941—),当代美国著名摇滚歌手,民谣诗人,2016年度诺贝尔文学奖得主。

② [英]霍华德·桑恩斯:《沿着公路直行:鲍勃·迪伦传》,余淼译,南京大学出版社2012年6月版,第2页。

台艺术腕,最具影响力之一的美国流行文化的重要代表,他还是创作了超过900多首歌的词曲作者。作品主题涵盖人生现实和精神吁兒,就其感召力和慰藉力,即使文学史上一些顶级诗人也未必届达此境,所以获奖词说"为伟大的美国歌曲传统带来了全新的诗意表达"。总之,这是一位集修辞与表演、诗韵与旋律于一体的真正意义上的文学艺术家,即使从界类分明、壁垒森严的现代文论立场审视,迪伦也不可能被排除于文学圈子之外。由此可见,他之获世界最高知名度的文学大奖,乃实至名归。

不过鲍勃·迪伦获奖的确可以引起一些关于文学或文学属性、功能及传播方式的思考。

就像诺奖之于嘉奖已成经典一样,按一般的理解,获诺奖的作家及其作品是经典化的一个充足条件尽管不是必备条件。由于诺奖的唯一性、全球性、程序的严格性,加上历史悠久等因素,其权威性是显而易见的,尽管质疑也如影随形(永远在所难免),检视设奖百余年来的授受实践,证明它绝非草率行事,因此对世界范围内现代文学经典的形成起着举足轻重的作用。

荣膺诺奖的作家及作品,通常为严格意义上的文学家即诗人、小说家与剧作家,但不尽然,因为其章程规定也可授予那些"在形式或内容上显示出文学价值的著作"[1],这就为"纯文学"之外的"非文学"或"泛文学"开了一扇门。一些历史家、哲学家,乃至政治家例如蒙森、倭铿、罗素、丘吉尔等人,因其在历史、哲学、杂论、传记乃至演说等方面的高度成就和影响力而获奖。不过,即使他们的作品,在人们看来仍然属于传统或正统的文学范畴,

---

① 王征:《蒙森》,转引自车吉心、朱德发等主编《1901—1995诺贝尔文学奖得主全传》,明天出版社1997年5月版,第9页。

所以是没有问题的。然而,把如此严肃甚至神圣的奖项抛给一个摇滚歌星,无论他的歌作多么富有诗意,总不免令人生突兀之感,难道"经典"的身价降低了不成?或者换一个说法,通俗的、为大众所喜好的作品能否有资格升为经典乃至正典?而常常剑走偏锋、游离主流社会文化倾向的文艺创作是否永远被排斥于经典之外?

就鲍勃·迪伦而言,如果他不是一位"摇滚歌王"类的通俗艺术家(其实把摇滚乐以通俗定性就隐含着恰好也是某种流行的偏见),或者,如果不是他的歌及其表演在世界范围内让为数不少的"粉们"足足癫狂了几十年,没准就不会出现对其获得诺奖感到惊讶的情况。因为那样他在公众心目中必定是位诗人,其一本本诗集如《新的清晨》(*New Morning*,1970)、《欲望》(*Desire*,1976)、《迷途世界》(*World Gone Wrong*,1993)等尽管晓畅直白似无多少庄重典雅的所谓"诗辞藻",也会被视为纯正的诗,所以作者戴它一顶堂皇的"诗人"桂冠一点疑问甚或疑问的联想都不可能有。然而一旦与"大众"、"流行"或"排行榜"挂钩,那么诗人身份就大可怀疑了。这本是毫无道理的偏颇之见,但此偏见却由来已久,而且中外皆然。

问题出在哪里?或许由于长期以来人们的文学观念于不知不觉中发生了偏移。人类历史随着文明程度的提高、主流意识形态的强化、层级文化价值观的凸显,权威与普通、经典与流行、阳春白雪与下里巴人便日益泾渭分明了。西方文学史上,文艺复兴重新开启了古典文化之门,及17世纪法国古典主义登峰造极,凡尔赛趣味甚至以政府行为规范文艺(法兰西学士院行其职能);以优雅人物为主体的沙龙文化盛行;即使在学术圈子里,尚出现"古今之争"这样的公案而结果崇古派还大获全胜。该世纪形式至上的"巴洛克"风格在一些国家——与之相类的还有英国的"骑士派"和"玄学派"——也一度风生水起甚至颇受追捧,而民间文化却少被官方或文人注意。这不能不说是文化宫廷化与贵族化进而延展至学院化精英化的典型反映。兹状况变本加厉一两个世纪,欧洲文学直到浪漫主义时代才又开始趋于本真,在民歌、民谣等民间文学的"拯救"下复焕发生机。但是如此"高端化"的过程并未终结,事实上仍在继续其发展,只不过表现方式不同罢了。

俗与雅,就如江湖与庙堂一样是一对永久的矛盾存在,或许也与一般事物的发展呈此消彼长的规律。在文化较不发达的时代它们对立的程度想必不那么明显,而等级壁垒分明的时代当应相反。等级的基础说到底还是个经济力量问题,凭借财富取得政治与文化地位,进入社会上层至少也是较为优越的阶层,从而有机会受更多更好的教育,自然便成为雅士。在雅文化圈里,通俗不被看好,反之亦然。这之中的偏见和误解是免不了的。就当下来说,整个世界似乎无例外地进入一个所谓大众文化时代,主要由信息化所使然。经济的决定因素似乎削弱了,因为普遍的穷困已不复存在,绝大多数人可以受到教育,成为大众文化的消费者甚至生产者。尽管如此,带有贵族性质的精英文化依然强势,且与传统(从来都取决于社会上层建筑,它乃经济基础的反映)珠联璧合,其口味倒往往是小众而非大众。兹从方方面面左右人们的意识,久之铸成常态。因此不难理解,在我们所处的这个民主化或文明普及化的时代,其实遍及偏见,许多偏见深植于人们的无意识之中。例如,流行相当于粗俗、大众绝非精英、民调不及美声、小曲难媲交响……诸如此类。

20世纪50年代兴起的摇滚乐极易让人联想到游乐场或街角码头从而与粗俗相挂钩;其出现又一度与不被时流接纳的所谓

"垮掉派"、"嬉皮士"之类不羁青年联系起来,总之是些与社会正统背道而驰者。他们也的确于街头风靡,从最平凡甚至充斥苦难的下层汲取灵感,获得生命力。他们与他们的音乐作品包括表演形式,由另类到被接受,雄辩地说明流俗不代表胡闹,卑微的民间(哪怕贫民窟)依然充满诗意。如果雅士们调整好心态不故意视而不见的话,也会被感染、感动。其实略加思考,便知人类原本就是从这种充满原始活力的艺术创作中走来的,无论荷马史诗还是圣经中的情歌,包括中世纪游吟诗人的歌唱抑或数不清的骑士抒情诗,也许无不具有其时的"摇滚"性质……无疑,多元文化视野下,往往被主流文化排斥的某些带有"反叛"声音的文学或文化形态,并不缺失"经典"素质因而也完全有可能成为经典,因为经典走在过程之中。

　　摇滚乐以极个性化的音乐形式和表演形式而霸居自其产生以来的流行乐坛可谓音乐发展史最最重要的现象之一。从歌词方面说,它的简易、通俗、叠句、重复、问答式、口语化等,通常如雷贯耳,能够直击听众情感,使与之共鸣。这种毫不费解的修辞正是民谣的基本特征,由之可见摇滚与民谣的血肉联系。以摇滚歌手和民谣诗人定义鲍勃·迪伦看来再确切不过了,他把握诗与歌彼此之特点臻于化境,所以能将二者糅合得完美至极。迪伦是"给耳朵写诗的人",诺贝尔文学奖常务秘书萨拉·达尼乌斯如是说。这其实是道出了诗的本质,诗与其是写来看的毋宁是写来听的;诗的最初形态应该就是歌,《诗三百》里的每一首都算得上极好的歌词,无论黄钟大吕的《雅》、《颂》还是开口即唱的《国风》,回环往复、朗朗上口。《楚辞》吟诵也格外动听,一唱三叹、回味无穷。还有,从宋词到散曲,韵文——广义上的诗——都是歌,也是音乐。西方同样如此,无论荷马还是莎芙、彼特拉克还是华兹华斯,他们的诗作无不显示出抑扬顿挫的歌之美妙。许多诗人的作品比如歌德尤其海涅的短诗经常被作曲家谱上曲化为演唱作品,拜伦的组诗"希伯来谣曲"也全被谱曲成歌。事实证明,诗歌难解难分,歌以诗为骨,诗以歌传诵。但是显然,能够成歌的诗一般是较容易上口者,就如我们这里说的民谣诗或者歌谣体。此类作品大都形式简易——切记简单不等于艺术价值低!大音希声、大象无形,其中道道颇为奥秘,《红楼梦》第50回写大观园众钗裙"即景联句",由并无多少文墨的凤姐顺口出了个上句"一夜北风紧",却被赞为"正是会作诗的起法"[1],且随即引出李纨"出门雪尚飘"之句,堪称妙接!此颇似民谣,确实很形象,不见雕琢,顺口顺耳,上乘诗品无不如此。

　　鲍勃·迪伦的歌作何以迷倒听众,与其作为民谣诗人深通歌谣体特性和艺术手法密切相关。民谣类诗歌崇尚自然排斥雕饰,一种原始的质朴若溪水潺潺顺势流淌,你会觉得他的倾诉情真意切——

　　　　　可爱的梅琳达

　　　　　村民们称她忧郁的女神

　　　　　她说地道的英语

　　　　　招呼你来到她的房间

　　　　　啊你如此善良

　　　　　当心不要急于走近她

　　　　　她会取走你的话语

---

[1] 曹雪芹、高鹗:《红楼梦》,人民文学出版社1982年3月版,第688页。

　　　　任你在夜里对月哀号①

带一点伤感和凄清的语调，但非常朴素诚恳。无论对"你"还是
"她"，似乎都会产生一种担心，不会是命运在捉弄吧，无论如何他
们都是无辜的，是平凡不过的普通人……直白平易、略觉不祥的
词句撩乱意识，难道不是谣曲式诗行不可低估的张力吗？

　　长久以来，文明已使人们彻底摆脱了初民时代视诗为圣语的
原始野蛮了。按说，人类的幼年都是在歌唱里度过的，最初的诗
就是祭辞（包括符咒或祷言），由特殊天分的祭司高声吟出，足令
所有在场者癫狂。拉丁文 Vates 一词，兼指诗人和先知。这种人
其实就是充当祭司的巫师——灌注了对神明的忘我精神、集灵感
和激情于一身，如荷马那样用铿锵之音激起整个部族的热情。
《诗经》里也不乏类此产生的诗篇（多见于《雅》《颂》）。这些被视
为"神之语"的作品无疑也如民谣除了神秘高亢还必须字字入耳，
恐以短句为多，辅以鲜明节奏。没准诗正源于此。滥觞阶段的此
类作品生命力无比，但随着自然崇拜乃至信仰时代的结束，其黄
金世纪就一去不复返了。本是朴素的甚至粗糙的被称为"诗"的
这种东西变得越来越精致，终致进入象牙之塔，离民间渐行渐远；
迄 T.S.艾略特的《荒原》（1948 年获得诺奖），已是佶屈聱牙、艰涩
难懂而令读者望而却步。不过，与泥土或民间气息血脉相连的民
歌类的作品从来没中断过，摇滚歌王民谣圣手鲍勃·迪伦就是
证明；而数量巨大的受众群体也从来没有消失过，出现于世界各
地如痴如醉的摇滚狂欢即为明证。看来存在两种诗学体系想必
是毋庸置疑的事实，没有必要为给摇滚与民谣颁奖感到意外，就

①引自［美］戴维·道尔顿著《他是谁？探寻真实的鲍勃·迪伦》，赫巍译，广
　西师范大学出版社 2015 年 6 月版，第 155 页。

如没有必要为最小众化的作品颁奖感到意外一样。诺贝尔文学奖真的是独具只眼,其胸怀同其判断力均值得点赞!

不管怎么说,鲍勃·迪伦获奖是件大事,不仅有助于纠正无疑存在而且仍会继续存在的某些文学偏见,而且更重要的,或许还会掀起一波重视、发掘、研究、弘扬大众文化资源的浪潮。这将进一步改变人们关于文学和艺术认识的传统观念,进一步开阔关于文学传播多元形式与渠道的观照视野(比方摇滚不仅是音乐的表演形式而且是文学的传播形式)并就此展开研究,等等。毕竟,最具权威性的世界文学大奖并不拒绝民谣与摇滚,就如不拒绝或可视为"亚文学"的口述纪实作品(去年的诺奖获得者斯维特兰娜·阿列克谢耶维奇的写作兼跨新闻、纪实与文学之间)一样。这是否意味着,许多流行的东西,无论文学还是艺术,只要其本身足够好,那么也就有可能成为经典乃至正典! 就此而言,一个流行文化的靓丽符号摘取这顶桂冠,实在比几个传统意义上的作家获奖更有意义;这意义——对当下文学文化的影响——是难以估量的。

　　　　(本文成稿于 2016 年 11 月,同月以之参加在首都
　　师范大学召开的"后经典时代世界文学经典阐释与教学
　　策略"学术研讨会作交流发言,继刊发于《北京第二外国
　　语学院学报》2016 年第 5 期)

略萨印象

自 20 个世纪 60 年代所谓拉美文学爆炸以来，我国文坛乃至一般文学读者对之并不陌生，尤其富恩特斯、科塔萨尔等所谓"四大金刚"甚至还比较熟悉；至于对其中摘取诺贝尔文学奖桂冠的马尔克斯就更是宠爱有加，其《百年孤独》一度成为"后现代"时期的现实主义文学经典，影响可谓大矣！中国读者对另一位"金刚"秘鲁作家略萨①的熟悉程度也差不到哪里，80 年代开始译介他的作品，且好评如潮；以至当 2010 年的诺奖再次青睐拉美，落到略公头上时，居然不乏"太晚了！"之呼声。诺奖颁发自然又掀起了一股老萨热，这是件好事，因为在灯红酒绿与鸡零狗碎充斥文学市井的情况下，具人文关怀、敢针砭时弊、善讽刺揭露的略氏小说，作为阅读或者作为话题，都是很有意义的。

兹就略萨的创作谈三点粗浅的感受，或不妨称为"略萨小说三题"。

---

① 马里奥·巴尔加斯·略萨（Mario Vargas Llosa, 1936—　），拥有秘鲁和西班牙双重国籍的当代著名作家，2010 年度的诺贝尔文学奖得主。

一、文学是什么

文学是什么？略萨说："文学是火，要把世界一切不公平和丑恶统统烧光。"这句有力的话表明作家的写作立场是激进的甚至偏左的，在一个消费—享乐主义盛行的时代，主动承担社会使命的文学观犹空谷足音，令人激赏。事实上，略萨小说尽管充斥撩拨官能提高"上座率"的野俗成分，但总体说来属于严肃的"宏大叙事"范畴，社会、政治、人与自由等构成其创作的重要题材与兴趣所在。在最好的意义上，他颇有几分斗士的风采，而绝非象牙塔里雕琢优雅的妙工巧匠。

这从其初露锋芒即已昭显，长篇处女作也是成名作《城市与狗》(1960)让读者遭遇到一种严峻的社会紧张气氛，一种无形压力下躁动与不安的惴惴情绪，如此阅读感受如影随形、挥之不去，那其实是压缩了的军事独裁体制下人们的生活特别是精神写照的投影。包括秘鲁在内的拉美国家自独立战争以后的一个半世纪，动乱、政变、军事独裁乃其特色。这片神秘而火辣的土地，疯狂的殖民教化和原始的土著文化奇妙地纠结，愚昧与狂热携手，文明同特权苟合，拳头政治如鱼得水，民主进步之路漫长坎坷。不过应该看到，现代化进程中的"畸形儿"军事独裁政治既是拉美文学爆炸的背景也是它的根源。独裁政治剥夺人民的权利，造成社会的极大不公，其专横武断，践踏人的尊严，催生黩武、恐怖、阿谀及逢迎，这就使得目光锐利，具有强烈社会责任感的作家找到了用武之地，形成以现实表现为特色的创作脱颖而出。类如《总统先生》(危地马拉作家阿斯图里亚斯的代表作)、《家长的没落》(哥伦比亚作家马尔克斯的名作)、《方法的根源》(古巴作家卡彭铁尔的名作)等,的确像火一般欲把旧世界烧成灰烬。而略萨的成长伴随着反独裁斗争此起彼伏,他透析专制制度的本质入木三分,正由于其感同身受。

《城市与狗》描写莱昂西奥·普拉多军事院校内的士官学子生活,俨然军事独裁下的社会缩影。与其说这是一所培养国防力量精英、各种武装官员的摇篮,倒不如说放纵兽性、扼杀人格的地狱更确切。它严酷的纪律和训练除了把来自各种族与各阶层的青年驯化成军事当局需要的标准军棍之外,就是再淋漓尽致不过地将潜藏在人身上的暴力、虐待、报复、懒惰、欺诈、色情、享乐等原欲类倾向一股脑儿激发出来。在这所美其名"军校"的人间地狱里,有组织的群殴司空见惯,偷窃试卷、集体作弊,乃至聚赌、聚谈污秽下流包括鸡奸或与动物交等劣行也累见不鲜,其手段之残忍卑鄙令人发指。例如关于外号"奴隶"者等新生被高年级士官生们暴力"洗礼"的施虐行为,以及他们为反击之而结成"圈子"的报复举动,足以让读者瞠目结舌,不由不惊叹人类劣根性在适当的时机将可能发挥到何等登峰造极的境地!一般把小说标题的"城市"通解为社会、"狗"通解为军校学生,那么按此,用"狗咬狗"描述该军事院校中人与人之间的关系,倒是颇为贴切。

凡事必有其因,普拉多军事院校恶劣的校风(如果可以用这个词的话),作为一种结果,其实有相当的必然性或简直就是顺理成章的。因为该校毫无人性可言的法西斯式管理把院墙之内搞成了一个狼的世界,这些十五六岁脱掉便服的大孩子们,从"一个个被校内理发师推成光头,穿上卡其军装"①后,便"在哨子和吆

①[秘]略萨:《城市与狗》,赵德明译,上海译文出版社2009年8月版,第51页。本文所引该小说文句,均从此译本,为简洁计,以下不再加注。

喝声中"与暴力结缘了。动辄处罚、禁闭,除了服从,没有任何余地。小说中有一段起床集合的描写,借此可窥一斑:哨令响过,值班的甘博亚中尉吼道:"各班班长,把最后三名记下来!"尽管只用了三分钟,但三个倒霉蛋仍然要出列受罚;"是罚六分,还是站直角?"崇尚自由的中尉一向尊重受罚者的意志;当他们做出后者的选择后,便捂住裤裆,"身体像门窗上的合页那样弯下腰去,上半身与地平面平行";然后由肌肉发达、足球脚力其大无匹的佩索阿准尉照准屁股飞脚踢出,于是便有刺耳的尖叫,滚出两米,扑倒在地……

贯穿小说的一个中心事件是"圈子"小集团内的几个士官生偷窃化学考试题露了马脚而为校方追究的情节:考场上传递纸条的里卡多·阿拉纳(即绰号"奴隶"者)被关禁闭,周末不许外出,难堪关禁之苦他便把实施偷窃的同学卡瓦供了出来,导致后者被开除。饱受自责折磨的"奴隶"后在演习中被"圈子"的主心骨"美洲豹"枪击致死,军校当局压根不想弄清伤亡原因,以避免学校名誉受损,并连带影响领导管理层之个人利益。他们"合理"地假设为一桩因死者演习行动时出错而自伤的不幸事故。家长自然无法了解真相,不消说难以介入其中,甚至不能一见救治时的亲人;有关官员众口一词,包括"四名医生和一个由弹道学专家组成的委员会证实",事件的性质就这样铁板钉钉了。但是,偏有出于义愤的"诗人"阿尔贝托为冤死的朋友鸣不平,向连队上司甘博亚中尉揭发"美洲豹",又偏有正直而坚持原则的军官甘博亚要按章汇报并着手调查,于是问题复杂化。校方百般遮掩,对当事者软硬兼施,从直接或间接负有分管责任的上尉、大尉、少校直至上校校长配合默契,坚持以操作失当"枪支走火"统一口风。当然,即使破绽百出也无所谓,因为校长一手遮天,这个道貌岸然、老奸巨猾的家伙不惜亲自出马，得心应手地封了告发者的嘴。事件终按当局的意志不了了之，唯有甘博亚被贬往高原……

事件的整个处理过程，惊人地显示出一个稳健而高效的体制运转的无穷严密性和排他性，换句话说，普拉多军校这个系统铁桶一般，谁也别想撼动它坚实的基础。系统的主宰就是校长，他使之完全按其意志运转，毫厘不爽，那一副廉洁奉公的姿态掩盖着独裁暴君的狰狞面目，闹出人命都在所不惜。系统或者说体制的每个人都深谙其奥（只有甘博亚是个例外），知道哪怕一丁点的违背，都可能遭到毫不留情的打击。加里多上尉便是一个最好的说明，他之所以不假思索地阻止中尉介入事件，以受处分、影响晋升之类反复告诫，因为上校有言在先："死亡是由于他本人的错误而造成的。这一点不能有任何疑问。"可惜呀，事物总有其多样性，遇上正义感和责任心同等强烈的铮铮铁汉也够头痛的，甘博亚让上尉、大尉们颇为难堪！但加里多的一番话的确道出了体制力量的无比强大："首先应该是现实主义者，我们一定要根据实际情况办事。不能强迫事物服从法律，而是相反，要让法律适应事物。"因此他对问心无愧的中尉说："良心无愧能上天堂，可是不一定能晋升。"这种聪明的机会主义论调由系统造成而又弥漫于系统，悟道的上尉们有福了，"想安安静静地生活，那就闭上嘴巴"。有良知的甘博亚不愿闭嘴，就断送前程吧！

我们说普拉多军校不啻是 20 世纪五六十年代包括秘鲁在内的拉美军事独裁政治的缩影，并非夸张。"唯一主持公道的"军官甘博亚的调遣无异于流放，这个悲剧性的结局包含象征意味：排除异己，所有的独裁政治都一样！

如果说普拉多军校的运转模式成功造就出一批批效忠于军事当局的武装工具，那么对于一个个有血有肉、生龙活虎、正值青春期美好多梦时代的学子来说，就未免太不公平甚至是太惨了。某种意义上，军校与牢狱无异，除了那些必须经受的皮肉之苦，最难忍受的要算动辄伴随责骂、羞辱的监禁和处罚。自由无价、自由珍贵，或许是最具普世性的价值观，而之于难耐约束的青少年尤甚。小说中差不多所有士官生都有曾甘冒被除名的危险翻墙逃到校外去的记录；在周末可以外出的时间，他们最担心被关禁闭而不能外出。其实小说有大量关于这些军校生温馨可爱一面的描写，主要表现在爱情，友谊，社区、邻居与家庭生活上，而这类光洁而美好的篇页所传达的内容或信息，无一不是发生在校园之外。可见处于正常的环境，他们并非天生的不可救药者。"奴隶"之所以"出卖"同学，就因为他连续被关了一个月，他痴情地爱着一个姑娘，本来约好周末请人家看电影的，可是被禁闭，而且一连数周；再也不能继续下去了，必须从这儿走出去，当然条件是招供。为此他进行了剧烈的思想斗争，因为"奴隶"尽管胆小却绝非卑劣之徒。他终于给自己找到了正当的理由："卡瓦抢他的烟，抢他的钱，有一次他在睡觉时甚至朝他身上小便。"既然"学校里人人尊重复仇行为"，那么他为什么还不采取行动呢……"奴隶"的经历告诉人们，剥夺自由的军事管制对一个学生而言，与其是一种教育，毋宁是一种摧残。

军校制度在拉美国家的军政独裁格局中占有重要地位，两者之间存在深厚的渊源与因果关系。通常拉美国家的军人必须经过正规军校的教育和训练才有资格升任军官，服役军官若获得进一步提升，还必得再进军校继续培训。军事教育的高度专业化和现代化使军人对政治的直接干预成为可能，军校培养出的大批军官实际上构成一个优越感和自信心无限膨胀的特权贵族阶层，有力地且无孔不入地影响或左右着国家政治、经济及文化生活的各个方面。这是军人独裁政权之所以长期存在(即使频繁更迭仍然换汤不换药地牢牢掌握在军人手中)之最根本因素。正由于此,一般社会观念往往崇尚军职,故有些条件的家长宁可不惜血本把孩子送入军校,以期其成为所谓真正的男子汉。由于父亲严令,略萨年轻时的教育就有一段(14—16岁)是在他所描写的这所军校中完成的,小说中许多细节之所以写得历历在目,原因在此。这不允许个人主体意识立足,纯粹以绝对服从为宗旨的教育毒化思想、僵硬品格,把人变成单纯的驯服工具,当然是极其有害的。小说尾声部分写到阿尔贝托后来回想起自己的青少年时期时不免感到后怕,"阴暗的三年,剥夺了他对美好事物的追求"。至于了然其内幕、洞悉其本质的作家略萨对之更深恶痛绝,作为曾经的受害者,他通过该不无自传色彩的小说《城市与狗》点了一把火,让书本里反映的黑暗和荒谬在熊熊的烈焰中显出原形,至少在读者的心里,一点点化为灰烬。

二、文学作为讽刺

《潘达雷昂上尉与劳军女郎》(1973)是略萨的小说艺术更趋成熟时期的作品,显著地具有20世纪六七十年代西方文坛颇为盛行的"黑色幽默"色彩。作为艺术手段,幽默的本质在于讽刺,至于"黑色幽默",则它的讽刺比较阴郁,所引起的笑极少是轻松的和爽朗的,用"含泪的笑"差可摹状。自美国作家海勒的《第二十二条军规》一鸣惊人而迅速传遍世界文坛起,较普遍地认为这种区别于一般比较轻松意义上的幽默大大加强了文学讽刺、针砭、批判现实人生的功能,尽管文学的这一功能与生俱来。而从略萨的创作实践特别是小说《劳军女郎》,细心的读者也许会得到一种更鲜明的阅读体验：原来文学作为讽刺——无论内容还是手段——竟然如此得宽广、深邃，既令人震撼又耐人寻味。

按照作家的说法，小说写的故事基于真实事件。在秘鲁又热又潮湿的亚马逊森林地区（第五军区）驻扎的部队士兵强奸民女的事像烈火般难以控制。为解决军人的性饥渴问题，陆军总部决定成立一支劳军女郎服务队，并且将这一特殊任务交由刚刚晋升上尉，一贯忠于职守的军需处军官潘达雷昂·潘托哈组建指挥。尽管不情愿，但以服从为天职的潘达雷昂居然把工作做得漂亮至极，非但极短的时间就建起了一支高效率的服务队，而且发展迅速，一年之内即由最初的 4 名妓女到 6 名到 10 名到 20 名，并以每天人均 20 次服务的节奏保持记录不下降（周年服务总数为 62160 次）。劳军女郎队伍仍继续扩大，50 名到 100 名……及至两年多时间，按最低节奏服务的最低计划匡算，也得 272 名队员、4 艘舰只和 3 架飞机。至于上尉本人，更完全融入其中。各边防哨所对其服务简直达到疯狂的痴迷程度。即使当地舆论大有难以招架之势，尤其电台"辛奇之声"栏目那颇具杀伤力的蛊惑宣传咄咄逼人，然而都未能丝毫动摇上尉执行任务的决心和削弱其继续将这件事做大做强的计划实施。如果不是发生了一次意外，他真的有可能会做到登峰造极！服务队的一个小分队从某哨所回返基地途中，突遭暴徒海盗式袭击，乱枪中迷人的"巴西女郎"中弹身亡，尸体被钉十字架（为逃脱罪责，伪装宗教狂热分子所为）。这使潘达雷昂上尉悲愤至极（她是他的宠爱），便不顾后果，以阵亡军人的规格为其举行了隆重的葬礼，使这位美丽的年轻妓女之死极尽哀荣之能事。伊基托斯市旋即舆论大哗，"辛奇之声"肆意渲染，推波助澜，军队败坏道德风化的谴责铺天盖地。为平息众怒，将军们毫不犹豫地上演"丢卒保车"把戏，把上尉发配边远，服务队的姑娘们便让军官与军中牧师们享用了。

一个虽然古老但是卑鄙污秽的行当以商业运作方式而由军方组织管理,本身就颇具滑稽意味,妙在略萨的谐谑表现使之更成笑柄,于是其讽刺的张力便十分凸显了。小说的讽刺是多层面同时又是极其现实的。例如,它针砭军方高层的黑暗、腐败尤其虚伪。陆军总部的将军们道貌岸然,对军队的无法无天放纵姑息,还文过饰非,"把强奸称作外遇"①;他们压根不想整饬军纪,而创办什么伤风败俗的军妓服务队,何其龌龊! 将军的理由是"没有性生活就要引起最卑下的堕落和腐化",多么堂皇又多么荒谬! 问题在于既要当婊子又要立牌坊,口口声声"尽量不使陆军受到玷污",因此命令潘托哈以商人身份在远离军营的地方秘密组建。那位第五军区的司令官斯卡维诺表面上抵制,其实不过做做样子而已(服务队解体后他心安理得地受用姑娘)。随军神甫团的军官们也一样,其义愤填膺包括亚马逊军区的神甫头目贝尔特兰的抗议都是作秀——捞取道德资本耳! 他对下属反映连队发生劳军事宜的回复是"只能闭起眼睛祈求上帝";以辞职作筹码的抗议未承想是个败笔,因为上司干净利索地予以批准,弄得他哑巴吃黄连;这个老家伙后来在某前劳军女郎的怀里说了实话:"我对军营、士兵和肩章还是很怀念的……每天都梦见指挥刀、起床号……"

明目张胆,光天化日之下的奸淫行为,折射出军事独裁当局的无道与跋扈! 军队的行政统治系统俨然铁桶,它掌控一切,无

①[秘]略萨:《潘达雷昂上尉与劳军女郎》,孙家孟译,人民文学出版社 2009年12月版,第4页;本文所引该小说文句,均从此译本,为简洁计,以下不再加注。

人不在其视线之中,陆军总部维多利亚将军、柯亚索斯将军、洛佩斯上校授命潘托哈时的谈话描写透露出诸多信息:潘之所以从军需处的 80 名军官中被选中,是因为情报部门太有眼力了,"我们比您本人更了解您",柯亚索斯的这句话的确很够分量。在此系统中,唯最高长官的意志为转移,不能越雷池一步。潘托哈本是该机器的一个零部件,一直运转得很好,岂料不慎失手,情感因素作怪,在"巴西女郎"的葬礼上昭示出军人身份,违反了秘密规则;这稍一脱轨就倒了霉,无论多么敬业与忠诚,因为机器运转的法则是物理的,因而也是冷酷的。

小说的讽刺的确是从一种幽默的戏谑中产生的,虽说该幽默感似乎并不明显,它只是让人觉得有些好笑,因为叙述很严肃甚至很一本正经,并不见嬉笑怒骂。可庄重的文势表达的是极不登大雅之堂的内容,比如关于军士接受性服务时的注意事项,详尽而缜密,这样就形成了戏谑感,结果严肃被粗俗瓦解,讽刺的幽默效果出现了。其实组建劳军服务队这整桩事件就是一桩大幽默或者大讽刺:从军需处的将军到军区司令直到执行长官,从未虑及其性质是否合于人道、社会规范及军人使命,虽然这些决策者与当事者无一不是受过良好教育,肩负重要职责、身份和教养俱高的上流人士。他们谈话的口气好像在说一个毫不相干的故事,劳军女郎无非是军用品,并不比枪支弹药、制服或将军们叼的雪茄更有价值。包含鞭挞的讽刺就昭然于文本的进展过程,因为从中读者看透了这些主宰姑娘命运的权势们卑鄙冷酷的心肠!另一种具讽刺性的幽默表现,针对以社会良知自居的舆论传播:亚马逊电台倍受欢迎的社会新闻栏目"辛奇之声"其实集讹诈、挑拨、煽动为能事而勒索钱财中饱私囊。对其讽刺更带黑色幽默色彩,或者说更直接,更戏谑化,因为对象不同。栏目主持人辛奇不像那些军界大人物有身份,他借舆论作工具成为无冕之王,实则是个小丑式的东西。这家伙深谙世道人心,用无耻对付无耻,"腐化的当局对我惧怕,爱赌的法官遭我斥责,一切不公平都将被我扫荡",自诩其"声音所到之处,玉石俱焚"。凭借"自由"赋予他的杀手锏,公然向潘托哈敲竹杠,岂料后者根本不吃这一套,命手下将他的脸摁到河里。但舆论之力是不可低估的,电台的攻击首先毁的就是上尉的夫妻感情,无奈不得不拿钱去封辛奇的嘴。这滑稽的故事包含多少冷嘲热讽呀!言论自由乃民主的产物,独裁政治很懂得用来涂脂抹粉!然而其中有多少正义与真理可言?当篇末写到辛奇向陪伴他的前劳军女郎抱怨已无可讹诈时,是否会突然觉得,这贯穿字里行间的讽刺真是力透纸背呀!

或许,最淋漓尽致地承载着作品之讽刺内涵的,是小说的主人公潘达雷昂上尉。这个堪称无懈可击的军官典范,像悲剧英雄给人一种崇高的感觉:他忍辱负重、无怨无悔地完成上司所交办的任务;热爱陆军,视军人的荣誉胜过一切,然而却必须脱下军装、远离军营;更难堪的是保守秘密,杜绝透露工作类型,包括对母亲和妻子,导致"终日以谎言度日";最后,尽管创造了卓越的业绩,却非但得不到嘉许晋升,反倒被发配贬谪……但这个堪称完美的人难道不是一架机器吗?一架按几何学精确高效运转的机器!从他身上绝少发现统计学和机械学以外的东西,人性因素最是罕见。他做的一份份报告不愧科学与实证的典范,例如姑娘日服务次数的得出,便是在综合评估并平衡了各种因素包括个体差异、专业水平与耐久力、规范动作、所用时间、每月潮期、对方条件,乃至气候、星象变化(影响男子内分泌与性冲动)等后的概率结果。他在第一、二份报告中就已估算出服务范围约40万平方公里、8个陆军驻地、26个哨所、45个营地,潜在服务对象8726

人;按每人月平均12次、每位女郎月服务480次(实际完成并保持的次数是540)计算,则需要一支2271名的庞大服务队伍。当然他知道这实际上是不可能的。上尉的机器职能并非仅仅表现在计算与分析上,更在于注重验证。他试吃当地种种具有催情作用的食物,以估计男性能量的变化;为得出相对准确的单位时间,连妻子也用来作试验,以至后者觉得他"简直成了一头野兽";他很快就发挥出团队的全部潜能,实现了效率最大化。他为服务队写的队歌鼓舞姑娘们快乐地献身,歌词也充满谐谑色彩"……穿过森林、水洼和河流,/不畏毒蛇、老虎和猛豹,/我们满怀爱国热情,/誓把爱情烧得火爆……"难怪柯亚索斯说"他倒干得满起劲,混在婊子堆里如鱼得水"。最具明显讽刺意味的是,这架机器居然也有动情的时候,"巴西女郎"使其成了色情狂,"一个人顶一个团",每每进行招募新手的所谓"外形考试",那些选中者就成了玩具。在观念意识上上尉似乎从未遇到过道德难题,要不然为何看不到他对妻子有丝毫内疚? 他所遗憾的,仅仅是其严正的做人准则(包括两性关系方面)走了样,他把这归咎于"巴西女郎":"由于你的过错,我打破了从懂事起就恪守的一条原则。"小心点,上尉,原来你也一样虚伪!

这位全身心投入祖国陆军事业的军官,其奉公、精密、坚忍和顽强令人钦佩,得知真相的妻子一怒之下带着不满周岁的女儿离家出走,母亲也深陷耻辱之中,但他居然能够做到安之若素,了不起! 然而,他真值得敬佩吗? 否! 本质上,他和维多利亚、柯亚索斯、斯卡维诺们并无二致,也是军事独裁政治棋盘上的一颗棋子,只不过更微不足道罢了。他从未考虑过道德、宗教、人的权利及人的尊严,军事化教育早已磨钝了这类细胞,女郎们不过军用物资,充其量有些特殊而已。可见他的献身精神并非愚忠,而是缺失人道的军事独裁政治长期浸润导致的远非高贵的后果,并作为集体无意识已固化成一种文化品格。就此而言,略萨的讽刺入木三分,上尉对关乎人类精神的细腻神经麻木不仁,反映了当时包括秘鲁在内的拉美社会现实的无正义与非理性。小说中作为背景穿插的邪教组织"方舟兄弟会"那如燎原之火蔓延的描写,可谓从一个侧面所作的印证。

作家于"再版前言"曾写道,他原本打算写成一部严肃的书,可很快发现难以做到,"因为这故事要求的是嘲讽和笑声",而且认识到"在文学里也存在着游戏和幽默的可能"。毋庸置疑,这部小说出色地实现了他的目标,也印证了他的理念。

三、文学的结构天地

略萨小说的当代性或许最充分最明显,尽管在揭示社会现实方面与古往今来的文学并无二致,但表现方式极其先锋。评论家将之称为"结构现实主义"不无道理,他的确非常讲究结构,不但所有作品有着区别于他人的独树一帜的"萨氏"结构,而且每部小说又有互不雷同的结构特色。20世纪西方思想、哲学、文化普遍的结构主义性征对文学的影响乃人所共知,诸如"意识流"、"新小说"、"荒诞剧"等把文学的结构元素放大了许多倍,而像乔伊斯、福克纳、布尔加科夫、多丽丝·莱辛、卡尔维诺、米兰·昆德拉、库切等大家,无不在结构的探索方面乐此不疲。略萨重视结构,也是顺理成章的,关键是他的独特性,其作品昭示了文学的结构天地是无限广阔的。

略萨小说的结构大都别出心裁,他立足当代叙事艺术逆传统而为之的总体趋势而追求多样化,差不多每部作品都设计一个独特的结构以与其他作品区别开来。不过大致说来,包括叙事方式在内的略氏小说结构,类如电影技巧的拼接、剪贴、闪回、时空颠覆后重置或并置,大量使用对话以推进故事进展的多声部复调构成方式更为常见。因此,略萨的小说视角变换频繁、突兀,常常让读者摸不着头脑,他好像一位厨师,面前灶台上摆满了各色各样的原料和调料,烹调时用着什么放什么,虽然乍看上去颇随意,其实有严格的程序与规则,也有精确的材料搭配和数量。这样多角度的表现方式,最利于揭示现实社会的复杂性和不确定性,挖掘现实生活背后深层次的问题。

从《城市与狗》这部小说,可以看到多视角的叙事布局已差不多运用到得心应手的程度了,尽管它还是部处女作。叙述视角本来只是一个切入点而已,不过由于它的经常转换,所以便具有了结构特征。作为讲故事的艺术,长篇小说与生俱来的叙述方式似乎是所谓"全知式",即一切尽在视野之内,纵的与横的、时间的与空间的,无所不知、无所不包;其主体当然是作家。该作品整体上仍取这样的形式,但同时它又出现了多个人物不同主体的叙事穿插,于是也就构成了多个视角的共同存在,彼此既独立又呼应。例如"美洲豹"的视角、"奴隶"的视角、阿尔贝托的视角、卡瓦的视角、博阿的视角等。全知视角一般取第三人称,从小说开头到结束使故事具有完整性;以某个人物为主体的视角则一般取第一人称(在略萨小说中并不刻意强调甚至有意淡化),它似乎扰乱了故事的进展,破坏了故事的完整性,但那是暂时的,待读完全篇后完整性即可恢复,仿佛传统叙事艺术中的"伏笔"这时全有了"照应"一样。它的功绩在于更直接更确实地完成了发生于"过去时态"信息的追溯,以及叙述主体内心世界或心理因素的揭示,追根探源,提供出因果关系。例如以"美洲豹"作为主体视角的叙述,就让读者了解了他贫苦的出身、坎坷的遭遇、仗义守信的个性,某种程度上校正了在全知视角叙述中形成的残忍、冷酷、霸道、恃强凌弱的认知偏差。

略萨小说的结构艺术最富特色的也许是借鉴复调音乐对位法所营构的并列平行方式,或可称为"双项主题并置"。即为小说设计两条故事线并以同等重要的地位使之向前发展,二者的独立性非常明显,虽不能说风马牛不相及但也确乎不似狂风暴雨那样水乳交融。这是与传统文学作品双线索或多线索的叙述结构根本不同的,因为后者关注各条线索的相互依存,而且强调有主有次,讨厌游离于主要情节之外的东西。比如莎剧经典《哈姆莱特》的主题是复仇,其构成由三条故事线而以王子的复仇为主,余者为辅;再如托尔斯泰的名著《安娜·卡列尼娜》,乃由安娜的爱情悲剧和列文的思想探索两条情节线构成,二者相辅相成又主次分明。略萨小说的主题并置强调的是各自的独立性,联系是内在的,尤其是次要的。比如以他本人年轻时与其姨妈(其舅母之妹)的爱恋情事为题材创作的《胡莉娅姨妈与作家》(1977)一书,凡20章,奇数1,3,5……等10章为一个主题即作家与姨妈的爱恋故事,兼及一个真实的连播剧作家玻利维亚人彼得罗·卡玛乔的疯狂性格与悲惨遭遇;偶数2,4,6……等9章(第20章除外,此章交代作家与胡莉娅婚姻的结束及再一次婚姻等)则是每章一个短篇小说,乃互不相干的浮生故事,构成社会万象之主题。这样并置的两条线可谓非常有趣的对照,通过搬演人生大舞台上形形色色的悲喜剧,当然大大丰富了小说的含量。如果从两个主题的关系来看,那么后者无疑为前者提供了现实背景,烘托出第一主题的曲折磨难与荡气回肠,仅此而已。再如另一部重要之作《天堂在另外那个街角》(2002),凡22章,它的奇数各章描写19世纪法国著名油画家高更外祖母弗洛拉·特里斯坦的故事,偶数各章则讲述高更的故事。弗洛拉出身奇特,经历坎坷,饱尝生活酸辛;磨难使之坚强,后来她成了一位工运分子、社会活动家和女权主义者,为穷苦人特别是妇女的权利地位而斗争,在争取自由的路上不懈努力、奋斗不止。其活动主要在19世纪三四十年代,离外孙生活的时代相隔近半个世纪(她谢世4年后高更出生)。高更则是个纯粹的艺术家,远离政治、世俗甚至道德,与所谓文明社会格格不入而厌恶之,终于离开祖国,去往南太平洋的塔希提岛,彻底过上所向往的原始人式的半野蛮生活。两条故事线各自为政,没有什么必然联系,因为祖孙二人所生活的时代及活动范围完全不可同日而语。那么,两个人物的故事作对位并置,各行其是又似眉来眼去,究竟要说明什么呢? 或许、可能——对于自由和理想即"天堂"不变的追求,乃唯一将之联系起来的纽带吧!

　　略萨小说的结构艺术,或许还可以用"杂"这个字来概括,穿插、并置、虚拟、实在、音乐因素、绘画手法、影视技巧,兼收并蓄、无所不用。如《劳军女郎》全书由对话、梦境和包括报告、请示、批示、决定、决议、须知、公文、启事、统计、书信、报道、专稿、社论、电台广播等在内的各种应用文体所构成,传统小说的叙述、描写、抒情成分少之又少。尤值得一提的是大量的对话,显示了作家非凡的功力,不妨说,情节的发展差不多是由对话推进的。其独特之处在于,不同时空、不同人物、不同主题的对话经常并置,多方转换。例如《劳军女郎》第十章,写陆军总部的将军们就潘托哈的处分问题而同其谈话,先后插进第五军区司令、神甫、巴卡柯尔索中尉、桑达纳中尉、广播节目主持辛奇泡妞时说的话。该手法大大压缩了时空间隔,用很少的笔墨把多个场景呈现出来,同时与前者形成鲜明对照,使讽刺得以强化。这是典型的影视"蒙太奇"

法,往往造成意想不到的艺术效果。

略萨像福克纳等许多 20 世纪富有革新精神的作家一样,由于其不懈的努力和强大的创造才能而丰富了小说的结构艺术,功不可没。然而,独创性并非完美性。小说本质上是讲故事的艺术,现代作家喜欢赋予它更多的功能,为此不仅在内容而且于形式上挖空心思追奇求怪,包括借用其他艺术的表现媒介或手法。事实是,得当者锦上添花,失当者大煞风景。毋庸讳言,略萨小说结构远非尽善尽美,比方说,取太多视角而结构作品,往往使读者如堕五里雾中,《城市与狗》即典型例证。而并列平行式的"双项主题并置"处理,似也免不了给人那么一点有失严谨的感觉。至于"蒙太奇"式的,完全不顾时空限制,打乱叙事顺序任由穿插组合的话语构成,非但弄得文本支离破碎,而且极易混淆读者视线,破坏阅读效果。某种情况下优势也会产生局限性,以语言作媒介的小说艺术,与以画面作媒介的影视艺术,其各自的特点不可视而不见。比如电影的"蒙太奇"技巧,无论画面跳跃跨度多大,一般不会造成观众理解上的困难;可小说对话采用此方式就不同了,因为缺失说话人所置的场景参照物,所以单从突然插进的孤零零话语很难意识到与之相关的信息而不觉得奇怪。略萨小说对话尽管精彩纷呈,却也避不开如此尴尬。

(本文成稿于 2011 年 3 月,刊发于《山东文学》2011 年第 4 期)

文艺复兴时期意大利造型艺术概览

一

文艺复兴是西方文明史的一个重要时期，几乎所有近代思想都在那时萌芽甚至开花结果，至于文学艺术，则世所公认达到了自古希腊以来的第二个高峰。在文艺复兴运动的发源地意大利，造型艺术的成就最为突出，单就此而论，以至于可以这样说，文艺复兴只不过是意大利的事情。所以研究这个时期的意大利造型艺术，对整个西洋美术史的认识无疑具有重要意义。本文试对此作一概览，以图揭示它的发展脉络。

通常意义上的文艺复兴意大利造型艺术，13世纪末即见滥觞，而迄16世纪末进入尾声，大致经历了四个阶段，不妨分别称之为曙期、前期、盛期和后期。

14世纪可以看作它的曙期——阳光初露的黎明时刻亦即萌芽期。早在13世纪末叶，还是中世纪阴郁滞闷的艺苑中，已发端了新倾向的亮光，代表者是比萨人雕刻家彼萨诺父子尼古拉（？—1278）和乔万尼（1250—1314）。他们从越来越多地下发掘的希腊雕像上深感古典精神的不朽魅力而加以揣摩研究，且努力使自己挣脱哥特式成法缧绁，另寻蹊径，为新的雕塑风格奠定了基础。

这个时期的意大利绘画,是在诸如西耶纳、比萨等地方画派的成长中发展起来的,但最主要的却是佛罗伦萨画派:契马布埃(1240—1302)的创作之于整个意大利美术具有开山意义,而其弟子乔托则成为文艺复兴新美术真正的拓荒者,领"西洋绘画之父"美名。

乔托·迪·邦多内(1266—1337)生于佛罗伦萨以北20多公里维斯皮尼亚诺镇。其天才在于以自然为师,进一步打破已成桎梏的拜占庭传统,把意大利美术置于现实主义道路并向前推进,使之愈来愈显出新面貌。瓦萨里的《著名画家、雕塑家、建筑家传》,这开创世界艺术史学科的第一部文献首篇即乔托传,评价这位但丁的好友"成了一个大自然的出色模仿者,完全摈弃了拙劣的希腊手法(指中世纪僵死时拜占庭绘事程序——笔者按),振兴近代的和优秀的绘画艺术——描绘活生生的人,这是两百余年来的首倡"①。乔托留下不少作品,特别是帕多瓦的斯克罗维尼教堂的阿雷纳礼拜堂多达几十幅以耶稣事略为主题的连续壁画(1304—1305),为罕见珍迹,其中《逃亡埃及》、《犹大之吻》、《哀悼基督》等幅,其视觉冲击和心灵震撼,足令观者终生难忘。此外,佛罗伦萨的建筑奇迹百花圣马利亚大教堂正立面右侧近百米的钟塔亦乃其杰作,故名"乔托塔",但最终建成竣工,设计者已作古了。

①［意］乔治·瓦萨里:《著名画家、雕塑家、建筑家传》,刘明毅译,中国人民大学出版社2005年5月版,第3页。

二

15世纪是它的前期。这是个众多地域性画派崛起与繁荣的阶段,杰出的大师辈出,形成百家争胜局面,建筑、雕刻、绘画等的高度成就表明文艺复兴的意大利造型艺术已逐渐走向成熟。

在那些以地域划分的诸艺术派别中,佛罗伦萨画派仍然是中心。这是由于佛城在政治、经济等方面所处的领先地位决定的。该画派一直领导或影响着其他画派如翁布里亚画派、帕都亚画派、斐拉拉画派以及在16世纪得到长足发展的威尼斯画派等。可以说,佛罗伦萨画派颇大程度上决定了意大利造型艺术发展的趋向。

是时,以佛罗伦萨画派为代表的意大利艺术家,其首要特点是运用自然科学成果与写实手法,日益自觉地把艺术纳入一条科学的道路。他们对自然与社会,对人自身及其生活环境进行观察、探测,知解奥秘的努力决不亚于创造的热情;他们兴味盎然地钻研数学、几何、物理、光学、透视、解剖,揭示了造型艺术中人体比例、三度空间、光与影、线形透视等一系列基本规律,开始将准确逼真悬为艺术追求的理想。这些基础理论性问题研究,为后来的盛期美术登上峰顶做好了充分准备。

首先在建筑方面,一批具有革新精神的建筑家接连涌现。他们不仅批判地继承了中世纪以来意大利优秀的建筑传统,而且复兴了古代希腊罗马建筑的典雅、朴质与肃穆风格,尤其给予希腊柱式体系以充分认识,以此作为新建筑美学思维的起点,从而基本确立了文艺复兴建筑样式的规范。

布鲁涅列斯奇(1377—1446)可谓文艺复兴建筑思潮的首创

者,他最卓越的杰构佛罗伦萨圣马利亚大教堂嵯峨的中央穹顶较早体现了文艺复兴建筑艺术的最高理想,在西方建筑中史无前例。因为,尽管穹隆形式远在古罗马及中世纪所习见,但却从未占据建筑物整体结构的支配地位。它在建筑史上的意义自不待言,实际充当了若干年后米开朗基罗创造更其宏大壮丽的圣彼得教堂之中央穹顶的光辉"先驱"。继布氏之后,第二位伟大的建筑师是阿尔伯蒂(1404—1472),他遵循业已形成的传统,但不拘泥传统,这就使他的构思布局带有鲜明的匠心独运、别创一格的性质。例如他创造性地采用后来成为流行因素的壁柱形式,标志着古典的柱式结构造型发展到一个新阶段。

其次在雕塑方面,一开始即以新的倾向和面貌而引人注目。基贝尔蒂(1378—1455)可谓该时期第一位最重要的雕刻家,他的创作尽管还未脱尽哥特式遗风,然而一种明朗、秀美、优雅的品质却逐渐占压倒优势。这是建立在严谨的结构和准确的比例基础上的全新风格,亦即文艺复兴的现实主义风格。他在艺术生命最旺盛时期倾 27 年时间完成的佛罗伦萨浸礼堂东立面青铜门(该堂共 3 扇青铜门)巨作,表现了历来雕塑原则的重大质变,所有属于中世纪的艺术形式,在这儿差不多都有突破。这道堆满浮雕,令人叹为观止的庞大门面已经透露了盛期文艺复兴登峰造极的意大利雕刻的灿烂晨曦,无怪米开朗基罗说它可作"天国之门"。然而在新风格方面具有更重大意义的还是多纳泰罗(1386—1466)。如果说哥特式作风毕竟没有彻底离开过基贝尔蒂,那么对于多纳泰罗则几乎是无可奈何了。这位巨匠根本不可能长期处于旧传统的"荫庇"之下,其精神、天赋和创造性足以使之开辟更为独特的艺术天地。文艺复兴雕塑的各主要形式——完全脱离建筑环境的雕像及与建筑构成有机结合的雕像,纪念碑式的骑马像,祭坛、教坛、陵墓雕像及各式浮雕等等,无不从他的作品得以初步规范。他的名作之一青铜圆雕《大卫》,透出浓郁的古典精神,是文艺复兴雕塑中最早出现的裸体立像。无论艺术精神还是艺术形式,多纳泰罗都显示出是米开朗基罗的伟大先驱。本时期另一位重要的雕刻家是委罗基奥(1435—1488),芬奇的业师。他代表了15世纪雕塑发展的最后阶段,技巧尤为纯熟,思想愈益深刻,气魄更见雄伟,《科列奥尼骑马像》充分集中了这些特点。一切迹象表明,文艺复兴意大利造型艺术的脚步已经接近盛期阶段艺术神殿的门槛了。

　　至于在绘画方面,这时期的艺术家继承了乔托的传统,但也抛开了他的局限,即逐步克服乔托艺术中稚拙与呆板的成分,大体完成了作为一门"科学"的绘画之基本规律的探索、发现、阐述及运用,促成技术上的突飞猛进和造型表现力的迅速提高。

　　其间,首创绘画新风格规范的是马萨乔(1401—1428)。如果说乔托为文艺复兴的意大利绘画奠下了第一块基石,那么马萨乔则铺完了全部基础。他的主要功绩,在于解决了画面上的体积感和空间感,使画中之物看上去自然、妥帖、恰当。这是包括乔托在内的前辈们所未能做到的。他"完成了过去从未经历过的最伟大的改革",从此开始了"意大利画派的光辉时代"①。唯其如此,一些美术史家将之同多纳泰罗、布鲁涅列斯奇并称为"文艺复兴美术之父",分别体现绘画、雕刻、建筑三方面的奠基意义。

　　马萨乔在27岁的盛年被人毒死,使其卓越的天赋未能得到充分发展。不过在他之后,一批热衷实验的画家纷纷脱颖,他们

---

①[法]德拉克罗瓦:《艺术评论》,见《德拉克罗瓦论美术和美术家》,平野译,
　　辽宁美术出版社1981年11月版,第44页。

力图将科学知识与绘画艺术结合起来,这样就把马萨乔主要凭禀赋、观察和感觉开辟的写实主义路径拓宽成康庄大道。单就佛罗伦萨而言,像乌切洛(1397—1475)、安琪里珂(1400—1455)、卡斯塔尼奥(1423—1457)、威涅齐亚诺(1420—1461)、利比(1406—1469)、弗朗契斯卡(1429?—1492)、哥佐利(1420—1497)、波拉尤奥洛(1433—1498)、基兰达约(1449—1494)、波提切利(1444—1510)、柯西莫(1430—1495)这些堪称一流的就不下十数位。他们每个人对 15 世纪绘画均有其独特贡献,在艺术史上也各具不同意义。例如,倾毕生主要精力探讨透视规律的乌切洛,便是线性透视这门美术基础科学的创始者之一,其《圣罗马诺之战》一画,堪称运用透视学研究成果的一个出色范例。不过在线性透视的研究上集大成者则是弗朗契斯卡,他于 1485 年完成的《绘画透视学》意味着其基础研究已近于完善。又如哥佐利,他努力使造型描绘向着明确坚实的方向发展,同时将大量现实人物画成宗教人物,用以处理圣经题材,致使这种手法蔚成风气。再如波提切利,则是 15 世纪后半最伟大的画家,可以认为是对乔托以来意大利绘画的一个总结。他在题材上打破了唯圣经是取的传统,较多采用异教神话,开拓出造型艺术的新源泉或新范围;而在表现上则大胆借用希罗手法,用裸体形象描绘迷人的传说,这就大大丰富了绘画语言。作为这方面的突出范例,他的杰作《春》、《维纳斯的诞生》极大地鼓舞了同代及后来的许多艺术家,特别是继佛罗伦萨画派的隆盛而大有起而代之之势的威尼斯画派的诸位大师。

三

从 15 世纪末叶的 20 年到 16 世纪初叶的 30 年大约半个多世

纪,是文艺复兴意大利造型艺术的盛期①。作为一个完整的文化史期,它的艺术成就在这时达到了顶峰,标志即是芬奇、米开朗基罗、拉斐尔三位巨匠的巍然挺立、雄压时古。在三座巨峰的前后左右,还有诸多奇峰竞秀,各显俊挺,同时它们如众星捧月,使前者显出分外壮丽。例如意大利中部的翁布里亚画派的代表人物西纽雷利(1445—1523)和佩鲁基诺(1445—1523),前者对处激烈状态的人体动作表现某些方面预示了米开朗基罗的风格;后者为拉斐尔业师,其人物刻画的优雅趣味营造深刻地影响了弟子的审美追求。再如意大利北部帕多瓦的曼坦尼亚(1431—1506),其粗粝风格的独特表现都可视为意大利造型艺术由前期而盛期之不可或缺的过渡。

从某种意义上说,三大师的出现正是 15 世纪美术意向发展的逻辑必然。他们的艺术中一些共同的东西均来源于佛罗伦萨传统,然而各自又以独特的方式将这份遗产予以提高。一个显著的特点在于:大师们已不像 15 世纪的前辈那样满足于仿效古代艺术的外表,而更侧重把握它的原理或精神,以作为创造性思维的准则与起点。故以三大师为代表的盛期美术既是自觉理智的,又是自如奔放的;不独看重深邃的思想,同时也追求辉煌的形式。

三大师中,达·芬奇(1452—1519)以广博和富有哲理性与科

---

① 尽管笔者认为如此分期较为恰当,但仍需要说明的是,该划分的起点是以达·芬奇自立门户或者说 1581 年离开佛罗伦萨服务米兰大公为标志。因为他这时的几幅作品《圣女领报》,尤其未完成的《三贤来拜》表现出的成熟程度已淋漓尽致,可谓前所未有,把包括其师委罗基奥在内的所有大师远远甩在了后面。与其年龄相仿的一些著名画家如菲利比诺·利比(老利比之子)、波提切利等人都无法达到他的高度,故严格说来,他们还不能算作盛期的大师。

学精神著称,后代之所以将之视为近代完人的典型,就因为他的天才并非单单表现于艺术领域。相反,就心灵意向来说,其思维似乎要穷尽整个宇宙,作为实验科学的先驱之一,他是当之无愧的。在医学、化学、生物、数理、机械、工程,甚至天文、地理、音乐等多门学科,他都是精湛的行家里手。至于在涉及造型艺术的诸多方面,其贡献尤其大,比如确知他曾解剖过 32 具尸体,对解剖学的理论实践做出过卓越建树;他长期研究透视学,发现"空气透视"原理,按照该原理,在一定距离内会得到形体为光线所吞没的视觉印象,据此他首创所谓"晕染法",用模糊性处理物体在空间中的关系,为画面增加特殊效果。总之,芬奇的艺术善于将美的观念与科学精神结合起来,将冥想性与哲理性熔铸于画面,创造出一种优雅、深长的韵致,一种理想、超凡的境界,《蒙娜丽莎》就是典范。在处理宗教题材时,大师注重突出"爱"或"献身"的基督精髓,把宗教主题质化为伦理哲学。其《岩间圣母》、《圣母子与圣安娜》,尤其《最后晚餐》可作例证。概言之,芬氏艺术提供的是庄严和优雅的风范,它雍容高贵、温文悠然,表现出某种理性的控制力和智慧的思辨性。

米开朗基罗(1475—1564),以雄浑博大与富有深沉的宗教精神著称,强有力的天才使他在 16 世纪之绘画、雕刻和建筑等各个造型艺术领域均占压倒地位。在这位大师手里,透视、比例、解剖之类学理已被应用到"自由境界",他可以随心所欲驱遣各种法则去实现创造的意图,即使所崇尚的古代规范也只能启示他而不能束缚他。一种最能代表时代精神的新权威——雄伟、概括、有力而富于理性的艺术风格——被大师凝练而成了,它壮烈、磅礴、气势恢宏,既多样而丰富,又统一而和谐;既饱含激情,又合乎逻辑。西斯廷教堂拱顶壁画可谓完美体现,它把激情、冥想与智慧凝结为奇伟的构思,使秩序、逻辑与条理统一于复杂的场面。作为虔诚的基督徒,米开朗基罗严正的道德观与热烈的信仰又使他的艺术别具悲壮与沉郁的特点。实际上,其全部创作不外是用艺术形式表达宗教体验,作品意蕴往往是通过宗教感受而之于现实的独特理解:痛苦、悲悯、罪与罚……例如《哀悼基督》、《末日审判》等等。然而在他,基督精神的威严公正,又是借助强有力的人的形象表达的,人体现了上帝的智慧、力量和创造才能,故其艺术,印证着人的不朽与伟大,例如《大卫》、《摩西》等。概言之,米氏艺术提供的是雄伟与严峻的风范,它叱咤风云、悲郁壮美,表现出某种古代的英雄气和宗教的崇高感。

至于拉斐尔(1483—1520),则以亲切柔美及通俗性和世俗性著称。他不像芬奇那样神往宇宙的奥秘,更不似米开朗基罗那样沉醉宗教的体验,而唯有迷恋自然的美丽,因此,表现可作为视觉对象的美,乃其艺术追求的第一要旨。他可谓全心全意传播着"美"的歌者。完整、对称、端庄、雅致是拉斐尔绘画的基本特征,他笔下的人物即使严肃的宗教人物也无不娇媚绰约,虽无脂粉气,却富贵人风。其一系列脍炙人口的圣母子画像就是范例。但是大师善于汲取别家之长,尤其芬奇与米开朗基罗的精蕴,故并不乏处理题旨深邃之巨大构思的能力,梵蒂冈教皇宫的大幅壁画《雅典学院》、《教义辩论》等是为明证。概言之,拉氏艺术提供的是温婉与秀美的风范,它恬静和谐,犹如梦境,表现出某种理想的境界和诗意的情致。

值得注意的是,这时期意大利各地方画派之间的关系发生了重大变化。一直充当阿平宁半岛新美术运动旗手的佛罗伦萨画派逐渐丧失其领导地位。其原因是复杂的,但至少有一点很明确,即从 15 世纪中叶起,佛罗伦萨的经济与政治局面江河日下,这样,两个世纪以来所形成的文化中心优势自然就岌岌可危了。取而代之的,首先是南边的"教皇国"——罗马。作为基督教世界的首都,这个有过光辉过去的"永恒之城"越来越显出它的重要性。应当指出,罗马的崛起多半由于教皇的作用,文艺复兴时期的教皇至少几位著名教皇,其思想精神,比他们的任何前辈都更为独特。他们似乎并不以作上帝的代理为满足,而更爱世俗的权杖,是圣父,但更是政治家。精于阴谋、权术,爱好财富、享乐,喜欢战争、流血,断不亚于君侯霸主。其野心、其贪婪,以程度而论,可谓"雄才大略"。对他们而言,要配得上至高权威或伟大气派,不独在军力和财力,还在辉煌的艺术。就是说,梵蒂冈必须成为华美的中心,而教皇必须拥有一切。于是,罗马开始不遗余力、不惜重金,网罗各地最杰出的艺术家,为它进行规模巨大的装点和建设。例如三大师均先后被请进梵蒂冈,其中米开朗基罗与拉斐尔长期于此工作,还有杰出的建筑家布拉曼特等。他们的艺术和才智奉献给了罗马。这样,大量气势恢宏的史诗性建筑、墓陵设计、纪念碑式雕铸、辉煌的壁画以及装潢权贵宅邸的架上画应运而生。终于,意大利艺术的一个新派别——罗马画派——形成了。与其他画派难于摆脱浓重的地方色彩不同,它天然带有气概非凡的广大性,气魄大、题旨深、激情烈。这是真正伟大的艺术,严肃、崇高、雄浑、博阔而闳约;从技巧上看,则炉火纯青、出神入化,不再斤斤计较所谓"科学的精确",而强调精神力量、气质风度。

　　毫无疑问,罗马画派代表了这一时期意大利造型艺术的最高成就,建筑、雕刻、绘画概莫例外。建筑方面,举国最优秀的建筑家云集于此,使高度典型的民族与时代风格得以雄壮、明朗、宁穆、和谐的形式终于确立起来。这集中表现于新圣彼得大教堂的修建(当然它最后完成是 17 世纪,全部过程亘凡百二十年)。在此,具头等重要意义的是布拉曼特(1444—1514),他之于盛期建筑风格的形成起着决定作用。大师规划设计出教堂方案并主持了营建工程的最初阶段,虽然该设计后来屡经变动,但毕竟对总体格局奠定了基础。围绕这项伟大工程,许多第一流建筑师在不同阶段充分发挥了各自的天才,其中最主要的是米开朗基罗,他设计的教堂中央穹顶,成了文艺复兴建筑理想的最高体现。此外,巴尔达萨内·帕鲁齐(1481—1536)和安东尼·桑伽罗(1483—1546)也具有重要意义。至于雕塑方面,米开朗基罗独霸雕坛;绘画方面,米开朗基罗和拉斐尔力压群雄——他们各有许多崇拜者和弟子,特别后者,带出了不少高足,例如著名画家和建筑师罗曼诺(1492—1546)等。值得提起的是,在属于罗马画派的影响范围之内,长期于帕尔玛工作并成为该地画派领袖的柯勒乔(1489—1534)地位别具。他的创作色彩绚丽,光暗对照强烈,流露出较多热恋俗世生活的性质;他晚年的作品则显示了背离古典传统的意向,从中可以看到成为后来的手法主义甚至下一世纪巴洛克艺术质素的显著特征,之于盛期美术有不可忽视的意义。

另一个崛起的画派是位于东北海岸的威尼斯派,同佛罗伦萨画派、罗马画派一起,组成盛期意大利艺术的三大主脉。这个画派的发展经历了漫长过程,但真正具有自觉意识或个性风格则是在 15 世纪后期。它是佛罗伦萨艺术的直接受惠者,对于透视、明暗、解剖等的理论与实践全得力于此。贝利尼父子雅可布(1400—1470)和乔万尼(1427—1516)、贞提尔(1429—1507)三人是威尼斯派的开创者,他们把现实主义原则引进艺坛,使早期威尼斯绘画的拜占庭作风为之一变。此外,曼坦尼亚(他是老雅可布的女婿)也是形成这一卓越画派的源泉之一。不过一般认为,最充分发挥出威尼斯派特色的则是乔万尼的弟子乔尔乔内（1477—1510），他的人体造型与色彩处理丰盈华艳，比以往任何画家都表现出更多、更彻底、更大胆的世俗精神。与乔尔乔内同师学艺的提提安（1488—1567）则是威尼斯派的最大代表，由于乔尔乔内的早夭，他便充当了将威尼斯绘画推向极致的角色。热衷异教传说，酷爱现世生活，而狂欢、美人、娇艳的裸体吸引着他的创作；提氏尤其是位色彩的大师，人称"金色的提提安"；总之，威尼斯派的所有特色都在其手中得以尽善尽美地发展。该画派的特殊之处在于：同佛罗伦萨和罗马画派的尤重造型、素描和解剖不同，它赋予色彩以更显著的地位；同前二者的严谨、肃穆、雄伟不同，它则更讲究洒脱与健美；它较少歌颂英雄或英雄气魄，而更迷恋女性魅人的温馨和灌注人体的生命暖流。它是西洋绘画由宗教转向世俗的一个过渡，标志着文艺复兴意大利美术的重大转折，也标志着欧洲造型艺术趣味的某种新变化。

　　显而易见，意大利艺术的绝对中心地位，对佛罗伦萨来说是永远地失去了，但它的历史功绩不可磨灭。就某种意义而言，正是它促成了盛期"黄金时代"的到来，因为这里培养了最杰出的艺术家。这个事实毋庸置疑，芬奇、米开朗基罗和拉斐尔，无一不在此地成长起来或开始创作道路。三大师离去之后，留下的影响仍然是强大的，他们的大批崇拜者依旧全力地甚或是痛苦地维持着佛罗伦萨画派衰落的局面。有两位画家颇令人注目，这就是巴托洛米奥修士（1475—1517）和安德烈·德尔·萨托（1486—1531），前者颇具特色的祭坛构制与后者优美、宁谧而略显抒情的画作还顽强地表现着佛罗伦萨艺术的伟大传统。

四

大致从 16 世纪中叶到世纪末,是文艺复兴意大利造型艺术的后期。在此期间,两百年来作为欧洲最先进地区的意大利,却面临着并继而经历了经济和政治的深刻危机。首先,地理大发现和通往亚洲商道的转移,使它逐渐失去在东西方贸易中的"咽喉地位",经济衰落朕兆不可避免地出现了。其次,由于它不是个统一的国家,内乱纷争不绝。15 世纪末,更遭到外来侵略,先是法兰西,继为西班牙。整个 16 世纪上半叶,阿平宁半岛实际处在旷日持久的战祸之中;中叶之后,大部分土地即为西班牙所占领。再次,罗马教会倒行逆施,建立宗教裁判所,强化教权统治,肆无忌惮地推行反动政策,以对付从北方兴起而大有燎原之势的宗教改革运动。随着政治及宗教形势日益恶化,新文化精神的诸多形态大难临头,未可避免窒息、夭折之厄运。及世纪末,伟大的意大利文艺复兴即告终结,西方近代文明的最初成果便也悲壮地成为历史的遗迹。

是故该时期的意大利美术,不能不受到如此严峻的时代悲剧考验而呈现更其复杂的特性。一个十分引人注目的情况是,大约从二三十年代起,在一些年轻的艺术家中,形成了所谓"手法主义"流派。此流派脱离前期与盛期的现实主义传统,缺乏对生活作认真思考而沉湎主观主义,热衷玩弄形式技巧,把严肃的艺术引向矫揉造作。一般来说,它产生的直接原因在于:三大师等人把古典主义的艺术理想发展到尽善尽美,致使平庸的艺术家紧随其后亦步亦趋,但也有人感到一味膜拜权威实在并不明智,于是企图通过标新立异与前辈巨匠争胜。他们竭力以非清晰、非稳定、非和谐的动感美来突破整肃宁穆的古典理想，并且由于米开朗基罗的艺术实际隐藏着如是素质，所以便悬之为榜样。当然，这些晚辈们学到的多是大师的皮相，结果不免效颦之虞。当然，手法主义自有其巨大的历史功绩，这就是挣脱了既成规范而另辟蹊径。因此，在手法主义者手中，古典主义衰落了，新的因素滋生了，而新因素终归发展为一种辉煌风格即17世纪巴洛克艺术的先声。手法主义流派的代表，具有奠基意义的是佛罗伦萨知名画家庞托尔莫（1494—1556），其《入殓》、《基督受难》等作品充满戏剧性，把庄严的题材处理成梦幻一般，典型地体现了手法主义的奇思怪想。布隆奇诺（1503—1572），一位极具才气的画家，喜欢塑造贵艳的形象和营构华丽的气氛，也好玩弄象征暗示伎俩，其寓意画《维纳斯、丘比特、愚蠢与时间》不乏色情意味。还有一位著名代表是帕尔玛画家帕米贾尼诺（1503—1540），他的某些作品例如《长颈圣母》表明其美学思维贯穿着非常主观和抽象的性质，造型语言已滥用到随心所欲的地步。以《艺术家列传》而名垂青史的瓦萨里（1511—1574）也是风格主义的重要人物。他是位极有才能的画家、建筑师和艺术史家，出自其手的罗马梵蒂冈宫回廊壁画及佛罗伦萨市政厅的"寓意"壁画，藻饰、浮华，堆砌难解的象征，可谓把主观性推上了极端。在雕塑方面，手法主义的最大代表是切利尼（1500—1571），其圆雕《珀耳修斯》乃米开朗基罗的《大卫》之后最有名的纪念碑式杰作，然而雕像虽然新颖却失之琐屑，缺乏《大卫》那种英雄的气质或内涵——这是艺术处理欠佳的手法主义之通病。提供了手法主义完美之作的是贾姆·博洛尼亚（1529—1608），自称从米开朗基罗悟到艺术真谛，其雕像把形式的唯美因素发挥到出神入化，《劫掠萨宾妇女》为其中的佼佼者。

不过就主流而言,晚期造型艺术仍然是沿着两个多世纪以来所形成的那条伟大的路线前进的。这是由于,盛期的两位大师米开朗基罗和提提安因为高寿而继续创作,无论其艺术还是其精神,都决定了他们是不可战胜的,尽管在生命的半途不断遭遇悲剧的危机。事实上,前者的英雄气概和后者的热情洋溢不容辩驳地定下了该时期艺术的基调。待两人逝世之后,晚期意大利美术便主要由提提安的后继者、威尼斯派的最后两位大家委罗奈斯(1528—1588)和丁托列托(1518—1594)代表了。他们坚持威尼斯传统并竭力将其推向前进:前者的创作充满豪华与热烈气氛,即使宗教主题,也最大限度地表现世俗精神,后者则气魄宏大,某种程度上颇得米开朗基罗的神韵,可谓文艺复兴意大利美术的殿军。在两位大家结束他们的艺术道路之后,作为文艺复兴意大利造型艺术最后一个据点的威尼斯派亦即一落千丈了。

应该指出,这时期还有位卓越的建筑家帕拉迪奥(1508—1580)不容忽视。他与米开朗基罗一起,构成该时期意大利建筑艺术的真正骄傲,并在一定程度上决定了它发展的方向。帕氏建筑遗产多为宫苑与别墅,主要见于其家乡维琴察还有威尼斯城邦。他也是位造诣高深的理论家,其《论建筑四书》乃经典文献,为从事建筑学的人所必读。帕氏建筑思想给予希罗的典范以热切和深彻的理解,使古代样式在更平衡、完整的意蕴中达到一个新境界,给17世纪之后的欧洲新古典主义风格以最富典范和创造性的启示,以至成为三百多年间统治西方建筑思潮的主导力量,有"帕拉迪奥国际体系"之称。

后期的艺术,从最深刻的意义来说,乃为文艺复兴这个伟大时代之博大精神卓越的但却是痛苦的最后闪光。就整个西方艺术史的发展而言,它则具有从文艺复兴到巴洛克的过渡性质。不但此间继续发展的手法主义流派如此,就是委罗奈斯尤其丁托列托,也表现出某些属于巴洛克式样范畴的东西。其实,在形式的多样性方面,米开朗基罗的艺术恐怕给予巴洛克风格以更富幻想性的启示。顺便指出,在同一问题上起了重要作用的,更有90年代崛起的以卡拉齐兄弟阿格斯蒂诺(1557—1602)、安尼巴莱(1560—1609)为首的北方波伦亚派和以卡拉瓦乔(1573—1610)为代表的南方那坡里派。前者首次创建真正具有近代性质的美术学院,培养出大批最初的"学院派"画家,后者则已基本具备了新世纪艺术的典型风格,不过仍顽强地,似乎心有不甘地体现着文艺复兴的时代精神罢了。

文艺复兴时期之辉煌的意大利造型艺术,无论作为文化遗产还是精神象征,都是一块永恒的丰碑,使人记起一个不朽的时代,一个人类足以引为骄傲和自豪的时代……

(本文成稿于 1991 年 5 月,刊发于《山东师范大学学报》1991 年第 5 期;人大复印资料《造型艺术研究》卷1991 年第 12 期转载)

达·芬奇其人

似乎历史有意要铸就一个它能够容忍的错误:谈起达·芬奇①,人们往往拿他同"完人"相提并论,使之几乎成了无所不能者的同义语。"上苍降非凡的才能于人们。有时候,以超自然的方式,极度地集美丽、优雅和才干于一人⋯⋯"②——最早为其立传者也作如是叹。

芬奇以巨人的气魄震撼了历史,那如海洋般博大精深的智力与精神激动着任何试图走近他的人。然而要对如此卓越的人物作出评价绝非易事,因为其涉及的领域太过广泛,对自然界一切俱怀热情,穷毕生精力搜奇探秘,所触发的无穷丰富之思想,牵扯物质与精神的各个方面,导致于诸多领域——理论上或实践上——成就建树;他充分体现了文艺复兴时期人文主义者对于人以及人的潜力的概念、信心及评价,证明人作为一个小世界,其精神与创造力,其事业和所能取得的成绩永无止境,只要条件允许。从人格上说,芬奇又极其复杂矛盾,以至被同代人视为最伟大和

---

①列奥纳多·达·芬奇(Leonardo da Vinci,1452—1519),文艺复兴时期意大利艺坛三杰之一,伟大的画家、百科全书式的学者和科学家。

②[意]乔治·瓦萨里:《著名画家、雕塑家、建筑家传》,刘明毅译,中国人民大学出版社 2005 年 5 月版,第 197 页。

最不可思议者。面对这张显得过分苍古的面容,甚至连权威的历史学家也不得不坦言:"永远只能可望而不可即地看到列奥纳多伟大人格的模模糊糊的轮廓。"①

那么,大师究竟是怎样一个人?

毕竟,即使从有限的史料,也还是可以得到芬奇一个尽管粗略但却不失为鲜明的印象。或许可以这样说,他既是十足普通的人,同时又是彻底伟大的人。作为普通人,有着通常人所共有的天性:实际、容忍、渴求;也有着通常人所共有的遭遇:挫折、失败、幻灭。作为伟人,则如文明史上许多先驱者一样,天禀无穷的梦幻、神奇的想象和独异的思想,更赋有超凡的智慧、强项的毅力和卓绝的胆识。两种因素集于一身,相依相伴又相克相生;既给他以烦恼、失望和痛苦,又促成其成就、业绩与光荣。

他出生于可以称为绅士的中产之家,童年(至少5岁后)受到良好教育。如同一株可爱的花草,女性的、温润的手对之倍加珍爱。他英俊、潇洒、优雅,婴幼时若天使,青壮时像战士,老年时如先知,美好的素质超群出众。他有种与生俱来的魅力,使之轻易高居众生之上。如是得天独厚,造成大师某种优越或超凡之感。他非常自信,对前途不如说自我创造力胸有成竹。这无疑影响到其性格,甚至某种程度上决定着宇宙观。列奥纳多热爱人世,倾心生活,向往自然万物,一般说来,是以乐观的和积极的态度看待世界。作为思想家,他是入世的,而且是怡然的,尽管也很能感受生活里的悲剧成分,但绝不是斯多葛主义者,正如不是伊壁鸠鲁主义者一样。与同时代唯一能与其比肩的另家大师米开朗基罗

① [瑞士]雅各布·布克哈特:《意大利文艺复兴时期的文化》,何新译,商务印书馆1984年3月版,第135页。

的根本不同见此。如此等等，大概可以作为芬奇的个性基调。

　　文艺复兴是这样一个时代，人的自我意识空前觉醒，才干被视为重要价值，人人都不甘落后，个个要出人头地。尤其意大利人，因"天赋才能和热情"而成"那个时代一切高度和一切深度的最典型的代表"①。他们精力充沛、广智多艺，没有比这些健全的心灵更活跃和更饱满的了，以至丹纳断言：天才人物固不必说，"便是大大小小的生意人，修士，工匠，单单由于兴趣与习惯而精通的某些专业和娱乐，也比得上现代修养最高、禀性最聪明的人的水平"②。中世纪的好勇斗狠遗风尚存，争强好胜成为普遍的风气。在如此环境里，列奥纳多当然如鱼得水。他具一般意大利人那种热烈的血性，除了科学和艺术癖，也爱好俗世生活的一切，并且必得显出优胜，这使其成为那个伟大时代屡见不鲜，把广泛而多样的才能完美结合起来的一个范例。他是跑马的能手，不但可以驯服烈性野马，而且能用挥动画笔的优雅双手板弯马蹄铁；他是音乐舞蹈的行家，歌喉遐迩闻名，亲手创制并演奏的马头形诗琴，令米兰的达官贵人如醉如痴，使宫廷的御用乐师相形见绌。在其青年时代，由豪富美第奇家族统治的佛罗伦萨，随处可见显赫的排场；财富象征着权势，豪奢意味着受人敬仰。市民们挖空心思，殚精竭虑追逐金钱、名誉、地位，列奥纳多同样充满对金光灿烂的向往。他有着英俊的体貌，颀长、健美，而如是身姿必须配有相称的服饰，才更显出与众不同。他的饮食很有节制，口味也相当简单，然而必须迎合大众的口味，给他们造成深刻印象，所以

---

①［瑞士］雅各布·布克哈特：《意大利文艺复兴时期的文化》，何新译，商务印书馆1984年3月版，第446页。

②［法］丹纳：《艺术哲学》，傅雷译，人民文学出版社1983年7月版，第121页。

其银钱多半花在穿着上。列奥纳多，这个具有一切非凡素质的凡尘之人，同样不乏凡尘之众天赐的弱点：虚荣。唯其如此，才如佩特所言，喜欢把才华隐没在高雅的神秘之中。不消说他深谙个中奥秘：越出常规的莫测高深最让人着迷。一个非常特出的习惯是否与之具某种潜在的联系？即，其所遗下的数以几千页计的手稿若按通常的读法将无从进行，因为书写方式与众不同——他是个左撇子①，这倒不足为奇，可惊者是其书法逆向运行，也就是从右往左写像希伯来文那样，字母也是反向的。这便不那么轻易地阅读了。但人们发现有个简易的办法，就是在前放一面镜子，于是从中看到了照常规方式书写的样子。唯其如此，也还如佩特所言"对同时代人来说，他似乎具有某种神秘的，诡诈的智慧"②。似乎，其使命是使人瞠目，故必须千方百计让大家承认，他乃人间的阿波罗……

　　芬奇的这一特点，程度不同地伴随了一生。其实，这位风雅大师从未放弃对于个人形象的精心设计或对于自我风度的刻意讲究。哲学家的沉静和艺术家的飘逸，加上深邃的智慧与非凡的修养，的确造成了一个无与伦比的端雅的典范，更使与生俱来的魅力锦上添花。他本就性情温和，好深思，惯冥想，喜宁静，长于雄辩但又和蔼可亲，于是艺术家的芬奇包含在了学者的芬奇之中。其举手投足，一颦一笑都恰到好处；至于从容不迫的言谈，雍

----

①如果观察达·芬奇的素描或速写作品，会发现其线条的运作方向几乎全都是从左上方到右下部，而不是如通常的那样呈相反情形，这是典型的左撇子的笔法。

②［英］佩特：《文艺复兴》，姚永彩、左宜译，见《十九世纪英国文论选》，人民文学出版社 1986 年 1 月版，第 249 页。

容大度的举止,高贵庄重的外表更扣人心弦。他是人们倾慕的对象、效法的楷模。即使晚年为法王弗兰西斯一世座上宾时所披的一件由自己亲手设计的玫瑰色斗篷,其花色款式,还纷纷为宫廷贵胄们模仿而流行一时呢。

这或许为某种天然的贵族气质所使然,是的,列奥纳多极其动人的个性魅力来自他高贵的天性。多少著名批评家,从瓦萨里到沃尔夫林,几乎无一例外地指出甚或强调大师的这一特性,并且阐明与其典丽文雅画风之间的必然联系。

出自高贵的天性,大师的品格行为均极高洁严正,如表现于对待钱财利害之类问题,便一向淡疏,从不认真计较。据传,1503—1506年芬奇受佛罗伦萨共和国"正义旗手"索德里尼之命任公职期间,接受委托绘制市议政大厅弗基奥宫壁画《安加利之战》,因其特有的工作方式及其他种种原因而致壁画迟迟不能完成时,引起一些势利市民非议。一次,大师去银行领取政府每月支付的薪金,出纳员竟故意拿一些纸包的小钱给他;芬奇勃然大怒,甩手而去,声称:"艺术家作画不是为了赚赚碎铜子儿!"更有某些小人散布流言,说他久不肯将画作完只不过为了蓄意欺骗共和国执政。列奥纳多闻听此言后,当即向友人求助,一凑足所领取过的钱数,即刻往见索德里尼,执意归还以作赔偿。佛城执政毕竟不乏大政治家风度,坚辞拒绝,分文未收。

在芬奇,贵族式的绅士风度还与其中庸平和的心性相得益彰,他一向文质彬彬,绝无米开朗基罗式的疾言厉色;惯于适应环境,入乡随俗。此外,待人诚挚,重视友谊,擅长保持某种内心的或精神的平衡,这又往往使他带上几分长者风采。事实上,列奥纳多是个极为慈祥和善良之人,在那时常隐含苦涩、讥讽与轻蔑的眼神里,更有着深切的同情。瓦萨里说"他豁达大度,古道热肠,不论贫富,只要有德有才,他总是乐意结交和襄助"①。大师颠沛流离一生,并没有建立一个由丈夫、妻子和儿女构成的家,然而却拥有一个特殊之家,其成员便是师傅、徒弟和厨娘。这个特殊的大家庭经常是流动的,尽管也不乏各种各样的问题,却是一个非常和睦的爱的集体,所有成员甚至可以说均能为之而献身。不言而喻,该爱的集体的灵魂与维系的纽带便是它的"家长"列奥纳多,他不仅把自然与艺术的奥秘,而且将立身处事的准则施之与众。从下述事件可略知大师对待弟子的态度或方式:1490 年他收留一个年仅 10 岁,满头金色卷发的漂亮男孩杰柯莫·卡巴罗蒂,不料这孩子有着根深蒂固、不可救药的恶习,偷窃、撒谎、贪婪,甚至师傅为其购买衣服的当儿还顺手拿走他包里剩余的钱。但芬奇并未嫌弃这个绰号"小撒旦"的坏小子,与之共同生活达 25 年之久,表现出的极大爱心和宽容十分罕见。通过此事还可见出芬奇通常如何挑选学生,或许可作如此推断:某人是否被收受为徒,决定因素往往在于艺术家崇尚美的天性,换言之,取决于该学子外表上或与人交往上是否特具天然魅力。一般而言,那些弟子们如果说才气方面并非个个杰出,但形貌上一定非常卓越。如其门生安德烈尼·萨拉伊诺就是个很帅气的青年,他经常以模特的身份出现于大师的素描或速写之中。再如芬奇晚年最得意的门生弗朗西斯科·麦尔兹,一个出身高贵,过惯豪华生活的米兰世家子弟,其父是大师的至交;他在 1507 年 14 岁时跟从列奥纳多,个性、气质、风度与师傅如出一辙,二人犹同父子,直到死亡将之分开。从弟子的衣食住行到他们的学业乃至娱乐,师傅无不体贴

---

① [意]乔治·瓦萨里:《著名画家、雕塑家、建筑家传》,刘明毅译,中国人民大学出版社 2005 年 5 月版,第 218 页。

入微、操持周到；生活在导师荫庇下的学徒们，几乎不能离开他而独立，但他们"具有深刻领会列奥纳多的奥秘，并甘愿为此而消弭自己的独特性格"①。

列奥纳多不是个虔诚的基督徒，其在宗教上的自由主义使之于同时代的思想家中颇显遗世独立，只是在临终前不久，他才如伏尔泰那样皈依天主。据瓦萨里的著作，大限前的芬奇追悔已往，涕泪滂沱，痛心疾首，谦恭地接受了圣餐礼。这悲剧的行动说明伟人晚年的世界观濒于崩溃。但这并不影响他对基督的精神有着透彻的理解与领悟，就如他绘制的耶稣，把自己的不幸一挥而去，却对旁人的痛苦充满悲悯。事实上，纵观芬奇一生，对正统信仰，他是以一个伟大思想家的中庸冷静泰然处之的，并且以睿智的学者心态而接受基本的基督教义。他说过："我把《圣经》放在手边，因为他是最高的真理。"②不光是伟人，也是君子、绅士，所以永不可能如偶像崇拜者或破坏偶像者那样的狂热。这样，基督教作为饱富人道蕴含的真理观，就成了"他的内在的精神生活的可见的外在形式"③。这颗敏感的心灵，对包括昆虫、蚯蚓在内的所有生物都怀着深刻的怜惜，因为生命在他看来是神圣的，夺去即使是最微不足道的动物的生存权利也是荒谬的和残暴的；当经过市场的鸟市，他常常将那些失去自由的鸟儿买下来，然后放其飞向天空。为了爱惜大自然的造物，他甚至成了一个素食主义者……如此博爱万物的心性是与生俱来的，可从发生在他童年时

---

① [英]佩特：《文艺复兴》，姚永彩、左宜译，见《十九世纪英国文论选》，人民文学出版社 1986 年 1 月版，第 261 页。

② [英]丹皮尔：《科学史》，李珩译，商务印书馆 1975 年 9 月版，第 164 页。

③ 同上书，第 164 页。

的一个故事加以说明:某年长好几岁而异常顽劣的学童带着一帮小淘气捕捉了一只土拨鼠,在用种种方法捉弄、摧残之后,又拎起它的一条腿,打算荡起来丢给狗吃。目睹了这场惨祸的小列奥纳多终于按捺不住,像头狮子般蹿了上去,把几个孩子推倒在地,抢起那只土拨鼠拔腿就跑。及顽童们反应过来,疯狂地追上他并将其打翻时,土拨鼠已经得救了。因为在这场殴斗中,那个顽皮的孩子王伤了眼睛,有好几天列奥纳多被祖父关押在楼梯底下的黑洞里;若不是祖母苦苦哀求,他还会吃一顿鞭子哩!若干年后,在大师的"笔记"里,会发现这样一句自问:

> 你做孩子时,人家已经因为你做了正当的事情而把你关起来了,——现在你已经成人,人家又将如何对付你呢?①

所以就其博大的心灵而言,列奥那多更像是一位哲人。实际情况正是如此,在他数千页的手稿里,精湛的哲学思考比比皆是(丹皮尔从纯粹科学理性考察的角度将其哲学思想定义为"唯心主义的泛神论",原因在于"他到处都看见宇宙的活生生的精神"②。他研究自然,也审度人生。对美好自然的感悟使其成为艺术家,对严酷人生的观察使其成为哲学家。芸芸众生之所以时常引起他满腔的同情和热爱,是因为深谙世界的荒谬和因之而造成的痛苦。血迹斑斑的社会残酷无情,他自己就屡遭其冷遇、侮慢和屈辱——这里有必要展开大师生活中的另一方面:失意与坎坷。事实上,以芬奇这样的天才,所经历的人生道路,的确可以说荆棘丛生,总体而言算得上郁郁不得志。为找到一块用武之地,

---

① 转引自[俄]梅勒什可夫斯基:《诸神复活:雷翁那图·达·芬奇传》,绮纹译,生活·读书·新知三联书店1988年9月版,第526页。
② [英]丹皮尔:《科学史》,李珩译,商务印书馆1975年9月版,第164页。

青年时期背井离乡,服务米兰大公;而在晚年,不得已而为之的漫游则一直持续到生命的终结:从米兰到曼图亚,到威尼斯,到佛罗伦萨,到罗马;再到佛罗伦萨,到米兰,到罗马、帕尔马;最后到法兰西,流离颠沛几十年。正是在如此多舛的命途里,他梦想,他发明,他设计,他创造,他思辨,他要用自己的智慧和才能造福人类,实现雄心、划计和希望。然而,自我价值的实现谈何容易,根本无法顺心遂意,完成心中的目标。在豪强们的卵翼下求生存,就不得不牺牲部分个性。拿长期任职的斯弗查大公之宫廷生活来说,不难发现大师常常不是作为创造性天才,而是类似可以给主子傅光添彩的珍玩或奇物而被任意驱置,不过满足统治者的狂想和玩乐而已。安排宴会、创作音乐、设计服装、绘制布景,甚至变魔术、写台词……泡在这些无聊的宫廷宴乐的汪洋之中,将是对天才的心灵怎样的摧残? 为了完成艺术家的使命,不得不以屈求伸,在宫廷生活中扮演一个逗人欢笑的可怜角色。表面热心,实则痛苦,如此无异于小丑的职能,甚至使他厌恶自己。萨顿言其"为了保持自己的平静,他只能躲到容忍、友善和嘲讽这三重面纱后面去"①。也许,大师所以同情所有的人,正因为自己很少得到同情;所以尊重所有的人,正因为最能以敏感之心体会何为屈辱。

　　不难想见,尽管芬奇向往的是热烈的人生,然而实在情形却是孤独的;虽然梦寐着自然与人生的和谐,但其心灵却是痛苦的。寻求,失落;寄托,幻灭;尝试,败北……成为永久"伴侣";经受来自各方面的打击,包括对手的攻讦,亲属的误解,甚至朋友的妒忌。一个艺术家的心灵也许就是为了承担无尽的折磨,创造的能力越大,感受苦难的程度就越强,他在笔记里不时这样伤感地

---

① [美]萨顿:《科学的生命》,刘君君译,商务印书馆1987年3月版,第71页。

写道：

> 忍耐之于被侮辱的人，正如衣服之于挨冷的人。天气越寒冷，你就越加要穿暖些，那时就不觉得冷了。同样，你受的侮辱越重，你也越加要忍耐，那时侮辱就不会伤损你的灵魂！①

其艺术，其创见，毋宁可以看作精神苦旅的结晶。他说："完美的天赋必然伴随着巨大的痛苦"，从哲学的角度概括了自己的经历与感受：世事难料，人心险恶，造化奇谲，这就是世人所以痛苦的根源所在，如是而已；要么随波逐流，要么苟且偷生！即使对于伟大的芬奇，命运女神也时常是这么残酷，逼迫他不得不掩起创伤，露出欢颜，或者以耐苦的尊严忍受酸楚与烦恼……

作为一个充满艺术气质的思想家，列奥纳多的思维惯常带有诗性特征，他对社会人生的入里洞察及哲学概括，又往往披上童话彩衣，或者说，被巧妙地赋之以寓言的形式。实际上，大师是古往今来少有的伟大寓言家之一，只是因其于众多领域的显赫名声遮掩而被忽略罢了。芬奇的寓言创作是和走上生活同步开始的，对周围世界的感受，对世道人心的把握，对生命意义的思索，对经验教训的总结，无不于耐人寻味的短小篇什里得到精辟的揭示；他的孤独、忧伤、内心焦虑或委屈，甚至意识深处那些被抑制的欲望及自卑情结，连同抱负、向往、对完美的痴迷与追求，还有悲天悯人的瞬间念头以及关于大自然运动的展望，也无不于隽永精巧的叙述中得以或隐晦或鲜明的披露。此外，寓言还是进行自卫和战斗的武器，是对付那些愚蠢、浅陋、低俗的庸人之见，那些肆意

---

① 转引自［俄］梅勒什可夫斯基：《诸神复活：雷翁那图·达·芬奇传》，绮纹译，生活·读书·新知三联书店 1988 年 9 月版，第 805 页。

践踏、恶语谩骂的攻讦者的匕首投枪,机智的言外之意往往比得上词锋犀利的征讨檄文……例如,在《老鼠、鼬和猫》、《鹰和猫头鹰》、《黑莓和鸫》等篇里,讲述强弱转换的哲理,仿佛是对当时列强争霸、倏忽万变的欧洲局势的评点;《蝴蝶和火焰》无疑是对只知偶像崇拜而忽略理性判断之糊涂虫的讽喻;《蛇与小鸟》教导人们时刻提防躲在暗处的敌人;《斗牛和牧人》则嘲笑疯狂与憎恨;《朱顶雀和小鸟》悲壮地揭示了自由的可贵;《天鹅之歌》以忧郁美丽的调子为纯洁无瑕放声一歌;而《白鼬》中的白鼬"宁愿去死,也不失去自己的贞洁",恰像是洁身自好的作者自况;至于《鹰王的遗嘱》里那只飞向太阳的神奇的雄鹰,不正是大师一生追求的写照吗?①

狄德罗说:"广博的才智,丰富的想象力,活跃的心灵,这就是天才。"②准此论之,那么芬奇便是最好的例证了。在列奥纳多,卓绝的智慧和不倦的幻想如同枝连理,似鱼水共处,相得益彰、天衣无缝。尤其那似无穷尽的幻想更值得强调,他算得上是个伟大的梦想家。众所周知,许多情况下梦想正是可能成就现实的必要前提,非凡人物永远无尽无休、在素常看来不过稀奇古怪的念头,则恰恰是才智,或者至少是活跃的头脑的标志。如果把天才主要理解为一种心灵素质,那么梦想一定是其表现形式之一。可以断言,一个倦于想象的人不可能有什么伟大发现,一副实际到近乎浑浑噩噩的头脑不可能有什么创造的努力,故人言,梦想是发明

①关于列奥纳多的寓言作品,中译本见《达·芬奇寓言》,吴广孝译,北方妇女儿童出版社1988年1月版。

②[法]狄德罗:《狄德罗美学论文选》,张冠尧、桂裕芳译,人民文学出版社1984年9月版,第541页。

的胚胎。在列奥那多，正是梦想引导他探测宇宙的玄奥、自然的真谛、心灵的隐秘、美的不朽和创造力的伟大等等；引导他涉足无数领域，无论是自然的还是社会的，物质的还是精神的，科学的还是艺术的。他的心灵极为浩瀚，宇宙万象、造化之功，无不使之激动惊讶，兴致勃勃地接受一切概念，感受之，分析之，归纳之。其博大的心灵有如一股旺盛的火焰，不燃烧是不可能的。这是天才的光芒，也是理解天才的出发点。

　　不言而喻，天才的梦幻构想和凡夫俗子的非非之念绝难同日而语。前者一般以人类或宇宙为目标，不存丝毫谋取利益的企图，可谓一种骚动不已的本能，一种不安于现状的激动，一种出于了解和探测的好奇，是根本忘我的。这种梦幻势必转化为行动，遵循自然规律摸索前进。即使行动十分危险，也会在所不顾，因为目标是真知。而后者不过是卑琐的欲望，其天地十分狭小，不愿作任何努力却幻想最大的收获；把奢望寄托于侥幸，得到的必是命运的嘲讽。天才的梦想家并不等于白日梦患者，盖在其同时又是坚忍不拔的探索者、扎扎实实的实践家，其思维很少休息而双脚亦不肯止步。关于列奥纳多流传一个故事：当还是孩童时，一次独自迷途山上，眼见黑乎乎、硕大无朋的洞穴横在面前，若猛虎张嘴，十分悚然。据后来回忆，顿时心生相反的两种情感——恐惧与渴望。恐惧神秘洞窟黑魆魆，渴望揭破内里秘密。山洞的魔诱似更难抗拒，小列奥纳多按住突突心跳走向纵深……在其整个生涯中，恐惧和渴望的情感都始终紧紧地抓握着他：一方面，生活和自然的神秘导致疑惧，怀疑人类是否有能力参透个中玄奥；另一方面，则迫切渴望解开谜底，征服之……这就是作为伟人的芬奇之超凡处。勇入险途，一往无前，时代跟不上其步伐；赋物质以生命，给思想以色彩。一生都在感受，冥想，探索，实践，构筑，建树，不只具备广博、深邃、精确的精神，而且独禀卓越的预见本领；其伟大不特于业已完成或用实践证明了的东西，还在遗下大量尚待解决的问题。科学史家断言："如果他当初发表了他的著作的话，科学本来一定会一下就跳到一百年以后的局面。"还说："他的成就虽已非常，但与他所开拓的新领域，他对于基本原理的把握，以及他对每一学科中的真正研究方法的洞察力比起来，就微不足道了。"①研究者从其身后留下的数千页手稿，发现涉及问题包罗万象，其中许多，自身便可辟为一个研究领域，且需几代人坚持不懈地努力探索。唯其如此，列奥纳多才远远超出了一个艺术家所可能包含的东西，他的思绪和构想比他的创造更美好。

作为一位历史伟人，尤其作为西方文明史重要阶段文艺复兴的一代文化大师，列奥纳多与同时代所有志士一样，心扉大敞着，呼吸扑面而来的新鲜空气，接受形形色色的情感刺激。各种学派，许多观点，甚至彼此针锋相对、凿枘不合，兼收并纳，思想上并不觉得有何冲突，因为首先满足的是好奇心和求知欲，然后才扒梳抉理、分析综合、诘难辩证、批判建立。文艺复兴是这样一个"饕餮"时代，上古文明犹如光被人间的神灯教人眼花缭乱，奇妙令人心往神追。这导致怀古与复古之风大盛，唯有希腊的情调、罗马的法规才足以为训，值得效法。然而另一方面——或许也正是受了古代文明的启示——追求真理、倡导理性的科学作风蔚然形成。崇古与求真，乃文艺复兴的两大干流。表现在芬奇身上，两者都很突出。列奥那多尚好古风是毫无疑问的，例如他不无崇敬地把据说是起源于古希腊毕达哥拉斯学派的"分线段为中外比的分割"称之为"黄金分割"（Sectio aurea）。不过，虽然喜欢探讨

①［英］丹皮尔：《科学史》，李珩译，商务印书馆 1975 年 9 月版，第 168、163 页。

前人的思想或发现,却绝不迷信,更不盲从。告诫说:谁要老是引用权威,谁就多用了记忆,少用了智慧。在芬氏艺术中,典雅的希腊做派是显而易见的,可是那归根到底还是芬奇的典雅,他汲取的是古代艺术的精髓,而并非抄袭其形式。大师是属于自己、自己的时代、自己的传统和自己的民族的。从乔托开始的意大利造型艺术家们,已经十分注意丰富的社会生活了,他们发现,大自然给予艺术一种全新的材料,一种既特殊又亲切的材料。人文主义者借用古代异教的目光去观察自然,进而感受自然,这就给深受人文主义影响的艺术家们的艺术创造注入了新的滋养,提供了新的源泉。

像所有那些行进在世纪前的巨人一样,列奥纳多,现实中的浮士德,既尽可能吞食各种知识,又深深迷恋物质世界,从生活获得苦痛与快乐,却没有一个时辰真正满足过。天才绝不是亦步亦趋,跟在别人后面爬行的可怜虫,高贵的天性和卓越的趣味使他坚执于自己的信念。作为艺术家的芬奇,走的是这样一条道路:在追求理想之美的同时谨记矢忠现实。因为理想之美,从古代希腊始,就不啻是艺术的灯塔。文艺复兴时期的艺术大师们更须臾不肯忘掉古代,且不必说西方艺术传统一直努力于形式的完美。至于矢忠现实,也似乎自然而然,因为西方艺术,除中世纪稍有例外,大致沿着一条现实主义传统发展,至少是写实的传统。而芬奇,尤具缜密的科学头脑,尊重古往今来的优秀法则,但更相信自己的观察、实验和判断。他认为即使自然也无法破坏科学的规律,而认识和掌握科学规律便可以达到自由。在他,任何称得上创作的艺术活动都包含对于迄未解决的人与技术问题的试探或者挑战,故必然涉及方方面面的研究。不可忘记,尽管文艺复兴是个怀疑的时代,是思想解放和知识传播的时代,但同时还仍然

是个迷信、相信巫术和充满偏执的时代。大师之所以常被误解或
屡遭攻击,说到底还不是像但丁一样走在了时代之前?其见解连
同其忧患无不属于前方的世纪;然而他坚持自己的信念,相信愚
昧会被终止,未来由理性原则、科学方法和人道主义所铸成。

　　这就是列奥纳多·达·芬奇,一个把完整与和谐视为艺术生
命的唯美主义艺术家,一个朴素意义上信心十足的人文主义者和
哲学家,一个严格意义上毫厘不苟的科学巨人和不知疲倦的实验
者。一方面像诗人爱作幻想,一方面又如学徒循规蹈矩。就本性
而言,其实并非爱作形而上学玄思,亦无太多浪漫气质,恰好相
反,时刻不忘反省和审察自我,谨言慎行,才是他的一贯风格。浸
透理性分析精神,少有似是而非的感情、忧郁或沮丧……与中世
纪追求理念世界的哲学背道而驰,大师的兴趣首在具体世界的形
形色色。因为他不是从学院里走出的经院学者,除了自然的指导
和印证,说到底心田不曾经过专业教师的耕耘,判断也未曾受死
板学究之校正。甩开一切传统的或神学的成见,比当时任何人更
重视实际生活经验,总之一个近代科学世纪将临时的先行者!他
屡屡宣称,"经验才是真正的教师","一切知识都发源于感觉";所
以他给自己定位——"在自然与人类之间作翻译的人"①……

　　　　(本文成稿于 1987 年 5 月,刊发于《齐鲁艺苑》1996
　　　年第 4 期。编入本文集,文字有改动)

————————

① 兹所引芬奇文句,朱光潜译,转引自《西方文论选》,上海译文出版社 1979
　　年 6 月新 1 版,第 181、180 页。

弗洛伊德之于达·芬奇的精神分析

对于列奥纳多·达·芬奇的研究,使学者们颇感惊奇和意外的是,在涉及与异性的关系这个对探讨任何人的心灵秘密都具有意义而之于艺术天才更至关重要的问题上,竟然找不到哪怕极其微少的材料。查遍芬奇数千页手稿,牵扯性爱的内容——即使是米开朗基罗同科隆娜式的那种纯粹精神之爱——没有片言只字;而当时的历史记录,同样性质的信息好像也无任何蛛丝马迹可寻。人们无法肯定,在大师那充满创造性活力的一生中,是否从未热烈拥抱过女性。这对于一个颇多血质的意大利人来说,显得不可思议。但有记载表明,当列奥纳多还是一个学徒时,他似乎被怀疑与另外一些年轻人进行被禁止的同性恋。而在出徒成为师傅乃至大师之后,所雇佣的模特儿和簇拥于身边的学生均是些健康漂亮的男孩子,这些艺术与科学学徒的大部分都长期地跟着他,与其组成一个尽管缺少女主人然而亲切和睦的"大家庭"。可以相信,芬奇与这些充满青春活力的小伙子之间存在某种难舍难分的亲密关系是可能的,因为和师傅同住同处乃至在很大程度上充当业师孩子的角色是那个时代的风俗。当然仅此还远远不足以说明会发展成男风行为。大师最信任的门生,追随他至生活的尽头,并且始终如一忠心耿耿的弗朗西斯科·麦尔兹(他被大师指定为继承者)就坚决抵制类似的指责。不过,芬奇远离女色,这一点似乎是可以肯定的；之所以如此，是否因为极端憎恶两性间的肉体交接？看来也不是没有可能。大师在其解剖学笔记上曾写道："生殖行为以及为生殖而用的器官，是如此之丑恶，若非实行此行为的人面貌美丽，装饰娱人以及冲动力量，那人类早已灭绝了。"①总而言之，列奥纳多是个具有特殊气质的人，就像弗洛伊德相信的："高度的性活跃并不属于他。"②

　　然而，正是如此存在于天才人物身上的特殊性引起了弗洛伊德这位精神分析学派创始者的极大兴趣，他试图以其心理学理论解开围绕列奥纳多的谜，从而给了芬奇研究一个新视角，其《列奥纳多·达·芬奇和他童年的一个记忆》乃运用精神分析方法研究人的典范之作，在这篇最具代表性的文献里他要说明："达·芬奇的怪癖来自他婴儿时期的性本能，也来自他一直成功地将原欲的绝大部分升华为对研究的强烈要求，而他的这一升华又受到抑制的影响，这个抑制便是对潜伏的性冲动的全力反对。"③兹撮要概述弗氏极具创见的观点或者说他的论证，这对于理解大师的个性和艺术创造性当会是大有裨益的。

　　弗洛伊德认为，来源于情感动机的爱和恨，本质上是与认识活动无关的；而这在芬奇看来并不理想，较好的方式是让其依从理性行为即从属于求知或研究本能。这样做的结果必然是抑制

---

①转引自［俄］梅勒什可夫斯基《诸神复活：雷翁那图·达·芬奇传》，绮纹译，生活·读书·新知三联书店1988年9月版，第696页。

②［奥］弗洛伊德：《列奥纳多·达·芬奇和他童年的一个记忆》，见《弗洛伊德论美文选》，张唤民、陈伟奇译，知识出版社1987年1月版，第49页。本节所引弗洛伊德文句，均出自该书，为简洁计，以下不再加注。

③［英］彼德·福勒：《艺术与精神分析》，段炼译，四川美术出版社1988年2月版，第13页。

感情,事实上列奥纳多就把他的感情改变成了求知欲。一个完全走进知识领域的人忽略或者超越了爱或恨,研究的热情把这类本性的暴风雨代替或者牺牲了。

如此强大的求知本能,精神分析学理论解释为受童年时期的印象尤其原始性本能(所谓 Libido,通译"里比多")力量的增援。性本能具有升华的能力,即可以转移到有更高价值的目标,例如艺术创造或科学研究上去,从而代替它直接的目标。如果发生了这种转移,那么在成熟期性生活或许就会发生明显的萎缩。在列奥纳多,科学研究本能的过分强大和性生活的相对衰弱,正属于这种转移之最佳的典型例子,"他成功地把里比多的绝大部分升华为对科学研究的迫切需要"。但是这种观点的论证是相当艰难的。

弗洛伊德的论证是从芬奇一条记载儿时情景的笔记开始的。笔记说他想起了很久以前的一段往事,那时他还在摇篮里,一只秃鹫飞下来,用翘起的尾巴撞开他的嘴并在里面继续一次次地撞击①。

弗洛伊德认为摇篮时期的幼儿能有如此确切的记忆是不可想象的,因而宁可相信这其实不过是个幻想,在后来的岁月里形成并又转换到童年时代去的一个幻想。按照精神分析学派的通

---

① 英译《标准版弗洛伊德心理学著作全集》所加编者按语指出:芬奇笔记中的那只造访的鸟应译作"鸢",但弗洛伊德的论文却误为"秃鹫";那么该错误是否使得这篇研究变得毫无意义了呢? 回答曰否。因为此论所提出和阐述的精神分析学问题极为广泛和各具独立价值;退一步说,即使这只鸟不是秃鹫,列奥纳多关于它落在其摇篮里和它把尾巴塞进嘴里的幻想仍然极其需要说明。弗洛伊德对这个幻想的精神分析,与把"秃鹫"校正为"鸢",其实并无根本抵触,不过仅仅丧失了一个证据而已。

常做法,该幻想被破译为指向一种性的内容。鸟的尾巴是男性生殖器的象征,它对于小孩嘴唇的访问显然是种舔淫行为。问题在于,它怎么在性质上变成了被动的,因为该梦幻更像是发生在女人或在同性恋关系中扮演女性角色者身上。

弗洛伊德断言,尽管说起来令人难堪,然而从口淫获得性满足的妇女古往今来的确屡见不鲜。这源于人类婴儿期衔乳吮吸的器官印象,此乃生命中第一个快乐源泉。芬奇笔记里关于与秃鹫所经历的事件的想象就此可以理解为对于吃奶的记忆,所以该幻想所掩盖的不过是从母亲怀里得到哺育的回忆。但这对于男女两性来说应属同样重要的回忆在列奥纳多的意识中被改造成了被动的同性恋幻想。

此外这个幻想还有一个难以理解的特征,即假设肯定它意味着童年的列奥纳多是为了得到母亲的哺育,那么母亲又何以为秃鹫所代替?此二者是怎么联系起来的呢?在这里弗洛伊德出人意料地一头扎进了古埃及的语源学、文字学和神话学。他告诉我们,在远古的象形文字中,母亲由秃鹫的画像来代表;另,埃及人还崇拜一位长着一个或几个秃鹫脑袋的女神,其名字读作"摩特",与"妈妈"的发音近似。而据古代文献记载,古人之所以把秃鹫作为母亲的象征,还因为相信这种大鸟只有雌性存在,正如相信圣甲虫只有雄性存在一样。他们对此单性生殖的"神圣之物"几近乎崇拜,想象其展开翅翼停留空中,风使之妊娠。这种观念后来被教会的神父们所认可,并用来作为批驳"圣灵感孕"怀疑论者之强有力的证据:既然秃鹫可以靠风受孕,那么某种场合下同样的事情为什么不能发生在女人身上呢?弗洛伊德推论,如果教会神父为了维护圣经记载的可靠性而把这种说法经常挂在嘴边上的话,那么芬奇亦熟悉之该是理所当然的,因为他可以有若干机会从某个神父或某本自然历史著作里听说过或阅读过,从而知道秃鹫皆为雌性,其繁衍一点也不需要雄性的帮助。这可能引发了与此相关的某种记忆,而该记忆又被改变成了关于秃鹫尾巴撞击嘴唇的奇特幻想。这个幻想显然意味着他也是一个有母亲却没有父亲的小秃鹫。于是,在母亲胸脯上吸乳这幼儿时代最重要的欢乐印象,便与关于秃鹫衍生的传说黏合在一起了。

　　弗洛伊德精神分析学尤其关注童年幻想中真正属于回忆的成分和后来经过修饰、歪曲的动机的区分;而儿童期的最初几年之于整个精神结构的形成至关重要,因为一些印象固定之后,对外部世界的反应方式建立起来,此后的经验就难以改变它了。列奥纳多的秃鹫幻想,表明孩提时他即知道他缺少父亲而唯与母亲相依为命,所以秃鹫代替母亲的幻想与芬奇作为一个私生子的事实是一致的,也许因此他才把自己比作一个秃鹫的孩子。据传记材料,列奥纳多是其父亲塞·皮罗·达·芬奇——一位颇有身份的公证人——早年寻花问柳的结果。他的母亲只是个普通的乡下姑娘,五岁以前,列奥纳多很可能是与她生活在一起的。后来,由于年青的公证人同一位名门闺秀唐娜·阿尔贝拉婚后无子,所以就把这个非婚生的男孩接回了家。按照精神分析学派的理论,既然童年记忆或建立在这些记忆上的幻想对人的精神发展至关重要,那么,列奥纳多与生母在一起的最初几年生活将对他起决定性影响。可以说,他比别的孩子多面临了一个问题:即婴儿来自何处?父亲于其中做了些什么?并以强烈的感情沉思个中奥秘。"这样,在他弱小的时候就成了一个探索者"。可以猜想,这探索与其童年历史之间的联系固化为如下意识:由于摇篮中即有秃鹫来访,故命中注定他要对鸟儿飞翔的问题进行研究。事实上,对鸟儿飞翔的好奇心持续了大师的一生,其根源正在于童年时代关于性的思考。

　　弗洛伊德认为，芬奇童年幻想中的所谓秃鹫因素对他以后的生活具有毋庸置疑的重要性。但是这个内容表现为某种同性恋方式——用乳房哺育了婴儿的母亲变成了把尾巴塞进孩子嘴里的秃鹫，而秃鹫尾巴只能意味着男性生殖器——仍然令人惊讶。于是他进一步从语源神话学加以论证：女神摩特经常是缺乏个性或者雌雄同体的，埃及人有时也借用男性生殖器官来代表，即身体是女性的，有乳房作表征，另外再加上一个勃起的阴茎。这种两性同体结构在神话中并不鲜见，甚至个别希腊神也如此（例如T. S. 艾略特在《荒原》中使用的关于铁木西斯的神话典故）。这大概是要表明自然的最初创造力，同时也表明只有两性结合才能赋予神以完美。

　　然而，要对把体现母性本质的东西加上男性能力标志的想象给出一个科学的解释还有赖于精神分析学的"婴儿性理论"。根据这一理论，幼儿要经历一个类似男性生殖器崇拜的时期。由于对自己的小阴茎的浓厚兴趣，便认为它也是母亲所必不可少的，他假设男女都会如自己那样拥有之，甚至当偶然发现女孩的生殖器时亦未能动摇这先入之见。他感觉小女孩并非没有阴茎，而只是尚未长成或者被割除且留下了伤痕——因为他已从大人那里得到若对其太过迷恋那么它就有被取走之虞的恫吓。此所谓"阉割情结"，弗氏理论的要点之一。这情结当然亦使他惴惴不安，同时鄙视那些被残酷的惩罚所伤及的人们。由于性本能的缘故，来自母亲的性吸引力使他渴望窥视母亲的生殖器并忖度着那就是阴茎，直到后来发现并非那么回事，于是从渴望之变成了厌恶感。此即以后青春期时导致厌女症甚至同性恋的原因。

　　弗洛伊德认为，埃及的两性同体女神摩特与列奥纳多童年幻想中秃鹫的"尾巴"均源于关于母亲亦有阴茎的假设。对于强调这个奇特的幻想可作如下解释:因为芬奇多情的好奇心针对他的母亲,那时他还相信她有一个如自己的阴茎一样的生殖器。此可谓大师儿时性研究(指儿童最初对性的好奇心)的明显迹象,它对其后来的全部生活均有决定性影响。然而这还不能算是十全十美的解释,毕竟,何以本该是在母亲胸脯上的(主动的)吮吸在幻想中变成了被动的形式?"这样,也就进入了一种在本质上毫无疑问地是同性恋的状况。"联想到历史上的达·芬奇一生很可能如一个感情上的同性恋者一样行事,那么,该幻想是否指明了他童年时与母亲的关系和以后所显示出的同性恋(纵然是理想化即被升华了的)倾向之间是种因果律呢? 回答是肯定的。

关于同性恋的起因,弗洛伊德就此提供了一种精神分析学的解释:在所有男性同性恋者中间,其童年大都对一个女人,一般是其母亲——有着强烈的性依恋,这多半是由母亲太多的温情造成的。观察研究表明,同性恋者之母往往是有男子气或强有力个性的女人,能够排斥父亲权威。弗洛伊德甚至倾向于一开始父亲就不存在,男孩则完全处于母亲的影响之下。但随着幼儿初步"性研究"阶段的结束情况出现转化,依恋母亲的意识不再发展了,他压抑了这种爱,把自己放在母亲位置上使之与其同化,并以己为准,根据与他的相似性来选择爱的对象。"这样,他就成了一个同性恋者。实际上他所作的是悄悄返回到自恋"。更深一层的心理学上的考虑证明,通过该途径成为同性恋的人,保留了记忆中母亲形象的无意识固恋。对母亲的爱通过压抑留在了无意识之中。追求男孩,实际是在逃避异性,亦即逃避来自其他女人的诱惑,因为这样便能保持住对母亲的忠诚。就此形成一个机制,于是"同性恋"便赖以获得。列奥纳多很可能就是此种类型的同性恋者。

弗洛伊德认为芬奇同时代人关于他是个性异常者的说法是可信的，根据这个说法，他的性需求和性活动极其蜕化，甚至是否追求过直接的性满足亦大可怀疑。然而他对那些俊美的男孩子却情有独钟，人们一直强调他只收漂亮的青年作学生并慈祥而体贴地对待之，就像母亲照顾孩子似的。弗洛伊德从芬奇日记中罕见的几笔小账目的记载读出了潜意识里的内容。那账目有两项是关于为其弟子置办衣物的花费，另一项是用于一个名叫卡特琳娜的女人的丧葬费，是笔不小的数目。这妇人据信正是芬奇的生母，她于1493年去米兰看望儿子并卒于此。大师用"豪华的葬礼向她表示了敬意"。据此，弗洛伊德断言，尽管列奥纳多成功地抑制了感情的自由表达，使之听命于研究的支配，但被压抑的欲望仍偶然会获得强有力的表达；在其无意识中，还同样像童年一般被具有性色彩的感情拴在母亲身上。对母亲之死的反应就是一次。那么，根据控制了其性格的性压抑状况可作如是之说："他的母亲，和他的学生，自己男子气的俊美的相似者，就成了他的性对象。"关于账目的日记以奇特的方式透露出了对于压抑的对抗心理。"这一点显示出列奥纳多的性生活真正属于同性恋类型。"如此，秃鹫幻想中出现的同性恋情景亦不难理解了：正是因了与其母亲的性关系，他成了一个同性恋者。

　　通过对秃鹫幻想的精神分析从而确定了芬奇之同性恋型的精神特征之后，弗洛伊德继而又用大师的创作来验证由以上分析所致的结论。他说秃鹫幻想中"用尾巴一次次撞击嘴唇"这种极具性行为特征的描述强调了"母子之间性关系的强度"；而母亲（秃鹫）的行为和突出的嘴的区域的联系又可让人猜到那个幻想中还包含着另一个记忆："母亲把无数热烈的吻印在我的嘴上。"显而易见，该幻想是受被母亲哺乳和亲吻的记忆混合而成的。

　　那么大师一生的创作中是否有能够证明他记忆中保留的正是童年时期最强烈的印象的作品呢？这项验证的工作首先是从对列奥纳多最著名的肖像画作《蒙娜·丽莎》的研究开始的。众所周知，这幅画像之最奥妙处在于画中女人那"神秘的微笑"，一个既让人迷醉又让人迷惑的微笑。弗洛伊德引用许多批评家的意见说明微笑的性质在于恰如其分地表达了支配女性生活的冲突二要素——节制和诱惑——之间的对立统一。既然这个微笑数百年来一直具有强大的魅力，那么当时给予艺术家的震动就可想而知了，以至此后它不断出现在大师的其他画作之中，包括描绘男性酒神巴库斯的作品①。弗洛伊德一方面相信，艺术家在模特儿脸上发现了这个微笑并为之所迷，作画过程中便于此微笑上加进了一些自己的幻想；另一方面还致力于更深一层原因的挖掘，认为迷住了画家的微笑唤醒了他心中长久以来休眠着的旧日的记忆，且一旦被记起，就再也不会遗忘了。既然如此，那么微笑的女人除了是其生母卡特琳娜的摹本又能是谁呢？唯有这个在他五岁前与之朝夕相处的女人最具此神秘微笑的可能性；长久以来他曾忘记了这微笑，而现在则从某位贵夫人模特儿的脸上记起了它……简言之，神秘的微笑来源于列奥纳多潜意识里对于生母的记忆和依恋。

　　接着弗洛伊德又以另一幅油画《圣母子与圣安娜》，在绘制时间上可能与《蒙娜·丽莎》相距不远的杰作为例，进一步探索其与大师情感世界的联系。该画描绘圣母玛利亚坐在其母圣安娜的膝上，正逗弄圣子小耶稣玩耍（芬奇还有一幅同题材的素描作品

①即从芬奇晚年创作的油画《施洗者约翰》或者该画包括草图而衍生的变体画之类。

即"伯灵顿宫草图",它们在主题的处理与表现上颇多相似之处,而弗洛伊德的论述显然兼顾了二者)。弗洛伊德认为此画综合了大师童年时代的历史。小列奥纳多被接到父亲家后,不仅受到继母阿尔贝拉视如己出的仁慈之爱,而且还有祖母的无限娇宠。这启发他画出一幅表现在母亲与外祖母照拂下的童稚生活图画。作品的另一显著特征更有意义,即圣安娜刻画得较年轻,美丽不让其女玛利亚,而且也同样被赋予唯有母亲才有的那种容光焕发的幸福笑容。这意味着,列奥纳多给了圣子两个母亲,就如他自己的童年一样。圣安娜相当于生母,而玛利亚相当于继母。"艺术家似乎在用圣安娜的幸福微笑否认和掩盖这不幸女人的妒忌——在她不得不把自己的儿子交给比她出身高贵的竞争者时感到的妒忌……"由此可见,大师的杰作无疑地保留了他早期记忆的内容,而之中母亲的温情对其具有决定意义。秃鹫幻想中猛烈的爱抚实在是太自然了,遭遗弃的母亲如何不表达出对曾享受过的爱抚的所有记忆及对新的爱抚的渴望呢? 为了补偿没有丈夫的痛苦和孩子失去的父爱,"像所有得不到满足的母亲一样,她用他的小儿子来代替她的丈夫,使他过早地性成熟,并剥夺了他的一部分男子气"。

也许如此对幼儿具有决定意义的母爱使芬奇成年之后长期处于一种压抑状态,再无法期望从其他女人的嘴唇得到母亲所给予他的那种爱抚了。但是,当再一次见到那曾一度浮现于母亲唇际的微笑(即使从别人嘴上)时,却可以用画笔将之描画出来,因为他已经成了能够表现任何视觉印象或观念的艺术家。大师笔下许多动人的(包括巴库斯的)微笑,也许可引导人猜想"那是一个爱的秘密……呈现了他孩提时的愿望——对母亲的迷恋";而这迷恋的愿望从创作再现如许一系列微笑的面孔中得以实现,并借此来"否认他的性生活的不幸,或在艺术中战胜了这个不幸"。

在列奥纳多的精神成长中,他的作公证人的父亲塞·皮罗起了怎样的作用?弗洛伊德亦给予了相当关注。由于精神分析学派格外强调童年的早期经历或印象,可是对芬奇而言,这个最重要的时期即五岁之前其生活经验是残缺不全的,因为只是爱情结晶而非婚姻结晶的缘故,他便在没有父亲的情况下仅仅被置于生母的卵翼下。生活中缺少了父亲角色,那么父亲权威的影响是否就不复存在或微不足道了?当然不是。影响是存在的,只是性质有所不同而已。说得准确一点,父亲不在身边这一因素对于儿童的心理发展起的作用是消极的。除此之外,后来那段有父亲在身边的童年岁月也是一个不可忽略的因素,不过作用较小和较为奇特。"一个希望母亲把自己放在父亲地位上的孩子,总是在幻想中以这样的身份自居,并且在以后的一段生活中把赢得对父亲的优势当作他的任务。"当继母取代了生母的地位之后,他便发现处于所谓与父亲竞争的关系之中。弗洛伊德指出,趋就于同性恋的意向一般都发生在青春期;那么一旦如此,这种以父亲自居的作法对其性生活就失去了意义,然而却在非性活动的领域里继续着,譬如他喜爱豪华和追求优美,这其中就包含着强迫自己模仿和想要超过父亲的动机在内。

其实父亲因素的重要意义并不在对其模仿而更在对其反抗,从最初的儿童岁月,这一点就决定了大师将于科学研究领域获得如同艺术般卓越的成就。芬奇科学上的最伟大处是不迷信权威,一切皆以对自然的观察与判断为尺度,这使之成了现代自然科学家队伍的第一人。弗洛伊德认为,权威是与父亲相对应的,就如大自然相类于宽厚的母亲。在列奥纳多生命的最初阶段,童年性探索未尝受父亲因素压抑,于是成了后来进行大胆、独立之科学研究的先决条件；这探索得以延续终生，只不过排斥了性的成分罢了。

　　像这样从童年早期就摆脱了父亲威胁且在其探索中抛弃了权威束缚的情况，也给列奥纳多在宗教问题上的自由主义找到了原因。在那个信仰对每个人来说都是毋庸置疑的绝对真实的时代，大师却明白显示出听命于大自然的法则而无意于同"上帝"立约，换句话说，他通过他的研究远远背离了正统的基督徒的立场。精神分析学揭示出父亲情结与宗教信仰的关系，认为宗教需求的根源在于父母情结：全能的上帝、仁慈的自然，其实是父母亲的崇高升华，或者毋宁是小孩子之父母观念的还原。"从心理上说，一个个人的上帝就是一个崇高的父亲"；所以父亲权威一旦倒台，信仰也便完结了。弗洛伊德的意思或许是，在决定列奥纳多精神特质最关键的童年早期，由于特殊原因，父亲权威根本就未树立起来，所以对芬奇很少（主动的与积极的）影响；至于后来，无论父亲角色多么活跃，也难以改变那已经留存于无意识的东西，就是说，该父亲因素几乎不起什么作用了。

　　需要特别强调，童年早期的最初探索涉及性欲问题。在弗洛伊德看来，秃鹫幻想，对鸟儿飞翔的持续不断的热忱——无论笔记中（曾写下与鸟儿飞翔有关的文字）还是科学实验中（曾试验用机械原理模仿鸟儿使人飞起来）——无不联系着对于探索的迫切期望。弗洛伊德指出：梦想飞翔或成为一只鸟只能被理解为渴望进行性行为，这是一种婴儿的早期欲望。可同如下事实联系起来：古人把男性生殖器描绘为长有翅膀；男性生殖器官在意大利语中被称作"Luccello"（鸟）；男性性活动在德语里亦与鸟有关；而人们往往这样告诉好奇的儿童，婴儿是被像鹳那样的大鸟带来的……童年并不等于快乐无忧的牧歌，事实上，孩子受欲望的催逼,在性探索过程中感觉到,这个神秘的范围里一些奇妙的事情是属于成人的,而他们却甚至不被允许知道,于是强烈地渴望之,梦想它,"这种梦的形式就是飞翔"……列奥纳多从童年起就觉察了与飞翔的密切关系,因而也就证实了其童年研究直接针对着性的问题。

就以上对于大师所进行的分析而言,列奥纳多的情况是否属于病态呢?弗洛伊德声称,从精神分析学派的观点看,神经病症状乃是一种结构,它替代了某些压抑——从小到大无人不经受各式各样的压抑——的结果,因而人皆有之。这种结构的数目、强度和分布的复杂性导致使用实用的疾病概念(大概为了便于描述)。就此而言,芬奇倾向于被认为接近所谓"强迫性神经病"类型(亦名"神经衰弱")——弗洛伊德如是结论,并最终就他对艺术家所作的整个精神分析过程进行总括:

大约五岁前这个对精神结构之形成起决定作用的童年早期,因非法出生而被剥夺了父亲影响,小列奥纳多面对的唯有母亲温情的诱惑,由于其亲吻而使之过早地达到了性成熟;他于是进入一个婴儿性活动时期,伴随着极强的婴儿性探索。视本能和求知本能受到刺激,嘴的性欲发生区得到强调(其印象一直保留下去)。此后,童年的性活跃期被一个强力的压抑高潮所中止,而形成某些气质,在青春期产生了意想不到的结果,即"对每一种原始的感官活动的回避"使他"生活在禁欲之中,并给人们一种无性人的印象"。过早地倾向性好奇,导致其里比多的大部分升华为求知欲,只有很少部分留给性目的,造成一种发育不全的成年人的性生活:几乎等于性静止。而童年之后开始的对于母亲的爱的压抑,则使得这一部分内容不得不采取同性恋方式。常见于大师作品的理想的笑表明了它的存在:对母亲的固恋及与其关系的幸福记忆的固恋被保留在无意识之中。"这样,压抑、固恋和升华,都在性本能对列奥纳多的精神生活发生影响时起着作用。"

在列奥纳多,"升华,这个压抑的结果"有两种情形:向着求知的目标,使他成为科学家;向着美的目标,使他成为艺术家。前者的决定因素在婴儿早期即已存在,第一个压抑来临时,最初的升华道路也就铺平了。后者也存在于婴儿期,不过青春期的发展可能是其高潮。弗洛伊德指出,艺术创造作为性欲望的一种宣泄是毫无疑问的。当然,芬奇之所以成为艺术家还有赖特定的天赋,"这天赋被童年早期早熟的视淫本能所加强"。但是,为性因素决定的心理模式作用的多样性使两种升华亦呈现复杂的情况,比如,他曾一度有疏离艺术的倾向,然而,50岁过后的一个短时期(弗洛伊德声称此时男性里比多往往有旺盛的发展),其心理内容的最深层又活跃了起来,一个女人的微笑唤起了往昔的记忆,得以创作出一系列神秘的杰作。"在最久远的性冲动的帮助下,他享受了再一次突破艺术中压抑的胜利喜悦。"

弗洛伊德对达·芬奇精彩的精神分析并没有使他沾沾自喜。看来,人的精神天地太奥妙了,这位科学家承认精神分析学也无法解释其中的一切,譬如列奥纳多的两个特性,即相当特别的压抑本能的倾向和升华原始本能的非凡能力,也只好作为不解之谜留下来。这意味着,科学研究是无止境的,从列奥纳多到弗洛伊德,至少都清楚地了解这一点。

《列奥纳多·达·芬奇和他童年的一个记忆》是西方文学艺术批评领域奠精神分析学派基石的一篇力作,其影响十分深广,此后的文艺研究尤其关于作家、艺术家的传记写作,都或多或少染上了精神分析的色彩。当然,就像这一学派的基本立场和方法所遭遇的命运一样,它也必面对若干质疑。但是毕竟,近一个世纪以来,不但精神分析学派的历史地位得以确立,而且得到广泛传播,弗氏著作亦被公认为该学派的权威经典。今天,对精神分析学有了相当了解之后,人们较为客观地认识到它提供了一条通往人心灵活动最隐秘处的路径。至于弗洛伊德对于达·芬奇的精神分析,富有启发性的观点可谓随处可见;它的缺陷也许正是精神分析学派的缺陷,即把目光仅仅盯在人的心理结构特别是性意识方面,而对其他诸如社会的、历史的、民族的、文化的、宗教的等因素一概忽略。此外,要对几百年前的一位古人进行分析,而关于这个人的材料却微乎其微,那么该项工作的困难可想而知。不难看出弗洛伊德的分析带有较多的假设成分,这样,其可靠性自然受到挑战。正如他本人在篇末所指出的,他借助的一些间接材料,由于经过了思想方法各不相同的人的处理,是很难保住其本来面目的。即使如此,由于他的方法是赖多年的临床实践形成的,其令人信服的逻辑力量仍然是不容置疑的。何况,对今人而言,很多情况下,结论的正确与否和探讨过程所展示的新观点或新思想比起来并不见得更重要些。

(本文成稿于 1996 年 6 月,初以“论芬奇兼及弗洛伊德对他的精神分析”为题刊发于《山东社会科学》1997年第 1 期)

若舍清泉玉液，必就罐里浑汤

——达·芬奇美学艺术观管窥

弁　言

以朴素唯物主义认识论为前提，达·芬奇确定了他的现实主义美学观，出发点是"艺术摹仿自然"。他坚信艺术的源泉在于现实生活，故声言：谁能畅饮泉里的水，谁就不喝罐里的水。他强调经验，称其为"一切科学与艺术之母的女儿"①，乃"真正的教师"；由是认为，灵感决非凭空而来，是从自然和对自然规律的掌握中来，所以应尊自然为师，应摸清它的脾气即通晓自然科学。此外，艺术家不仅要靠感官认识世界，还得运用理性揭示世界；艺术要理想化与典型化，"画家与自然争胜并胜过自然"。而作为艺术大师，芬奇对绘画情有独钟，把它提到自由艺术的高度，并将其与诗歌、音乐以及同属造型艺术的雕塑相比较，断言其高于任何其他艺术。芬奇的比较揭示了不同艺术门类之间各自的特性，但关于

---

① [意]达·芬奇：《画家守则》，见《芬奇论绘画》，戴勉编译，人民美术出版社1979年11月版，第52页；本文所引芬奇文句，除注出者外，均从此译本，为简洁计，以下不再加注。

孰优孰劣的结论带有机械成分。近代西方的现实主义美学或艺术思想是从文艺复兴开始的,而达·芬奇的探索思考可谓当时极重要、极精彩的观念形态之一;在那个唯独缺少理论巨人的巨人时代①,不仅最有代表性,而且也算得上最高水平。

一

生活于意大利文艺复兴鼎盛时期的列奥纳多·达·芬奇,之于包括哲学与美学在内的新意识形态的建构具有重要意义。虽然与造型艺术所取得的惊人成就比较,哲学、美学尚欠缺宏大完备的体系,足以撑起一个时代思想高峰的标志人物似亦未能出现。但伴随人文主义世界观日益深入人心,特别是以希罗古典为尊、以自然比例为律的理念水到渠成,一种全新的现实主义艺术走向在 15 世纪的创作实践中愈益顺理成章,也为逐渐摆脱中世纪神学桎梏的哲学及美学注入了鲜活的成分。这个环节中,达·芬奇在理论与实践上均是位集大成者,故理所当然地充当了该伟大复兴时代之文化艺术精神的一面旗帜。

达·芬奇所代表的新时期的审美观,继承并发扬古希腊人关于艺术之于自然的模仿学说,应用于实践,师法自然便成为艺术家的基本准则。既努力以感官体认世界,还试图以理性理解世界。艺术家必须悉心观察自然、观察人,并应以科学的观点和态

① 文艺复兴是所谓“巨人”的时代,不过在美学领域,“巨人”级的专门理论家却甚罕见,不像从古希腊到中世纪可找出数个具庞大严整体系者作为时代之代表。芬奇不是专门的美学家,但他通过笔记却留下了相当丰富的美学思想,且极具时代精神,所以最有代表性。

度进行研究，于是艺用解剖学和透视学发展起来。因为借助解剖学，就可以把人体作为活的有机体重新"创造"；借助透视学，就能够顺利解决物体在三度空间中的自然"排列"问题。两门学问成了雕刻与绘画的两大理论支柱，为造型艺术的成熟发展提供了科学依据。这就是生逢其时的列奥纳多成就其现实主义学说的前提或背景。正是在此基础上继往开来，鉴照融合、创新发展，从而建立或完善起与该时期时代精神完全合拍的关于艺术与美的观念体系。

芬奇从30岁前后开始记录他的思考、心得、艺术经验及科学研究成果，近两百年来陆续发现的手稿多达一万三千余页，整理出来的七千页左右。内容包罗万象，充满真知灼见，一般统称为"笔记"。其中《画论》一部较为独立，约写于1480—1513年，亦即他艺术和科学生涯最为辉煌的时期。在当时及后来的几百年间，《画论》以各种手抄本形式于西方各国流传。大师之基本美学思想和艺术主张均包含在这份文献中。

《画论》按内容大致可分为一般美学理论和绘画基础理论两部分。前者以泛论绘画性质及其同现实的关系，与其他艺术门类的异同为主，本文撮要述之；后者则专笔阐述透视，光影，解剖，人体之比例、动态、表情以及树木、丛林、云彩、流动的和静止的水之类自然现象的表现方法等等，本文从略。

二

在艺术对于现实的关系这个美学基本问题上，列奥纳多同文艺复兴时期大部分思想家一样，服膺"艺术摹仿自然"这个古老的传统观点。大师从古希腊朴素唯物主义认识论的立场出发，相信

"一切真科学都是通过我们感官经验的结果",并以此为前提分析艺术与生活的关系,断言绘画"是从自然产生的",从而肯定了现实是艺术的源泉,艺术则不过是它某种形式的表现。事实上,列奥纳多比当时任何一位艺术家都更重视生活这块受用不尽的土壤,坚信其为灵感之源,他比喻说:谁能畅饮泉里的水,谁就不喝罐里的水。正是在这样的基础上,筑起了一座现实主义的理论大厦;而他的思考、他的创作,无不是从这里出发的。他告诫学徒们应尊自然为师:"当你横过田野,请发挥你对各种事物的观察力吧! 先看这一件,再看另一件,去粗取精,搜集各种材料。"如果背弃了自然,以他人作品作标准或典范束缚自己,因袭照搬,那么艺术生命就会迅速衰颓下去,所以拾人牙慧乃从艺者之大忌! 芬奇以为,罗马时代之后的绘画即是如此。这样,他便从哲学和历史两个角度论证了画家(艺术家)师法自然的重要性。

对大师来说,丰富、优美、变幻、诡奇的大自然除了是最生动、最深刻的知识之源、创造之本,还是驰骋思想与想象,使人一展创造力的"用武之地",就是说,它是有心人观照和研究的对象,提供经验和智慧。大师特别强调感觉、经验对于认识世界并进而表现世界的伟大意义,说"经验才是最高的权威","我的作品正是出自于简单易懂的经验,出自于真正的权威"。① 把经验比喻为"一切无可怀疑的结论的母亲",坚定地相信"思辨的学问"是骗人的,说:"经验不以梦幻哺育研究家,而是从确切无疑的第一原则出发,逐步循着可靠的程序达到切实的结论。"芬奇所以特别重视经验,是因为经验乃感官直接从自然所得,比凭空臆想可靠得多。

---

① [意]达·芬奇:《莱奥纳多·达·芬奇笔记》,[英]艾玛·阿·里斯特编著,郑福洁译,生活·读书·新知三联书店 1998 年 10 月版,第 6 页。

这使他尤热烈称颂作为视觉器官的眼睛，认为它是认识外界最精确的感官。他称其为"灵魂之窗"、"心灵要道"。"心灵依靠它才得以最广泛最宏伟地考察大自然的无穷作品。"这意思无非是，即使心智高超、聪慧非凡，假如闭目塞听、一味冥想，也无从发现，更谈不上创造。因而艺术家必须时常一丝不苟地观察、认识、亲近、理解自然。唯有如此，他才能够真切地反映它，画出万物的神态和精神，创造"第二自然"。这些主张，扎实地立足于现实的土壤，从根本上抓住了艺术创造的真谛，给艺术家指出了一条正确而宽广的路径，为产生真正不朽的作品提供了一个理论上的前提。

然而，尽管芬奇赋予客观世界及感性认识以非常意义，但他却未驻足于此；就是说，并非为了客体而丢掉主体，为了感觉而放弃理念，为了自然而不要思索，为了模仿而摒除概括。重视理性乃是基于如下考虑：既然艺术是人为的创造，那么不留下创造者心灵印痕就是不可想象的。强调经验，正是由于经验包含有一定的理性成分。人看到和感到的一切，无论自觉或不自觉，都会经过头脑的过滤，储存下来者即为经验。感觉的同时也伴随着思维即运用着理性。观察、感觉是较简单的人脑活动，带有初始性质，但即使如此，心智仍然在起作用。至于艺术创造，则无疑是较复杂和较精微的精神活动亦即高级意识活动，当然更有赖于理性的指导了。

作为近代哲学和美学尚处于较朴素阶段的文艺复兴时期的一位杰出的思想家，列奥纳多正确地揭示了人在处理感官所接受外界信息时有关意识规律的各种关系，他说："良好的判断出自正确的理解，正确的理解来自以可靠的准则为依据的理性，而正确的准则又是可靠的经验。"显而易见，没有判断、理解、准则之类，是谈不上什么艺术创造的，所以对艺术家而言，光靠观察远远不够,他还必须善于判断、分析、抉择,去粗取精也就是今人所谓的典型化。而这又需要依靠指导判断的理性原则,就是说应形成自己美学的或艺术的思想体系,这样他的创作便是有自觉意识的活动了。芬奇认为,所谓艺术等于反映于艺术家心中的自然。既然如此,就不能不与他的心灵取得一致,换句话说,来到艺术家心里的这个自然实际上已经不那么纯粹了。在大师看来,"不能运用自己的思想分析自然的人"是毫无出息的,这样的人只配作自然的奴隶,而不可能成为它的主人。真正的艺术家从来就是主动的,他处理题材得心应手,可从平淡中表现非凡,因为他懂得选择和集中,熟知提炼与概括。芬奇深彻地理解心智在艺术活动中的地位,理性于创作过程的意义,他断言:"不运用理性的画家,就像一面镜子,只会抄袭摆在面前的一切东西,却对它们一无所知。"可见在列奥纳多,毫厘不爽地照搬了自然的镜子与真正的绘画是不能同日而语的。前者是盲目的、偶然的,后者是自觉的,动用了心思的。是故绘画必然更美、更动人,因为那里留下了创作者的心迹,掺进了他的激情;"画家与自然争胜,并胜过自然"。一言以蔽之,创作过程包含着许许多多理想化与典型化的成分。

对于芬奇,一个可以称为天才的画家,不仅依靠感官去认识世界,更要紧的还得运用理性去揭示世界。只有在这个意义上,艺术家才算得上具备了表现自然的能力。芬奇说,"理论脱离实践是最大的不幸";又强调,"实践必须建筑在坚实的理论之上"。因为他坚信,只有从实践中得来的东西才是可靠的,而只有自觉在理论的指导下进行创造的艺术家才算进入到艺术表现的自由境界。他极为深刻地指出,画家的精神必须包罗万象,因为他的使命是要再现自然的造物,而要做到这一点,当然首先必须面对自然。要锻炼敏锐的视觉,以便观察山川、草木、禽兽、人物,搜敛一切，摄取一切；然后独处，深思，"当你单独时，你全部是自己的"。这有利于集中思想，倾其心力，进入表现的阶段。他揭示这一创作过程是"由于本质、由于实在、由于想象力而存在于宇宙间的一切，画家都可先存之于心，然后表之于手"。在列奥纳多看来，艺术品的产生是个逐步深化、积累和概括的过程。若无深思熟虑，不可能有一挥而就。达·芬奇就是以如此充满了辩证思想的现实主义原则揭开了艺术创作的秘密。事实上，他的一系列杰作也都是这样完成的，大量为《三贤来拜》《最后晚餐》《安加里之战》等所作的草图便清晰地显示了大师的创作过程：先通过速写形式从生活中猎取各种形象、姿势、表情等素材，再运用理智、借助规划，精心设计最适于表现主题的构图，直至画出完美的作品。

三

　　作为一代艺术巨匠，列奥纳多首先是个画家，他对绘画倾注了巨大的心血，从未中断过他的实践和研究。在大师的时代，意大利绘画达到了欧洲画史的第一个高峰，也可以说前无古人的顶点，而大师乃居于峰巅的人物之一。他不独对绘画有着精湛的理解，也有着深挚的感情。芬奇的《画论》中，一个相当值得重视的部分是将绘画与其他门类艺术作比较，既与同是造型艺术的雕塑相比，又与隶属旁类艺术的诗歌、音乐相比。通过比较，他盛赞绘画的奇妙，论证它的优越。这其中包含了丰富的美学思想，同时也暴露了他观念体系的机械成分。该部分内容的产生，一方面是由于比较乃是当时习见的批评方式；另一方面也是时代之必然要求所使然。绘画作为一门技术性较强的艺术，曾一向被看作机械的工艺而为世人所轻视。在古代,贵族和所谓"体面人"不屑为之,甚至在一些大思想家例如柏拉图、亚里士多德等人的观念里,也还未能超出"技艺"的范畴。原因在于它的产生似乎主要靠手。中世纪继承了这种观念,逻辑、修辞、诗歌、算术、几何、天文、音乐等可以是"自由艺术",但雕塑、绘画等却只能是"机械工作"。在欧洲各国,哲学家、诗人一向是宫廷上宾,而画家、雕刻家则同手工业劳动者一样组织在行会里。及文艺复兴这个意识形态发生深刻变化的时代,那些精力充沛、聪明灵巧的造型艺术家们自然不甘屈居人下,他们大都多才多艺,除了本行,还精通与之相关的数学、几何、人体解剖以及冶炼铸造与工程设计等等。一个艺术家要掌握的知识和必备的能力是多方面的,而其劳作与活动开了日后实验科学的先河。至于那时璀璨夺目的造型艺术成就,更足以雄辩地向世界证明它们及其它们的创造者的伟大与不朽。因此,标明自身价值、粉碎传统观念,对艺术家们来说可谓意向所指、众望所归。可见芬奇为画一辩,应该亦是势所必至。

　　芬奇是站在画家的立场进行他的艺术门类比较的,出发点就是要拿绘画一一比倒其他。这就决定了其立论必以寻找绘画之适当而稳固的立足点为前提,首要的是为其锻造一身刀枪不入的光亮甲胄,能经受各种挑战并立于不败之地。应该说,大师的确找到了某个方便,可借以把它的士兵武装起来。这方便便是将绘画看作一门科学而非单纯的艺术。如此,绘画就体面地摆脱了"机械手艺"的尴尬处境,一跃成为自然的嫡亲女儿,上升到"自由艺术"的层面,地位大大地提高了。在芬奇看来,艺术与科学是认识宇宙运动过程中的两个方面或者两种方式,本来就不可分割。他认为,一门科学必须至少具备两个条件,其一,以感性经验为基础;其二,可像数学一样进行论证。绘画以视觉为基础,而视觉如上所言是大师列为第一等的感觉，人类大部分知识都要通过眼睛获得。另外，应绘画需要而产生的透视学与明暗法均可以如数学般加以论证。因此，绘画不仅是科学的，而且是认知自然并揭示其规律和传布真与美的便捷手段。"它以精深而富于哲理的态度专门研究各种被明暗所构成的形态……的确是一门科学。"藐视绘画，等于藐视深奥的发明。这样为绘画正名之后，就能够比较方便地揪住对手的薄弱之处，从而显出优胜。

关于画与诗的比较　画与诗，两种媒介不同、表现与效果也迥异的艺术，它们的本质及其属性的区别，应该说从来的理论家都重视不够，甚至有意无意地调和混淆。希腊人有"画是无言的诗，诗是能言的画"之说，罗马人更干脆认为"诗即画"。诗画不分的观点延续了千百年，致使诗人和画家不曾有意识地去认识两种艺术各自的特性与特长。反映到实践上，诗人在描述有形物体方面竭力向画家看齐，而画家在描绘精神活动方面也力图同诗人竞赛。尤其关于绘画的理论微乎其微，在漫长的中世纪更几乎等于空白。没有专门的画论可循的画家们便不得不将诗论中的方法引以为创作的指导原则。芬奇一反传统，破天荒系统地论析了双方的区别和界限。他从画与诗所表现的对象在时间与空间存在上的特点，从它们表现过程中所使用的独特手段诸如文字辞藻与明暗比例等不同媒介的性质，从创造和接受二者彼此所依赖的感觉及当事时的心理过程，阐明它们的不同及优劣在于：画是视觉的艺术，"通过视觉将它的主题立刻传达给你"；诗是听觉的艺术，"借助较逊色的感官（指耳朵——引者）传达同样的主题"；两相比较，后者模糊得多、迟钝得多！诗长于表现言词、对话、概念，或虚无缥缈的想象，画则长于表现事实、形态，即可见的活生生的"实在"；"诗在诗人心中或想象中产生"，"除了事物的名称外一无所有";画则"把物象陈列在眼前","包罗自然的一切形态"。大师认为,"想象的所见及不上肉眼所见的美妙","而名称不及形状普遍"。诗依诗句的次第排成一维的时间序列,只能用断续的描写拼凑形象,很难给人鲜明直观的形态美;画在二维平面上施展本领,运用透视和明暗便可表现三度空间,轻而易举即提供完整立体的形态美。除此,还有一值得注意的论证,就是从哲学的角度看待两者的差异。芬奇认为绘画就是哲学,因为它充满着对运动和形式的敏锐思索。他说:"如果诗包容伦理哲学,绘画则研究自然哲学。"并因此断定画比诗更真实,因为诗用间接的文字符号,而画用直接的具体形象,等等。由是观之,芬奇思想的唯物主义倾向是显而易见的,因为他重直觉胜于重观念。

列奥纳多关于诗画各自特点的分析和归纳是非常精辟的,预示了18世纪文艺部门对界限与效果的研究,例如德国美学家莱辛的名著《拉奥孔》或称"论画与诗的界限"便是在这个专题园地内的精耕细作。但是显然,由于时代局限,今天看来,芬奇的观点不无机械与生硬之处,表现在孰高孰低的结论方面尤其明显。如前所述,大师的出发点是要树立绘画的绝对权威,为了服从这个前提,他的论证不免有点偏离正确的轨道。

关于绘画与音乐的比较　诗画比较的结果是尊画抑诗,那么画与音乐的比较亦可如是类推了,从芬奇的结论看的确如此。他认为尽管音乐与绘画有许多相似之处,但后者还是比前者高明得多,原因在于它们所依赖的感官差异巨大:绘画凭借眼睛,而眼睛是一切感官中最灵敏、最精确、最可靠的器官;音乐同诗一样依靠耳朵,而耳朵乃稍差一些的感觉器官,它的功能是"次于视觉的听觉"。由此引出两种艺术的高下差别:画有永久性,它"生动地保存了人们昙花一现的美"而免于"被自然和时间磨灭",可让人从从容容地揣摩欣赏;音乐则不然,它是飘忽的、易逝的,"旋生旋灭,来也快去也速",似这般"方生即死",当然不如那般"经久不变"!是故音乐只配称为"绘画的妹妹"。以现代的观点看问题,这样的论证当然很少说服力,然而芬奇对论题的辩论不乏卓越的见识,即正确地揭示了作为听觉艺术的音乐和作为视觉艺术的绘画共同存在的某些更为切近的属性。例如二者都有节奏,音乐里的和声相当于绘画中物体表面起伏有致的轮廓和丰富多彩的色调(现代画论就常把色调层次比作"绘画的和音")。再如两者都讲究比例的协调,音乐里"各个声部组成流畅的旋律,安排在和谐的节奏之中",从而造成"和谐比例的美";绘画"由各个部分在同一时间组合而成",从整体可见构图思想,从局部可见细节意图,因之也显出和谐比例的美,等等。

关于绘画和雕塑的比较　绘画与雕塑同属造型艺术,但如上所述,作为行业却一向遭传统偏见的冷待,尽管千百年来,数不尽的作品以它们独具的优美风采装饰了神殿、庙宇、教堂、宫苑、府邸、园林、城市,使人神往,为人喜爱。天地间万事万物多阴差阳错,我礼赞美餐,也许并不怎么看得起稼穑者;你叹赏华衮,可并不屑于一顾采桑女。其实没有谁鄙视绘画或雕塑,受轻视的只是生产它们的行业和制作者。这种显著的荒谬终于使艺术匠师们不再沉默,而要为自身、也为他们献身的艺术之地位而斗争。有意思的是,尽管二者在共同的目标方面可以结盟,但在切身利害上却难于协调,于是一对难兄难弟又相互攀比,直争得不可开交——以现代观点而论,单单围绕高低饶舌,即使不难理解,却也意义甚微——然而列奥纳多的比较恰恰立足于此。这当然不是大师无事生非,很大程度上是由于当年那种互不相让的竞争之风所使然。不过同样地,芬奇品比绘画雕塑优劣的过程也出色地揭示了二者的特质及属性,这正是其价值所在。

　　绘画和雕塑的共同之处在于,就给予接受者的感觉途径来说,都是视觉艺术;就存在的状态形式而言,都是空间艺术;但最根本的共同点还是塑造可见的形象亦即所谓"造型"。它们的不同之处也是显而易见的,无论在活动范围,还是在把握现实、表现现实的方式等许多方面。雕塑所能驰骋的疆域显得狭窄,而绘画则宽广得多,也自由得多。假如把表现现实的能力仅仅落脚于数量的多寡,那么雕塑显然处于劣势。芬奇正是从这里找到了雕刻艺术那致命的"阿喀琉斯脚踵"。他认为,雕刻是贫乏的,它不需要多少心思,只是把材料往下削,从而"显示自然物体的外形"而已;雕塑无空气透视可言,对光线本身和发光、透明的物体以及雾霭、水汽、风暴等诸如此类的景象完全无能为力;雕塑不具备给作品提供五颜六色形态的可能性,"缺少色彩美,缺少色彩透视、线透视,也没有远处物体朦胧的轮廓";即使雕塑体的凹凸起伏表面所赖以存在的阴影、明暗等也是天然的赐予,随着光线而自然产生,无须刻意寻求。因此,"雕塑除了能够经久以外,再也没有其他优点"。而绘画,则"拥有雕塑不具备的无穷可能性",描绘"一切可见的事物",表示许多不同的距离,甚至"可使画幅似乎延伸数百里之遥";它简直就是奇迹:

　　　　……能画出难以透见物体形状的雾霭;能描画背后透露了云团、山峰和山谷的烟雨;能描画那为战斗的人群所搅起、并把这些人马包含在其中的尘土;能画出清浊不一的溪流;能画出在水面与水底之间遨游的鱼儿,以及河底洁净沙上绿色水草簇拥着的、五颜六色的光洁卵石;能画出头顶上高高低低的星辰,此外还有无数雕塑家不敢梦想的效果。

总之,"绘画需要更多的思想和更高的技巧,它是一门比雕塑更神奇的艺术"。画家的创作得考虑十个项目，即光亮，暗影，色彩，体量，外形，位置，远，近，运动，静止；而雕塑家则只需考虑体量，外形，位置，运动，静止五项，所以前者比后者花费更多心思，正如后者比前者付出更大劳力一样。

显而易见，芬奇的揭示包蕴着正确的内核，但结论却欠妥当。在他看来，绘画以表现无限广阔的内容和幻想为鹄的且完全可以达到目标，而雕塑则望尘莫及。言外之意似乎是，雕塑除了冷冰冰的实体，此外还剩下什么呢？充其量保存得长久些罢了……然而，难道雕塑的表现力果真如此贫弱？果真"在制作时并不需要像绘画同等高超的智慧"？显然并非如此。这儿大师忽略了绘画与雕塑的根本区别，即平面的二度空间同立体的三度空间的质异，一个是"非现实"的现实形式，一个是"纯现实"的现实形式，差之千里矣！荷尔德说："雕像是真实，绘画是梦幻，前者是完整的体现，后者是喋喋不休的魔术……最美丽的绘画是小说，是梦之梦。"[1]其实，无论绘画还是雕刻，它们的表现力正是从各自的特性，也就是从各自独特的艺术语言而来的，人们可以为一幅色彩缤纷的画作所吸引，也可以为一尊洁白纯净的雕像而感动。它们以其独到的魅力撩拨人的意识，激动人的情怀，很难说清楚究竟是丽莎夫人的微笑还是断臂爱神的宁静更能牵动你的情思！绘画的确展现了世界变化中的"梦幻"景象，它的富丽堂皇里充满着智慧；雕塑无疑提供了活生生的"实体"存在，它的肃穆简朴里蕴藏着力量。两种艺术都具备伟大的品质，都可表达深刻的思想，创造它们也均需要很高的智力，总之不必要也难于一决高低。列

---

[1] 转引自〔德〕豪夫曼《论雕塑》，洪善楠译，见《世界艺术与美学》第一辑，文化艺术出版社 1983 年 3 月版，第 242 页。

奥纳多或许纯粹出于时代的"功利"目的进行比较,仅将一方的长处作为尺度衡量对方,导致难免武断和偏颇之弊。

确乎如此,偏爱和成见使芬奇坚信雕刻绝对低于绘画,为此而寻找的某些论据表明有时也许走得太远,几乎要偏离像他这样智慧超群的思想家天禀的科学准则与严密逻辑的地步。例如他责难雕塑所反复强调的一个理由,是雕塑创作过程需要耗费巨量体力,并由此认定其简单容易。他说,"只要会简单地量量四肢,懂得运动和姿态的原理便足够了";"这种极为机械的操作导致汗流浃背",虽然雕塑家们管其为"心思之劳",其实不过是"躯体之劳"。对于雕刻家本来极可敬的创作劳动他似乎不屑一顾,讥笑其"满脸石浆和石粉,活像面包师";更瞧不起他们"住所污秽,布满石碴和石末"。与之相反,则津津乐道于画家的衣装整齐、居室洁净、陈设精美;就是说,画家从来不像可怜的雕塑家气喘吁吁。由是断言:"雕塑不是一门科学,是一项最机械的手艺。"可见芬奇是从体力劳动乃简单劳动的观念来贬低雕塑创作的,而且暴露出他亦尚未摆脱传统观念的束缚。由此而判断两门艺术孰优孰劣肯定谬误。在大师看来,简单劳动是低级的,与艺术创造相去甚远,这一点是正确的。然而,此并非特别重要之处,其结论之所以错误,要害在于把体力劳动和艺术劳动混为一谈,尽管有些情况下两者的确都拼体力。这实质上抹杀了精神生产与物质生产的本质差别。不难理解,雕刻家与石匠是无法也不能同日而语的,虽然他们都免不了挥动锤子和錾子,甚至也免不了"满头大汗,浑身疲劳"。这里,列奥纳多过多感情色彩的比较论证由于少了些科学辨析,理所当然地受到质疑,性如烈火的米开朗基罗就把这令其恼怒的"雕塑论"斥之为佣妇之见。

芬奇对浮雕的看法也颇为奇特,认为它"更接近绘画"因而比圆雕要优越。他相信这是由于浮雕在很大的程度上运用了透视学，而不似圆雕那样主要依靠直接测量，是故浮雕的创作需要更多的构思和智慧。他还断言，能表现透视深度的青铜浮雕比一件云石雕像更有价值。这似乎显示了大师的纯属个体性的某种偏好，即雕塑只有在接近绘画的时候才是好的，虽然他也曾强调过人物画应该具有浮雕感。果若如此，那么又恰恰同米开朗基罗的看法背道而驰了，这位古往今来也许是最伟大的雕塑艺术家斩钉截铁地说：像浮雕的绘画是好的，但像绘画的浮雕是糟的。

结　语

芬奇的"画论"涉及的问题十分广泛，有的属美学范畴，如绘画的社会功用与批评准则；有的属立身原则，如画家的生活方式及道德修养；有的属表现技巧，如速写与构图策略、操作方法之类，不一而足。总之，在他那个时代和绘画有关的诸多问题几乎都讨论到了，它是大师毕生经验的总结。

不难发现，芬奇的美学思想，深深根植于从古希腊开始的欧洲文化沃土的母体之中，是源远流长的西方历史人文观念在艺术领域合乎逻辑地发展的一个必然。无论在其本体论意义上，还是从它丰富完善的实用造型理论体系上，都无不鲜明地印证出西方文明那强有力的自然、理性和科学精神。它的精华之点也许就在于此。

（本文成稿于 1997 年 1 月，刊发于《山东师范大学学报》1997 年第 5 期）

诗性的冥想与哲性的沉思

一

　　列奥纳多·达·芬奇的精神品格,其美学或艺术思想,在极广泛和深刻的意义上决定了他绘画的风格。作为爱好自然和美的一代大家,作为米兰公爵与法兰西王的宫廷首席画师,列奥纳多不仅风度优雅迷人,趣味更精致拔俗。与之相应,他的艺术别具一种典雅的特征,一种绅士风姿,一种若实若虚、飘飘欲仙的"妙极"素质。在芬奇,作为其艺术的风格和作为其人的风格十分的协调一致,从学徒到终老,这种一致性贯穿于整个生涯。这是种既优美恬淡,又精雅富丽的风格,有时显得质朴单纯,洁净如源头溪水;有时又纷繁周密,细致犹少女情愫。随观者心境不同或角度转移,它会像魔术般变幻给人不同的意象与感受。从总体着眼,芬氏画作一般趋于单纯明晰;从细节入目,则大抵呈现多样丰富;那匠心营造的画面氛围款款迷离,仿佛注满了神秘;而其中透露的灵气,又像蒸馏了的水,清澈透明,不染纤尘。列奥纳多兼有诗人与哲人气质,是位将诗性的冥想与哲性的沉思结合得天衣无缝的艺术大师,换句话说,他善于把情感的火花、思维的逻辑同线条的韵律、颜色的瑰丽融于一体,他的画不独以视觉想象见长,同时又以心灵补足知著,其中那似乎无往不在的"若有所思"情致,不正如丹纳所言"表达智慧的超越与精微玄妙"①吗？这是画艺的至高境界,它从外部到达内部,渗透至人的灵魂、意识、情感。丹纳所谓"芬奇人物上的深思、微妙与深刻的表情"②即是如此特质的外在表现。它让绘画尤具有"可审性",使观者与其"打成一片"并百看不厌。

二

　　体现大师绘画特质的诸种要素其实可用一个古老的概念"和谐"来表示。尽管作为美学范畴,该词的意义也许太过广泛,当然这并无所谓,像德拉克罗瓦认为的:美的本质永远不会改变,虽然美的形式可以改变③。即以和谐而论,它在不同大师手里当会呈现不同面貌,或许正是这异彩纷呈的和谐共同体现着那美的不变的本质。不妨说,追求和谐或曰追求事物之间某种恰到好处的关系乃人之天性,一种常常是不自觉的努力,就如最邋遢者也还是喜欢把自己的房间搞得稍微顺眼一点一样。不消说,唯有艺术家把这种天性发展为自觉,升华为创造。列奥纳多无疑是最重视找寻那统摄画面之神奇"关系"的艺术大师之一,他在人物、环境、背景之间,实体、空间、气氛之间,明暗、色彩、质与量的感觉等诸多关系之间,不懈地探索对立统一构成规律,既让其各得其所,又使之互为呼应。如此而取得的艺术效果令人神往、使人心醉。正如

---

① [法]丹纳:《艺术哲学》,傅雷译,人民文学出版社1963年1月版,第391页。
② 同上书,第403页。
③ 参见《德拉克罗瓦论美术和美术家》,平野译,辽宁美术出版社1981年11月版,第299页。

音乐有赖于旋律与和声,绘画则主靠形象及色彩;一气呵成的音律荡漾使音乐激动人心,巧妙组合的形色"交响"使绘画悦人眼目;上乘的音乐自有声情并茂流转合拍,完好的绘画亦别具形神兼备均衡统一——这便是艺术的和谐,虽人工所为,却讨厌勉强弄之,必须一切都似天成。以是而看芬奇的画品,无一例外:完成了的遑遑大作如《最后晚餐》、《岩间圣母》等如是,未成品或者素描稿如《三贤来拜》、《伯灵顿宫草图》亦然。

　　琢磨芬奇的绘画,会发现和谐往往表现为统领着画面精神的某种娴静氛围,宛如宇宙浑然一体,排除所有刺目成分。例如一系列以圣家族为题材的作品,均见不到过分夸张的动作或过于突兀的表情。他指责波提切利的《圣女领报》一画缺乏该题材处理上所应当具有的神圣温雅,说:"那里有一位告知圣母受胎的天使,看上去像要把我们的圣母逐出屋外似的,动作粗暴无礼,就像对付卑贱的敌人一般,而我们的圣母好像绝望中要越窗而逃一样。"①关于宗教题材的处理,大师所要求的当是浑朴的严肃与高贵的典雅,他的圣母子绘画体现了如是旨趣。其笔下的圣母形象平静、温婉、亲切、睿智,是位美丽可亲的妇人,但绝非凡间之女,因为她的气质超俗而圣洁——那种把大师塑造的圣母视之披了宗教外衣的民间女子的观点是肤浅的。尽管大师并非虔诚的教徒,但对宗教题材创作所应传达的宗教气质是把握到位的,黑格尔精辟指出:芬奇"能保持一种充满敬畏的严肃态度对宗教画题进行构思,所以他所塑造的人物形象,尽管显得有现实生活的完整、圆满,尽管他们在面孔上和秀美的运动上都表现出一种和蔼

————————

① [意]达·芬奇:《画家守则》,见《芬奇论绘画》,戴勉编译,人民美术出版社 1979 年 11 月版,第 46 页。

可亲的微笑,却从来不抛开宗教的尊严和真实所要求的那种庄严气象"①。在宗教画作中,和谐是非常重要的,画意的崇高有赖于此。因为按一般的观念而言,神圣境界是高度完满的,那里一切趋于统一,绝无零乱与纷扰,就像但丁《神曲》"天堂篇"体现的宇宙完满似的。

值得注意的是,统摄画面的和谐并非仅仅指构图布局、气氛描绘、色调对比之类外部经营,还在于内部意蕴,它隐匿不见,却又无处不在,消溶于抽象而靠审视者感知。面对《岩间圣母》或者《蒙娜·丽莎》或者《丽达与鹅》,你会感到其中似乎隐藏着一些难以言传的东西,恍若一团神秘或一团缥缈……这样的恬淡静谧,充满幻想成分,还隐隐透出一点不安,就如描绘春情觉醒的少女对着梦境微笑的诗。品味过程,伴随观者的想象在扩展,或许会意识到某种生命与情感的丰满。这就是艺术之奇妙的和谐吗?导致人的精神世界和谐的和谐吗?五百年来,芬奇杰作中那足以征服无论普通的心灵还是非凡的感情的东西,或许就是这种伟大的艺术之伟大的和谐罢!

列奥纳多绘画中那无往不在的和谐,使其艺术与古代艺术取得了精神上的默契;换言之,他于创作上真正深入到希腊的气质中去了——而按近代西方文化观念,谈及希腊就意味着谈及最高的趣味也就是最高的美②——虽然不能说芬奇第一个恢复了古

---

① [德]黑格尔:《美学》第三卷上册,朱光潜译,商务印书馆1979年11月版,第319页。

② 例如叔本华即这样宣称:"当我们远远地离开了希腊人的时候,我们也将因此而远远地离开了良好的趣味和美……"(转引自[德]豪夫曼《论雕塑》,洪善楠译,见《世界艺术与美学》第一辑,文化艺术出版社1983年3月版,第243页)

典的艺术精神,但似乎可以说第一个达到甚或超越了古典的审美趣味。希罗艺术即使残雕断垣,虽历经沧桑而仍美不胜收,原因就在它高度的和谐。和谐是希腊人最一般的艺术观念,也是对于一般美的最基本观念。希腊人立足现实的土壤且总是围绕人(连希腊的神也不过是人理想化的完美体现而已)作文章,崇尚人与自然各方面趋向"和谐的发展"。在古典艺术中,人作为自然的一部分,那么既有包括人在内的"本真的"自然,又有超越了"本真的"自然的自然,就是说,艺术家极其重视理想化,因为不如此就难能创造艺术的和谐。如果把希罗艺术的重要特征归结为现实与理想的结合,那么芬奇之受益于古人正在于此。他从中学会了观察自然和概括自然,学会了表现自然和解释自然;而于概括、提炼、升华亦即典型化的程度上,也许他比古人走得更远。大师的绘画,处处可见那种希腊式的平和、静穆、单纯与崇高,那种古典的整一、圆满、对称及均衡;然而又并非希腊的翻版,实际上它们具有更深邃、更悠远的情致。归根到底这是文艺复兴大师的特点,也是任何富有独创性的艺术家可能具备的特点。芬奇的意义在于标志着从乔托开始的文艺复兴时代之意大利绘画完全达到成熟:如果说乔托、安琪里珂、哥佐利、乌切罗、卡斯塔尼奥、利比甚至波提切利都未能脱尽中世纪呆板、僵硬画风的痕迹,那么列奥纳多之后的大师们则将稚拙之气一扫而光,使希腊古典时期的那种典雅之美在更高的层次上再展风采。

罗丹说:"艺术就是所谓静观、默察。"①这对创造者和欣赏者同样适用。假如细致地而非漫不经心地品咂芬氏绘画,随着感悟

①[法]罗丹口述,葛赛尔记:《罗丹艺术论》,沈琪译,人民美术出版社 1978 年 5 月版,第 10 页。

愈入愈深,那么很可能不时发现一些新东西或至少是一些新感
受,比如微妙的冥想性,疏慵的梦幻气息,抑或略带忧戚与怀疑的
情绪等等。它们往往于恍惚迷离之间,透露似是而非的情感的暗
示,好像是一个由晨光、雾氛或苍茫构成的既空灵又拥滞的世界。
老实说它并不总是让人心旷神怡,相反倒时常给人以难于名状的
怅惘,不过这怅惘仍然不失为一种心灵的补偿。如此性质在乎确
定与不确定之间的情调,芬奇之前,就曾于波提切利女仙的国度
里荡漾;芬奇之后,又于拉斐尔圣母的花园中洋溢,尽管波提切利
还略嫌粗糙,而拉斐尔的则未免纤弱。如此情况下,艺术具有某
种蛊诱性质,使人不胜伤感与叹息。但奇妙处也许就在于此,黑
格尔说:"艺术的本领在于通过想象去把握和玩味感情。"①就这
个意义而言,芬奇的绘画臻于化境了。

三

　　或许可以认为,构成大师艺术完美风格的另一突出要素,不
妨称为——神秘性。我们感到,似乎神秘与列奥纳多的一生结下
了不解之缘,不仅其艺术,还有其人。芬奇的个性、气质、行为、智
慧,甚或生活方式,都具有某种莫测高深的性质,在同时代以及后
来许多人的眼里,他常常是不可思议的。比方说,或用日记体写
信,或用信札体作笔记,在他都是常事;很难判断他的一些信稿是
否真的寄了出去或被某人所收到;其著述充斥类似谶语的文字,
他也惯好以寓言的文体讲述唯有他自己才真正了解的秘密。此

---

① [德]黑格尔:《美学》第三卷上册,朱光潜译,商务印书馆 1979 年 11 月版,
　　第 293 页。

对隐秘性的爱好,不能不深刻地影响到其艺术的风格。人们之所以很难确切指出芬氏绘画的意旨,根本在于作品的多元暗示性。大概很少不为《岩间圣母》中那位着红袍的天使的神态与手势感到迷惑者,甚至判定其性别都不大容易:戈蒂耶称为"最优美的头像",说"她的美是超人间的,而她的面容则只能出自世人的梦幻"。① 这是将之视为女性的一个实例。不过通常却把该长着大翅膀的形象看作迦百列,迦乃基督教圣像系列中的天使长,这个概念符号用之于此似乎更合逻辑。如果这样,那么视之为女性就不太讲得通了。该集中了男女共同美质的卓越形象那似乎含着些许狡黠的眼神与仿佛翕动着的嘴唇所带出来的一丝儿神秘更几乎是恼人的,你会感到对于它的任何解释都不过是假说,实在很勉强或根本靠不住。然而毫无疑问,它那暗示性的迷离最能满足聪明人智慧的需要,而不是一般观众单纯视觉上的愉快。总之,无论笼罩在大师著述中还是绘画里的神秘性,都是解开其绝妙魔力之谜所不可忽略的。

　　不难理解,神秘性之所以在艺术创作或欣赏中具有毋庸置疑的审美价值,或许根源于人类心理结构的极深处。人是求知的动物,巨大的知解力和创造力使人能够在面对未知世界时得以解开一连串的谜,但无限的宇宙却拥有无尽的未解之谜等待着人们,所以对人而言,天然的魅惑力也许正是未知者的属性之一,是故在未弄懂前总是越发地关注之或者被其所吸引。就像雾里看花情味更浓,那不甚清晰的面目底下没准有其说不尽的可能性与或然性,这会启动人求知释惑的本能,激发丰富的想象,因此它在欣赏者的眼里是美的或至少是迷人的。神秘性代表了陌生的也可

---

① 转引自《文化译丛》1981 年第 1 期,扉页。

以说是新奇的力量,其所引起的审美感受在于唤起联想,给心灵辟一方自由活动的空间。芬氏绘画可谓将神秘性的审美特征发挥到极致的艺术品,因为在这些画品中,仿佛许多欲言又止或模棱两可的东西把观者的意识思维给充分调动了起来,片时脑海里会涌出许多的茫然,同时也会产生若干解释,当然无论哪种解释都没大把握。总之,它辟出的艺术空间是寻不着边际的——是理想境界还是梦幻虚影? 是诗情哲理还是神游缥缈? 说不清楚……但符合大师关于绘画的观点,因为在他看来,绘画是具有神性的,是可能把画家心灵转换成近乎上帝心灵的一种神奇的艺术。

四

芬奇绘画的强大魅力,那无往不在的和谐与神秘性,也许赖于对阴影的重视及其处理。他精辟地称"阴影是物体及其形状的表白";说"如果没有阴影,物体就不能将它的形状的品质传给知觉"。① 一般来说,列奥纳多作品的景象大都处在一种可以广义地表述为阴影的状态里,或者说,人物主体均被阴影所包围,通俗地讲,即在周围环境比较暗淡的光线下凸现出主体形象。如此一来,大量细节刻画便都是在大片阴影里进行的,这也就意味着芬奇画中的阴影部分不是一团漆黑,那里仍然是个复杂的明与暗交响的世界,大致可以视为一个有着细微变化的中间调子的区域。通过渐变的中间调子,大师自由地驰骋着他情感的和美感的"飞

---

① [意]达·芬奇:《光、影、色》,见《芬奇论绘画》,戴勉编译,人民美术出版社
　　1979 年 11 月版,第 93 页。

马"并留下痕迹,于是造成了画面的和谐感和神秘气氛。的确,这种非常微妙的中间调子饱和地浸润着画家的情感特性,众所周知,芬奇笔下的人物往往以含蓄的微笑而令人陶醉,长时期来人们甚至因此相信这是他欢乐内心的反映,直到司汤达,才意识到似乎完全不是这么回事,相反,大师几乎所有的画作实质表现的无不是一颗忧伤的心灵。而这忧伤的心灵,恰恰正是从阴影的处理中显露的;包括含笑的面容在内,所有绘画因素都不过加强了该忧伤的情调而已。

　　按照文杜里的解说,列奥纳多认为理想的绘画风格是这样的,即精确的人体造型和环境气氛的有机配合,也就是说,正确表现包括人体在内的整个自然空间。他还指出:"芬奇原则的巨大优点,在于强调了通过阴影来表现各种事物,以达到综合。技巧也是适应这种新的综合的需要。"①在大师看来,正是阴影充实了自然空间,从而把人和周围的事物连接了起来。他说构成绘画基本部分的质、量、位置及形体,居首位的质即阴影,而阴影的大小以及不同阴影之间的关系便是量,形体乃阴影的几何形状,位置则是各形体造成的阴影之间的布局。② 这似乎可以理解为,所谓绘画,说穿了也不过就是正确地表现自然界中万物于光的作用下千姿百态的阴影罢了,简言之亦便是明暗表现法。贡布里希说芬奇"掌握了古代和中世纪光学的遗产,并已将它运用于无数的观察之中"。还指出,虽然他素无常性,奇怪的是"却能以超人的耐

①〔意〕利奥奈罗·文杜里:《西方艺术批评史》,迟轲译,海南人民出版社 1987 年 4 月版,第 77 页。

②参见达·芬奇:《光、影、色》,见《芬奇论绘画》,戴勉编译,人民美术出版社 1979 年 11 月版,第 92—133 页。

心描画一个置于窗边的球体上光的不同层次,或研究投影和他所谓的'获得性'阴影的形状"。因之,"他谙熟反光理论以及与之相关的各种现象"。①

大师的确对阴影格外偏爱,事实上,他的观察使其对于阴影的认识远远居于时代前列。他指出阴影并非通常认为的黑色而是蓝色(这在 19 世纪又一次被德拉克罗瓦所发现)。就如阳光中有红与黄的华丽色彩,阴影里也有蓝与绿的美丽色调。说列奥纳多的画有着最美的阴影并不过分,《三贤来拜》中拥挤的人群处在阴影里,但能够辨得出张张漂亮的脸孔和激奋的表情;蒙娜·丽莎的衣袍处在阴影里,但可以感觉到那面料柔和的质地和飘逸的香气;圣耶罗姆整个的胸脯也处在阴影里,但那清晰凸突的嶙峋骨肋仍频频辐射出意志的魅力;无论《岩间圣母》还是《最后晚餐》,都可见丰富的层次无不于阴影之内,它们变幻着色调韵律,似呈流动之美而绝非浑浊一片。文杜里说芬奇是"发现了色彩中的明度"的艺术家,不言而喻,该发现对于色度、色调的认识特具伟大意义,因为这意味着任何颜色即使作为"极色"的黑颜色也可解析为无数色阶;那么同理,即使很浓的阴影也能相对划分出若干层次。这就为绘画表现上营造无穷丰富之色调的可能性提供了理论依据。芬奇之后西洋绘画的发展正是走了这样一条道路,即从追求造型的严格性到追求色彩的多样性,16 世纪的威尼斯画派标志着完成了这个过渡。当然,作为佛罗伦萨培育的画家,尽管大师已深刻地理解到色彩特性的重要意义,并且也已预见到未

---

① [英]贡布里希:《十五世纪阿尔卑斯山南北绘画中的光线、形式与质地》,杨思梁译,见《艺术与人文科学:贡布里希文选》,范景中编选,浙江摄影出版社 1989 年 3 月版,第 230 页。

来绘画的兴趣走向,他却并未放弃15世纪的传统也就是造型高于一切的传统。归根结底,列奥纳多同米开朗基罗一样不陶醉色彩,或者准确地说不把色彩的表现视为绘画的最高表现,那是稍后的威尼斯画家提提昂、委罗奈斯等人所全力追求的。不过芬奇的创作也改进了佛罗伦萨画派在造型追求上的一些极端做法,即对于坚实的形体及确切的轮廓线的偏好。他有意识地淡化物体与其背景的界限,使两者之间尽可能避免泾渭分明,为此甚至特别选择暗淡的光线,描绘柔和的阴影——所谓"晕染法"即此——也因为阴柔的效果最易产生迷蒙与神秘的感觉。可见,这种强调阴影并借以完成绘画表现的思想及手段,乃芬奇艺术的一个主要特点。①

五

芬奇绘画高度的完美性,是与他精益求精、一丝不苟的创作态度分不开的。其完成了的作品,无一不是精雕细刻而美轮美奂的。在任何一项创作之前,总要深思熟虑,并且于确定构图的过程中,好像还始终疑虑重重。列奥纳多工作进展的速度常常很慢,因为他从来不是凭狂热作画。对他来说,艺术绝非随心所欲,那是一件神圣的使命,需要非凡的智慧、判断和责任感。然而造化赋予手的能力,永远比不上给予头脑的聪敏活跃,这必然使思想挑剔行动,理智责怪努力。大凡巨匠,判断超越创造,他会时常不满意自己的作品,于是毁弃重来。尺幅不算大的肖像画《蒙

---

①此关于阴影问题的论述受文杜里的启发,参看文氏《西方艺术批评史》第四章,迟轲译,海南人民出版社1987年4月版。

娜·丽莎》尚且耗去四年时光,足见大师严格到何等程度。壁画
《最后晚餐》从开始到结束也不下三年之久,因为画家要表现不同
人物性格气质的差异,这就必然要对画上的每个人物进行深入研
究。芬奇有他独特的创作习惯,即花在思考上要比花在动手上的
时间多得多,用数小时甚或若干天构想,却仅仅画了几分钟就罢
手的情形并不鲜见。有一个流传很广的故事,是说他在绘制这幅
著名壁画期间,格拉契修道院的一个僧正见芬奇总好像若无其事
的样子,就是不肯画上几下,终于忍不住向米兰大公叨告;公爵问
及此事,列奥纳多回答说:"画家的头脑从来不曾闲着;我正苦于
找不到一颗适合犹大的奸诈而伪善的头,现在看来那修士的面
相,倒颇可作为这卖主的叛逆的模特儿……"大公笑了,而修士
们再也不敢吱声了。众所周知,达·芬奇的速写、素描甚或草图
流传下来的较多,但严格意义上的创作却很少,而成品则更少,
大约不超过十几件,其中几幅还不能算是真正完成的。这不仅
与其苛求,也与其科学精神有关。爱好探索的特点往往使他的
兴趣专注于发现定律而不大考虑实施,一项工作或一幅画件创
作,一经满意地解决了基本问题之后,对于完成与否似乎便不那
么关心了。在梵蒂冈,教皇列奥十世委之以创作一幅壁画《永恒
之城》,构思之先,他便去采集野草,蒸馏草露,以备合成一种理想
的保护画面的外层油。他专注于该项实验,以至连创作本身也给
冲淡了。教皇说:"这个人不可能有所成就,既然他还未开始就已
想到结尾……"

　　对于一位艺术与科学巨人来说,他有限的能力永远无法完成
他要做的工作,永远难以实现他美好的构想。他的精神是浩瀚
的,他的生命和力量却不是没有止境的。禀赋超凡的智慧,这是
他的幸运;但只具常人的精力,这又是他的不幸!列奥纳多·

达·芬奇,这个把时代远远甩在身后的科学与艺术大师,其伟大的一生总是在开始着、计划着、准备着,然而成就的事情究竟几何? 他的梦想、雄心、希望、努力,到头来有多少是真正实现了的? 在大师看来,其生命是以失败告终的。"我一生一事无成!"在走向生命的尽头时,他如是说。

然而有谁否认过他的伟大? 即使苛刻的历史也不能;他的伟大也许就在于他的构想! 事实上,芬奇的功绩是前无古人的,而其影响是难以估量的。即使在当时,同另外两位大师米开朗基罗和拉斐尔一样,其艺术就已经成了某种毋庸置疑的典范,和某种永不枯竭的源泉,共同构成那个辉煌时代与希罗艺术并驾齐驱的新权威或说新古典。列奥纳多逝世之后,一个人数颇多的画派即伦巴底画派形成于意大利北部,大抵由其门生及信徒所组成;研究表明,威尼斯画派的观念与画风特别是该画派的伟大奠基者之一——乔尔乔内风格的形成也赖于芬奇的方法①。列奥纳多对当时艺坛的深广影响显而易见,先是在意大利,包括拉斐尔,所有那些卓越的艺术家,柯雷乔、萨托、罗曼诺、卡拉瓦乔以及卡拉奇兄弟……几乎无一不曾认真研究、学习他的艺术,汲取他的精髓;后是在法兰西以至整个欧洲,所有后代的画家,不管是学院派的教授还是标新立异的旗手,同样也没有人不从他得到启示、获得

---

① 1500年春季芬奇结束"第一米兰时期"返归故乡时曾取道威尼斯,对他的到来,当地艺术界绝不会熟视无睹;而大师,也的确结识了包括乔尔乔内在内的一些威城名流。瓦萨里在其名人传里就曾谈到乔尔乔内追随达·芬奇,乃第一个掌握了大师之独创画艺"轮廓模糊法"(即"晕染法")的青年艺术家;此外,两人的气质与爱好等也都非常接近。可参看[英]苏珊·伍德福特等编,罗通秀、钱乘旦译《剑桥艺术史》(中国青年出版社1994年5月版)第一卷"文艺复兴"的有关部分(470—473页)。

灵感。伟大的芬奇及其艺术,以其妩媚动人的优雅品性永远吸引着一代一代爱美的艺术家,在穷无止境的艺术王国里寻幽、览胜、探奇。

　　(本文成稿于 1996 年 11 月,刊发于《山东社会科学》1998 年第 2 期)

论芬奇的《最后晚餐》

毋庸置疑,代表列奥纳多·达·芬奇最高艺术成就的,是其皇皇巨作《最后晚餐》。这幅历尽沧桑的壁画归属人类造型艺术创造最卓越者之列,乃世界珍贵文化遗迹之一。

画作是大师于"第一米兰时期"(1481—1499)完成的大规模艺术订件,画在米兰古老的多米尼克教派圣马利亚·德列·格拉契修道院餐厅的正面墙上,幅面高约4.6米,宽约8.8米,面积40多平方米;制作从1495年始约3年时间。

壁画原作

最后晚餐是个传统的宗教题材,取自圣经新约有关"名正圣餐"的经文：一个逾越节晚上,耶稣预知死期将临,偕12位门徒进最后一餐。当此,出乎任何人预料,他突然说:"我实在告诉你们,你们中间有一个要出卖我。"并点明那卖主者便是犹大。叛逆的犹大被揭露后,即提前离席溜走。之后,耶稣把面饼掰开分给众徒,说:"吃吧,这是我的身体,为你们舍的。"继又拿起葡萄酒杯递给他们,说:"喝吧,这是我的血——立新约的血,为多人流出来,使罪得赦。"①——此亦基督教圣餐礼②得以设立的根据。

这个题材的性质是悲剧的,它有历史的现实性,又有宗教的神秘感;有感情上的悲壮色彩,又有哲学上的象征意味。其丰富内涵至少可以表现为崇高、悲悯、献身等自然趋向,故其主题一定是深刻的,情绪必然是强烈的。

因此,在西方绘画史上,它向来被艺术家们用以歌颂牺牲精神的伟大和宗教意识的深邃。浓郁的神学性和哲理性,成了处理这个题材的"不成文法"。显而易见,在这里,宗教的要旨或者基督的精神是占主导地位的。

芬奇之前尤其中古时代的艺术家们,一般多侧重基督赐众圣餐(即设立圣餐礼)这层意义,因为它包含着更多的教义味道和圣训性质,用以暗示宗教的神秘"譬喻"是最方便不过了。例如大约六世纪的一幅较有代表性的早期基督教镶嵌画,表现耶稣及其门徒相当平静但更其庄严地围坐成半圈,肃穆到压抑的气氛烘托着

---

① 圣经新约全书《马太福音》第26章;《马可福音》第14章;《路加福音》第22章;《约翰福音》第13章。

② 圣餐礼的含义是领受耶稣的圣体与圣血,从而使领受者分享救世主的生命。它是基督教七大"圣礼"之一,其他诸礼为洗礼、坚信礼、忏悔礼、终敷礼、圣授礼、婚礼。

使徒正在聆听基督叮嘱的场面,很明显,它所突出的完全是圣餐礼的制定。再如 13 世纪末叶的一幅西班牙祭坛画,具有热烈鲜明的人物刻画特别是动作设计,同样是在强调师徒正谈圣餐之事。不过到了文艺复兴时期,艺术家的处理就多侧重叛逆卖主这层意义了。因为这比前者包含更多的戏剧性,而对于造型技巧大大提高了的这一时代的艺术家们来说,能够表现戏剧性的冲突,当然更具有吸引力,原因在于可以使技艺派上用场。例如意大利罗伦佐提学院的一幅壁画,其焦点无疑放在"出卖"事件上:耶稣盯视着犹大,而后者的慌悚及卑劣暴露无遗——这正是基督在点明真相的一刹那所必然产生的戏剧性效果。再如芬奇的两位前辈,15 世纪佛罗伦萨著名画家卡斯塔尼奥①为圣阿波洛尼教堂创作的壁画,基兰达约②为万圣教堂绘制的壁画,似乎也都主要把重心放在揭露"出卖"的情节上。两者构图均含有典型的旧式因素亦即芬奇之前较为流行的格式:圣者和罪人各置一边。塔氏的画表现为,在一间狭长的厅堂里耶稣与众使徒一字儿坐在长桌后边,唯犹大孤立于对面,其表情充满敌意。墙上镶嵌着一块块形成强烈色彩对比且斑驳陆离的石板,犹若阴霾的天空就要掷下一个霹雳,使得气氛好不紧张!基氏的画大致相似,只是长桌的两端凸出,再者是背景设计完全不同,那里画着绿树、蓝天、飞鸟,而不是镶嵌的大理石板。画上基督正在讲话,看来他已经说出有人变节卖主,因为使徒们都陷入了极度的悲哀,彼得好像还在质问

---

① 卡斯塔尼奥(Castagno,1423—1457),15 世纪佛罗伦萨画家,其《最后晚餐》约完成于 1450 年。
② 基兰达约(Ghirlandaio,1449—1494),15 世纪佛罗伦萨画家,其《最后晚餐》约完成于 1480 年。

犹大。芬奇无疑研究过这两幅构图,而且受过启示,尽管他的作品所表现出的革新和独创仿佛一跃而跨过了好几个世纪。

在芬奇之后,艺术家们对于该题材的处理随着时代的演进也不断有所变化。例如文艺复兴晚期威尼斯画派大师丁托列托[①]为圣玛格奥瑞教堂所绘壁画,就进行了更为壮观的擘画,不过却失去了芬奇之作那种深刻的思想和纪念碑式的形式。在一片夜的昏暗中,半地下室样的古老小酒店里,奇特的灯光照出一团"荡漾的旋涡":若干男女侍者手托碗盏穿梭往来,基督师徒则由于意外事故的激动而略呈紊乱;空中飞动着天使,地板上夹杂不相干的旁观者……整个气氛,俨然市井饭铺日常营业的典型场面!看来,在丁托列托,他所感到兴趣的似乎并非"圣餐礼"抑或"出卖"之类,只不过是平民生活的现实情景而已。17世纪中叶,法国古典派大师普桑[②]的制作,则又回到了"名正圣餐"这个主题,而丝毫不理会富有戏剧效果的"出卖"事件。他的构制充满古典式和谐,人物的精神与心境几乎完全处于"和平"与"爱"的气氛:除了犹大已起身离去的侧影就要走出画面之外,其他使徒则与耶稣一起,或躺、或坐、或卧,形成一个略呈方形的圈,由基督解释、约定那传之久远的牺牲典章——圣餐礼。在普桑笔下,诸圣个个相类出身贵胄的贤哲,气度的"高贵"是有了,然而学院气不免太浓——这正是新古典主义的美学理想,一切应具伟大的典雅——却不像列奥纳多的圣者,高贵但并不失其浑朴。

[①]丁托列托(Tintoretto,1518—1594),16世纪威尼斯画家,其《最后晚餐》约创作于1591—1594年。

[②]普桑(Nicolas Poussin,1594—1665),17世纪久居意大利的法国古典派绘画大师,其《最后晚餐》约完成于1647年。

　　至于 18 或 19 世纪的艺术家们,对这个题材的处理就很少有达到文艺复兴,尤其中古时代的作品所特具的那种道地的宗教气质了。不过进入 20 世纪的现代派艺术家,却不乏力图使其"返真还璞",即热衷于把强烈的原始性宗教体验以某种扭曲的甚至令人不快的形式再现出来的人。例如颇具宗教情感与神秘意识的英国画家斯坦利·斯本塞①和德国表现主义先驱艾梅尔·诺奥德②的创作即如此。前者把聚餐的圣众安置在一个仿佛酿酒作坊的谷仓里——这也许是作为普通受苦人的耶稣会众为享圣餐可能找得到的合适僻处吧——在沉郁的气氛中,人们把目光投向基督已掰开来的一条面包这个焦点。后者则略去了一切环境、时间以及叙述性因素的描写,仅强调一个细节,即耶稣与徒众举杯时痛苦的感情交流:他们几乎是拥挤地靠着,彼此将手臂搭在肩上,从而连接为一个整体,沉默犹像大战在即前的顷刻,令人窒息……然而它的意蕴却的确是感人的! 在基督的圣餐杯里,浸润着殉难者的痛苦和人类灵魂得救的希望,基督教草创时期先驱者们那种患难与共的兄弟意识和强烈激情是无以复加了。这两幅画所着意表现的,显然是圣餐礼的制定及这典礼所蕴含的宗教意义。不妨说,作品在更高的层次上回到了古代的主题,正如画家所采取的形式技巧也力图接近中世纪那种热烈和单调的朴拙一样。

　　芬奇处理这个题材,既不同于前辈匠师特别是中古早期的艺

---

① 斯本塞(Stanley Spencer,1891—1959),20 世纪前期英国现代派画家,其《最后晚餐》创作于 1920 年。

② 诺奥德(Emile Nolde,1874—1956),20 世纪初期德国现代派画家,其《最后晚餐》创作于 1909 年。

术家,当然更有别于各时代或各流派的后来者,尽管彼此之间不无相通之处。可以相信,吸引了大师的,主要是耶稣说出有人要出卖他的那一顷刻,使众徒惊愕、迷惑、恐惧和愤怒的戏剧性反应。五百多年来一般的看法即如此,最早为列奥纳多作传的瓦萨里的评述为这一观点奠定了基础,他指出:"使徒们急切地想知道谁出卖了主的焦虑之情。"①正是大师要抓握的那一瞬间。然而这并非等于说,如是解释被普遍接受;画家的原意究竟是否在此或者仅仅在此,一向是引起热烈讨论的老题目。几百年来,学者们为此留下了许多精彩的论述,而且可以肯定,这种探讨还将继续下去。

　　例如有人认为,以最后晚餐为题的画,其用意得考虑它所放置的处所。出现于教堂里,意在圣餐;出现于包括餐厅在内的其他地方,则意在揭露出卖。

　　更多的人相信,列奥纳多的杰构肯定包藏着多种意义,不止在叙述的,更在于象征的。因为一般说来,文艺复兴时代的绘画一个显著特点是兼有几层意思、几重感觉,而芬奇的创作尤其如是。在叙述方面,它表示犹大出卖基督;在象征方面,它表示基督制定圣餐。比如说,壁画可能同时画出了出卖、牺牲和得救的全景。大师虽然未描写一连串的事件,但却可以概括一个包含一连串事件契机的事件。耶稣说出叛徒出卖的那一刹那,与基督受难、制定牺牲典章是同时画出来或暗示出来的。杰作的伟大之处正在于此——不言而喻,这是把壁画作为一个寓言且整体地加以理解。

----

① [意]乔治·瓦萨里:《著名画家、雕塑家、建筑家传》,刘明毅译,中国人民大学出版社 2005 年 5 月版,第 205 页。

　　至少一些芬奇研究权威相信该作品在描绘那个富有戏剧性的"揭露"瞬间时,暗示了创设圣餐礼的意思。有观点认为,使徒们惊愕的反应,清楚地说明他们听见了关于出卖的信息;但基督伸出双手指向面饼和酒,就表示这跟圣餐有关;他知道即将牺牲,并愿意以爱和顺从,接受上帝的意旨。更有人确然指出,画面上所有的人都对卖主一事作出强烈反应,这是没有问题的;重要的是事件本身的双重意义,犹大出卖了主,而主把自己交付于命运,因而制定了圣餐礼,等等①。

　　由此可见,列奥纳多的《最后晚餐》虽然大体说来是描绘了一个"揭露"的瞬间,但由于题材内涵的复杂性,看画人的主观反应,尤其绘画表现上的丰富与精微,又的确使其辐射出多种意义,似乎成了一个永远的问号和惊叹号。总括而言,从神学的角度理解,当然应侧重圣餐礼的制定;从人文学的角度理解,当然更侧重

壁画模件

———————————

① 兹所援引材料,主要来自《纽约时报》载文《抢救〈最后晚餐〉》,中译见《新观察》1986 年第 7 期。

揭露出卖。不过如此这般性质有所不同的含义及其阐释，大抵仅仅对神学家、圣经学者、诗人、哲人、艺术家或艺术史家具有意义，至于一般观众或只留心绘画形式的艺术学子们，则大可不必纠缠于此，虽说要真正把握一件名作的神髓，当能愈入愈深才好。

　　兹着意从人文学的角度，或者按较能普遍为人接受和理解的观点分析该杰作。

　　壁画的构图布置整体上是四平八稳的：在空阔的厅堂里，与画面呈平行地放着狭长的餐桌（仿佛由两张桌子对起），上面覆盖着绣有绿色花边的台布，台布的形状俨然犹太人的祈祷方巾。在桌子后面，耶稣及其12门徒一字儿落座——这个布局表明，列奥纳多并未割断同佛罗伦萨先辈们的联系——他们本来各就各位享用便餐的，但现在起了骚动，每个人的动作、神态显出骤然的紧张，或者从座席上站起来，或者于慌乱中"交头接耳"，或者不安地盯视着师傅，唯耶稣是个例外。为什么，如一石激起千层涟漪，使这顿和平的晚餐笼罩了不祥的气氛？这正是耶稣说出"你们中间有一个人要出卖我"那句要命的话后的可怕顷刻。对弟子们来说，是何等出乎意料呀，不啻晴天霹雳！它所包含的严重后果是不难推测的，那就是教主的末日将临以及他们兄弟般的信赖关系遭到破坏。叛徒就在中间，如何能处之泰然？——十足的戏剧性场面呀！

　　细看下去，画家的匠心逐层显露：以耶稣为中心，把12门徒均列两旁，这就不偏不倚使众多人物都能占有一个大体相等的位置，从而使刻画每个形象的动作及性格成为可能。可以想见，分别坐于耶稣左右的各六个门徒，是自然形成两大组的，然而由于上述戏剧性变化，就其动作、手势、表情来看，则又同样自然地由两组分成了四组，并各形成一个三角形结构。所有人物通过其身体动态和面部神情表现出各自对于那句话的反应。

　且看右面的两组。靠近耶稣左侧的一组是多马、雅各和腓力。雅各①惊怒之下张开了双臂，动作之急促，甚至把杯子都带翻了，讶异使他半张着嘴，好像说："什么？出卖……"他后边的多马伸出食指，目光炯炯有神，直逼前方的犹大，里边充满怀疑，似乎早就觉察了叛逆的存在。大师把犀利到近乎森然的眼神赋予这张冷峻的侧影，不由使人想起这位善疑者的性格②。年青的腓力则忽地从座位上站起来，双手捺住胸口，那美丽的具有希腊雕像一般圣洁崇高的头颅往前倾向耶稣，眼里闪动着泪花，表情十分虔诚而痛苦，仿佛向老师表明清白：宁死也不做无耻之徒。他的纯洁，他的淳朴而善良的品质，以及年轻人往往免不了的躁急都展示无遗了。最右边的一组是马太、犹大和西门。三人的目光凑在一起，也许正发出惊讶的叹声，显得极度焦灼与不安。坐在餐桌尽头的西门无意识地伸出双手，对这位年长而憨厚的人来说，事情似乎太不可思议了。马太已欠身离开座位，转而迎住西门的痛苦面相，自己也一脸要哭出来的表情。他的眼睛睁得很大，仿佛要从西门的眼神里寻求解释；双臂则逆向伸出指向耶稣，好像说："竟出这种事，从何说起呢？"二者之间现出犹大须髯满颊

————————

①按福音书记载，基督的12使徒中名叫雅各的有两位，为了区别，另一位一般称"亚勒腓的儿子雅各"；名叫犹大的也有两人，一是"雅可之子犹大"，二是"加略人犹大"，后一个便是卖主的叛逆；另，西门这个名字一般指"奋锐党人西门"，他与彼得重名，"彼得"乃耶稣所赐，意为"磐石"。

②多马性多疑。基督受难复活，他未在场，总不相信，说："我非看见他手上的钉痕，用指头探入伤口，否则总不信。"几天后，耶稣又来，对多马说："伸出你的指头，探入我的肋旁。不要疑惑，总要多信。"见《约翰福音》第20章第24—29节。

的面孔,他亦伸出一只几乎是无所适从的手,嘴唇翕动着,似乎向西门说着什么。

再看左面的两组。靠近耶稣右侧的一组是约翰、彼得和加略人犹大。有着女性般柔和面孔的约翰,几乎要晕过去了,幸而彼得的一只手扶住了他的肩膀。由于过分突然,一种倏然袭来的痛苦的软弱或无力攫住了他。约翰是很为师傅喜爱的,经上说,最后晚餐时,他是靠在耶稣胸上的①;后来耶稣被钉十字架,又把母亲交托给他照料②。因而自中古以来的众多以最后晚餐为题材的画,大抵把约翰处理为倒进耶稣怀里而显出不胜悲哀的样子。芬奇笔下,这位谦卑而信诚的门徒理解老师并与之休戚相关的感情也被表现得十分深刻,但在动作设计上却并未囿于典籍和成法而做了更为巧妙的处理,即让他的身子在猝发的惊恐间不自觉地离开耶稣并向旁边倒去。彼得是火暴性子,他的热血好像沸腾了,而全身则仿佛在哆嗦,右手里那把刚刚用来切割面饼的餐刀被神经质地握紧,没准就要派个用场——这不禁使人想起后来官兵逮捕耶稣时,他手起刀落,削下祭祀长仆从耳朵的拼命精神。处于彼得胸前的加略人犹大,是壁画中刻画得最为深刻的形象之一。他已被耶稣的话惊得灵魂出窍,似乎打了个寒噤,下意识地向后倾倒,如果不是右肘靠住桌面,很可能仰面朝天滚在地下。同样下意识地,其痉挛的右手攥紧了钱袋——里边装着卖主得来的 30 块银币——而且仓皇中碰翻了盐罐(这在宗教中象征死亡,耶稣殉难后,他亦遭天谴,上吊自戕)。那紧盯住耶稣的神态和那僵住了的左手,都说明他比任何人都更为紧张。与众不同,犹大

---

① 见圣经新约全书《约翰福音》第 13 章第 23 节。
② 同上书,第 19 章第 27 节。

的脸很暗,不过,尽管呈侧面的五官整个处在阴影里,但其恐怖、阴险、萎缩、卑劣却一览无余。最左边的一组是安德烈、亚勒腓之子雅各和巴多罗买。年长的安德烈吃惊不小,双手无措地举起,目瞪口呆。餐桌尽头的巴多罗买则像弹簧似的跃起,双手伏案,引颈前视,表现出一个青壮汉子十足的火性。两者中间的雅各也情绪激动,但他紊中有静,伸出左手按住彼得的肩膀,以防止其因躁急而生乱(雅各乃彼得胞弟)。巴多罗买和安德烈的目光又似乎紧紧盯在犹大身上,一个咬着牙关,满面愤怒;另一个则撇起嘴唇,露出轻蔑和鄙夷。这告诉人们,像多马一样,两使徒似也对犹大的出卖早有所察。

该场面的艺术效果是摄人心魄的,其取得主要靠对人物刹那间感情变化的准确刻画,而如是准确刻画又赖于精微的心理分析和性格把握。可以断言,芬奇以诗人的敏锐和哲人的深刻认真研究了这个场面,研究了当事者如何因身份、年龄、脾性、涵养乃至经历等的不同,而导致心理上的差异以及反映在动作表情上的差异。他必须对每个人物性格了如指掌,才可能在同一气氛里表现出不同个体的细微区别。从大师为创作做准备的巨量素描草图、速写,关于表情、动作、手势、衣褶等的研究性习作,从有关大师为了寻找合适的形象,而长时间出入市井观察各色人等的文献记载,以及他自己在构思与深化过程中所作的笔记,都足以证明画家的探讨一丝不苟。他透彻地理解了每一个人,因此在其神笔之下,尽管众使徒听到的是同一句话,其反应的方式及包含的情感却因人而异,不但卖主的犹大与其他还不摸底细的人迥别,就是11位徒众的迷惑、惊讶和愤怒也各呈特色:腓力的急于剖白不同于约翰的颓然柔弱,前者展示出动人的单纯,后者则领悟出沉重的悲哀;西门的惶惑比起安德烈的鄙夷,似乎更能表示出天性的敦厚;而彼得的暴急和雅各的惊愕,则显示一个易凭感情冲动,一个更重澄清真相;至于从巴多罗买的"拍案而起"和马太的"欠身侧立",也能看出彼此的个性前者比后者更为激烈……

看来,壁画最为杰出之处,就在于鲜明的性格刻画。值得注意的是,使徒们的形象诚然十分完满、富有个性和洋溢着激情,但更为深刻、更激动人心的还得说是耶稣基督。这不独由于他所处的位置支配着画面,还在于画家赋予了他更多神性的光辉和哲学的韵致。与众使徒因激动而呈较大幅度的动态扭转相反,耶稣则是异乎寻常的宁静,他正襟危坐,只是于桌案上摊开了双手——这个无可奈何的动作或许是偶然的,但也或许深含着暗示(比方示意"圣餐")。他看上去稍稍有些儿疲倦,但在那从容挺直的体魄里却有着不可摧毁的精神力量。其双目垂视下方,丰美的面容显得抑悒。这一味郁苍的面貌,似乎透露出某种永恒的宇宙悲哀的讯息,包含着悲剧和忍受悲剧的种种可能;在寂寥的庄严里,同时又透示出恢宏超脱的神秘迹象,这都使他格外得庄穆、圣洁与伟大。作为宗教领袖的大圣大哲,他比任何人都谙知自己的命运,以高度的自觉充满忍苦,静静地等待它的结果;仿佛提醒人们,要忍受尘世上的生活,因为宇宙悲哀,万古如斯……是的,这面貌和这表情,尽管犹坟墓一般沉郁,却又恍若一段凄怆的戏剧独白而激彻人心;它是神学精义的阐释,哲学譬喻的象征,基督教之献身精神的升华……

如是高深的精神刻画,同其他人物的性格描绘形成对照;而使徒间掀起的那一阵骚动,愈加衬托出耶稣作为救主的超凡伟大。因深知自己的使命是为人恕罪,所以能安之若素,充满慈善和博爱,即使对叛卖者也未例外。至于卑琐的犹大,在基督的光辉面前,怎么能不相形见绌?不具备坦荡的胸怀,必然靡顿、心虚、胆怯。大师在正确无误地表现宗教题旨的同时,也昭示善与恶、美与丑、光明与阴暗的冲突,表明对处事准则的态度。

然而在列奥纳多,似乎这样还不够,他要按宗教的世界观,通过主人公形象,使之外溢出一种对于现实世界漠然置之的人生哲学,一种对于人类丑行可悲可叹的恻隐怜悯,并借以颂扬救主思想超乎寻常的博大,反衬"叛卖"在"牺牲"面前的卑鄙渺小。为此,他必须画出基督超自然的气质。据载,耶稣头像是最后画上去的,那时,整个壁画几乎都完工了,唯其迟迟不见踪影,因为找不到满意的模特。从大师的笔记可知,他为此费过许多心思,也曾设想采用某人的脸或某人的手,比如:"基督——和莫塔罗的红衣主教在一起的那位年青伯爵……"[①]然而最终仍不得不抛弃了这类选择。归根结底,救世主的面孔只能通过独立思考来构想,而不像那卖主的犹大可以从贫民窟较容易地选张无赖嘴脸[②]。事实上,虽然画中所有人物都可见出典型化匠意,但却没有一个比基督更带有理想化的倾向。

在落幅与构图上,《最后晚餐》显示了大师精湛的艺术手腕。他舍弃了某些所谓"情理"因素,比如画上的就餐者并不像通常那样围桌而坐,而是把餐桌拉长,将每个人都置之于正面;同时打破中世纪以来宗教绘画处理这一题材所逐渐形成的习惯或法则,即并不把叛卖者犹大单独画在与基督和众使徒相对立的位置,就如

---

①［意］达·芬奇:《芬奇论绘画》,戴勉编译,人民美术出版社1979年11月版,第190页。

②据载,芬奇为了寻觅一张适合叛逆犹大的嘴脸,差不多有近一年时间经常出入流氓无赖聚集的场合,以便观察研究他们的举止、相貌及精神特征。另据瓦萨里传述,列奥纳多有对奇特丑陋之人倍感兴趣的特点,每每遇相貌古怪者必尾追不舍,直至将其形象完全记在心中为止。

卡斯塔尼奥和基兰达约的犹大被孤零零扔在一边那样。列奥纳多作了全面革新,他的布局是非常新颖的,既不像乔托①把人物安排为正面和背影兼而有之,也不同于安基里珂②穿插太多的侧面影像。在芬奇的构图上,13个人几乎处于同一条水平线。这至少有两方面的意义:从观者的角度说,可以使人了然所有的形象,因按一般虔诚教徒的观瞻心理,是热望看到全部人物的——创作是类"圣画",当然不能漠视观赏者的心理要求。从作者的角度说,则为充分展现每个艺术形象的内心世界提供了方便。然而如此一来,画面不是过于呆板吗?但大师巧妙地避开了导致死板的趋向。这儿又有两点值得注意,一是采用对比手法,使主耶稣与十二弟子既于精神面貌,又在所处位置上形成对照,突出前者的支配地位:他不但位于构图中央,而且处在明亮背景之前(其身后墙上并排三个透出室外天光的门窗;按基督教绘画门窗一般含宗教启示的象征意义,基督身影处于正中最宽阔者之前,寓"三位一体"神学观念之第二位"圣子"),此外他还与身旁的使徒隔有一定空间。这样——加之蓝斗篷和红长袍响亮的色彩互衬——便在本很平稳的构图当中首先强调出一个重点。二是借助统一中求杂多的法则,在相互对称的左右各六个使徒中设计动态的、表情的和心理的变化,使呈多样之势,于是导致前述三人组合"各自为政"的四个三角形,让处同一水平线上的众多人体因此而打破均势显出参差;之后再通过手势、体态等的彼此串联,使各种变化保

①乔托(Giotto,1267—1337),文艺复兴曙期意大利画派的开拓者,有"欧洲绘画之父"之称。其《最后晚餐》约创作于1303—1306年间。

②安基里珂(Angelico,1387—1455),15世纪佛罗伦萨僧侣画家,其《最后晚餐》约创作于1435年左右。

持均衡贯通。这样,无论观者的需要还是作者的意愿,最终得以双重满足,全部形象均获得最大可能的表现力,他们的面目、性格,甚至愤怒、恐惧和哀戚,便都历历在目了。

壁画在运用透视规律处理构图空间方面,尤其是使画中空间和建筑物大厅的实际空间取得某种"衔接"方面,是独树一帜的。艺术家按平行焦点透视原理,把灭点定在耶稣头像上方,让所有透视线都集中消失于此。更巧妙的,是使画中屋顶及墙壁的透视线与餐厅建筑物的透视线取得一致。这样,在一定的距离看来,前者似乎就是后者的延长。这在视觉上大大增加了厅堂的深远感和空阔感,即仿佛又向纵深方向开出了一个新空间,从而令看画的人恍然有身临其境之感。从壁画装饰的作用来说,它无疑对整个建筑物的内部结构产生了积极影响,以致很难说是建筑支配了壁画,还是壁画支配了厅堂。

《最后晚餐》以其不朽的生命力战胜了时间的挑战,成为陈列于人类艺术殿堂的一顶王冠,五个世纪的风雨洗礼更使其光辉灿烂;不过,它的命运却又真正是怪塞多舛,就像一度落过难的公主,也备尝折磨与辛酸。

如前所言,列奥纳多的作画习惯与众不同,他崇尚深入研究基础上的精细入微,这就不得不使速度放慢。但当时的壁画技术要求作画者画得很快,即在新抹的石灰泥墙面上,用蛋清、水胶等液状物质调和颜料(蛋胶彩),趁墙未干时迅速地画上去。喜欢实验的芬奇根据自己的特点,尝试使用独特的材料和方法:先在壁面上涂一层铅白色的底漆,由杜松漆掺干燥油与黏土混合而成,再涂一层乳香、柏油和石膏制浆,经过这样特别处理之后,便用蛋彩加油彩并调以胶着剂,像架上作画一样从容描绘。带油性的颜料画在带油性的墙壁上是不容易持久的,特别在湿度较大的墙上更如此。科学家天性使大师对任何新尝试或前人未走之路热情别具,这决定了他不可能听从别人的忠告。该创造性试验当时来看是极其成功的,它使画家有可能精雕细刻,得以画出如此形神兼备的杰作。可是大约不到二十年,就被证明是失败了:1517年,人们惊讶地注意到画面出现了斑痕甚或剥落迹象;此后的几十年里,如此令人痛心的变化一直有增无已。

壁画变质的原因,除了方法和材料不当,还有气候的因素及墙壁本身的缺陷。米兰多雾、潮湿,冬夏季节温差极大;而建筑材料粗劣,墙壁宽阔然而很薄,随着湿度变化将会膨胀或者收缩。单单这些自然的摧残就足以使杰作面目全非。18世纪20年代曾有过一次大的修复,时人报告:救世主的头像几乎成了一片空白①,可见壁画损坏的程度。

还有人为的灾难。战争把厅堂变成过马厩、军营、牢狱。粗野的大兵们向壁画掷石头,甚至恶作剧爬上梯子去抹划使徒们的眼。二战期间,一颗盲目的炮弹命中了相邻的圣马利亚教堂,同时震塌了承载着该旷世杰作的格拉契修院餐室的一部分(发生于1943年8月14日),但仿佛若有神助,画有壁画的那面墙完好无损②。至于修道院的教士们,则对起码的保护措施一无所知,有

---

① 据米兰古画修复专家巴契隆女士讲,此所谓变白现象,是指画面出现了白斑,乃由于墙上水分集中一处而又在干燥过程中使颜料氧化的结果,实际上色彩依然存在。她的意思或许是,通过修复,芬奇的原色完全可能重放光彩。

② 其实这应归功于爱好古迹的意大利人民。为了保护壁画,早在空袭之前即用大量钢架、木板、沙袋等将画有壁画的那面墙层层"包"了起来,因此相邻的墙被炸塌了而此墙却安然无恙;战后,米兰政府按照原样很快修复了遭到严重破坏的建筑物。

过一个很长的时期,他们曾天真地挂上帷幔,以为这样就能对壁画进行有效保护,岂不知帷幔与剥落的画面摩擦而且吸收了水分,结果当然适得其反。更有甚者,为了加高壁画下方的一道门,修士们竟毫不吝惜地把基督的脚截掉了。

再就是修复者的残害。1726 年的一次修复,首先在当时还很清晰的原作上加了一层修复者的画。近一个世纪之后即 1819—1823 年间,进行第二次大修,一个名叫斯·巴芮摧的人企图把壁画移到帆布上,以至将基督的左手弄坏了,群情大忿,方才罢手。三十年后他又重修,其结果简直是场灾难。别的人也不见得更高明,例如 1924 年的一次修复,主持者厄·斯尔维斯托洛,竟给雅各画上了六个指头,其粗率令人咋舌。

一直到二战之后,意大利政府的艺术精粹保护部门才下决心对这幅满布灰尘和疤痕的名作进行抢救。负责该项工作的是著名修复专家马奥诺·帕利奇俄里,他极其严谨审慎地工作了八年(1946—1954),才使备遭磨折的原作得以较理想的效果完整地保存下来。

从 1977 年开始,联合国教科文组织及有关方面谋划在大公司资助下,对《最后晚餐》进行彻底整修,决计恢复名画本来面目。工程进入实施阶段,主持者是米兰最杰出的修复专家巴契隆(Pin-in Brambilla Barcilon)博士。此次采取了最先进的现代科技手段,首先检查墙壁,化验区别表层的各种颜料或其他物质;然后在不损害原作的前提下研究如何溶解、如何定型、如何防蛀。博士采用多种溶剂分解芬奇没有用过的原料,这样她就逐渐清除了历年积累的污垢、胶水、油漆、颜料等所有以前的修复者加上去的杂质,使"真正的芬奇"从这些丛丛掩蔽物中呈现出来。原画已经消退了的地方,博士则用一种较易清除的中和性水彩添画上去。整

个工作必须如履薄冰、小心翼翼，它不但要求修复者具有高度直
觉和感觉的能力，以了解大师的意图及原作的面貌，而且在心理
上还应有足够的承受疲劳的耐性。当然进度非常缓慢，每天充其
量只能搞邮票大小的那么一块地方，因此这项艰难的工作计划耗
时十三个年头①。据报载，修复后的效果绝佳，整幅壁画焕然一
新，那展现在观者面前的风采，简直就像是刚刚诞生似的，令人鼓
舞振奋、流连忘返。

　　　　（本文成稿于 1987 年 6 月，用笔名"文子"刊发于
《齐鲁艺苑》第 3 期）

---

① 兹所援引材料，主要来自《纽约时报》载文《抢救〈最后晚餐〉》，中译见《新
　观察》1986 年第 7 期。按此修复工程从动议到告竣（1999 年 5 月 28 日重
　新开放）历时二十多年，据说耗资七百万马克，由奥利外提公司提供赞助；
　巴契隆女士将其热情、精力、才华、专业知识和技术悉数贡献该事业，随着
　工作近于尾声，她也迫于老境了。

神秘微笑：一个关于女性的千古之谜

——达·芬奇的肖像画《蒙娜·丽莎》

对许多人而言，他之知道列奥纳多·达·芬奇是因为其名画《蒙娜·丽莎》；而《蒙娜·丽莎》所以名闻遐迩，乃由于所谓"神秘微笑"的传说。蒙娜·丽莎——神秘的微笑，简直成了一个问题不可分割的两个方面，这真令人吃惊，五百多年来，芬奇的这幅画备极尊荣①！这是否有点不可思议？那么奥妙何在？它到底是件怎样的作品？

其实《蒙娜·丽莎》既非采撷历史的巨件，也非取自宗教的大作，不过区区肖像画而已；可是它所包含的容量——思想的，情感的，美学的，艺术的——就非一言所能道尽的了。这是艺术史上一幅罕见的肖像画杰作！

---

① 其实，列奥纳多·达·芬奇的这件名作真正为世人所追捧以致弄到近似于一个神话的程度，与愈来愈发达、功能强大的现代媒体传播分不开。英国历史文化史家唐纳德·萨松在其《蒙娜丽莎微笑五百年》中指出："直到19世纪下半叶它才变得有名起来。"这个世纪里人们无数次地尝试用铜板雕制，甚至一次性印制500份（在当时不是个小数目），使一睹其尊容者逐渐由雅舍向民间扩大，加之各种文化因素的推波助澜，一种类如畅销书般的"丽莎热"得以形成；而及20世纪如重力加速度般发展的传播手段推助，画件与其作者的名扬四海也如山洪迸发不可阻挡了。按《蒙娜丽莎微笑五百年》（周元晓、赵永键译，世纪传播集团上海人民出版社2004年1月版）乃关于该名画的全方位研究专著，颇有参考价值。

　　肖像画，作为西洋美术中占有重要地位的体裁之一，向来以逼真的写实描绘为基本特征。那么对于《蒙娜·丽莎》，首要的问题就是这画中人究竟何许人也？关于此，揣测、辨析、考证、诘难之类，可谓层出不穷、举不胜举，五花八门的假说似乎迄今亦未绝迹。这位老是注视着你的妇人，这位令观者神往也让专家迷惑的"尤物"，若按瓦萨里的艺术家列传，应是弗朗切斯科·德尔·焦孔多的年轻夫人，据此便可确定其丈夫是位银行家，而她则为银行家的第三任妻子，名丽莎·玛丽亚·德尔·格拉蒂妮，因之此画就常被称作"焦孔多夫人"。照理说这应该是没有问题的，但因为芬奇逝世时瓦萨里才是个八岁的孩童，且其著述传说的成分，或者说某种文学的因素偶有渗入史著骨髓的迹象，故记载是否就是定论大有折扣可打。于是便有质疑提出，包括本世纪出现的某些极为新奇的看法。比如，有人从画像所表现出的生理特征推论画中人正在妊娠期间，并由此考证她并非银行家夫人蒙娜·丽莎，而是曼图亚侯妃伊莎贝拉·德斯蒂。更有甚者，竟有认为画中的那个"她"实为男身而非女体。也许如是之论太过荒诞，便又出现了变通说法，认为：关于理想的"人"，大师的观念是必须兼备男女两性特征；画像作为完美的人的艺术写照应体现出这个理想，所以才画成"亦女亦男"。另一种颇有影响的观点是，肖像所表现的乃完全属于画家自己的东西①；或

---

① 例如弗洛伊德的《列奥纳多·达·芬奇和他童年的一个记忆》一文提到玛丽·赫茨菲尔德的见解，其声称画家于蒙娜·丽莎中遇到了自我，便把自己的大量本性画进了肖像。弗洛伊德本人更倾向于认为，蒙娜·丽莎的微笑唤醒了大师对幼时母亲的记忆，此乃在其心中长期休眠着的东西，所以一旦唤起就被深深地迷住了。这对于艺术家的一生都具有重要意义。按照精神分析学派的理论，弗洛伊德就此追溯芬奇源自幼儿经历的"恋母情结"，导致其对之作了一番精彩的精神分析，从一个独特的视角揭示出影响大师一生心理情感结构的秘密。关于弗氏之分析，参见前文《弗洛伊德之于达·芬奇的精神分析》。

者干脆相信蒙娜·丽莎即画家本人。持后一种论调的学者采用所谓现代化的研究手段，即将该画像与艺术家的自画像进行电脑技术分析处理，通过寻求其"重合点"的途径加以论证。当然，诸如此类的观点，其可靠程度究竟如何，也正如画中人"神秘微笑"的性质一样无从断定，因而姑且不论。

《蒙娜·丽莎》的创作，大约从 1503 年始到 1506 年止，前后差不多四年时间。如果画中人确为焦孔多夫人，那么她当时的年龄是 24—27 岁左右。

这是一幅半身像。被画者安然坐于庭内凉台，身躯朝向画幅之左前方略略倾斜，头部则与之呈逆向微微侧转，从而使其面颊冲着观者而来。如此，她的那双神秘莫测的眼睛一下子就瞄准了看画人的目光，双方"对视"起来，一时竟弄不清到底你看她还是她看你……另外,在暗色衣裙的衬托下,一双纤柔明净的手于胸腹交界的位置上重叠着,即右手轻搁在左腕处,左小臂则平放在座椅之扶手上……她的背后即凉台外面,是邈远的野景,澄明的天穹,气氛润泽而寂寥……

《蒙娜·丽莎》画面的内容不过如此,它似乎是一目了然的;但稍稍深入,又会觉得绝非这样简单,它无疑包蕴着若干东西,只可意会而难以外道;而当愈入愈深,则简直感到它就像魔术似的百般变幻着搅扰你的意志,直至诱惑你入深深的迷惘。啊,这个微笑着的斯芬克斯!

表面看来,该端坐着的妇人首先是个美的整体——美的生命的整体。她,安闲、优雅、仪态万方,饱满而成熟的面庞上,秀美的眼睛展示出对生活的热爱,微微的浅笑泄露了一丝青春的顽皮。开阔的天庭、爽朗的眉宇、柔和的眉际(有文献讲依照时尚眉毛是拔掉了的)、丰腴的双颊,不仅显出健康,而且洋溢着智慧。至于那结实的项,袒脴的胸,柔美的手,瀑布般的卷发,沉着典雅的衣裙……一切都那么恰到好处! 一个正值芳龄的成熟女子全部青春的魅力展现无遗,一个有血有肉、养尊处优的妇人形象栩栩如生——这里还仅仅是其表面的美、外在的风度,但这对一幅肖像画作而言是弥足重要的。可以想象,如此活生生的成熟女性美出现在 16 世纪初年的意大利人或者法兰西人面前,会引起怎样的惊奇与颠倒! 因为那时,人文主义曙光虽亮,可中世纪余暗却未尽,人们看惯的是面孔威严、表情呆滞的圣像,多见的是教士阴郁的脸、祈祷的姿势、黑色十字架或天使的长翅膀,而丽莎夫人,她的美、健康和情感,是明白无误的,任何凡人都能够理解与接受。因此其出现,无异于一盏明灯置于黑暗,显得格外夺目。

然而画像特有的内在气质,决定了观者不可能老是停留在表面上,它既然叫人迷惘,那么也就同时激发起释惑的热情,促之向着更深阔的空间去探微。

艺术品的奇妙之处在于,往往不只给人以可见、可闻、可感的美,还使人产生联想的美,或者说心的震动;某种情况下,庄严情感的共鸣远过于辉煌的自然景色,而意识领域的深广空间远过于一览无余世界的表面现象。如果说《蒙娜·丽莎》一画的完美在于各种因素趋于惊人的和谐,那么它的动人则在于其精神气质上的卓越表现。就是说,画像潜在的思想神韵之类抽象物,才是造成欣赏者迷惑与茫然的东西。

而具体到某件作品,抽象的内在品质又主要通过动作与表情体现出来。贡布里希说,人们之所以在伟大的肖像作品面前倍感迷恋,乃是因为这些肖像人物身上发出的生命印象;他举委拉斯开兹的名画《教皇英诺森十世》为例写道:这件"卓越的肖像杰作看来绝不像是静止在一种姿态之中,它似乎在我们面前变动着,为我们提供了各种读解,每一种读解都是有道理与说服力的。但是它拒不凝成一个面具,拒不固定于一种刻板的读解……"①当然《蒙娜·丽莎》也不例外,就肖像画史上该知名度最高的作品而言,画上这位有所谓"女性微笑千古之谜"的妇人的笑脸,其谜在何处? 说到底,恐怕就在于她给予人的那种强烈的生命印象;试看面部丰富细微的表情层次,包括动态特别手的姿势吧! 假如仔细审读,那么就不得不承认画中人好像不时变幻给你以各种奇妙的感觉或不同的印象。不是吗? 那张脸上确实掠过了一丝刚刚能够觉察到的特异而神秘的微笑,你想提住它吗? 它似乎是若即

①[英]贡布里希:《图像与眼睛》,范景中等译,浙江摄影出版社1989年1月版,第164—165页。

若离的；你想品咂它吗？它似乎是飘忽不定的；你想分析它吗？它似乎是变幻莫测的……它也许可以揭示内心欢乐、体现青春活力罢，但其中似乎不乏某种懒散或倦慵的意味；它至少是会心的、舒畅自然的，可又多少像是掺和了些许勉为其难的东西；它是快意的和满足的，然而那儿难道没有仿佛掠过一丝苦涩？总的说来还是诚挚的和矜持的，不过又似乎包含点挑逗的野性成分；当然，它是认真的甚而是严肃的，但这份认真与严肃为过于的成熟冲淡了；它无疑是自信的、胸有成竹的，可是那点儿唯旁观者才会有的淡漠，又不免使之带上了一丝嘲讽、一丝揶揄、一丝轻蔑；她在探索与估量，更主要的还在同情，仿佛是怜悯不幸的世人，怜悯观者可悲的单纯……啊，这微笑的神秘呀！其性质也许就在难于确定和两可之间，在既非暗示、亦非隐藏的迷离之间。难道它不是在显露出各种矛盾的意向，使人断定其灵魂深处有些儿潜在的、颇费猜测的什么吗？那是局外人难于捕捉的梦想，它只留一点信息于那谜般的微笑里，让你伤透脑筋，遐思万千……①

可以说，如是难于把握的神秘表情主要通过那双既专注又飘忽的眼神和因微抿而漾起笑意的嘴唇构成的。其结果就是：她有无穷沉思可就是缄口不言；她明白个中奥秘可就是不予点破；然而她又不像无动于衷，倒似欲言又止，仅把洞悉一切的快感留给自己——这便是《蒙娜·丽莎》给予观者无限深广的艺术意境，这便是丰满的艺术形象给予接受主体心灵之无比自由的活动空间。所以，这双似喜犹嗔的眼睛，这张似启但终于未启的嘴唇，是形成少妇"神秘微笑"的主要因素，由其变化出的神态表情，愈是在人

---

① 据说有个英国人把一幅《蒙娜·丽莎》的复制品挂在墙上镇日揣摩，总不能弄懂其神秘，以至精神由恍惚到崩溃，终于开枪打穿了自己的心脏。

的视觉里飘忽迷离，也就愈是在他的意识活动中恰到好处。

　　至于蒙娜·丽莎的一双手，实在也充满着性格、充满着灵性，在构成"神秘微笑"的效果上起了不可忽视的衬托作用，设若去掉这双手，那么丽莎夫人的雍容尊贵可就要打点折扣了。它是必不可少的，更是无法变易的，因为这简直是能够找得到的最佳姿势、最佳位置和最佳角度；倘稍有增减或改动——譬如交抱在胸口上，或者抵在下巴上，或者支在座椅上——则势必后患无穷，非但画面的和谐被破坏，整个形象的几分儿梦幻定会消失，而神秘更将无存。其实即使孤立地来看这双手，也仍可见出其惊人的完美：它们是丰满的，但从手背到指尖却透露出灵敏；既有着夫人的成熟，亦有着少女的稚嫩；显然是养尊处优的，可也并非虚弱浮肿。画家摒弃了导致琐屑的一切可能，将其处理得极为简洁单纯，就连明暗色阶的变化也几乎让人觉察不出。至于体积感、重量感、质感等，均与整个人像处于高度和谐的关系之中，既有活泼泼个性的闪烁却又绝不喧宾夺主。真是出神入化！它们曾被誉为绘画史上最美的一双手，看来也是很自然的了。

　　表现感情、刻画性格即揭示人的内心世界，当是肖像画艺术追求的至高境界，列奥纳多的《蒙娜·丽莎》为之树立了光辉的典

范。五百年来,丽莎夫人何以如此牵动人的情怀? 说到底,无非还是大师用艺术的魔杖,把她内心深处最隐秘的东西在最恰当的分寸上点化出来而已。也许这隐秘与任何人都或多或少有些联系,故能牵动每个欣赏者的情思,并把属于不同民族与时代的人类心灵沟通。显而易见,列奥纳多塑造了一个含金量极高的典型,她是丽莎,但并不等于丽莎;丽莎也许常常是微笑的,但可以肯定她的微笑绝不可能如这般深刻,这么耐人寻味,这么具有无穷无尽暗示的力量。无可辩驳,艺术家在她身上的确注入了自己的理想,关于女性、关于美、关于物质世界、关于宇宙精神的理想。对于创造者,她是个高度的哲学存在;对于观赏者,则是种美好的精神体现。她足可以战胜时空,成为永恒象征。帕特非常深刻地指出:"追求生命的永恒是一个古老的幻想,胜过成千上万的经验。"而"世间的一切思想和经验都在这幅画上铭记着和塑造着",所以,"无疑地,丽莎夫人可以被理解为古老幻想的化身,也可以看成现代观念的象征"。[1] 弗洛伊德的文章中也说,许多批评家都意识到,这个既使人迷醉又使人迷惑的微笑结合了两种不同的因素,它们是支配着女性性生活冲突的东西,"冲突在于节制和诱惑之间,在于最成熟的温情和最无情贪婪的情欲之间"[2]。他引述意大利作家安格罗·孔蒂的话作证据:"这位夫人在庄严的宁静中微笑着;她的征服的本能、邪恶的本能、女性的种种遗传、诱惑和俘获其他人的意志、欺骗的魅力、隐藏着残酷目的的仁

---

①兹所引帕特文句乃锡梵译,见《美术译丛》1985年第2期第5页,浙江人民美术出版社出版。

②［奥］弗洛伊德:《列奥纳多·达·芬奇和他童年的一个记忆》,见《弗洛伊德论美文选》,张唤民、陈伟奇译,知识出版社1987年1月版,第79页。

慈——所有这些依次隐现于微笑的面纱的后面，埋藏在她的微笑的诗中……好的和坏的，残忍的和同情的，优美的和奸诈的，她笑着……"①在这些批评家看来，通过该微笑，列奥纳多实际上完美地表达了女性的本质：温情和媚态，端庄和隐秘的感官挑逗之二元并存。由此可知，即使单从人们津津乐道的"神秘微笑"之后所可能隐藏的种种思想，这一事实亦足够说明，芬奇笔下的蒙娜·丽莎，已如同古代神话里的维纳斯，或者但丁诗中的俾德丽采，或者莎士比亚剧中的朱丽叶一样，早就成为比她们本身更有生气、代表着某种理想观念的文化象征了。其历万古而不朽，原因即在于此。

肖像画体裁的创作，在《蒙娜·丽莎》诞生之前，还谈不上什么深刻的思想或强大的表现力，尽管从文艺复兴之始它就较为普遍地出现了。15 世纪的画家们包括青年时代的列奥纳多，的确留下了不少这一体裁的作品甚至是很成功的作品，不过无论如何还算不上是卓越的，尤其与描绘宗教或神话题材的构制相比。它们充其量不过在生理上酷肖对象的外表罢了，但仅只外貌肖似并不一定不是蹩脚的画，因为"酷肖"绝非肖像画的唯一特征即使是个重要特征。《蒙娜·丽莎》意味着西洋绘画以一种比以往任何时候都更为深刻的方式提出了肖像画问题，它使之发生了质的飞跃，使之永远摆脱了形象外在状貌的拘谨和内在思想的浅陋。毋庸置疑，肖像画只有当揭示出深幽的内心世界之脉动，揭示出人与社会、与时代、与周围人之间的血肉关系时，才有可能成为伟大的艺术。芬克斯坦说："肖像画既表现完整的个人，又是历史如何

---

① [奥]弗洛伊德：《列奥纳多·达·芬奇和他童年的一个记忆》，见《弗洛伊德论美文选》，张唤民、陈伟奇译，知识出版社 1987 年 1 月版，第 80 页。

造就人，而人又如何造就历史的一种概括。"①《蒙娜·丽莎》塑造了这样一个典型：内心充实，极富个性，充满智慧与自信的上流社会女性。她十分出色地反映了文艺复兴时期的意大利妇女正在或已经获得精神的解放，你可以感觉出新的时代意识在她心灵深处的闪光。从容而心安理得，或许正因为她明确自己的智力天赋并为此而自豪。无疑地，这就是那种达到了历史概括水平的伟大艺术品。

《蒙娜·丽莎》以其高度的成熟与完美，结束了肖像画艺术体裁那漫长的摸索与成长的时期，是列奥纳多而不是别人使其获得了充分自由的表现力，就如他中止了文艺复兴之意大利造型艺术的"前期"阶段而将之引入"盛期"时代一样。

从该画的创作过程来看，似乎也可以感觉到大师绝非仅仅要完成一幅肖像或者一项订件，而是借此表达他的思想抑或梦想，这在最初可能并不自觉，但随着精神的不断投入便越来越明确起来。唯其如此，该尺幅还算不上大的画居然历时四年，而画家仍不认为是最后完成了的。足见芬奇不只要画对面的模特儿，更要画出自己的情感，画出那不时变化着和深化着的观念。为了捕捉丽莎脸上稍纵即逝的一丝微笑，画家付出了巨大代价。为了使模特儿保持天然仪态，列奥纳多甚至请小丑演员、竖琴及牧笛手临场助兴，他本人也不时讲些故事、笑话，营造活跃气氛，以使良好心境得以持久。

与他惯常的做法一样，列奥纳多采用严谨的写实方法绘制《蒙娜·丽莎》，哪怕极微的细部，也处理得一丝不苟。肌肤、卷

①〔美〕芬克斯坦：《艺术中的现实主义》，赵澧译，上海文艺出版社1985年1月版，第101页。

发、衣饰等等,其质量感、光洁度、色彩层次,均极准确、传神、生动。瓦萨里写道:"水灵的明眸脉脉含情,就像生活中常常见到的,双颊白里透红,还有眼睫毛,一切都巧夺天工……如果仔细地看她的喉部凹陷处,可以看出脉在跳动。"①这并非过誉之词,因为在历经数百年沧桑变化的今天,即使从较好的印刷品上,仍然可有如是感觉。如此之高的绘画技巧,芬奇以前,绘画史上没有人达到过。

该画的独创之处还在于,列奥纳多以诗意的大自然风光作为背景:蜿蜒的山路伸向远方,河谷上小石桥依稀可辨,层叠的峰峦与山间的平地为雾氛所绕而若隐若现……就像一个棕绿色的梦,朦胧、缥缈、神秘,仿佛有日光把它蒸腾或月华将其荡漾……这里风景担当了不可小觑的角色,是精心设计而非随意点缀。试看其与人物构成何等和谐的整体,妙用就在于揭示蒙娜·丽莎的内心世界。不是吗?她青春的迷梦好像已被唤醒,而情感的天地也被辟出。如此情与景的交融,扩大了肖像画的表现领域,为后来者所师承。

《蒙娜·丽莎》是板面油画,即以油画颜料绘于白杨木质的板面上。画幅高 77 厘米,宽 53 厘米。相传拿破仑皇帝为将其嵌入一个较窄的画框在其两侧各剪去了几厘米,这样画面上就失去了左右两根小圆柱,而小圆柱乃显示画中人是坐于楼宇阳台之上的。在巴黎卢浮宫的万千典藏中,它与古希腊雕像《米洛斯岛的阿芙洛狄忒》和《萨莫色雷斯岛的胜利女神》一起被视为镇馆之宝。当年,芬奇珍爱这幅画,屡以未完成为借口留在身边,后来干

---

① [意]乔治·瓦萨里:《著名画家、雕塑家、建筑家传》,刘明毅译,中国人民大学出版社 2005 年 5 月版,第 212 页。

脆带到法国,因此订画者并没有得到它。大师卒后,法王弗兰西斯一世以 12000 里弗尔的价格从其弟子处购得。为保护画面计,它曾被涂上了一层薄薄的清漆,这样多少失去了一些光泽。法兰西第一帝国时期,它曾悬挂在皇后约瑟芬的卧室。20 世纪初又曾一度被盗,历经 26 个月再回到卢浮宫①。目前世界上收藏的《蒙娜·丽莎》竟有 61 件之多,当然大部分是伪作或仿作,但也有少数几件被认为出自大师或其弟子之手。如果这些说法可信,那么不难想见,列奥纳多创造这幅杰作,付出了多少心血!

（本文成稿于 1996 年 12 月,刊发于《枣庄师专学报》1999 年第 1 期）

---

①1911 年 8 月 22 日,卢浮宫里这幅最知名的肖像画杰作突然不翼而飞,一个在卢浮宫做木工活,名叫万桑佐·培鲁贾的意大利人为了"报复拿破仑对意大利的掠夺"而将其盗走,他把画藏在巴黎住所的杂物壁橱内近两年之久,然后装入箱子底部的夹层中运到佛罗伦萨。1913 年 12 月 13 日法国官方宣布此画失而复得。尽管遭劫,但它基本没有受到损害;虽然杨木板上多年前曾出现过轻微裂缝,不过嵌入的一个燕尾形蝴蝶钉固定了它。卢浮宫为其提供了特制的防弹玻璃橱具,应该是最理想的保存条件:橱内恒温 20 度,相对湿度 50—60%。

创造力轨迹与半成品

　　几乎每一位艺术大师，由于种种原因，身后都有一些未完成的作品留下来。对作者来说，它们或者未及完成，或者没打算完成，或者根本就不能完成，或者要完成而因故搁置并最终放弃，等等，不一而足。像列奥纳多、米开朗基罗这样的超级大师，因为非同寻常、太过活跃的思维力和想象力，更不免使之常常否定、改变、抛开初衷、既定计划，甚或已付出了巨大劳动的工作，是故在他们辉煌的创作生涯中未成品或半成品也就格外得多①。毋庸置疑，出自巨匠之手的东西哪怕只是几条简单的线，也无不蕴含着极高的艺术价值，而那些倾注了心力的"半成品"，其重要性当然更不言而喻，至少并不比完成了的作品低，某些情况下甚至相反。这类作品，唯其没有作完，所以必定是不事雕琢、不假修饰的，往往反映了艺术家创作过程中心灵的骚动和情感的跳跃，记录着其创造性天才汹涌奔放与淋漓挥洒的痕迹，更不必说大师之独特的工作步骤、技巧即个性化的创作风格。发现并深入领略艺

---

① 贡布里希研究芬奇如何获得构图方法的专论中就曾指出，大师"作画时犹如一位用黏土塑造形象的雕塑家，他从不把任何固定形式视为制成品，而是边塑造边创新，乃至不惜使最初的创作意图朦胧不清。"(见《艺术与人文科学：贡布里希文选》，范景中编选，浙江摄影出版社1989年3月版，第161页)

术品产生过程中艺术家的思考与激情乃是一种审美的体验,自然也伴随一种审美的快感,而这从未完成的作品入手最为捷便。在某种意义上,半成品倒是提供了成品所不能提供的东西,其魅力在于自然而且生动地展示了"创造过程"本身之迷人的面影。

对列奥纳多而言,如前所述,他真正完成了的作品只占其全部创作的一小部分,而更大量的则是素描、速写、草图之类,当然这其中的多数属于为某项创作所进行的研究或准备而还不是通常意义上的半成品。严格说来,这里所谓的半成品是特指那些不知缘何而终未完成的颇有规模的作品,它们数量较少但价值巨大,比如在传世者中,《三贤来拜》和《圣耶罗姆》即为其卓越代表。

两件未完成的杰构均创作于大师艺术生涯的早期亦即"第一佛罗伦萨时期"(1466—1481)。

《三贤来拜》①据载是受斯科佩托的圣陀那托修道院委托而为之绘制的一幅祭坛画。就流传下来的"半成品"看,它是用棕红色调绘制的场面巨大、气势磅礴的大幅作品。该画所表现的题材是非常喜闻乐见的,因为那是一个家喻户晓、脍炙人口的基督教故事:按圣经新约之"福音书"的有关记载,耶稣于伯利恒诞生之夜,光华满天,有天使降临城郊牧羊人居处,告知人子界凡之事,于是他们赶往城里,果然在一马厩的陋棚里找见了圣母子;另有三位东方的贤者②,为天象所示之不可思议的明星——他们确信

---

①约作于 1481—1482 年间,板面蛋胶彩画,246×243 厘米,藏佛罗伦萨乌菲齐美术馆。

②或译"博士",通称 the three Magi;8 世纪时,罗马教会不知根据什么居然考出了几位贤者的名字,分别是加斯帕、默尔奇奥、巴尔塔莎尔,且追封为王;故该画亦可称"三王来拜"。

其标志救世主诞辰——指引莅临朝拜,并向圣婴耶稣献上礼物:黄金、乳香和没药①。

"牧人来拜"或"三贤来拜"亦即基督降生这个题材,在芬奇之前和之后,一直为造型艺术家们所钟爱,而尤以文艺复兴时代的创作最多,简直可以说不计其数,单是美术史上经常被提及的名家制作就不下几十件,例如彼萨诺父子、乔托、哥佐利、利比、波提切利、基兰达约、萨沃里多、巴萨诺、柯雷乔等大师的雕刻和绘画,就较为完好地保存了下来。一般来说,多数艺术家的处理是叙述

① 出自圣经《新约·马太福音》第二章。又,关于牧羊人朝拜圣婴的情节出自《新约·路加福音》第二章。根据两部福音书之行文辨析,牧人来拜当发生于耶稣诞生的当晚或凌晨;而博士来拜则似发生于耶稣诞生几天之后。

性的,即将"牧人来拜"和"三贤来拜"分别构制。不过列奥纳多的手法比较独特,他实际上进行了全新的革命性改造,大师并不理会"叙述性"惯例,也不顾忌是否背离圣经原典的逻辑要求,巧妙地打破时空限制,把可能并非发生于同时同地的牧人与贤人的朝拜统统安置在一幅画面。看来芬奇所感到兴趣的,似乎只是上帝的儿子降临大地这一非同寻常的惊人事件在民众心里引起的反应,结果便描绘出一个情绪的旋涡,换句话说,即把画面表现成为群情激动的热烈场面。在一棵高高的橄榄树下(有人称为"生命树"),童贞女玛利亚位居画面中央,怀中圣子胖乎乎娇嫩的婴体斜靠在她的臂腕里。端坐着的圣母那张美丽脸孔,看上去似仍残存着少许倦容,其姿态极为端雅,嘴角处、眉宇间流露一丝几乎不易察觉的淡淡的笑意。她双膝并拢而不是双腿叉开的坐姿与婴儿的关系极为巧妙,特别富于女性气质——它曾深刻地影响了后来的画家,例如拉斐尔的《弗利尼奥的圣母》一画就几乎照搬了这个姿势。三位高贤已匍匐于地,谦恭又很疲惫,敬畏而且激动,被千万年沉重的历史智慧的负载弯曲了颈项,费力地仰面或者俯首,向圣母子——这人变为神的伟大奇迹——顶礼膜拜。居画面右侧的那一位左手摁地,举目面向圣母,把托在右手上的礼物奉献耶稣。那婴孩颇具灵性,扬起右手,轻舒左臂,迎住送来的礼物。三位老者动人的形象,让人体验了信仰的纯粹、谦逊和天真。圣母子周围,除三贤者之外,是无数牧人欢呼雀跃,他们拍着手,有的耳语,有的惊叹,有的比画指点;所有的目光都落在圣婴身上,从他们狂喜的表情里,隐约透出深深的敬畏、虔诚和希望……

仔细审读这幅杰作,会感到大师所着意营造的精神气氛,似乎还不是崇拜者的敬畏或者虔诚,而是小耶稣的神性、马利亚的气质和包括贤者在内的人群的振奋。圣婴尽管小而柔弱,却潜藏着大贤者的气魄与灵智,他那"从容不迫"的气度真是出神入化! 画家把他的面孔刻画得异常动人,一望而知聪慧绝顶。显而易见,耶稣的面容、表情和体态都绝非刚刚面世的婴幼所能具有,这昭示出他不是凡胎而是神子。的确,画家有意把小耶稣表现为一个已通晓事理的超然的孩子,从而赋之以显著地位——他吸引了所有的视线,无论画内的还是画外的,使爱戴与仰慕之情一股脑儿倾泻在他身上。这个小小的妙人儿实际上统摄了整个画面,像一个聚焦的点,而且是"群情所向",是"众望所归"! 他将给世界以光明,给人间以福音,给蒸民以希冀! 不难理解,非如此处理不能充分准确地表达出基督教原典的意蕴,因为耶稣是"基督"(救世主),故其应该而且必定为"超人"。而马利亚,虽然体魄还不够健壮,精神世界却相当丰富,那里有无限的爱、怜悯和责任感;她为圣子诞生而自豪,也为其命途而忧虑,而且仿佛已经掂出自己肩上担子的分量;然而她是安详的,有稳若磐石之感——或许这正是画家所欲追求的命意所在,因为一个具崇高使命感的母亲是无所畏惧的。至于那些情绪昂奋的群众,好像在极力抑制着内心的热狂,甚至屏住了呼吸。正是这些质朴的牧人(除了几位老者他们大都是漂亮的青年)若众星捧月一般把圣母子围在中央。在该神圣庄严的时刻,为巨大的幸福所陶醉,他们俨然不知如何是好了,彼此以手势传达心声,仿佛说:"我们望眼欲穿的救世主,犹太人的王终于来临了……"①艺

---

① 基督教产生于公元初年罗马帝国东部行省巴勒斯坦的犹太人中间,是在犹太教新宗派的基础上发展起来的。信徒多为奴隶或贫苦大众,他们不堪忍受罗马暴政,秘密结社,意在反对为富不仁。当时犹太社区广泛流传一个预言:上帝将派一位救主"基督"——犹太人的王——下世,他就是神之子耶稣,凡信他的,灵魂可得拯救。"基督"(Christ)为希伯来语"弥赛亚"(Mashiah)的希腊语译法,意为"救世主"。

术家成功地营造了一种气氛,紧张又促人鼓舞的气氛,似乎暗示出,茫茫苦海中的人民望见了救星,将可以脱离灾难与痛苦的渊薮了。列奥纳多好像画出了一种觉醒的意识,至少也是群众的意愿;那里蕴藏着无穷的力量——民众的力量,强大到足可改变世界。

就形象的安置布局来说,主要人物圣母子与匍匐于地的三位贤人平面地看形成了一个差不多是等腰的正三角形,以马利亚的头部为顶角,左右两个底角则各以跪者的脚趾所构成;若是立体地看那么就是一个棱锥形当然也可以理解为金字塔形。这一布局在很大的程度上决定了整个构图的对立统一性质,因为它显然是以表现众多人像为旨趣,所以如何避免使大批群像流于过分的“一致性”便成了构图经营中需要认真解决的课题。利用这个棱锥形或说金字塔形作统率,就非常方便地把主体和配角明确地区别开来,也使得大量人物形象分出了层次与疏密,由是达到“多样而统一”,这条标志文艺复兴盛期,构图学臻于成熟完美的法则得以独创性地实现了。这样的处理对 15 世纪中叶甚或与芬奇同时的艺术家们来说还是完全陌生的,由此亦可说明,是列奥纳多而不是别人开始把文艺复兴的意大利美术送进了盛期的门限。此外,多样统一的原则还体现于对比手法的运用,包括人物表情、动势的对比以及画面色调的对比等等。比如,圣母子的端庄沉静,同三贤哲的膜拜崇敬以及拥挤的牧人们的激动雀跃,构成了静与动、温柔与热烈的对比;呈金字塔式造型的主体人物与其周围散乱的群体人物,画面下半部的主题性内容与上半部的背景成分,则形成了极其强烈的明暗色调的对比;其中,尤其是人体动态的丰富变化和人物表情的极尽诗性化给画面的情绪推波助澜,造成令人难忘的戏剧性效果。

还须格外注意的一个因素是画家对于明暗关系的大胆强调和对于光线的巧妙运用,这不但使画面的空间处理极富魅力,也使一个个头像的刻画充满活力。好像一旦确立了大体的明暗区域后，即把基本色调铺就开来，接着再根据明暗比率于该基调上递减或者增强，就如雕塑一般，逐渐让若干细节清晰凸现。整个过程看来是胸有成竹的，那些流畅的线条准确而富有韵律，浓淡不等的块面坚实而又厚重，仿佛即兴式地一挥而就，却是恰到好处、变易不得。再就是，该画还相当明确地透示出大师在形象绘制过程中特有的"塑造"方式，即先画出对象的解剖结构，进而使之一步步完善，至少对一些主要形象是这样处理的。由于作品是未及完成的，因此使得洞悉这一过程的秘密成为可能，从不假修饰的奔放的笔迹运行中不难发现那贯穿于形体和头部的精湛的解剖学研究。前景中的大部分人物包括三贤在内是十分明显的实例，而位于右下方的贤者那苍迈的头颅，尤其是他身后的某个面孔，甚至几乎是或完全是以解剖的形式流传下来的。出色的解剖结构，加上大刀阔斧的明暗对比，赋予形象以造型的深刻性和非凡的力量，那种技巧上的魔力咄咄逼人，使你不由不感到一种巨匠的风度频频袭来。芬奇为作此画曾进行了大量细致的准备

工作,画了几十幅草图或素描,是故有如此卓越的表现;而又因为画作的没有完成,所以其表现技巧显露得如此生动有力——它印证着天才的创造力之运行的轨迹。

　　总体说来,这幅画是以人物为绝对主体的,但亦如列奥纳多通常的做法一样,同时也赋予背景以比较突出的地位。大师在画面的上半部分安排了一些显然是精心设置的物象:带有拱门和台级的建筑物或建筑物废墟,高大而孤立的石柱,拱廊前残存的石雕立像,倾圮的门顶上长出的小树,远山及丘野等。较为难解的是其间还穿行着若干骑驾着奔马的驭者;另外,近景的人群中也闪现出几匹骏马的面影。诚然,芬奇并没有像大多数先辈或同辈画家那样,严格按照福音书的记载把圣婴的诞生安置在马厩里,不过这些马匹及其骑者的出现,是否暗示了与圣经原典的联系呢?顺及指出,列奥纳多禀性爱马并极擅长画马,在这里,他是否找到了一个可以挥洒一下他的爱好的借口呢?不管怎样,背景部分由于只是约略的草图而很难判断其确切属性,肯定的结论几乎无从谈起,但有一点还是明了的,那便是画家所打算描绘的东西是近乎繁缛的。然而正是在这一点上仍然显示了,作为刚刚跨入文艺复兴盛期门槛里的一位先驱者,青年列奥纳多还是不自觉地表现了 15 世纪对于多样性的过分迷恋与喜爱。

　　《圣耶罗姆》①虽然也是件未完成的作品,不过与《三贤来拜》

---

① 约作于 1478—1481 年间,板面蛋胶彩画,103×75 厘米,藏罗马梵蒂冈画廊。圣耶罗姆(英文 Saint Jerome)或希罗尼姆(拉丁文 Eusebium Hiero-nymus,340? —420),古罗马僧侣、宗教学者,信奉基督教,曾出任安条克神父,后定居巴勒斯坦伯利恒的一所隐修院。早年求学罗马,学识渊博,涉及当时所有知识领域,尤精希腊—罗马之异教文化。耶罗姆曾注释、订正"福音书"之拉丁文旧译;另,他从希伯来文所译之拉丁文本《旧约全书》,成于 4 世纪,后为天主教法定为唯一文本,称 the Vulgate Bible。

相比要完整得多,其整体与部分的关系非常明晰就是说已得以确立,尤其对人物的刻画可谓相当全面和深刻。但是也如《三贤来拜》距离完成仍十分遥远,画面基本还是以冷灰为主调的单色素描,大量细节因素未及处理,主人公形象特别是面部还几乎是以解剖的方式存在着,而背景部分的某些因素更呈颇为费解的不确定性。

因为圣耶罗姆是个苦修圣僧,所以这幅画的首要任务应该是刻画他的苦行性格。关于此,本画完全达到了目标,艺术家用严谨的写实主义手法,将这位以折磨自己的肉体企望换取天国幸福的古代欧洲早期基督教僧士日常生活中的一个场面及其精神面貌表现得淋漓尽致。

圣耶罗姆的形象支配了整个画面。他住在荒凉的岩石间,除了身边那个像是用石块垒起的简陋的锅灶之类的东西多少提示了一点尘世生活的信息外，就再也找不到其他任何与人生相联系的痕迹了。因为在这幅画上，能够呼吸的生命只有圣耶罗姆和他面前的一头猛狮，而通常人们是不会把凶强的野兽和人的活动纳入同一范畴的。这位苦行者蹲在地上，正陷入"忏悔"的激情，进行着"修炼"的自我摧残。画上的圣耶罗姆年龄已经不轻，约处于中年与老年之间，他几乎全裸，仅半条褴褛的苦衣丝连肩上。一张为岁月沧桑风化磨蚀，犹若苍岩的面孔，坚硬清癯，瘦骨嶙峋；颈项青筋暴涨，胸脯凹陷粗糙。其右臂伸开，仿佛要对着脑袋挥拳而来——事实上，他手里正攥着一块石头，用以击打自己的胸脯——不过总体上看，这副样子倒更像个挣扎姿态而不似受惩罚的架势。

其实最扣人心弦的还是圣耶罗姆面部的表情，尤其五官的刻画，简直生动绝极。一双深陷的、睁圆的眼睛大得出奇，它们凝视前方，好似喷出两道烈焰，与其说热诚，不如说疯狂；而那张咧开的嘴唇，则显然由痛苦所致，似乎不自觉地哼出声声断续的呻吟。总之，这个狂热的苦修者已把自己搞得三分像人、七分似鬼了。如此触目惊心的形象刻绘不能不使人深刻地认识信仰的偏执造成何等的愚蠢，认识宗教的苦修行为又是多么的荒谬！艺术家表现了一个可悲可叹的圣者，他的显示出非凡意志力的举动十足为荒唐可笑；而做出那样巨大的牺牲究竟有什么意义？

然而如此诠释这幅杰作未免过于庸俗了，怎么不可以说大师的本意更在于歌颂？对执着于信念者的歌颂！的确，通过这个正在"自裁"着的痛苦形象，难道不是讴赞了忘我献身的情操、坚韧不拔的毅力、艰苦卓绝的克欲精神？圣耶罗姆，这个远离生活、远离快乐，沉浸于内心感受的不幸的人，与现实当中那些饱食终日、荒淫无度、没有灵魂甚至亦无感觉的可怜虫适成对照！他身上蕴藏的东西，首先是精神的能量，对不甘堕落者而言，那是一种反省或者一种鞭策；他似乎警告世人，不可做盲目的乐天派，世界荒谬，人生痛苦，富贵荣华，过眼云烟耳……

由是观之，圣耶罗姆，这个陷于偏执迷狂的苦行僧便不无可敬与崇高的品性了，这同其作为宗教禁欲主义者的可笑与可怜形成了矛盾。崇高与渺小统一于一体，这源于看问题的角度不同，不过同时也反映了大师思想上的矛盾。作为一个尊自然为师的朴素的唯物主义者，列奥纳多与正统信仰貌合神离；但作为一个精神高洁又注重内心生活的思想巨人，无疑还与超凡的观念心有灵犀。唯其如此，他鄙夷苦行圣僧自我戕害的愚行，却也敬佩其之于心中目标的不渝的热忱。

似乎还应指出，画上的象征性因素是颇耐人寻味的。关于此，右下角那匹健壮的狮子占有较显著的地位，它虎视眈眈与圣耶罗姆相对，像大惑不解，也像心领神会；当然，艺术家强调的是后者而不是前者，这样，狮子就有了超然的灵性：它在分担着苦修者的痛苦！难道圣徒不屑与人类同在，而宁可和野兽为伍吗？是的，因为在他，是已经看破红尘的了；人间的自私、欺诈与残暴为其所不齿，故有理由离群索居。在较次要的意义上，通过狮子的情节还陈述了一个常被关注的艺术母题，即人与动物存在可以相互交流的情感。另一个细节是，画面右上方所绘岩壁的罅孔之外，隐隐约约露出些建筑物形体（铅笔所勾，未及着色）。它们应当是洞外的实体还是远方地平线上的城市背景呢？显然都不是，因为山崖旁边不可能存在什么建筑，而远方地平线上的物体又绝非如此清晰实在。那么应作何解释？有观点认为，此物象乃是从

圣徒之独处中暗示他要逃避的物质世界①。这就是说，它们仅仅
存在于圣耶罗姆的意识之中，是其幻想的产物。可以推知，至少
在画家所表现的那一时刻，支配圣徒之全部思想的，唯有天国的
绝对性，因此类似这样的尘世意念是应该而且必须加以排斥的。
对耶罗姆者流而言，常常梦幻就是真实，而尘缘必得斩断，即使一
闪念也不行！宗教有种奇怪而强大的功能，可以使信奉者完全靠
想象、靠精神力量生活，而且生活得"很有意义"。就此而言，这的
确是个值得玩味的富含象征的细节。

　　当然，该画之所以给人以强烈感受，最直接的因素恐怕还在
于形象刻画惟妙惟肖、生动逼真；而所以能够达到如此效果，则又
在于卓越的造型技巧或手段的运用。画中素描、透视关系尤其人
体之解剖结构都准确无误，简直无懈可击。这个精神处于异常激
动状态的男子的骨骼肌体运动被处理得既生机勃勃又严谨和谐，
其面颊、颈项、肩胛、胸膛的解剖分析明确而极协调，无半笔模棱
两可或含混不清之痕。面对如此杰作，你不得不惊叹大师对人体
构造的烂熟于心，以及敏锐的感觉和高超的技艺。出神入化得心
应手的人体表现，在芬奇之前是不曾有过的。此外，与《三贤来
拜》一样，《圣耶罗姆》亦是娴用明暗法造型手段的杰出范例，强烈
的明暗对比使形体的立体雕塑感极为突出，其所形成的视觉冲击
力几乎是无法抗拒的。因复杂的动态因素而致的复杂的光影变
幻被艺术家进行了大胆的概括与归纳，例如整个胸部和左腿完全
置于大片的阴影中，这就使得受光部分更加凸出；就整幅画来说，
人体和狮子被深色的背景（地面与岩石）所包围，从而把主体形象
一下子推到了前面。如是大块面的明暗运用是一种全新的做法，

———————

① 参见《列奥纳多的世界》（英文版），（纽约）时代出版社1983年版，第72页。

使 15 世纪通常的巨细无遗、斤斤计较、一针一线的琐屑作风荡然无存。

这幅显示了艺术家巨大才气和创作过程神笔痕迹的半成品，其命途一度多舛。传说曾被人一割为二做过桌面，直到 1820 年为拿破仑的某位叔伯发现于罗马。他命人进行了一次并不高明的修补，勉强将之重新组合起来。据研究，画面原来的基本色调可能是白与蓝灰，19 世纪被发现之后上了一层清漆，于是逐渐变成金与橄榄色了。尽管画面色调单纯但并不单调，或许由于铺敷粗犷之故，虽笔法概括，却呈现非常协和的效果，甚至还有若干浓淡层次的变化。

不朽的"半成品"——天才创造力的见证！

（本文成稿于 1997 年 6 月，刊发于《枣庄师专学报》2000 年第 1 期）

米开朗基罗其人

米开朗基罗·博纳洛蒂①,创造了也许迄今为止最为伟大的艺术,这艺术只有"英雄"二字差可描述;而英雄之花的盛开往往靠痛苦滋养,是故罗曼·罗兰将自己的巨著献给"受苦、奋斗而必战胜的自由灵魂"。洞观米翁其人,尤其他的性格、气质或内心世界,是理解他的艺术,以及他与他的艺术之间关系的第一,也是关键的一步。

大师出生于中产之家,但属佛罗伦萨的阀阅世系,其有籍稽考的历史可上溯至 12 世纪。他是个典型的文艺复兴时代的意大利人:热狂,易怒,个性强悍;多疑,顽固,口舌如剑。血管里流淌着壮烈的古代英雄的血液,就像普鲁塔克笔下的名人一般;气质里渗透了古希腊的睿智、古拉丁的刚毅,就如他雕刻的大卫那样。他崇力,崇大,崇辉煌的事业;爱家乡,爱同胞,尤爱父老兄弟——他为之贡献一切、牺牲一切,同时也要别人和自己一样。但如此高贵的品质却时常遭受现实的愚弄,从而生出烦恼痛苦。

米开朗基罗性情孤僻,思想严肃,然而也充满了矛盾。其心

①米开朗基罗·迪·路多维科·迪·里欧那多·博纳洛蒂·西蒙尼(Michelangelo di Lodovico di Lionardo Buonarroti Simoni,1475—1564),文艺复兴时期意大利最伟大的画家、雕塑家和建筑家。

灵博大、意志坚强，对自己的智力、勇气和创造天才有着成竹在胸的把握。他敢于傲视一切，包括教皇的权杖。一般地说，他不大瞧得起同时代艺术家，即使是达·芬奇和拉斐尔。青壮年时代，对前者好像一直充满敌意，甚至不放过任何讽刺和奚落的机会；而对后者就更不客气了，他曾经不无尖刻地说：拉斐尔在艺术上懂得的那点东西不过是从我这儿学来的。至于威尼斯派的艺术，大师似乎也看不大上，因为在他眼里还欠严肃，更欠有力。不过有时候，这颗伟大的心灵又顾虑重重，仿佛是病弱的，一些胡思乱想惯好把他引入绝望、多疑、不安，俨然神经过敏的人。猜疑敌人，也猜疑朋友，还猜疑亲属，无端惴惴于空幻的念头，往往使之大受其苦。有一次，因了某朋友讲的可怕梦境和神秘预言，他居然相信祸难将临，惶迫之下逃之夭夭。这种为猝发的想象所牵引而仓促亡命或准备亡命的事情在其一生中竟发生了好几次。事后意识到自己的荒唐，不禁羞惭不迭。米开朗基罗常自嘲为"老悖"、"疯子"且深自诅咒。如此性格或性格弱点，常使他由自信转为灰心，以致若干努力于半途枉费。许多创作或未完或毁弃，究其因，无不与之相关。

　　当然作为整体，大师的精神个性无疑是崇高坚强的，他漫长的生命旅途和丰厚的创作实践雄辩地向世界证明：唯有"英雄"——以苦难、鲜血浇灌的英雄之花——方可标志米开朗基罗的性格和哲学，因为他有着一颗百折不挠的灵魂，有着敢于直面惨淡的人生，在心灵的磨难里跌蹉可是决不趴下的刚毅与勇气。

　　不过大师的英雄性格是独特的，比方孤独是其中一个重要方面或可说本质方面。从小他就是落落寡合的，天性又引导他迷恋艺术，被专横的父亲视为误入歧途，但拳头和棍棒并不能改变钢铁意志，孩子的执着战胜了大人的顽固。学习时代，酷爱事业就使其"陷入了绝对的孤独。在旁人眼里,他孤芳自赏、生性乖僻、疯疯癫癫"①。阴沉、烦躁,永远为思虑所苦,忧郁地对待生活中的一切。他一生便是这样,而且愈老愈甚。耽于精神天地,冥索艺术或灵魂的重大问题,从中获取苦涩的兴味。

在近一个世纪的漫漫生涯里,米开朗基罗很少不是处于完全的孤独中。某种与生俱来的烦乱、哀郁情绪时时都在侵蚀他的心,好像命中注定需要孤独!他痛恨社交,喜欢独处,除了同一些严肃之士保持友谊之外,绝少跟人交往。"我没有朋友,也不想有朋友。"②他说。这位面孔冷峻、言辞尖刻、惯好嘲笑的艺坛怪杰,素以严厉的态度、挑剔的目光审视生活,有时发展到极端,深信整个世界跟他作对。他到处看到敌人,至少是些卑劣、自私之徒,于是毫不留情地对待之,因为禀性耿直使其无法容忍邪恶。他的顽强,他的直率,他的天才,令人侧目也教人生畏,他树敌甚众,特别在同行之中。人们敬之,也怕之;爱之,也嫉之。于是颂扬、崇拜、追随者有;诋毁、谣诼、攻讦者亦有。或明枪,或暗箭,事实上大师的敌人从来不曾放过他。当年为佛罗伦萨市政厅所作壁画《卡西那之战》草图,相传就是被一炉恨他的同行班吉涅里割成碎片的;后来在梵蒂冈,米翁曾屡遭建筑师布拉曼特的暗算;甚至作家阿列迪诺的污蔑诽谤,在艺术史上都是极为有名的。虽荣名四海,却孤独依旧;对巨匠而言,最与其眷恋难舍的,似乎唯有那无边无际的孤单之苦。

---

① [法]司汤达:《米开朗基罗的性格》,徐庆道译自司著《意大利绘画史》,载《世界美术》1979 年第 1 期,第 48 页。
② 米开朗基罗信札;转引自《傅译传记五种》,生活·读书·新知三联书店 1983 年 11 月版,第 289 页。

如果说米开朗基罗对同行无甚好感,那么与其主顾,那些公爵、主教、教皇之类权贵,就更难相处了。有谁不想占有他超绝尘寰的天才?于是心性自由的艺术家不得不屈从他们的口味。他曾为一系列教皇工作,这些人往往顶上三重冠就迫不及待地要其为己工作,而全不顾前任之于大师的委托。他为此遭受种种麻烦,招致无穷烦恼。从这个羁绊跌入另个羁绊,由那个主人换到另个主人,好像他并非艺术家,而只是值钱的奴隶而已。多少宝贵的时间和生命给无谓地消磨了,而卓绝的天才被可悲地耗费了,难怪大师愤怒地写道:"我服侍教皇……但这是不得已的。"①多少次,他暴怒起来,反抗起来,拒绝役使,逃出罗马,因为教皇们的反复无常,因为这反复无常毁了他创作的计划和艺术构想,使之重蹈幻灭的悲苦与绝望。然而终归还得让步,屈辱地匍匐于"圣父"脚下,重新套上奴隶的重轭——他战败了,尊严和意志均战败了。他觉得命运在嘲弄,于是更乐于召唤"孤独"安慰之……

米开朗基罗所以难与人相契,一方面由于其性格过于强项,因为这是容易把朋友也变为仇敌的,假如这人还不能深刻理解他的话;另一方面则由于他光明磊落、品质超凡,因为这无法使之对芸芸众生的自私卑劣视而不见。罗曼·罗兰分析说:"他的天才太热烈了,不能在理想之外更爱别一个理想;而且也太真诚了,不能对全然不爱的东西假装爱。"②米翁一生遭受无数痛苦,说到底只是由于人类包括他自己的弱点,他说:"不想到自身的人是不知

---

① 米开朗基罗信札;转引自《傅译传记五种》,生活·读书·新知三联书店1983年11月版,第302页。
② [法]罗曼·罗兰:《弥盖朗琪罗传》,傅雷译,见《傅译传记五种》,生活·读书·新知三联书店1983年11月版,第366页。

荣辱的……我的太认真的良心把我毁灭无余……我受尽艰苦……人家还要当我是窃贼……我从未欺骗过他人……当我必得在那些混蛋面前自卫时,我变成疯了!"①只要世界上有邪恶,只要人心里有卑劣,禀米翁这等品性者就免不了饱受折磨。不说别的,单看他从骨肉至亲那里遭受的苦恼吧。几乎可以说,艺术家一辈子未曾摆脱过家庭的折磨拖累! 除去当了隐修士的兄长外,米开朗基罗后边的三个弟弟无一不是庸碌无能、游手好闲、忘恩负义之徒,他们觉得既然哥哥有才能赚大钱,那么其唯一义务就是供给弟弟吃喝玩乐,所以永远只是向他要钱,非但把他在佛罗伦萨的积蓄挥霍殆尽,而且不断到罗马或写信去罗马勒索他。这位家族意识极强的人,一度为三弟、四弟买下一爿商号,为五弟置办一份田产;可是他们放荡依旧,于是破产,于是再来榨取兄长血汗。他们懂得利用其弱点:清楚他有一颗温柔的挚爱手足,并甘愿为之牺牲一切的心。至于那位可敬的父亲,也只会刺穿儿子的心! 他老是诉苦,老是抱怨,没完没了地写信,而且什么都写,什么主意都出,什么教训都给,当然也什么都要。他的脾气越来越坏,居然指责米开朗基罗拿他的钱,尽管他所享用的一切都是儿子所给。有段时间,这老人从家里跑出来,散布说艺术家放逐了他……这就是人类的感情! 在中伤他的敌人和烦恼他的家人的包围中,在主顾的役使和失败的痛苦中,他挣扎、苦斗。"我为着全意大利过着悲惨的生活,我忍受种种痛苦、种种耻辱……疲

---

①米开朗基罗信札,转引自《傅译传记五种》,生活·读书·新知三联书店1983年11月版,第352页。

劳毁坏我的身体……生命经历着无数危险……"①

　　虽然米翁生性强悍、心直口快、令人畏惧,但善良质朴、精神高洁,更叫人起敬;是的,他极易激怒,不过绝不蛮横无理,正相反,即使对伤害他的人也不记仇,更不图谋报复。在那粗犷风格的外表下面,隐藏着一颗基督徒的虔诚之心,他爱自然的造物,尤其普天下的人民;痛恨强暴、奴役,因为坚信基督的原则是自由的。在他看来,暴君人神共殛,因其丧失了同类之爱,掠人所有以为己有,蹂躏四方而成霸主,已非人而实成兽,故弑暴等于除害。基于此,他的灵魂深处才潜藏着深刻的国家意识和共和观念,而当乡人揭竿而起推翻暴政时,他站到了最前列。这位在失败后不得不屈辱地为胜利者服务的艺术大师终生挂念他的家乡和乡人的自由。有史载,70岁左右,他还试图请求法王弗朗索瓦一世履行帮助佛罗伦萨恢复自由的诺言,表示:果若如此,他将自费在佛城市政广场为国王建造一座铜像。大师的公民意识和爱国热情,与原始基督教的那种博爱平等精神相沟通,它热烈而执着、悲切而崇高,使得他比任何伟大艺术家都更为动人。

　　过人的才智几乎被人们视为神明,尽管米翁素有宿敌,真正的朋友却不乏其人。事实上,那些达官显宦甚至包括教皇或国王,无不争相对其表示尊重。据史家记载,教皇朱理二世、列奥十世、克莱芒七世、保罗三世、朱理三世、庇乌斯五世,都曾把他吸引到身边;此外,比如法兰西王、土耳其苏丹、威尼斯元老院以及佛罗伦萨执政者,也都想把他拉进自己的宫廷或至少向他提供荣誉津贴。这些显赫的主顾们,虽然由于权势也由于威严,专横跋扈、

---

①米开朗基罗信札,转引自《傅译传记五种》,生活·读书·新知三联书店
　　1983年11月版,第288页。

变幻莫测,给大师造成许多烦恼,但同时,却也不失为艺术家的朋友抑或知音,他们懂得他的价值,热爱他的艺术。罗曼·罗兰说:"他之于意大利,无疑是整个民族天才的化身。"①越是有识之士,就越是甘愿向其低首。除教皇、亲王、诸侯之外,其他或主教、或学者、或艺术家,大师的确拥有许多爱戴他的高贵的朋友。而由于在梵蒂冈的地位,更由于在宗教方面的热诚,他与高级神职人员的交谊尤厚,例如,瓦萨里为其所作传记仅仅提到与其过从甚密的红衣主教(主教或长老不算在内)就将近十数位。至于其弟子、学徒、崇拜者之众,更可想而知了。所有这些与大师有着亲密联系的人,或者从他感应到崇高的思想品质,或者从他激发起热烈的求知欲望。

    然而主观上他真正倾心相与的则完全是些普通人:门生、信徒、仆从乃至石工。对他们而言,他除了是位严师,就是仁厚的长者;他永远是慈和的,假如面对的是谦恭忠诚之辈;但对一般刁钻捣蛋者流却毫不客气。其宽宏大量往往同最温柔的心结合在一起,之于身边的学徒及所有想求得他指导的人,总是持以诲人不倦的态度。他因材施教,根据每个学子的不同天赋分别给以规劝与指点,例如促使瓦萨里以某种方式从事建筑,从而充分发挥了其才能。在授徒方面的耐心远远超出了其脾气"界定"的可能范围,经常亲自动手反复示范,甚至不顾年迈体衰操刀解剖尸体,并加以详尽的解说。在83岁的高年,米翁失去了忠心耿耿的乌尔宾诺,26年来一直跟从着他的门人、仆侍兼朋友。病人卧床的日日夜夜,"这位亲爱如最好父亲"的主人与恩师亲守床榻,端汤送

①[法]罗曼·罗兰:《弥盖朗琪罗传》,傅雷译,见《傅译传记五种》,生活·读书·新知三联书店1983年11月版,第367页。

水，无微不至。老人因其死亡而感受巨大的悲哀，以至精神长久不能恢复。"我的最精纯的部分和他一起去了，只留着无尽的灾难。"[①]他以神圣的慈爱抚养死者的遗孤，对其未亡人的再嫁则永远不予谅解。

的确，米开朗基罗的心性是顽强的，而尤其是美好的，那颗恻隐泛爱的大心使他的品质显得格外高贵迷人。一生从未间断施惠于人，并且也要其亲属热心为之——无论对相识者还是陌生人。大师的布施总在暗中进行，因为他既不屑于以施主自居，又免得伤害受惠者的自尊。许多人，特别是学习艺术的青年，在不自知中便得到了他的资助。这位可敬的老人甚至多次悄悄地协助经济窘迫的少女成婚。大师性好慷慨，认为"贪财是件大罪恶"，对亲属、友人、仆役等，不断分赠掉大量作品及大批金钱。例如遗予其所钟爱的罗马青年卡瓦里埃利，以及巴斯蒂安诺和宾多等好友价值极高的素描、稿样、雕塑模型，甚至还有专为某大公爵绘制的油画《丽达》。一次大师问及忠仆乌尔宾诺："若我死后你将何去？"答："就服侍别人罢。""啊，太可怜啦，让我解脱你的困苦！"于是当场馈赠两千金币。至于亲属们，则一直用着他的钱，有好几次，艺术家一举给侄儿数千金币。这位卓绝的老人就是如此慷慨，所吝惜的唯有其精力。

尽管对他人非常大方，可米翁自己却相当清苦，作为甚至令王侯侧目的一代巨匠，却几乎叫人难以置信地过一种极端清教徒式的简朴生活。"我像基督一样过苦日子"，他说。与风度翩然、衣冠楚楚的列奥纳多相反，米开朗基罗一向邋遢，破衣旧衫，因

---

①米开朗基罗信札，转引自《傅译传记五种》，生活·读书·新知三联书店　1983年11月版，第372页。

为,"他从来不想那些构成一个庸人生活含义的东西"①。他把自己毫厘不爽地交给事业,几十年如一日,在艺术上倾注的热情是卓绝感人的。西斯廷教堂拱顶壁画绘制的几年间几乎等于生活在脚手架上;为了节省时间,常常和衣而卧,甚至靴子也不脱。一次,腿脚肿胀,不得不脱掉松缓一下,但肿得那么厉害怎么也卸弄不动,于是用刀割——皮靴割掉了,皮肉也随之剥落下来。他自称,为了工作而筋疲力尽!他休息很少,每天只睡几个小时,活跃的艺术构思还不时骚扰这些许睡眠,故常于深夜爬起,抓起笔或刀记下那梦中灵感,于是睡眠竟成了苦楚。一日三餐也很简单,不过几片面包、几口酒而已。工作紧张时,清晨把面包揣在怀里,之后一边干活一边啃来充饥。"我几乎没有用餐的时间……没有时间吃东西……"②那种酒足饭饱,擦擦嘴,打个嗝,再伸一下腰的闲适,与他是无缘的。因为精神和天才不允许他安乐无为,正如大师自己所说:拿起锤子,便能保持身体健康。

　　其实并不尽然,许多次他因劳累过度而病倒。事实上,米翁患有多种宿疾,无不与劳心劳力有关;至少两次,差点被死神夺去性命。晚年更极虚弱,被痛风症、石淋症折磨,常"晕倒,四肢拘挛"。真难想象什么力量支持那耄耋的病体仍以年轻人的灵敏与热情继续工作,直到生命最后一息。

　　与其孤独性格相关,工作时的米开朗基罗似更需要与世隔绝,作品尚未问世时不管谁都难得一见。有一次,后学也是挚友

①〔法〕司汤达:《米开朗基罗的性格》,徐庆道译自司著《意大利绘画史》,载《世界美术》1979年第1期,第48页。
②米开朗基罗信札,转引自《傅译传记五种》,生活·读书·新知三联书店1983年11月版,第253页。

瓦萨里造访,值米翁正端着蜡烛修改雕像,他见来客专注于眼前的作品,就故意失手将蜡烛掉在地上。或许与之不无关系,他要求创作极其严格,"在艺术上是难以想象的多疑和苛求"①。他制作雕像,一旦发现毛病,就毅然将之放弃而改雕另一块石头。这样,其宏伟构思往往难于实现,因为强劲的想象力赋予内容和形式以惊心动魄的性质,而这,即使是大师的手也无法尽悉表现。一次,他对一件已雕了若干时日而几近完成的《哀悼基督》忽而丧失了信心,居然抡锤将之打碎,幸亏门生卡尔卡尼把碎石拣起,使之得以修复。这是件四人群雕,已被同时代人认为是"神性的极品"。其实米翁的作品毁掉的很多,就在他逝世前,还烧了一大批素描、速写和草图。他常说,如果的确要想满意自己的作品,那就很少或者绝不将之公之于世。

对于一个意识世界极为丰富、心灵感受格外敏锐的人,倘或说肉体的疲累病苦还可以忍受,那么内心的烦虑苦恼则难于承担,因为这会生出绝望、悲观或虚无,把人拖入精神的苦海。米开朗基罗正如此,他一生不曾摆脱迷惘、疑惑、焦灼,愁苦情绪的纠缠和侵蚀,似乎永远处在自我争斗的烦乱里。这仍然与其性格的孤独分不开。孤独,既是痛苦的源泉,又是痛苦的表征;孤独加强了忧郁,而忧郁又导致绝望。《末日审判》绘制期间,大师从脚手架上跌下摔成重伤,忧郁症因此发作,他躲开任何人,把自己锁在一间非常隐蔽的屋子里,一声不哼,坐以待毙。幸某深谙米翁脾性又极细心的医生来访,他叩门不应,觉得必有缘故,于是通过各个秘密入口逐间寻找。米翁见有人来,大失所望。但这忠实的朋

①[法]司汤达:《米开朗基罗的性格》,徐庆道译自司著《意大利绘画史》,载《世界美术》1979年第1期,第49页。

友说什么也不走了,精心护理,直到确认大师已摆脱了苦恼。

孤独感紧紧扼住艺术家的脖子,钳制了他的一生,而且这可怕的恶魔与日俱增,越老就越是孤独。因在如墓穴般幽暗的卧室,和蜘蛛为邻;与其共同生活的,除了仆役,就是所饲养的家畜猫与母鸡了。"我永远是孤独的",他说。孤独之苦在大师的诗作中有着令人心碎的表现——如同绘画雕刻,写诗在他也是一种必需,如果说主要用前者宣叙英雄的思想、创造者的力量,那么则通过后者表白深匿于心底的凄惶。他写道:

> 太阳的光芒耀射着世界,而我却独自在阴暗中煎熬。人皆欢乐,而我,倒在地下,浸在痛苦中,呻吟、嚎哭。(诗集卷22)①

他孤独地走过了一生,不唯拒绝了尘世的物质享受,甚至连爱情也牺牲了。米翁的性格气质,决定了他绝不适合于充当一个风雅的情人。如果说拉斐尔还多少算得上闺房中的行家,那么米开朗基罗充其量是个蹩脚的骑士。事实上,风流韵事从未与他结下不解之缘,在其生活里或许偶有光顾,然而也仅仅不过微弱的伴音而已。其"恋爱"纯属柏拉图式,而且发生在63岁之后的高年,他把一般俗人难以理解的恋情诉诸彼特拉克式的"商籁"体,献给心灵的偶像——佩斯卡拉侯爵夫人。他爱她,热烈地爱她;这是种"完全纯洁的爱,是一种热烈的友谊,似乎同他对上帝的爱一起融化在他的心中"②。他深为之抱憾的,是在其生前竟没有

---

① 本文所引米开朗基罗诗歌文句,均出自罗曼·罗兰著米氏传记(中译本傅雷译),见《傅译传记五种》,生活·读书·新知三联书店1983年11月版;为简洁计,以下不再加注。

② [法]德拉克罗瓦:《德拉克罗瓦论美术和美术家》,平野译,辽宁美术出版社1981年11月版,第85页。

吻一下她的额角……大师终生不曾结婚,然而并无遗憾,他说:
"我有一个妻子,那就是我的艺术,她把我折磨苦了;我的孩子就
是我可能留下的作品,即使不值一提,也还能活一阵子。"①

　　孤独,对普通人是烦躁,对伟人就是磨难;越具有艺术家的敏
感,越具有哲学家的智慧,就越能感受孤独对心灵的熬煎。大师
的孤独并非一般的寂寞或空虚,而是种阴森的精神感受,它实际
上包容丰富的内涵,是同人生经验、艺术理想抑或政治抱负连在
一起的。它从观察、认识,追求、幻灭,反思、悟彻之穷无止境的内
心回旋源源涌来,可谓对现实世界逃遁不成而采取的某种方式。
米开朗基罗,这艺术界的巨子,这善用艺术观念进行思考的哲人,
无怪其晚年思想甚至倾向虚幻,沉浸新柏拉图主义,日益与基督
合二为一呢。他像哈姆莱特变得怀疑一切:现实、理想甚至自己
的思维。一个门生创作了一块圆形纪念板,将其肖像刻于正面,
他征询大师如何装饰阴面,得到的回答是:刻一个由狗引路的盲
者,并题铭"我将以你的道路去启示有罪之人"……这个关怀故乡
自由甚于生命的共和战士,与社会日渐分离,而对人类的命运似
乎也淡漠了。

　　除沉醉艺术是有效的解脱外,他喜欢黑夜。当万籁俱静,整
个世界都在沉睡时,大师便隐藏在夜的怀抱里悄悄地工作——晚
年这尤其成了生活的一种必需。他把夜看成一个宽厚的朋友,写
诗赞美道:

　　　　你斩断一切疲乏的思想……从尘世,你时常把我拥到天
　　上,为我希冀去的地方……(诗集卷78)

────────

① [意]乔治·瓦萨里:《著名画家、雕塑家、建筑家传》,刘明毅译,中国人民
　大学出版社2005年5月版,第407页。

在诗人的观念里,夜是死的影子,它挡住了灾难,是一剂疗治人类忧戚的救药,因此死并不可怕。他说:"死! 不再存在! 不再是自己! 逃出万物的桎梏! 逃出自己的幻想!"(诗集卷135)大师在其居室墙上绘着一幅背负棺椁,题为"死"的画。那口棺木上写着:"在这黑暗的箱中可以抓握一切。"

晚年,死的念头时刻包围着老人,并愈来愈阴沉起来,他说:"没有一个念头不在我的心中引起死的感触……"①看来,之于残酷的世界灰心了,绝望了,他渴求死——

最不幸的人是在尘世羁留最久的人……(诗集卷109)
因为他已将人生参透:"虚伪的世界,我才辨认出人类的谬妄与过错……"(诗集卷109)

绝望的情绪! 沉重的悲观!

不过尽管如此,而且倾其一生始终如此,但米开朗基罗却未曾一蹶不振。他痛苦,孤独,但不沉沦;他坚持着,即使心在流血;他一刻也没有停下来,虽然绝望千百次地袭击他;失败、幻灭不能够顿挫之,似乎连死神都敬畏他……那么,是什么使其在漫长而痛苦的生涯中如神话中的赫勒克勒斯注定完成一件件艰难、伟大的功业呢? 他的责任心? 他的意志力? 他对美的矢志不移? 应该说是如此,但或许还有更要紧的一点,即大师深刻的宗教信仰——这是其精神苦难的源泉,也是制服其精神苦难的力量的源泉。

倘或说芬奇与米开朗基罗在性格孤独这一点上还颇有几分相似,那么两人精神素质中最显著的不同,或可见于宗教观念。

---

① 米开朗基罗信札,转引自《傅译传记五种》,生活·读书·新知三联书店1983年11月版,第379页。

从根本上说,列奥纳多清明的智慧决定了他只相信凭理性和观察而获得的科学论断,是故不可能坚执于宗教的信仰,尽管他对基督教义中的博爱原则亦心有灵犀。但博纳洛蒂则完全相反,他是个虔诚的基督徒,而且似乎天生如此,孩提时代就对救主之类概念产生热切的感应。他那善于颖悟、领受悲剧性体验的心理气质,不仅为形成严肃的人生观与道德观,而且为偏向宗教热狂提供了契机。在浓郁的宗教氛围里长大,在圣经的教育下思考,基督教悲观主义特有的那种苦涩与醉人的味道与艺术家阴郁的灵魂律动相得益彰,于是信仰便由习惯成了爱好,由爱好成了需要。对米翁深沉的心灵来说,精神的食粮远比身体的营养重要得多,他把自己整个儿交给了宗教,正如交给了艺术。而这两者在米翁那里,又仿佛结合得天衣无缝。尤其晚年,宗教信仰更成了主要的精神支柱,在艺术——岂止艺术,还有爱情、友谊、自然等与人生相联系的一切之中,他寻求的是"神",而且似乎真的愈来愈迫近神。某种意义上,大师正是按照神的,或者其心目中神的原则为艺处世。他坚信天主的正统信仰从未有动摇过,对基督精神的"真理性"从未有怀疑过。他也恪遵天主教的仪礼,譬若礼拜、祈祷等等。他常于深更半夜,独个儿躲进庭院的花丛深处,仰望苍穹,长时间热烈地祷告;他还屡次打算朝山进香……在接受了梵蒂冈新圣彼得大教堂建筑总监任命的教皇敕令后,大师决心把余生尽悉贡献给这体现"天主光荣"的教会盛举,所以分文不取俸禄,甘愿白尽义务。他这时期的雕刻绘画也完全是圣徒殉难、哀悼基督之类最悲郁的题材,换句话说,艺术创造对于晚年的米开朗基罗,就是回到圣经,回到基督与使徒殉难的悲哀里也是壮美里! 他雕凿,他描绘,以叟年人特有的悲切感受,品咂着、体味着刚刚卸下十字架的救主灵魂超度的秘密……他似乎把自己的生或死,无意中与基督的苦难混合在一起,临终时还要人为他离去之故想到基督的受难;遗嘱也只有几句话:把灵魂交给上帝,把躯体托付大地,把财产留给近亲……

这就是米开朗基罗,一个不仅威临他的时代,而且震撼了历史的伟大艺术家! 他是神圣的,也是苦痛的;他是坚强的,也是悲观的;他是爱国的共和战士,也是教廷的艺术官员;他是个人文主义者,也是个基督徒。其灵魂中最深刻的部分——虔诚、慈爱、友善、慷慨,还有爱家族、亲属、学徒以及重视道德与荣誉的情操,连同其痛苦,就像他那伟岸、英雄的艺术一样,永远感动着人们。

(本文成稿于 1993 年 7 月,刊发于《山东师范大学学报》1993 年第 5 期;人大复印资料《造型艺术研究》卷 1993 年第 11 期转载)

柏拉图主义:米开朗基罗艺术创造的灵魂

一

作为文艺复兴时期最伟大的艺术家,米开朗基罗·博纳洛蒂同时也是位具有深刻哲学沉思倾向的思想家,他关于宇宙和灵魂问题的思考比对于艺术问题的探讨还要热情与执着,这使之成为古往今来寥若晨星的极少数思想—艺术巨人之一。在禀赋个性化观念体系这点上,他是唯一可与达·芬奇颉颃的大师,然而两人的相似之处也仅止于此,因为各自的哲学内涵完全不同。芬奇唯自然是尊,其意识活动几乎不受任何约束;米开朗基罗则刚好相反,对他来说,精神世界的一举一动,时时受着"物质"的拘囚与羁碍,必须经过悲剧式的反抗,方可指望获得解脱,就像他创作的雕像无不仿佛奋力从石块里扎挣出来似的。米开朗基罗的哲学是重视心灵感触而忽略外部印象的,简言之,他是个柏拉图主义或新柏拉图主义者。

文艺复兴时代佛罗伦萨的艺术家,受柏拉图主义影响是个较普遍的现象,这当然与 15 世纪兴起于意大利北部的新柏拉图主义运动有关。至于米开朗基罗,当还是少年学徒而于"美狄奇庭苑"从艺时,就从佛罗伦萨著名的"柏拉图学园"的哲学巨匠们例

如菲奇诺、兰迪诺、米兰多拉、波利齐亚诺等人那里迷上了新柏拉
图学说。如贡布里希所谓,在对一个人至关重要的性格形成年
代,从该学者圈子浸润哲学洗礼,而使其"有资格与诗人和人文主
义者并肩站在一起,并使他能用波利齐亚诺的话说'我表现我自
己'"。① 这神秘和深邃的哲学与艺术家的心灵素质相得益彰、和
谐共鸣。作为一个柏拉图主义者,大师在当时已相当出名,甚至
有称其为"柏拉图第二"的。潘诺夫斯基指出:"米开朗基罗是唯
一全部地、而不是在某些方面接受新柏拉图主义的一位;他不是
将它作为某种令人信服的哲学系统而接受,更不是作为时代的风
尚而接受,而是把它视为自己的一种形而上的解脱来接受……在
所有受到新柏拉图主义影响的艺术家中,米开朗基罗可称作是唯
一真正的柏拉图主义者。"②

　　产生在古希腊古典时期的柏拉图哲学,以及其后兴起于罗马
帝国衰微时期的新柏拉图哲学,可算得上有史以来人类智慧所能
建立的最为庞大、最具胆略,同时影响也最深远的哲学体系之一。
在打通希腊思想和基督教神学壁垒方面,它充当了举足轻重的决
定作用,换句话说,没有柏拉图哲学,也就不可能发展出完备周密
的经院神学体系。柏拉图主义把可感可闻可见的物质世界仅仅
视为恒常不变、无始无终、独立自在的理念世界的影像,一言以蔽
之,诉诸感官的事物不过是完善的和永久的观念的不完善的和暂

---

① [英]贡布里希:《象征的图像:贡布里希图像学文集》,杨思梁、范景中编
　选,上海书画出版社1990年6月版,第105页。
② [德]潘诺夫斯基:《图像学研究》,译文(邵宏译)引自《美术译丛》1989年第
　1期,第44—45页,浙江美术学院出版社,1989年2月版。

时的摹本罢了。而柏氏具有俄耳甫斯教派①转世观念色彩的所谓"灵魂回忆"的认识论，认为原存于理念世界的灵魂在进入肉身后，暂时遗忘了早已熟识的理念，因此必须通过努力回忆的途径才能达到真正的认识，仅仅依赖对个别具体事物的感觉根本无法接近真理。换句话说，如果出生之前的灵魂都是纯洁的，那么借助沉思的精神生活或所谓哲学生活就可恢复那美好的记忆。柏氏哲学的神秘主义倾向是显而易见的，不过它显示了试图从普遍性与一般性上探索世界本原的热忱，而且透出高度的智巧，也反映了人类思维超越朴素物质阶段的重大深化。

　　柏拉图学说在六七个世纪后的新柏拉图主义者手里变得更加神秘和不可思议，但也更具有了——尽管无意识——基督教神学特征。新柏拉图学派的代表人物是出自埃及的罗马大哲普罗提诺②，其形而上学的本体论体系的核心并且给予教父神学以很大启发的理论可以称为"流溢说"，包括三个核心概念"太一"、"心智"和"灵魂"。太一似乎是不可言说的，既无所在又无所不在，与

①俄耳甫斯教派（Orphism）乃苏格拉底之前或可说古代希腊最早的带有原始宗教性质的哲学学派。俄耳甫斯（Orpheus）大抵为神话传说性人物，本是个弹琴唱歌的能手，后世以宗教神秘诗附会之，尊为一教派始祖，俨然历史人物。其教义的精髓是相信灵魂的轮回，并且认为人死后按其在世间的生活方式灵魂将会获得永福或者罚以永劫。该学派的思想通过毕达哥拉斯进入到柏拉图的哲学以及后来的大部分带有宗教性的哲学之中。
②普罗提诺（Plotinus，204—270），罗马帝国时代伟大的新柏拉图主义哲学家，生于埃及，修业于亚历山大里亚，40岁左右曾随皇帝远征波斯，大约因受军变影响不久即从东方返回，定居罗马，授徒讲学，直至终其天年。他继承、阐扬、修正柏拉图学说，使之更加系统化和精神化，其对后代哲学的影响并不次于柏拉图本人。他的著作由其弟子编纂成书，卷帙浩繁，统名为《九章集》。

其说存在不如说超存在,其实说白了也就是万物的始原即神;因为它是绝对完满的,既无追求也无需要,所以又是充盈的,由于是充盈的,因此就有"流溢物"出来,于是从它流溢出心智,再从心智流溢出灵魂。至于心智,按照罗素的解释,其含义有点像精神,它与太一的关系最好以类比说明:太一好比发光的太阳,心智就是它借以看到自身发出的这种光;总之,心智是太一的映像①。处最末位的灵魂,则上通心智,下及感官世界,其实它就是物质世界的创造者,自然万物即为灵魂的向下发散……

不难发现,普氏哲学内容的确大抵是柏拉图式的,而且几乎全限于理念论。关于不朽的问题,更是采纳了柏氏《斐德诺篇》里的观点,即把人的灵魂理解为一种实体;实体是永存的,那么灵魂亦然;再者,尽管灵魂是永恒的,却有融于心智的趋向。人生的最高目的,是使灵魂从肉体的桎梏中解脱而回到神那里,达到与神合一。至于艺术,对于他也正像对于柏拉图,乃是理念被赋予形式在物质或材料上的结果。他以两块石头为例阐述道:一块未经过加工,就是说尚未注入形式,另一块刚好相反,就是说已按美的理念做成了雕像;后者当然是美的,而之所以是美的,乃因为具备了形式。形式并不在物质材料里,而是先验地贮存于设计者的头脑中,其完美程度取决于他的修养。即使是丑陋的材料也可以变成合乎理性的形式,这时它们分享了代表至善的理念,因此变成了美的。

对米开朗基罗产生直接影响的 15 世纪佛罗伦萨思想家正是致力于复兴柏拉图和新柏拉图哲学的一群人,他们的核心和领袖

①参见［英］罗素著《西方的智慧》,马家驹、贺霖译,世界知识出版社 1992 年 1 月版,第 153 页。

是声望卓著的马尔西利奥·菲奇诺①。这位和蔼而敏感的小个儿学者，半是严肃半是诙谐地按照据说是柏拉图的方式生活。1462年顷，大富豪科西莫·德·美狄奇将位于佛城市郊的卡雷吉别墅作为礼物送给了他，并把一些希腊文手稿交之处理，这样，"柏拉图学园"就顺理成章地建立起来了。参加学园的人都经过仔细挑选，对欢宴、友谊和学术热烈的痴迷是其共同点，且对柏拉图的崇拜均近乎虔诚。当然，这个人数颇多的学派学说不能不有着个体差异，比如，以在学园的地位而言仅次于菲奇诺的皮科·德拉·米兰多拉②的思想就更富于人本特点，而且比旁人更加熟悉亚里斯多德和不带偏见地重视经院哲学，不过以最具典型性来说，该学派的柏拉图主义仍以菲奇诺为代表。

众所周知，文艺复兴与人文主义这两个概念通常使用起来就如孪生姐妹似的密切相关，但是如果把后者作为前者的唯一时代精神则断然不可。以菲奇诺为代表的学派而论，尽管在某种程度上似乎也能看成人文主义思想发展的一个阶段，然而与该体系的

①菲奇诺（Marsilio Ficino，1433—1499），文艺复兴时期意大利新柏拉图学派的创建人和主要代表，始习医，后专攻希腊文；在美狄奇家族赞助下，15世纪60年代起将全部柏拉图著作翻译成拉丁文，此后又陆续注释、翻译罗马时期新柏拉图主义哲学大师普罗提诺和普若克鲁（Proclus）的著作；他本人的主要论著有《柏拉图的神学》、《论三重生命》等，将基督教思想和异教观念有趣地结合在一起；菲氏也曾受圣职。

②米兰多拉（Pico della Mirandola，1463—1494），文艺复兴时期意大利新柏拉图学派著名学者，出身豪门，曾先后于几所大学学习教会法规、接受古典教育，学识极为渊博，和菲奇诺一样属于佛罗伦萨柏拉图学园的灵魂；他的哲学致力于把柏拉图和亚里斯多德及其他学派的观点调和起来。

伟大先辈们彼特拉克、瓦拉①等所确立的原则比起来，毕竟存在许多异质成分。两者的主要不同，在于菲奇诺的柏拉图主义对正统宗教和形而上学的兴趣。事实上，自亚历山大里亚城的斐罗②以来，如何用希腊智慧解释基督教一直是宗教的和世俗的思想家关注的问题。随着不断发掘出的古典思想影响日益广泛，把彼此各成系统的教会神学和伟大的异教哲学融合起来又不损害各自的特性及完整性看来已成为某种历史的必然，这使命就落到了菲奇诺肩上。因此菲氏学说近于两种理论之间，即视上帝在有限宇宙之外的经院哲学观点和把神与世界视为同一的斯多葛式的泛神论（把宇宙和上帝都看作无限的，近代有着广泛的发展）观点；他相当肯定地认为柏拉图哲学和基督教神学乃两条平行的通往真理之路，可见菲奇诺的思想体系在本质上是折中的。

　　菲氏著作特别是《柏拉图的神学》和书信表现出一个高度复杂的思想体系，他试图精心描绘宇宙，把它视为一个博大壮观的等级系统。首先，居宇宙中心但并不与之分离的是上帝。其次，宇宙便表现为以下四个层次：一、永恒的纯粹理念的宇宙智慧；二、同样具永恒性但因其意志而处于动态化的宇宙灵魂；三、由形式和物质而构成并因此而易腐败的自然王国；四、本身不具备形式与生命的物质世界。它们的完美程度依次递减，处最高级的宇宙智慧最接近上帝，只不过不像上帝那样完满而又单一，其多重

---

① 彼特拉克（Francesco Petrarca, 1304—1374），文艺复兴初期意大利著名的人文主义学者、诗人和作家，有"第一位近代人"之称。瓦拉（Laurentius Valla, 1407—1457），文艺复兴时期意大利著名学者、哲学家、人文主义思想家。

② 斐罗（Philo，约 B. C. 30—A. D. 40），犹太神秘主义哲学家，试图融贯犹太神学与柏拉图、斯多葛哲学，乃基督教神学之前驱。

性在于包纳了各种作为较低层次的存在形式的范型观念（或称天使的心灵——按但丁在《飨宴》里就把基督教的天使等同于柏拉图的理念以及异教诸神）。而宇宙灵魂与但丁描写的九重的天国相当，亦即理想世界。它之下的自然王国其实就是现世，其运动依赖天国的带动。至于最末等的物质世界，只有当其与形式结合而不再是自身时，才会被赋予形状、运动甚或生命，成为自然王国的材料来源。

　　虽然在表述上略有差异，但该宇宙论整个儿来自普罗提诺，它之与新柏拉图主义的等级体系或普罗提诺的图式不尽相同，在于这是个更富有生命活力的动力系统，而把各等级和各部分统摄起来的亲和力，即上下左右循环往复的能量流，凭借的是一种由上帝而来，透穿过各重天及所有元素的"神圣影响"。由于其联动性——以宇宙灵魂而言——它既受到上一层次宇宙智慧的关照，又反过来把包含在那其中的灵智转变为激发下一层次自然王国活性的动力因。在这个体系中，低等的物质世界之特性是消极的，但并非邪恶的，尽管会导致邪恶；它倾向于保持无定状和排斥强加的形式，这就是现世所以不完满的缘故。不难想象，当自然王国与物质世界相比时，它充满了活力和美；但当与理想世界相比时，却被争斗、丑恶、烦恼所困扰。佛罗伦萨的柏拉图主义者之所以习惯于把现世抱怨为"牢狱"，即源自视世俗生活为与粗俗的物质牢牢纠缠在一起的存在形式之观念。

　　菲氏宇宙论体系给了灵魂以某种特殊地位，其不朽性和可随自己的意志而运动的特性，使之成为自然界中最伟大的奇迹——正是它把万事万物结合在一起。有人指出，这"为关于人的尊严

的学说提供了一种形而上学的依据和认可"①。根据一个古老的
观念,菲奇诺学派相信大世界与小世界结构近似。就如宇宙的构
成既有物质又有非物质似的,人类的构成同样也包含着物质的肉
体和非物质的灵魂。前者乃固有的物质形式,后者则依附于
它——当然,在肉体中,灵魂乃以低级的形式存在着;而将两者紧
密地联结起来的,则是人的精神。

　　关于灵魂,菲奇诺还根据其所含能力的性质给予高低之分,
凡与肉体相联系的能力,比如繁殖及生长、外部的即五官的感觉
之类都是低等的,只有理性和智慧这两种能力是高等的。理性按
逻辑规则运作,与低等灵魂较接近,但它是自主的,就是说,它既
能为形而下的感觉和情绪所迷惑,又能够控制它们,当然这意味
着斗争。智慧则靠直觉和冥想,不过其目标总是指向真理或永
恒。就灵魂的低级机能来说,人和动物乃共同享有者,然而理性
却唯人类所独有,尽管它低于上帝和天使的纯粹理智,并且有向
高低两方面转化的可能性。唯其如此,菲奇诺把人定义为"分享
神的智慧并具有肉体的理性化身",是"上帝与世界之间相联结的
一环"。这正如黑格尔关于新柏拉图主义的一句描述:"对于他
们,神是直接呈现在理性中,理性的认识本身就是神性的心灵,而
理性认识的内容就是神的本质。"②理性如此特殊的地位之高贵的
一面是显而易见的,但却仍不能保证人不堕入本能的冲动,因为它
被包围在物质之中,太容易受到诱惑了。事实上,人类理性时刻面

①[美]克利斯特勒:《意大利文艺复兴时期八个哲学家》,姚鹏、陶建平译,上
　海译文出版社 1987 年 9 月版,第 52 页。
②[德]黑格尔:《哲学史讲演录》(第二卷),贺麟、王太庆译,商务印书馆 1983
　年 8 月版,第 268 页。

临着上升或下落的选择，是故"不朽灵魂在肉体中总是痛苦的"。

　　这因此引出了他的哲学中，另一个同样深刻的思想，即以直接的内在经验为基础而对精神或沉思生活的强调。经验证明，人的心灵经常处于骚动或不满足状态，但是它有能力摆脱形体和物欲的世界而集中注意于内在的本体。所以，灵魂为了从等而下之的事物中纯化自己，非得进入冥想生活不可，以便发现非形体的概念世界。但这并不等于说，人类的所有世俗活动都是毫无价值的，因为，如果说人的智慧能够直接进入永恒的真与美的境界，那么，受智慧启发的人类理性则可以承担起完善尘世间人生之旅的职责。这双向的发展或作为均是有益的，换句话说，既要沉思，也要力行，才不失为完整、合理的生命态度。但是在对两种方式的价值认识上，"柏拉图学园"的学者们看法并不一致，比如，最权威的但丁注释家克里斯托弗罗·兰迪诺①虽说亦略倾向于看重前者，但总的说来还是主张不偏不倚。他把正义和宗教，即行动与冥想的原则，比喻为将灵魂带向高处的鸟的双翼，就像伯大尼村的马大和马利亚姊妹，虽然一个重行、一个主思，但却同样都信仰上帝②。据此，那么正义和有作为的人就同虔诚的圣人或博远的

①兰迪诺(Cristoforo Landino，1424—1492)，文艺复兴时期意大利新柏拉图学派著名学者，杰出的文学理论家，曾任佛罗伦萨学院的诗歌和修辞学教师；他陈述自己新柏拉图主义观点的著作主要是《修道院里的辩论》和一些关于但丁的论著与注释。
②圣经典故：一天耶稣来到伯大尼村，虔信救主的两姐妹将其迎到家中，姐姐马大便忙碌着伺候耶稣，妹妹马利亚却只顾坐在基督脚前听其讲道；事多心乱的马大欲让妹妹帮忙料理，问耶稣是否在意，回答道："马大，马大，你为许多的事思虑烦扰，但是不可少的只有一件。马利亚已经选择那上好的福分，是不能夺去的。"典出《新约·路加福音》第10章第38至42节。

学者一样高尚。仿效马大,意味着不放弃自己对人类负有的责任;仿效马利亚,则意味着从神分享甘美的幸福。

菲奇诺与兰迪诺的不同在于他对冥想的关注程度要强烈得多,正如克利斯特勒所指出的,菲氏把这种冥想生活"解释成灵魂永远朝着真理和存在的更高等级逐步上升的过程,上升到最后就是直接认识和洞见上帝"①。一旦臻于那个顶点,当然就获得了至福,也就进了忘我之境,被神性所充满,陷入"迷狂",类如诗人的天马行空、卜筮者的心荡神驰、神秘客的欣喜若狂、相爱者的忘乎所以即该状态。这几种情况中,最强大也最崇高的当属后者,事实上,爱的观念正是菲氏哲学体系的轴心。爱是动力,来自上帝再归于上帝;爱是欲望,当然并非所有的欲望都是爱,只有当其意识到以永恒美的形式出现的神德这个目标时,它才被称为爱,否则仅仅是自然冲动。上帝永远是爱的原因和最终对象,所以也是欲望的现实目标和实质内容,对上帝的爱由于神德光辉的反射才转到了人和物身上。爱和友谊总是相互的,彼此爱的关系均以各自对上帝的原初之爱为基础,简言之,是从对上帝的爱那里得来的。因此,在这个爱的循环中,涉及的不是双方而是三方,两个人和一位上帝。这就是人们常说的"柏拉图式的爱"即神圣之爱,可见与其说它来自柏拉图,倒不如说更出于菲奇诺,是他重新解释柏氏《会饮篇》和《斐德诺篇》并其他一些古代和中世纪关乎爱及友谊的思想而表达为系统的理论。尽管该过分哲学式的爱的概念对现代人而言已不免显得好笑,但之于16世纪以后西方艺术与文学的影响却相当强烈,而像米开朗基罗这样从思想到创作

① [美]克利斯特勒:《意大利文艺复兴时期八个哲学家》,姚鹏、陶建平译,上海译文出版社1987年9月版,第53—54页。

都很柏拉图化的情况亦并非是唯一的。

二

　　考察米开朗基罗的诗歌创作尤其他的艺术创作，确实不难发现大师同上述哲学思想的深刻联系。确切的传记材料证明，不但他在少年时代即从"柏拉图学园"的先生们特别波利齐亚诺得到教诲，而且作为终生酷爱但丁的诗人，也必然会从但丁感应到柏氏的哲学气韵，因为这"中世纪的最后一位诗人"的神学观念来自柏拉图或普罗提诺体系的东西并不少①；何况，15世纪末出版的十几种但丁版本差不多全是兰迪诺的注本，这就意味着，它的每一行可能都在新柏拉图主义的基础上得到了重新解释，而米开朗基罗对其熟悉的程度绝不亚于对诗之本身。但是，由于博纳洛蒂不是著作家，因而也便无法指望就此抽象出一个理论体系，不过，大师的书信、诗作、谈话，尤其造就艺术的方式及其独具风格的艺术品，却也能展示出一个柏拉图主义者的特点。

　　不必说大师的情感体验于纯粹的意义上接近所谓"柏拉图式的爱"，这是在他对卡瓦里埃利和佩斯卡拉侯爵夫人高尚的和异乎寻常的激情中得到证明的。仅仅以其对于现实的感受而论，米开朗基罗的方式及其结果也十足是柏拉图主义的。他的心灵一生都在悲剧式地经历磨难，大抵为了太敏感于眼前的不和谐成分。不错，自然王国远不是完善的，因为它被易于腐败的物质所

---

① 如但丁诗"艺术尽可能地模仿'自然'，就像学生模仿老师一样；因此艺术仿佛是'神灵'的孙儿"（《神曲·地狱篇》第十一歌）。这简直与柏拉图视艺术为"摹仿的摹仿，影子的影子"的理论如出一辙。

填满，就如人的身躯是不朽灵魂的"尘世牢狱"；而据说，大师在谈及这个隐喻时，是以一种抗争但被击败的痛苦态度："他的人物象征着灵魂发起的战斗，灵魂要挣脱物质的羁绊。"然而，"它们的监狱冷酷无情，无法穿透"。① 的确，深沉的迷惘、烦乱的心绪兼而有之，是构成绝大多数米氏造像的鲜明特征，它们仿佛把世界和人生诸问题一一考究，结果却为无法解决的矛盾和难以实现的欲望所困恼，俯首不甘，挣扎不能，直像要把身躯扭断！想想未完成的《圣马太》和几尊所谓"波波利奴隶"雕像吧，人体似乎在巨大的石块中拼命地挣扎，可是石块则似反转来要将其重新拉回到无形状的混乱状态……隐忍而默然的伤感，肃重而宁静的郁怒，透露出摇撼心魄的焦虑——这苦痛意识表现得如此有力，可以想见艺术家对于现世到了多么失望的程度……

关于雕刻，米开朗基罗有一个生动贴切且脍炙人口的定义："通过削减而实现的艺术。"他还在一些诗里表达了对于雕刻艺术近乎神秘的理解："听命于美术家的创作天才之手的功绩，仅仅在于把形象从外壳之下解放出来。"因为，"就像高尚的风格、低下的风格和中等的风格都隐匿在墨水和笔尖上那样，崇高的形象和愚蠢的形象也同时潜藏在大理石里"；还说："圣母，好像是美术家的想象力，把她那生动的外貌放进一块坚硬的岩石里、然后再敲掉多余的石头而获得的……"②在他看来，那大理石中蕴藏着的形象，就似囚禁在牢狱里的奴隶，等待着人们为其打开监门。潘诺

---

① [德]潘诺夫斯基：《图像学研究》，译文（邵宏译）引自《美术译丛》1989年第1期，第45页，浙江美术学院出版社，1989年2月版。

② 米开朗基罗的诗句，译文（刘惠民译）见《美术史论丛刊》1983年第1期，天津人民美术出版社，第244—245页。

夫斯基指出："他恢复了普罗提诺对'过程'的寓意解释,这个'过程'就是雕像形式从顽固的石头那里获得自由的过程。"①对于米开朗基罗,雕像在岩石里的不自由,恰如灵魂在肉身里或人类在现实中的不自由,物质的肉体拖累了超物质的心灵,以致灵魂成为身体的受害者,即被阻碍了与上帝的结合。这是典型的新柏拉图主义观念,按照菲奇诺的描述,始自于纯粹之境的灵魂降落下来而开始了生命,它被关进黑暗、俗尘和凡人的肉体,即使高贵的心灵也只能以其依托肉身来起作用——在不安中上下翻腾,"因此,我们的举动,行为,欲望都是骚动者的眩晕,沉睡者的梦境和疯狂者的呓语"②。所以,雕像渴望脱颖就像灵魂渴望上升,而这便赋予了艺术家悲剧式的使命,就像使心灵臻于完满必要经过悲剧式的奋斗一样。

　　正是基于此种认识,像米氏这样才能卓越的巨匠在进行创作的时候似乎仍然顾虑重重、举棋不定,他小心翼翼、如履薄冰,好像担心一下子毁坏了雕品,若一旦出现破损的情况,不但立刻放弃而改雕另一块料石,还会陷于极度的悲伤。到晚年尤其如此,因之他的许多作品往往不能最后完成。当然,未完成并不意味着价值降低,相反,那种不加修饰的初始形态经常是出其不意地恰到好处,丝毫无碍作品的完美。然而这也并不等于说大师的本意正在于兹,事实上他为完不成而苦恼,是不能也,非不为也!康第维③写道:米翁认

---

①［德］潘诺夫斯基:《图像学研究》,译文(邵宏译)引自《美术译丛》1989年第
　　1期,第45页,浙江美术学院出版社,1989年2月版。

②同上书,第53页。

③阿斯卡尼奥·康第维(Ascanio Condivi,1525—1574),米开朗基罗的门生,
　　较早的米氏传记作者。

为手不足以表达内心锤炼出来的理念,故常轻视自己的作品。既然理念与手无法将其尽悉实现之间存在着分裂,那么对于柏拉图主义者而言,完成更应该从理念去追求,因为先验的理念也即神乃包括美在内的万物之始因也是指归,尽管难于达到,却永远是艺术创造追求的终极目标。但丁在《帝制论》里就论述过成就艺术的三个阶段即理念、技巧和素材,断言欲届达处于感性彼岸之神灵身上的最高理念是非常困难的。柏拉图学派把艺术创作看成是"内在理念的现实化",越是能将精神的形式表现在材料上,作品相应就越能够获得更高的价值。如此使艺术超越模仿而向着理念或者说赋予精神以形体的思想,始终强烈地牵惹着米开朗基罗的心。为着"我那尚未完美的本质",他以高标准规范自己,力图将拘因于肉体牢狱中理念的倩影化为可视的形象,而未尽理想时便产生不满和感到失望。大师于一首诗中写道:"天上的那把神的锤子,则以自己的运动既把别的东西加工成美的,也把自己本身加工得更美。如果没有锤子就不能制造任何锤子,而这一把有生命的锤子正在制造着所有其他的锤子。"①这关于锤子的比喻印证出对理念论的感应之深,在他,神的锤子既是美的范式,更是美的源泉。关于美的超自然根源,以及理解融通美等于沐浴神恩的观念,在另一首诗里则表达得更明确:"任何一种美,只要它是为那些有悟性的人所看到的;它就比其他任何东西更接近于那种发源天国的美;而我们每一个人的灵魂均来自天国……我的那双如饥似渴地寻求美丽事物的眼睛;以及我那如饥似渴地期待神恩拯救的灵魂,除了对美的事物进行沉思默想外,再也没有别

①米开朗基罗的诗句,译文(刘惠民译)见《美术史论丛刊》1983年第1期,天津人民美术出版社,第244—245页。

的办法可使自身享受到神游天国的乐趣。"①显而易见，在米开朗基罗，美，包括艺术美，根源均在精神性的上帝，必得靠圣洁的心灵和灵魂的眼睛去发现；这与列奥纳多唯自然是尊的艺术观相距何等遥远！

　　一如上述，无论柏拉图还是普罗提诺还是菲奇诺，在其哲学学说的表述中，均无例外地强调了灵魂的重要性，之所以重要在于它的不朽性和能动性。就人的灵魂来讲，既来自神灵亦能回到神灵，当然还可以相反就是说也会堕落。灵魂加上与其关系密切的智慧、心智、理性等概念，构成了该具有浓厚神秘色彩的唯心主义思想体系之相互关联的理念王国，作为哲学话语，这些概念尽管使用起来玄而又玄，意义似乎也很难加以确切的界说，但若去掉形而上学的虚奥成分，实质上也不过指的精神领域里的东西罢了。总之，对于柏拉图主义者而言，高贵的必须是完美的，完美的必须是神圣的，神圣的必须是精神的，精神的则必须是反映着最高的善也就是创造主智慧的；如果是物质的（譬如具体到一件石刻的或铜铸的雕像），那么更需要赋之以精神特征或者使之分享神圣精神的灵光即来自上帝的福祉。一生迷恋但丁和柏拉图派学说的米开朗基罗的艺术观，类如这种精神的神圣化倾向成分实在是太明显了，他说——

　　　　好的画，迫近神而和神结合……它只是神底完美底钞本，神底画笔底阴影，神底音乐，神底旋律……因此，一个画家成为伟大与巧妙的大师还是不够。我想他的生活应当是

---

①米开朗基罗的诗句，转引自朱伯雄主编《世界美术史》第六卷，山东美术出版社 1990 年 6 月版，第 396 页。

纯洁的,圣的,使神明底精神得以统制他的思想……①

这简直就是柏拉图或普罗提诺的声音,是佛罗伦萨"柏拉图
学园"的哲学贵族们在装饰着神妙的雕像和圣洁的绘画的卡雷吉
别墅的客厅里漫谈艺术之性质与目的的声音,它像锤子的比喻一
样深刻地印证出大师的观念和趣味与超验的哲学品质之间的联
系是多么密切,感应程度是如何之深。显然,在他看来,囚禁于肉
体里的灵魂由于和物质捆在一起极难避免趋于低下(这是形成其
悲观意识的重要因素),不过灵魂自身那向上的本性又决定了它
势必要力图完善人们,因此大师诗言道,在"被我们的肉体包藏在
自己粗糙的、坚硬的和没有被打伤过的皮层之下的"东西中,不乏
"恍惚不定的心灵的某些良好志向"。② 唯其如此,他才力主艺术
家要圣洁自我,也就是不断地提高精神境界和道德修养,培育、光大
那所谓"良好志向"的幼芽,因为,作为艺术的创造者,假设他不去努
力接近甚而分享神的气息,又怎能指望会弄出神圣不朽的作品呢?

深深浸润于米开朗基罗意识中的柏拉图主义观念非但使之
在看待世界和人生方面不自觉地采取一种近乎超越世俗的态度,
例如处理友谊或爱情问题时那几乎不可思议的谦卑——对同性
卡瓦里埃利的痴迷强烈到使他毫无活性,对异性佩斯卡拉侯爵夫

---

① 米开朗基罗不曾撰写关于艺术的专论,偶尔发表的见解见诸他的诗或书
信;不过,一个有幸进出大师生活圈子的葡萄牙艺术家赫兰达(Francisco
de Hollanda,1517—1584),倒是记录了不少他的言论,这成了后人研究其
艺术思想的最具价值的文献。这段话见赫氏之《罗马城谈艺录》第一卷,
转引自傅雷译《傅译传记五种》,生活·读书·新知三联书店1983年11月
版,第342页。
② 米开朗基罗的诗句,译文(刘惠民译)见《美术史论丛刊》1983年第1期,天
津人民美术出版社,第244—245页。

人的敬慕虔诚到使他近于圣化，当然这不奇怪，因为柏拉图式的恋者总将感情的对象与一种形而上的崇高相联系；而且——这是不言而喻的——也使之在他的创作里隐藏了许多超乎表面意象的奥义，破译这类深层次的理念或情感符号无疑是窥测大师精神世界秘密的重要途径，当然是条隐蔽的不易被觉察的路径，而且满布弯叉与迷津。

三

根据米开朗基罗视雕刻为一个把埋藏在石头内的形象从中释放出来的过程之观念，兹仅以其几件（组）雕品为例略加说明，这些石雕像均是用之于或最初计划用之于朱理乌斯二世教皇陵墓或美狄奇氏族庙陵墓上的装饰作品。

先说原计划用于朱理陵的"奴隶"像——它们包括已雕毕的两座即现存卢浮宫的《被缚的奴隶》和《垂死的奴隶》与未雕毕的四座即现存佛罗伦萨学院的所谓"波波利奴隶"。按大师最初的设计方案，它们的数目大约应在20左右，一个个被绑缚在放置"胜利者"雕像壁龛两侧的方形壁柱上——依据康第维的说法，奴隶们象征着各种自由艺术由于教皇的崩逝而成了死的俘虏。但是，这种解释在20世纪兴起的"图像学"艺术批评学派的主要创立者和代表人物潘诺夫斯基那里遇到了挑战，他认为奴隶雕像的意旨绝不仅限于此，至少在狭窄的意义上，作为道德比喻，乃表示不改过自新的人类灵魂为其自然愿望所束缚；也就是说，其中还潜伏着更特殊的意义即柏拉图派学说上的意义。以《垂死的奴隶》为例，在这个完美的就要永远睡去的青年躯体身后左腿弯曲的空档处，伸出一个粗粗雕就的猩猩的脸，该丑陋的"伴随者"具有一种"类"含义,即用以说明奴隶的属。由于猩猩的外貌及举动均比其他任何动物都更接近人类,又由于其缺乏理智和好色,所以便用以象征人身上所有较次等的东西比如贪婪和欲望,因而由猩猩所暗示的所有奴隶雕像的"公分母"便是:动物性。这与菲奇诺阐述的人与动物均具有低等灵魂的学说不谋而合。由此看来,喻低等灵魂的猩猩可谓被捆绑的奴隶们的逻辑标志,它们被拴在象征物质的方形壁柱上,乃失去了自由(因被物欲所俘)的人类灵魂。与此相对照的是,如果奴隶们象征被物质所缚的人类灵魂因而也类于动物灵魂,那么放在壁龛里的"胜利者"像就代表用理性征服情欲,故处于自由境界的人类灵魂;二者互为补充,便展现了人于尘世的生活:失败及以巨大的代价和顽强的斗争赢得胜利。

不过,按照柏拉图学派的学说,俗界的生活无论多么值得称道也还是属于冥府的生活,这在菲奇诺《柏拉图的神学》中曾被特别地强调过。因此,以理性征服情欲的胜利尽管值得赞颂但却不足以成为不朽,永恒的胜利还得依靠灵魂里的高级力量即启示来获得;这是来自天国的力量,就如但丁《神曲》中俾德丽采代表的,它不参与尘世的争斗因而并非是征服,启示作用于精神或智慧。在朱理教皇陵的原初设计中,米开朗基罗打算把摩西和保罗做成占支配地位的两尊坐像置于墓陵建筑的中间一层(当然这个计划后来落了空,保罗像根本未曾动手),原因在于包括大师在内的佛罗伦萨的柏拉图主义者常常把这二位圣人归为一类,以表示通过完美的综合智慧行为而于现世即获得不朽精神的人之最高榜样。唯其如此,在雕毕的摩西坐像上,大师不只刻画了他作为立法者和统治者的政治家气度,同时还突出了他作为思想家和梦幻者的神学家气质;换言之,就是既刻画成民族领袖,又表现为大慧先知。正是从这个意义上,潘诺夫斯基认为康第维将该雕像描述为

"表现出沉思者的态度，他的面容充满荣光和圣灵"，远比后世批评家大多把雕像解释成摩西是为同胞的愚行而暴怒正确得多。因为，就同西斯廷教堂拱顶壁画中的男女先知们，摩西所看到的只不过是新柏拉图主义者所称的"圣光的显耀"，那是一种超乎自然的兴奋，类如菲奇诺说的，当它使灵魂狂喜时，会让躯体发僵，几乎像消灭了一样。这样一来，朱理陵墓就不仅是标志教皇政治和军事业绩的纪念碑，而且是通过现世声望而得以永恒超度，使精神不朽化的人类的象征了。

　　再说美狄奇氏宗祠内两位公爵朱理阿诺和罗伦佐的纪念性墓陵设计。该工程也像朱理教皇陵一样，最后的完成与最初宏大的计划根本不能同日而语，它一缩再缩，不但在整体规模而且于细节处理上都大大地简略了，好在大师的意图并未太多削弱更无些许歪曲。值得提起的是，按最终落成的两座墓来说，在棺盖之上左右各斜卧的题为《晨》、《暮》、《昼》、《夜》之表示"时辰"的雕像下方也即石棺底部两侧，原设计方案还各取卧式地半躺着两对形态互异但彼此对应的"河神"雕像（其中有一座模型存世，藏佛罗伦萨美术学院画廊）。这两座墓面的设计同样地体现了柏拉图主义者们所理解的那种神圣化，或者说，寓示着灵魂如何穿过宇宙层次而上升。诚如上述，"柏拉图学园"的哲学观念是把物质世界当成地下世界的，且把"监禁"在肉体里的灵魂比作一种在阴间的生活。那么，按照潘诺夫斯基的解读，处墓面最底层的四河神雕像，无疑应与冥界的四条河①相联系，象征人落生世上灵魂即遭

①冥界四河分别是阿开龙河（Acheron）、斯堤克斯河（Styx）、弗勒戈塞河（Phlegethon）和考克图斯河（Cocytus），它们在柏拉图的《斐多篇》和但丁的《地狱篇》里均扮演了重要角色。

到四重物质力量①的拘押也就是罪恶(物质乃一切罪恶之源)的包围。菲奇诺就明确指出过:理性的深壑总为冥界四河的洪水震荡着——这关于四河的新柏拉图主义解释在 15、16 世纪的意大利思想界是相当流行的。

　　米开朗基罗在该两座墓面的杰出设计上非常明显地留下了一幅柏拉图主义哲学理念图式的完整印记。如果他的河神们的确用以代表学园的先生所说的地下世界也即是绝对物质的世界的话(这一点看来似乎可以肯定),那么在较高的位置即河神上方之棺盖上斜卧的《晨》等寓意时间的雕像则就象征着自然王国即现世。如上所述,在菲奇诺表述的宇宙系统中,自然王国是由形式和物质构成的,它也是人类所生活的世界。这个世界是唯一服从于时间法则的,时间为天国所创造但对天国本身不起作用,唯有自然中之物质和形式的结合才有始有终。《晨》等寓意雕像既说明住宿在物质躯壳中的人类灵魂必然遭遇的各种骚扰和压抑,也暗示着时间之无情的摧毁力量,自然王国里的一切都逃脱不了它,即使像公爵这样的杰出人物也不行。这些雕像之所以表现得那么极度的悲伤、烦郁和痛苦,正意在强调尘世的生活或者自然界的生命无一不是悲剧性的。

　　人类之生活于自然王国虽然是悲剧性的,但并不是没有希望的,好在它是个短暂的有限的过程;况且,按照柏拉图主义的解释,尘世的生活同样可以是高贵的生活,为人类所独有的理性就具备使之趋于完美的能力,它的手段是双重的,即沉思和力行。根据上述兰迪诺阐述的学园派的学说,二者是通向天国的两条路径,正像使灵魂升天的一对翅膀,尽管行为的善即正义比起沉思

————————

① 四种物质形态或说基本元素即气、土、火、水。

的悟即虔诚来还只是它的先决条件,其重要性似乎相对次一些。
米开朗基罗设计的墓面,的确可以说准确地诠释了新柏拉图主义
的宇宙等级观念体系,高高地坐在石棺之上也就是处于寓意时间
的雕像头顶附近之壁龛里的公爵雕像毫无疑问代表了最理想的
尘世生活。这两尊美轮美奂的坐雕,与其说刻画的是死者生时的
英姿,不如说表现的是他们不朽的灵魂,由于其生命之旅服从了
理性的法则,是故他们已经跳出由时间统治的自然王国而即将超
度上升到理想王国。两尊公爵雕像,朱理阿诺的题为"力行",罗
伦佐的题为"沉思"——当然,不唯在称谓上,同时更在动态的处
理上,大师明确地凸现出两者各自的属性以及彼此的对比。依新
柏拉图主义的观点看,两种形式都不失为真正神圣化的生活,换
句话说,唯有由正义或虔诚统治或引导,才能逃避出物质之自然
罪恶的包围,从而既可得到现世的欢乐又能获取永恒的至福。

　　沉思者的笃诚和行为者的正直是新柏拉图主义的两种理想
生活方式,也是米开朗基罗终生向往与实践的原则。用活生生极
富暗示性的雕塑形象语言图解之的做法,其实也明确地应用在朱
理教皇陵墓之最后完成的格局上,这就是称为"冥想生活"的拉结
像和称为"行动生活"的利亚像,两尊石刻像分别站立于摩西坐像
两侧的壁龛里,构成一个颂扬教皇神圣脱俗意旨的庄严比喻。

　　依据一些零散的原始草图和文献记载,研究者还发现在美狄
奇氏宗祠的墓体设计方案中,位于死者坐像之上的层次即第四层
次(墓面建筑的最高区域),除了绘以壁画,还要装饰"战利品"、
"空置的王位"等象征物,暗示天国智慧对低级存在形式的终极胜
利和不可视的不朽存在之类概念。该层面很自然地可以理解为
达于天国界面的宇宙智慧境界——可惜这个象征纯粹理念的最
高层次和寓指物质世界的最低层次(由河神所代表)都未能在工

程中得以实现——但由此可见,两座墓体纪念碑的设计,在一种接近完美的意义上诠释了菲奇诺式的宇宙体系论。

　　的确,为杰出人物建造陵墓的行为,本意不外是对人们尊敬或悬作榜样的某种人格、精神的怀念或张扬,在这儿,寄托甚至突现作者的思想是顺理成章的。美狄奇氏族庙的公爵墓同朱理乌斯二世的教皇墓一样满足了大师借可视艺术形式表达关于世界、人生、信仰、不朽等一系列问题之形而上理解的愿望,考虑到这些理解的来源,同样可以顺理成章地结论,米翁的千古杰作,乃关于新柏拉图学说的最深刻、最耐人寻味的形象化表述。

四

　　诚如上言,柏拉图主义学说与基督教教义存在着也许最为亲近的姻缘关系,尤其它的理念论和不朽论,对圣保罗和教父们的神学来说,即使不都是那么也大部是其直接的来源。而通过以普罗提诺为代表的新柏拉图派,这一学说几乎垄断了中世纪居主流的宗教意识形态,不只在一般的神学观念上,而且在特殊的艺术思想上。普罗提诺曾提出"理智之美"的概念,这个可以回溯到柏拉图的艺术观是和中世纪精神非常合拍的,这导致该持续千年之久的漫长时代的视觉艺术创造背离古典原则,即从模仿自然转移到表现理念,也就是说,把艺术的目的圈进了单纯精神的天地。如此情况下,艺术差不多只是一种语言符号,可以鸣奏出理念之玄奥的生动的象征音符罢了,而自然的量、质、形等被忽略到无足轻重的地步。及文艺复兴,由于新的时代精神为不断发现的往昔遗产所激励,艺术便经历了一个从观念形态走向模仿自然的转换期,客观的自然,作为范本也作为源泉,给予艺术家和艺术创造以全新的价值、尺度和灵感，而其所导致的辉煌成就是人所共知的。但这并不意味着，艺术创造从此舍弃中世纪那种理念性精神旨趣及与之相应的主题选择；对往古遗迹例如希罗雕像等给予高度估价的同时，也赋予古代思想例如柏拉图学说以新的光辉（佛罗伦萨的学园即为例证）。但是毕竟，以理性为据和以自然为师总是这几个伟大世纪的主旋律，于是以芬奇为代表，包括米开朗基罗在内的一大批热衷实验的大师们，远远走在时代之前，靠卓越的天才和不懈的探索把造型艺术纳入了科学发展的康庄大道。不过应该看到，文艺复兴的艺术观念，经验的和超验的，作为模仿自然的和作为理念语言的，却自始至终此起彼伏地存在着也发展着，相互间甚至还不可避免地产生某种紧张态势，而这种时候，艺术家的内心就成了双方交锋的战场。

对米开朗基罗来说，作为美术家，生机盎然的对象世界无疑具有巨大的魅力；而作为柏拉图主义者，先天存在的理念世界更是无限丰富激动人心。在装满了圣经、信仰等超验意识形态的大师之创造头脑里，经常进行着两种艺术观念的斗争完全有可能。自然性和理想性，究竟应该怎样结合？是否得各占一定比例？然而之于大师（特别在他进入晚年以后），艺术创作与其说依据客观原则而塑造合乎自然律的形象，毋宁说按照主观原则赋予信仰提供的主题以理念可视化的形体。原因是显而易见的，作为普罗提诺、但丁和菲奇诺的弟子，米开朗基罗不仅是柏拉图的信徒，更是耶稣基督的追随者。如已所知，关于雕刻，米翁信奉一种纯粹柏拉图主义的观念，即雕像的产生意味着从顽石中得到解放。那么就此而言，石头对于他就不啻是拘押形体的物质或掩遮物——或者也可以抽象地称之为决定形象的法则。这个法则来自天意，为其所束缚，形体是不会自由的，就是说，那要被创造的形象的不自由,也是神意的安排;作为自然的本性,无论它反抗之还是屈从之,其不自由的状态应是无法改变的,要改变它只有依靠雕塑家手中的锤子。设若按照模仿自然的要求,真的把形体从材料的束裹中解放出来,那么某种意义上是否违反了神的意志或者也可以说是犯罪呢?因为雕刻家难以保证毫无损害地使那个按照神的意志而造就并被关押的形象的理念现实化。一个德国人艾因姆在探讨米翁何以留下那么多未雕毕的作品时提出一种假设,即,正是类似的担心或不安使大师在创作的过程中屡屡放下了锤子①。这无疑是些最为痛苦的时刻,因为一方面要为实现艺术的目标而苦斗,一方面又不得不放弃之。这痛苦足以让人陷入绝望,事实上,米氏艺术之过度悲郁的特征固然与其好自讨苦吃的性格颇具联系,但也同他出自柏拉图哲学甚或基督教神学观念的思想意识密切相关。

　　作为柏拉图(他被菲奇诺称为"说希腊语的摩西")也作为耶稣之信徒,米开朗基罗似乎比任何人都更为深刻地感受了基督教悲观主义那苦涩而又醉人的味道,同时创作出艺术史上或许最富于深刻象征意义的伟大作品;他的邃奥就像他的痛苦来自信仰,来自于对未知领域不懈追询的执着和对灵魂超度秘密永恒关注的热忱。显而易见,在文艺复兴这个本该走出教会阴影的思想解放时代,大师却仍然陶醉在救主信仰那惨淡的光明里;而不像列奥纳多,服从的是理性的指导,甩开权威,以无畏的勇气打探自然的奥秘。就此而言,在更具有近代人性格、气质和观念方面,还数芬奇最可堪称为典型;相比之下,米开朗基罗的意识体系包括其

---

① 参见[德]艾因姆:《米开朗基罗的未完成和不能完成的作品》,任荣译,载《美术译丛》1985年第2期,第6—10页,浙江美术出版社出版。

艺术思想——诚如文杜里所言——是保守的①。

　　(本文成稿于 1998 年 1 月,刊发于《文艺研究》2007
年第 3 期;人大复印资料《造型艺术》卷 2007 年第 3 期转
载;获山东省刘勰文艺评论奖。发表时有删节,编入本
文集,按原初稿录入)

---

① 参看[意]文杜里:《西方艺术批评史》,迟轲译,海南人民出版社 1987 年 4
月版,第 78 页。

圣经的诗学与哲学品格之于西方造型艺术

——以米开朗基罗为个案

一

　　作为宗教经典,基督教《圣经》对世界文化的影响难以估量,而之于西方文明的塑造更是决定性的,如所公认,它是支撑起这座大厦的两根主要的巨柱之一。夏多布里昂的《基督教真谛》有言:"众所周知,欧洲的文明,一部分最好的法律,差不多所有的科学和文艺都来自宗教。"其四分之一的内容论述"基督教的诗意",声称"基督教是最富于诗意的,最人道的,最利于自由和文艺的"①。这种观点似乎偏颇,因为似乎是有意地忽略了来自古代希腊和罗马的所谓"古典文明",但其实也切中实际。毕竟《圣经》森罗万象人类精神领域,是个无尽的源泉。作为信仰法典,除去其神学本体的性质不论,它诗学的和哲学的品格尤为突出。不论《旧约》还是《新约》,那无处不在的象征和寓意启迪心灵,列王、先

---

① 转引自柳鸣九主编《法国文学史》(中册),人民文学出版社 1981 年 9 月版,第 98 页。

知或者耶稣的教训无不诗情浓郁、哲韵悠长，视之文学的表达或哲学的表达均无问题；至于"诗篇"、"箴言"、"传道书"之类差不多为纯粹的诗歌作品，当然就更不必多说了。所以，这一品格哺育了后来的文艺与学术，并使之长期受其滋养，得以繁荣昌盛、累世不尽。

《圣经》的诗学哲学品格之于西方造型艺术同样影响广泛且透入脊髓。

文艺复兴盛期意大利"艺坛三杰"之一米开朗基罗堪为生动例证。

米开朗基罗·博纳洛蒂，伟大的艺术家，卓越的诗人，深刻的新柏拉图主义哲学家和虔诚的宗教神学家。其创作——绘画、雕塑、建筑及其诗歌——无不鲜明地打着《圣经》诗性与哲性的烙印。

由于基督教经典之诗与哲学品格的强大影响，必然决定了米氏艺术充溢着深厚的思想文化内涵，它是写实的又是象征的，是明朗的又是暗晦的；宗教神学观念和柏拉图主义奇妙地结合，使之呈现出无穷的张力及进行多层意义阐释的可能性。大师的精神浸泡在福音书的天地里，那是他生命的和灵感的源泉，于《圣经》的启示下思考，基督教悲天悯人的韵致与艺术家沉郁的灵魂律动相得益彰，于是信仰由习惯成了爱好，由爱好成了需要。他把自己整个儿交给宗教，正如交给艺术。而两者之于大师，又结合得天衣无缝，其主要创作，几乎都取材《圣经》，尤其晚年，乃清一色圣徒殉难、哀悼基督之类最悲郁的题材。艺术创造对老人来说就是回到《圣经》，回到基督与使徒殉难的悲哀里也是壮美里！他雕凿，描绘，以耄年人特有的悲切感受，品咂着、体味着刚刚卸下十字架的救主灵魂超度的秘密……

尽人皆知的罗丹雕塑《思想者》将思考的痛苦与力量发挥至

无以复加！它正是受米翁神品《罗伦佐·美狄奇》启发而作；该雕品另有"姊妹篇"《朱利亚诺·美狄奇》与之呼应（二者同为佛罗伦萨美狄奇氏家祠内的主体雕像）。二像均取坐姿，前者手托下巴，仿佛思虑满腹，或因某揪心的事件而举棋不定；为凸显思想之特征，使面部低垂处于浓重的阴影里。后者手执权杖，以保持高度警惕，且充满行动的决心；其头部前倾处于明亮的光线中，从而出色地强调出作为行动者的特点。这面对面置放的二座纪念雕像分别暗示"沉思"与"力行"——人生的两个境界。

雕品诗意地诠释着大师深邃的宗教神学与新柏拉图主义哲学理念。

在基督教初期，用希腊智慧解释其神学尤为僧俗两界的思想家所关注，如致力于将之融合的斐罗及其主张于学术界几乎成为常识；其实，《新约》中特别保罗书信，其希罗气韵也随处可感。所以，古老的基督教神学来自更古老的希腊哲学例如柏拉图的东西颇多，比方说，以人的内在体验为基础而进入沉思生活的理念（沉思即目的，它是自足的）。由于心灵经常处于骚动状态——不过它有能力摆脱形体和物欲的羁碍——所以灵魂为了从等而下之的事物中纯化自己，非得进入冥想生活亦即精神境界不可。然而这并不等于说，世俗活动是没有价值的。如果说智慧能够直接进入永恒的美与真之境，那么受智慧启发的理性则可以承担起完善尘世间人生之旅的职责。换言之，既要沉思，又要力行，才不失完整的生命态度。这一理念在福音书里也多有表达，试举一例：耶稣来到伯大尼村，虔信救主的马大和马利亚姐妹表现殊为不同，前者重行，后者主思，同为耶稣所喜欢（参见《路加福音》第十章第38—42节）。米开朗基罗的另一件艺术工程——罗马的教皇朱理乌斯二世陵墓雕刻，也表现了同样的神学哲学观念。

"思"与"行",生命之于世界的两个着眼点,从来的宗教与哲学所面对的,或许仅此而已。哈姆莱特穷究生命意义的顽强与堂·吉诃德欲扫尽人间不平事的"侠行",其高贵与伟大是同等的。

二

佛罗伦萨的美狄奇宗祠工程,由米开朗基罗设计并督建,经历曲折(从1516年初稿迄1534年完工)。美氏为佛城望族,自15世纪初成为僭主统治者,虽经数次民众起义短时恢复共和传统,但总体而言并未根本撼动其地位。

祠内设二座纪念墓体,包括九尊尺寸庞大的雕像,七件出自大师之手,分别是:《抚婴圣母》坐像,《朱利亚诺·美狄奇》、《罗伦佐·美狄奇》坐像,以及陪伴、装饰后二者的四座题为《晨》、《暮》、《昼》、《夜》的卧像。

这间高大开阔的厅堂看点首在两座纪念碑式陵墓,它们大部嵌入墙里,彼此呈对峙之势,各由石棺和三座石像构成,即两个斜躺在棺头上的象征性男女卧像和居其上正中位置的死者坐像。《抚婴圣母》等与祭坛对应,兹略而不论。

与一般传统的陵寝格式不同,即不是把死者雕刻成临终躺卧的样子,再配置浮雕及圣女、天使等,相反,死者之像是以充沛的精神活力灌注于形体之中的。换句话说,以他们在世时最为潇洒从容、英姿勃发的青壮年代风采而被赋之于坐像。棺椁之上的三尊雕像以金字塔式的群体结构出现于建筑物墙面的怀抱之中,就是说,每个主体坐像和两个装饰卧像形成稳固的三角形而"镶"于墙垣。(如图1、2)

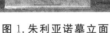

图 1.朱利亚诺墓立面　　　　　　图 2.洛伦佐墓立面

　　就像文艺复兴时代任何严肃的艺术创作,美狄奇氏宗祠内的墓陵设计从整体到局部都包含丰富的象征意义。由于米开朗基罗既是虔诚的基督徒,又是绝非一般意义上的柏拉图主义者,所以隐含在这一艺术工程中的寓意象征大抵是神学的或者是诗与哲学的;此外,众所周知,柏拉图主义或新柏拉图主义思想体系与基督教神学观念差不多只有一步之遥,因此这些复杂的象征在性质上不乏某种“互文性”或共通性。比方说,按照最初也是最佳的设计方案,墓体从底端到顶部,是逻辑地分为四个层次的,即墓基处为“河神”卧像,其上是“时间”卧像,再上乃“墓主”坐像,最上是墙面的壁画区域。此乃对当时佛城“柏拉图学园”哲学之宇宙体系论四层次的艺术化诠释①;可惜工程实施过程因各种缘故而不得不简化,将底端的“河神”与顶部的壁画删除了。这样,作为某

————————

① 参见前篇《柏拉图主义:米开朗基罗艺术创造的灵魂》。

种哲学理念的图解虽已残缺不全,但毕竟也算较为完整地体现了基督教的神学观念,即暗合天国、凡尘、冥土的"三界"理论:死者坐像所安放的中间位置,好比碌碌红尘;头顶上建筑物穹隆之下的窗子透进的一圈亮光,源于天界因而也就表示灵魂得到超度的永恒福祉;公爵脚下的棺椁,便是肉体将居此安歇的冥土。死灵在此等待超度,所以两位公爵坐像都雕刻成转首内向《抚婴圣母》。是否意喻,期待救主慈悲的双手,尽快将死者之灵携往天国?

　　如是神学象征意义的解说,似乎没有那颇具柏拉图主义哲学意味的解说更富有现实性。实际上,浸润着柏式神秘哲学气息的象征意识非但未因神学意蕴而消解,相反仍沉痛地叙说着艺术家对世界、人生、死亡问题作形而上学的感悟与思考。大师借助时光从晨到昏、从昼到夜之不可抗拒的轮转规律,以充满忧伤、疲惫、困扰的人物形象表现威严的天道、痛苦的人生、自由和必然的矛盾等宇宙的绝对法则。在这儿,生与死、有限和无限、追求及幻灭之类对立统一思想以极其明了的艺术形式或者雕塑语言启发着人们。两座陵寝的主体坐像朱利亚诺和罗伦佐虽然气质不同,但均以伟人的魄力见著,而安放在他们脚下的寓意人体则加强了其精神意蕴,或者说具体化了他们的内心。两尊坐像的高度都在1.8米左右,置于建筑物白色云石墙面凹进去的壁龛里。位于壁龛下面但向前伸出的平台上,就安放着墓的主要象征物石棺(实际上只有棺头部分,其棺体从逻辑上说嵌在墙中)。罗伦佐的棺盖左右对称地"侧卧"着《晨》和《暮》,与上面公爵坐像形成金字塔式的一组;朱利亚诺的棺盖同样对称地"侧卧"着《昼》和《夜》,也与上面的公爵坐像形成金字塔式的一组。

　　朱利亚诺和罗伦佐为美氏家族中最早被授予公爵爵位的成

员,且均领教皇司令官职号,所以雕刻家处理为着铠甲装束的军事将帅。总的看来,赋予公爵雕像的,是器宇轩昂的高贵气派,是典雅从容的理想风度,体格匀称魁梧、姿态矫健轻灵,使人想到亚历山大和凯撒的英雄气概。优美的曲线、生动的转折、精美的雕饰、流畅的细节,把雕像琢磨得美轮美奂。就此而言,这是两座完美不让《大卫》的卓越作品,尤其在巨人气质的理想化方面。然而,在表现英雄性格的同时,大师也赋予形象以某种悲剧式的沉重感受,以至造成复杂的精神内涵:除了武人的英豪,还有伟人的惶惑,这使雕像与整个祭室那种悲观迷惘和人生无常的情调取得了极好的协调。

如前所述,两尊坐像,一般称朱利亚诺为"力行",罗伦佐为"沉思",内隐基督教神学与柏拉图哲学深邃的寓意。艺术家摒弃"酷似"的肖像手法——不,他从来不使用这种庸俗的手法!因为在他眼里,艺术必须以崇高壮美诉诸人生,抄袭粗陋的现实将永远与杰作绝缘。美氏家族的二位故人,与禀赋如此高贵人格的雕像能有多少共同之处?米翁不过借以暗示"沉思"与"力行",这人生的两个理想境界罢了。的确,思与行,正是生命之于世界的根本之点,宗教、哲学也好,文学、艺术也罢,说到底无外两个基本问题而已。就此而言,美狄奇氏宗庙的公爵墓,就不单纯是一个家族追念先人的纪念碑,而实在也是严峻的人生诗哲之严峻的象征表述!

两位公爵像的设计,有个与财富关联的细节不应忽视:朱利亚诺左手里有二块硬币,罗伦佐左臂肘则支于膝头的一个钱匣上。有人从神话学及古代占星学的语义系统解释说,这反映了两种不同性格的人对金钱的相反态度,以力行见著者性好慷慨,就如同他勤于行动;以沉思见著者偏于吝啬,就如同他爱好避世①。老实说这种解释有些差强人意。那么,是否应该提及如下之点:美氏家族乃佛城首富,靠财富得以控制政府,成为实际上的统治者。财富是这个家族的荣耀,而有效地使用和积聚金钱,也是它的骄傲。既然如此,作为聪明与智慧的结果,也作为权力的强大后盾,以之为标示,也许是合乎逻辑的。

在所有这座祠堂内的陵寝雕像中,更富有诗意、哲理性和悲剧气氛的,还是《晨》、《暮》、《昼》、《夜》四尊卧于棺头的寓意雕像,甚至之于大师的全部雕品,亦属最具表现力和感染力之列。它们俨然以优美的曲线勾勒出来的块式立方结构,整体与细节都异常紧密,仿佛有种无形的外部压力迫于其上,而各部分又受到内部生命力膨胀的推动,结果在"束缚"与"扩张"中,雕像主体陷入焦灼难耐的境地。按米开朗基罗的雕塑观,上乘雕品应是"整块"的,即使从山上滚下来都完好无损。这提供了生动例证,尤其《暮》与《昼》,不失最明白无误的诠释。从意蕴上说,"这些人类苦痛的不朽象征","说出了一切生之苦恼和憎厌"②。一个个躬身曲背,近乎抽搐着的形体,几乎要从倾斜的棺盖上滑下来,但仿佛又为神秘的力量拉住在那里,上下两难,颇为尴尬。他们的躯体虽然满是力量,但精神显然倍受压抑,因而手脚或痉挛地蜷曲,或无措地悬垂。《晨》,是个聪敏的少女却如此地惶惑;《暮》,这样老成的力士倒极其颓疲;《昼》,一个强壮的汉子为什么这等不耐?

---

① 参见[德]潘诺夫斯基著《图像学研究》,译文载范景中主编《美术译丛》1989年第1期,第60页。

② [法]罗曼·罗兰:《弥盖朗琪罗传》,见傅雷译《傅译传记五种》,生活·读书·新知三联书店1983年11月版,第319页。

而《夜》，如许美丽的女郎却像要把一切遗忘……

　　似乎他们力图说明：世界是严酷的，自然法则是不可抗拒的；尽管人生有苦有乐，但唯其苦才是绝对的和永恒的。这与视人生为痛苦的救赎过程之基督教神学—哲学世界观多么合拍！由于社会充满矛盾，人自身也充满矛盾；斗争、追求又是人的天性，其过程必伴随幻灭与失败。由世俗化的理解印证为无数人信仰的教义有助于触摸大师的精神世界，因为在他，生活的哲理与宗教的情怀往往合二为一。正如不息的岁月之流无始无终，叙述着宇宙精神奇妙无穷，四座卧像明白表示着时间的推进而寄寓韶光难留，大师本人也曾诗言："白昼与黑夜互诉苦衷：'我俩急速地交替奔腾，已导致朱里安诺公爵死亡。'"①雕像喻示时间的摧毁力量，无敌、绝对强大的力量！不是吗？在动态化的自然王国里，它是唯一不可抗拒的，成就一切也带走一切。根据康第维的记载，米开朗基罗原曾打算雕刻上一只老鼠，理由是，这小东西总是不停地啃噬，就像吞食时间。而作为流逝的光阴和催人老死的象征，装饰在棺头的这每一尊石像，不是都笼罩着令人深感压抑的忧郁和撩拨意志的神秘吗？换言之，它们已让人充分地领略了时间法则那无情的统治力量！

　　潘诺夫斯基曾指出，代表四个时辰的棺头雕像在一种新柏拉图主义的哲学意义上也象征着人类尘世生活的各个方面，或可谓真正痛苦的状态，包含了基于由"气"、"土"、"火"、"水"四大元素

---

①［意］米开朗基罗：《米开朗基罗诗全集》，杨德友译，辽宁教育出版社 2000年1月版，第8页。

构成的自然界的所有生命现象①。它们说明了各种骚扰和压抑的根源所在:只要人的灵魂栖居在由此四大物质原则统治的肉体中,便难以摆脱各种骚扰和压抑的影响,因此也就无法获得一个真正快乐和平静的时刻。唯其如此,雕像才洋溢着令人心碎的悲感气息,尽管《晨》多的是茫然,《暮》多的是烦倦,《昼》呈现出愠怒,《夜》则一任昏睡⋯⋯

　　如果联系这组雕像的创作背景,则悲感压抑情调当更不难理解②。同胞鲜血未干,共和国耻辱未雪,而成阶下囚的艺术家却必须为战胜者"服役",满腔悲愤除了向云石又能往何处倾诉? 真真郁怒与绝望之作! 在这些雪白的大理石里面,不是仿佛包含着人的一切思考、一切冥想和一切忧伤吗? 以《夜》(图 3)来说,那个沉睡不醒的女子完全被黑暗所征服,瞌睡把她打倒了,甚至来不及调整一下,可以舒服些入眠的姿势就沉沉进入梦乡。为了突出夜的性质,艺术家相当巧妙地将人物的面部整个处理到阴影里,还设计了月亮、星星、猫头鹰和催人忘忧的罂粟花等象征物,使得"它不仅是一个概念性图画文字,而且还是一种夜情的诗意般的唤起"③。总之,大师把极端的无奈和忧伤留给了这个宁可睡去

①参见[德]潘诺夫斯基著《图像学研究》,译文载范景中主编《美术译丛》
　1989 年第 1 期,第 58 页。
②1527 年佛罗伦萨人民举行了一次旨在推翻美狄奇家族僭主统治的起义,
　出自美氏家族的教皇克莱芒七世不惜借助西班牙军队围城报复,米开朗
　基罗完全与乡人站在一起,还被任命为城防司令。1530 年 8 月城破,一千
　余众被杀;米氏不得不以继续建造美氏家祠为条件以换得教皇"宽恕";雕
　像便在此屈辱的境况下创作完成。
③[英]贡布里希:《图像与眼睛》,范景中等译,杭州:浙江摄影出版社 1989
　年 1 月版,第 195 页。

而不愿醒来的女子，无怪他在关乎该石像的一首诗里如是吟哦：

　　　　既然到处是危害、耻辱和悲哀，就不如隐身大理石块中沉睡！
　　　　闭目不视、充耳不闻何等幸福，不必唤醒我，说话勿粗声
大气。①

这些表面沉静但极富生命力的躯体本身便是无声的诗，悲剧式地
诉说心灵感受，而米翁又出色地为之作了诠释，借雕像的自语回
应以深刻的解析。

图 3.《夜》

图 4.《晨》

　　然可为该诗充当注脚的不光是《夜》，也还有《晨》（图 4）。看
那位少女刚刚从沉睡中醒来，仿佛猛睁眼遇上一道晨光而不胜眩
晕，仿佛接触到纷纷扰扰的情景而无比惊讶——的确，一种莫名
的惊讶！她分明对这个残酷的世界无所适从，故为一层无形的迷
惘气氛所弥漫……可是这面孔和这胴体如此美丽而生动，尤其那
若即若离、委婉迷人的表情，这样的牵人情思、逗人遐想。你可以
从该作品觉察出雕刻家的灵魂向往着无边的真理，向往着自由的
也许是虚幻的王国。整个雕像呈现出不可言传的艺术的神秘：她

----

①［意］米开朗基罗：《米开朗基罗诗全集》，杨德友译，辽宁教育出版社 2000
　年 1 月版，第 82 页

在惊讶吗？是的；她在忧愁吗？有一点；当然这一切皆由于内心的隐痛；但似乎……不过……或许……实在永远也无法把她看透！这种高度的象征，这种深刻的寓意，对意欲探抉艺术幽微的人，只有从巨匠的杰作去发现才不会失望；但没准要陷于难堪，因为面对如此令人茫然若失的神来之作，或许会赧恶于自己的想象力竟这等贫乏，而理解力更何其可怜！

苦痛、挣扎并无谓地反抗之所以一向是大师选择的主题，而迷惘、哀伤成为其作品艺术效果的主调，与他对浸润着充满苦味的基督教诗意之深切感受关系密切。罗丹说："找寻米开朗基罗艺术的精神意义——我们确定他的雕像是表现人类苦痛的反省，不安的毅力，绝望的行动意志，为不能实现的理想所困而受的苦难。"①

这便是美狄奇氏家族的纪念碑。但那经受了无情时光考验的，仅仅是米开朗基罗的艺术！

三

另一件纪念碑工程，罗马文珂里教堂内的教皇朱理乌斯二世陵墓，经历了更曲折也更漫长的过程，从 1506 年首个最辉煌的设计方案出台到 1545 年按第五也是最末和最简略的方案落成，纵跨 40 年。其间（1513—1516），大师为该工程制作的若干重要雕品除了《摩西》之外，其他如"胜利者"和"奴隶"等，因方案变动压缩未能采用。实际用到朱理陵纪念碑的雕像，大致是艺术家及其弟子们于 1542—1545 年间完成的。

---

① [法]奥古斯特·罗丹：《罗丹艺术论》，沈琪译，人民美术出版社 1978 年 5 月版，第 109 页。

　　按实施方案落成的教皇墓陵,完全丧失了最初设计的那个雄伟壮观的全方位立体结构,已简化为一个比较单纯的壁面形式,主体立面仅有上下两层格局。除位于下层壁柱的较高位置、起装饰及分割壁面作用的所谓"护界神"胸像,那么整个墓面共包括七座圆雕:原初设计中只占一个角隅的《摩西》而今成为核心,于下层正中那个宽大的神龛里,以磅礴气势统摄着这个仍优雅美丽的艺术建筑体。其左有《行动生活》,右有《冥想生活》二女像,对称地分立于两侧的壁龛。上层,居中者为死者石棺,上面半躺着朱理教皇的全身卧像,他左右的壁龛里分别是男女先知坐像;教皇卧像身后稍高处,是一尊怀抱圣婴的圣母立像,处于墓面正中之最高点上,俯首凭临厅堂。上层的数座圆雕石像,出自大师设计,成于弟子之手。(图5)

　　这是个将雕塑与建筑紧密结合而取得多样艺术效果的墓陵纪念碑,高度超过2.5米的《摩西》雕像以先声夺人的雄伟气概使之处于绝对支配地位。不愧大师最伟大的作品之一,享《大卫》一样无可匹比的"知名度"。众所周知,摩西乃《圣经》中的著名人杰,古以色列的民族领袖,希伯来最早的立法者。以色列人曾于埃及被难,在神的感召下,此公历尽苦难而坚定不移,终于率众回到祖先的居地,建立起独立国家,使同胞摆脱奴役。在率族人出埃及途中,上帝授他两块镌刻治国安邦律法"十诫"的石板,故其亦为上帝意志的执行者,以及民族智慧、毅力、正义和法律的象征。他疾恶如仇、凛不可犯,族人及百姓一度离经叛道,铸偶像金牛犊以拜之,盛怒之下他曾摔碎戒律石板。

　　《旧约全书》39卷首5卷称"摩西五经"意为摩西所作,肯定是犹太人的最古文献。像所有民族幼年时的创作一样,是神学的也是诗的——民族英雄史诗——的表达;类如希腊的荷马,其粗犷的诗意最能激动人心!米开朗基罗感应之深局外人很难体会,但从梵蒂冈西斯廷教堂拱顶壁画前无古人的杰构差可感知,当然《摩西》巨像的创作也能作如是观。那么最本质的意蕴是什么?几乎可以肯定地说:英雄精神!

试看《摩西》坐像(图6),规模巨大,气势恢宏,结构紧凑严整却又不乏大起大落的豪放,静态中包含强烈的运动感,简直无一段安定的肌体,无一块松弛的肌肉。这是把强项的性格力量、冷酷的人生寓意和理智的哲学象征进行高度概括的杰出范例。英雄性格、巨人之力,还有凝神结思,无不得以顽强展现,西斯廷拱顶壁画式的先知或巫女之超自然气质,再一次被淋漓尽致地突显出来。为了揭示摩西作为领袖、立法者和政治家的正气凛然,大师选择其盛怒之下欲摔十诫板的顷刻①,准确地刻画出这一富有

---

① 关于此作的评论,包括对于艺术家表现的究竟是摩西行动的哪一个时刻,他的表情的性质,甚至涉及其姿势的描述,都众说不一。各家认识的纷纭歧出,从一个侧面反映了雕像深奥的多义性,这可从弗洛伊德的论文《米开朗基罗的摩西》窥见一斑。另外,弗氏的这篇文献,是用精神分析理论进行艺术研究的经典之作,兹将其主要论点概括如下:首先否定了摩西因看到百姓进行金牛犊崇拜而欲发雷霆之怒,并进而要跳将起来摔碎诫板这一比较流行的解释,因为这与雕像的创作意图不谐,也与陵墓最初设计中的数座坐像(《摩西》为其中之一)的装饰功能有悖。其次,雕像的整个势态应该解释为,摩西为一阵猝发的狂怒左右而失去控制,几乎就跳起来,右手随之抽出而伸向胡须(愤怒导致的无意识动作),这导致诫板的滑落;但这却使他恢复了理智,迅即收回手臂将石板夹住,以免其落地粉碎,换言之,正是为了保护石板他遏制了冲动;于是"仍旧安静地坐着,处于凝固了的愤怒之中,处于混合着轻蔑的痛苦之中"。再者,雕像从上到下展现了三个层次,面部显示出占优势的情感,形体中段透露着被压抑行动的痕迹,脚仍保持了准备行动的姿势。此外,艺术家塑造的摩西,不光从内在动机出发而背离了圣经,并且还改变了他的性格,使他比传说中的圣人更高一等。参见张唤民、陈伟奇译《弗洛伊德论美文选》,知识出版社1987年1月版。

戏剧性的刹那身体的姿态和心理的活动。他巍然地坐着,怒容满面,仿佛在得到有关叛逆的报告后,为猝发的震怒所控制,然而强大的意志力又使其尽量保持了镇静,机警地观察着、思索着、判断着……

图 5. 朱理乌斯二世墓立面　　　　　　图 6.《摩西》

形象塑造的惊人个性化,说它臻于极境并不过分。左手捋着长过胸腹的须髯下摆,右臂夹持刻着戒律的石板中段,猛地转首,似能洞穿一切的犀利目光直视前方。他深陷的眼窝透露出燃烧心底的激情,苍古的前额显示了驾驭风云变幻的智慧;牙关紧咬,不可侵犯的威严和临危不乱的果决悉堆面颐,也灌满全身;每块肌肉的起伏,每根血管的暴涨,每缕须发的飘旋,每条衣纹的走势,都仿佛是受其意志的驱使而强烈颤动的必然结果。各对立统一动作要素导致的体势,似乎预示着精神正处亢奋状态的老人或许就要挺身立起,去应付不测与突变。内心显然翻江倒海,那是因为思忖民族的命运,焦虑邦国的现实!

　　一个多么有力的形象,不光身体魁梧,尤其那阔大的胸襟、苍健的手臂、壮硕的膝头,加之内蕴的情感、智慧与意志,更使这个虽须发苍苍但坚如磐石的老人焕发出青春的血气,成为十足英明、果断、坚毅的英雄—智者形象。雕刻手法是写实的,呈现的却是理想之美。大师突出人物表情严厉而精神贯注,是要揭示他的疾恶如仇和正义凛然。雕像的意蕴并不隐晦,它真切地表现了艺术家渴望强有力人物的激情,这理想的英雄应该能够把他多灾多难的祖国拯救出离乱与衰颓之中。

　　《摩西》左右的《行动生活》和《冥想生活》(图 7、8)似乎更富诗韵、更多哲理性与象征性,其庄穆沉静犹大提琴演奏的教堂音乐一般摄人心魄,米翁晚年艺术颇多神秘主义的特征亦出现了。

图 7.《行动生活》　　　　　图 8.《冥想生活》

两件雕品均表现为健美的年轻女子全身立像。瓦萨里最早指出,《行动生活》是利亚,《冥想生活》则是拉结。两个《旧约》人物,哈兰人拉班之女,乃同胞姊妹,皆为以色列人始祖雅各的妻子。在天主教观念里,她们是被视为神灵的,但作为教皇墓的组成部分,其隐喻意义却并非明了易解。不过,既然题为"行动"和"冥想",那么就不妨认为表现了与上述美狄奇宗祠雕像相同的寓意,重行与主思,也即"正义"和"虔诚",二者所体现的哲学内含是完全一致的。与之相联系,把两尊女像看作入世和出世的象征也合乎逻辑,因为在圣经原典中,姊妹俩即体现了两种不同的人生态度。作为《行动生活》主题人物的利亚是位怀孕特别频繁的女子,而作为《冥想生活》主题人物的拉结则刚好相反。按照古犹太人的观念,多子多福,女人在尘世间的荣耀莫过于此,故以此喻指入世职责。大师对利亚形象的塑造,仿佛有意识地突出了这一点,除了赋予较为世俗的性格特征,还给以健康而饱满的身材,尽管她还只是个尚未完全成熟的少女——在此,艺术家选择的是利亚未婚前的童贞时代,这可从她那坚实的胸脯、束身的处女带以及结有辫子的颀长柔发判断出来。而关注精神生活,不计较凡尘的荣名利禄,更一向是基督教所格外重视和倡导的,出家修道便可谓直接结果。可见,用忏悔或祷告形式喻指遁世态度并不费解。大师对拉结形象的创造,显然也有意识地注意了这一点,他赋之以热烈的祈祷姿势,那目光分明看见了荣光中的上帝,内心也被神的福祉所填满。

　　这引出了另一个话题,即,此或许还与但丁的《神曲》不无关系。该被米翁视若圣诗的名著写到了这双姐妹:利亚爱四处采花歌唱,而拉结却是整天坐着默想。按照《神曲》,利亚手里拿着一面镜子,雕像也如法炮制了。

　　不过以拉结形象代表《冥想生活》总有些费解,因为按《旧约》

记载,作为利亚之妹、雅各的第二位妻子,拉结除了很少生育外,似乎并不更多具备"冥想"或者"超脱"或者"隐逸"的性格特征,甚至相反,由于她禀绝代姿容,因而最得丈夫宠爱,倒是利亚常被冷落一边。那么,所以将之作为出世的象征,或许为了她的命运也有不够公正的缘故罢:她本是雅各钟情并聘定的妻子,但结果却未以元配出阁①;而后来,当她生第二个孩子便雅悯时,又因难产而早逝。米开朗基罗是否以此作为尘世苦难的象征或者希冀以心灵的完善而摆脱碌碌凡尘之羁绊的隐喻呢? 较能肯定的是,拉结形象的创造同样受了但丁的启示,因为诗谓之"整天价坐着","从不离开一步","爱默默观望"②。在《神曲》里,这姐妹俩的确是以一动一静两种性格出现的。从雕像来看,拉结那正虔诚地祈祷的姿态十分优美:两手合在胸前,举首仰望青天,双肩倾斜,腰际侧弯,右腿稍往前曲,左膝则跪支于"垫座"上。这动态大有拔地而起之势,仿佛灵魂在飞升。加之那修女式的长袍与头巾把她整个的身体从头到脚包裹无遗,就更增加了艺术形象的超凡脱俗性。可以断定,《冥想生活》的主旨在于强调人的精神修养或者宗教信仰,正如《行动生活》主在突出人的世俗活动及其幸福一样。

---

① 雅各给舅舅拉班做活,宁愿不取工钱而干七年,只要后者肯将小女拉结许之为妻。拉班诺之,但待七年后成婚时,他却暗中将长女利亚送入帐中与新郎同房。雅各发觉上当,与舅父计较,得言:按乡俗,长女未嫁前,小女不得出阁;但若雅各愿意,还可配拉结与他,条件是必须再义务七年。雅各深爱拉结美貌俊秀,于是又服工七年。典出《旧约·创世纪》第29—30章。

② [意]但丁·阿里盖利:《神曲·炼狱篇》,朱维基译,上海译文出版社 1984年 2 月版,第 216 页。

四

作为具有坚定热诚信仰的基督徒，米开朗基罗极其重视心灵纯洁，常于半夜三更向上帝祷告，在宗教改革席卷大半个欧洲的时代，仍紧抱正统天主教义不放。他一生最爱读的书是《圣经》与《神曲》，而之于柏氏哲学的造诣，令同代人视为"柏拉图第二"。大师乃是以独特的方式表达对神之爱，所以并不拘泥某些人为的教规。唯其如此，西斯廷教堂拱顶壁画尤其以"末日审判"为题的祭坛壁画大部采用灌注强大生命力的裸体艺术语言表现，这当然让肤浅的叶公好龙者目瞪口呆，却赢得包括教皇在内教会中有识之士的感动与理解。归根结底，米翁雄浑的艺术背后，是深厚的宗教思想资源——神学、哲学、文学凝成的文化品格。在他看来，现实的肮脏和人性的脆弱，必须通过神的启示和信仰的途径才得超脱，是故钦佩敢于承担之所为，由此发展出英雄观念。从某种意义上说，美狄奇家族的两位先人雕像同摩西雕像一样是尘世表率理念的形象化，其精脉不息，人类就有希望。而这位在圣经滋润下惯好沉思的诗哲艺术家的思绪又总是指向精神世界，在他，人所以为人，不独有智慧更要有信念，缺失信仰的生物不过行尸走肉！利亚、拉结两个形象，就似乎表明导致健全、完美人生的可能性。大师的气质是倾向悲观的，但作品却于困恼中包含希望！就"墓"的本旨而言，当是"死"的同义语，但基督教神学相信灵魂不灭，那么生与死无非是两个不同的阶段，人活一世也不过从今生到永生的过渡罢了。当然，获取永生绝非易事，最赖纯洁坚定之信仰。米翁雕品，不仅很好地实现了作为纪念碑的陵墓创作所要体现的题旨与功能，而且恰当地暗示了死者从有限之生到无限

之生的过程,启示着有心人窥察生命的质在意义。何谓杰作,抑
或如斯耳!

（本文成稿于 2012 年 8 月,刊发于《山东社会科学》
2013 年第 3 期;并作为学术会议提交论文收入文集《经
典诠释与文学文化研究》,厦门大学出版社 2013 年 6 月
出版）

提坦与基督

——论米开朗基罗艺术的发展

可以这样说,西方文明精神主要由世俗性和宗教性两大干流汇合而成,前者的渊源在古希腊,后者的渊源在基督教。希腊精神很大程度上表现为一种英雄主义,它充分显示出面对异己力量时,人的气魄、豪迈、威勇,这在最早产生的原始古代神话巨人族"提坦"神身上即得以形象化;宗教精神就绝对的意义而言表现于一种拯救主义,它深刻地隐喻着面对未知神秘时人的信心、笃诚、执着,这在基督教诞生伊始就从救世主"基督"之观念得以明确揭示。从某种意义上讲,宗教精神也是一种英雄主义,一种内在的即诉诸心灵、如死一般强的不屈不挠,其英雄本色在于从容面对苦难的态度,钉在十字架上的耶稣以及众多使徒和殉教者淋漓尽致地昭示出这种品格。提坦与基督,一个现实力量的伟大象征,一个超验神启的不朽符号,作为强大的精神文明积淀,便自然地注入西方古老文化传统的母体之中,成了这个传统下各地区、各国家、各民族的"集体无意识",从而决定着其发展的性质与方向。无论哪个时代的欧洲历史文化,除了程度有所不同之外,不打上它们的烙印是难以想象的,而米开朗基罗的艺术,正可谓体现如此精神特征的最好例证。

米开朗基罗·博纳洛蒂,这位天生易于感受苦痛并终生为悲

郁和烦恼折磨的时代巨人,这位极端重视内心生活的柏拉图主义
者和恪守正统信仰的天主教徒,在经历一场场心灵苦难的过程中
却培育着一株株伟壮的艺术之花。说到底,造就大师意志品格
的,是普罗米修斯式的英雄质料。如果说他不时为陷于绝望而苦
斗,那是由于从没有片刻失却信心、放弃责任,对人、时代和国家;
也从没有些许减弱火一样的热情,那对艺术家来说是必不可少的
挚爱并拥抱生命的热情。唯其如此,他才得以始终一贯地把坚强
的性格赋予形象,把饱满的力量灌注作品,使其艺术在旷放的忧
思、悲郁的风格上又增豪迈刚勇之气。是故米氏人物虽痛苦但不
卑琐,而处处透露着令人肃然起敬的崇高气宇、傲岸风采,即令正
悲悼殉难爱子的圣母,或者扎挣于缧绁捆绑的奴隶。因此可以
说,米翁杰作,既是深邃的灵魂苦痛的分析,又是激情与胆识的聚
现。简言之,米氏艺术代表了苦闷与斗争的精神,一种面对苦难
而隐忍却不屈服的英雄精神;而这,可以凝练为一个字——力。

　　前人早已指出,大师的艺术特质,主要是力的表现,丹纳说:
米开朗基罗沉浸在力的感觉和英雄气概之中,没有别的念头,所
做的一切,例如解剖、素描、内心分析、对悲壮情感和反映在肉体
上的表情的研究,"在他不过是手段,目的是要表达他所热爱的那
股勇于斗争的力"[1]。当代英国有影响的艺术史家克拉克的《裸
体艺术——理想形式的研究》一书论力的专章,也将之视为西方
整个"力"之艺术发展的最重要的环节。的确,从米开朗基罗的凿
刀与画笔下脱颖的形象往往如同巨人般屹立,洋溢着咄咄逼人的
悲剧性感奋,频频显示愤怒的似能粉碎一切的力量;而体现这种
力量的形体,大抵在躯魄上雄伟健壮,在精神上勇敢无畏。

[1] [法]丹纳:《艺术哲学》,傅雷译,人民文学出版社1963年1月版,第13页。

　　值得注意的是,米开朗基罗之"力"的艺术最充分地体现于刻琢或描绘人体之美。纵览其一生创作,几乎无一例外地是澎湃着生命热血的鲜活人体特别是男性人体,而以裸体形式出现者又占绝大多数。对于大师,人体既是艺术表现的有力手段,也是思想感情的最佳载体。这当然与人文主义关于人的伟大和尊严的观念不无关系。人,在其漫长的进化过程中臻于至善,完整、健康的人体是自然界最和谐、最优美的有机存在。而于人体美的表现上,古代的希腊人和罗马人以精湛绝伦的创作建树了最高典范。在反映了"人的觉醒"的文艺复兴时期,艺术家们由于受新意识形态和不断发掘的古代雕像的激发,以极大的热情着手把这在中世纪蛰伏上千年的美重新展示出来,乃凝聚了新时代(近代)深厚历史精神的艺术观念之最集中体现。而米开朗基罗对人体美及其之于造型艺术的意义之深刻认识与透彻理解是无人比及的,像希腊人,他"强烈地感受到男性美的刺激力量",而"由于他严肃的、柏拉图式的气质,他必定要使他的感情和思想一致"①。他爱人体胜于一切,为了刻画完善的形体,挑剔的目光只盯着英俊之士——大师憎恶丑陋的模特,总是从生动的活体而非从肤浅的观念概括出理想之美。他以其杰作雄辩地证明,裸体,作为一种视觉语言,或叙述或抒情,或隐喻或象征,无论激扬英雄气概,还是发抒悲愤情绪,其强大的表现力在造型领域无可匹比、独领风骚。他在少年学徒时就亲手解剖死尸(丹纳说连续 12 年研究解剖),以观察骨骼、肌肉、神经、筋脉连接的基本形式,认识人体之各种运动和姿势。即使到了晚年仍坚持不辍,从而获得了关于人体科

---

① [英]克拉克:《裸体艺术——理想形式的研究》,吴玫、宁延明译,中国青年
　　出版社 1988 年 12 月版,第 48 页。

学的丰富知识和得心应手正确再现之的能力。然而,大师刻绘人体,却绝非自然主义地进行翻模,而是印证着激情的艺术升华,乃力量和气魄的凝聚,寓意与象征的结合。

　　当然,该"力"的艺术在大师的整个生涯中是伴随思想艺术观的发展而经历了深刻变异的,这涉及米翁光辉一生的创作分期。为了便于描述,姑且不妨将之划分为三个时期,即:迄1501年结束第一次罗马之行为第一时期,迄1534年最后一次离开故土而赴罗马为第二时期,迄1564年逝世于罗马为第三时期。按照丹纳的意见,前两者——"青年期"与"成熟期"——就创作特质而言实际属于同一阶段;在此阶段,艺术家倾心于观察、研究如何正确地表现事物,故作品是"生动的创造,表现的自然,热情奔放",因为这是个"真情实感的时期";而后一阶段,则巧运技巧,滥用成法,徒有形式,因为这是个"墨守成法与衰退的时期"[①]。兹指出大师前后风格的巨大不同,见解值得重视,虽说失之表面化,且结论表述未必恰当。难道,那成为大师艺术灵魂的无所不在的"力"果真崩溃了? 还是以新的方式积聚着或者奔涌着?

　　诚然,在被丹纳看作同一阶段的第一和第二时期,米开朗基罗呈现的风格的确比较一致,可是并非没有差别,而且不难寻出演变的轨迹。大师青年时期亦即第一时期或曰早期的作品,人体结构准确、严谨,形体与动作是尽量忠实自然的,并且特别富有青春气息,也不乏欢乐情趣——如果该情趣可以用之于大师的话,那么只能从诸如《勒庇底人与坎陀儿之战》、《巴库斯》、《阶台上的圣母》等部分雕品去发现。相对于晚年的艺术,那么此时的作品主要是浓郁的古典风味,青年的米开朗基罗正被希腊的异教气息

---

①[法]丹纳:《艺术哲学》,傅雷译,人民文学出版社1963年1月版,第12页。

浸润着,鼓舞他的也似乎是某种天真无邪的艺术观:雕刻或绘画属于知识,足以揭示周围世界与人生息息相关的因果关系。虽是早期创作,但极富个性化的、不同凡响的艺术格调形成了,这就是雄浑壮阔的躯魄与深沉激动的精神熔铸,亦即外在与内在之力的结合。构图、线条、刀法,已不见拘谨,大刀阔斧、流畅粗犷如江河奔泻,人体以完整的体积感、坚实的重量感及触目的深度感被创造出来。在古风浓郁的静穆里,在空间体积的起伏中,观念的崇高性质、英雄性格的无穷力量,频频浮凸外溢。毫无疑问已臻于成熟,标志便是第一件《皮耶塔》群雕的诞生。

而第二时期亦即中期的创作,可以看作对前一阶段的直接深化。艺术家表现激烈运动的渴望,追求宏伟结构的理想,沉醉不安情绪的兴趣,尤其是,迷恋巨人风英雄力量的"癖好",均充分展示无遗,所谓"力"的艺术特征也最典型地体现出来。大师已不再满足于严格遵循自然准则,譬若准确的比例、解剖及透视关系等的约束,而古典的形式,那多少有点儿纤弱的优雅或宁静,则被他注入了更多奔腾的生命和骚乱的情绪。米开朗基罗越来越倾向于把艺术形象作超人化的英雄式风格处理,紧张的肌肉、壮硕的形体,伴随着清晰、明快、无拘无束的素描造型,灌注着肉体的或精神的巨大能量,从墙面上或顽石中纷纷涌出,这是无所不能的创造之力的奇观,是人的神格化,是宇宙力量的形象化!

不过仔细考察,这第二时期前后之间仍然存在一些差异:若以1516年《摩西》巨像竣工为界限,之前,"力"多表现于行动或者战斗的气概,形象除了有力,还充满创造或胜利的信心,豪迈、磅礴为其特征,颇大程度上是外在的、可感触的,鼓舞尤其振奋人心。虽然无处不见愤激,但这愤激与其说教人战栗,不如说更让人沸腾。《大卫》、《卡西纳之战》,以"创世纪"内容为主体的西斯廷教堂拱顶壁画，还有《摩西》等作品，就提供如许感受。之后，"力"更见于沉思或者焦灼的不安，形象当然是有力的，但却处于压抑与隐忍的烦倦之中，似心有不甘，似怒火中烧。这种"力"在颇大程度上是内的，令人悲恻尤令人愤懑；虽然一派沉静风光，但这沉静与其说给人安适，不如说更促人骚躁。《被缚的奴隶》、《垂死的奴隶》、《胜利者》、《屈身男孩》，尤其《抚婴圣母》、《晨》、《昏》、《昼》、《夜》等美狄奇氏宗祠内的装饰雕像，便给人如此强烈的感受。

　　这便是米开朗基罗中期的风格。如果说悲剧性主题在此还多少带点偶然因素的话，那么及第三时期亦即晚期，则十足压倒一切了。痛苦，像一坛致人沉醉的美酒，深深地吸引或者不如说紧紧地攫住了艺术家。笼罩该时期作品的，是一种浮动不已和惴惴不安的气氛，那一向见爱于他的斗士的剽悍、创造主的胆略、胜利者的豪迈再也不能搅扰大师的视线，他似乎已与角斗诀别，而转入内里的反省。凭借随心所欲、无往不能的人体塑造技巧，米开朗基罗驾轻就熟地把形态与运动作为自由驰骋哲学理念的工具，尽情抒发柏拉图主义的或基督教的神秘观念。人体创造的思想主题和情感性质愈来愈不那么明确，好像有意给人的心灵注入一种如醉如痴的茫然，一种迷离恍惚的愁惨，以至片刻间失去附凭，飘然忘情于无极之境，但旋又感到强烈的激荡，周身血液也为之沸腾。那是为痛苦唤起的意识觉醒，为绝望逼迫的力量爆发。观者不由恍然大悟，原来"力"正积聚在那些悲剧式的人体之中，羁轭于凄惶而无所适从的氛围里边，像火山爆发前的寂静，实则隐蔽着巨大能量。

　　其实这第三时期前后之间同样也存在相当差异，若以1550年梵蒂冈保林小教堂的壁画《圣彼得被钉十字架》揭幕为界，那么之前，"力"仍基本上表现于义无反顾的行动，尽管这行动本身是痛苦的；而"创世纪"式的巨人作风也依然以紧张的精神状态或激动情绪顽强地外露着，虽然已不大能够给人以鼓舞。与此同时，这里还出现了更多恐怖或冷酷的气氛，咄咄逼人的力量惊魂摄魄，那是天道威严、正义之神的伟大象征，是永劫之苦、善恶报应的森然寓意。《末日审判》、《圣保罗归宗》、《圣彼得被钉十字架》三幅大型壁画便是代表。不妨说，这时的风格，从精神到形式，与前一阶段甚至更早的时期还是一脉相承贯通下来的，其中变异大体说来是微妙的和缓慢的。形成大师巨匠风度的艺术特色——和谐完美的布局、优雅均衡的结构、高度概括的造型、严谨壮硕的素描、戏剧性的情节等等——一直是主要的。之后，即大师生命的最后十几年，这风格却陡生巨变，出现"晚年的质化"。此时，盛名卓著的艺术家正全权领导着圣彼得大教堂的建筑工程，规模较大型的壁画及雕刻订件已绝少问津了。作为画家，他大抵以素描习作为主，作为雕刻家，则以素来喜爱的"哀悼基督"题材的塑造为主，二者均非从命制作而仅仅为了自足自娱。无疑地，米翁可以毫无拘束地将其感触倾泻在上面，唯其如此，已往那些经过一番匠心擘画的谨严的整体处理，完美的形象塑造，韵律，节奏，比例，体积感，追求个性化与肉体理想化的努力，所谓空间的、造型的与动态的联系之类，已不复存在了。取而代之的，是缥缈的表情、茫然无定的姿态、仿佛随随便便任意为之的结构。某些部分紧张得似要迸裂，某些部分沉重得犹巨石压下，再难寻猛烈而多样化的运动，甚至连立体感也变得无足轻重。如许似不经意纯然即兴式的作品，仿佛来自另一个世界，乍看下又稚又拙，好像重返到中世纪那粗笨的形式。然而，它们却揪人心魄，铁石心肠者也会悲痛欲绝。因为在那些几乎已无力撑持的委顿的人体上，悲哀与伤感凝成了整块——那是极度的哀痛，分明到了无泪的地步……大师晚年均未完成的三件《皮耶塔》群雕即为例证。

这与大师前此已往任何时候的风格都大相径庭的晚年创作表面上看的确不那么悦目了，因为艺术家压根就不想从外部去把握形象，或者说，不打算以写实的手法捕捉那无常的甚或是虚妄的美。他即将或已经同主要以摹写自然和把形式理想化的时代诀别，是故将人物塑造的重心由行动转移到感受，并把营造理想的视觉效果变成了诉陈悲郁的心理体验。

既然如此，那么贯穿米氏艺术中无往不在的"力"又当如何？确凿是无往不在的，既没消隐，也未瓦解，而仍顽强地潜伏在作品的意蕴里，不过以另一种方式罢了。换言之，即不再依靠壮士式矫健的体魄和英雄般叱咤风云的气概，而是借助于灵魂王国坚韧的耐性、意志力、或自觉忍苦的意识，一句话——精神的刚强！此为一种颇具哲学意味的思想的力量，一种渗透了宗教感情的心灵的力量。这力量在悲剧般地承受着现实苦难之沉重的躯体内积聚着、奔涌着，就似运动受阻而滞，冲力却更激烈一样。因此，如果说此前，充盈于米开朗基罗艺术内的英雄神力可用"提坦"来表述的话，那么之后，则该以"基督"作象征了……

由于米开朗基罗晚年的作品乍一看似乎少了"力"的气象，人体动态动辄处理成绵软松弛或疲弱不堪的样子，因此常被误解为衰老病状的结果。此谬误根源于摆脱不了大师此前创作那无往不在的磅礴气势之强有力影响，同时忽略了其晚年精神世界日益深刻地向着宗教及新柏拉图主义哲学发展的情况。正是此导致艺术家在艺术表现上与视觉的写实逐步分离，而渐趋于绝对的精神存在。就反映心灵感受的深刻性而言，这最后阶段的创作表现无疑是更为强劲的，并且感情色彩也更浓烈，情理关系也更真实。

若说米翁生命最后阶段的作品不似青壮时期的生机盎然,那么思想的邃奥却是超过了任何时候。人们可以说《龙大尼尼的皮耶塔》是不完全的、草率甚至粗陋的,但却无法说它不是伟大的和炉火纯青的。如果把晚年的大师比作落日,那么落日除了并无缩小其伟大,不是还别具一番辉煌、邃奥和神秘?

（本文成稿于 1998 年 2 月,刊发于《齐鲁艺苑》2000 年第 4 期）

悲郁·崇高·壮美

——论米开朗基罗的雕刻《皮耶塔》

　　欧洲基督教艺术,表现耶稣钉在十字架上的受难和被卸下后哀悼他的死难,可谓最经久也最常见的题材。这令心之战颤的题材激发艺术家灵感的奥妙,在于最大限度地体现着以苦难和救赎为根本要义的基督教本质,此本质与人性最敏感的部分密切相连。只要人们一天不放弃对生与死的意义所抱的那种有意或无意的关注与痴迷,那么此类主题的创作就不会失去其魅力或感染力。

　　作为即使在最严格的意义上也算得上纯正的天主信徒,米开朗基罗对该题材更别有一种特别的迷恋。这大致始于青年时代,或许可以假定为1492年前后,因为是时,至少两件事对艺术家产生了深刻影响:其一,是"豪华者"罗伦佐的死,这位像父亲般爱护他并赏识他的保护人的逝世,使之感悟到死亡之不容置疑的权威。其二,是修士萨伏纳罗拉的布道,该面容清癯而言词激切的僧侣痛斥尘世虚荣的说教,使其认识到通过虔诚信仰超度灵魂的重要性。接着,米开朗基罗在圣斯皮尔托修道院院长默许下于此进行长达两年的解剖学研究,这对加强他的古典人体崇拜观念别具重要意义。这是个思想易受影响的时期,非比寻常事件给精神与艺术生活留下痕迹乃不言而喻;不难理解,关于受难和哀悼题材之被关注,正恰恰在于二者之间存在一种极深层次的联系。

最早的一件基督受难作品是为斯皮尔托制作的比真人略小的十字架木雕裸像,创作它是为报答院长恩典,但对艺术家精神品格的形成却不无重要意义。若干年后,当渐入老境,容易为死亡或永生意识所困扰之时,大师又回到本题,创作若干极出色的十字架裸像素描。而关于哀悼基督题材的创作,与此情形仿佛,只是以更庄重和辉煌的形式——云石雕刻——进行罢了,结果是属于大师平生最重要作品之列的 4 件"皮耶塔"即《梵蒂冈的皮耶塔》、《佛罗伦萨的皮耶塔》、《帕勒斯特芮纳的皮耶塔》和《龙大尼尼的皮耶塔》的诞生。前者是青年时期的出品,后三者是晚年的制作。它们犹如一组安魂的弥撒曲序列,把人生最悲凉的感受圣化为精纯的祝祷与希望,伴随舒缓的旋律冉然融于无始无终的宇宙空间⋯⋯

兹论首件"皮耶塔"即大师 24 岁完成之神品。

它即现存罗马圣彼得大教堂的圆雕圣母哀子群像①,乃艺术家首次寓居罗马,与世隔绝地过了 4 年僧侣般生活而获得的辉煌成果之一。它所显示的深刻思想和高度技巧,已无愧为成熟天才的成熟之作。

雕像是受梵蒂冈教廷一位法国红衣主教委托而制作。一般艺术史家相信,其构思与萨沃那罗拉修士的殉道不无关系。作为一名基督徒,米开朗基罗最早所经历的重大事件,即是聆听了萨之布道。这位多米尼克宗僧侣的狂热说教,一时赢得如醉如痴般崇拜,艺术家也深受触动。尽管没有成为萨氏的一个直接追随

①云石圆雕,高约 1.74 米,约作于 1498—1499 年,藏梵蒂冈圣彼得大教堂某礼拜堂内一个高高的祭坛上。

者,但倾其一生都未中断对其著作的研究;据康第维所作米氏传记,60年后,大师甚至仍然能听到那位教士当年的声音。该称得上欧洲宗教改革的先行者1498年殉难,那时他正寓罗马。无疑地,修士之死又震惊又悲痛,将其心情熔铸雕像,借以追悼心目中那个做了信念祭坛之牺牲的伟大"圣者",也许是可能的。

　　雕像用洁白的云石做成,内容即圣母默悼她蒙难的儿子耶稣基督。艺术家选定的是这样一个时刻:被钉死的耶稣刚刚从十字架上卸下,玛利亚正把他托在膝上。母亲的右手放在儿子腋下以支撑他上半截身体的重量,儿子往后仰着的头正好枕在母亲胳膊上;圣母的左手则自然垂下并微微向外伸着,显然是在下意识中做出了这个无所适从的动作;她的脸低下来,悲哀而平静地注视着儿子那已经冷却了的身体……

　　雕像就是这么一目了然:母亲悲泣着爱子——"皮耶塔"①,

---

①*Pietà*,意大利人把凡表现哀悼从十字架上卸下的耶稣之绘画或雕塑均称为"皮耶塔"。

正是"哀悼基督"之意。

它的魅力简直难以形容，一睹之下，仿佛在抓取你的心魄、逼取你的泪水。那么，雕像的感人之处究竟何在？它巨大的艺术力量又是从何而来？

也许是其满蕴的崇高的悲剧精神，古典的严肃性，以及在圣母那深刻的悲哀和坚强的意志的奇妙结合上所表现出的性格力量、人生寓意和伟大母爱，这一切扣动了观者的心弦并触及了他们的情思！

人们或许把悲剧精神理解为凄凄惨惨、心伤神碎，其实它的真蕴远不止此，所谓悲剧精神，应该说主要是指高贵、尊严和英勇的精神，一种令人沉思与感奋的力量，"悲剧不悲"，此之谓也。因此，提到悲剧，批评家往往将之同伟大的题材、崇高的风格、严肃的思想等相提并论。《皮耶塔》即属于这种悲剧式艺术品，它给人的首要印象，除了沉痛，更是崇高。试看，整座雕像处在庄严肃穆之中：死去的基督好像并未咽气，而只是睡着了一般；圣母更是这样安详、平静，仿佛沉思的哲人。悲伤并没有压倒她，她的身体虽然纤弱但是充满力量，的确，她充满力量！耶稣健壮而沉重的躯体甚至没有压弯她的腰，人们看到这位伟大的母亲抱起他一点也不费力。事实上，作者正是用圣母挺直的躯干和手势以及死者身体的重量相互间所形成的对照来揭示力量，从而刻画一位——英雄般的母亲！她从容地接受着命运的安排和神灵的意旨，不但可以承担爱子身体的重量，还能勇敢地迎受他殉道而致的悲痛。圣母面部的表情把这一点表现得极为充分。这张面孔是悲剧性的，但同时又是神圣的，它忧伤、慈爱，但并不歇斯底里，更不是绝望的。那上面没有眼泪，没有扭曲，甚至没有皱痕，不过却有伤感的全部深度。此外，更可惊的，是这哀伤与女性的温柔和对殉教行为的敬意糅成一体,透过灵魂的苦痛而射放出不朽的、永恒生命的光辉———一种灵魂的神圣美,一种坚毅的英雄美! 并使雕像充满寓意和哲理,仿佛人类的痛苦与灾厄在意志和隐忍中变得渺小,而献身真理的牺牲精神却战胜了死亡。

如果说这件《皮耶塔》首先打动人心的,是沉痛,是崇高和静穆之感,那么,它形式上的整洁、朴素与完谨则同样令人难忘。事实上,两方面是相互依赖、辩证统一的。没有整洁与完谨,严肃与高贵的效果就很难谈得上;题材是严肃的,风格就该是朴雅的。大师深谙此中奥妙。或许因为此,艺术家才舍弃了自然主义地表现这一特定场面的抚尸大恸,避开了诸如跪、伏、伸腿展臂等许多由悲痛所致的动作,亦即避开了一切可能导致琐屑与丑陋的经营,而代之以匀称、均衡、沉静的动势和姿态。为此,特意采用简洁的三角式构图———这是就从正面拍的照片而言,作为圆雕原件,则可理解为方棱锥式或者金字塔式结构———以坐势将母与子结合在一起。圣母坐着,分开的两腿支在地上,形成稳固坚实的根基———实际上也是导致整体各部关系和谐的基础。然而把一生一死两个人体凝结为"一"并非易事,艺术家面临的困难是,如何把健壮的成年男子的尸体放到相对而言是纤弱的女人的膝上,而又不至于给人勉强或不胜之感。大师的匠心独运处在于,通过对衣袍皱褶分布的处理克服了这种困难。上衣襟较为繁复的褶裥加强了圣母躯干的力量(而且更衬托出女性面孔的美感),而大堆从膝盖垂到地上的宽松长斗篷,则把马利亚两膝间巨大的空隙遮盖起来,从而使躺在上面的基督就仿佛安息于平稳的祭台上。这同时还取得了另一种效果,即横仰于母亲膝上的儿子与母亲坐直的躯干恰恰形成一个"十"形。众所周知,"十"乃十字架的形状,十字架原为古罗马一种残酷的刑具,耶稣被钉十字架而死,故

"十"在基督教中象征苦难。由此可见,在人体或人体动作设计方面,雕像还包含着某些主题观念的暗示。值得注意的是,为了强化主要的东西,雕像除了倾全力刻琢母亲身上宽大的长袍和儿子赤裸的躯体之外,几乎不再有任何琐碎的装饰。这样不枝不蔓的动作,这样庄严安详的表情,统一在这样扎实牢靠的结构之中,于是雕像呈现出如此高度的和谐,形成如此恰到好处的哀悼气氛。

当然,说它素朴单纯,是就雕像的整体结构和给人的总体印象而言,但这绝不等于说,它的章法是粗略的,恰恰相反,整个《皮耶塔》包括每个细节都进行了严密的推敲和细致的刻画。举例来说,雕像重心的处理就格外巧妙:圣母的右腿稍稍抬起一些,使身躯极自然地向左后方一倾,于是重心落在了左腿上。这样,平稳中便掺进了变化。再加上造型比例、各部尺寸的优美合度,更使得作品既严整又不单调。从微处说,它几乎没有半点含糊不清和模棱两可的地方,所有构成因素完全以立体的语言说话,许多纹脉的刻削都具有相当的深度,这就造成丰富的阴影从而强化了立体因素。请看人体的每一转折,衣服、头巾的褶皱与纹理,肌肤的脉络及质感,手、臂、五官……尽管都具有很大的概括性,然而那神奇的起伏、微妙的弯曲,是多么惊人地逼肖活生生的实体呀!不,这一切在现实中是没有的,它比现实的物质存在要高得多,或者说理想得多。就此而言,雕像具有最奢丽的技巧,就如音乐中的华彩乐段一样。在这里,隔一个世纪之后流行的可谓最精致的风格,即巴洛克艺术风格之所有基本的形式因素,差不多已完全具备了。像所有古代大师一样,米开朗基罗对艺术是精益求精、一丝不苟的,即使最后阶段的打磨工作仍然如此。据载,为了取得满意效果,他甚至用天鹅绒擦拭雕像,直到完全平滑光亮为止,而且连一些观众视线难及的地方亦不放过。正是这样从大处到细部、从动态到表情的精心擘画琢磨，才成就了这么一座真正纪念碑式的、美丽却非媚俗的艺术整体。

的确，梵蒂冈的这件《皮耶塔》是件风格崇高而且优美的雕刻。一生一死，一动一静，从对立中见出统一也就是艺术的和谐，并且这种有限的和谐，仿佛透露出宇宙与永恒之无限的和谐。它诉诸视觉的是理想的审美效果：使死亡美丽、使悲痛庄严，艺术所能够达到的极致，在大师手里果真达到了。值得深思的是，巨匠不过是用古典的风格来处理陈旧的主题，而非靠别出心裁的时髦念头眩惑世人——这一点往往是现代艺术家与往昔大师的根本不同之处。米开朗基罗可谓古典艺术的真正继承者。须臾不可忘记，庄严与崇高是古典美的最高境界，文克尔曼把古代希腊人的美学理想概括为"高尚的简朴和静穆的伟大"。作为文艺复兴的一代宗师，米开朗基罗十分崇仰古代艺术，尤其在他创作的早期阶段，严格地把希腊人的美学观念悬为理想，《皮耶塔》在创作上正是继承了古代雕刻最富有生命力的东西——单纯和崇高、简洁与朴素。毋庸置疑，这在处理诸如宗教、历史之类严肃题材时，尤具有表现力。此件雕品上，米开朗基罗恰到好处地将虔诚的宗教感情和古代艺术所追求的恬然静穆融为一体，使之洋溢出凛凛圣洁之气，这正是作品造意高明的地方。一些信口开河的批评者，在谈到文艺复兴时代艺术家的宗教作品时，往往简单地一概而论为在宗教外衣下表现人的感情——当然，宗教感情亦并非就不是人的感情——而无视至少是忽视由其内在本质所决定的宗教精神，实在是很不经意的。正如肯拜尔所正确指出的：只是认为它倾泻出一种无声的感情力量、一种听天由命的情思、一种充满哀思的默悼或某种神秘主义是不正确的，事实上，它"对于肯定基督教信仰所具有的力量来说，更重要的是一个最杰出和最动人的实证"①。确乎如此,这件《皮耶塔》绝少世俗气味,而更多宗教的象征和寓意,难道它不是在讴颂代人受过以至献身的伟大与崇高,悲悼普天下迷失本性的人面临的不幸与苦难?

　　而使作品充满寓意,又是区别于希罗古典艺术的根本不同之处。古代雕刻较多地追求单纯的美、单纯的和谐,而在露出了新世纪曙光的文艺复兴时代,艺术家注意将主观感情注入作品。米开朗基罗不仅仅致力于探索艺术的奥秘,而更注重思考人生。这是位敏感的诗人,如已所知,他的许多十四行诗披露出一颗时常隐隐作痛的心。此外,这位艺术领域的哲学家,所有作品,无论雕刻还是绘画,都深深印证着心灵活动的痕迹。还有,中世纪的艺术传统,在大师的创作中也同样有着根深蒂固的影响,罗丹就把他看作是最后和最伟大的哥特式雕刻家。众所周知,中世纪艺术

①〔美〕雷·H·肯拜尔等著《世界雕塑史》,钱景长、钱景渊译,浙江美术学院出版社 1989 年 8 月版,第 85 页。

大都充满强烈的热情或者说主观性，因而最多象征。的确，这些特点在大师那里也非常突出，象征和寓意、顽强和隐忍之类，同为其创作主要的精神特征。这件《皮耶塔》已很明显地展露了米氏艺术的这种寓意性与哲理性，后来的一系列雕品如《摩西》、《奴隶》、《晨》、《夜》等，尤其晚年的3件《皮耶塔》，更是把这些特点推向了新高度。

在该《皮耶塔》的形象刻画上，还有个十分令人注目，似乎是违背情理的地方，即玛利亚看上去要比她实际应该有的年龄轻得多，也比托在她怀里的儿子的年龄轻得多。她是那么美丽动人，俨然少女或者少妇。这样的处理在当时还是绝无仅有的。在艺术家看来，玛利亚，上帝选中的圣女，无疑必须具有永不衰败的青春之美，一个疲惫不堪、灰心丧气、完全为悲痛压倒的老女人，作为神圣母爱的象征是难以想象的。唯其如此，圣母精神上迥非寻常的壮丽之处才得以突出而明确的展示。关于如此处理的动机——根据康第维记载——艺术家曾作过出色的解释：贞女要比那些享受尘世欢娱的妇女更能保持青春和美丽。不洁的欲望会损害美的身段，如果她不曾有过这类欲望，就会保持童贞的样子。不仅如此，还应指出，玛利亚，除靠她的纯洁，还靠上天的帮助，使她保持着青春外貌。因为上天希望，它所选中的处女，在全世界的眼中闪着亮光。至于基督，则刚好相反，要表明他正是经受各种无常生活变化的人的化身，因而就要表现时间和阅历在其身上留下的痕迹。由此可见，杰出的大师只按自己的观念把握题材。在题材和艺术之间，横亘着一片主观世界。平庸者只会被题材牵着鼻子走，唯有巨匠，才能妙思神来，点铁成金。正如这件《皮耶塔》，艺术家尽管刻画的是圣母的妙年之美，然而丝毫亦未减弱其哀思之痛。这哀思之痛，宛若慰抚亡灵的安魂曲，造成了一个超越现实的艺术空间……

　　梵蒂冈的《皮耶塔》无疑是米开朗基罗最完美的作品之一①，大哲黑格尔说它"令人叹赏不止"，英国文艺史家西蒙兹甚至认为大师后来创作的包括《大卫》在内的所有雕刻都不及这件作品。事实上，从它于 15 世纪最后一年诞生的时刻起，就预示了一个更其伟大的艺术新世纪已经到来，在这个新的时代，两三百年来意大利新兴艺术必将逻辑地走向顶峰，毫不夸张地说，该雕像就为这最后的一步铺平了路。

　　　　（本文成稿于 1987 年 5 月，刊发于《齐鲁艺苑》1990
　　年第 3 期）

---

① 如此神品，自然受到加倍保护，它一直珍藏罗马圣彼得大教堂的某个礼拜大厅。然而不料在 1972 年的一天上午，它竟被一个狂呼着"我即基督"的疯子暴徒猛击了 15 榔头，圣母像的面部、头部及手臂均受创。幸而在古老的意大利，艺术之泽绵绵，梵蒂冈博物馆立刻组成修复小组，一批经验丰富的专家参加了这项艰巨的工程，利用最现代的科学技术，历时 7 个月，终于在同年圣诞节前修复如初，使圣母子又得以重新与世人见面。

米开朗基罗的西斯廷礼拜堂拱顶壁画

一

米开朗基罗绘于梵蒂冈小教堂西斯廷礼拜堂顶的巨型壁画是意大利文艺复兴时期最庞大的绘画，也是欧洲最重要的艺术史迹之一。其创作始于 1508 年春，迄于 1512 年底，历时 4 年又 5 个月。这是件浩繁艰苦的艺术工程，单是用于作画的拱形天花板面积就达六百多平方米；而作为雕刻家的米开朗基罗，其主要行当并非绘画，所以开初他对教皇朱理二世的这项委托坚辞拒绝；不过圣父的意志稳如磐石，辞却不得，便想敷衍从事；殊不知敷衍从来就非大师的天性，一旦工作起来，艺术才华源源不断喷薄涌出，他的兴趣遂起了变化，索性要在自己较少涉足的壁画领域一试身手。

教皇原来的意思是绘制 12 使徒形象，但偌大一块天花板，这题材显然不尽相称，何况以米开朗基罗的天才，唯硕大无朋的场面才配得上其智慧和梦想。他要以整个宇宙作主题，画出开天辟地的最初情景，画出神的力量、人的英武……他想起圣经开篇，那诗情浓郁的《创世纪》。不错，最合适的题材，非此莫属！该恢宏构想同时激起好大喜功的朱理教皇兴趣，他赞同放弃使徒计划而依从大师之意确定壁画绘制内容。

米开朗基罗属于这样的艺术家,虽然生活方面若苦行僧随随便便,但是在艺术上,却如虔诚信士对待教义那样一丝不苟。这甚至决定了他不可能与任何人进行合作,因为,如司汤达所言,"无论什么细枝末节,他全不信托别人"。在20米高的拱顶上绘制《创世纪》这个亘古未有的巨幅图画,其困难是难以想象的。不必说湿壁画的一套特殊技巧作为雕刻家的他并不熟练,光是搭起那悬在半空以便适于工作的脚手架也绝非易事。为工程之大而自己又不甚熟悉壁画制作技术计,大师也曾从佛罗伦萨召来过六七名助手,然而数月之后,除了留下两人负责磨颜料和抹灰泥之外,仍然不得不将其他几个辞退,并且用一股不知从何而来的疯狂干劲,把经他们之手画完的差不多六分之一的天花板统统抹掉。米开朗基罗明白了,除开自己,任何人都无法表现其意图,因为对旁人无论怎样阐释都无济于事。他必须单枪匹马,像当初上帝创造宇宙那样重创天地。

为大气磅礴的构思所鼓舞,为出其不意的灵感所支配,米开朗基罗好像忘记了凡尘的一切,一心一意埋头创作。对他来说,白昼与黑夜的概念本来就不十分重要,现在则更无足轻重了。为防止同行剽窃思想,他把脚手架以上的工作空间全部用布幔包起来,使外界无法窥探这一杰构诞生的秘密,其本人就在上面吃、喝、写信、训斥助手,或者干脆睡在那里。就这样,一个时辰又一个时辰,或仰面朝天,或躬身弯腰,他承受着酷刑般的劳作,经历着从绝望走向激情,或者从激情走向绝望的心理体验。就这样,呕心沥血,在几乎与外界隔绝的情况下,神工米开朗基罗,这似乎用受难基督的意志塑成的硬汉,度过了四年多痛苦可是辉煌的日月。

旷世奇迹出现了，充满激情、深藏寓意、雄奇壮美、令人叹为观止的宏幅巨制赫然西斯廷堂顶，它神秘、邃奥、壮大而无尽，愕人眼目，摄人心魄……

但是大师被这苦役般的劳动摧损了。由于连年仰首甚至躺着作画，以至身体畸形、视位变异，长久不能平视，连看信也必得擎在头上仰读才成，不过三十六七岁，就弯腰驼背，看上去像个老人。无怪罗曼·罗兰叹道："这是传说上的米开朗基罗，西斯廷的英雄，他的伟大的面目永远镂刻在人类的记忆之中。"

二

以下尝试解读这一杰构。

西斯廷教堂拱顶面积的开远广阔,决定了整个壁画势必分成若干部分。米开朗基罗巧妙地利用两侧墙垣的窗户作为契机,以多样统一、匀称均衡的原则进行划分。首先,在拱顶中央的主体面上等分出九个长方形,描绘圣经《创世纪》中的主要场面。其次,在天花板角隅即穹隆的斗拱处,等分出 4 个直角三角形①,并以左右两面墙壁的 8 个窗子(实际两面墙上共 12 面等样大立窗,其他 4 个分别位于天花板角隅斗拱处直角三角形构图的某一条边下方)顶端的拱形槽楣为底边,等分出 8 个等腰三角形,使之顶角分别与中央长方形的画面边缘相接。这相向而对的 8 个等腰三角形与互呈对角之势的 4 个直角三角形连接起来,恰好环绕拱顶天花板一圈,从而把 9 幅创世纪故事画面围在中间;它们自己又形成 12 幅画面,分别描绘希伯来史传故事和所谓耶稣先祖们的事迹。再次,是在这些三角形彼此之间所形成的 12 块空档处(大体也呈等腰三角形,只是与上述三角形方向相反,即底边向内,顶角朝外),则描绘了古代先知或巫女(女先知)的形象。所有这些前后左右连成一体的画面,并非以简单的直线进行边沿分割,而是以妙笔绘出的配以边饰的建筑物檐框区别开来,这些檐框凹凸规整、玲珑剔透,真难想象竟为笔墨所为。如此,一堵平面

---

① 此所谓直角三角形还有下文的等腰三角形等,是就大体或平面示意图而言。实际上,拱顶天花板呈弧面,所有图形都包含一定的弧度在内,叙述却排除了此种因素。

的天花板就变成了填满许多幅壁画的巨大建筑骨架了。

　　这么看来,整个西斯廷教堂拱顶壁画,就大处而言,不外由 3 部分构成,即创世纪故事、希伯来史传故事与耶稣先祖故事、男女先知造像,显然,如此布局在大师的构想中具某种逻辑的明确性,毫无疑问是经过了不仅对内容,而且对形式的深思熟虑与匠心擘画。"3"这个数目之于此绝非偶然,它除了代表基督教神学中的三位一体,若以其为单位,还可构成其他一些具有宗教意味的象征。例如 3 个 3 是 9,在但丁的《神曲》里,所谓天界是分作九重的;如果仔细考究便会发现,拱顶中央的 9 幅图画就内容来说恰恰分成 3 组①。另一个包含有 3 的倍数的数字 12 也一样,绘以先知像和希伯来史传故事与耶稣先祖故事的三角形空档都取这个数目颇有讲究,因为,画先知乃是由最初欲画使徒的构想发展而来的,众所周知,使徒的总数是 12;至于描绘希伯来史传事件和耶稣先祖事迹的画幅亦取 12,则与希伯来列宗分十二支系不无关系。况且,这样分割的结果,在形式方面尤其能起到变幻交叉、错落有致的构图效果,其各部分间繁复的对应关系和在有组织中的趋于统一,正象征了宇宙的奇妙无穷与井然有序。

　　那么 3 大部分若干画面的具体内容又是怎样的呢? 其细目如下。

　　9 幅创世纪的大场面依次是:《神分光暗》、《日、月及动植物的创造》、《海洋与陆地的开辟》、《亚当的创造》、《夏娃的创造》、《原罪与逐出乐园》、《挪亚祝祭》、《洪水》、《挪亚醉酒》②;12 幅希伯来

---

①1—3 幅成一组,主题是开天辟地;4—6 幅成一组,主题是创造人类;7—9 幅成一组,主题是大洪水。下文细述。
②这是从教堂祭坛上方的位置开始向着教堂正门入口的方向排列。下同。

史传故事与耶稣先祖事迹图:《杖悬铜蛇》、《哈曼的吊刑》、《大卫
与歌利亚》、《犹滴与何乐弗尼》,《撒门》、《耶西》、《罗波安》、《亚
撒》、《乌西亚》、《希西家》、《所罗巴伯》、《约西亚》;12 位先知或巫
女像则是《约拿》、《耶利米》、《利比亚》、《波斯卡》、《但以理》、《以
西结》、《库马埃》、《埃斯塔林》、《以赛亚》、《约珥》、《特尔斐》、《撒
迦利亚》。见图:

先看中央拱顶的 9 幅创世纪画面。

第 1 幅《神分光暗》,描绘圣经中的上帝开辟鸿蒙的伟大壮
举。画面上是一位庞大的处在激烈运动状态的老人身躯,他扭转
壮硕的躯干,展舒有力的臂膀,整个形象连同周围弥漫的雾氛一
块儿旋转起来,眨眼之间,无始无序的太初混沌已在其身前背后
分出明暗。好一个创造者的形象。他以无穷的智慧和力量擘画
着自然万象⋯⋯

接下来的《日、月及动植物的创造》是一幅更加壮阔的景象。
在这里,灌注着汹涌的创造激情与力量的耶和华上帝,为左右两
边的天使簇拥着,挟着狂飙一般疾卷的风暴,以排山倒海之势翱
翔于宇宙太空,他,鬓发苍苍,目光炯炯,面孔威严,充满信心,那

双伸展的手臂指点苍茫,日月星辰就在这一挥之下应运而生①!造物主漫无止境的创造之力在这矫健的老者身上表露无遗了,同时神的威严和意志也表露无遗了……兹需指出,画面上的耶和华是以不同角度的形态重复出现的,他造出日月之后,遂转身向地面飞去。那里(左下角)画着些许绿木,表示上帝造出地上生物。这样,画面左侧那正远去的背影和右侧那愈益逼近的正面就如圆雕,把同一形象的前前后后均表现出来。这不能不说是作为雕刻家的米开朗基罗的独到之处。当然,在一幅画上同时绘出一件事情的不同阶段或者一个人物的不同态势,是文艺复兴时期造型艺术习见的做法,西斯廷教堂拱顶壁画中有若干幅都是这样处理的②。

第3幅《海洋与陆地的开辟》又呈另一番气象,裹着宽大斗篷的耶和华径直地俯冲下来,硕大的头颅和生动的手势几乎占满整个画面中心,给人以铺天盖地之感。他神情整肃,胸有成竹,炯炯目光凭视下方,那里,大洋和海岸已经出现,水面的光把天际推远以至无穷,这更加强了携着天使的创造主从无垠的太空咄咄逼近的势态,那气概、魄力、叱咤风云,实不愧天地之主宰……

以上3幅画围绕着一个主题,即开天辟地,主角就是耶和华上帝本人。他是那么雄伟、壮美、智慧,尤其那么有力,一位宇宙间可敬可佩的权威!米开朗基罗受新柏拉图主义哲学的感应,塑造的是艺术家模样的尊神,或者毋宁说创造精神和英雄业绩的化

---

①画面上,耶和华向前伸出的右手造出了金色的太阳,向后伸出的左手造出了银色的月亮。

②除《日、月及动植物的创造》之外,还有《原罪与逐出乐园》、《挪亚醉酒》、《哈曼的吊刑》等。

身。为了突出气魄和神速，大师从不同角度，以不同姿势绘之以驰骋苍昊的飞旋形态；以大刀阔斧的夸张手法，加强明暗对比，进行大幅度透视缩减，尤其强调衣袍被风卷起时的飘逸运动感……于是，叙述人类征服混沌世界的古老神话，通过一个行动的老者形象，获得了艺术的直观性。

　　第 4 幅创世纪画面《亚当的创造》描绘上帝按照自己的形象用泥土造出太始第一人的情景。画面左下的一角山坡上，人类始祖那蕴蓄着力与柔和的健美体魄，正等待自己的创造者将生命之灵灌注而来；耶和华，那威严、神速、全能、智慧的化身，由天使所簇拥，裹着因疾风鼓起、形似贝壳的红斗篷自天宇飞临。他慈祥的目光注视着亚当，伸出苍劲全能的创造之手，在创造物的手指上轻轻一点。刹那间这年轻人获得了生命、力量与智慧，仿佛从梦幻状态中苏醒——或许他将要站起，而一旦站起，魁梧匀称的身躯就会迸发出无穷无尽的生命之力。

　　接下来是《夏娃的创造》，这是幅温婉的仿佛充溢着融融家庭情味的构图，与上述几幅迥成对照。着宽大红斗篷的耶和华上帝俨然慈和的老祖父温文地立于画面一侧，右手势庄重优雅，似乎向他的创造物召唤着或嘱咐着什么。夏娃身边，靠近画面左侧，亚当倚着一棵苍枯的树桩睡熟了，这就暗示出：在进入一个奇怪的梦境时，全能的造物主已取出他的一根肋骨——于是人类始祖的妻子、生民之母诞生了。

　　再一幅是《原罪与逐出乐园》。在整个"创世纪"主题画中，它同《亚当的创造》、《日、月及动植物的创造》是特别受到人们称赞的作品，其构图依从了文艺复兴时代艺术家惯常采用的一条原则，即在同一画面上表现具有相互联系的两个以上的主题或某一主题的不同发展阶段。这里，"原罪"与"逐出乐园"被巧妙地安排在一起了,只是居于画面中间的"智慧树"把描绘这两个主题的场面大体分割开来。左面表现"原罪"亦即人类始祖偷食禁果而堕落的情景:犯罪的诱惑者、狡猾的蛇盘缠于智慧之树,正把上面的果子递给夏娃;夏娃身边,亚当正从树上摘食果子。右面表现"失乐园"亦即犯罪者被赶出伊甸的情景:触犯禁律的人类始祖在天使的驱逐下正无可奈何地走向荒野。在这件杰作中,形象的刻画尤令人称道,特别是"堕落"主题构图中的夏娃,容貌和形体均那么优美而有力,以至让人觉得,全部乐园之美就是通过如此美的实体才得以体现。米开朗基罗以其雕塑家的艺术语言,用出人意料的透视角度来表现这个青春的形体之如火如荼的力和美、性格及意识。在其高高抬起的手臂上,在其略向后仰的视线上,在其壮硕颈项的扭转上,那些节奏紧张的轮廓线,似乎张满了运动的契机。另外,艺术家表现这对最初的夫妻之矫健胴体的同时,似乎也强调了他们作为人之顶天立地与独立自主的气概,尤其那摘取禁果时毫不踌躇的风貌和离开乐园时满面不甘的神情,仿佛包含着许多对于人类苦难命运的怒怨与抗争。

　　以上3幅画围绕另一个主题,即关于人类的创造。这里,壁画的中心是亚当和夏娃,上帝耶和华显然退居其次了,把表现人体之壮美作为一生主要艺术追求的米开朗基罗,以满腔热忱讴歌这宇宙精华、万物灵长!在其心目中,好像人之高贵首先在于完美的形体,因此,即使刚刚脱颖而出的亚当和夏娃,也必须以发育成熟的青春男女形态出现。肌体坚实饱满,筋腱富有弹性,男有阳刚之劲,女有曼柔之韧,赤裸而不失高洁,强健而不减妩媚,这散发着生命力的裸体令人感到骄傲!此外,人之精神气象的刻画也极出色,大师把睿智、虔诚、忍耐和昂奋、倔强、无所畏惧的气概赋予蒸民之祖,而并不满足于勾画形体匀称、风度翩翩的漂亮躯壳。的确,人的威武不屈、人的庄严自尊,在亚当夏娃的形体上得到了深刻体现,他们为魔鬼所诱并非由于愚不可及,倒更似知其必然而顺其自然,所以镇定安稳、从容自若。

　　第 7 幅创世纪画面《挪亚祝祭》描绘洪水之后,义人挪亚偕妻、子及子妇出方舟、筑供坛、献燔祭,以谢上帝宠幸之恩并祈之佑蒸民于久安的情景。从画上看,呈方形的祭坛业已筑成,它的一个角正冲着观者视线。坛的后面是鬓发苍苍的挪亚老人及其妻等;前方则是他的儿子们正宰杀作为祭品的牛羊,他们组成一个精彩的操作场面,在动作中显出男性肌体的健硕、粗犷和优美。祭坛旁边画着一个抱劈柴的少妇,她无疑是挪亚的儿媳之一,其存在交代出点火燔祭的仪式即将举行。画的构图均衡、严整,动作交叉疏密有致,明暗处理确切分明,体积感、空间感又极强烈,整个看来,题旨突出,完美无缺。

　　接下来是《洪水》①,一幅充满了戏剧性场面的惊人构图。艺术家选择的是洪水袭来的可怕时刻,浊流不断上涨,房屋、田地等等已不复再见,满目疾风暴雨和滔滔汪洋,唯左下还露着一角山岗,于是这里便成了尚存者赖以求生之地。处在绝望与恐怖之中,人们精神高度紧张。爬上枯树的少年好像已魂不附体,只是本能地搂紧树干;一个也许被痛苦或疲惫撂倒在地的裸体妇女,似乎因家破人亡而成麻木痴呆,甚至背后孩子的哭泣也不能改变

①亚当夏娃的后代日益堕落,"世界在上帝面前败坏,地上满了强暴"。耶和华决定结束如此罪恶的人世,然又不忍将其造物全数毁弃。于是选中挪亚,一个安分守己的义人,嘱其造一方舟,硕大无朋,以便率家人躲入其中;又嘱他将世上所有活物按雌雄成双带进方舟,以为物种。然后降暴雨 40 昼夜,使洪水泛滥 150 天,荡尽大地上所有生灵,唯留下方舟内的蒙恩者,以繁衍一个新的世界。典出《旧约·创世纪》第六至八章。

她的漠然。这里,还有年青的母亲携幼将雏,呆呆站立;有赤身的男子扛着包裹——显然是他最后的家当;有蹒跚的妇人困难地平衡着顶在头上的东西,以及强壮的小伙子却步履维艰——因其背上趴着一个颇为沉重的女郎,等等。稍远处,在靠近左侧那块还露出水面的高地上,一位表情惨苦的老人抱着已咽气的爱子绵软的身体,吃力地走向高地。那里,临时扯起的篷帐下面,一些尚存者伸出双手迎接他或是要帮助他……总之,被生的本能驱使着,人们蜂拥挤向哪怕是一寸可以立脚之地。

可以注意到,在如此逃避洪水的慌乱退却中,并不乏扶老携幼,相互救助的动人场面。与之形成对照的,是发生在远处小船和方舟上的情景,那里,人们抢起棍棒或斧头驱打着不顾一切的扒乘者,这加强了事件的恐怖感与悲剧气氛。

《洪水》是米开朗基罗在整个教堂拱顶壁画工程中最先创作的一幅画,虽然就其本身来看,该画情绪紧张、动人心魄,且优美、开阔,极富空间感,但考虑到从约 20 米远的地面仰首观望,画中人未免显得太小和过于拥挤。艺术家显然注意到了这一点,由是之故,在绘制《挪亚醉酒》和《挪亚祝祭》时,便减少人物数量、加大形体尺寸。不过这两幅画完成后,大师可能仍觉得看不真切,于是干脆放弃群体构图和空间追求,这样便出现了前述各幅形象更其突出、主题更其鲜明、即使站在地面也一目了然的绝妙作品①。

---

① 西斯廷教堂拱顶壁画,米开朗基罗先从《洪水》开始绘制,次是《挪亚醉酒》,再是《挪亚祝祭》,然后按照与圣经事件相反的顺序依次画到《神分光暗》。采取如此"倒转"的程式,乃是因为大师的工作是从教堂入口附近的天花板(《洪水》等处该位置)向祭坛方向慢慢推进的。这样,就可尽量减少对在祭坛处举行宗教仪式的干扰。据载,壁画绘制期间,教堂祭务差不多是正常进行的。

　　第 9 幅也是最后一幅乃《挪亚醉酒》①。就题材内容的性质来说,显然包含较多的道德因素,但是艺术家好像并不以此作为表现的重心。画中挪亚靠在巨大的酒桶旁,尚处于沉睡状态;而正指指点点的含和拿着布衫的闪与雅弗则被画在他的身旁,尽管事实上三兄弟的动作并非发生在同一瞬间②。像在其他各构图中的情形一样,除了题材所蕴含的道德因素,情节只是给艺术家提供了一个描绘完美人体的方便而已,人们在咂摸画面内涵的同时,会从挪亚父子强健的体态上感受生命的激情和力量。

　　以上 3 幅画围绕着又一个主题,即关于大洪水或挪亚方舟故事。这里,壁画寓意的中心是人类的灾难以及与之具有神秘联系的信仰与道德。洪水是洗劫,是对有罪之人的惩罚。所谓命运的不测,也许就包含在必然性中,你在辽阔的天空下欢笑,说不定生命之星却正慢慢沉落。严酷的事件往往使人接近于命运之谜的边缘,而命运的奥秘,或者正是生活的知识。空前的灾难当然充满震聋发聩的悲剧性感悟,而劫后余生虔诚的祝祷则似乎揭示出,信仰是通向完善精神的途径。但缺乏道德情感的人绝不可能有纯正的信仰,所以人于世间生活,道德原则必不可少,因为它以责任感和抑制个人欲望为前提。一天不如此,社会生活就一天不能够良好地维持。在这个关于人类生死存亡的大事件中,艺术家

----

①洪水之后,挪亚种植葡萄,喝了用葡萄酿的酒,醉而失态,竟脱光身子酣睡园内。他的儿子含见之,就告诉两个兄弟闪与雅弗,后两者忙拿件衣服,倒退到父亲身边给他披上。挪亚醒酒后,对含的行为甚恼怒,诅咒其后代要与其兄弟的后代为奴。典出《旧约·创世纪》第九章。

②就如画面左侧,在较远的田地里,(画着)正在躬耕的挪亚不可能与近景中酒醉的挪亚处同一时刻一样。这样处理是要交代出整个事件的主要过程。

不仅以渲染毁灭的恐怖为满足，还更关注新生活的重建与对未来的希望，所以绘制了隐喻着信仰与道德题旨的画面。显而易见，该组构图的寓意具有毋庸置疑的规诫性，人们会从这印证着宗教冥想的典故和艺术家的表现中得到启迪。

在这纵贯西斯廷拱顶中央以开创天地始而以洪水毁灭止的 9 景创世纪主题画之间，遵从一定的分布规律，还安插着 20 个被称为"奴隶"的男性青年裸体像①。他们以各种不同的姿势坐在被处理成建筑物台基的主题性构图角隅上，并以变幻多端的复杂透现角度呈现既彼此独立又相互呼应之势。这些形象的出现一般来说乃出于形式上的考虑，即将 9 幅主景作变化性连接，因为有他们穿插其间，自然会打破并行排列的单调，取得更其富丽和多样的装饰效果②。其实，这些绝美的裸体青年，不独装饰了整个拱顶画营造的建筑背景，使主体构图蓬勃律动，而且其本身的激情、生命力与内心世界，更富有独特的魅力和表现力：大力士般的躯魄或静、或动、或奋激、或不安、或沉思……无不生机盎然、情绪洋溢。

---

① 即在 1、3、5、7、9 这 5 幅构图的四角，各画着一个青年男子，他们身体朝内相对而坐。

② 拱顶中央创世纪主题画是娴用多样统一构图法的典范，其实除了这里讲的以 20 个鲜活人体作"变化性连接"之外，9 个幅面还按 4 大 5 小间隔呈现，面积较小者是通过在其两端各画一张大盾牌（上面摹绘精美的青铜浮雕，大抵取材圣经外典"旧约次经"之《玛喀比书》，如"神使安条克王跌落战车"、"艾里奥多罗被逐出神殿"、"亚历山大大帝跪见耶路撒冷大祭司"等）而实现的；那 20 个"奴隶"以两个为单位面对盾牌，于变化中形成秩序。

三

再看环绕教堂拱顶一周的希伯来史传故事画和以所谓耶稣先祖事迹为题材的画。

在这 12 块三角形构图中,以处于教堂角隅的 4 幅较大的画面更惹人注目。它们均取自圣经《旧约》中的著名事件,故称之为希伯来史传故事。故事性质与拯救有关,所以一般相信它们意味着基督教义中的救赎观念。这几幅画属于情节构图,由于题材本身的特点,艺术家特别强化了作品的戏剧性和动作感。位于祭坛上方的《杖悬铜蛇》与《哈曼的吊刑》两幅尤其如是。

《杖悬铜蛇》①可谓挣扎于生死之间的人体拘挛、扭曲与嘶号的奇观,在毒蛇啮咬的剧痛中,完全失去控制的人们拥塞一起,撕扯、啃噬、搏斗,差不多搅缠成巨大的肉堆了。这是个比古代雕像《拉奥孔》更为可怕的人蛇相搏场面,强壮的躯魄徒劳无益地摆脱蛇的缠绕,弄成畸形的面孔嘶吼出最后的惨叫⋯⋯画面中央稍远的地方,插着那根悬挂铜蛇的神杖。事实上,以其为轴心,左右两组人物的处理是大相径庭的:左边是获救者,即已看到铜蛇而获得新生的人;右边是牺牲者,即陷于裂痛而作垂死挣扎的人。后者是艺术家描绘的重心,因此在落幅上作为近景处理。这里,通

---

① 摩西率以色列人出埃及后,经年于旷野游牧迁徙。一次从何珥山起行,路甚难走,百姓不耐颠沛之苦,怨天尤人。耶和华怒之,使毒蛇进入人群乱咬,多人毙命。百姓忏悔,摩西为之祷告,耶和华便让他造铜蛇悬于杖。摩西从之,于是被蛇啮者一望蛇杖,旋即复生。典出《旧约·民数记》第二十一章。

过对疼痛使身体变形的若干人物的刻画,与其说渲染了劫难与毁灭的悲剧气氛,倒不如说淋漓尽致地表现了处大幅度运动状态之中的人体之力———一种爆发式的粗野之力。如果仔细观察还会发现,20多年后米开朗基罗为该教堂所作巨幅祭坛画《末日审判》,其在人物安排、动作穿插、形体刻画等方面所体现出的若干原则,在此几乎已毫无遗漏地见其端倪了。

《哈曼的吊刑》①一画的中心人物非常突出,这就是几乎纵贯画面上下的哈曼的躯体。它一丝不挂地吊在木架上,双臂伸张、颈项扭曲、肌肉痉挛,显出极度痛苦。但整个说来该人体十分美丽———瓦萨里就对这个形象的刻绘倍加赞赏———它充满运动的张力,肌腱隆起,仿佛每根血管都急剧抽搐。这与《杖悬铜蛇》中那些挣扎的人体遥相呼应,构成情调或形式上的和谐,在画面左角,还画着宴席上的国王与王后,而陪席的哈曼因被王后揭穿罪恶而惊惧万状,右角,则画着卧于床榻的亚哈随鲁王在听完有关史实后便起身吩咐人去寻找坐在门槛上的末底改。于是,这个故事的主要情节就基本上得到交代了。

位于教堂入口处之上的两幅角隅画《大卫与歌利亚》和《犹滴与何乐弗尼》也各具魅力。

《大卫与歌利亚》所选择的是古犹太王大卫青年时代的英雄

---

① 波斯王亚哈随鲁废黜王后,另立犹太女子以斯帖,甚宠爱之。权臣哈曼不可一世,国人皆恐,唯以斯帖养父末底改不向其折腰。哈曼怀恨,蛊王通令全境,杀灭犹太种族,并营造五丈高木架,以吊死末底改。末底改曾救亚哈随鲁于一谋刺事件,某夜,国王寝前听臣仆读史于是,即思恩待。与此同时,为本族利益,以斯帖弃个人安危,布筵席、设巧计劝国王收回成命,而将哈曼悬吊木架,进而剿灭其全家乃至全族。末底改被擢拔,位极宰相。典出《旧约·以斯帖记》。

业绩，即他用石子击倒敌将领歌利亚后，与这巨人战斗的最后时刻。着牧羊人装束的青年壮士已用腿抵住了敌手的脊背，他那有力的左手狠狠揪住猎物的头发，而握着尖刀的右手则高高举起，刹那间就要人头落地。两个人形成有趣的对照，几乎两倍于大卫的歌利亚那庞大的身躯趴在地上，而身材瘦小的大卫却凌驾其上，咄咄逼人，露出无往不胜的英雄气概。画的背景是个圆形帐篷，其后隐约可见手持兵器的军士，显然为了标示出战地场景。围绕该构图，西方学术界至今还存在着悬而未决的争执，即艺术家创作大卫时是否作了自画像，因为这张面孔的貌相及气质，的确具有米开朗基罗的某些特征。在环绕拱顶一周的 12 幅三角形构图中，它是首先完成的作品，学者们认为，大卫的形象也许象征着大师觉得自己今后的工作充满困难，事实上正是如此。

《犹滴与何乐弗尼》[①]表现的是犹滴已经砍下敌帅何乐弗尼之首而欲出营的情景。构图中心放在犹滴与其侍女两个女性形象上：一个屈身扶住顶在头上的大托盘，那里面盛着何乐弗尼的首级；另一个则张开拿在手里的布袋口，好使托盘上的人头落进去。两个女人呈侧或半背面的角度站立着，形体相当婀娜优美，虽不见面部，却风韵依然。画面左角幽暗处，画着一个持盾士兵正在瞌睡，从而表示出事件发生的时间与背景。右边角落，描绘的则是篷帐内的情形，那里，何乐弗尼赤身倒在床上，但是他的脑

---

① 耶路撒冷近郊某城为亚述强师所困，危在旦夕，城中绝色犹太寡妇犹滴为解城之围，设计佯逃敌营，侍亚述元帅何乐弗尼于其帐。何乐弗尼不胜美颜魅惑，置酒款宴犹滴，以便与之成就艳事。犹滴见机而作，醉何乐弗尼于飘飘然，终至酩酊酣睡。犹滴乘机杀之，取其头，偕侍女连夜出营回城。全城军心大振，奋勇杀敌；而敌帅已死，不战自溃。典出《旧约次经·犹滴传》第八至十六章。

袋已经不翼而飞,皮肤也正变成死尸的可怕颜色……

　　处教堂拱顶左右两边,即所谓耶稣诸列祖为题的8幅三角形构图,在情调上则是别具一格的。因为这里似乎消除了贯穿着整个教堂拱顶中央壁画的紧张气氛,而代之以柔和温馨的家庭情味。那些行动者的赫勒克勒斯式的人体不见了,更多出现的则是老人、妇女和儿童。此乃人间的家园,因之占压倒优势的是宁静、超脱抑或淡淡的哀愁。每幅构图一般只有2至3个人物,大体采取坐或半卧的方式,顺乎三角形框架结构,组成匀称优美的金字塔式造型。例如《撒门》①,画着一位年青的妇人盘腿危坐,专注于翻览一册经卷,在她的左膝头上,倚着一个裸身男孩,其视线同样落向书本。这一长一幼的呼应与联系,显示的显然是稚子在聆听母亲的讲解。再如《耶西》②,画的是沉思中的青年,他左手托腮,右手搁在膝上,手中也握着一本书;在他身后还隐约可见一老者形象。又如《亚撒》③,中心人物是个身着红袍、侧面而坐的成年人,其左腿平伸,右腿支起,躯干前趋而埋头向下,虽看不清面孔,却显出疲惫或烦躁不安。另如《约西亚》④,则以坚实的造型和遒劲的笔力描绘了一对夫妻,丈夫的姿势充分显示了体魄的魁梧,却无法掩饰忡忡忧心,年少的妻子怀抱爱子,娇美的脸庞是一派虔诚天真。其他构图也差不多各各如是,或母亲哺乳爱子,或父亲逗弄娇儿;或垂首思量,或若有所悟……总之,那种平和的氛

①撒门,希伯来始祖亚伯拉罕之第九代孙,为摩押女子路德后夫波阿斯之父,波阿斯为大卫王之曾祖。

②耶西,亚伯拉罕之第十二代孙,大卫王之父。

③亚撒,犹大王,亚伯拉罕之第十七代孙,大卫的儿子所罗门王之曾孙。

④约西亚,亚伯拉罕之第二十六代孙,八岁即犹大王位。

围,不仅之于整个西斯廷教堂拱顶壁画,而且之于米开朗基罗后半生的全部创作,都是绝无仅有的。

值得注意的是,尽管这些画都以耶稣列祖中的某某被标明出来,但大师显然并不过多重视艺术形象与其本源亦即圣经原典人物的关系,它们只要衬托出耶稣或者毋宁说作为人子出现的救世主——来自一个伟大的源远流长的神圣种族就够了。老实讲,作如是阐释无法令人十分满意,很大程度上是本旨难觅而不得不求其次。事实上,西斯廷拱顶壁画在不少方面是晦涩而莫测高深的,这些三角形构图,其场面与形象对我们来说就很不明确,而情节则似乎更为费解。米开朗基罗时代的艺术家仍然遵循中世纪传统,其作品充满丰富的象征和寓意,今人之所以感到困惑,说到底是对其中若干象征性的因素或意义无法确切地辨识出来。

四

最后看 12 大先知或巫女的动人造像。

他们是以建筑壁龛内的坐像形式被描绘出来的。每个壁龛两侧的壁柱上,还各站立着一对活泼可爱的石雕裸体小天使,相类古希腊著名建筑厄勒克提翁神庙的女像柱。当然,如同整个拱顶壁画其他所有作为背景的"建筑结构"一样,这些壁龛及其上面的石雕天使等均属虚拟,是画家用色彩"建造"或"雕刻"出来的。

这 12 个人物都画得非常之大,每个坐像的高度几近 3 米,差不多在普通人的两倍以上,属于全部拱顶壁画中尺寸最大者。众所周知,在任何古代宗教中,先知之于教民,无不具有神灵的精神与思想,几乎等于上苍与尘世的居间人。希伯来的圣经,就充满了他们热烈的词句。这无疑满足了米开朗基罗爱好崇高和伟大的愿望,因为他比同代和后世的任何艺术家都更能体味圣经的力量包括"先知书"中那些超人的表白。所以在其笔下,古犹大的先知者或异种教的巫女们,乃是由坚强的意志、超凡的性格、卓越的洞察力与颖悟力铸就而成的。不仅展现了人类丰富的精神生活和复杂的内心世界,而且从多方面暗示出人类精微的理性活动。与创世纪故事画之神奇的景象不同,与稣列祖故事画之宁谧的场面也不同,这里是哲学的世界、沉思的世界、宗教冥想的世界。就风度,尤其就气质而论,与其是先知或巫女,毋宁是思想者或哲人。他们一个个深沉而激动,或忧愁,或惊骇,或凝视,或谛听;有的露出专注或探询的目光,有的则呈现深思熟虑或焦躁不安的神态……

　　应特别指出,这些巨人般形象的刻画具有非同寻常的表现力和感染力。在这里,动作复杂了,悲壮感觉加强了,而最能体现米氏艺术特征的造型语言——线条与体积的旷放概括及清晰明确——发挥到了极点。手托下巴的老先知耶利米,垂首默想,痛定思痛,眉宇和前额展现一种柏拉图式的忧患与智慧。这个形象肖似画家本人面貌,更具其个性特质,有人作自画像观,原因正在于此。先知以西结也是个老者形象,他激动中伸出张开的右手,头颈侧转,逼视前方,好像那里发生了某桩严峻事件,显得神秘而且热狂。先知以赛亚,这个被描绘成面容清癯但体质刚劲的壮年男子焦躁异常,似乎有件揪心的事令他无法安静。奔放的青年先知但以理则沉浸经卷之中,一边还急速写下他的笔记,整个动作以精力饱满与心往神追令人难忘。先知约珥,成熟而稳健,其全神贯注于尺牍上的表情,透出大智大慧者的英明果决。至于那些异教的巫女们也同样出色,例如具力士体魄、面孔苍迈的库玛埃正掀开书本,像是索查"命运"的奥秘。利比亚则赤裸着男子般的肩臂,端一本硕大无朋的书,安详地看着下方。她整个人体的扭转幅度很大,透视关系极为复杂,从而形成某种荡漾的韵律。然而顶顶富有诗意的当推特尔斐巫女,这绝妙的女孩子。她手持神谕文告,张大美丽的眼睛回视远方——少女的纯真甚至好奇悉堆面颊,但从中却找得到某种近乎忧郁的韵致,她并非珠光宝气,希腊式的头巾和衣饰都很朴素,然而却是那样美,单单裸露的胳臂就压得过任何装饰的任何光辉。的确,在她身上,一切都生气勃勃,难怪人们将其看作米开朗基罗笔下最美的女性呢! 总之,沉思与悲哀、意志与魄力、健康与美甚或理性的抑制与内心激动的紊乱等等,都在这些栩栩如生的形象上得以崇高俊逸的表现。

　　依据圣经或基督教神学观念,《旧约》里的先知者还预示着基督的降临,也预示着基督的复活。在这个问题上最容易作出解释的是位于教堂入口正上方的撒迦利亚像和位于大祭坛正上方的约拿像,两者遥遥相对。如果说拱顶四角的希伯来史传故事画意味着救赎,那么二者则暗示耶稣作为济世者的降生与死后复活。壁画上的撒迦利亚,是位虔诚的老者形象,他以专注、柔和的目光研读经书,秃顶的大脑壳及苍苍白发反倒使之别具奕奕神采,仿佛望穿时空,看到耶路撒冷和以色列人复兴的希望。《撒迦利亚书》里有劝民归主,重建圣殿,以及像以赛亚先知预言救世主到来的言辞(乃有关基督临世说法的经学根据)。至于约拿,则被描绘成一个身强力壮的青年,躯体处于大幅度扭转运动之中,而运动的趋向是仰望苍穹,忏悔乎? 祈求乎? 反正充满紧张热烈的情绪。在其身边,画着一个庞大的鱼头,或许它刚刚将约拿吐出来亦未可知。但是艺术家无疑借此隐喻那个严肃的宗教题旨,即救世主殉难后的复活,因为经学家们对圣典的解释,是包含了这层意思的①。

至此,关于西斯廷教堂拱顶壁画的形式结构与情节内容已有了基本把握,或许无人对此持有异议:它是不折不扣绘画艺术的奇迹!米开朗基罗在巨大的拱顶布局上解决了艰难的课题,将若干主题、场景、人物纳入统一构思,做到彼此独立却非各行其是,条理井然又要首尾一贯。令人赞叹的是,艺术家出其不意地运用建筑与雕塑艺术的思维方式,将若干局部、细节依据几何体式原则天衣无缝地组合起来。他设想所有画幅都"镶嵌"于饰有雕刻的建筑骨架上,而作为幅面连接的媒介又几乎是清一色的雕塑般的人体。这样,无论情节性的构图,还是"没有情节"的形象个体,抑或仅起点缀装饰作用的人物之类,都在变化、多样、错落、统一的原则下落幅、排列、穿插,使整个教堂拱顶成为一个纪念碑性的艺术综合体。在这儿,造型因素是第一位的,事实上,拱顶画给人的强烈印象,首先是它汹涌的人潮——那由近350个大小形体汇成的人的海洋;其次是它们的厚实性与雕塑感——这最是一目了然。总之,它彻底实现了艺术家关于绘画的理想:绘画只有在接近浮雕的时候才是最好的。此外,显而易见,拱顶画各种因素之间那极为繁缛复杂的关系,表明米开朗基罗即使在组合分割、装饰设计技巧的运用上,也是一位不可逾越的独创大师。

该超凡绝尘的艺术巨件使全意大利乃至整个欧洲折服,以至连"神圣的米开朗基罗"之类说法也不认为是渎圣的了。确实,在

---

① 神见尼尼微人行恶道,便遣约拿去劝其改悔,但约拿违之,乘船而遁;神兴风作浪,迫使同船者将他扔进大海,让一条鱼吞食;约拿在鱼肚内达三昼夜,他向神忏悔、呼救、许愿,于是神命鱼吐他于岸上;他到尼尼微完成神的使命。典出《旧约·约拿书》。

时人心目中,大师是与凡人有别的超人,件件杰作既让艺术家们激动不已,也令他们束手无策。其后相当长的时期里,意大利艺术实际是按米开朗基罗的旨趣发展的,当然这对艺术的多元创展而言并非就是幸事,何况大师的卓绝几乎使所有步其后尘者捉襟见肘。就如笔锋犀利的阿莱丁诺一针见血指出的:那些画家傻乎乎地盯着米开朗基罗的小教堂,想去模仿他伟大的作品,强迫自己描绘雄伟人体的动作与神态,结果非但一无所得,反倒连属于自己的东西也丢掉了。例如风格主义艺术家们常见的失误根源见此。

五

相对而言,意大利文艺复兴时期的壁画遗产,以西斯廷教堂米开朗基罗的作品保存最为完好。当然,经过了近 5 个世纪的漫长岁月,壁画问世时的辉煌光彩早被遮盖,蜡烛、油灯、炭火、烟灰及各种尘垢熏暗了表层。鉴此,从 1980 年起,梵蒂冈对壁画开始了大规模的清洗修复工程。

这是规模空前的修复。过去几百年里,也曾有过几次清理,最早的一次在 16 世纪末,当时的画家竟用了些混浊的色彩,以便与变暗了的原作相和谐。后来,罗马教廷还曾采用希腊酒作清洗剂,但效果甚微。最糟糕的一次,是在内壁上涂了层动物胶,这样尽管可以使画面光亮些,但其黏性的表层,会附着更多的灰尘。

此次修复采取最先进的技术与材料。首先用电子仪器探测墙壁状况,对颜色进行化学分析;然后用特殊的溶剂清洗消除灰垢,如果发现缺损,就进行修补并作出标记,以便细心的观察者看出那不是原作;末了,再为壁画表面涂一层绝佳的丙烯保护漆。

大约 6 名梵蒂冈博物馆的修复专家在法布里齐奥·曼切内利教授的领导下一寸寸地从事这项细致的工作,整个工程历时 8 年,然后又以 4 年时间清洁大祭坛后的另一幅米氏巨作《末日审判》,总耗资 300 多万美元。

修复后拱顶壁画的崭新面貌令人惊讶,它笼罩在一片彩虹般的色泽之中——鲜红、果绿、暗黄、湖蓝,以及描绘人体的极有魅力的赭橙色——光辉夺目的色调非同凡响、出人意表。对壁画的清洗揭开了大师处理色彩的秘密。长期以来,人们习惯把色彩之长看作威尼斯画派的特权,而将素描和造型的优越当成佛罗伦萨画家的独尊。焕然一新的西斯廷拱顶画看来要改变这一观念,作为佛罗伦萨—罗马画派领袖的米开朗基罗,也许是美术史上最善于驾驭色彩的大师之一。专家们指出,他使用的颜料完全是新颖的,而且取自自己的发明。尤其重要的是支配颜色的原则出乎常规地独特与大胆。一般来说,他先用黑色勾勒出人体轮廓,使之产生浮雕般效果,再用鲜艳而响亮的混合色彩"塑"出体积、重量和质感。大师处理阴影的技巧更富有开拓性,他尽量避开简单的幽暗色调,而代之以迥然不同的鲜明彩色。比如,在黄色长袍的褶层后用红色,或在绿色褶层后用紫色,虽然它们在通常的情况下绝少一起使用,但于大师笔下却十分协调、醒目,教人陶醉与感奋。这无疑将有助于人们领悟大师与后代美术家师承关系的奥秘。专家们预测,有关米开朗基罗开拓色彩技巧的发现,会使美术史家在今后的 50 到 100 年间有许多事情要做。

修复工作还解开了一些围绕壁画创作长期所形成的谜或误解。例如作画步骤,按照一般的壁画程序,是先画素描,然后将素描放大到纸板上,再把纸板附着墙壁,用细针刺出轮廓,最后依照稿样慢慢描画。而米开朗基罗则在刺上轮廓后就完全丢开画稿,直接于灰泥墙上"塑像"了。至于拱顶两侧的若干三角形画面,他干脆摒弃作任何草图。再如,过去一直认为艺术家是躺着作画的,其实并不完全如此。修复人员搭制了当年大师设计的那种脚手架,发现它使用起来非常方便。可以升降移动,当在顶壁作画时,架上有足够的空间站立,甚至还可以踮起脚来。当然,即使如此,也是很不舒服的,因为作画者必须仰起脖子、举起手臂。

　　总之,西斯廷教堂拱顶画是人间奇迹。当被那数百严峻而壮美的艺术形象紧紧攫住时,且不可忘记米开朗基罗——终生受难的天才——之奋斗、痛苦与劳绩。

　　　　　（本文成稿于 1993 年 10 月,用笔名"文子"刊发于《齐鲁艺苑》1994 年第 1—2 期）

梵蒂冈教皇宫签署厅的湿壁画

　　文艺复兴盛期的意大利绘画代表着西方造型艺术的一个高峰,其辉煌成就很大程度上应归功于罗马画派的崛起①。

　　罗马,永恒之城!此时在教皇领导下正欲恢复它往昔的辉煌。似乎命定了这辉煌必有拉斐尔②的参与,而这参与又必将造就大师一生之辉煌。立志重振罗马雄风、重树教会权威的教皇朱理乌斯二世,英才大略、雄心勃勃,一俟登上圣彼得的宝座,就以狮子般的威猛、钢铁般的意志、一往无前的决心和雷厉风行的作风,开创、成就他的“霸业”:不仅用铁腕手段结束意大利的混乱割据局面,而且以巨大魄力搜罗人才、聚敛财富,大手笔规划、再造梵蒂冈,好让这举世瞩目的古代帝都成为名副其实的“公教”心脏。卓越的建筑家布拉曼特和最伟大的雕塑家米开朗基罗等许多优秀人物业已被邀至此,在教皇的有力指挥下创造着奇迹。年

---

①西方文化史上的文艺复兴于 14 世纪首先在意大利兴起,15 世纪末开始席卷全欧,及 17 世纪初届达尾声。该文化运动于欧洲各国的情况呈现较大差异;在意大利,全盛时期大约为 15 世纪末到 16 世纪前半叶,造型艺术世界之最,主要由佛罗伦萨画派、威尼斯画派、罗马画派三足鼎立又以后者为领军。

②拉斐尔·桑齐奥(Raphael Sanzio,1483—1520),文艺复兴时期意大利最伟大的画家之一,有“画圣”之誉。

轻的拉斐尔亦受教皇之邀于1508年加入这一队伍,从此与罗马融为一体,直至死亡。

历史的重负使罗马具有强大的精神力量!独一无二的文化与艺术之都,数不尽的古代遗迹,看不完的庙宇教堂;每一方广场、每一条街巷,都仿佛拓印着历史的足痕,时时处处提醒人回望其旧时荣光;每一堵断壁、每一块残石,都似乎叙说着一段故事,斑斑点点透视出厚重的古典底蕴。至于罗马的心脏梵蒂冈,则更让人屏息驻足,遐思万千。它那20多座巍峨的殿宇、上千个高阔的房间内,各种形式的绘画无计其数;而变化多端宛若迷宫的层层回廊里,巨柱林立,雕像密布。这是宗教的圣城,也是艺术的宫殿,表现基督徒的上帝、先知、圣人,描绘多神教的诸神、帝王、英雄的作品,各类兼备,应有尽有。一座巨大的博物馆,使人肃然起敬,热血沸腾,慷慨地激发着艺术家的想象力和创造力,为天才们的创造实践通往广阔的天地大开方便之门。

古色古香、端整肃穆的梵蒂冈教皇宫,是罗马宫殿建筑群的翘楚,它异常壮观的内部壁画装饰,主要由拉斐尔——乃与芬奇、米开朗基罗齐名的所谓"三杰"之一——创作。位于二层的教皇宫自西而东包括四个大厅,分别称"波尔哥火警厅"、"塞格纳图拉厅"、"艾里奥多罗厅"和"君士坦丁厅"。前三厅覆盖着交叉穹隆形的天花板,厅堂面积大约为10×8米,东西向略窄;后一厅面积大约10×15米,东西向较宽。

拉斐尔,就像罗马古城善于包容和吸纳所有优秀的东西一样,虽禀赋卓异的天分却从不轻忽旁人的经验。他钻研古希腊罗马遗迹,也揣摩先辈和同辈的创造,"把自己的才能装进了别人的伟大和美的源泉,从而更新了自己"①。罗马的岁月无比荣耀,命运惠顾了大师那颗俊逸的心灵,巨大的智慧和才能喷薄而出,其艺术终于达到炉火纯青,史家所谓"罗马风格"——更其典雅、雍容、庄重、宁穆的华美,更为宏大、严谨、多样、有力的和谐——水到渠成,与米开朗基罗复杂纷繁而逻辑明晰、气势磅礴又激情澎湃的恢宏风格交响辉映,共同构成并囊括了文艺复兴盛期罗马画派新古典主义的全部要素。这是他一生事业的巅极,其创作以空前未有的丰富、完整、华美及神速令人吃惊,它们征服了教皇苛刻的审美力,"朱理二世的伟大心灵,领悟了新生画家的天才"②,他那么喜爱这年轻人和他的作品,以致拉斐尔像镀了金似的光芒四射,一跃而成宫中最得宠的"廷臣"。

　　诸厅壁画当属塞格纳图拉厅的最为精彩,绘制时间约在1508—1511年间。该厅本是教皇图书馆后来改用作教皇法庭,译"签署厅",抑或为教会首脑常签署文件的地方,通俗地讲就是教皇的一个重要办公场所。此厅因拉斐尔壁画而成梵蒂冈最为知名的宫殿。

　　签署厅的壁画,从拱顶穹隆到四面墙壁,虽然分割成若干部分,尤其宽大的墙壁上的那几幅大画更各显风流,但是它们却共同构成一个整体,这个整体从意蕴上讲几乎是不能分开的,尽管在阐释过程中为便于解说起见有时不妨分别来谈。其总主题在于表现或者歌颂人类精神文明(活动)的四个方面,即神学、哲学、

---

① [法]德拉克罗瓦:《德拉克罗瓦论美术和美术家》,平野译,辽宁美术出版社 1981 年 1 月版,第 42 页。
② 同上书,第 41 页。

诗学与法学。按照当时习见的做法，这一宏大的主题是通过繁复的象征或寓意的形象设计手段实现的；而遵从多样统一的原则，它又是借助于不同大小、不同形状的画面作极有规律的穿插与连接完成的。如此，艺术家就把这间厅室从隆形天花板到四墙在内的所有壁面都画上了图画。它们依从充满变化的逻辑层次组合为完美的几何式巨大图案，俨若一张美不胜收的画毯悬在半空，严严实实地罩住了全部室内空间并延长至各面墙壁；而幅与幅之间的衔连变幻迷错，令人目不暇接，又构成整个壁画体系尤其是隆顶部分装饰性系列分割的精巧与华丽。

　　如果从隆顶的正中央说起，那么在此位置上是一八角形的画面（八条边按一长一短的方式连接），描绘了若干飞动的天使簇拥着一个圆环（它便是穹隆的顶心），环内隐约可见一张盾牌，其中画着两把交叉的钥匙和一顶三重冠，这个图案其实就是一枚代表教皇权威的徽章。接下来，从该八角形的前后左右各向外延伸出一幅面积与之相差无几的圆形图画，分别与它的四条长边相接，里面绘着象征神学、哲学、文学、法学之不同精神活动内容的寓意形象。这样，圆形画与围在它们中心的八角形画之间就留下了一些空档，由于每个空档必有一条边线与八角形的短边相接，于是以此为起点再往外延伸，方法是用一些较小的带有一定弧度的梯形图画（每个空档两幅）将空档填补起来。这样，四个空档中的画与处在中心的八角形画恰好构成一个希腊式的正"＋"字形，使之处在那四幅圆形画的中间。然后，在该"＋"字图案的四个终端处，又各以一幅面积也差不多相类于圆形画的矩形图画予以延长，它们在整个隆顶大布局中，互成对角之势地位于四个角落。

四幅矩形构图的内容分别是"天文"（或称为"第一运动"）①、"诱惑与堕落"②、"玛尔斯亚斯"③、"所罗门智断"④。所有这些按照

----

① "天文"的构图是在硕大的星球上双膝着地面朝下跪伏着一位少女，她的右手也摁在球上，左手则扬起来，目光观察着星球表面的变化，似乎在把着球移动。星球确有缓缓转动之感，而少女也仿佛顺势位移，这使她的身姿十分优美，加之衣服上的丝带好像被运动产生的风鼓起，所以更增强了形象的动感与美感。在其左右，是两个踩在云朵上的裸体小天使，各抱着一本大书，回首望着这支配着星球或探索着它的神秘的女神。

② "诱惑与堕落"画的是亚当夏娃偷吃禁果而失乐园的情节，画面正中智慧树的白色树干上缠绕着蛇身人面的诱惑者撒旦；树下，居右站着夏娃，体态轻盈，优美的曲线勾出柔韧的裸体轮廓，活脱一座希腊女神的云石雕像；居左是卧靠于土坎上的亚当，他的躯干侧转使头颅趋向夏娃，整个矫健的形体各部位均极富变化。这一对太始的恋人，用手势和视线传递着唯高级生灵才可产生并可理解的信息，亚当那不无疑虑的目光和夏娃那似鼓励的表情，与其说为恐惧或惶惑所搅扰，不如说是为无限柔情所激发。

③ "玛尔斯亚斯"乃表现一个与艺术有关的希腊神话故事：玛尔斯亚斯属于愚蛮的低级山林神，他捡到雅典娜弃之不用的长笛后，自以为成了音乐家，居然向阿波罗挑战比赛演奏，结果败北而让太阳神剥了皮。画面左边坐着阿波罗，他曲起的左腿后隐约可见一把六弦琴；紧靠右边框的是玛尔斯亚斯，他已被吊在树上等待酷刑；中间面对面站着的两个可能是裁判，背对观众的那一个正把一顶桂冠戴到优胜者的头上去。

④ "所罗门智断"系采自《圣经》典故的一幅画。有两个同住一寓的妓女带着一生一死二个婴孩来见所罗门王，互相指责对方睡觉时不慎压死了自己的孩子，却把别人的偷为己有；二人争持不下，王下令：把活着的婴儿劈为两半，一人一半分之；那婴儿的生母急急阻拦，说宁可放弃不要了也不能伤害孩子，但另一个的态度却正相反；所罗门判之：这婴孩必为前者所生，当归之（典出《旧约·列王记上》第三章16—27节）。这幅画的构图颇具戏剧性还注意了性格刻画，坐在王座上的所罗门、准备执行王命的武士、以及那两个争执的妇人，互成对角呼应态势，既把气氛渲染得紧张激烈，同时取得了形式上的均衡对称。

几何学原则规律划分出的图画,均描绘于华丽的金色底子上,并以设计精美的纹饰作为边框"镶嵌"起来,再以成双的小圆环饰物串连为彼此不可分割的,犹如一张网似的整体结构。见图:

　　这便是签署大厅穹隆状天花板的情形。在这作为局部因素的若干图画中,除位居顶心的八角形画之外,那四幅圆形画和四幅矩形画无疑是最为重要的。如已所知,圆形画描绘的是象征性的寓意形象,它们的构图方式或造型设计大同小异,即寓意形象均为端坐云头的大天使(或女神),她们头戴王冠或桂冠,手拿经卷,其中象征诗学者左手臂间还抱着一把竖琴,象征法学者扬起右手并持一把利剑。在她们的左右各有一个或两个飞动的小天使陪伴,这些动态极其优美活泼的小天使们手持写有文字的书板,以便指示画中包含的意旨。而四幅矩形画的排列如果平行地看则与圆形画互为隔开且大致绕成一个圆环,贡布里希援引帕萨万特的解释,说这些矩形构图在此出现,其功能是借以连接圆形画象征的四个学科:"诱惑与堕落"左右连接着神学和法学,法学和哲学之间乃通过"所罗门智断"进行连接,而哲学和诗学则通过"天文"来连接。最后,"玛尔斯亚斯"又将诗学和神学连接起来了①。因为,正如贡布里希反复强调的,人类的所有学科之间存在着基本的联系,必须整体地看待和理解签署厅的所有壁画,任何企图肢解这个庞大系统的想法或做法,都会摧毁其象征意义和艺术旨趣。在拉斐尔的时代,采取这种由传统而来的整体隐喻观念是顺理成章的。

然而隆顶上面的画还只是整个签署大厅壁画的一部分,从某种意义上说甚至是较次要的部分,因为下面墙上大幅面的构图无论题旨的凸显还是形式的完美都更能够夺人心魄。那么壁画在隆顶天花板和四壁墙面上是如何衔接起来的呢?简言之,采取由上往下"辐射"的办法,即以上述窿顶的四幅描绘象征不同精神活动内容之寓意形象的圆形图画为出发点,分别往下延伸,一直延伸到大厅的四面墙壁,这样每堵墙面便出现了与上方的寓意形象有着直接内在联系的大幅壁画。例如,圆形图画中象征神学的形象下边是《教义辨析》,象征哲学的形象下边是《雅典学院》,象征诗学的形象下边是《帕那索斯》。它们上下呼应,即使于形式上也极为协调。此外,还应注意到,居于隆顶天花板中心的八角形图画,其四条短边分别通过与填补"空档"的八幅梯形图画(即上述构成"十"图形的四臂)的搭连而与穹隆下部四幅较大的矩形图画贯穿起来,然后在每幅矩形画的底边处,各衔接一个顶角朝下的三角形图案,并且消失于墙面相交的角隅处。不难见出,这整个签署大厅的壁画构思表现了极高的匠意,显示出艺术家对于整体

①参见[英]贡布里希:《象征的图像:贡布里希图像学文集》,杨思梁、范景中编选,上海书画出版社1990年6月版,第143页。

逻辑理念与几何构成方式的极端自觉意识和娴熟处理技巧。

签署厅的四壁墙面并非相等,也就是说,它不是一个正方的厅堂,《教义辨析》和《雅典学院》画在纵向的两面墙上,二者的尺寸相同并且幅面最大,这是因为该两面相对应的墙不仅结构一致而且面积阔绰;画在横向的墙上的两幅,因墙面略小,再加上墙的下半部分又都居中开一宽大的窗户,导致画在上面的画必然要小一些。

《教义辨析》是幅极为庄严的壁画,画家将历代的大神学家会聚一堂。这是教皇签署敕令的地方,故应该体现高级神职人员的职司特点。但正如司汤达指出的,该题材很难处理,因为再没有比冷峻、死板的教会人物更难入画的了;不过从艺术上讲,绘画与音乐一样,题材并非是至关重要的。此画即为一个明证,拉斐尔以无比丰富的想象力和变化技巧,集天上人间、古往今来之境界、人物于一画,把历史的和现实的、观念的或教义的形象置之不同层次,注深邃的诗意和庄重的肃穆于画氛,从而使天国的神秘明朗化,教会的职责神秘化。

　　在构图上，整堵壁画分为上下两大层次，一为天堂，一为人间。滚动的祥云和成群的光屁股小天使将天堂之国托在半空，以与人间判然区分开来。"天国"中间的宝座上端坐基督，他伸开双手，俯视苍生，一脸悲悯的表情；耶稣的上方是威严的天父，另有数不尽的天使在飞翔；基督两侧，是身着长袍取蹲式位的圣母和手持十字架的施洗约翰；在基督宝座下端，则有十二使徒列坐两厢……——如此情景，正是圣父、圣子、圣灵的所谓"三位一体"。"人间"部分，则是教皇、主教、神甫及学者举行集会，他们各抒己见，讨论宗教、辩阐义理。这里既有《圣经》记载中最早的立法者摩西和贤王大卫，也有意大利文学的奠基者、杰出的民族诗人但丁。在较为显著的位置上，即最后一级台阶的祭坛两侧，坐着教会史上四位制订教义的所谓"教父"耶罗姆、戈雷高里、安布罗斯和奥古斯丁。画面右侧站着的那位头戴三重冠，身着教皇服的人物是当朝教皇朱理乌斯二世的叔父西斯廷四世，他沉着自信，昂首向前，不愧为教会首脑。左侧处于同一水平线上的另一雄健的背影，与之形成对称，增加了画面的力与美。

　　对今人而言，重要的不是从中寻求教会史话的来龙去脉或者宗教神学上的微言大义，而是领教人物造型的仪表风度与神情气韵，以及整体构成与空间处理上的紧凑严密、生气勃勃等。在巨大的画面上，追求众多人物运动的艺术趋向和相应的才华同时展现出来了，画家娴熟地运用平衡对称、多样统一原则，使各部分都关乎全局和以总体效果为前提。无论上半部"三位一体"群像的拱形曲线式排列，还是下半部诸教士群体之平行直线式穿插，无不以明确的对比、清晰的节奏使之趋于集中。其艺术上的独到之处还在于天上人间两个境界并非真的独立存在，而是巧妙地连成一体，其实"天国"部分乃是作为一幅庞大的祭坛画而出现于某殿堂的墙壁之上,可谓"画中之画";至于人间部分,则正是这个殿堂的祭台以及祭台下的宽大空间。可见它并未违背绘画思维的逻辑性。这样的布局,诚可谓匠心别运了。

司汤达认为,《教义辨析》完全摆脱了别家影响,是拉斐尔真正具有个人风格的作品,而该风格还是"无可匹比"的,"说实话,那才是他的杰作"。①

当然司汤达的意见只是一家之言,笔者认为拉斐尔壁画的极品应推《雅典学院》,它有着更宏大的气派和深刻的思想,而造型上的完谨在艺术家的创作中也可谓空前绝后。

此画表现以希腊哲学家为主的古代学者荟萃一厅讲学或研讨学术的场面。一睹之下便使人产生恍若进入智慧之国的感觉,因为在那个"大厅"里,数不尽的大智大圣的形象犹波涛般汹涌而来,形成热烈的学术气氛而紧紧攫住人的心魂。

———————————

① [法]司汤达:《拉斐尔小传》,啸声译,见《文艺论丛》(15),上海文艺出版社1982年出版,第366页。

　　画面上，是一壮阔宏美的古典式拱形长廊，其尽头消失远处，而距观众最近的一端则豁然开朗，呈现一间大厅。凡50余名学者济济于此，分布大厅中心乃至各个角落。他们有的虬髯掩腮，有的白发苍苍，有的正值旺年，有的还在少壮。但无论耄耋老叟还是莘莘学子，一个个都那么气宇轩昂、精力充沛、神采奕奕，加之古希腊或古罗马长袍的披裹，更显仪态脱凡、风度绝俗——这是哲学家的形象，用智慧武装起来的强有力的人的形象。他们或坐或立，或躬或卧，或独立沉思义理、演绎推算，或多方争论探究、辩微阐幽……

　　而这一切的中心，是代表古典学术最高成就的两位希腊大师——柏拉图和亚里士多德。两人各夹卷帙，款款向前走来。柏氏右手指天，似乎在说：上天的观念，乃为万有之源；亚氏右掌朝下，似乎在说：地上的一切，才是自然之本。这个中心周围各处的人物，则分为若干组，例如苏格拉底、赫拉克利特、毕达哥拉斯、阿基米德、狄奥根尼斯、托勒密、普洛提诺等等，甚至还有画家本人以及他的同道所多玛——这里打破了时空界限，把并不属于同一时期、更不属于同一地区的许多历史人物安排进画面且分别给予一个位置，正如他们在文明史上各占有一席之地一样。

　　《雅典学院》整个画面充满着活跃而热烈的气氛，这是一个百家争鸣的学术场面，仿佛可以听到贤哲大智们滔滔雄辩的声音。它真切地反映了古希腊罗马科学文化高度繁荣的历史局面，熔铸了作者对于探求真理、保证学术自由精神的热情礼赞；或不妨说，通过此也是对文艺复兴时代人才辈出、学苑欣欣向荣局面的衷心讴颂。

　　绘于该厅横向的面积略小些的墙壁上的两幅画，地位更显要的是《帕那索斯》①。这个题材来自希腊神话,由于阿波罗和众缪斯的缘故,帕那索斯就成了文艺的代名词,因为光辉灿烂的太阳神是兼有多种职司的大神,除了摆弄弓箭,管理医药,负责预言,宣谕及拯救之外,其最为人所乐道的还是倡导与保护诗歌和音乐。而作为文艺神之首,希腊神话中的另外九位文艺女神"缪斯",则理所当然地成了他手下的"兵"。众所周知,在西方古代世界,阿波罗是最受尊敬的神明之一。

　　这幅壁画表现了画家心目中澄明幽远圣洁的艺术胜境,它以阿波罗和缪斯们为中心,囊括代表古往今来文心诗智之大诗人形象。画中环境为一小小山坡,地面是月桂、绿草、鲜花,上面是碧庐、云霭、烟霞,一派平和宁穆的气氛,仿佛溢漾着融融春意。茂盛的月桂树下,头戴桂冠的福坡斯正持琴演奏——在其脚边不远

①帕那索斯,古希腊福客斯的山名,乃神话中的文艺圣山,为阿波罗与诸缪斯的居栖或冶游之地。山下有特尔斐神托所和阿波罗神庙,从山的裂岩间涌出的泉水,谓为灵感之泉。

处，一泓寓意灵感之泉的清流潺潺泻出——从握弓手臂的优雅和面部表情的迷离可以感知，那琴弦上流出的，或许是个舒缓而温柔的旋律……一阕非人间的醉人音乐！分别管理诗歌、历史、悲剧、喜剧、舞蹈、绘画、雕塑、建筑和天文的九位缪斯簇拥着这位艺坛的圣主，款款然，袅袅然；除分管诗和悲剧的女神坐在阿波罗两侧外，余者则自然成组侍立左右，倾听着温婉的琴声，全然陶醉艺术之境。尽管有论者说这些"美丽的少妇，温柔与妩媚完全是人间的气息"①，实际是人间的气息压不过超凡脱俗的神圣的韵致。

在诸神的两翼位置，是历史上声名卓著的伟大诗人、文学家或艺术家，如古希腊的盲诗人荷马，古罗马的大诗人维吉尔，以及近世意大利最杰出的民族诗人但丁、阿里奥斯托等。他们大都身着长袍，头戴桂冠——桂冠，除了标志文人的最高荣誉，它也是阿波罗甚或是文艺的象征物②——他们特有的睿智与风度仿佛就飘逸于花草树木之间。其中若干形象刻画相当细腻深刻，例如位于画面左上角的荷马和但丁便凝聚着个性的感人力量。前者，一双盲目仰对苍穹，左手握住衣襟而右手向前伸开，仿佛倾诉心底的郁愤，又像吟唱人间的不平；在他的右前方，一个坐在岩石上的年轻人正全神贯注地用鹅毛笔记录诗圣的咏吟（他的动态尤其该动态所体现的透视缩减关系极富匠意），有学者将其判断为诗人

---

① [法]丹纳：《艺术哲学》，傅雷译，广西师范大学出版社 2000 年 4 月版，第 361 页。

② 希腊神话：阿波罗爱上了河神的女儿（或自然女神）达芙涅，后者逃避他的痴情，可是这位风流的大神紧追不舍，眼看要追上时，达芙涅求助于河神，结果被变成了一棵月桂树。阿波罗无奈，伤心之余，从树上折下桂枝，编成冠冕，戴在头上。于是月桂成了阿波罗的圣树，"桂冠"（Laurel）则成了艺术的最高象征。

安纽斯。后者,那副异常严肃的侧影显示出一颗饱经忧患的心灵所具有的强大力量,在其锐目的咄咄逼视下,一切黑暗势力似乎都将不战自溃。在左下角地势较低的地方,那个像美丽的雕像一般坐着的青年女诗人,就是被柏拉图称之为"第十位缪斯"的莎芙,她的右手还触动着琴弦,雕像般的侧面剪影透出高雅的气质和聪敏灵秀。她的出现,不仅打破了这个男性占绝对优势的诗国的极端不平衡,而且也为画面平添了一段动人的旖旎风光,因为尽管那里有九位女性神祇,但她们都集中在上边的山丘,而下面的两个角落则是空缺的,于此点缀这样一位佳人,自然情形就不同了。

拉斐尔的构图有一种绝对完美的平衡性,完美到无懈可击。在这幅画里,以阿波罗为首的众神居视点的中心位置,这个十人小团体组合得优雅而自然,右侧那位站立的女神高大的身躯背对观众,由于其高度可能会打破均衡,于是就在与她对应的左侧位置,安排了另一位同样高大的形象,即正仰天长歌的荷马。这只是取得平衡的一个例子,其实如是因素随处可见,比如,由于窗子的上楣占了画面下方的中间部分,那么它的两侧就各空出了一块地方,画家便于此对应地设计了两组诗人,形成呼应之势,从而获得了整幅画的平衡。其中,取坐式位的有莎芙和一老年诗人,这位老诗人强烈的动势特别向画外伸出的手势把透视缩减的技巧发挥到淋漓尽致。至于取立式位的,两厢也各有几位诗人:左边,是四个谈话者于月桂树下形成一组;右边,则是两个侧面而立者,同坐在地上的老年诗人进行争辩,那位年少者据沃尔夫林的著作是威尼斯诗人桑纳扎罗,其形体、服饰与手势最大限度地表现了优雅的理想形式。除此之外,构图在平衡中还特别注意连接与变化,例如画面的右边部分,下角处即近景的几位诗人和上面阿波罗及缪斯们是通过另一组同样位于月桂浓荫下的几个人连成为一体的（其中两个侧转回眸者的眼神起了关键作用），而他们在服饰、动作与表情上均不雷同，显示出多样与对比之美。

　　与《帕那索斯》相对应即该大厅另一堵横向的墙壁上，画的是代表法学主题的寓意性作品，一般称为《义德》。在这里，与其他三面墙表现众多著名人物的大制作不同，借用沃尔夫林的话说就是"绘制法官聚会的任务被免了"①。这或许与该面墙的特殊性不无关系，因为开在此墙上的窗户尺寸格外高大（比对面墙上的要高出若干），以至于窗楣之上的墙面过分狭小，不大可能再部署有众多人物的构图。但画家巧妙地、而且是充分地利用了所有的有效绘画空间，他在窗楣之上狭长的拱券面内设计了一幅纯粹为象征性形象的画，又于窗户左右空白面上各绘以历史题材的情节性画，以便暗示或诠释上面拱形画的寓意题旨。

①［瑞士］沃尔夫林：《古典艺术：意大利文艺复兴艺术导论》，潘耀昌、陈平译，浙江美术学院出版社 1992 年 9 月版，第 110 页。

　　居于窗楣之上的寓意画面,乃表现为实施法律所必不可少的美德即刚毅、谨慎与自制的拟人化,这三种品格由三位美丽的年轻女性来代表:位居中间的是谨慎,在她左边的是自制,右边的是刚毅。她们的坐姿都是取侧位或侧转位,这就首先获得了导致优美的可能性;再者,拉斐尔所独具的那种绝非现实中所能找得到的理想的,仿佛音乐旋律般的人体动态语言,保证了三位女神在构图与造型上获得一种新古典主义的最佳状态——近乎极致的和谐与优雅,众所周知,"优雅"(Grace)这个词,通常作为描述文艺复兴盛期美学理想的最高范畴。象征谨慎的那位女性,雍雍端容,神情庄静,其呈正侧面的脸形清晰而肯定,她伸出右臂迎住一个趋向前来的光屁股小天使,而视线则通过他的头部与右前方那位象征刚毅女伴的眼神相接,因为后者恰好转首回眸。处在另一边象征自制的女性,坐姿本来与"谨慎"、"刚毅"取相反方向,但是她身体的扭转、臂膀伸出横过胸部的动作,尤其手和首反向而有节律的运动,却使得她和两位女伴无论在形态还是在神韵上都融贯了起来。总之,通过富有变化的体势、手及头部还有目光的转动与呼应,三个形象在一条横向的水平线上形成波浪式的律动,似断犹连,独立但却共生;加之,五个长翅膀、活泼可爱的裸体小天使穿插其间,非但使她们的联系更为密切,尤其更加生动,平添一段风趣。可见,此画虽说不大,但也如其他墙壁上的皇皇巨幅一样精湛,甚至是更见匠心的经意之作。

　　三位寓言化人物那超脱凡俗的气质之惟妙惟肖的刻画,不由不让人感悟到正义即法意的可敬,不由不记起古罗马雄辩家西塞罗使人牢记法律神圣的名言:法律乃神的创造而非人的发明。拉斐尔一改表现大批古今法学家的套路,却同样达到了阐扬题旨的目的。他利用了现代图像学家所谓的象征手法,比起直白的表述，或许来得更为细腻而深刻。

至于窗户左右墙面上的画则换了另一种方式，乃描绘了两个取自法律史的场面，即颁布民法法典和宗教法典。前者，表现在查士丁尼大帝的御敕下编订并通过《法学汇纂》从而最终建立完善了罗马法；后者，表现在教皇格雷高里九世的领导下编订并通过《教令集》而终于健全和完善了教会法。两幅画在构图上大同小异：以开放性的内穹隆建筑为背景，坐于宝座上的皇帝或教皇手持法典，几乎占满了画面的中间位置，周围则簇拥着大臣、学者、法官或教士……

塞格纳图拉厅的壁画标志着拉斐尔的艺术已入极境，除了米开朗基罗，大概无人是他的对手；金钱、荣誉、崇拜滚滚而来，"艺坛王子"达到了他事业的巅峰！

　　（本文成稿于 1999 年 12 月，刊发于《山东师范大学学报》2005 年第 6 期）

梵蒂冈教皇宫艾里奥多罗等
厅堂的湿壁画

　　由拉斐尔创作的梵蒂冈教皇宫尤其"塞格纳图拉厅"即签署厅的湿壁画是西方艺术史上的奇迹,其兼容二希文化内容的人文主义精神,与形式上严密的逻辑性、娴用多样统一之整体布局的构图原则,乃文艺复兴领欧洲艺术前锋的意大利绘画之最完美的体现,在多方面确立了古典主义的新规范,为近代西方造型艺术的发展铺平了道路。

　　纵观拉斐尔的艺术,罗马时期(1508—1520)与佛罗伦萨时期(1503—1508)的最显著不同在于具有了宏大的气派和深厚的底蕴。如果说此前,巨大构思的能力并非无所显露(例如《华盖下的圣母》和《基督下葬》已初见端倪)的话,那么至少还未形成强劲的势头。但此时,身居梵蒂冈艺术中心的艺术家显然感到那种过于雕琢甚至柔弱的画风有点如小家碧玉,难登大雅之堂了;佛罗伦萨锻造了他作为大师的视野与品格,而历史厚重的罗马之精神力量和众多天才们的艺术思想,则也激发了他的阳刚气质,并且,"这种阳刚之气表现得潇洒自如、驾轻就熟,具有一种天然的成熟性"①。他

---

①〔法〕艾黎·福尔:《世界艺术史》上,张泽乾、张延风译,长江文艺出版社1995年5月版,第481页。

不大再问津幅面较小、内容和形式都相对简单的一般架上绘画，而成了壁画大师，成了纪念碑式的，蕴涵宗教、历史、哲学命意的大作的创造者。当然，所以如此还在于教皇下达的任务几乎都是宏幅巨制的宫墙装饰之故——这样的大制作必须非凡的智力、魄力，以及如江水奔腾般滚滚不息的构思力。这一切既未吓倒他，亦未难住他，而是提供给他最充分发挥才能的用武之地，他出色地绘制出一幅幅宏伟的教皇宫湿壁画，整个艺术创作工程是比较顺利的。

在完成签署厅的画事后，拉斐尔即进入艾里奥多罗等其他三个厅堂的壁画制作①。比之签署厅的作品，后边的创作在戏剧性场面和辉煌色彩的营构与追求方面更具有鲜明的特点；另就内容可见，拉斐尔从探讨歌颂包括神学、哲学等在内的人类精神领域的尝试而转向阐述圣传或史传的宗教大事件之寓意，艾厅壁画的总主题或可谓——昭示教会的权力与荣耀。

艾里奥多罗厅壁画主要包括《艾里奥多罗斯被逐出神殿》、《博尔塞纳的弥撒》、《狱中解救圣彼得》、《阿提拉的撤退》4 幅，创作时间约在 1511—1514 年间。

这几幅光彩夺目的壁画，以《艾里奥多罗斯被逐出神殿》②为最著名。它取自圣经外典"旧约次经"之《玛喀比书》所提及的史实，大约又加上一些传说成分：在耶路撒冷的一座庙堂，藏存着属于孤儿寡妇们的大笔银钱；艾里奥多罗斯，亚历山大大帝后继者

①艾里奥多罗厅和波尔哥火警厅的壁画一般认为乃画家手笔，君士坦丁厅的壁画则大抵由其构思或画出草图，再由弟子们实施绘制完成。

②湿壁画，半椭圆形，底边长约 750 厘米，最高点约 430 厘米，约作于 1511—1512 年。

之一——塞琉古（在叙利亚）国王的一位将军，受王命率军兵去往
庙宇劫掠这宗财宝而遭遇天罚。画面上的环境处理是神殿内部，
抢劫者挟不义之财即将奔出庙门，孰料被突然出现的天兵神将击
倒了，金币撒落于地。白色战马背上的天国骑士飒爽英姿，金盔
金甲熠熠生辉，他勒住坐骑，而那匹骏驹就要把艾里奥多罗斯践
踏蹄下。另有两个孔武矫健的青年壮士也飞奔前来，举起拳头，
扬起鞭子……被打翻在地的抢劫者身后，隐约可见几个惊恐的逃
命者和狂怒的追击者……与此惊心动魄的场面形成对照的，是众
多礼拜者的形象，他们惴惴不安，恐怖异常，妇女们搂护着孩子，
张开嘴巴尖叫，慌乱中还有人跳到了台柱上。在祭坛处主持仪式
的年老的祭司，则仿佛打着哆嗦，跪在地上祈祷……

　　劫宝的将领为天兵羁绊并惩罚的场面位于画面的右下角，祭
坛上祈祷的老祭司则被推到距离较远的大殿纵深处，那些受惊的
儿童妇女们就占据了画面的左边部分。出人意料的是，在这里，
即壁画的左下角，艺术家还把当朝教皇朱理乌斯二世也画了上

去,且赋以显要位置:高高地端坐在由几个显贵的罗马青年抬着的肩舆上——据说轿夫中那位络腮胡须者是著名版画家马尔坎托尼奥·拉伊蒙蒂的形象,这位镂刻师曾把包括拉斐尔在内的许多名家的杰作复制成版画,使之得以广泛传播;另有材料讲到在此还画了拉氏高足朱利欧·罗曼诺的形象——这红脸银须的威严老人双目射出逼人的光,直视着那个已狼狈不堪的罪人,有着那么多的愤怒和激情! 但从总体上看,该组写实的人物与动感的整个画面之紧张气氛比起来还是过分平静了些,不管怎样似乎显得有些例外,以致整幅壁画的精神统一性多少受到某种干扰。何以如此? 最可能的解释,或许就是教皇本人希望如此,大师不得不迁就强项的保护人的趣味而已。当然,也可以有另外的解释,譬如,历代批评家不止一次指出其政治含义,即寓意当时法兰西对意大利尤其对教皇领地发动战争,朱理的愤怒表明教会对冒犯圣地的世俗霸主的态度。再如,与该画所揭示的主旨相得益彰,画家借以表现一种正义的力量,这力量就蕴藏在朱理的形象上,通过他,强调心灵的气魄与伟大。仿佛米开朗基罗的大卫和摩西,朱理教皇的形象寄托了拉斐尔企盼一个强有力的英雄出现的渴望,这位英雄应该把四分五裂的意大利团结起来,使它摆脱异族的骚扰和蹂躏,正如传说中的天兵神将把犹太人从劫掠者手里解放出来一样。事实上,因壁画以豪迈的艺术语汇讴歌了正义必能战胜邪恶的信念,道吐了民族的心声,故获得了包括教皇在内的意大利人深挚的热爱,终于导致拥有此画的厅堂以该画题而名之。

　　《博尔塞纳的弥撒》①取材中世纪的教会史传故事:据说13世

---

① 湿壁画,半椭圆形,底边长约 660 厘米,最高点约 440 厘米,约作于 1511——1512 年。

纪的 1263 年,一位波希米亚神甫质疑有关圣餐教义的真实性,不
料某次弥撒式上他做圣事,居然惊奇地发现那用来祝献的圣饼竟
真的滴出了鲜血,而包饼的布巾则留下了鲜红的十字架印痕。朱
理乌斯二世在一次征战期间途经该传说的发生地奥维埃托,曾对
这块染有血十字架的布巾朝拜了一整天(该圣巾迄今仍保存于奥
维埃托大教堂的圣器室)。

局部

　　承载此画的墙壁因有一个大窗子占了画面下部中间偏左一
块不小的地方,造成构图布局的困难,看来画家着实动了一番心
思,事实上也确实显示了拉斐尔绝顶的聪明:他把奇迹发生的场
景和主要目击者画在窗子之上最显眼的位置,就是说,那位主持
弥撒的神甫正站在祭案的一侧(居左),目睹或者观察圣饼的奇异
变化;在其身后,则是几个手持蜡烛的教士(他们是仪式构成人员
的一部分)以及许多望弥撒的善男信女,由于惊叹奇迹的出现而

跪伏于地，这些虔诚而激动的人群通过几级设计巧妙的台阶一直往左下角延伸到画面的最底边亦即窗子旁边墙面的狭小空间。有两位抱小孩的母亲坐在那儿，另有一位黄衣黄裙的女子仰望着祭坛并热烈地伸出手，她的站立姿态打破了以跪或坐式为主的人群的单调，从而使画面的左半部分顿然生动起来。如果把视线抬高到窗子之上的位置，那么在祭案的另一侧（居右），与主持弥撒仪式的神甫相对的，是位着华贵紫绒衣袍的老者正跪垫祈祷，他面前放了一张雕制精美的榻案，臂肘就支在案上并合拢双手——此高僧银发霜髯，器宇轩昂，具深刻的个性与表现力——一望便知乃朱理教皇。其身后，在同样的几级设计巧妙的台阶上，站立着包括两位红衣主教在内的几个高级教士（教皇驾幸朝拜圣迹必不可少之随员）。通过这几个人物的"过渡"，就到了画面右下角即窗子另一边墙面的狭小空档处，画家在这儿安排了五位衣着讲究的瑞士籍教皇御卫，他们均取坐势位，大多抬头仰望祭台，神情饱满而专注。由是可知，整幅壁画以位居正中的祭案为界，实际上分成了左右两个大致均衡对称的部分，一边是司仪的神甫、跪着的持烛教士和望弥撒的男女徒众，一边是祈祷的教皇、站着的红衣主教和随侍教皇的瑞士军官，彼此呼应，遥遥相对。唯其如此，画面上的所有人物，几乎都清一色地处理为侧面形象，即左边的面朝右，右边的脸向左。颇为有趣的是，左右两边的这种对照，同时在内容上又是历史与现实的"相遇"或者"汇合"，因为左边描绘的当是教会史的传说，右边表现的则是刚过去不久的一次圣迹朝觐。艺术家打破时空，把二者有机地结合起来，既美化了教会的神圣，也赞扬了教皇的虔诚。此外，对比还表现在风格上，左面描绘传说的部分多动感、夸张、戏剧性或浪漫主义格调；右面刻画朝觐事件的部分趋静态、质朴、叙述性或写实主义特点，差不多就是肖像之作。那几位神职人员和近卫军官画得何等出色,非但有年龄、职业上的明显区别,更见性格、教养上的细微差异,至于瑞士军官们的服饰之丰富的色彩与质感,也历来为论者所称道。

《狱中解救圣彼得》①画在与《博尔塞纳的弥撒》相对的墙壁,那里也有一个碍事的大窗子,所以这两幅画的形状尺寸几乎完全相同。它取材《圣经·新约》,描绘使徒彼得身陷囹圄而为天使所救的故事②。这幅杰作给人以极深刻的印象,它借助色彩的媒介,把光明与黑暗的斗争和给予人心里的感受表现得淋漓尽致。整幅画分为三个部分,对于夜色光线独具匠心的大胆处理通盘控制着它们,每个部分的主题既是独成单元的,又是过程的一环节,合起来构成完整的故事。窗子上边的中央部分,是天使唤醒彼得并碎裂其羁身锁链的情形,构图别出心裁,透过铁栅封住的拱形门洞,狱室里的营救动作一览无余;沉沉狱暗中仿佛落下来一盏明灯,那光明的使者周身灿烂,弯下腰,一手推醒使徒,一手示意他逃走;光明照亮了彼得的脸,灰发蓬松,憔悴疲倦,但那坚毅而充满忧患的表情感人至深,冰冷的铁链锁住他的手,其终端则分别与左右两个看守狱卒的手臂相连,而依墙而立的后两者挂着兵器睡着了。壁画的右侧部分,是天使救彼得出脱狱门的情形,天使形象十分迷人,他牵着彼得的手,关切地注视着使徒轩昂而严肃的面孔,仿佛充满敬意。他的脚步轻快而稳健,横卧脚下打瞌

---

① 湿壁画,半椭圆形,底边长约 6.6 米,最高点约 4.4 米,约作于 1513—1514 年。

② 耶稣殉难后,众使徒继续传其道。希律王残害之,杀了雅各,又捉拿彼得,投入耶路撒冷大牢,命兵丁轮班值守,以待逾越节后处死。将欲行刑的前夜,被铁链紧锁而夹在两个狱卒中间的彼得昏沉入睡。忽有天使来,室内充满光亮,他拍醒彼得,使铁链断裂,带其出三层监门,直送到大街上,使徒仿佛仍在梦中。典出《新约·使徒行传》第十二章第 1—10 节。

睡的守夜士兵一些儿也不能扰乱之。明暗对比同样非常出色，除
了天使处于强烈的光晕里，其他所有物象几乎都披着厚重的夜
幕，唯彼得的面及手为天使的光芒所照亮。壁画的左侧部分，是
看守兵丁发觉使徒获救后惊慌失措的情形。在这儿，夜色的处理
仍然是值得重视的，由于火把、为碎云掩映的月亮所造成的非稳
定光源的影响，由于士兵的头盔、铠甲、兵器，还有台阶形成对比
强烈的明暗与色彩效果，故造成颠荡紧张的戏剧性气氛。整个说
来，尽管夜景更适合于单色处理，但是该画却获得了丰富、响亮和
令人激动不已的色彩效果。

　　这幅壁画以极其洗练的构图和明暗对比手法，渲染刻画出笼
罩一切的清冷月光及阴森可怖的牢狱环境，使人感受到暴政的可
怕，但同时也宣示了信仰的赤诚与品格的高洁最终能战胜黑暗和
不义，获得终极价值，它是一曲宗教颂歌。据说，所以选择该题
材，与如下事件不无关系：红衣主教乔万尼（后来成为教皇列奥十
世），曾担任梵蒂冈教廷使节出使法兰西而被扣作人质，1512年朱
理的兵团战胜法军，迫使之撤退回国，朱理乌斯二世曾亲自带头

参加欢庆胜利的火把游行。此画即暗示乔万尼红衣主教恢复自由,从而也寓意意大利之挣脱法国的控制,以及教皇领地的不可侵犯。

《阿提拉的撤退》①取材教会史传故事,乃发生于 5 世纪的一次战事。传说公元 452 年,匈奴王阿提拉率强师西侵,抵意大利的拉文纳城下,教皇列奥一世以十字架代剑,率领由教士们组成的军队前来迎战。双方于一条河边摆开阵势,结果教会的文雅之师轻易退了强悍的匈奴人,奥妙在于圣彼得和圣保罗显圣,飞翔空中保佑了基督的徒众,并且使这蛮族的王在受到神圣的启示后"臣服"了。确定这幅壁画题材,乃因 1511 年 4 月 11 日法王路易十二的军队在入侵意大利的战事中失利于拉文纳一役。此画场面阔大,但并非正面表现千军万马逐鹿沙场,恰好相反,与其说交战,不如说退却,可以看到匈奴军队吹着号角,好像正在有秩序地退出战场。画中教皇列奥一世(模样很像列奥十世,他 1513 年 3 月当选教皇,此画创作时已稳居圣彼得宝座)的坐骑是一头白驴,他端坐驴背,看上去心平气和,周围的教士军人也个个温文尔雅,与骑战马的阿提拉及其异教军队形成鲜明对照。该微胖而文质彬彬的教会首脑以几乎是优美的手势,正与那虬髯的乘坐白马的阿提拉王进行交涉,显然在规劝或阻止。匈奴王的侧影和手势很有表现力,尽管前面的三个兵丁幅度很大的动作多少冲淡或削弱了其主体地位,但他的王者风度仍然咄咄逼人。在教皇队伍的上空,是持剑的两圣人彼得与保罗作飞行状,并仿佛正施神力驱赶异教徒……

关于这幅画是否为拉斐尔亲笔所绘,历来存有异议。因为那

———————————

① 湿壁画,半椭圆形,底边长约 7.5 米,最高点约 4.3 米,约作于 1513—1514 年。

时大师的艺术声望已轰传遐迩,各种艺术订件应接不暇,此外在布拉曼特殁后他还领新圣彼得大教堂建筑总监之职,同时负责罗马的考古发掘事务,那么多的艺术工程,恐怕难以事事躬亲。唯其如此,甚至有人相信就连《艾奥多罗斯被逐出神殿》和《博尔塞纳的弥撒》或许也有门徒的代笔。不过,一般认为,艾里奥多罗厅的壁画只有《阿提拉的撤退》才可断定拉氏弟子参与了制作,大抵情况是,大师构思并画出草图,学生着色绘制。据研究,能为师傅代劳者,主要是其高足朱利欧·罗曼诺、弗兰西斯科·本尼、彼里诺·德尔·瓦加等。

    如果说拉斐尔的弟子们参与师傅的壁画创作是合情合理的事实,并大致可以认定这种参与始自艾里奥多罗厅的《阿提拉的撤退》的话,那么,随着大师承担的艺术任命愈来愈多,此情形就必定是不可避免而且将日甚一日。确乎如此,及装饰教皇宫因岑蒂欧厅时,除了提供构思、构图或草稿之外,其他的程序步骤包括往墙上具体描画,则多半是弟子们的事了。至于君士坦丁厅的艺术工程,更是如此。因岑蒂欧厅的装饰工程开始于 1517 年,到 1524 年结束,是时拉斐尔去世已四年之久,所以它墙上留下的东西,可能仅仅印证着大师的基本构想而已。

　　"因岑蒂欧"(火灾之意)厅的壁画,被认为拉斐尔动手较多也是最著名的一幅是《波尔哥的火警》①。这是一堵场景开阔、气氛紧张、情绪激烈,表现了运动之力之美的杰构,简单说来就是个救火的场面。其素材来自中世纪教会史上的一桩带有传说性质的事件:波尔哥乃梵蒂冈的一个贫民区,公元847年曾发生过猛烈的火灾,烧死了不少老人、妇女和儿童。传说大火肆虐时,教皇列奥四世出现于宫廷阳台举手祈祷,大火便奇迹般地熄灭了。在这幅画上,艺术家所努力表现的,与其是教皇求来奇迹,毋宁说众人同心协力战胜天灾。画面的主体部分亦即全部近景,描绘的是群众逃生、灭火及相互救助的情景,只是在很不起眼的远景上,才隐约可见祈祷的教皇身影。画家戏剧性地描绘了处于危难关头人们的不同表现:右边是奋不顾身救火的一组人物,他们用头顶着、用手传着——灭火的水罐,那位着蓝色连衣裙、宛若中流砥柱般屹立着的女郎,勇敢无畏,呼喊着,右手举着水罐,左手托起水盆,闪耀着卓绝感人的光彩。她身后那个壮硕的年轻妇女,虽背对观者,但美丽的形体与生命魅力依然强烈地冲击着观者视线,其双臂肌肉结实,一手扶住头顶上的水罐,一手拎起另一个陶罐。左下角则是一组救助的群像,一个背着老人的青年,旁边跟着一位老妇并一个儿童;附近一堵墙上却有个正在逃命的小伙子,双手死死攀住墙垣,赤条条满脸惧色,这同右边那两位奋不顾身救火的少女形成鲜明对照。攀缘墙面的这个青年旁边,还有个颇具视觉冲击力的细节:一位拼力跐起脚尖的汉子,正尽量举高双手以便接住从墙顶上那位裸身母亲递下的婴儿。中间的一组则集中

———————

①湿壁画,半椭圆形,底边长约6.7米,最高点约4.4米,约作于1514—1517年。

刻画张皇失措的母亲们保护孩子，动势关系更为复杂，或跪在地上无措地护佑，或张开手臂求救叫喊……母爱在此十万火急的刹那间得以充分体现——这组造像，无论构图还是形象，均启示了18世纪末法国古典派大师达维特①，其《萨宾的妇女》中那些母亲保护婴幼的动作刻画与此何其相似乃耳！

　　《波尔哥的火警》以激昂的格调歌颂了普通人的勇敢、力量，及互助互爱的品格与品质，乃富含深厚人文精神的感人之作，故拥有它的这间大厅，因该画而得名"火警厅"。

　　不难看出，此画受米开朗基罗的影响比教皇宫室壁画体系中的任何一幅都更为强烈，不但那有力的人体结构、紧张的动势，就是整个的构图和气氛渲染，都令人想起西斯廷教堂拱顶"创世纪"主题画中《洪水》的规模、形象及细节处理。罗马时期，拉斐尔受米开朗基罗的西斯廷礼拜堂壁画感应极为深刻，在追求英雄性格

---

① 达维特（1748—1825），法国大革命时期和帝国时期最重要的画家，尤为拿破仑皇帝所器重。

和"力"的方面走得很远,几近于迷失自己独有的柔美风格,此可视为佐证。拉氏善集别家之长而不故步自封,实可贵也。

梵蒂冈宫一连串杰作的辉煌成就,把拉斐尔推至绘画上君王的地位,他成了罗马上层社会的宠儿,过着高爵显宦一样的奢华生活。1513年朱理乌斯二世逝世后,新教皇列奥十世授予其包括红衣主教在内的多种荣耀职衔:梵蒂冈艺术事务总监、新圣彼得大教堂建筑总监、盛大宗教仪式策划总监、古代文物发掘总监等。此外,各种绘画或装饰工程订件雪片般源源不断向他袭来,正值盛年的天才画家不知疲倦地工作着,其艺术才华汹涌喷发,得以充分发挥。当然,如上所说,要完成这么多的订件,免不了门生们参与制作或代为动笔。

拉斐尔的梵蒂冈教皇宫壁画,与米开朗基罗的梵蒂冈西斯廷教堂壁画一起,将文艺复兴意大利数代艺术家以希罗古典为范,从内容与形式探讨理想造型表现的努力画上了一个完满的句号。一种源于古代而超越古代的"新古典"绘画被精炼而成——不仅在巨大构图上解决了艰难的课题,即将若干主题、场景、人物纳入整体布局,使彼此独立却非各行其是,条理井然又能首尾一贯;而且于细节处理、形象刻画、人物与环境的关系各方面从容搭配,使不见凿枘只有谐和——此乃娴用多样统一规则的结果。于此,构图法、明暗法、透视论、色彩原理、人体动态、解剖结构、比例尺寸之类,差不多已失去绳墨规矩的功能,而成艺术家从心所欲、开合自如、任由驰骋的翅翼了,然而理性、逻辑、优雅、韵律却尽在其中。单就拉斐尔来说,他提供了不同于米开朗基罗甚至也有别于达·芬奇的风格,即更多温婉与秀美的成分,雍容恬静,有如梦境,总是理想的境界和诗意的情致。"拉斐尔——这是娇媚,这是美丽，这是和谐……"①完整、均衡、对称、端庄、精致，如是新的古典规范在当时以及其后几百年成为欧洲绘画的圭臬之一，从科勒乔到卡拉瓦乔再到肇始学院派的波伦亚卡拉奇兄弟，直到普桑、大卫、安格尔和一代代学院派大师，西方绘画工谨地几乎是亦步亦趋地沿着拉斐尔的路线前进，步履清晰而坚定……

　　　　（本文成稿于 2000 年 2 月，刊发于《山东社会科学》
　　2007 年第 2 期）

---

① ［法］安格尔：《安格尔论艺术》，朱伯雄译，辽宁美术出版社 1983 年 7 月版，
　第 73 页。

三大师比较论

对于深谙西方历史文化的人来说,文艺复兴时期意大利艺坛"三杰"列奥纳多·达·芬奇、米开朗基罗·博纳洛蒂和拉斐尔·桑齐奥,其在艺术史上的地位是至高无上、难有匹比的。他们共同代表了那个伟大时代西方造型艺术的最高成就,并为后世之艺术理想提供了"古典"的范例。研究三大师,非但有趣,且有意义,本文拟从大处落墨作一尝试。

一

由于三大师差不多属于同辈人①,孕育、成长在同一个文化传统中,由于其天才的发挥最初以及后来又一度在同一座城市②,所以不少方面都表现出一些共同性。当然,在卓绝的艺术家那里,往往独创性多,共同性少。众所周知,事物的本质恰恰在

---

① 芬奇(1452—1519)长米开朗基罗(1475—1564)23 岁,长拉斐尔(1483—1520)31 岁,不过就其创作的品质论,则他们都属意大利文艺复兴盛期。

② 佛罗伦萨。芬奇早年在佛城学习、工作 14 年,50 岁前后又居此 7 年;拉斐尔青年时代在佛城游学 5 年,辉煌时期定居罗马;米开朗基罗,典型的佛城公民,除晚期 30 年居罗马,一生大部分时间生活于家乡。

于其独特性,既然如此,那么由是入手也许是条捷径。

三大师之有时甚至显得极其巨大的差异,首先见于精神气质方面。列奥纳多,无论从哪个角度看,都似乎更多属于哲人或学者类型。他始终保持着理性的平衡,逻辑的头脑使他只相信一种论证,即用一丝不苟的观察实验和天衣无缝的推演计算检查过的客观规律。在他身上,热情不可能压倒冷静,他永远不会忘乎所以,也永远不会暴跳如雷,即使命运这个乖戾无常的魔术师将之举到天上或者摔到地下。他与生具有古代隐者那种稳健的思想、镇定的情绪,胸襟宽广,宛然一首超脱于尘壤的抒情诗。其精神无疑是严肃的,目光显然是犀利的;他洞悉世界的荒谬,熟谙人类的愚妄,可是能够处之泰然,因为洞明"完善"并非一日可为,而只能靠大自然旷日持久的发展,人类社会生生息息的斗争。这就决定了大师终生保持心平气和,总能以绅士的派头冷眼审视一切。渊博而不迂腐,敏感而不着魔,他的目标是了解世界,进而解释它甚或改造它。但是在艰苦努力之中,以那样的大智大慧,最终面临的仍然是严峻的考验,似乎预然感悟出:在无情的自然面前,人无能为力;在宇宙的神秘面前,惟望洋兴叹……他感到自己以失败告终,尽管他的光荣已足与日月同辉。这说明,即使芬奇是明哲的,也并非不是隐忍地承担人生的重荷;那颗超然物我的大心,也同样不得不深切感受人生哲学之严酷的成分。

当然,在列奥纳多,清晰的心智终究是占主导的,这在他一生的梦想与现实之间、激情与创造之间、挫折与成功之间,起着协调与均衡作用,使他始终保持了理性主义的哲人气度。此一特点,也深刻地影响或决定了大师的宗教观念。在列奥纳多,宗教与其是一种信仰,不如说是一种哲学。他无疑十分尊重古老的基督教中那严肃和深沉的思想,那崇高而神秘的寓意,所以才能在以圣典为题材的创作中,深刻而准确地表现出宗教的题旨。《最后晚餐》和《圣安娜与圣母子》二画尤为明显:统辖画面的意蕴,概括言之,不过是基督教义的核心——爱,前者通过善恶冲突得以显示,后者则从其乐融融的和谐中洋溢于外。艺术家之如此表现,正是因为题材本身体现了"爱"或"献身"的哲学。然而,芬奇并不是笃诚的基督徒,其理性主义使之对宗教产生怀疑,他宁可相信上帝是无处不在的自然力量,而绝不是《圣经》里的神话。就此来说,他的思想达到了当时所可能达到的高度。

米开朗基罗则完全不同,似乎更多属于诗人或神学家。他禀赋无穷的想象,更具有狂热的信仰;性格相当孤僻,精神极为富有——所有这些又都带有雄健的性质,他的一切都强而有力!真的,提起米翁,简直不能不想到上帝!他几乎不是通常意义上的人,而像神,至少半人半神,一个艺术王国里的赫勒克勒斯!那超凡的理解宇宙的智力,不仅同善于感触悲惨与痛苦的心灵,而且同极严正又极专横的宗教信仰奇怪地融合一起,使他成了一头敏感的雄狮。他愤世嫉俗,以怀疑主义的目光看待生活,然而又酷爱众生、怜悯同类。他是个极易作形而上学玄思的诗人,探测人生的真谛,更关注灵魂之幽微。其全部创作或可概括为一个主题——表现人与苦难的矛盾。一个多么重大的哲理问题!也许大师感到哲学力不能胜,因而倾向宗教。这给他的心灵和创造平添了更深刻的含义和更复杂的矛盾。理解米翁的关键正在于此,那是一颗拯救世界的英雄的心灵,也是一颗献身天主的使徒的心灵。但大师心目中的上帝是巨人式的,威严、公正而有力;他相信精神不死须凭借战斗、受苦与创造。

是的,构成米翁最为独特之处的正是宗教信仰。文艺复兴时期几乎没有一个艺术家——即使以虔诚的苦修著称的僧士画家安琪里珂与巴托罗米欧,像他那样酷似一个圣徒。大师从灵魂深处热爱天主,把圣经的教训悬为思考与行为之准则。除了具一般基督徒的热情,甚至也不乏其偏执。在米开朗基罗身上,绝少虚荣,更无浮夸,有的只是坚守终身的禁欲主义。与其严肃的基督教信仰极为合拍的,则是灵魂深处的悲观主义、怀疑主义和虚无主义。这同他对于人类力量的信心和对于美好未来的向往构成了难以调和的矛盾,从而又造成或者加深了本来就易于感受痛苦的心灵的痛苦。事实正是如此,痛苦与他结下了不解之缘,成为生活的忠实伴侣。它折磨艺术家,也锻冶艺术家。痛苦之于大师,甚至是不可或缺的,因为他要与之搏斗,并且在搏斗中显出豪迈、顽强、磅礴之英雄本色。在很大的程度上,米翁的崇高正是从痛苦中得以显示的。因为,大多数人在痛苦中只看到丑恶,变得沮丧,根本见不出它实际上亦有壮观的一面;只有少数人,真正伟大者,像米翁这样拥有无限精神力量的巨人,才能把痛苦升华到一种境界,一种极高和纯粹的精神境界,并将之转变为美。他战胜它、征服它,从中发现真理、汲取灵感,尽管它磋跌他、羁轭他……

至于拉斐尔,就显得较为单纯,既见不出多么浩瀚深邃的哲学意向,更没有那种严峻刻骨的宗教热狂;他只是一个神奇的、美的歌者,亦即禀赋卓异的画家。在许多著作家笔下,拉斐尔差不多被描绘为美丽的天使,无忧无虑、从容不迫,唯不息地传播美的天使!他爱世界并且为世人所爱,恋异性同时为她们所眷宠。他漂亮、年轻、风雅、灵活,拥有一切;他安稳、随和、谨慎、勤奋,又才气焕发。他的气质不但与芬奇明净超脱的睿智颖慧不同,更与博纳洛蒂郁怒激烈的大气豪壮迥别。他天生的温婉与妩媚,配合着细腻如女性般的敏感,不仅使其为人,而且使他的艺术文雅适度、楚楚魅人。一个不折不扣的幸运儿,时代的娇宠、凡人的雅范——为他的才能、品性所决定。大师深知自己的幸运,所以是知足的,也熟谙个人的才能,所以把被极尊荣视为理所当然。拉斐尔是这样的人,他遵从俗世的逻辑:既然定数安排了好运道,那就要心安理得地消受它。

不错,天才,持之以恒的精神,加上谦恭的处事态度,使艺术家成为备受敬佩、倾慕的人物。三大师中,拉斐尔的独特之处,在于其世俗性,即与生活保持较近的距离。在他那里,基督教并不具有特别悲壮的性质,人生亦并非总是凄凄惨惨的。心目中的上帝与其说是尊严的化身,毋宁说是慈爱的象征。他无疑是敬仰宗教的,但不论同芬奇哲理式的神学,还是与博纳洛蒂英雄化的救主相比,拉斐尔对宗教的理解都是肤浅的。因为,就本质而言,宗教的世界观是充满苦难和悲剧感觉的,而桑齐奥则似乎更相信或者更希望天地万物的和谐与美好,这可以从他多数以圣经为题材的创作中体察出来。就此而言,大师的气质不能不说更接近希腊主义和古代异教精神,难怪他的创作比芬奇和米翁都多取材希腊罗马的神话传说。可见,在拉斐尔,迷恋尘世生活,表现入世精神,更接近其天性;而恰恰在这些方面,又使他与人文主义发生较深刻的联系。不过,这并不等于说,乐观主义就是拉斐尔的哲学。尽管他不像米开朗基罗那样容易感受生活中残酷的成分,但毕竟也经历或目睹过尘世的苦难。大师晚年的作品《西斯廷圣母》和《基督变容》等,就显示出对现实关系的感受和对宗教教旨的领会发生了质化。假如不是盛年早夭,没准还会转向米翁的道路亦未可知。

二

三大师精神气质的独特性,颇大程度上决定了他们艺术的个性和深度。在列奥纳多,艺术不啻为人与自然的一种特殊而生动的联系。对造化的迷恋、笃情与感受通过深思、过滤或纯净,便具化为活生生的艺术实体;深沉的幽怨、真挚的衷曲通过有时鲜明、有时含蓄的艺术语言尽情倾吐;仿佛对奇妙的自然来一番笺注,追溯它遥远的历史,探索它无穷的神秘;他并不掩饰自己的惶惑,同时也尽情剖露潜在的心迹。艺术家倾注他的全部痴情,从生活无穷无尽的甘苦中,从心灵无拘无束的幻想中,从情感自由奔放的激荡中捕捉感触,获得形象。他诉诸人的既是真理,又是爱情。大师以其沉静的智慧、清晰的思维,把自然的、意识的、现实的、幻想的成分缕析、概括,借以表述情怀,阐明哲理。由于镇定从容,无论宣叙还是隐喻全能把住平衡:智力和热情处于相等的水平。因之,芬奇的艺术能提供给人巨大的思维空间,令你遐想,直到将自己和周围世界一块儿遗忘——《蒙娜丽莎》如是,《岩间圣母》尤然。在芬奇,灵感有两个源泉:自然的玄奥和对自然的思维。要解开一切未知世界之谜的渴望,使他对于包括整个天体在内的宇宙万象又是敬畏又是神往;观察之,思索之,研究之,并试图解释之——用他的哲学,也用他的艺术。其绘画仿佛都留下了思维活动的痕迹,在那儿,一块岩石,一片草叶,一溪清流,一团雾氛……好像都印证着艺术家长久的思考、捉摸或推测;笼罩画面的情调,或如象征,或如暗示,都似乎要说明点什么:人与神的交感? 生命和自然的渗透? 物质同精神的分离? 说不清楚——或许大师也不清楚! 这就是芬奇的艺术,初初看来似很平淡,但当愈入愈深,无论旨趣还是情趣，却都是那样幽远……

　　在米开朗基罗，艺术是桩严峻的事情。它不是浅唱低吟，也不是抚风弄月；它是对威严的宇宙精神沉重感受的表述，是既渺小又伟大的人类力量关于自己地位的宣示。因而，表现人生的痛苦，同时在这痛苦中挖掘生活严肃的诗意和悲郁的壮美，就成了神圣的目的。而自然之世界、人类之命运、文明之历史、生活之内容，整个说来，即使是伟大的，却也是阴郁的。基督教悲观主义的世界观给他的思想定下了总的基调，孤独灰暗的性格气质赋予他感受悲惨的灵敏。照其逻辑，生活就是严酷的行动，它应该是而且必须是悲壮的，而唯其悲壮才显出美、价值与意义。对他那颗需要悲怆、愁惨的心，如果痛苦不曾存在，那么也要把它创造出来。因而，人类灾祸、人类苦难的主题贯穿于米翁的全部创作，大师在观众面前展开了一部悲哀、痛苦但是壮烈的交响曲。

　　的确，米开朗基罗的作品尤其中、晚年的作品所表现的意蕴，几乎都是对人生重荷的悲切感受，借用圣经典故，是对人类自亚当夏娃被逐以来所蒙原始罪孽重压苦痛的挣扎。可以从大师对于痛苦的迷恋中，对于悲壮意识的陶醉中，发现基督教思想、新柏拉图主义强有力的印象。单单用人文主义解释米翁的艺术或揭示它的秘密是远远不够的，人文主义仅仅表现于他坚守始终的艰苦奋斗力量或英雄主义热情，而且，即使此两者所赖以撑持的支柱，也还不乏宗教信仰的"材料"。米开朗基罗的灵感亦有两个源泉，不过与芬奇的迥然不同，这就是《圣经》的沉郁和对于《圣经》的悲剧式感受。它们之于大师有绝大的魅力而深深感动着他。从中发现真理，也许是其重造的真理。试图描绘出宇宙的主宰——上帝或诸神是为象征——无限的力量。这力量或许是不可思议的，但并不乏明确的成分，即正义感、爱之永恒不变的原则、信念的坚定不移等。大师从基督教原典中找到了借以表现的最好"方式"，在那里，虔诚的信仰和严正的思想合二为一。雷诺阿说，古代艺术的力量在于艺术家的宗教信仰①；我们也可以说，米翁艺术的深刻之处亦正在此或主要在此。无论《摩西》，无论《创世纪》，无论《末日审判》，也无论众多的《哀悼基督》，均充满了严正的基督精神：痛苦、悲悯、罪与罚……深深困扰着艺术家的现实之荒谬、教义之破绽、灵魂之归宿、此岸与彼岸的矛盾之类疑窦，似乎也都在上面留下蛛丝马迹。而大师暮年所作几尊《哀悼基督》，好像还透露着如此意向：人与神明迫近，与神明结合，或许是可能的；生活的重轭及自然的冷酷法则使生命终结，但精神却跳出万劫，获得不朽！那里痛苦仿佛变成了欢乐，因为人懂得了超脱……

因而要接近米氏艺术特别其晚年的艺术，应该把注意力放在宗教信仰、道德正义感、神秘的宇宙之力等视点上。要彻底了解他，光有一颗爱美的心灵是不够的，还需要爱真理的心灵，尤其需要理解宗教的心灵。

在拉斐尔，所谓艺术，则首先意味着——美！优雅的、庄重的，但同时是赏心悦目的美。其使命就是要捕捉美并且表现美。对他来讲，宇宙、自然、人生，即使免不了令人畏惧、惶惑、不安，给人灾厄、痛苦、难堪，但仍不失为尽善尽美。艺术，不过是要揭示它们的迷人之处，强调它们不朽的价值，既然如此，就无须乎寻找个中的"瑕疵"，挖掘内里沉重的东西。为了美，他宁愿对可能导致丑的因素视而不见；为了和谐，宁愿对任何可能造成紊乱的成

① 参见［美］亨利·托马斯、达纳·李·托马斯：《大画家传》，刘明毅、唐伯祥译，四川美术出版社 1983 年 10 月版，第 281 页。

分充耳不闻。总之,他既不像列奥纳多,借艺术对自然的神秘进行沉思,更不像米开朗基罗,用艺术对世间的苦难加以概括。拉斐尔的绘画温文尔雅,绰约雍容,虽无脂粉气,却有贵人风。与芬奇比,哲理成分少;与米翁比,宗教感受淡。如果说芬氏和米氏的艺术深刻地印证着艺术家心灵内的搏击、灵魂中的颤抖,那么拉氏艺术则显示出艺术家心绪平和,甚或怡然自得。因为比较而言,他既少为梦想所扰,更鲜为信仰所苦。启发拉斐尔艺术灵感的源泉主要是世界的美好和对于美好世界的迷恋。在他看来,宇宙间再没有什么比人的世界更富诗意的了,就像一个多情的少女,明眸闪烁,神采飞扬,朱唇微启,盈盈欲吐;她魅惑他,他则属意她。于是,出现在画家笔下的,是工谨的韵律,水波般的节奏;是智慧和爱情、快乐与欢笑。他毫不客气地舍弃任何足以让人不快的因素,把凡尘升华为神圣,把纷扰冲淡为恬静,使矛盾趋向于统一,使繁杂归之于和谐。总之,在大师手里,一切必须经过美化,达至尽善境界。换句话说,不论神圣的主题,还是凡俗的主题,必须首先是服从于美的主题。因而,异教的魅力和基督教的魄力结合起来了,美的神圣同神圣的美得以奇妙的统一。于是,亚里士多德与圣奥古斯丁,荷马与但丁,阿波罗与基督,维纳斯与圣母,美惠女神与众天使……仿佛获得了同一性——纯美与至善兼而有之。拉斐尔的高明之处在于:经其点化,古代文明的生气蓬勃和基督精神的沉郁悲壮,于艺术里同时具备了令人亲羡的性质。

三

通过上述比较似可作出如是判断:如果将三大师分别两相对

照,那么在性格气质方面,芬奇与桑齐奥毕竟有所接近,而在遭际及精神发展方面,则与博纳洛蒂多些仿佛;至于后两者,则无论在哪一方面,都似乎泾渭分明、判然殊异。

　　大而言之,列奥纳多和拉斐尔,属于比较切近实际的一类人物,司汤达指出,他们的"才华和性格""有许多相似之处"①。这种性格相似的最突出点,是能够保持精神的中庸平和,一般不走极端,善于协调现实与理想的矛盾,通常情况下,理性多于热情,冷静超过激动。兹于二者的艺术中有着深刻的表现,例如两位大师的作品,颇大程度上乃为分析的产物,丝毫找不到偶然因素。人物温文优雅,构图有条不紊,着色井然有序,一切都经过巧妙安排,所谓精心设计擘画是也。譬若《最后晚餐》的布局,画家将使徒们以三人为单位分成若干组,为的是从变化中显出统一,至于《雅典学院》、《教义辩论》等,就更能见出复杂而巧妙的"分割"与"组合"。它们俨然古典诗的内在逻辑,起承转合,错落有致,鲜明地印证出艺术家心灵中的平衡与理性的清明。如是精巧的艺术,成为欧洲新古典主义美术的生动典范;而三大师尤其拉斐尔的绘画所以历来为学院派奉为圭臬,正在于其形式的高度完美。当然,在芬奇和拉斐尔之间,前者曾给予后者以深刻影响。

　　然而,如果将两者的"相似"与他们的"相异"作比较,则"相似"仍然是次要的。简言之,芬奇的广博与深邃是为拉斐尔所无法比拟的。在列奥纳多,科学家的精密和艺术家的敏感,哲学性的沉思和创造性的梦幻水乳交融,使他的画往往辐射出多种含义而极耐寻味,有的甚至干脆无法解释(即使勉强解释也难令人满

---

① [法]司汤达:《拉斐尔小传》,啸声译自司著《意大利绘画史》,见《文艺论丛》15,上海文艺出版社1982年5月出版,第361页。

意），例如《岩间圣母》就如此。但拉斐尔的作品就比较浅显。如果说芬奇的画笼罩着缥缈的神秘性，那么拉斐尔的画则给人明确感。拉斐尔的思想绝不隐晦，或者毋宁说不会隐晦。他满足于物质世界的丰饶，满足于视觉形象的美好，在他那里，仿佛一切都是有形的，连思想也不例外。因之，在优雅和美丽这些方面，拉斐尔是无与伦比的，他的艺术是一枝含苞欲放的花，蕴藏着无限娇媚，散发出阵阵幽香。诚如德拉克罗瓦所言："这是一种无法比较的美；这是一种纯洁的灵感；如果可以这样说的话，是与神谈话的心灵的世俗的具体表现。"①所以它能征服所有人的心，无论达官显贵抑或田夫野佬。

　　与上述情况相反，列奥纳多和米开朗基罗的某些"相似"则就主要见于生平遭遇或精神经历了，然而这所谓"相似"又毕竟是极其有限的。如果说盛年夭逝的拉斐尔由于命途通达而并未切身体验现实的严酷，那么无论芬奇还是米翁，却是太了解生活的酸涩了。其思想所以那么严肃、精神所以那么深沉，难道不是因为曾亲历失败或幻灭？他们深深懂得人生更是沉重的枷锁，而且长期遭受内心的苦痛、精神的磨折。从某种意义上说，他们的一生，既是为痛苦俘虏的，又是与痛苦搏斗的——两人的相似恐怕也就到此为止了，其实即便如此仍然不无差别：如果说芬奇的创痛主要来自外部，来自社会对其不公平、不明智之对待，那么造成博纳洛蒂苦难的则主要是他自己，是他性格或精神内部的剧烈激荡。一如前述，列奥纳多是位能够保持心理平衡的思想家，不可征服的心之力表现为巨大的忍耐与自制。他的哲学使其有可能协调

_____

① ［法］德拉克罗瓦：《德拉克罗瓦论美术和美术家》，平野译，辽宁美术出版
　　社 1981 年 11 月版，第 49 页。

精神世界内部与客观世界外部的矛盾，帮助他在挫折和失败之后依然故我而不至一蹶不振，在打击冷遇面前仍能保持清醒头脑而不至太受干扰。就这个意义上，说他"看破红尘"亦未尝不可。显然，大师的处事观点，包含较多伊壁鸠鲁式的唯物主义成分。他看透了社会的虚伪和不义，更了解人类的愚妄和自私，故对之报以淡淡的蔑视。从这儿，可以部分地解释芬奇艺术的现实主义实质。芬奇的绘画，基本精神是建立在对现实关系的深刻理解之上的，他指出绘画的主旨乃表现"人和他的思想意图"。其努力描绘出人类之精神与社会的联系、对立或矛盾，而自己却仿佛置身于外冷眼旁观。当然，芬奇作品差不多都为某种超脱情调所笼罩，然而这难道不正是对现实生活无可奈何的曲折反映？所以，尽管"超脱"体现了一种理想，不过是与包含巨大激情、浪漫主义式的理想根本不同的。

在这点上，米开朗基罗的艺术刚好表现了相反的意向。对这位时常处于激动的诗人和宗教感情极深的思想家来说，世界之荒谬、人生之愁苦与理想的精神境界是不可调和的。他太易于感受现实中的悲惨了：人生如苦海，只有从信仰中才看到光明和幸福。他就是这样认真，对生活坚执于悲剧式的理解，这就决定了他的心灵永远受苦而难得解脱。可是该心灵又如此博大，感受人类的痛苦，更感受其力量和热情！前者是无边的，后者是无限的。他的郁怒、他的悲壮、他的强悍，到底凝成为无比伟岸的英雄的艺术，这艺术表现崇高的境界、伟大的思想、宇宙的威严或人类的热情。寻找这种哲学的根源，除了基督教神学，也只有柏拉图观点或斯多葛派主张。这样，米氏艺术就带上更多浪漫主义品质，因为它赋予观念、情感或神秘力量以非常的意义。事实上，甚至几乎可以如是说，米开朗基罗乃西洋艺术史上第一个最伟大的浪漫主义者。

　　是的,芬奇与博纳洛蒂的区别是明显的:虽然两人都落落寡合,但前者远没有后者那样倔强、严厉与固执。对芬奇而言,这个年纪较轻又精力充沛的雕刻家是真正的劲敌,但列奥纳多表现得颇为豁达大度,不失为贤者风度;而生性率直近乎粗暴的博纳洛蒂却一向以挑衅的眼光盯着他。说真的,两位天才从未真正相契了解,虽然彼此暗自承认对方的伟大与力量。芬奇的艺术是安恬优美的,就如他的为人随和沉静;米开朗基罗的艺术是烦躁不安的,就如他的个性桀骜不驯。尽管两人都好冥想,但芬奇多思考自然界的秘密抑或规律等等,而米开朗基罗则多倾注精神之玄奥,亦即神的王国或宗教的领域。或许两位巨匠最根本的区别就在于此:芬奇,他关心世界胜于关心人的灵魂;博纳洛蒂,他探索基督精神的热情超过了研究自然和社会关系的努力。从芬奇的艺术里,可以发现更多的美、真和温柔;从米氏的创造中,可以感受更多的善、正义与力量。前者抚慰你的灵魂,平息你的悲愁;后者烧滚你的热血,亢奋你的神经……

　　诚如前述,米开朗基罗与拉斐尔,差别就更远了。那是动与静、力与美、狂暴与安适的对照。就心灵素质而言,一个是疾雷闪电,一个是田园牧歌。对于米开朗基罗,艺术的鹄的不只是艺术本身而更是心灵的境界,或雄伟的思想,或磅礴的热情。对于拉斐尔,一般却不超越美的范围,虽说他也驻足情感领域,拨奏心灵之弦。总之,与米翁比,他毕竟得之于美,却失之于热情。不过,拉斐尔确实也受到米开朗基罗的感染——任何敏捷的艺术家都不可能不被米翁的气吞山河而震惊,何况年轻的画师在教皇宫建立其"勋业"时,伟大的雕刻家正于隔壁的西斯廷祠拱顶重创神的浩宇和人的天地。事实上,罗马时期的拉氏壁画,得力米翁艺术的雄浑壮硕十分深刻,就如佛罗伦萨时期的圣母子油画,得力芬奇艺术的文雅优美一样。拉斐尔是个善于吸收别家大师艺术营养的艺术家,无论从列奥纳多还是米开朗基罗,都毫不踌躇地汲取他要汲取的东西;但反过来,情形就完全不然了。

另外,尽管拉斐尔比米开朗基罗小 8 岁,但因其有生之年全处在意大利文艺复兴盛期,而不像高寿的米翁,目睹了它的光华逐渐消失,并经历了无限量心灵的痛苦。相比之下,拉斐尔可谓一帆风顺,坦途上铺满玫瑰花瓣;而米翁却如芬奇,始终在荆棘遍布的曲径上跋涉,每一步都洒下攀登者的血迹。不言而喻,这些同样会给大师的创作留下印痕:拉氏之作总有那么一种恬然的自得,信心十足的自豪,而米翁的创造则总像有甚么压抑着的愤怒,火山爆发般的激动。人们喜爱前者的朝气,而感动于后者的顽强。可见,尽管二位大师的生平多有交织,尽管拉氏绘画受到米翁艺术有力的影响,然而拉斐尔毕竟无法接近米开朗基罗那"浩瀚的气概",就如米氏艺术也难得出现拉斐尔那种"女性般的温柔"一样。米开朗基罗的雄风,"把历来困扰艺术的拘谨和琐细一劳永逸地扫荡一空"①,如此,拉斐尔的艺术就难免显得秀美有余而深刻不足,"也就是说,多少有些狭隘、干涩和平庸"②。两大师的差异见此:一个惯常生活在自己观念的天地,他毕备天才者的傲岸和坦率,沉醉于"思想"的表述,以致淡忘了此岸世界;一个流连于尘世之生动的人生,他禀赋艺术家的天真和灵敏,专注于"自然"的再现,以寄托温良的情感。不难理解,拉斐尔的艺术虽较多理想化

----

① [法]司汤达:《拉斐尔小传》,啸声译自司著《意大利绘画史》,见《文艺论丛》15,上海文艺出版社 1982 年 5 月出版,第 364 页。
② 同上书,第 366 页。

成分，但更具现实主义特质，在这点上，又与芬奇较为接近。

四

　　以上比较，或使对于三大师的认识较为具体切近了。就像深不可测的海洋之不同于巍峨壮阔的峻岭，更有别于坦荡秀丽的原野，三人的独特代表了三种风格亦即三种完美。尽管像德拉克罗瓦所相信的那样，在"各种类型的完美"之间，"存在着很大的鸿沟"①。不过它们那感人的品质却是共通的，因为，即使艺术家走着不同的道路，所进行的却都是美的创造。是故观照大师的作品，并为那如火如荼的创造性、无穷无尽的想象力所激动，而折服于艺术的魅力时，或者并不理会它们究竟属于什么性质抑或何种风格吧。事实上，无论芬奇的诗意，米翁的魄力，还是拉斐尔的美丽，均达到了精神产品创造王国的最高境界。

　　然而这是否意味着，三大师的地位完全等同呢？如果不然，可否能够分个高下？对这问题的回答虽然困难，却也不是莫可为之。假如把判断的前提限定在艺术领域——在这里大概没有旁的选择——那么就似乎可以说，三大师中占首位的该是米开朗基罗，次是列奥纳多，再是拉斐尔。诚然，他们都是伟大的艺术家，也都是形式的巨匠，但在深邃与广博方面，或者，就艺术表现的多样与丰富而言，就艺术创造中典型与概括的程度而言，米开朗基罗的确更高出一筹。尽管作为科学家，芬奇有过更多的梦想和更广泛的探索，不过之于艺术的沉醉，在他就差一些。至于拉斐尔，

---

①［法］德拉克罗瓦：《德拉克罗瓦论美术和美术家》，平野译，辽宁美术出版社 1981 年 11 月版，第 254 页。

那是更不待说的了,因为他生来缺乏对观念世界或未知世界痴迷
的天性。艺术几乎成了米翁探索人生和灵魂出路的唯一形式,这
使其创作尤具深刻的思想性,远非芬奇与拉斐尔所可比拟。芬奇
的画也许更优雅,更赏心悦目;拉斐尔的画也许更妩媚,更惹人喜
爱;但米翁的作品则更遒劲,更激动人心,而致你无法安之若
素……另外,米开朗基罗的公民意识、爱国热忱及严正的宗教信
仰,虽常常使其陷入矛盾,但也同时赋之以特有的启示,而较多表
现出时代的创痛及历史的沉思。米开朗基罗的艺术是意大利文
艺复兴时代的光辉缩影,既充分体现了人的意志、气魄和力量,也
反映出作为新世纪之美好理想的悲剧性破灭。因之,艺术家既代
表文艺复兴的高潮,也意味着它的收场。而这些特质,是芬奇与
拉斐尔所不具备或不完全具备的。

　　　　(本文成稿于 1991 年 3 月,刊发于《齐鲁艺苑》1991
　　年第 2 期)

杜米埃和他的政治讽刺漫画

　　19世纪伟大的法国漫画家奥诺雷·杜米埃（Honoré Domier,1808－1879）出生在一个贫穷的玻璃工匠家庭,这个自幼酷爱绘画的天才却无钱读书和拜师学画,少年时即不得不在外谋生,从事各种杂役。然而艺术家的天性和坚韧不拔的意志成就了他,生活就是课堂,博物馆的藏品就是老师,他终于自学成才。

　　黑暗的现实、龌龊的政治、人民的困苦以及特殊的生活经历,使蕴蓄着巨大创造力的杜米埃一登上画坛就与众不同,他主要选择了类如匕首或投枪的漫画形式,且把犀利的目光盯紧现实,像连珠炮似的画出一幅幅抨击暴政、针砭时弊、讽刺统治集团头面人物的杰作,最充分和有力地发挥了漫画的战斗作用。

图1

　　1831 年杜米埃 23 岁时,画了一幅政治讽刺画《庞大固埃》(图 1),把矛头直接对准了 1830 年七月革命后登上王位的资产阶级化的国王路易·菲力普。画家一改文艺复兴时代拉伯雷长篇小说《巨人传》主人公的典型性质,让一个贪得无厌,吞食民脂民膏的丑恶形象跃然纸上:但见这长着梨状肥胖脑壳的饕餮者仰坐沙发,挺起大肚皮,张开了血盆大口。其下牙齿上架着直拖到地面相当于梯子的长木板,那些大臣们一个个背着沉重的口袋缘木板蹒跚而上,到达顶点即进入庞大固埃黑洞洞的嘴,于是装满财物的大口袋就倒入国王深渊般的肚腹里了。而在巨人座椅下面,一班贪官污吏则在争先恐后地抢着奖品、委任状之类的东西;与此相对,画面右下角是被压榨的劳动者无奈地交出最后一个小钱。

　　这幅画的立意再明显不过了,从梨形的肥脸,人们一望便知他即当朝国王路易·菲力普,而寡廉鲜耻、巧取豪夺又正是这个完全资产阶级化的路易王朝之典型特色。作品一经陈列在画店的橱窗,立刻吸引了大批观众,人们开怀大笑,无不对这愚蠢的胖子嗤之以鼻。但此画也使当局恼羞成怒,已印出的若干版画悉被没收焚烧,作者还以"毁损王室,不敬犯上"的罪名被判半年监禁,课 500 法郎的罚金,缓期执行。然而杜米埃并未屈服,而是勇敢地又创作了一幅更耐人寻味的作品《洗衣妇》,画上那要将三色旗的红颜色洗去的妇人正是国王的总检察长贝尔西的漫画写真。此举使判决不再缓期,画家锒铛入狱。但这仍未顿挫他的意志,生性达观的艺术家如是说:"在这个美妙的地方,人们并不怎么太快活,可我是快活的,至少是与众不同嘛!"

　　对七月王朝的清醒认识和无情批判,表明杜米埃像巴尔扎克一样不仅是伟大的艺术家,而且是深刻的观察家和思想家。《七月英雄》(图 2)一画,以巧妙的构思和简洁的形象语言揭露用人民的鲜血推翻复辟王朝的革命不过是个骗局，掌握了政权的大资产阶级毫不含糊地把人民的利益牺牲了。画面中心站在塞纳河堤护栏上欲投水自尽的残疾人背影令人心碎。一根一端拴住石块而另一端套上脖颈的绳子格外扎眼，为的是跳河之后再也不要浮起来吧！这位在七月暴动中失去一条腿的苦人儿为何出此下策？只要看他用当票粘接而成的衣服就明白了：原来

图 2

他当完了最后一件东西，生活已面临绝境！英勇流血非但未给他带来任何好处，倒是连谋生的能力也搭进去了。这就是七月英雄的悲剧，被愚弄、被利用、被抛弃的人民的悲剧！

1835 年创作的《有话就请说吧，你们是自由的》（图 3），则把七月政权对内实行高压却还要侈谈什么"自由"之卑鄙、残忍而又虚伪的本性予以抨击。画面上画的是对两个押上法庭的人的审判：其一被刑吏反剪双手，白布条紧紧地勒住他的嘴巴；另一个则已被按下头颅，引颈待戮，执板斧的刽子手卷起袖子即将下手；法官却奸笑着说道："有话就请说吧，你们是自由的。"而在远景的审判席上，那些陪审的官员们一个个露出满意的笑——这场猫捉老鼠的游戏就是资产阶级统治下人民所能够得到的"自由"的真实写照！

路易·菲力普王朝的最初几年，里昂和巴黎相继发生工人暴动，均遭残酷镇压，不仅起义者被屠杀，连劳工区的居民也受株

连。漫画《1834年4月15日的特朗斯诺宁街》(图4)从一个侧面展现了令人发指的场面:包括婴孩在内,某工人全家老小悉数被杀。横贯画面主体位置的一家之主仰躺在血泊里,仅穿的睡衣说明屠杀发生在沉沉黑夜,脸贴地趴着的婴儿被压在父亲身下,两侧的阴影里是老人和妇女的尸体。昏暗与苍白的光影对比强化了恐怖与凄怆气氛,真是惨不忍睹,让人不寒而栗!

图 3

图 4

慑于包括杜米埃的政治讽刺漫画在内的进步舆论的强大阵势,法国当局于 1835 年 9 月颁布了严格限制出版自由的"九月法令",经常发表杜氏作品的期刊《漫画》及《每月石版画集》等一大批刊物被迫关闭。到 1848 年七月王朝寿终正寝为止,政治漫画等于被取消了,杜米埃的创作便不得不转向风俗漫画。但这位讽刺大师是不会放过生活中那些丑恶的、卑鄙的、庸俗的东西的,诸如资产阶级的敲诈勒索、招摇撞骗、卖身投靠等,于是惟妙惟肖、入木三分的骗子手、答丢夫之类形象从其笔下鱼贯而出,像组画《好心的资产者》、《罗伯尔·马凯尔》等,成为家喻户晓、脍炙人口的"卡通"形象。

1848 年 2 月革命之后建立的第二共和国,仅仅几年就被野心家路易·波拿巴颠覆为第二帝国。画家对靠伯父拿破仑一世的余威而得逞的窃国者同样有着清醒的认识,还在其刚得势不久他就创作了一幅讽刺这个政客的漫画《拿破仑之舟》(图 5)。画上,大鼻子的路易驾着由已成落汤鸡状的兀鹰拖拉的小船逆水行

图 5

舟——小船就是老拿破仑的军帽，兀鹰则是当年帝国的徽号……后来，自号拿破仑第三的路易为了装点门面，曾以绶带勋章拉拢文化名流，杜米埃亦在被"垂青"之列。不过大师断然予以拒绝，他对友人说："如果接受勋章，对着镜子看自己，会忍不住发笑的。"

从19世纪50年代起，画家目力渐弱，但他仍以充沛的激情进行创作；晚年终于失明，且生活异常贫困，甚至连住房也要失去了，多亏画家柯罗的慷慨周济，才免遭栖身旷野之虞。这位贫贱不能夺其志、富贵无法乱其性的卓越大师，巍巍乎若高山白云，其品格，其见地，其艺术，均为一流。他一生勤奋，有大宗高质量作品传世，仅石版漫画就达4000多件。特别值得提起的，杜氏漫画决非粗率之作，也不是那种往往忽略造型基本功的雕虫小技式的玩意儿。其造型能力和技巧堪与艺术史上任何一位顶级大师相媲美，夸张而有分寸，滑稽而非低俗，透视、结构、解剖、素描、明暗、色彩诸多关系的把握恰到好处，备极高雅格调与匠意——一笔一画见灵性，是一种难以仿效的艺术。

（本文成稿于2001年10月，刊发于《历史上的漫画》，山东画报出版社2002年1月版）

批评的使命与批评家的高度

——以《〈大秦帝国〉论稿》为个案

一

读完李衍柱教授新著《〈大秦帝国〉论稿》（以下简称《论稿》），深为本书的丰富内容、精湛分析和卓越概括力而兴叹，顿觉在知识、视野、境界多方面得到提升，受益良多矣！

《论稿》是对皇皇 500 多万言的长篇历史小说《大秦帝国》的全方位研究。该小说问世于 2008 年，作家孙皓晖蛰伏 16 载，潜心究索春秋战国与秦朝几百年史料史迹，试图以历史哲学之目，洞察并艺术地再现以秦帝国为核心的我国古代那段最具英雄色彩的风云际会岁月，而沟通中华民族伟大复兴精神力量之源。一件宏大工程，令人钦佩。

此大作如横空出世，给华而不实的当下文坛以雷击效应；其振聋发聩，主要在于它明确的历史现实性和别具一格的文学观念与出手不凡的写作手法。而《论稿》，作为一部小说专论，更是立足文本，立足当代文坛包括其问题，立足小说创作的历史价值和现实意义，在政治、哲学、文化、美学、史学、文艺学等广阔的领域和背景下，就作品的主题、历史观、创新性、审美特征、悲剧品格、得与失等，展开整体而兼及局部、宏阔又不失细微的分析评说，纵横捭阖、高屋建瓴、妙论迭现、深入浅出，犹空谷足音，非但令人耳目一新，尤其能拨云开雾，使读者得悟理论要旨，而登堂入室、一窥文学之底蕴。

《论稿》所给出的启示很多，譬若，"文学和文学批评的使命是什么"、"其意义何在"之类的自问会不经意间涌出来促人深思。当然，如许似乎不言而喻的问题难道还需要正名吗？它们不是被中外古今理论家千百次地论证并已解决了吗？可是当我们油然想起曾经的文坛一度把创作（包括文学批评）仅仅作为某种狭隘的工具而导致几乎被主流意识任意驱策的命运，想起在金钱无冕之王操控下文学写作差不多成为鸡零狗碎，而批评则演化为拉扯吹捧甚而"红包"作合的蝇苟之端，不忍心目中崇高圣洁的文学被功利主义弄得如此灰头土脸，产生这样的想法就实在是非常自然的。

《论稿》以充分、切实、确凿、雄辩、有力的论证一一给出回答。

作为本书"代序"的论文《第十个文艺女神的再生——关于文艺批评的主体性的思考》尽管是一篇旧作，然而由于集中反映了作者的批评观，故可看成是构成《论稿》的理论基石，乃指导对《大秦帝国》作出客观精湛评析的可靠前提。围绕"批评的主体性"，旁征博引、条分缕析，揭示文学批评的对象、任务、本质、特征、规律，以及批评家的品格与修养，清晰地阐明了文学批评的神圣使命正在于其主动性。其实换句话说，也就是以批评家的主体意识积极投入到活生生的文学现场，包括潮流走向、作家创作及具体作品之中，作价值判断、行审美阐释，甚而解答或解决复杂、迫切的各类问题，从而指导、影响、推动文学事业健康发展。

但是这样的文学批评目前鲜有，按百年难得一现之《大秦帝国》巨著问世 3 年来,虽关注如潮,可真正下大功夫作系统研究,而能鞭辟入里析评的成果,除《论稿》以外,迄未见第二家。想想文坛低俗颓靡,乱象丛生,多么需要有理有力的批评声音加以规范引导;想想我文学批评大军阵容,或许世界上无任何一国差可匹敌;而竟为如是现状,不也有点令人失望吗? 批评的使命崇高神圣,批评的重负应有担当,处于国家改革开放、民族伟大复兴时代,文坛呼唤根植历史现实土壤、熠熠有灼见的文评华章。

《论稿》的出现不能不让为文者欢欣鼓舞,也不能不让理论家、文评家经常自觉或有意识地去体味批评的价值、使命及分量。

二

一切存在均有其现实依据,伟大的时代召唤伟大的作品。《论稿》视《大秦帝国》为中华文明复兴的绿色信号,乃我国文学走向繁荣发展的一个可喜征兆。作者为作家用全部生命去实现一个发掘集原生文明大成,而得以展示其波澜壮阔的文学梦想,以及由此激生的勇气与决心、理念和追求深表赞佩;直言其小说创作实践提出或涉及许多问题,给文坛以多方面启示,极具深远意义;信息十足地断言文学事业大有可为,而禀赋思想高度、视野广度、生活深度和驾驭语言艺术能力的作家乃文学发展的第一生产力。这掷地有声的论断,是一个洞见敏锐的文论家基于其精深研究所作出的价值判断,它将产生的力量是无可估量的。

的确,一部作品,其价值若何、主要体现在哪里,是批评家首要回答的问题,也是决定其评论之价值的关键所在。笼统地说,《论稿》二至六章均可谓价值论,只是从不同的角度而已(当然也非局限于此)。如第二章对小说的核心价值作了准确的判断,"真实地、历史地再现了中华原生文明的生成、升华和发展,形象地描绘出了华夏文明原生态的真实面貌"①。通过对其"多层面、多角度的展示,突出和弘扬了那个风云激荡、急剧变革时代的时代精神和民族精神"。这也正是作家的雄心壮志,崛起的大秦朝代乃屹立于世界"轴心期"的东方巨龙,由多元而归一的华夏古文明于是时璀璨绽放,他要复活这大时代的精气神! 宏大叙事必有宏大结构,论著关于结构的分析言语不多,却不乏哲学之维,"人类文明史是人类在宇宙时空中创造的奇迹。"把小说叙事纳入该认识系统,亦为价值表现的一个侧面。

　　尤其从帝国物质文明、政治文明、精神文明(书同文)及由此抽象出的中华文明精神内核诸层面分析小说的思想价值甚为到位。实在说,中国两千多年大一统的中央集权制由秦帝国开创并打下坚实基础,所赖者何? 无非这么几项;所以成为小说重笔书写也是论稿精彩概括之点。关于大秦政治文明之伟大历史意义的论述格外值得重视,断言它的建设,"在世界文明史上谱写出璀璨的一页。它对多元一体的中华文明的形成与发展起了重要作用"。将其精华凝练为"从变法图强到以法治国"和"中央集权制的建立";认为包括四大系统组织结构的大秦政治体制"是古代世界史政治文明的一大创造"。人是政治的动物,政治是一切社会生活的核心内容,但毋庸讳言,政治于国人的意识乃至文本话语中却常常被扭曲,要么与阴谋同义,要么与口号合一,以致处事之道里多见莫谈国事、不问时局之类的畸形文化心态,而政治观念淡漠政治素质低下则几成普遍现象。此高扬作家笔下大秦帝国

———————

① 李衍柱:《〈大秦帝国〉论稿》,河南文艺出版社 2011 年 7 月版,第 10 页。为简洁计,本文所引该著作文句,均不再加注。

政治文明独创篇章的析评,兼具学术与现实意义。至于论稿关于中华文明精神内核的概括分析更堪为凿论:自强不息,厚德载物,海纳为本——相辅相成、互为因果、行思并举、辩证联系。帝国创建之文明,"适应当时生产力发展的要求,顺应了结束战乱、求同尚一的时代潮流,促进和巩固了国家统一,对中华文明的绵延不断起了积极的作用。但我们又应看到,大秦帝国建立起的政权,皇帝拥有至高无上的权力,实行皇权家族世袭制。因此,从秦始皇建立中央集权制的第一天起,这个制度本身就埋下了它历史的悲剧性种子"。是文评,也是史论。

《论稿》对小说拂历史之尘埃、正因袭之谬说、还古人之真面的人物形象刻画原则及所取得的成就给予充分肯定和高度评价。据作者统计,《大秦帝国》里有名有姓有身份者531个,所涉及之众多历史人物大都栩栩如生,性格、心理俱丰,而塑造得最为丰满、最有力度的当属商鞅和嬴政。当年他们一个在前、一个居后,中间隔着几代君王,但如论稿所言,二者"有着精神上的一体性",正起到一个通贯全书之中心人物的作用。如何复活已沉睡20多个世纪的亡灵特别是始皇帝某种程度上决定着作品的成败,然自贾谊《过秦论》而司马迁《史记》直到现代史学家郭沫若《十批判书》,暴秦与酷君论几成定说,何以烈烈大秦于正史野史均显苍白渺茫,感觉与那个大时代当该的史实明显不对称,其根源在兹。要于如此积陈而成规的语境下塑造一个鲜活的"千古一帝",似乎已难有作为。不过"每个作家心目中都有一个自己的秦始皇","通过反复的思考和研究",小说家力排扭曲的传统偏见,终于竖起顶天立地,作为伟大政治家的艺术形象,从而获得颠覆性突破。《论稿》视之为攀登了一座新的文学高峰,从立储、加冕、亲政、剪嫪毐之乱、处吕不韦难题、图六国而一统华夏等关键事件,详细论析始皇帝形象的刻画塑造立意高远、独树一帜,写出了帝国活的灵魂。这位意志顽强、器宇轩昂、聪武绝伦,饱读诗书、礼贤下士、知人善任,禀赋卓越的政治智慧、军事才干、统驭组织能力的帝国缔造者,乃大秦"名副其实的国父",比诸亚历山大大帝与凯撒大帝,有过之而无不及。所以有此,"走进并走出《史记》这座大山,博采众长,独辟蹊径"而对历史人物重新认识乃基本的逻辑前提。《论稿》既从文论角度引太白诗以正视听,"扫六合"、"驾群才"该是何等英雄气概!更从史论角度数陈始皇帝亘古功绩:统一中国;创一体之中华文明体系;大规模建设;肃清北疆边陲胡患;拓土开发岭南。如是论述给予小说作品的颠覆性人物塑造以充足的合法性;所以作者热情地赞作家孙皓晖兼具学者和艺术家的勇气。

　　当然文学不同于历史,诗者关注事情应该怎样,史者则探究原本怎样,可见二者存在本质区别。基于明澈的历史哲学观对秦帝国包括秦始皇的准确认识是作品能够成功的重要基础和前提,但并不等于一定成功;其实更要紧的还是以怎样的创作理念或者说文学观(包括对文学边缘的理解而不仅仅是艺术形象思维等)去进行怎样的艺术创造,以及如何进行情景再现、人物关系描写、性格刻画及心灵世界的揭秘等等。

　　作者引黑格尔《历史哲学》关于世界史应从古老的中华帝国说起之卓见,指出该小说创作是一位对史学钻研弥深的学者作家之于其的正面回应。先罗马帝国 200 年诞生的大秦帝国足可称豪世界,可她在人类文明史上却失去了话语权;理直气壮地争回之,而响亮地发出自己的声音,乃时代的呼唤、民族复兴的需要,小说必须承载这一使命;而"大秦帝国是中国文明的正源"①,这

----

① 孙皓晖:《大秦帝国》第一部(上卷),河南文艺出版社 2008 年版,第 1 页。

"原创性的发现"既为作家的历史哲学观照,也是定位作品精神品格、激发灵感与激生动力、指引和鼓励着小说写作克服困难、勇往直前的思想力量之源。于此基础上形成的创作理念就绝非只图敷衍一堆供街谈巷议谈资、茶余饭后消遣,甚或诏艳媚俗哗众取宠大赚其钱的"演义历史"或"风情历史"之类,而是"以文学的形式开掘中华民族原生文明圣地","从艺术地再现中国原生文明的历史画卷中寻求启迪",归根到底即"弘扬民族精神和时代精神,奋然拓展出崭新文明的新时代"。批评家的慧眼不光是对小说家的肯定,也是对读者的点拨与引导。

《论稿》作者借用杨义提出的"大文学观"来定义作家关于小说的整体认识,即打破小说只是小说或者只是人物故事的"纯文学"传统作法,而是采取文史哲交融的自由书写方式,这显然由创作理念及精神价值目标追求所决定。对其颇具个性的大胆创新,作者以一个真正理论家的胸怀和境界诚表认同,断言是对自有文论以来各种"以审美情感为本位和形象特征论的文学观的颠覆、解构和挑战"。他举《文心雕龙》分析古代杂文学观的实例,按此书 50 篇,20 篇讲文体论,涉及 34 类文体,若以现代"纯文学"观视之,属文学范畴者不过 4 类,所以文学概念是取广义的。由是观之,导致文史哲三位一体同样是顺理成章的传统耳!这无疑给大文学观的合法性提供了理论依据。但强调文学的自足性向来是文学本体论的核心所在,乃审美价值判断的决定要素,突破之绝非易事。论稿从亚里士多德到黑格尔、从陆机到鲁迅,举凡十数家中外权威的经典论述说明这一文学观念的颠扑不破性,从而比照该挑战的可贵之处。同时还以布斯《小说修辞学》的观点,对这个牵扯小说写作美学的问题继续考究。该问题探讨既具学理性又有实践性,因为文史哲夹揉的作品确实古已有之,只是程度与处理方式有所不同而已。比方说，拜伦的长诗述与言平分秋色，最具思想性和艺术魅力的往往为后者；雨果的长篇小说间以大量考据、史事与哲辩，却若华彩乐段丰富和升华着整个乐章；论稿也举《创业史》和《战争与和平》的例子，证说抒情议论性文字之于作品的提升功能。此外，作者将当前理论界关于该小说该特征的不同见解，以"二律背反"的形式展示之，便于读者思考、辨析与判断。可见，论稿丰富的思想内容已大大溢出于单纯的小说评论，它将普遍性的理论分析和具体文学现象的评述结合得天衣无缝，知识含量高、信息资源量大。

《大秦帝国》是文学的历史，或者说用小说形式以最高真实性试图活现已被风蚀而斑驳陆离、面目全非的遥远时代那惊天动地的社会生活。怎么写、以怎样的手段去实现目标，真是一个严峻的挑战！作家自觉寻求最恰当的方式，于是有了"历史现实主义"的创作方法。《论稿》清晰的理论界定以及结合文本对小说艺术成就的精到分析，不仅总结了可贵的艺术经验，使历史小说创作理论得以积累，而且之于后学颖悟借鉴、读者欣赏领略，不啻最有效的启迪和指导。其中关于"史传"和"诗骚"传统之于作家及其创作关系的论析堪称精美，妙在以文本的实证强化了对两大传统的理论阐述，论证臻于化境，几乎不露痕迹。而关于小说的细节描写，夸张、怪诞、粗鄙等狂欢化诗学手法、反讽律之类运用的评述，生动、细致，更显理论品格。这些大抵属于西方"后现代"文艺思潮范畴的东西，在当代大众文化语境下强势登场，对文坛影响深远，无视其存在就无以全面把握文坛走势。一如小说作者不拒绝一切可为我所用质素一样，论稿作者更以开阔的视野、通透的理解诠释技巧，将其来龙去脉、品性特征、审美效果等讲得一清二楚，同时称赞小说家的创造性活用。其论证显示出：历史现实主义的生命在于其开放性,它或许应永远处于吐故纳新的过程中。

三

　　作为文学批评著作,《论稿》的理论含量、作品剖析、史证辩说、立论阐发等,均感丰沛扎实、透彻明晰,新意迭出、陈言罕有,开启心智、发人深思,无论对专业作家还是专业评论家抑或一般读者,无不大有裨益! 何以达此境界? 归根结底在于批评家的高度。

　　俗语云:站得高,看得远。深厚的学养和理论功底、开阔的情怀与理论视野、严密的文风及逻辑思维、稳健的语式同审美判断,决定了《论稿》一流的思想质量与学术水平。作者李衍柱教授,“作为一位文学理论家”——诚如钱中文先生所言,反复阅读作品,钻研多种历史书籍,“以其特有的时代责任感、宏阔的历史视野和大文化观”[1],站在世界文明史的巅尖审视《大秦帝国》现象,运用美学的和历史的方法细察小说的方方面面。有如此的思想高度和如此严肃认真的态度,一部精品的打造或可说便万事俱备了。

　　批评家的高度也许最集中地体现于思想的高度,只有思想的高度才能赋予理性的眼睛明察秋毫、洞烛幽微,从而做到一针见血,由表象直达本质。这样的论析文字在《论稿》中可谓比比皆是,不过仍可以“偶然中的必然:《大秦帝国》的悲剧品格”一章为例证。

　　帝国强秦何以于始皇崩卒的刹那间便轰然坍塌? 这是冷酷

———————————

[1] 见《〈大秦帝国〉论稿》封底“专家推荐”语,河南文艺出版社 2011 年 7 月版。

的历史留给史家、哲人、戏剧小说家的千年难题,当然有无数的破解或答案,但怎样更接近史实、更让人信服,尤其是,更能揭示历史运行的内在规律性,则才是最值得追求的。《论稿》就作家于其小说创作所做出的努力展开的历史、哲学—美学的论析,使读者尽情领略到真正高端的文学批评的深刻与美妙。先从偶然与必然这对"历史哲学的最高范畴"(论稿引李泽厚语)于秦亡过程中的频频显现和作家以其为契机构思这一大幕好戏切入之,小说列20宗乱象丛里主要的偶然性事件(论稿概括为4组),最要害者或可为本当立太子的公子扶苏非但未能策立反倒被阴谋所害。诸多偶然必隐藏着帝国倾覆这个必然,那正是宇宙法则含蕴的历史悲剧之美。分析针对小说的艺术处理,又超越于此指向历史自身的发展逻辑。就如嬴政问政之初,它从大乱走向大治,即政治生活混乱破碎背后,其实是和谐与秩序;以少君为代表,理性居上风,法制是它的现实化;理性犹如数学的严整缜密,布擘出社会的均衡体系,俨若天体的井然次第。是时则恰好相反,或许要从大治走向大乱了。这一必然性在作者的分析中如剥茧抽丝,而以扶苏与父皇的矛盾为经逐层展开,"扶苏的命运悲剧",正是其所代表的"历史的必然要求"被诸如始皇未修完遗诏即崩、赵高李斯逆法勾结谋篡帝位等代表"这个要求的实际上不可能实现"的偶然因素所粉碎;扶苏蒙恬辈之悲剧最为壮烈,实乃帝国灭亡悲剧之本质耳!分析并未就此为止,而直指更深层原因,即"赵高的'秘密伞盖'与秦法的'黑洞'"。一针见血径入要害,剜切秦帝国而且也是两千多年中华政制文化的病根。秦霸业自孝公始,以商鞅法术立国,及帝朝约一个半世纪,经韩非、李斯、嬴政,初步实现法治化。尽管"是古老中国走向法治文明的第一步",然也如《论稿》所言,与现代依法治国理论根本不可同日而语。彼之弊端在于,法对皇上（实质上的立法者）无可奈何，帝制高于法治；而"帝制就是人治，秦法的本质，归根到底，仍是人治高于法治"。它终于留下黑洞，其致命的局限性从论者概括的"尊王"、"反智"、"愚民"三大特征并鞭辟入里的分析中昭然若揭。"侍陛下三十六年"①的赵高颇得其中底蕴，靠牢了最高权力便等于获得一把护身伞盖，而掌控了最高权力便也就无须这把伞盖，此即其背信弃义、铤而走险、篡位夺权的动机所在。

秉持思想高度的批评家就可以获得一双火眼金睛，使之轻易掠过蔽目烟云直击实体而洞开读者心扉。《论稿》的许多见地独具只眼，对小说作者更可谓不可多得。例如末章中作为附件之一的单篇论文《〈大秦帝国〉的"亮点"和"盲点"》论及小说的得与失，甚有价值！无论关于孟子、屈原形象塑造的失之过分主观化（包括此前所论始皇帝的描写）的论证，还是就儒法关系及墨家学派悲剧命运正确把握的期许，均堪当高见凿论。而文中提出的若干有关当代中国文艺发展及批评问题，无不发人深思。

论稿给予笔者的深刻感触之一，是批评家何以获得批评的思想高度以及其主要的表现，二者不妨合起来看。那么，或许最根本的，还在于自觉的辩证唯物主义和历史唯物主义的世界观与方法论，熟悉全球范围内现当代各重要学派的理论观点，同时深深扎根于中国历史文化土壤并立足现实社会生活。许多年来批评界有一种怪现象，仿佛马克思主义不再新鲜，人为造成有意或无意之误区。发展的马克思主义科学毋庸置疑，还没有哪一种理论像它那样把人或物置于具体的历史现实中作观照。《论稿》的分析判断贯穿实事求是精神，很有说服力，如关于"历史现实主义"

---

① 孙皓晖：《大秦帝国》第五部（下卷），河南文艺出版社 2008 年版，第 1021 页。

创作方法即唯物史观的判断、关于"暴力"的理解、关于秦帝国灭亡原因的论述,闪烁着马克思主义真理的光芒。而关于小说艺术特征、诗史传统,乃至与作家、编辑的互动对话,则显示了作者对西方现代批评理论与国学文化资源的丰厚修养。

《论稿》之论,乃文学之论,从历史和审美角度对《大秦帝国》的谛视与反应;也是文明史论,由《大秦帝国》而洞穿时空俯瞰中华文明史源流的感触与思考;它是严肃、深沉的,所以是极具教益的。

光荣的中华民族伟大复兴时代呼唤这样言之有物的文艺理论批评成果,多多益善!

　　　　（本文成稿于 2011 年 7 月,其压缩版以《批评家的高度》为题刊发于《山东文学》2011 年第 12 期。编入本文集,按原初稿录入）

编后记

　　断断续续用了近三个月时间，编完这本自选集，不免一些感怀。

　　作为实施一流学科建设工程筹划项目之一，山东师范大学文学院决定资助老师们出书，我乃受益者之一，故内心充满感激。因为就个人而言，如果没有这个机会，几十年间写的那么一点点东西，必不会再作整理或回望，因此它们可能的命运便是渐渐失散于光阴的长流，终至埋没。然现在情形就大不同，放下别的事翻找旧期刊，虽耗时费力甚至汗流浃背，却别有一番兴奋在心头；看几篇过去的文章会勾起许多回忆，间或还生出点沾沾自喜。所谓"敝帚自珍"吧，这么一弄倒的确觉得此举似有必要。

　　可是又未免惭愧，自1978年发表第一篇文章迄今，整四十载矣！此之于人生殊不算短，但见诸报刊的文章仅百余篇，而有些学术含量的勉强半数而已。本人的疏懒可窥一斑。当然也能找出一些自辩理由，比如，始终按教师定位把教学放在科研之前，且后者仅为兴趣范围之事，如此与时流相悖，放松了自己，必不会有大产出。再如，选题全凭爱好，与其写来拿给人看，不若说自赏而已；如此为文客观上狭窄、主观上乏力，是难有大造就的。

　　这里裒辑的四十余篇文章基本代表了笔者所刊发成果的精华。有一点颇感欣慰，即编就通读之后，发现自己的学术观点、审美标准乃至语言文字风格等无甚变化，或许由我之保守性格所使然。

为阅读时便于对某个"单元"问题产生整体印象，在论文集的编排上，放弃了按严格的发表时间依次排列的原则，而是分"文学研究"与"艺术研究"两类一前一后安置论文；彼此之内，仍以论文的内容属性而非发表年月，再适当考虑时空因素排定伦次。举例说，关于拜伦的一组论文当然应放在文学一类，怎么放呢？先按所论问题的特性把这几篇文章排个次序，再将其从时代先后插入到英国文学一块内就可以了。英国文学块尾，接法国文学块；其余类推。另外，编入论文集的文章，初刊时限于版面，个别有删节者，兹按原完整稿录入，篇末加按语以说明。再者，此次文章录入，除勘正讹误外，个别文字上亦稍有改动；包括引文注释，一律从当前学术规范给出完整信息，并以页下注呈现。

文集无异于一份学术总结，尽管笔者并不自以为是个学术家。它警醒、鞭策自己，不应再继续逍遥自在了，时光已浪费太多，还应整装奋发。夫子为学，勤勤焉不知老之将至，他是中华学人永远的榜样，余当以是励之。

或见悖谬舛误之处，恳请方家不吝指正。致谢！

2018 年 8 月 21 日于济南市阳光舜城寓所